琥珀泪

HUPOLEI

悬疑考古探险搜神

李芊卓 著

新星出版社 NEW STAR PRESS

图书在版编目（CIP）数据

琥珀泪 / 李芊卓著 . —北京：新星出版社，2012.3
ISBN 978-7-5133-0545-7

I.①琥… II.①李… III.①长篇小说—中国—当代 IV.① I247.5

中国版本图书馆 CIP 数据核字（2012）第 020872 号

琥珀泪

李芊卓　著

责任编辑： 东　洋
责任印制： 韦　舰
封面设计： 木鱼书籍设计

出版发行： 新星出版社
出　版　人： 谢　刚
社　　　址： 北京市西城区车公庄大街丙 3 号楼　100044
网　　　址： www.newstarpress.com
电　　　话： 010-88310888
传　　　真： 010-65270449
法律顾问： 北京市大成律师事务所

读者服务： 010-88310800　service@newstarpress.com
邮购地址： 北京市西城区车公庄大街丙 3 号楼　100044

印　　　刷： 北京佳顺印务有限公司
开　　　本： 660mm×960mm　1/16
印　　　张： 19
字　　　数： 270 千字
版　　　次： 2012 年 4 月第一版　2012 年 4 月第一次印刷
书　　　号： ISBN 978-7-5133-0545-7
定　　　价： 32.00 元

目录

1. 梦里千年，梦非梦

午后的阳光懒懒地照在落雁市的标志性建筑——华商大厦——宽敞的露天阳台上，华商集团的几个高级白领正坐在阳台上边喝咖啡边天南海北地聊着。产业部的刘明对自己在公司里的几个死党大吐苦水："这年头女孩子都拜金，我相亲也相了十多次，可是个个一见面就先问你房子买了吗？俗！"

销售部的王华笑笑说："那有什么，人家很现实嘛！"

大家正说着，突然看见楼下驶来一辆奔驰跑车，王华一脸向往地看着从跑车里面走出来的美女大发感慨："远的不说，谁能把咱们董事长的女儿追到手下半辈子就不用愁喽！"

刘明听了笑着摇摇头："你做梦去吧，咱们董事长的女儿只怕你是无福消受啊。"

王华不解："为什么？"

刘明说道："她可是有名的大胆，以前有好多慕名而来的求婚者，不是被她带去蹦极吓得尿裤子，就是被她晚上带去古墓探险，吓出了心脏病。"

王华听得张大了嘴，一脸的不可思议，临了有些激动地嚷嚷："天呀，这是女人吗？女人有这么变态吗？"说完便看向他们董事长的女儿——蓝雨，却和蓝雨那道冰凌般的目光相撞，吓得他打了个哆嗦，手中的咖啡洒了一身。

蓝雨收回了目光，嘴角微微露出一丝不为人知的笑容，走进了华商大厦。

董事长办公室里，蓝志军看着自己的宝贝女儿蓝雨慢慢地从嘴巴里面吐出了几个字："我最后再说一遍，不行！"

蓝雨焦急地说："可是，爸爸！"

蓝志军站起来，走到窗前，悠悠然地说道："你别忘了当初你和我的约定，大学一毕业就来公司上班。你看看你哥多听话，现在在公司都可以独当一面了。你，哎！"

蓝雨撅着嘴转身离去，临出门前说道："爸！我是我，我哥是我哥！哼，不让我去，我偏去！"

蓝志军透过落地的玻璃窗望着自己的宝贝女儿气鼓鼓地开车离去，无奈地摇摇头，露出了一丝溺爱的笑容，自言自语道："唉，都被我宠坏了，一个小丫头迷上倒斗，跟她太爷爷一个毛病！"

说起蓝雨的太爷爷可是当年落雁市有名的摸金校尉，人称"墓中仙"。当年日本鬼子盯上了落雁市郊外玉莲山上的几座汉代古墓，于是呜里哇啦地带着军队，抓了劳工，浩浩荡荡地到达古墓，当时被他们抓来探墓的就是蓝雨她太爷爷，没想到这却恰恰把那些小鬼子送去见了阎王。蓝雨的太爷爷在带着这些小日本进入古墓后，就发现这座古墓早为盗墓者设下了极其阴毒的上古古阵——鸳鸯铜人阴阳阵。

这鸳鸯铜人阴阳阵流传于上古，现在已经失传，只在一些为数不多的典籍中零星有些记载。此阵须选一块养尸之地作为墓地，而所谓的鸳鸯铜人就是找一对同为阴年阴月阴日阴时出生的痴男怨女，由于不能结合双双殉情，这殉情的时间也要恰好在一年中阴气最重的一刻。可以说符合这样条件的也许几万年都遇不到一个，也难怪这样的阵法后来失传。当这对情侣殉情后就将两人分开，灌入一种可使他们尸体万年不朽的特殊药水，然后用天外陨石和青铜一起炼化的铜水为他们铸铜身，这样他们的灵魂也被永久地封印。再把他们安放在阵的两极位置上，让他们的灵魂可以互相望见对方却永远也无法靠近彼此，更无法交流。这痴男怨女生前就是因为无法长相厮守才选择了殉情这极端的办法，希望死后可以在一起，这阵法却让他们死后也无法如愿，而且还是近在咫尺的折磨，他们自然会源源不断地产生出浓重的怨气，经过上千年，这阵也就变成了世间最凶险的古阵之一。

要是在盗墓的时候遇到这样的阵，唯一的办法就是赶紧跪下向这鸳鸯铜人各磕三个响头，并祝愿他们能生生世世长相厮守，才有可能侥幸逃脱。当时蓝雨的太爷爷进墓看见这鸳鸯铜人时就倒吸了口凉气，这时一个胖胖的日本翻译指着铜人问蓝雨的太爷爷："这是什么东西？"蓝雨的太爷爷忙说："太君，你们运气太好了，这是汉代时皇帝希望成仙而铸的仙人，他们的脚下说不定埋有玉玺呢！"这些日本人一听可能有皇帝的玉玺，一下子发疯似的冲向了那两个铜人，紧接着就是一阵阵鬼哭狼嚎的惨叫，没过一会儿地上只剩下了一堆尸体。蓝雨的太爷爷见状忙跪在地上向两个铜人各磕了三个响头，说道："子孙不孝，惊扰了祖宗，可如今国难当头，外敌入侵，杀我国人，辱我先人，也是不得已为之，请放不肖子孙一条生路。"说来也怪，蓝雨的太爷爷说完这番话后，就莫名其妙地发现自己已经跪在了山脚下，后来回家没多久便听说那次去挖汉墓的日本鬼子没一个活着出来。

又过了几年，有人找到蓝雨的太爷爷，去新疆挖一座上古时期的墓，据说这座墓是上古帝王颛顼的墓。蓝雨的太爷爷对此一直就很感兴趣，就答应了下来，去了新疆，结果却从此了无音讯。后来蓝雨的太奶奶死活也不让蓝雨的爷爷再入这一行，而是让他经了商，可谁又能想到，多年后蓝雨却又对盗墓如此痴迷，光她太爷爷留下的那些盗墓方面的古书秘籍她就读了不下十遍。

其实蓝雨并不是天生爱冒险，只是因为那个从小就困扰她的奇梦。梦中，蓝雨置身于一座古墓，浓重的悲哀环绕着她，古墓中一位身穿白裙、黑发垂地的女子背对着她。许久，那女子慢慢地侧过身来，只一个侧面，蓝雨就可断定这女子一定生得倾国倾城。

"这是哪里？"蓝雨看着那白衣女子愣愣地问。

"怨陵。"女子幽幽地回答。

"你又是谁？为什么我总是梦见你？"蓝雨迫切地追问。

"唉……"那白衣女子重重地叹息了一声，这叹息之声似来自九天之上，似来自九泉之下，让蓝雨窒息得喘不过气来。一滴晶莹剔透的泪滑下，蓝雨似乎能够听到那泪水落地的声音。不知为何每当那女子哭的时候，蓝雨的眼眶也湿润了，心中充满着悲伤。可每到这个时候，蓝雨就会惊醒，发现被角已被自己的泪水浸湿。

自己为什么总做这样的梦？自己和梦中的女子有着怎样的关系？那个女子在向自己暗示什么？是让自己去找她？怨陵真的存在吗？这些问题总是困扰着蓝雨。于是，大学时蓝雨选了考古专业，毕业后更是痴迷于各种古墓的探险。

而她的这个怪梦也在一个初夏的夜晚发生了改变。

恍惚间蓝雨又来到了古墓，那白衣女子又背对着她。

"你来了！"白衣女子天籁般的声音传来。

"你！又把我带到这里，到底要告诉我什么？"

"去找琥珀泪。"白衣女子缓缓地说出这几个字。

"琥珀泪？那是什么？"蓝雨不解地问。

那白衣女子微微侧身，忧伤地看了看蓝雨说道："去吧，这千年的纠缠，找到它一切就明了了！"

"我到哪里去找？你……"蓝雨心中正有成千上万的问题迫切地想问这个神秘的白衣女子，可就在这时，蓝雨发现整个古墓突然消失了，自己被卷进一片白光，四周都是撕心裂肺的哭喊声，紧接着蓝雨惊醒，这时客厅的时钟正好当当地敲了起来，蓝雨打了个哆嗦，一看表，正好是午夜 12 点。

晨光熹微，落雁市的大街小巷刚刚从美梦中苏醒过来，蓝雨的跑车无声无息地穿过大街小巷，向着邱子卿的住处驶去。

邱子卿是个精通历史、哲学、天文地理，看上去又极为儒雅颇有几分仙风道骨的小老头。虽然已经 60 多岁了，可是颇懂养生之道的他看上去也就四五十岁的样子。邱子卿在落雁市一商业区里开了家名为七世缘的茶馆，里面装修得古香古色，颇有诗意。

但是邱子卿的真正身份并不是茶馆老板，而是一个在盗墓这一行里赫赫有名的土夫子，人称墓中仙，他开茶馆也只是为了掩人耳目。另外他还收了个经常给他捅点小娄子的徒弟——穆小米。

穆小米是计算机系毕业的，个子不高，长了一张娃娃脸，在外人眼里他就是一家计算机公司的小白领，可他却是邱子卿的爱徒，年纪轻轻的就得了邱子卿的真传，除了因为嘴损经常被邱子卿扁之外，还是学了不少邱子卿的真本事。

蓝雨与邱子卿和穆小米偶遇在一个清代古墓，那是清朝一个不知名的土财主的墓地，当蓝雨走进主墓室的时候，见到邱子卿和穆小米两个人跪在地上，神情诡异，嘴里发出阵阵让人听了毛骨悚然的阴笑。最可怕的要数邱子卿，他那时边阴笑边拿着一把匕首在自己的胳膊上一刀一刀地割，鲜血流了一地却全然不顾。蓝雨上去就给邱子卿和穆小米一人一脚，这一脚来得可真及时，一下子把那两个人从虚幻的世界中给拉了回来。原来那天邱子卿带着自己的宝贝徒弟进墓倒斗，一开始一切都很顺利，没遇到什么麻烦就到了主墓室。当时也怪邱子卿大意，觉得就一个土财主的墓，也不会有太多的机关埋伏，撑死遇到个老粽子，用几个黑驴蹄就能解决。可他万万没想到当他们踏进主墓室的时候，看见正前方有幅壁画，看了几眼邱子卿就发现有些不对劲。

这壁画看似平常，只是画着墓主生前饮食起居之类的场景，可墓主眉间却画了一个怪异的图腾，似一团燃烧的火焰又像一个红色的骷髅。邱子卿发现自己的神志开始模糊，他在心中暗叫不好，可为时已晚，邱子卿和穆小米都陷入了迷幻之中。

俗话说：智者千虑，终有一失。别看邱子卿纵横倒斗了 30 多年，可还是由于自己的一时疏忽大意差点儿丢了老命。其实原因就出在墓主眉间的那一怪异的图腾，这图腾叫摄魂图，传于西周现在几乎已经找不到它的踪迹了，只要在没有防备的情况下看了它，人的精神就会涣散，进入一种幻境，然后一步步走向不归之路。这是墓主专门为盗墓的准备的，进入幻境的人往往会被产生的幻象引诱得自相残杀或者拔刀自杀。邱子卿没想到这个清代不起眼的土财主墓里面居然有这样邪乎的东西，幸亏当时被蓝雨歪打误撞地给救了。这之后蓝雨就和邱子卿成了忘年交，蓝雨见邱子卿见多识广而且又是倒斗行里数得着的行家，索性拜邱子卿为师。收这样一个漂亮聪明的徒弟邱子卿当然开心，可穆小米却有一肚子苦水说不出来，蓝雨年龄比他小好几岁，拜师也比他晚，可蓝雨这鬼丫头非要穆小米叫自己师姐，最后在师傅的"淫威"之下，穆小米只能委屈地叫这小丫头一声"师姐"。

蓝雨的车在一座四合院门前停下，已是初夏时节，院门外两棵海棠树更加葱翠茂盛。蓝雨上前敲门，过了好一会儿邱子卿才磨磨蹭蹭地打开门。

邱子卿一看门外是蓝雨，一愣："这么大清早的，你这鬼丫头又来搞什么鬼？"

蓝雨看也不看邱子卿径自往里面走去，进了客厅，毫不客气地往邱子卿最宝贝的紫檀木雕花太师椅上一坐，绷着脸，幽幽地叹了口气说道："我又梦见她了。"

"那个白衣女子？"

"嗯，怨陵、白衣女子。昨天晚上在梦里，她让我去找琥珀泪。"

邱子卿一听，表情有些紧张，他严肃地看着蓝雨问道："琥珀泪！你从哪里听来的？你怎么会知道这个？"

蓝雨疑惑地看着邱子卿说："就是那个白衣女子告诉我的呀，难道真有这种东西？"

邱子卿走到窗边叹了口气吟道："魏官牵车指千里，东关酸风射眸子。空将汉月出宫门，忆君清泪如铅水。"然后看向蓝雨问道："这几句诗你知道吗？"

"怎么不知道？是唐朝李贺的《金铜仙人辞汉歌》里面的诗句。"蓝雨飞快地说了出来。

邱子卿点点头继续说道："传说这金铜仙人是汉武帝刘彻所建，矗立在神明台上，'高二十丈，大十围'，异常雄伟。后来魏明帝时想将它拆离汉宫，运往洛阳，欲立置前殿。可当宫官拆盘的时候，那金铜仙人却突然潸然泪下，因故被留在霸城。"

"这个我也知道，可是这和琥珀泪又有什么关联呢？"蓝雨好奇地问道。

"你知道汉武帝一生最难释怀的女人是哪一位？"

"卫子夫？"

邱子卿笑着摇摇头："卫子夫只是他众多宠妾中的一个，而最让他念念不忘、痛断肝肠的则是李夫人。"

蓝雨不解地看着邱子卿问了一句："李夫人？难道就是《北方有佳人》中唱的那个倾国倾城的李夫人？"

"是的，就是那个李夫人，她的哥哥李延年，能作曲、能填词也能编舞，要在今天也可以称得上是一个天生的艺术人才，而李夫人生得云鬟花颜、婀娜多姿，和她哥哥一样精通音律，长袖善舞，可惜早年流落风尘。汉武帝自幼喜欢音乐与歌舞，当时李氏的兄长李延年是汉宫内廷音律侍奉。一天，李延年为汉武帝唱新歌：'北方有佳人，绝世而独立。一顾倾人城，再顾倾人国。宁不知倾城与倾国，佳人难再得。'汉武帝听了以后问，果真有如此美貌的佳人吗？汉武帝的姐姐平阳公主说：'延年的妹妹貌美超人！'汉武帝连忙召其进宫，宠幸无比。可惜好景不长，李夫人后来得了重病，没多久就离开了人世，这让汉武帝悲伤无比，终日对李夫人念念不忘。"

蓝雨听后幽幽地说道："红颜多薄命，人往往都是这样，得不到的东西就是最好的，要是李夫人像汉武帝那众多妃子一样在皇宫中慢慢变老，肯定有一天汉武帝也会对她失去兴趣。"

邱子卿点头称赞："小丫头，你看得很透彻啊！不过后来又出现了一个重要人物。就在汉武帝日夜思念着李夫人的时候，有个方士李少翁对汉武帝说他能够让夫人请回来。汉武帝十分高兴，遂让李少翁入宫施法术，李少翁要了李夫人生前的衣服，准备净室，中间挂着薄纱幕，幕里点着蜡烛。果然，通过灯光的照映，李夫人的影子投在薄纱幕上，只见她侧着身子慢慢地走过来，一下子就在纱幕上消失了。实际上，李少翁是表演了一出皮影戏，可汉武帝看到李夫人的影子反而更加相思悲痛起来。后来汉武帝已经不满足只在薄纱幕上见到李夫人的影子，他要李少翁将李夫人招来陪伴自己。李少翁就对汉武帝说：'李夫人早就成仙，不是说请就能请来的，要真的想请她来，就得搭建一个莲花露台，然后在露台的四周建造金铜仙人，手托露盘，露台中间放置夫人生前最喜爱之物。只要陛下早晚焚香祷告，若真的心诚，李夫人必来陪伴陛下左右。'这本是李少翁编出来的瞎话，可没想到汉武帝却相信了，马上命人去建造露台。"说到这里邱子卿故意捋了捋山羊胡子，笑呵呵地问蓝雨："你可知道当时汉武帝把什么放在了露台中央？"

蓝雨摇摇头："不知道，总不会是他自己的玉玺吧？"

"琥珀泪。"

蓝雨听了以后眼睛一下子瞪圆了："什么？琥珀泪？"

邱子卿点点头："相传李夫人最喜琥珀，汉武帝就投其所好，派人在民间遍搜上好的琥珀，其中有一串琥珀项链最受李夫人喜爱，项链上一共九颗琥珀，颗颗晶莹润滑，形状犹如欲滴而落的泪珠，那李夫人见了以后爱不释手，天天戴在身上。"

"既然李夫人这么喜爱琥珀泪，为什么她死后不用来陪葬呢？"

"据说这琥珀泪是受了诅咒之物，李夫人的死也是因为戴了这琥珀泪所致。这琥珀泪不知是被哪个盗贼从一座古墓中盗出。当时汉武帝不知情，后来知道了很是恼火，可李夫人并不在意，这事也就不了了之。你想这样的一串项链还有可能跟随李夫人下葬吗？"邱子卿反问道。

蓝雨点点头，又问："师傅，你知道这项链到底受了什么诅咒吗？"

说起项链的诅咒，邱子卿一下子变得沉默。正在这时，门外又传来了一阵毫无节奏的敲门声，伴随着穆小米的大呼小叫。

门一开，只见穆小米满头大汗地背着一个大包进来，气喘吁吁地对邱子卿说："师傅，你让我准备的东西都准备好了，什么时候去新疆？我去订机票。"

"新疆？你们要去新疆？"蓝雨疑惑了。

穆小米点点头说："那是，师傅在新疆发现宝贝啦！据说是上古某个帝王的墓呢！"

蓝雨撅着嘴说道："好啊，师傅，你太不够意思了！还敢背着我！"

邱子卿叹了口气："这又不是去旅游，那边有多危险你知道吗？这可是赌上自己的命啊，就连小米我都不愿意他陪我去呢！"

穆小米一听头摇得跟拨浪鼓似的："那怎么行，我可是您老的得意弟子！再说像我这么英俊潇洒又勤奋好学的人才，去上古墓怎么能没有我在场呢！"

蓝雨和邱子卿听了无奈地相互对视了一眼，穆小米这个贫嘴烂舌的毛病也不知道什么时候才能改。

"师傅，你也带上我吧，俗话说得好，人多力量大嘛！"蓝雨摇着邱子卿的胳膊央求道。

邱子卿点点头，若有所思地说道："听了你的梦后，就是你不说我也要带你去！"

"这又是为什么？"蓝雨有些不解。

"因为你和琥珀泪有缘。"

"琥珀泪？师傅，难道你这次是为了琥珀泪？"蓝雨心中一惊忙问邱子卿。

"是啊，本来我并不愿意多说我们家族的事情，我们邱家和琥珀泪也有些渊源。这么多年来我一直都在找它！"

穆小米挠挠头："哎？师傅，你找这个东西干吗？以前从没听你说过嘛！"

"为了解开诅咒！"

"诅咒？"蓝雨和穆小米异口同声地脱口而出。

邱子卿一弯腰，默默地把左腿的裤子挽起来，一块铜钱大的胎记赫然出现在蓝雨和穆小米的眼前。

"胎记？"蓝雨不解地问，"师傅？这不就是块普通的胎记吗？"

邱子卿苦笑道："你再仔细看看。"

蓝雨凑上前去仔细一看，发现那胎记中居然有张诡异的人脸，那双邪恶的眼睛盯着蓝雨，嘴角微微向上翘着，露出一丝阴毒的微笑，吓得蓝雨结结实实地打了个冷战。

"看清了吧！"邱子卿苦笑着把裤子放下继续说道："这是我们家族的诅咒。当年乱世，我爷爷被逼无奈走上了盗墓这条路，后来还干出了些名堂。在我爸爸很小的时候，家里突然来了几个神秘的商人，他们给我爷爷看了张藏宝图，还告诉我爷爷日本人也盯上了这座古墓，而且这座古墓很有可能是上古帝王颛顼的墓，里面有很多稀世珍宝。我爷爷不想让这些国宝被日本人占了，就和这些神秘的商人去了新疆，过了三个月，一天早上，我奶奶一开门，就看见浑身是血的爷爷倒在家门前。当时爷爷已经快断气了，临死前交给我奶奶一张地图说：以后他的子孙恐怕都要受到诅咒了，要是孩子们身上有人脸胎记，就让他们按照这地图寻找琥珀泪，只有找到琥珀泪才有可能解开诅咒。后来但凡我们家族的男人如果身上有这样的人脸胎记，到了66岁生日的那天，都会浑身血流不止，直至死亡。女人身上有这样胎记的，一辈子不能生育。"

"到现在你们还是没有解开？"蓝雨万分震惊，看着邱子卿急切地问道。

"没有！我到现在还记得我父亲死时痛苦的一幕。"邱子卿说到这里有些哽咽。

蓝雨发现邱子卿的眼角似乎有些晶莹的东西在闪动，心中更加难受，心想：原来师傅活得如此痛苦。蓝雨刚想安慰邱子卿几句，突然想到了什么，激动地问道："师傅，你刚才说你的爷爷是去找上古帝王颛顼的墓？"

"是啊。"

蓝雨身体微微有些颤抖，缓缓地坐在了椅子上，嘴中喃喃地说："太巧了，真是太巧了！"

穆小米看见蓝雨这傻呆呆的样子，有些担心地问："哎，大小姐，你没事吧？"

蓝雨看着邱子卿有些忧伤地说："听我爸爸说当年我太爷爷也是去新疆后失踪的，据说也是为了寻找颛顼墓。"

"你太爷爷？难道？难道你的太爷爷就是当时大名鼎鼎的墓中仙蓝云峰老先生？"

"是啊，只可惜……"

"难怪，难怪！"邱子卿兴奋地感叹道，"难怪你能梦见琥珀泪！看来真是找对人了！有了你，找到琥珀泪的把握又多了几成！"

穆小米指着蓝雨冲着邱子卿嚷嚷："不会吧，师傅，像她这样的猛女怎么会跟琥珀泪有关系？"

"这你就不懂了，琥珀泪是天地间孕育出的有灵性的宝物，并不是任何一个凡夫俗子都能感觉到的。传说琥珀泪诞生于上古凤凰涅槃之地，那里有九棵万年老松，凤凰涅槃时，凤凰神火将这些老松烧着，最后只剩下九颗似泪珠一样的琥珀。传说得九颗琥珀者可聚天地之灵气获得不死之身，还有的传说得到琥珀泪之人可以知道自己的前世今生，但琥珀泪只与有缘人相遇。小米、丫头，三天后，我们就去新疆！"邱子卿兴奋地对大家宣布了行动的时间。

三天后，飞机上，蓝雨望着窗外的层层云海，恍如隔世。说来也奇怪，自从决定去新疆后，蓝雨这几天就再也没有做过噩梦，难道怨陵真的在新疆？

2. 大漠孤烟

晴空万里，风热辣辣地吹着，放眼望去满眼黄沙，慕容轩放下望远镜，望着这无边无际的大漠长长地舒了口气。

"少爷。"一个留着长发、面容俏丽、身材高挑的红衣女子走到慕容轩跟前。

"好你个潘艳儿，居然跟踪我！"

潘艳儿面无表情地看着慕容轩来了句："我并没有跟踪你，我只是在履行我的职责。老爷说过，要我保护你。"

慕容轩发出一阵冷笑："保护我？我一个大男人要你保护？笑话！监视吧？"

"少爷，我们来新疆不是游玩的，已经好几天了，你整天在街上闲逛，还是快去把老爷吩咐的事情做完吧！"潘艳儿没有回答慕容轩的质问，只是冷冰冰地提醒了他一下。

慕容轩听了极为不满，丢下一句："你管的事情也太多了！"说完转身朝旅馆走去。其实慕容轩也说不清楚自己在等什么，来的时候父亲已经交代得很清楚了，只要找到且末古城的遗址，就能找到上古的古墓，而最新得到的可靠消息，且末古城就在扎滚鲁克古墓的附近，可冥冥中是谁安排了什么？一来到新疆慕容轩就觉得有种异样的感觉，说不清是苦涩，是欣喜，是悲伤，还是孤独……这让从小就能力极强又非常自负的他突然感觉有些六神无主。

且末县，木孜塔格宾馆，穆小米背着大包小包，累得气喘吁吁地跟在穿着一身休闲装的邱子卿和蓝雨身后。

蓝雨边走边不时回头冲着穆小米嚷嚷："我说师弟，你年纪轻轻的怎么身体素质这么差啊？快点走！"

穆小米此刻早在心里骂了蓝雨几百遍：这大姐真是的！站着说话不腰疼！说我慢？你背这么多东西试试！所有的行李都让我一个人背！

一走进宾馆，穆小米就赶忙跑到服务台，屁颠屁颠地对服务员说："我们要订三个房间。"

服务员不好意思地笑笑："实在对不起，我们现在只有两间空房。"

一旁的邱子卿不解地问："我们来之前打电话预订过房间，怎么会没有呢？"

服务员听了一脸抱歉地说："本来我们是给留着的，可在你们来之前来了个挺怪的客人说订两间房只住两个晚上，可是到现在都三四天了他也没走，我们也不好赶他走。你们

007

看就是那个人。"说到这里，服务员突然指着走进来的慕容轩小声对邱子卿等人说。

当看见慕容轩的一刹那，蓝雨的心中立即涌上了一股淡淡的哀愁。

"就两间房，怎么住啊！"邱子卿不满的嘟囔声在蓝雨耳边响起。

"这还不简单，我自个住一间，您老人家就委屈一下和小米住一起啦！"蓝雨调皮地对邱子卿说。

"可是，小米的臭脚……"还没等邱子卿说完，穆小米就笑呵呵地冲着邱子卿贫开了。

"我说师傅啊，我这臭脚是天生的，爹娘给的没办法啊！你要是不想和我住也行啊，走廊里打张地铺啊！"

"臭小子！"邱子卿边骂边把钥匙丢给穆小米，"再给我贫，让你睡走廊！"

穆小米冲蓝雨吐吐舌头，拿起钥匙朝房间走去。

蓝雨跟在穆小米的身后，低头想着心事，突然感觉自己好像撞上了什么东西，抬头一看，正对上慕容轩冷冷的眼神。一瞬间，蓝雨似乎觉得一股熟悉而又沧桑的气息从时空的另一边迎面扑来。

慕容轩盯着眼前一脸迷茫的蓝雨，心中升起了一股挥之不去的哀愁。蓝雨也愣愣地盯着慕容轩，两个人就这样一动不动地站了许久。

"喂，师姐？你发什么呆呢？"穆小米懒懒的声音好像跨越了千年，传到了蓝雨的耳朵里，把蓝雨一下子从发呆中拉回到了现实世界。

"对……对不起。"蓝雨脸一红，忙低下头，语无伦次地道了声歉之后马上就逃之夭夭。

穆小米一脸坏笑地看着蓝雨："哎，我说师姐啊，遇见帅哥了吧！没想到你也会有脸红的时候！"

蓝雨见穆小米这么大声嚷嚷，脸一下子变得更红了，连忙拉着穆小米的衣服小声说："别叫那么大声，小心被他听到！"

穆小米朝慕容轩那边望去，看见一身红衣的潘艳儿正扭着小蛮腰朝慕容轩走去。

穆小米指着潘艳儿小声对蓝雨说："师姐，看来你没戏了，你看人家是一对的，八成是来度蜜月的！"

蓝雨一听火了，抬腿就是一脚，踢得穆小米"嗷"的一声叫了起来："师姐，我知道你散打不错，跆拳道也是市里的冠军，可你没必要拿我开练啊！我不就是看你刚才看那家伙的眼神比较花痴嘛！"

蓝雨听了，柳眉一挑，冷冷地问："什么？我花痴！你给我去死吧！"说着一阵"血雨腥风"向穆小米袭来。穆小米杀猪一样的号叫声在走廊中响起，只见他连滚带爬地逃回了房间。

蓝雨打走穆小米后，觉得心烦意乱，她打开房门，走进房间，将行李随手往地上一丢，一下子躺到了床上，盯着天花板发呆，渐渐地进入了梦乡。

恍惚间，蓝雨看见辉煌华丽的大殿上，一个身着华丽的玄色朝服、头戴冕冠、器宇轩昂的男子正端坐在龙椅之上，在他身边坐着一个身穿浅粉燕尾褂衣、病恹恹的女子。殿下站着黑压压的一片文武百官。

蓝雨细看那女子，不由得打了个冷战，那女子分明就是怨陵中的白衣女子。只见她清秀的脸上愁容满布，两弯似蹙非蹙的柳叶眉下一双乌黑的大眼睛里满是泪水，正呆呆地望着大殿下文武百官中一个身穿赤色菱纹朝服的男子。

蓝雨还想细看，见那女子突然转头看向自己，那张苍白的脸上居然没有五官，与此同时，那满朝文武突变成无数干尸，向蓝雨扑来，蓝雨吓得大叫起来。猛然一睁眼，发现自已出了一身的汗。

　　蓝雨站起来，走到窗边，发现已经到了傍晚，一轮猩红的太阳，正斜斜地挂在天边，远处大片的胡杨在时光的流逝中静静地矗立着，一切都显得那样的诡异。蓝雨隐隐地觉得这次新疆之行一定会有什么事情要发生！蓝雨正想着，身后突然响起了敲门声。

　　"师姐！吃饭啦！快出来吧。"

　　蓝雨刚打开门，就发现穆小米和邱子卿已经站在了门口。

　　穆小米兴高采烈地对蓝雨说："师姐，师傅今天大放血啦，答应请我们去吃烤全羊！"

　　蓝雨一听，眼睛一下子瞪大了，走到邱子卿身边，拍着他的肩膀说："师傅，不会吧，你平时不是挺鸡贼的，怎么今天这样大方？"

　　邱子卿郁闷地小声对蓝雨说："还不是因为你师弟啊！我要是不答应请他吃烤全羊，他就死活都不肯用肥皂把他那双臭脚洗洗。"

　　蓝雨一听，扑哧一声笑了出来，指着邱子卿说："哈哈，师傅你也有管不了小米的时候啊！"

　　"哎呀，快走吧，我都饿死了！"穆小米在一边焦急地催促着他们，于是三人便走出了宾馆，刚要往一家挂着新疆特色菜招牌的饭店里走，邱子卿却一把将蓝雨和穆小米拉到了饭店门口的石狮子后面。

　　蓝雨郁闷地问："师傅，你干什么？"

　　邱子卿连连摆手："小声点！看那边。"

　　蓝雨和穆小米顺着邱子卿指的方向望去，一辆悍马上下来了四个彪形大汉，其中为首的一个穿白T恤、蓝牛仔裤的男子边打电话边走进了饭店。

　　"天宇集团的人！"穆小米低声说道。邱子卿点点头："是他们！"

　　蓝雨不解地看着邱子卿和穆小米："你们，你们在说什么啊？"

　　穆小米小声对蓝雨说："刚才从那辆悍马上下来的四个人，是一个跨国文物倒卖集团的成员。"

　　"文物倒卖集团？你们怎么会知道的？"蓝雨继续追问。

　　"这个你就别问了。"穆小米口气严肃地对蓝雨说。

　　蓝雨拿眼睛白了穆小米一下，心想：呵！小子，敢在你师姐面前拽，不想活了？刚要发作，突然发现穆小米一脸从未有过的严肃，一刹那，蓝雨觉得穆小米好像换了个人似的。

　　"他们也来新疆了，看来有好戏看了。"邱子卿脸上露出了凝重的神色。

　　"师傅，难道他们也是为了且末古城来的？"穆小米问邱子卿。

　　"八成是，真是属苍蝇的，闻着点味就钻来了。"邱子卿阴阴地说。

　　"那我们现在怎么办？"

　　"静观其变！走，跟进去看看！"邱子卿说着带着大家走了进去。

　　邱子卿等人在离四个彪形大汉不远的一处僻静的角落坐下，三人草草点了几个菜，埋头吃了起来，可眼角的余光却始终锁定那四个彪形大汉。

　　只见那四个人点了很多新疆的特色菜，满满地摆了一桌子。他们也不用筷子，伸手抓起羊腿羊排的就啃，还含糊不清地说着什么。

　　蓝雨看了他们的吃相以后，吐了吐舌头悄悄地对邱子卿和穆小米说："你看他们的吃相，好像是饿死鬼托生的。"

　　穆小米一脸严肃地对蓝雨说："别说话，吃饭！"

虽然蓝雨对穆小米说话的态度极为不满，可她也发觉了事情的严重性，于是就默不作声地竖起耳朵听着天宇集团那几个人的谈话。

"哎，你们说老头子说的话准吗？这且末古城这么多年都没有人找到，就凭他的一个电话，就让兄弟我们到这鸟不拉屎的地方来受罪！"一个身穿黄色T恤、胳膊上文着青龙白虎的大汉，叼着根烟，斜着眼对自己的同伴说。

那个穿白色T恤的男子将手中的啤酒一饮而尽，拿手背抹了下嘴，不满地对穿黄色T恤的男子说："阿彪，你的老毛病就是不改，这张臭嘴！老板们的事情要我们管吗？干好自己的事情就行！"

阿彪不满地摆摆手说："我说明哥，你现在刚当了个小头就开始瞧着兄弟不顺眼啦？那老头子给我们提供了多少次假消息了？哼，我们这大半年白跑了好几趟！"

明哥抓了块羊排边嚼边说："你又不是不知道，咱们老板就相信老爷子，他都不去怀疑老爷子你咸吃萝卜淡操什么心啊？"

"就是啊，那可是传说中上古帝王的陵墓，要是这么好找，早就被人挖平了，还轮得着我们？"旁边一个穿花格子衬衫的男子插话。

明哥一听这话，脸色一沉，低声狠狠地训斥道："阿华！不说话没人把你当哑巴！管好自己的嘴！"

阿华也觉得自己说错了话，把头一低，老老实实地吃起菜来。

邱子卿听到这里，冲穆小米使了个眼色，穆小米会意地点了下头，站起来，抄起桌上的一瓶啤酒，猛地往嘴里灌了几大口，晃晃悠悠地朝天宇集团那几个人走去。

穆小米迈着八字步，一摇三晃地来到阿彪跟前，突然身子一歪压在了阿彪身上，顺势用手搂住阿彪的脖子，手一下拉住阿彪戴在脖子上的金链子，边拉边含糊不清地说："好妹妹，你怎么不陪哥再喝几杯啦？来，喝！喝！"

阿彪一把把穆小米推开，腾地站起来，破口大骂："妈的，哪来的野小子，敢在你爷爷头上动土？"

穆小米嘴巴一咧，冲着阿彪吹了口气，晃悠着说："嘿嘿，好妹妹！哥哥我想死你了！"说着又一把把阿彪抱住，"来香一口。"撅着嘴就要亲阿彪。

阿彪脸气得通红，使劲把穆小米推开："妈的！找抽啊！"说着抢起拳头来就要打穆小米。邱子卿见状赶忙走上去，扶住穆小米连声对阿彪说："对不起，对不起，他喝多了！"边说边指着坐在远处的蓝雨对穆小米说："说你喝多了你还不承认，你的好妹妹不是在那边坐着吗？到人家这里捣什么乱？"

穆小米抬头朝蓝雨坐的地方望去，嘴巴一咧，露出一个比哭还难看的笑容，撅着嘴巴："咦，好妹妹！好妹妹！来香一口！"说着就要朝蓝雨扑过去。蓝雨听得额头冒汗，鸡皮疙瘩落一地，心中暗骂：臭小子，等下扁不死你！

"想走！没门！"阿彪一下子揪住了穆小米的衣领，依旧不依不饶，还要揍穆小米。

"阿彪！行了！"明哥呵斥了阿彪一声，走过来一把把阿彪拉住说，"人家又不是故意的，男人有几个没喝醉过？你这暴脾气什么时候能改改？"

阿彪很不情愿地坐了下来，嘴里还嘟嘟囔囔地骂个不停。

邱子卿见状赶忙架着穆小米冲着蓝雨喊了声走了，就往门外走去。

邱子卿架着穆小米在大街上走着，蓝雨跟在后面，要不是今天亲眼看见，蓝雨怎么也想不到自己的这个臭屁师弟还有这本领，演得还挺像，混个三流的演员当当应该没多大问题。

"好不容易来一趟新疆，不如让你们去逛逛吧。"走了一会儿，邱子卿突然来了一句。

"那感情好！我去也！师傅晚上见！"穆小米说完便消失在人群之中。

邱子卿无奈地摇摇头，对蓝雨说："走吧，咱们也逛逛。"

蓝雨疑惑地问："师傅，刚才那几个人？"

"没事，我都安排好了，晚上回去再细说，这人多口杂。"说完邱子卿悠然自得地逛起了且末的集市。

集市上，熙熙攘攘，叫卖声此起彼伏，有不少来此地旅游的旅客穿梭其中。到处都是卖新疆工艺品的小摊，琳琅满目的牦牛头、羊头工艺品，花花绿绿的新疆小帽，美不胜收的羊绒提花围巾披肩，价值不菲的和田美玉，看得蓝雨眼花缭乱，身穿新疆民族服装的胖大妈热情地招呼着过往的游客。突然，蓝雨被人流中一个熟悉的身影所吸引了——慕容轩！

看着慕容轩蓝雨心中又涌起了一股难以控制的悲哀，这悲哀让蓝雨终于体会到了肝肠寸断的含义。她呆呆地站在原地，周围嘈杂的声音一下子消失了，就连邱子卿走远了她也全然不知，一行清泪缓缓地滑落。

慕容轩也在人群中发现了盯着自己发呆的蓝雨，他俊美的脸上露出一丝疑惑的表情，朝蓝雨走过来，问："小姐？我们认识吗？"

蓝雨没有回答他，蓦然间，慕容轩发现蓝雨已经泪流满面。这下慕容轩有些慌了手脚，要知道从小到大他最怕见女人哭。

"小姐，你怎么了？"

蓝雨望着慕容轩，轻轻叫了声："九哥。"眼前一黑，身子一软，倒了下去。

无边无际的黑暗，突然一道白光一闪，一阵古朴幽雅的乐声从箜篌中传来，大殿之上，蓝雨又见到了自己梦中曾见过的那个面容英俊、器宇轩昂的男子。此刻他正斜卧在榻上，欣赏着大殿中的歌舞。"北方有佳人，绝世而独立。一顾倾人城，再顾倾人国。宁不知倾城与倾国？佳人难再得。"

曲声悠悠，一清丽曼妙的女子，穿着淡蓝色的曲裾，外罩白色纱质燕尾褂衣，随着歌声翩翩起舞，真是虹裳霞帔步摇冠，钿璎累累佩珊珊。娉婷似不任罗绮，顾听乐悬行复止。飘然转旋回雪轻，嫣然纵送游龙惊。小垂手后柳无力，斜曳裾时云欲生。一曲毕，满座喝彩。那白衣女子对着大殿上的男子盈盈下拜。

男子面带喜悦，站起身来，走下殿来，来到那绝色女子面前，拿手轻轻地抬起女子的下巴说："抬起头来，让朕好好看看！"

蓝雨突然发现，此时自己变成了那献舞的女子，男子的一只手正轻轻地捏着自己的下巴。

蓝雨也慢慢地抬起头来，猛然发现站在自己眼前的不是什么英俊男子，而是一具酱紫色、面容狰狞的干尸，它那干枯的手正掐着自己的脖子，嘴里发出阵阵冷笑。

"啊！"蓝雨一声惨叫，从梦中惊醒。她这一叫把正坐在床边细细观察她的慕容轩吓了一跳。

在集市上，慕容轩与蓝雨不期而遇却又莫名其妙地晕倒在慕容轩的怀中，他只好把蓝雨抱回了宾馆，让潘艳儿去请医生，自己则守在蓝雨身边。

可当他看着躺在床上熟睡的蓝雨时，一下子陷入了淡淡的悲伤与苍凉之中，似乎很久很久以前，他和蓝雨在何处见过，似乎彼此的生命中都有对方的印记，只是在这种特殊的氛围中才浮现出来。

蓝雨一睁眼，发现自己躺在一个陌生男人的床上，这比她刚才梦见干尸还要恐怖！

"啊！啊！"接连几声超过 100 分贝的尖叫，差点儿没把慕容轩变成聋子！接着就是一阵拳脚打来，慕容轩已经被逼到了墙角。

蓝雨本来十分白净的脸上因为气愤变成了红苹果，她顺手抓起桌子上的一把水果刀顶着慕容轩的喉咙，咬着牙，狠狠地问："说！你都干了些什么？我怎么会在这里？"

慕容轩一听这话，突然给气乐了："你还问我为什么？我还想问你呢！好好的在大街上盯着我突然晕倒，我总不能见死不救吧？"

蓝雨有些不相信地问："就这些？"

慕容轩很无辜地点点头："就这些。"

突然门一开，传来一阵潘艳儿的惊呼声："天呀！少爷！"潘艳儿看着蓝雨气急败坏地叫着，"你快放了少爷，是他救了你，他还叫我去请医生，哎，医生呢？"潘艳儿朝身后望去，连个影儿也没看见。原来，潘艳儿一开门，医生就看见蓝雨拿刀顶着慕容轩，这医生一向胆小怕事，一见这场景，早就逃之夭夭了。

蓝雨见潘艳儿不像撒谎的样子又问："这是哪里？"

"宾馆，木孜塔格宾馆。"

蓝雨一听自己就在自己住的宾馆里，于是就放开了慕容轩，用刀子指着慕容轩和潘艳儿说："你们，你们都别过来啊！"说完转身就跑了出去。

慕容轩在后面冲着蓝雨的背影大喊："哎，别走啊，我叫慕容轩，你叫什么名字啊？"

蓝雨气喘吁吁地跑到自己房间门口，心像头小鹿咚咚乱跳。这时邱子卿和穆小米也满头大汗地从外面赶回来。邱子卿一见蓝雨，终于松了口气，对蓝雨说："我的小祖宗啊！你跑哪里去了？我跟小米都急死了。"

蓝雨支支吾吾地说："我，啊，我刚才光顾着看小摊上的工艺品，走着走着才发现自己迷路了，现在刚摸回来。"

穆小米故作惊讶地叫着："哎呀，师姐啊，原来你也会迷路？我和师傅还以为你被人贩子拐走了呢！"

蓝雨尴尬地笑笑说："哪有的事，哎，师傅我还要问你们呢，今天在饭店你和小米演的这是哪一出啊？"

邱子卿一听，转身掏出钥匙打开房门说："走，里面说去。"

一进屋，邱子卿就问穆小米："你那边情况怎么样？"

穆小米一屁股坐在床上，满脸自信地说："放心，没问题，目前他们还没什么动静，正在酒吧找小姐呢！"

邱子卿捋了下自己的胡子，点头说："很好！盯紧点，他们肯定马上就会有动作。"

穆小米和邱子卿的这一番对话，更让蓝雨丈二和尚摸不着头脑："师傅，你们这到底说的是什么跟什么啊？"

邱子卿笑笑："今天小米给我们演了出好戏啊，他在和那个天宇集团的人亲密接触的时候把 24 小时全息跟踪器放了那个叫阿彪的身上，现在他们的一举一动都在我们的掌握之中。"

穆小米郁闷地说："师傅你就别提'亲密'两字了，一想起来我就要吐！"

蓝雨疑惑地问："我们监视他们干吗？"

邱子卿叹了口气说："天宇集团出现在这里真不是件好事！他们是臭名昭著的国际盗卖文物的集团，我们很多古墓都被他们盗过，好些国宝级的文物都被他们卖给了外国人，像什么汉代的玉龙头饰、玉勾云纹灯、玉龙鸟纹佩，唐代的鎏金舞马衔杯纹银壶、双凤葵花铜镜，北宋的定窑花卉梅瓶、南宋哥窑花口碗，乾隆的'万福吉祥灯'，真是多得数不胜数！想起来就心痛！"

蓝雨听了也觉得十分气愤："师傅，既然他们这样猖狂，为什么警察不抓他们？"

邱子卿摇摇头："抓他们？早就想抓他们了，这么多年来警方一直都盯着他们，也围剿过他们好几回，可据说只抓到些小喽喽，真正的老板到现在还蒙着神秘的面纱，谁也不知道他到底是谁。"

蓝雨郁闷道："不会吧，他们如此厉害？"

"其实要在国内，早就好说了，可他们的老窝设在泰国、缅甸和老挝三国的边境地区，就是我们常说的金三角，既在三不管的地带又在茂密的雨林中。他们的老板更是行踪神秘，飘忽不定，连天宇集团的很多人都没见过自己的老板，而且他们在国内也有个神秘的合作伙伴，一直帮他们提供各种古墓、文物信息并帮他们把盗得的文物弄出国去，要是抓到那个人或许可以将天宇集团一网打尽。"穆小米在一边补充。

蓝雨听了，想了一会儿突然问："你们怎么对天宇集团这么熟悉？"

邱子卿微微一愣："在盗墓这一行里混的，有几个人不知道天宇集团？他们的人个个不怕死，心狠手辣，谁要是妨碍他们的生意，肯定只有死路一条，当年我们这一行的好多兄弟都死在了他们的手下。"

"师傅，既然天宇集团的人都到了，我们是不是该赶快行动了，不然被他们抢先了，指不定那琥珀泪落在谁的手里呢！"穆小米说。

邱子卿点点头："嗯，今天把东西都准备好，然后大家早点休息，明天天一亮我们就去古墓！"

蓝雨听了邱子卿的话又觉得有些糊涂了，不解地问："师傅，你老说古墓古墓的，可到现在你也没有具体告诉我古墓在哪里啊？"

邱子卿点点头说道："且末南倚昆仑，北临大漠，东入阳关，西去葱岭，是'玉石之路'的起始地和'丝绸之路'的南道重镇。当年我爷爷去新疆后，给我奶奶的最后一封书信里就写到当时他们一行人在新疆且末县，说他们正在找且末古城的遗址，估计就在且末县城的附近。"

蓝雨想了下说："《汉书·西域传》说该城位于鄯善国以西720里，精绝国以东2000里。北魏时期的《宋云行记》对且末古城有比较详细的记载。宋云曾经路过且末古城。当时且末古城仍然有居民，从事原始农业。从鄯善西行1640里，至左末城就是我们说的且末城。还说城中居民可有百家，土地无雨，决水种麦，末秔而田。但在宋云之后的125年间，到了玄奘来时，且末古城却没有了人。谁也不知道这125年中发生了什么事情，城中的人又到哪里去了。"

邱子卿点点头说："小丫头，历史学得挺不错嘛！"

穆小米也见缝插针地拍马屁："师姐，你太有才啦！"

蓝雨满不在乎地说："那当然，别忘了我可是考古系的高才生呢！"

邱子卿呵呵笑笑问蓝雨和穆小米："当地还有个传说，你们听过没？"

蓝雨和穆小米异口同声问："什么传说？"

邱子卿说："传说沙漠深处有一座城市，城市里到处都是珠宝。于是，当地的老乡就祖祖辈辈地骑着骆驼，带着干粮到沙漠深处去寻找这个有着珠宝的城市。据介绍，在20

世纪 50 年代，曾经有五个老乡结伴去寻找这个古城。后来，在偶然中发现了一座城市。可当他们正准备进入这座城市时，突然刮起了沙暴。为了活命，他们离开了这座城市。后来，就再也找不到了。现在，五个老乡中已经有四个离开了人世。"

蓝雨听了思索地问道："难道那几个老乡看到的就是传说中的且末古城？"

邱子卿点点头："应该是，我这么多年一直都在寻找传说中的且末古城。直到有一年我去了我奶奶的老房子，在那里发现了当年我奶奶的日记，日记里面写着当年我爷爷死的时候留给我奶奶的最后几句话，我想这一定和那上古的古墓有关。"

"哪几句话？"蓝雨迫切地追问。

"断壁残垣黄沙扬，漂移墓地终现身。西南方……凶难……"说到这里邱子卿停住不说话了。

"师傅，卖什么关子啊？怎么不说了？"穆小米着急地问。

邱子卿摇摇头："没有了，最关键的时候却没有了下文，但是根据我这么多年的研究和我爷爷留下的这几句话，我觉得那古城的遗址应该就在扎滚鲁克古墓葬群附近，那上古的古墓也应该在那边。"

穆小米问："也就是说，在扎滚鲁克古墓葬群附近还有更古老、更大的古墓？"

邱子卿点点头："要是我的判断没错的话，那上古颛顼的墓就在那里。"

入夜，蓝雨躺在床上翻来覆去地睡不着，来新疆后发生的这一幕幕像放电影一样在蓝雨眼前一一闪过。梦中，在大殿上随着《佳人曲》翩翩起舞的绝色女子应该是汉武帝的宠妃李夫人啊，可怎么又变成了怨陵中的那白衣女子？难道李夫人死后所葬之地叫怨陵？不，不可能，史书上明明记载着李夫人死后就葬在汉武帝的茂陵附近，怎么又跑到怨陵去了？自己为什么一见那个叫慕容轩的家伙就会有种悲伤窒息的感觉呢？这个面容俊朗、神情冷漠的男子究竟是谁？还有，难道天宇集团的人也在找古墓？为什么师傅和小米对天宇集团这样了如指掌？今天发生的事让蓝雨觉得自己十分熟悉的师傅和师弟一下子像变了个人似的，有些陌生。

蓝雨越想头越痛，最后她在床上再也躺不下去了，一骨碌爬起来，走进浴室，打开淋浴器，洗起澡来，热腾腾的水蒸气很快就弥漫在整个浴室中，水珠洒落在蓝雨寸寸如雪的肌肤之上，蓝雨觉得自己一下子从那些浑浑噩噩的猜测之中走了出来。突然，蓝雨一下子呆立在喷头下面，任股股水花从喷头上洒落。就在蓝雨的左胸上方出现了一个似泪珠状、珍珠般大小的琥珀色胎记，胎记中的图案像只振翅欲飞的凤凰。

蓝雨呆呆地看着这胎记，有点儿不相信这是真的，怎么会这样？自己身上怎么会突然出现这样的胎记？这也太不可思议了吧？难道自己真的像师傅说的那样和琥珀泪有缘？恍惚之中，蓝雨看见那怨陵中的白衣女子，在一间装饰华丽的屋中，穿着艳丽的服饰，正坐在铜镜前梳妆，只见她将一枚碧玉的簪子斜斜地插了在发髻之上。这时房门一开，一身戎装的青年男子快步走了进来。

那女子见了，惊喜地连忙站了起来，笑着迎了上去，娇滴滴地叫了声："虎哥，今天怎么有空来我这里？"

那男子宠溺地将女子搂入怀中说："我马上要出征了，来看看你，我已经跟妈妈说过，她不会难为你的，等我回来就娶你，你就等着做将军夫人吧！"

女子先是一喜，后又转忧，她从男子的怀中挣脱，走到床边缓缓坐下，说："妾身是一风尘中女子，若将军迎娶我做正室，只怕皇上会怪罪你，误了你的前程！"

男子毫不在乎地笑笑："功名算什么？我岂在乎这些？此生有你足已。"

女子眼中泪光闪闪，轻轻唤了声："虎哥！"

男子走过来坐在女子身旁，一手搂着女子说："你不用多想，再说娶你又有何难？只要我这次大破匈奴，皇上一高兴肯定要奖赏我，到时候我跟皇上说赐婚于我不就行了？你在这里再耐心地等几日，等我得胜回朝的好消息吧。"

"李姑娘，客人点你献舞，妈妈叫你去呢！"门外突然出现了一个穿淡紫曲裾的女孩。

男子听了一笑，对女孩说："你们妈妈可真是贪心啊，给了她那么多银两，还不让你姐姐消停会儿。"

那身穿淡紫曲裾的女孩看着男子天真地说："我们姐姐的歌舞可是全长安城都找不出第二个的，每天来我们红楼想看姐姐歌舞的人数都数不过来，今天妈妈实在挡不过了，只得叫姐姐下去舞一曲。"

男子听后，点点头，爱怜地看着女子说："你去吧，我也该走了，等我的好消息！"说完转身离去。

那女子痴痴地看着男子，两行清泪滑下："虎哥，保重！"她黄莺般婉转的声音在男子身后响起，那男子略站了站，可最后还是头也不回地离去。当看着那男子离去的背影时，蓝雨突然发现自己也在流泪，而且心中有种肝肠寸断的痛！她不禁哭出了声来。

此时，在木孜塔格宾馆，还有一个人也无法入眠。慕容轩坐在沙发上发呆，许久他才发现手中的酒杯已经空了多时，他一伸手，拿起桌子上半瓶御鹿瑰宝白兰地，往酒杯中又倒了些酒。

"九哥！"他边用手轻轻晃着酒杯中的白兰地，边自言自语地说，"她到底是谁？怎么会知道我的小名？"说实话自从见了蓝雨后，慕容轩就有种似曾相识的感觉，而今天傍晚在集市上，蓝雨昏倒前轻轻叫出的两个字更让慕容轩吃惊——九哥！这是把自己带大的姑姑给自己取的小名，除了他和姑姑之外，就连父亲也不知道。慕容轩万万也没想到来了新疆后，一个陌生的女孩居然也叫自己九哥。想到这里，慕容轩站起来，拉开窗帘，发现东方已经微微地露出了鱼肚白，慕容轩伸了个懒腰，对自己说："算了，不管她，不管怎样，今天该向且末古城进发了！"

3. 古城迷踪

天微微亮，蓝雨刚迷迷糊糊地进入梦乡，就被一阵敲门声吵醒。穆小米嚣张的叫声在门外响起："师姐，好了没？咱们该出发了，要是再不走，一会儿到了景区咱们都得变烤乳猪！"

蓝雨极不情愿地从床上爬起，边揉着眼睛边开门，嘟囔着："吵什么！这么早起来干什么啊？再多睡一会儿吧。"蓝雨冲着穆小米嘟囔了几句，穆小米刚要说话，外面就传来了邱子卿的声音。

"你们在磨蹭什么？快点！一会儿太阳出来了，沙漠里会很热的！"邱子卿头上戴着顶白色的帽子，背着个大旅行包出现在蓝雨和穆小米身后。

"小米，去把车开过来！"邱子卿吩咐了一句。

蓝雨好奇地问道："车？什么车啊？"

"我们要去找且末古城遗址总得弄辆车吧，我租了辆。"邱子卿说完转身朝楼下走去，对蓝雨说，"快点，五分钟后宾馆门口见。"

车在沙漠公路上飞奔，穆小米边开着车边问邱子卿："师傅，你说那且末古城真的就在这附近吗？"

邱子卿听了叹了口气："唉，那要看我们和它有没有缘了。这么多年来，且末古城就像一座幽灵城市一般，游荡在黄沙之间，直至现在也没有人真正地找到它。"

穆小米听了后吐吐舌头说："幽灵城？哎，师傅别说得这么吓人呀！我怕到时候古城没找到，倒是扎滚鲁克古墓群里的干尸复活了！"

邱子卿听了笑笑："这些你见得还少吗？有什么可怕的？"

穆小米忙说："这可不一样，要知道扎滚鲁克古墓群里干尸的数量可不少呢！万一要来个集体复活，那可惨喽！"

蓝雨听了穆小米的一派胡言，笑了笑，朝车窗外望去。此时太阳已经升得老高，透过车窗外的滚滚热浪，满眼是一望无际的黄沙和远处稀稀疏疏的几棵早已枯萎却孤独地伸向天空的胡杨。塔克拉玛干大沙漠，这个面积相当于新西兰，比三毛笔下的撒哈拉沙漠还要大且更富有传奇色彩的沙漠，终于真真切切地出现在蓝雨的眼前。冥冥之中，蓝雨似乎感觉到有个声音一直在召唤自己。

忽然，蓝雨发现远处的沙漠中扬起滚滚沙尘，从远处分别跑来两队人马，一时间烟尘滚滚、马嘶阵阵、杀声震天，蓝雨发现昨天在幻觉中看见，被怨陵女子唤做虎哥的英武男子正一身戎装，一马当先地冲杀在前方，突然箭如雨点般地射向那名男子。

蓝雨的心一下子揪了起来，"小心！"蓝雨喊出了声。

这一喊倒把邱子卿和正在开车的穆小米吓了一跳。

穆小米看看前方的路，一马平川，不解地问："怎么了师姐？小心什么？"

这时蓝雨才回过神来，指着窗外问："你们没看见吗？两队穿着古代衣服的人在打仗。"

穆小米和邱子卿顺着蓝雨指的方向望去，只看见了一望无际的黄沙。

"什么也没有啊？我说师姐，你别一惊一乍的好吗，我这还开着车呢！"穆小米抱怨道。

蓝雨又朝车窗外望去，只看见了黄黄的沙子，那些人马就这样凭空消失了。

"奇怪，刚才明明看见了。"蓝雨嘟囔着。

"我看你八成是看见海市蜃楼了。"邱子卿思索地看着蓝雨。

"也许吧，"蓝雨揉着自己的太阳穴，有些疲倦地说，"不知道怎么了，自从来新疆后，总是会出现一些古代的幻觉！"

邱子卿听了蓝雨的话后意味深长地看了她一眼，什么也没说。

"师傅，你看前面是不是扎滚鲁克古墓葬群啊？"穆小米指着沙漠中那一片被围栏围起来的荒漠地带问。

邱子卿看了点点头说："是，就是这里！你把车找个隐蔽点的地方停下，我们走过去。"于是穆小米把车停在了一个沙丘的后面，三人下车，背起行囊，朝扎滚鲁克古墓群走去。

踩在细软的黄沙之上，蓝雨看着大漠，突然感觉到一股熟悉的气息。此时已快到中午，毒毒的太阳正高高地挂在天空，大漠中的一切都像被吸干了水分，毫无生机。墓地中没有一个游客，蓝雨三人顶着烈日，踩着黄沙，徘徊在围栏外。

"师傅，你说这古城遗址会不会就在扎滚鲁克古墓群下面啊？"穆小米抹了把汗，皱着眉头问邱子卿。

邱子卿停下来，环顾四周，摇摇头说："应该不会，这扎滚鲁克古墓群考古加盗墓已经被挖了无数次，要是真有古城掩埋在墓地下面的话肯定早就被发现了。"

蓝雨听后对邱子卿和穆小米说："既然都来到扎滚鲁克古墓群了就别白来呀，我们还不如先到里面参观参观。"

穆小米听了也连连点头："就是，反正一时半会儿也找不到，也不在乎这点时间！"

邱子卿无奈地摇摇头："你们当这是来旅游啊？算了，你们进去看看就出来，别忘了天宇集团那几个家伙随时都有可能杀出来。"

穆小米听了自信地拍拍胸脯："放心，我刚从24小时全息跟踪器上得知，那四个傻瓜在酒吧为了抢个小姐和别人打起来了，这会儿估计都在派出所接受警察叔叔的教育呢！"说着穆小米绕过围栏走进了扎滚鲁克古墓，蓝雨和邱子卿也跟了进去。

空荡荡的陈列大厅里此时只有他们这三个游客，说来也奇怪，一进墓地邱子卿俨然就变成了个经验丰富的导游，他边走边向蓝雨介绍："扎滚鲁克古墓群可分为东西两区域，分布总面积约2.5平方公里。墓葬形制主要以竖穴土坑墓、长方形棚架墓和单墓道长方形竖穴棚架墓为主。葬式为单人、双人及丛葬。目前出土的陶器、铜铁器、丝毛织物、骨木器、木竖箜篌乐器、彩色绘面、蒙面、金箔等文物有1000多件。从这里24号墓中发现丛葬的14具保存完好的干尸，还是迄今为止世界上发现的人数最多的家庭丛葬干尸群。"

蓝雨听后惊讶地看着邱子卿问："师傅，你怎么什么都知道？难道你来过？"

邱子卿听了笑笑："还是考古系的高才生呢，怎么连这些都没听说过？"

蓝雨撇撇嘴："我又不是全才！"说着走到一个陈列着干尸的玻璃柜前，细细观看，只见那干尸双手交叉放于胸前，双目微合，好像刚刚入睡一般，虽然经过大漠千年的时光，尸体早已干枯风化，但当年的神韵却还依旧，蓝雨看到这里，心中涌起阵阵心酸。

"唉！"

蓝雨听到一声叹息，这声音就是那怨陵中白衣女子发出的，蓝雨突然发现那玻璃柜中的干尸突然睁开了眼睛，冷冷地看着自己。

蓝雨一惊，再一看，那干尸依旧双目微合地躺在那里。

"唉！"又是一声重重的叹息。

蓝雨猛地抬起头，环顾四周，发现一白衣女子的身影，那女子回头幽怨地看了眼蓝雨，悄无声息地朝着展厅的深处跑去。

"怨陵女子！"蓝雨轻呼了声，也追了过去。

邱子卿见蓝雨突然跑了，刚想跟上去，忽听得"妈呀！"一声惨叫。

这声音是从穆小米那边传出来的。

邱子卿又连忙跑到穆小米那边问："怎么了？"

穆小米神情紧张地指着玻璃柜中的五具干尸紧张地说："那，那家伙刚才动了一下，干尸动了！"

邱子卿朝穆小米指的方向看去，却没有发现什么异常，突然他闻到一阵淡淡的香气，便问穆小米："臭小子！是不是你洒香水了？"

"没洒！"穆小米像中了魔一样，眼睛直勾勾地看着前方，突然一把拉住邱子卿杀猪一样地叫了起来，"看，看，它们是动了！"

邱子卿一看也倒吸了口冷气，只见那五具躺在大大的玻璃壁柜中的干尸，慢慢地从地上爬起来，张开只剩几颗牙齿的嘴，发出阵阵阴森的笑声。那五具干尸边阴笑着边伸出细长的手臂，手指间突然长出了细长而锋利的指甲，怪叫着穿过玻璃壁柜，朝邱子卿和穆小米扑来。

"还愣着干吗？跑呀！"邱子卿拉起还呆在原地的穆小米，两人飞一样地跑没影了。

陈列室外，邱子卿和穆小米边端着粗气，边紧张地向陈列室那黑幽幽的大门望去。突然，邱子卿一拍脑袋对穆小米说："不好，你师姐还在里面呢！"

"赶快去救她！"邱子卿说完就要往里面冲。

"可是那干尸！还有你刚才说的香气！是不是很古怪？"穆小米在后面叫道。

"香气？"邱子卿停下来皱着眉想了会儿突然豁然开朗，又大踏步地向陈列室里走去。

"师傅，你不怕那些复活的干尸了？"穆小米在后面喊起来。

"根本没有什么复活的干尸，都是幻觉！"邱子卿头也不回地向前走。

"幻觉？"穆小米边问边追上邱子卿。

"对，刚才那股香气，是乌羽玉发出的香气。"

"师傅，什么是乌羽玉啊？"

"是墨西哥的一种植物，在墨西哥的古代玛雅文明中就发现有致幻蘑菇的记载，考古学家还在危地马拉的玛雅遗迹中发掘到崇拜蘑菇的石雕。当时玛雅人认为它是能将人的灵魂引向天堂、具有无边法力的'圣物'，恭恭敬敬地尊称它为'神之肉'。吃了它的肉，或者闻到它的花香会让人根据周围的事物产生幻觉。"

"产生幻觉的植物？可是师傅，这是新疆，是古墓的陈列馆，怎么会出现这种植物？"

"顾不了这么多了，先找到你师姐再说！进去的时候憋口气，小心再陷入幻觉。"邱子卿提醒了下穆小米，一脚迈进了陈列大厅。

大厅空荡荡的，连个人影都没有。

蓝雨跟着怨陵中的白衣女子一直朝大厅的深处跑去，那白衣女子跑到了大厅后面的小门，身影一闪，消失在蓝雨的视野中。蓝雨茫然地环顾了四周，走到小门前，用手轻轻一推，门"吱呀"一声开了，一股热浪扑面而来。

蓝雨穿过小门，发现陈列室的外面是一片黄沙地，中间一个长方形的竖穴土坑墓静静地躺在地面上，墓口黑幽幽的，泛着诡异的光芒。

蓝雨似乎中魔了一样，目光呆滞、动作机械地朝坑墓走去。

蓝雨奇怪的举动，吸引了不知道从哪里突然冒出来的慕容轩和潘艳儿。

当蓝雨走到坑墓的边缘时，奇怪的一幕发生了：那坑墓忽然消失，取而代之的是一汪清澈的湖水，透过清澈的湖水，可以看见湖底赫然出现一个长方形的古城，断壁残垣、坍塌的房屋与缺损的门窗，甚至连街道上散落的汉代红陶、灰陶砖瓦残片都看得一清二楚。

"少爷，这难道是海市蜃楼？太恐怖了。"潘艳儿惊讶地问。

"我看不像。"慕容轩也觉得发生在眼前神话般的一幕实在太离奇、太诡异。

蓝雨对于刚才发生的一幕丝毫没有反应，依旧机械地向前走着，当她一只脚抬起，迈到湖面上空的时候，湖水又骤然起了变化，湖面上突然伸出无数只枯手，挥舞着向蓝雨抓去，刺耳欲聋的哭喊声从湖底传来。

慕容轩看着蓝雨依旧没有停下脚步，心猛地提到了嗓子眼："小心！"说着自己就朝蓝雨扑去。

然而慕容轩并没有拉住蓝雨反而和蓝雨一起摔进了湖中，一下子消失得无影无踪。湖面又恢复原来的样子，清清的湖水依旧可以看见湖底残破的古城。

"少爷！"潘艳儿失声叫了起来，"哎呀，这可怎么办啊！"潘艳儿在湖边徘徊，急得直跺脚。

邱子卿和穆小米一路找到这里，猛然发现陈列室的后面还有个大湖。

"有没有看见一个女孩经过这里？"穆小米问正在湖边跺脚，急得都快哭了的潘艳儿。

"还说呢，我们少爷就是为了救她才掉进湖里的！"潘艳儿气急败坏地嚷嚷，"我可怎么办啊！回去怎么交代啊！"

老爷交代的任务没完成，反把少爷给弄丢了，这可让潘艳儿抓狂！突然她心一横也纵身一跃跳进了湖中，一眨眼就消失得毫无踪迹。

邱子卿和穆小米嘴巴张得都可以装进头牛了，眼睛一眨不眨地看着湖面。

"师傅，刚才那个女的说师姐是掉到了这个湖里的吧？"穆小米突然冒出一句话。

"是啊！"

"救师姐！"说着穆小米也快步冲过去，一下子就跳了下去。

这回该轮到邱子卿发狂了，平时特别惜命、一遇到危险就会躲到邱子卿身后的穆小米今天特别反常，为了救蓝雨，也不管这湖下面是刀山还是火海，就跳了下去。

邱子卿走到湖边，突然发现湖底破败的古城。"断壁残垣黄沙扬，漂移墓地终现身。西南方…凶难……"，这几句话又响起在邱子卿的耳边，突然他猛拍了下自己的脑袋："哎呀！这不就是且末古城吗？"紧接着，他也毫不犹豫地跳进了湖里。

湖面泛起了几晕涟漪，马上又恢复了平静。

"阿彪！快点，一会儿这日头不在头顶了，我们就找不到古城的入口了！"天宇集团的四个人从远处的沙漠走来。

"明哥！那有湖水！"阿华突然叫起来。四人一阵飞奔，跑到了湖水的近前。

阿彪激动地嚷道："看！湖底的古城！这回老头子总算没忽悠咱！"说着阿彪兴奋得直搓手，他仿佛看见了城里那价值连城的财宝！"明哥，还看什么？拿家伙，下去啊！"

"等等，你们看！"为首的明哥脸色铁青地指着沙地上蓝雨等人留下的脚印，"看来已经有人先我们一步了！"

"那怎么办？"阿华问。

"见机行事！先下去，都把家伙拿好，只要在古城里发现有外人，不论男人女人、大人小孩通通杀死！"明哥阴阴地说道。

"行！不用说我们也知道。"阿彪答应着，第一个跳进了湖里。

那一汪清清的湖水，在明哥、阿彪等人跳入后，水面上荡漾起的涟漪一圈圈地向周围慢慢地扩散开后，湖面恢复了平静。忽然一阵阴风刮过，一大片云遮住了挂在天空的骄阳。几分钟后，风停了，太阳也从云中露了出来，而那一汪湖水却消失得无影无踪，只有那长方形的竖穴土坑墓静静地躺在地面上。

慕容轩抱着蓝雨跌落在湖底，顺势滚出老远，蓝雨这一摔，一下子清醒过来，她睁开眼睛，静静地看着把自己搂在怀中的慕容轩。此时，慕容轩也静静地看着蓝雨，二人目光交汇，透过慕容轩深邃的目光，蓝雨仿佛看见时光的那一端，一个身穿华丽冕服的男子迈着威严的步子，手里捧的正是那上古的神物——琥珀泪。那男子一步步地走上露台，将琥珀泪放在了纯金打造的莲花状露盘中。

眼前的景物一下子消失，蓝雨左胸上方，那块琥珀泪状的胎记突然火辣辣地灼痛起来，痛得蓝雨捂着胎记"啊"的一声叫了起来。

"你怎么了？"慕容轩关切地问。

蓝雨猛地抬起头，一道冷光射向慕容轩："又是你！敢非礼我？去死吧！"说着，拳头雨点般地落了下来。

慕容轩一听这话，别提多郁闷了，他一闪，躲过蓝雨的"狂轰滥炸"，伸出手牢牢地抓住蓝雨的手腕。

"小样，居然也练过！"蓝雨气急败坏地说，"看招！"说着还要继续打。

"好了，别闹！要不是为了救你，我会掉到这鬼地方？"慕容轩气呼呼地说道。

"救我？"蓝雨瞪着她那双美丽的大眼睛不解地看着慕容轩。

"是啊！当时那墓坑突然变成了一片大湖，而你就像着了魔一样朝湖中走去，就在你走进湖中的时候，湖里突然伸出无数干尸的手，要拉你下去，你说恐怖不恐怖？我去救你，反被你带到这里来了！"

"天呀，我不是在听故事吧？"蓝雨费解地看着慕容轩。

"听故事？你看看你周围！"慕容轩没好气地说，"这鬼地方！不知道还能不能找到出去的路！"

听慕容轩一说，蓝雨才开始注意起周围来，昏黄的天底下，土坯做的房屋已经全部倒塌。片片废墟，断壁残垣，散落在四周的汉代瓦片就这样静静地躺着，不知道过了几千年。四周死寂一片，静得让人有些毛骨悚然。

"你说，我们刚才是跌落在湖里？"蓝雨疑惑地问。

"是啊！"慕容轩回答。

"那我们应该是在水里啊，可这连水的影子也没有啊！"蓝雨有些抓狂的感觉。

"难道是另一个时空？"蓝雨和慕容轩异口同声地说了出来！

见慕容轩也这样说，蓝雨马上送上一个白眼："哼！居然敢抢我的台词！"然后大摇大摆地朝前走去，不管怎么样，还是先找到师傅和师弟要紧。

慕容轩被蓝雨弄得哭笑不得，跟在蓝雨的身后。

蓝雨边走边看两边的断壁残瓦，突然停住了脚步，"断壁残垣黄沙扬，漂移墓地终现身"。邱子卿的那几句话突然闪现在蓝雨的脑海中，"断壁残垣、漂移墓地！"蓝雨嘟囔着，"难道，难道这里就是传说中漂移在大漠中的且末古城？"

蓝雨的话一下子刺中了慕容轩，他一把拉住蓝雨冷冷问："且末古城？你也知道？说，你来这里为了什么？"

蓝雨郁闷地把慕容轩的手甩开："你这么凶干什么？我一看就知道你不是什么好人，现在狐狸尾巴终于露了吧，原来是个盗墓贼啊！我告诉你你想要的这些财宝本小姐根本不感兴趣，我来这里是为了解梦！"

"解梦？"慕容轩不解地问。

"是啊，说来你也不相信，我从小就老做一个奇怪的梦，梦里我在一个庞大的陵墓中，一个穿白衣的女子总是跟我说'怨陵'两个字。"

"白衣女子？"慕容轩惊奇地看着蓝雨，"难道你也梦见过白衣女子？"

"是啊，别告诉我你也在梦中见到过？"蓝雨像见鬼了一样看着慕容轩。

两人正说着，突然身旁已经倒塌的房屋内，传来窸窣的声音，隐约间听到一阵嘶哑而诡异的笑声传来。"有人！"慕容轩轻呼一声，飞快地挡在了蓝雨身前。两人悄悄地朝着房子摸去。

慕容轩和蓝雨两人猫着腰走到那坍塌的土坯房前，一扇已经风化、残缺不全的木门突然"吱呀"一声地开了，屋内黑糊糊的一片，看不清里面的具体情况。

慕容轩轻手轻脚地走了进去，蓝雨也万分警惕地跟在慕容轩身后。突然蓝雨猛地一拉慕容轩，指着墙角说："看，那有具干尸！"

慕容轩朝蓝雨所指的方向望去，一具棕色的干尸正双目微合，干枯的嘴略微张开，口中好似含了一件东西，幽幽地泛着绿光，那干尸的双手放于膝盖之上，双腿盘坐在石台之上。

"这里怎么会有干尸？"慕容轩不解地说。

"你看，它嘴里好像有什么东西。"

慕容轩上前一步，小心地从干尸嘴里把那发着幽幽绿光的东西拿了出来，发现竟是一块鹌鹑蛋大小的龙纹玉璧，上面刻着诡异的兽面花纹。

"是用上好的和田青白玉做的。"慕容轩边说边把龙纹玉璧递给蓝雨。

蓝雨接过来仔细辨认，突然发现龙纹玉璧上还有几行细小的梵文。

"这有字！"

慕容轩凑过来一看说："是梵文。"

"所有无缘之人，若窥探真相——死！"蓝雨一字一顿地读出了这两行字。

"你认识梵文？"慕容轩惊讶地看着蓝雨，没想到这个一根筋的丫头还有这本领，慕容轩当场就想赞美蓝雨一句，"你太有才啦！"

"这有什么难的？我可是考古系的高才生！"蓝雨不屑地看了眼慕容轩。

突然蓝雨指着慕容轩身后那坍塌得只剩半面的土墙壁说不出话来，慕容轩猛回头，也张大了嘴巴。土墙壁上隐隐浮现出几行泛着金光的字："一切恩爱会，皆由姻缘合。会合有别离，无常难得久。由爱故生忧，由爱故生怖。若离于爱者，无忧亦无怖。"

"由爱故生忧，由爱故生怖。若离于爱者，无忧亦无怖。"慕容轩反复玩味着这几句话，"到底是什么意思呢？"

"红毛粽子！"蓝雨忽然大叫起来，"真的活了，原来真有粽子！"

慕容轩猛然转身发现原来静静坐在石台之上的干尸已经浑身长满血色的红毛，嘴中发出"嘎嘎"的叫声。

"你带黑驴蹄了吗？"慕容轩急急地问。

蓝雨郁闷地摇摇头："没有，都在师傅的包里。哎，你这盗墓贼怎么一点儿也不敬业啊？出来倒斗怎么连这么重要的家伙都不带？"

慕容轩听了这话，差点儿摔地上了，这丫头他今天可领教了，这都什么时候了？她还有心情说这些。"还愣什么？跑啊！"慕容轩拉起还饶有兴趣地观看红毛粽子的蓝雨，没命地向外跑去。

蓝雨和慕容轩没命地跑出了老远，刚停下来，站在原地大口喘气。突然，眼前又出现了奇怪的景象。

天，忽地变黑，天空中出现了惊人的一幕，一座古城浮现在蓝雨和慕容轩的眼前：居民区、集市、广场、宗庙一应俱全，集市中是熙熙攘攘的人流，田地里人们正在辛勤地劳作。突然，闪电一道道地打在地面，无数硕大的红色火球从地面升起，在空中飘动，飞向居民、飞向牲口、飞向房屋，百姓们四散奔逃，可跑得再快也跑不过那红色的火球，那火球扑向奔跑的人群，一下子，人都被烧着了，阵阵揪心的惨叫声从四面八方传来，人们在火中痛苦地挣扎，最后所有的人都被活活地烧死，留下一具具黑糊糊的已经烧焦的尸体。

蓝雨和慕容轩呆呆地看着天空中这残酷而又不可思议的一幕，许久，蓝雨突然发出一阵机械的声音："我终于知道了且末古城是怎样消失的！"

"什么原因？"

"球状闪电。"

"球状闪电？你的意思是这曾经富饶繁荣的且末古城是毁于闪电？"慕容轩口气颇为质疑。

"是的！"蓝雨口气坚定，好像自己亲身经历过，"球状闪电像一个大火球，在空中飘飘忽忽，忽高忽低地移动，能穿过门、窗的缝隙，升堂入室，钻进人家，它有时也会发生爆炸，毁坏建筑物，造成人畜伤亡。通常，一个球状闪电爆炸时释放出的能量，约相当于10公斤 TNT 炸药爆炸时放出的能量。当时且末古城的居民都在忙碌着，谁也没想到灭顶之灾就在眼前。"

"可是，球状闪电在自然界出现的概率是非常低的，就算有，破坏也不可能是如此大规模的，使整个城市变成一座死城！"慕容轩说。

"你知道发生在 100 年前的通古斯大爆炸吗？"蓝雨自问自答地说，"100 年前，一颗巨大的火球从天而降，撞击俄罗斯西伯利亚地区，大爆炸照亮了周围数公里的夜空，引发的大火焚毁 8000 多万棵树木，波及方圆 2000 多平方公里。对于为什么会产生这样的爆炸，至今还是一个众说纷纭的科学谜团，不过现在一个新的假设更让人们信服，那就是这次爆炸是由于球状闪电引起的，刚才出现在天空中的那一幕不是很清楚地告诉我们了吗？"

蓝雨刚说完，远处的大地开始剧烈的颤动，轰隆隆的巨响从远处传来，忽然蓝雨和慕容轩发现从远处跑来三个人，蓝雨一看，开心地叫了起来："师傅！小米！"

"少爷！快跑！"和邱子卿、穆小米在一起的潘艳儿也发现了慕容轩，惊叫了起来。

"快跑！"邱子卿和穆小米冲着蓝雨和慕容轩喊。

蓝雨和慕容轩还没反应过来到底发生了什么事，就发现自己脚下的大地纷纷龟裂开，一具具烧得焦黑的干尸，面目狰狞地从地底爬出来，嘴里发出阵阵阴森的叫声，朝蓝雨等人扑来。短短的一瞬间且末古城一下子变成了阎罗地狱。

看着眼前的一切，蓝雨总算反应了过来，她施展自己百米赛跑的速度，没命地向前跑去。蓝雨等人跑着跑着，猛然发现前方也有四个大汉在没命地跑着。

阿彪边跑边骂："这该死的老头子，是不是想让我们死啊！什么鸟地方，一件值钱的东西也没捞到，反被一群粽子追！"

天宇集团的人！蓝雨、邱子卿、穆小米第一时间就觉得这次真是屋漏又逢连夜雨！后面是一群疯狂的粽子，前面是心黑手辣的天宇集团的喽啰。

虽然大家已经互相发现了对方，可在大敌当前的时候，各自还没有精力去管对方，此时大家脑子里只有一根弦就是"三十六记，走为上策"！

就在这时，蓝雨等人的脚下突然出现了一个黑色的大旋涡，蓝雨、邱子卿等人连同天宇集团的几个家伙一同陷了下去。

无边无尽的黑暗，仿佛穿梭在时间隧道之中，许久蓝雨发现自己飘浮在星空之中，四周星光灿烂。这美丽的星空一时让蓝雨忘记了刚才发生的一切，只是痴痴地欣赏着眼前的美景，真是不知何处是他乡！蓝雨恍惚间觉得在自己的记忆中，曾和一个人约定一起去看大漠孤烟、长河落日，去塞北看雪，去草原望星。"到底是和谁呢？"蓝雨自言自语着，突然她发现怨陵中那绝色的白衣女子正立于空中，悲伤地望着自己，只见她白衣素雪，裙带飘扬，宛如天人。

"是你！"蓝雨惊呼出来，"为什么要让我来找琥珀泪？"

"为了知道真相，为了解开诅咒！"白衣女子缓缓地说。

"真相？诅咒？"

"对，我已经等了几千年了，不能再等了，当年的那些事情我一定要知道真相，只有知道真相才能解开这世世代代的诅咒！"白衣女子有些激动地说。

"那和琥珀泪有什么关系？"蓝雨不解地问。

"一切恩爱会，皆由姻缘合。会合有别离，无常难得久。由爱故生忧，由爱故生怖。若离于爱者，无忧亦无怖。"白衣女子用悲伤的语调缓缓诵出曾经出现在且末古城墙壁上的诗句，慢慢转过身去说，"一切因其而起，一切因其而灭！"说完便朝远处飞去。

"哎，别走，我身上的胎记是怎么回事？"蓝雨在后面气急败坏地喊，可喊着喊着，突然觉得一股热浪袭来，她睁开眼睛，看见慕容轩那深邃的目光与焦急的神情。

"既然醒了就别装了，赶紧起来吧！"慕容轩装出一副满不在乎的样子，站起来，向四周望去。

蓝雨心中郁闷得有些想扁人，边爬起来边问："怎么又是你？我师傅他们呢？"

慕容轩很无辜地摇摇头："我也不知道，我醒来的时候就发现你和我躺在这沙丘下面，没见到其他人。"

"啊？"这回蓝雨真的发狂了！

"别愣着了，先到四周看看，弄清这是哪里！"说着慕容轩向前方走去，蓝雨紧跟着。

两人朝前方走了一会儿，突然发现前方盆地中央突兀一个白色的小山丘，上边竖满了白森森的胡杨木桩。

"这难道是小河墓地！"蓝雨忽然叫了起来。

4. 上古古墓

蓝雨和慕容轩两人向那白色的小山丘跑去，只见在一个面积 2000 多平方米、高达六七米的巨大圆形沙丘上，顶部密布着近 200 根高两三米的棱形木柱和卵圆形立木。这些木柱和立木排列有序，以墓地中央一个八棱形、顶部呈尖锥状的木质立柱为中心。这个中心立柱酷似男性生殖器，在其南北为对称的立木围栅，再向外，又有一些木柱和立木。立木周围和沙丘上下有许多船形的胡杨木棺，绝大部分的木棺已被损坏，棺盖散开或脱落，许多棺中有干尸。墓地上，到处都是干裂的木板、厚毛织物碎片和各种图腾木雕。

"我们怎么跑到小河墓地来了？"蓝雨边说边坐在了沙子上，这一天之内发生的事情实在太多了，让蓝雨的心情一时无法平静下来。

"这有什么不好的，最起码我们回到了现实世界，不用在那都是粽子的古城里等死。"慕容轩反而显得非常悠哉，也在蓝雨身旁坐下。

两人坐了一会儿，开始在墓地里四处转悠，希望能找到邱子卿等人。蓝雨和慕容轩走到一个船形棺材前停下，发现里面有具干尸，死者躺在沙地上双手交叉着放在胸前，神情安详，好像刚刚睡去。

　　"这具干尸会不会也变成粽子啊！"蓝雨有些神经过敏。

　　"我们不会这么倒霉吧，到哪里都有粽子微笑着等着我们。"慕容轩说道，"你知道小河墓地的传说吗？"

　　"说来听听。"

　　"小河墓地是在1934年由瑞典探险家贝格曼在新疆当地罗布人的引导下首次发现的。在此后的近70年中，小河墓地就像一个谜一样一直在大漠中飘忽不定，从来没有人再见到过它，直到21世纪初才又重新出现在世人面前。"

　　"等等，你说它消失了70年后又出现在世人面前？"蓝雨有些兴奋地问。

　　"是啊！"慕容轩一脸郁闷地回答。

　　蓝雨闭上眼睛，心中又出现了邱子卿的话："断壁残垣黄沙扬，漂移墓地终现身。"突然她的眼睛猛然睁开，兴奋地说："漂移墓地，我终于找到了！"

　　"师姐！"这时穆小米和邱子卿灰头土脸地从远处走了过来。

　　蓝雨刚要答话，突然，眼前升起一层白雾，那雾慢慢散去，蓝雨看见怨陵中的绝色女子，一身白纱，跌坐在华丽的宫殿中，嘤嘤地哭泣着："虎哥，自君别我后，人事不可量。果不如先愿，又非君所详。生不共枕眠，死亦无同葬。难道！难道你到死也不原谅我吗？"

　　画面又一转，一个雷雨交加的夜晚，大殿中昏暗的烛火在不停地摇曳着，那怨陵中的女子眼神悲伤，一身白衣，长发垂地，向从房梁上垂下来、在风中飘荡的白绫走去。

　　"不要！"蓝雨失声叫了出来。

　　"师姐，师姐！你怎么了？"穆小米一边摇着蓝雨一边问。

　　"你是不是又产生什么幻觉了？"邱子卿也忙问蓝雨。

　　"可能吧！那个叫慕容轩的小子呢？"蓝雨清醒了过来，朝四处望去，连个人影也没看到。

　　"慕容轩？什么慕容轩啊？"穆小米不解地问。

　　"就是刚才在且末古城和我一起，很帅的那个家伙。"蓝雨急急地说。

　　"没看到！"穆小米和邱子卿一起摇头。

　　没看到，天呀！难道，难道刚才自己是跟个鬼魂在一起？难道！想到这里，蓝雨头上不禁冒出了冷汗。突然，蓝雨左胸上方的那个胎记一阵剧痛，蓝雨痛得一下跪在了地上叫出声来，把邱子卿和穆小米吓了一跳。

　　两人正要去扶她，只见蓝雨猛然从地上跳起来，像变了个人一样，眼睛里射出几道凶光，一转身朝墓地的深处跑去。

　　"跟上她！"邱子卿拉了把还看着蓝雨发呆的穆小米，两个人朝蓝雨追去。

　　蓝雨发疯一样地在茫茫沙地上奔跑，跑到墓地中央那个八棱形、顶部呈尖锥状的木质立柱旁，呆呆地立住。穆小米和邱子卿追了过来，穆小米刚要叫蓝雨，邱子卿一把拉住了他，低声说："别打扰你师姐。"

　　"师傅，师姐她可能是中魔了，再不叫醒她还不知道她会做出什么事情呢。"穆小米焦急地说。

　　"你师姐和琥珀泪有着特殊的联系，我估计她就是传说中的那个与琥珀泪有缘的人。她现在这个样子估计是和琥珀泪产生了什么感应。"邱子卿非常肯定地下了判断。

两人正在私下里嘀咕，蓝雨忽然身轻如燕，细腰轻扭，跳起奇怪的舞蹈，曼妙灵动的舞姿展现在穆小米和邱子卿面前。

"《巾舞》！"邱子卿惊喜地说，"这是汉代有名的舞蹈。相传当年汉武帝的宠妃李夫人最擅长跳此舞，每每和着音乐流转起舞，舞袖凌空飘逸，如行云流水，常常让汉武帝惊为天人！"

"可师姐她什么时候学的？也太诡异了吧。"穆小米吸着冷气说。

"如果我没猜错的话，这应该不是一般的《巾舞》，而是人作为活祭的祭品时跳的舞。"邱子卿说着眉头皱了起来。这下他感觉到事情的严重性了，如果上古古墓有活祭的话，这肯定是大凶之地，怨气肯定非常大，怨气一大就容易尸变，而且培养出来的粽子还个个都是极品，邱子卿想到这里，不由得觉得背后凉风阵阵。

"师傅，你看师姐她！"穆小米惊叫起来。

只见蓝雨突然跑到那木质的立柱前，双手不停地在木柱上摸索，似乎要找什么东西。

这回穆小米可忍不住了问："师姐，你刚才怎么了？这又在干什么呢？"

"入口！我记得这柱子上有颗红宝石的！"蓝雨此刻似乎已恢复正常，若无其事地说。

红宝石？邱子卿和穆小米听得云里雾里的，两人面面相觑。

"找到了！"蓝雨脸上露出一丝笑容，双手一用力，木柱周围的细沙纷纷向两边散去，露出了一块玄青色、雕着九个骷髅图像的圆形石板，紧接着那木柱自动沉下去，圆形石板从中间裂开，露出一个黑幽幽的墓道。

"难道是上古帝王颛顼的墓？"邱子卿围着墓道口转了几圈，让穆小米从背包中拿出根蜡烛，点着，绑在绳子上放进古墓中。借着蜡烛微弱的光芒，蓝雨等人看到一条长长的阶梯伸向下面，深不见底，耳边似乎还传来阵阵呜咽声。

三人互相看了看，"走，准备家伙，下去！"邱子卿吩咐穆小米。

漆黑的甬道一直向下延伸，蓝雨、邱子卿等人举着亚光铬铝手电，慢慢地向下面摸索着前行。这亚光铬铝手电最适合盗墓的人用，它照明范围大、持续时间长，要是不间断地使用，用个四五天都没问题。

三人摸索着走着，邱子卿走在最前面，穆小米断后，邱子卿每走一步都小心心翼翼的，生怕遇到什么机关埋伏。忽然间一股腐臭的味道迎面扑来，熏得蓝雨等人差点儿吐了出来。

"什么味道啊？也太难闻了！"穆小米小声地对蓝雨等人说，不知怎么的，自从进了古墓，穆小米一改以往的大嗓门，说起话来也像做贼一样。

"不知道，可能是封闭的时间太久了。"邱子卿边走边说。

蓝雨拿手电照着甬道四周的墙壁，突然大叫了声："血！墙壁上有血。"

邱子卿和穆小米等人顺着蓝雨手指的方向望去，只见甬道前面的正上方，确实有一摊深褐色的血迹，这血留下的年代似乎已经很久远。

"没准是以前盗墓的人留下的。"穆小米在第一时间发表了自己的见解。

听穆小米这样一说，蓝雨和邱子卿的心里都不好受，尤其是蓝雨，自己的太爷爷就是在那次倒斗中失踪的，说不准哪堆血、哪堆骨头就是他的呢。

蓝雨心中正在难受的时候，甬道已经走到了尽头，前面豁然开朗，似乎是个宽敞的大殿，估计是墓的前殿。忽然，四周一下子亮了起来，三人发现，原来大殿四周的墙壁上嵌着数十个用人头骨做的壁灯，这些骷髅都没有天灵盖，骨头成黑色，一团团青色的火苗在骷髅头骨中跳跃，发出寒冷而诡异的光芒。

"太狠了！这长明灯是用活人做成的！这些人都是活祭的祭品，生前一定被人下了剧毒，在毒发即将死亡的时候，活生生地将他们的天灵盖撬开，用金勺把脑子挖出来，再灌入黑鲮鲛人的油膏，与此同时还要把他们的筋抽出来，用一种特殊的方法处理后，用来做灯芯，然后把头沿下巴处平平地砍下来，用剔刀去其肉，留其骨，这些步骤都完成后还要放到千年冰窖中冻上七七四十九天后才算完成。"邱子卿一口气说完了这令人发指的制作程序。

穆小米早就受不了了："师傅，不会吧？你没必要编出这些东西来吓唬我们啊！"

"是真的。"蓝雨走到一个骷髅鲛人灯下，面带忧伤地说，"这些我也在太爷爷留下的书中看到过，据说海中鲛人的油骨，不仅燃点很低，而且只要一滴便可以燃烧数月不灭，古时贵族墓中常以其油作为万年灯，说是万年灯，其实只是个虚数，最多也就亮个几百年，但若是真想让灯万年不灭，只有用这最残酷的办法，让死者在死前受尽惨绝人寰的折磨，死后将其怨气封在头骨中，头骨因怨气而寒冷阴森，这种环境恰恰是鲛人油燃烧的最佳环境，若数量足够燃烧万年应该没什么问题的。当初我还以为是传说，没想到！"说到这里蓝雨的眼中似乎有亮晶晶的东西在打转转。

"这也太残忍了，为了自己的墓中灯火长明，不惜伤害这么多无辜的生命！反正都变粽子了，还在乎什么长明灯亮不亮！"穆小米气愤地骂着。

"师傅，看那摊血迹！"蓝雨指着三人刚才发现的血迹惊呼。

到现在蓝雨等人才看清，大殿正上方留有血迹处，其实是个大洞，洞的四周血迹斑斑。此时洞内传来一阵阵细碎的声音，与此同时一阵阵让人作呕的腐臭传来，蓝雨三人紧张地盯着洞口。不一会儿声音越来越近，最后一条长5英尺左右，通体红色，身上有暗斑，头部和尾部呈穗状，活像条大蚯蚓的虫子从洞中爬出，看得蓝雨等人目瞪口呆，心想：这是什么生物啊？从来没见过。

突然邱子卿猛然反应过来："死亡之虫！难道这种传说中的虫子真的存在？它不是生活在沙漠中吗？怎么跑到墓室里来了？"

蓝雨听了头上也冒出冷汗问："师傅，你说的死亡之虫，不会就是蒙古传说中会吃人的死亡之虫吧？"

5. 死亡之虫

邱子卿沉默地点点头，大家听了心都猛然沉了下去。

那刚从洞中爬出的硕大的死亡之虫，头一下子昂了起来，蓝雨、邱子卿等人一时无法辨清哪是虫子的眼睛，哪是虫子的嘴巴。

"师傅，这虫子怎么看不出鼻子眼睛？"穆小米边研究边往后退。

"传说这种虫子在上古时期就存在了，当时上古部落众多，经常互相征战。有个叫鬼方的部落中有个邪师，利用蛊培育出了这种虫子，专门用在战场上，让很多战士都成了死亡之虫的美餐。后来这个邪师由于作恶太深，被人杀害了，培育这种虫子的方法也就从此失传，没想到今天让我们遇到了一条。"邱子卿话音刚落，那洞内又传来一阵细碎的声音，紧接着又一条死亡之虫从洞口爬出，这条比刚才爬出的那条还要大一点，头昂起来，蠕动着爬向自己的伙伴，两条虫子交织在一起，像在跳一种神秘的舞蹈。

"师傅你的嘴巴太乌鸦了！又是一条！"蓝雨最讨厌这种蠕动的虫子了，本来一条就够让她恶心的了，没想到一眨眼的工夫又跑出了一条，天晓得还会不会有第三条、第四条、第五条……

蓝雨这一嚷，引起了那两条虫子的注意，两条虫子立刻分开，半个身子一下子立了起来，嘴巴里面发出嘶嘶的响声，朝蓝雨等人蠕动着爬来。

突然那两个虫子停了下来，头下面的肉伸缩着，看样子有点儿呕吐的症状。

"快躲开，这虫子会喷毒液，沾到就没命了！"邱子卿在一边大喊。果然，"噗噗"两声，两股绿色的浓液伴随着一股刺鼻的腥臭朝蓝雨这边喷射过来。吓得蓝雨等人赶忙躲开，谁知三人刚刚站定，这绿色的浓液又紧跟而来，就这样，偌大的大殿内，两条硕大的死亡之虫将蓝雨等人追得到处乱转。

"师傅，有没有对付这虫子的办法啊？"穆小米一边左躲右闪着死亡之虫喷出来的毒液，一边声嘶力竭地问邱子卿。

然而，邱子卿的答案让蓝雨大跌眼镜："我怎么知道？我要知道还用得着这样拼着老命跑吗？对了小米，你包里不是有枪吗？"

"对呀，我怎么没想到呢！"穆小米飞快地从背包里掏出了三把枪，丢给邱子卿和蓝雨，"接着！对了师姐，你会用枪吗？"

蓝雨接过来一看是捷克于1985年定型生产的CZ 85B 9毫米手枪，"CZ 85B 9毫米手枪，不错嘛！挺会挑的！"蓝雨边说着，就给了其中正准备喷毒液的虫子一枪，正打中虫子的嘴巴，那虫子发出一声刺耳的如撕裂般的惨叫，在地上打起滚来。

"好枪法！"穆小米边赞美着，也毫不示弱地给了另外一条虫子一枪，也是一枪毙命！

"不错，两条都死了？"邱子卿紧张的神经终于放松了下来，可是没过一分钟，那洞口像泄洪一般地涌出了无数条大小不等的死亡之虫，一时间空气中弥漫着一股让人窒息的腐臭味，死亡的气息包围着蓝雨等人。

虽然三人不停地用手枪连连射击，可这如潮水般的虫子丝毫没有削减，不一会儿三人就被死亡之虫的大军给逼到了大殿的墙壁边上。

三人互相望了下，邱子卿忽然笑了起来，对穆小米说："小米，你的臭脚可是不错的生化武器呢，你应该脱下鞋子来试一下！"这话说得穆小米和蓝雨差点儿摔倒在地上，到今天他们才领略到什么叫做笑谈生死了！

就在这时，蓝雨忽然听到一个声音从墙壁中传来："来，快来，快来！"蓝雨像中了魔一样在墙壁上一阵乱摸。紧接着穆小米和邱子卿忽听得身后"轰隆隆"一阵巨响，原来蓝雨在墙壁上一阵乱摸，突然摸到了隐藏在墙上的机关，那墙本是一道石门，机关一触动，石门就慢慢地打开，露出里面的耳室。

"快进去！"蓝雨第一个冲进了耳室，紧接着邱子卿和穆小米也跟了进来。

说来也奇怪，自从蓝雨等人进了耳室，那些虎视眈眈、恨不得一口把蓝雨等人活吞了的死亡之虫并没有跟进来。似乎这屋子里面有虫子的克星，纷纷连滚带爬地快速蠕动着逃回洞里。

蓝雨等人刚松了口气，那石门忽然又"轰隆隆"地关上了，断了蓝雨等人的后路。

"刚逃脱喂虫子的厄运，又来了个请君入瓮，真是横也是死竖也是死！"穆小米找了一圈发现没有出口，似乎有点儿崩溃，一屁股坐在了地上。

蓝雨和邱子卿倒没有那样颓废，而是在这个耳室里到处转悠。这耳室也非常大，四周墙壁上画满了千奇百怪、鬼气森森的壁画。中间一口石棺材，没有太多地进行装饰，只是上面刻着些奇形怪状的图案，棺材上方，两朵用石头刻出的芍药花中间点着一盏长明灯，幽蓝的火苗不停地跳动着。

"师傅，我觉得这些壁画画的都是祭祀时候的场面。"蓝雨在一旁指着中间一幅说，"你看当时都是把人当成祭品，而且祭祀的方法极为残酷，很多人居然是被一刀一刀地凌迟而死，还有的女子居然被活活地剥了皮。"

蓝雨的话，把穆小米吸引了过来，他仔细地看了壁画后，气愤地骂了起来："这也太惨绝人寰了！没想到我们的老祖宗这么没人性！"

"这里有死亡之虫的培育方法！"蓝雨的声音在耳室的一个角落里响起，"你们看，死亡之虫的幼虫是寄生在人的肚子里。待到幼虫三次蜕皮之后就变成了成虫，此时它就会残忍地撕裂人的肚皮从人体中钻出来，然后用来供养的人往往就变成了死亡之虫变成成虫以后的第一顿美餐。"蓝雨的一席话说得邱子卿和穆小米差点儿没当场干呕起来。

"咯咯。"放在耳室中的那具不起眼的石棺突然发出奇怪的响声，似乎里面有什么东西在动。

"师傅，不会尸变了吧？"穆小米神情紧张地盯着石棺。

"把黑驴蹄和精糯米拿出来！"邱子卿轻车熟路地吩咐着自己的宝贝徒弟准备家伙。

这时，奇怪的一幕出现了，那石棺材的棺盖突然飞了起来，在空中渐渐风化，最后变做一阵青烟消散了。

"快用衣服捂住鼻子！"邱子卿急促的声音响起。

蓝雨和穆小米赶忙用袖子把鼻子捂住，三人蹲在地上一动不动地待那青烟散去，许久邱子卿才站起来，松了口气说："还好，不是毒气。"

三人这才有心情朝那已经开盖的石棺望去。不看还好，一看三人都被自己看到的一切给惊呆了。那石棺内躺着一个穿着宽大的白纱衣、栩栩如生的少女，经过悠悠千载，沧海桑田，居然保存得完好无损，似乎她刚刚睡去。

"师傅，这个女子的肚子怎么这样大？"穆小米奇怪地盯着女子的肚子问邱子卿。

经他这么一提醒，蓝雨和邱子卿两人的目光都落在了少女的肚子上，确实，那少女肚子隆起，像已经有了五六个月的身孕。

"难道是？"蓝雨突然想到了什么，神情一下子紧张起来，与此同时那女子的肚子开始剧烈地颤动。

只见那女子的肚子越来越大，最后连穿在身上的白纱衣也撑破了，肚子几乎透明，胀得滚圆滚圆的，似乎里面有东西在蠕动。这时邱子卿、蓝雨和穆小米才看清，那少女肚子里面的不是什么孩子，而是一条死亡之虫！

"天呀！死亡之虫的虫王要诞生了！"蓝雨一声惊呼。

"虫王？你怎么知道？"穆小米不解地问。

"你们看后面的壁画！"蓝雨的手指向棺材后面的壁画，那壁画是用鲜红的颜料画成的，透出一股诡异与邪气。画面上画的正是一位妙龄女子与一条头上画有奇怪图腾的死亡之虫交配的场景，让人看了不禁毛骨悚然！"你们看画上那虫子头上的图腾。"蓝雨急促地说，"以前我从太爷爷留下的书中看见过，只有死亡之虫的虫王头上才有这样的标志。据说每代虫王需和年满二八，而且正好是鬼节子时出生的女子交配，交配的时间必须要在那女子的生日，交配好后，虫王的生命就结束了，新的虫王又在女子腹内孕育。据说这虫王要等五千年才能出一条。"

听了蓝雨的话，邱子卿和穆小米仔细看了看那石棺中少女腹中的死亡之虫，确实发现那条虫子的头上也有一个和壁画上一模一样的图腾。

这时少女的肚子又大了不少，那虫王似乎马上就要撑破少女的肚子了。

"如果虫王出世会怎么样？"邱子卿问。

"那咱们都别想活着出去了，书中好像还写着虫王出世，浮尸万里。"蓝雨边回忆边说。

"那还等什么？快把这烂虫子解决了啊！"穆小米激动地说。

"可我不知道怎么样把它解决啊！"蓝雨也着急地说，"书上说虫王的皮刀枪不入，人力是不能杀死它的。而且如果当它遇到生命威胁的时候还有可能进行分裂，一条变两条，两条变四条，你说要真是那样我们不是死得更快吗？"

"还会分裂繁殖？太可怕了！看来咱们今天要为这伟大的革命事业献身了！"穆小米露出了一脸苦笑。

"救救我！救救我！"蓝雨耳边突然响起一个声音。

"谁？你是谁？"

"我就是石棺中的女子！"

"你？我也想救你啊，可怎么救啊？"

"快把我的心脏刺破，只有把我的心脏刺破才能杀死我腹中的虫子，我才能彻底解脱！快，再晚一步那虫子钻出来就来不及了！"

蓝雨听了二话没说，从自己的背包中拿出一把匕首，走上前去，照着女子的胸部狠狠地扎了一刀！

一瞬间蓝雨仿佛看见了那石棺中的少女露出了一个如释重负的微笑，而她肚子中的虫王也停止了蠕动，仿佛死了一般。

邱子卿、穆小米呆呆地看着蓝雨举着匕首站在石棺前大喘气，忽然穆小米爆发出一阵叫好声："哇噻！师姐，你太有才了！"

忽然穆小米发现气氛有些不对劲，蓝雨的脸上分明流下两行清泪，滴在了石棺中那少女的身上。"这女孩，死得也太惨了！"蓝雨声音颤抖地说。

"是啊！"邱子卿叹了口气说，"那个时代的女子命运是非常悲惨的，可像这女孩这样惨的遭遇似乎是头一遭遇见！"

邱子卿刚说完，忽然那石棺轰隆隆地颤动起来，不一会儿石棺连同石棺内的少女与虫王都化成了一阵青烟，而放置石棺之处则出现了一个长方形的入口。

"柳暗花明又一村！"穆小米兴奋地说道。

邱子卿笑笑说："你别高兴得太早了，还不知道这是通向哪里呢！"

蓝雨等人举着手电往下看去，只见一条窄窄的石梯通向下面，似乎还有微弱的流水声音。

三人一手举电筒一手紧握着手枪，慢慢地向下摸去。

石梯很窄，两边都是没经打磨过的粗糙石壁，蓝雨发现石壁上有些用朱红色的颜料画的非常抽象的壁画。走着走着，忽听邱子卿说道："怎么又是一间大殿？"

蓝雨和穆小米紧走几步，发现原来与石梯相连的是另一间宽敞的大殿，中间有座高台，高台上同样放着一口棺材，不过做工比刚才那口石棺要好很多，高台下放着一面比脸盆还大的镜子。殿的四周有几根像用木头做的柱子，这些柱子很奇怪，只修了一半，长长短短地竖在大殿中，没有一根是顶到天花板的。三人身处殿中，看着殿内的布置，心中有说不出的诡异感觉。

6. 颛顼之镜

邱子卿饶有兴趣地围着放在高台下的那面铜镜转悠，"难道是真的？"邱子卿边看边自言自语起来。

"师傅，什么真的假的？"蓝雨走过来问。

"如果我没看错的话，这就是传说中的颛顼之镜！"邱子卿激动地说。

"颛顼之镜？难道是颛顼平时用的镜子？"穆小米疑惑地问。

"应该说是上古的一件宝物，传说在这面镜子前可以知道你的前世今生。"邱子卿淡淡地说！

"真的？那我可得试试，没准我的前世还是个英俊潇洒、战功赫赫的大将军！"穆小米边臭美边蹭到铜镜前，伸着脑袋去看，结果发现铜镜犹如一潭死水只淡淡地映出自己模糊不清的脸，其他并无什么变化。

"师傅又忽悠人！"穆小米非常扫兴地离开了铜镜，在大殿里面席地而坐，从包里拿出包饼干问蓝雨和邱子卿，"你们要不要补充点体力？"

"不用！你省着点吃，我们还不知道什么时候才能走出这古墓呢！"邱子卿提醒道。

蓝雨走到铜镜前，看着有些斑驳的镜面，心中泛起一阵浓烈的悲哀。忽然，蓝雨看见这镜子中出现了一个模糊的人影，那人一身白衣背对着自己，再细看，那人已经转过身来，面带愁容的看着蓝雨。

"是你！怨陵中的女子！"蓝雨叫了起来。

怨陵中的女子美目含愁，点点头，转身向镜子的深处走去。

蓝雨觉得自己仿佛也跟着怨陵中的女子走进了镜子里，走向那未知的世界。

眼前是蓝雨曾经在幻觉中见到的红楼，怨陵中的女子，一身大红的曲裾，外罩用金线绣出朵朵牡丹的淡粉燕尾褙衣坐在床边独自垂泪，她身边放着一把金丝剪刀。

忽然屋门大开，一群花枝招展、分外妖娆的女人，笑得花枝乱颤地陆续走了进来。

为首的一个徐娘半老，头上插满了艳丽的鲜花和金饰，满脸堆笑地说："哎哟！我说我的娇儿啊，妈妈可要好好地恭喜你！这皇上一道圣旨就把你封为夫人，你现在可是麻雀变凤凰，一下子飞上高枝！以后这荣华富贵啊可是享之不尽呢！宫里接你的人已经到了！快走吧！"

怨陵中的女子听后哭得更厉害，边哭边说："谁稀罕那什么夫人！我等的人是虎哥，我不去！不去！"

那红楼的妈妈一听可慌了神："哎呀，我的祖宗啊！你可别说这样的话，要是被皇上知道了，那可是要杀头的！"

怨陵中的女子一把抓起放在身边的金丝剪刀，对准自己的喉咙，恨恨地说："我就是死也不做那皇帝的什么夫人！"说完就要自尽。

"了不得了，快，夺下她的剪刀！"红楼的妈妈一下子拉住了怨陵女子的手，心急火燎地对愣在周围的姑娘们喊，"还愣着干什么？快按住她，她要有个三长两短，咱们谁也甭想活！"

画面一转，一间装饰得极其奢华的屋子内，红色的帐子、红色的被子、红色的蜡烛，烛光映着一身红衣的怨陵女子，在摇曳的烛光中她的脸色更显得苍白如纸。

"抬起头来！"一个威严的声音传来，蓝雨发现是自己以前在幻境中看见的那名大殿之上至高无上的统治者，蓝雨猜这个人应该就是历史上的汉武帝。

怨陵中的女子还是一动不动地坐着。

"朕让你抬起头来！"

怨陵女子猛然恨恨地抬起头来，毫不畏惧地看着站在自己面前、一身华服、器宇轩昂的男子。

"就这么不愿意嫁给朕？"

"不愿意！"

"为什么？"

"我心中早有他人！"

"好！好！你这么说就不怕朕杀了你？"

"不怕，本就是陛下不对！是你先夺人所爱！"

"好一个夺人所爱！哼！你现在已经是我的人！我就不信焐不热你这块冷石头！"说完那男子拂袖而去，留下怨陵女子无助地哭泣。

"你是汉武帝的妃子李夫人？"蓝雨试探地问。

怨陵女子幽怨地点点头。

"那镜子就是钥匙，到了主墓室就能拿到三颗琥珀泪。"怨陵女子的声音传来。

蓝雨还想问其他问题，忽觉得自己的头痛得厉害。再睁开眼睛，发现穆小米和邱子卿正瞪着眼睛奇怪地看着她。

"师姐，你一个人闭着眼睛，摇头晃脑地在干吗？"穆小米诧异地问。

蓝雨没理穆小米，径自走向镜子对邱子卿和穆小米说："你们快去找下哪里有锁眼，怨陵中的女子说这镜子是开启主墓室的钥匙！"

"钥匙？太好了！看来要不是跟着这小妮子我们还得大费周折呢！"邱子卿高兴得直点头。

蓝雨话音刚落，天宇集团的四个大汉不知道从哪里冒了出来，手中的冲锋枪对着蓝雨和邱子卿等人。

为首的明哥冷冷地说："要是想活命就都给老子站在那里别动！"

"明哥，咱们都知道怎么打开主墓室了，为什么还要留着他们啊？"阿彪不解地问。

"你多嘴什么？这是老爷子吩咐的，尤其不要伤到里头的那个小丫头，等他们那边的皇太子来了再做安排！"

"皇太子？"阿华着急地问。

"就是老爷子的儿子，未来的接班人！"明哥没有多说什么，丢了副手套给一直跟在他身边一句话也没说的满脸胡子的大汉说，"老朱！把那铜镜取下来，小心点！"

老朱接过手套，转身去取镜子。

谁知道，老朱的手刚碰到那铜镜，铜镜立刻放射出道道金光，这金光射在老朱的手上，只听得老朱惨叫一声，他的一根手指被镜子发出的金光给生生地削掉了，鲜血溅在了镜子上，老朱痛得满地打滚。

"哼，颛顼之镜岂是尔等混浊之人可以随便碰的？只有与琥珀泪有缘之人才能拿起颛顼之镜！"蓝雨的耳边响起怨陵女子冰冷的声音，她朝四周找了一圈也没有看见怨陵女子的影子，难道自己的身世真的和琥珀泪有关？蓝雨在心中暗想。

天宇集团的人被老朱的样子吓了一跳，但他们不愧是杀人不见血的恶魔，这样的鲜血和惨叫对于他们来说已经是司空见惯。

明哥朝阿彪使了个眼色，阿彪会意，一个箭步上去，拎起在地上打滚的老朱，一手抓住他那断了一个手指的手，掏出打火机打着，往老朱的伤口上一烧。"啊！"老朱面容扭曲，又是一声惨叫。阿彪熟练地从口袋中掏出一包白色的粉末，用牙齿撕开，一股脑儿地倒在了老朱的伤口处，然后从口袋中掏出一卷纱布，动作娴熟地给老朱包扎好。经过这一阵折腾，老朱已经去了半条命，阿彪把老朱拎到大殿的一根柱子边上，让他靠着柱子休息。

蓝雨等人在一边看得目瞪口呆，他们实在太佩服天宇集团的人，真是名副其实的冷血动物啊！互相都不把对方当人看，就是同伴也如此！

"看来，不相信老爷子的话是不行了！只有有缘人才能打开主墓室，这小丫头还有点用处！"明哥黑着脸，端着枪走到蓝雨面前狠狠地说，"小丫头！去把那镜子拿来，不然老子一枪崩了你！"说着把蓝雨推到了镜子面前。

正在这个时候，镜中发出一阵阵红雾，向四周扩散开去，最后绕着大殿中的几根柱子，久久不散去。"嘎吱吱"从柱子里面传出阵阵诡异的声音，这会儿估计已经没有人的心思还在蓝雨身上，都紧张地盯着那几个发出阵阵怪声的柱子。这古墓如此诡异，谁知道接下来会发生什么呢？

"吱嘎！"随着几声清脆的响声，大殿中的柱子纷纷裂开，柱子中是一具具皮肤焦黑的干尸，这些干尸虽然一动不动地闭着眼睛站在那里，却散发出一股股让人窒息的死亡气息。趁着慌乱，穆小米蹭到了邱子卿身边小声对邱子卿说："老大！天宇集团的人现身了，要不要跟他们明着干啊？"

邱子卿看着柱子中的干尸，眉头拧成了大疙瘩："先不要亮明身份，他们的接头人还没出现，别忘了这回可来了条大鱼呢！我估计那个皇太子也应该快到了！现在我们示弱，保护好蓝雨！"邱子卿小声地交代着，可眼睛始终没有离开过那些干尸，忽然他急促地对穆小米说："准备对付粽子的家伙，这些干尸很邪门！"

与此同时，明哥等人也发现有些不妙，一道道鲜红的血顺着干尸的嘴角流出！

"大哥，不会遇到粽子了吧？"阿彪满不在乎地说，同时把手中的冲锋枪对准了其中一个干尸，"奶奶的，只要你动一下老子就把你打得魂飞魄散！"

果然不出邱子卿所料，镜中发出一道道蓝光，纷纷射向干尸，干尸本来低垂的头一下子抬了起来，紧闭的双眼猛然睁开，射出一道道蓝光，"嗷"地大吼一声！

"完了，干尸变粽子了！"穆小米在一边郁闷地大叫，明哥看了一眼穆小米，穆小米无辜地冲明哥做了个鬼脸，明哥此时已经没时间管穆小米，一个离他最近的粽子已经朝他扑了过来。

"兄弟们，打粽子的头！"明哥冲着手下两人大声地嚷嚷。

"不好，这是蓝眼僵尸，大家小心！"邱子卿低声对蓝雨和穆小米说。

大家左躲右闪地躲着蓝眼粽子的袭击，明哥几人忽然发现，这子弹在这些千年老粽子身上根本不起作用！很快他们也只有招架之功，没了还手之力。

一个粽子似乎特别的色，总是追着蓝雨不放，尽管蓝雨塞了好几个黑驴蹄给它，可它对蓝雨的"热情"却丝毫未减。眼看着蓝雨就被这蓝眼粽子给逼到墙角了，而穆小米和邱子卿正被三四个蓝眼粽子缠得手忙脚乱地无法脱身。

那蓝眼粽子一个恶虎扑食地扑向蓝雨，突然"嗷"地怪叫了一声飞出老远。

"原来这年头粽子也喜欢漂亮美眉啊！"慕容轩边说，边朝自己那还冒着白烟的精巧手枪的枪口上吹了口气。

"是你！"蓝雨头上出现了无数条黑线，今天什么日子！先是天宇集团的那几条恶狼，然后又是蓝眼粽子，现在又多出了一个还不知道是人是鬼的慕容轩。

可现在没有时间去跟慕容轩计较这些了，这满屋的蓝眼粽子确实凶狠，本来靠在一边养伤的老朱早就被这些穷凶极恶的粽子抓起来把血都吸光了，而天宇集团的人不但没有去救自己的同伴，反而拿枪照着老朱的脑袋就是几枪，直到把老朱的脑袋打得稀巴烂为止。

蓝雨见状，在心中暗想，天宇集团的人可真是残忍得很，对待自己的同伴都这样，更不要说对待自己的敌人！

虽然在场的人人手一把枪，可却治不了这满屋乱扑的粽子，眼看各自的子弹越来越少，众人都暗地里着急。

"师傅，这粽子怎么这样奇怪？就是打不死？黑驴蹄子也不管用，子弹也不管用，用什么方法才能把他们干了？"穆小米是打急眼了，连珠炮似的问起正跟两个蓝眼粽子打得不可开交的邱子卿。

邱子卿边打边断断续续地喊："谁让我们倒霉呢，这蓝眼粽子是三级僵尸，不怕阳光及一切神圣之物，可以承受大部分的物理与超自然攻击，本来世上就不多，谁遇到了谁就自认倒霉吧！"

天宇集团的几个人一听这话，心中更是绝望！都在心里把老头子十八代祖宗骂了个遍。

"妈的，该死的死老头！尽把我们往死里送！我叫你姓蓝的全家死光光，让你断子绝孙！"阿彪骂骂咧咧地边应付着蓝眼僵尸边把气都撒在了他们在大陆那神秘的合伙人身上！

"哎，还愣着干什么？他们不是说你可以拿起那面镜子吗？还不快去试试，没准还真能制伏那些蓝眼粽子呢！"慕容轩在蓝雨身边提醒她。

一句话惊醒梦中人，蓝雨边打边靠向那面镜子，伸手一下子抓起镜子，忽然镜子发出阵阵金光，这金光将蓝雨包围在其中，那些蓝眼粽子见了这金光，像老鼠见到猫，再也不敢靠近蓝雨。蓝雨像中了魔一样，双手将镜子高高举过头顶，一步一顿地向高台上那口石棺走去。

"跟上蓝雨！"邱子卿低声吩咐穆小米，好在这时候那些蓝眼粽子都去缠着天宇集团那三个人，邱子卿等人也跟着蓝雨走上高台。

蓝雨来到石棺前，口中念念有词。忽然，石棺的棺盖缓缓打开，阵阵冷气从石棺中冒出。慕容轩和邱子卿等人发现那石棺中躺着一个穿着白纱的绝色少女，双目紧闭，双手放在腹部，仿佛原本捧着样什么东西似的。

蓝雨把镜子小心翼翼地放在了少女的手中，一瞬间，金光万道，少女缓缓地漂浮在了空中。这时，石棺后面的墙壁浮现出了一个人形的凹槽，那少女双手抱着颛顼之镜飞向那凹槽，丝毫不差地镶嵌进去。一时间，整个大殿都在颤动，那面墙缓缓地抬起，露出了里面的主墓室。

"快到墓室里面去！"邱子卿招呼着大家，蓝雨、穆小米、慕容轩都冲进了主墓室。这时那墙壁又缓缓地落下，天宇集团的几个人好不容易摆脱了蓝眼粽子的纠缠也准备往主墓室里面冲，却只差了几秒钟，那墙又纹丝不动地落下，好像刚才的事情都没有发生过。

7. 三颗琥珀泪

虽然蓝雨等人跑进了主墓室，可还是被眼前的一切惊呆了，大家都在怀疑，自己是不是来到地狱了。眼前是一片偌大的岩浆湖，滚烫的岩浆在脚边翻滚，不时可以看见岩浆中阴森的骷髅在岩浆中痛苦地挣扎。湖中心有一座用白骨堆成的孤山，山顶上一座血红色的宫殿发出阵阵厉鬼的尖叫声，似乎无数生灵的灵魂被禁锢在那大殿中，承受着永无止尽的折磨，一股股血腥味弥漫在空气中。

蓝雨痴痴地望着白骨山上的大殿，好像中了魔似的朝岩浆湖走去。走到湖边，蓝雨低头看着脚下的岩浆，忽然两滴清泪从蓝雨的眼中滴落在肆虐的岩浆中。

奇怪的一幕发生了，那恐怖的岩浆湖和阴森的宫殿通通消失了，展现在蓝雨等人眼前的是一片碧波荡漾的湖面。湖面上云雾缭绕，中间有一条弯弯曲曲的石桥连接着湖中的一座仙山。仙山之上一座宏伟的大殿散发出阵阵威严的气息，只只仙鹤绕着大殿翩翩起舞。

心理落差实在太大了，邱子卿、穆小米、慕容轩等人都被眼前的景色深深地震撼了，足足有半分钟没反应过来。

"这是哪里？怎么有种很熟悉的气息。"蓝雨在心中痴痴地问。

"去找它们，三颗琥珀泪就在那里！"李夫人的声音又在蓝雨耳边响起。

"三颗琥珀泪？不是有九颗吗？"蓝雨在心中问。

"唉，本该九颗琥珀泪在一起生生世世永不分开，可造化弄人，当年歹人从颛顼墓中盗走五颗琥珀泪，如今早已失散在这人世间。只有找齐琥珀泪才能知道真正的答案，千年的诅咒才能化解。"怨陵女子幽怨的声音在蓝雨耳边响起。

"找？如何去找？到哪里去找？你到底在哪里？怨陵到底在哪里？"蓝雨一连串的问题，劈头盖脸地问了出来。

"唉！"李夫人深深地叹了口气。

恍惚间蓝雨看见那个风雨交加的夜晚，华丽的大殿内，烛火摇曳，一身白衣的李夫人，乌黑的长发如瀑布般，她神情哀伤而冷漠："虎哥，等我，我来了！"李夫人口中喃喃自语，一步一步地，向着那在风中飘曳的白绫走去。

"娇儿！为什么你就是不相信我的话，你爱的那个人一直在骗你啊！你怎么这样傻啊！我们到底做错了什么？让我们生生世世一错再错！"蓝雨经常在幻景中看见的那个穿着华丽朝服、头戴冕冠的男子抱着李夫人的尸体痛不欲生！

"汉武帝？李夫人？"蓝雨和慕容轩异口同声地说出了这几句话。

"你也看见了？"两人的这句话几乎同时问出了口。

忽然，蓝雨发觉慕容轩的长相和自己在幻境中见到的汉武帝有些相像。而慕容轩看着蓝雨，心中涌起了阵阵惆怅的感觉。

"一切恩爱会，皆由姻缘合；合会有别离，无常难得久；由爱故生忧，由爱故生怖；若离于爱者，无忧亦无怖。"那蓝雨和慕容轩两人在且末古城墙壁上看见的诗文，又若有若无地在蓝雨和慕容轩耳边响起。

"师姐？你看到什么了？"墓小米疑惑地问。

蓝雨并没有理会穆小米，她和慕容轩两人像着了魔一样，一步步地走向湖中的大殿，心中充满着酸涩。

蓝雨和慕容轩面无表情地走进了湖中心的大殿，穆小米和邱子卿紧跟其后，刚进大殿就被一股冷气冻得直打冷战。

"天呀，这就是颛顼最后的沉睡之处？"穆小米的嘴巴张得可以塞进一头牛去了！

邱子卿和穆小米没想到，如果蓝雨和慕容轩此时没有沉浸在幻境中，他们肯定也会万分惊讶的。

这主墓室分明就是爱斯基摩人的冰屋，用冰砌成的地板、用冰砌成的柱子。大殿四周墙壁的壁画都是在冰上直接刻出来的，大殿中间有个圆形的水池，水池上面散发着阵阵寒雾，奇怪的是这池中的水却没有冻结成冰，依旧缓缓地流动着，水池中央悬着一口冰做的棺材，依稀可以看见棺材中静静地躺着的男子。

"你们终于来了！"

"你是谁？"幻境中，慕容轩和蓝雨同时问。

"颛顼。"

冰棺缓缓打开，冰棺中的男子飞出了冰棺，漂浮在空中，看着慕容轩平静地说："我是七世前的你，也是你坠入轮回第一次转世的你！"

"什么？"慕容轩和蓝雨听得云里雾里的。

"呵呵，不要急，当年你转世为刘彻时不是还说要找回那最初的记忆吗？现在就把这最初的记忆还给你们！"说着颛顼衣袖一挥，蓝雨和慕容轩发现自己已经置身于远古的洪荒之地。

一声清脆的鸣叫，一只七彩的凤凰从天边飞来，飞到九棵青松之间，化成一绝色女子。

"松哥！"女子一声轻唤。

那九棵青松之间出现了一片绿色的光芒，一英俊潇洒的男子从这九棵松树中走了出来，满眼爱怜地看着七彩凤凰化成的女子说："凤妹，今天怎么这么早就跑到我这里来了？"

"松哥，我今天发现自己的大限到了！"那绝色女子面露哀伤地说。

"大限？难道你要涅槃了？难道他还不放过你？"

"嗯！不光涅槃，还要经受七世的轮回之苦，最后能不能走出轮回还要看我自己的造化！"女子眼中含泪地说，"涅槃后就等于重生，现在的记忆将消失得一干二净！轮回又要将你我分开！松哥，我真怕涅槃后把你忘得一干二净，再也见不到你了！"

那男子扶着青松，沉思了一会儿，笑着说："没事，凤妹，我陪你一起涅槃！这样记忆就不会消失，我们的情缘就不会断！"

"一起？松哥，你疯了吗？虽说你是松神，可我的神火会将你重新打回轮回的！你好不容易修成了地仙！再打回轮回又要经受这一次次的轮回之苦啊！你万年的修行也将毁于一旦！"

"我不怕，只要可以在今后的无数次轮回中找到你，与你生生世世的相守，我愿意承受轮回之苦！"

　　"松哥！"女子一头扑在男子的怀中，眼泪落下。

　　"别担心，我陪你一起涅槃，我们最初的记忆将永远地封在琥珀泪中，各自蕴藏于我们的身体中，当我们相遇的时候，身体中的琥珀泪就会苏醒，我们的记忆也会被唤醒！这样虽然有轮回之苦，可我们还是可以生生世世长相厮守！没有任何人可以把我们分开，就算那个人也没办法！"

　　"嗯！好，松哥，我们永远也不分开！"

　　"当年天地孕育出七彩凤凰，随着时间的推移，七彩凤凰修成了人身，是一个让天地都为之动容的超凡脱俗、颜动九天的绝色仙子。当时凤凰身边聚集了一群群的追求者，其中也包括至高无上的天帝，可凤凰对此毫不动容，就连天帝许诺让她成为亿万生灵之上的天后，让她拥有天下最高深的法力她都没为之动容。谁也没想到这个对天后之位都不动容的绝色仙子却爱上了一个不起眼的地仙——松神。

　　"若没有天帝从中作梗，我想凤凰与松神肯定也是逍遥在青山绿水间的一对神仙眷侣。可惜天帝本来就心气极高，从来都是众神女、仙子争先恐后地希望得到天帝的垂爱，而凤凰却如此坚决地拒绝了天帝的爱，而且凤凰爱上的又是个地位极不起眼的小小松神，这让天帝大为恼火。于是天帝制造了种种劫难来惩罚凤凰和松神，希望能拆散他们。可天帝并没有完全得逞，就算经受轮回之苦，凤凰和松神也都没有因为畏惧而彼此分开。"

　　画面又回到了大殿中，颛顼漂浮在空中，用一种忧伤的口气将当年的往事一一诉来："只羡鸳鸯不羡仙！也许这种感觉只有凤凰和松神才能感受到此中的意境，所以纵使轮回只有彼此凭着琥珀泪才能找到对方，再续前缘，凤凰和松神依旧觉得非常幸福。可他们万万没想到，在凤凰涅槃时，天帝对他们下了七世的诅咒，用法力将凤凰的记忆抹去，虽然有琥珀泪可天帝的法力强大，凤凰转世后还是忘记了当年她与松神那段惊天地泣鬼神的爱情，忘却了两人生生世世长相厮守的诺言！更可恨的是天帝竟让月老将转世的松神的红线打了死结，于是每一次转世，凤凰和松神的爱情都以悲剧告终，可说是生生相错，从未真正走到一起！"

　　"难道我们的身世和凤凰、松神有关？"慕容轩不解地问。

　　"七次转世，每次转世都要经受六道的轮回之苦后，才能重新来到人世，寻找自己生命中的另一半，你们就是凤凰和松神第七次转世的化身。"颛顼看着慕容轩和蓝雨说。

　　"那你又和他们是什么关系？"蓝雨被颛顼说得糊里糊涂的。

　　"我是松神的第一次转世，那是第一个悲剧的诞生。由于天帝从中作梗，当年我找到了转世的凤凰，可最终还是遗恨终生。松神在即将进入六道轮回时看透了天帝的阴谋，如果七世都相错，凤凰又将迎来新的一次涅槃，到时候就是琥珀泪也无法挽回凤凰的记忆，因为在七世轮回中他们根本就没有相遇、相恋过。到时候松神将永远在六道中轮回，而新生的凤凰则将重新回到天界，也可能天帝能打动凤凰的芳心。于是，松神将这些记忆打入他的第一个凡身，就是我的体内，让我沉睡在此，希望有一天可以把真相告诉再次转世的凤凰与松神，让他们齐心协力破解天帝的阴谋，让有情人终成眷属！"

　　"什么，我就是凤凰，你是松神？"蓝雨望着慕容轩，突然当初的一幕幕闪电般地在眼前飞过。

　　云海茫茫，凤凰一身白衣素雪，与英俊挺拔的松神畅游在这云海之间。松神搂着凤凰，在凤凰的额头上轻轻一吻，凤凰娇羞地依偎在松神的怀中，周围云雾缭绕，清风将二人的衣袖吹得随风飘舞。"凤妹，我们永远也不分开，就这样潇潇洒洒地徘徊于天地之间，看云卷云舒，听天水流长做对逍遥自在的神仙眷侣！"松神深情地说。

"好，松哥，我们永远也不分开！"凤凰激动地说。

蓝雨望着慕容轩，两行清泪滑落，心中充满着悲凉，几世的凄凉都在她的心中复苏。

"我……"蓝雨刚要说话，慕容轩一下子抓住蓝雨的手，眼中含泪说："什么也不用说，我都想起来了！"

"好，好！你们都记起来了就好！这漫长的等待总算没白等，如今终于可以离去了！"颛顼兴奋地说。

"可我们要怎样才能化解这七世的诅咒呢？"慕容轩看着颛顼问。

"要想化解这七世的诅咒必须找齐九颗琥珀泪！"颛顼说，"九颗琥珀泪其实是松神的元神，当年松神和凤凰涅槃的时候想将自己其中的三颗元神打入凤凰的体内。可就在新生的凤凰和琥珀泪融合的时候，天帝插手了，他想用法力抢走九颗琥珀泪，松神拼死抵抗，才保住了三颗，一颗融入了凤凰的体内，还有两颗随松神转世。松神在和天帝的抵抗中受了重伤，法力大不如前，再加上九颗琥珀泪只剩下两颗，所以转世之后的松神也就是我，用了很长时间才恢复当初的记忆。"

"那你有没有找到凤凰？"蓝雨急急地问。

听蓝雨这样一问，颛顼沉默了好久，叹了口气说："我找到她了。那时部落之间连年征战，她是一个不起眼的部落头领的女儿，我带兵打进他们部落，杀死了部落中所有的男人，女人全部沦为我们的奴隶。当我在奴隶中发现她的时候，我的记忆全部复苏，只可惜我与她有杀父之仇，她永远也不可能接受我。当时我一意孤行，说什么也要迎娶她，可我万万没想到，我最心爱的女人在婚礼上含恨一头撞死在我的面前。"说到这里颛顼落下了两行清泪，"她到死也未相信我的话，原来至亲至爱的人却变成了分外眼红的仇人！"

"松神怕自己在进入六道轮回之时天帝再对他仅剩的两颗琥珀泪做手脚，于是用万年玄冰建造了我的墓室，将两颗琥珀泪藏于冰棺之中。现在，我可以把它们还给你们了！"说着颛顼衣袖一挥，两颗散发着金褐色光芒的琥珀泪从冰棺中飞了出来，金褐色的光芒将蓝雨与慕容轩笼罩在其中。忽而，两颗琥珀泪向慕容轩飞去，轻轻地落在慕容轩的手中。

"啊！"蓝雨忽然用手捂住自己的左胸，左胸上那块泪珠状的胎记又发出阵阵火烧般灼热的疼痛一闪而过，仿佛要生生地从身体中脱离出来。

"凤凰体内的琥珀泪开始觉醒了！"颛顼惊喜地说。

"你是说打入凤凰体内的那颗琥珀泪吗？"慕容轩急急地问。

"是的！虽然只有一颗，可却是九颗中最精华的一颗，只有找齐那八颗，凤凰体内的琥珀泪才能真正的觉醒。"颛顼接着说，"现在琥珀泪已经归还于你们，你们的处境也比以前更危险了。天帝的化身很可能就在你们的周围，能不能找齐这九颗琥珀泪在最后一世打破诅咒就看你们自己了！我的使命已经完成，是离去的时候了！"说完，狂风大作，蓝雨和慕容轩发现眼前的景色模糊起来，颛顼整个人正逐渐透明，似乎马上就要消失。

"我们到哪里去找剩下的琥珀泪？"蓝雨扯着嗓子喊。

"怨陵！"

"在哪里？"

"云南。"

蓝雨还想继续询问，可眼前的一切已经消失，四人站在小河墓地之中，穆小米和邱子卿看着眼前的一切彻底呆掉了！

"天宇集团的人是让我们在这里接头？"一个熟悉的声音传来。

"是的，少爷！"

"这么长时间了，会不会有什么变动？"

"奇怪，这声音怎么和我哥的声音这样相像？"蓝雨嘀咕着，向发出声音的地方望去。

只见在前面的一个沙丘上，站着五六个人，为首的一个穿黑色 T 恤、戴着墨镜，拿着望远镜的男子正是蓝雨的亲哥哥蓝斌。

"哥！"蓝雨兴奋得直蹦，她没想到在这里居然会碰见家中最疼自己的哥哥。

蓝雨刚要跑过去，邱子卿一把将蓝雨拉到几棵粗壮的胡杨木桩后面，用手捂住蓝雨的嘴，低声对众人说："天宇集团的人，大家小心！"

蓝雨这才发现明哥三人衣衫褴褛地朝蓝斌走去，不好，哥哥有危险！蓝雨想挣脱邱子卿去提醒哥哥，可邱子卿的手像钳子一样死死地抓住蓝雨。

"皇太子，你倒挺自在的！"明哥狠狠地说。

"哪里，你们怎么这么晚才来？货拿到了？"蓝斌冷冷地问。

皇太子？皇？哥哥什么时候变成了皇太子？什么时候又和天宇集团的人有了瓜葛？蓝雨已经开始不相信自己的耳朵了，是不是自己听错了？

8. 蓝雨的身世

"货？你还想要货？"明哥狠狠地说，"老子在墓中差点儿被那些蓝眼粽子给撕了，你在这里逍遥自在！还有脸问我们要货！"

"哈哈，都是自家人何必搞得这么僵！"蓝斌的声音再次传来，传入蓝雨的耳朵中是那么的刺耳。

"哼！自家人！你他妈的也太欺负人了！"阿彪把身上已经被蓝眼粽子撕得变成布条的 T 恤一把扯下来，摔在地上，"老子差点儿就挂在那鸟墓里了！里面那么危险，你们老爷子他妈的连个屁都不放！拿着兄弟们的命都不当命啊！"

蓝斌走到阿彪跟前，冷冷地说："你们犯不着在这里撒野！找到琥珀泪就能打开宝藏的大门！到时候里面价值数千亿的宝藏你们天宇集团七分我们只要三分，给你们这么多，你们还有什么不满足的？这墓虽然凶险，可我们不是也告诉你们只要跟着那小丫头就不会有危险吗？"

"哼！还说呢！那小丫头？就是你妹妹吧！"明哥阴森地说，"你妹妹我敢对她怎样？她身边的那几个人也不是什么好鸟，我们就是跟着她才吃了这么多的苦，不但没拿到东西，一个兄弟还死在了里面，要是别人，哼！我早把她抓来剁成肉泥了！可她是你妹妹，目前我们还不会不给你面子去动她！"

"哈哈！我妹妹？谁是我妹妹？你说蓝雨那丫头？"蓝斌忽然爆发出一阵狂笑，"她根本不是我亲妹妹，是从孤儿院里抱来的，把她当成我们蓝家的大小姐，完全是为了我们蓝家老祖宗留下的使命，找全琥珀泪，打开宝藏！"

"完成使命？"明哥不解地问。

"到现在告诉你也没什么关系，要想找到琥珀泪必须找到和琥珀泪有缘的人，才能开启古墓，找齐九颗琥珀泪。十几年前，我们家族的人找遍了大江南北终于在一家孤儿院找到了这个女孩。哼！天生就是个不祥的女人！她一出世就克死了自己的父母。"

"哈哈，原来你们蓝家这么卑鄙！都说我们天宇集团心狠手辣，现在看来真正心狠手辣的要数你们蓝家！"明哥指着蓝斌的鼻子骂道。

蓝斌并没生气，微微笑道："是啊，既然你们什么都知道了，也应该明白知道得越多，死得越快！一群废物，货都没拿到，还是我送你们上路吧！"说着蓝斌打了一声响指，四周忽然出现了很多蒙着面，穿着黄色伪装衣的持枪男子，这些人都把枪对准了明哥三人。

"蓝斌！你他妈的不是人！你敢动我们？你还想不想活了！"明哥指着蓝斌破口大骂。

"哈哈！"蓝斌一副流氓的样子，"这荒漠古墓，死你们几个人跟死几只蚂蚁有什么区别？谁会知道？"伴随着蓝斌变态的笑声，一阵枪声响起在大漠的上空，天宇集团那三个杀人不眨眼的魔王死在了小河墓地之中。

"去找大小姐！今天发生的一切都给我把嘴巴把牢！谁要是泄露一点儿风声，谁的家人就别想活过明天！"蓝斌吩咐完便带着人离去。

蓝雨听得全身都打哆嗦，泪水早已打湿了衣服，难道这一切都是真的？这么多年来自己最亲最爱的人都在欺骗自己？利用自己？我是个不祥之人？我到底是谁？忽然蓝雨眼前一黑，什么都不知道了。

无边无际的黑暗，蓝雨睁开眼睛茫然地望着四周，星汉灿烂的夜空，是如此的美丽。蓝雨漂浮在夜空之中，点点星光就在身边闪耀着。

"唉！"一声重重的叹息声传来。

蓝雨睁开眼睛，发现怨陵中的女子，也就是李夫人站在自己身边。

"是你？"

"琥珀泪已经拿到了。"

"拿到了两颗。"

"你看起来很不高兴。"

"是啊，我知道了自己的身世，也知道自己爱了这么多年的亲人居然全在利用我！"

"唉，你和我一样，也是被亲人所利用。"李夫人幽幽地说。

"你？也被亲人利用过？"蓝雨不解地看着李夫人。

"嗯。虽然当年因为家境贫寒让我流落风尘，可多谢苍天，还给了我一份幸福的爱情。"李夫人飘过来，双手轻轻握着蓝雨，眼前的画面一下子变幻了起来。

阳春三月，柳色依依。杂花吐蕊，群莺乱飞。湖心亭上传来阵阵清雅的乐声，穿着白色曲裾的李夫人，乌发轻挽，扭动着腰肢，随着音乐翩然起舞，水袖有如轻灵的游龙，绕着李夫人舞动的娇躯上下纷飞，看了的人都不禁会在心中暗暗赞叹：此舞只应天上有，人间能得几回观。

柳色深处，一英俊的蓝衣少年，带着自己的小厮，轻快地朝这里走来，忽然，那少年，用手拨开几条柳枝就呆呆地站在原地不动了。那小厮顺着主人的目光望去，湖心亭上李夫人正舞得精彩。

一曲终，蓝衣少年不禁拍手称赞："好，好，真是仙子落凡间啊！"

"将军，这是咱们这的当红花魁——白荷姑娘！"小厮在一边及时地把主人想知道的内容说了出来。

"白荷姑娘？有意思，走，去看看。"说着蓝衣少年快步朝湖心亭走去。

"哎哟！这是哪阵风啊，把我们赫赫有名的大将军给吹来了！"红楼妈妈笑得脸都抽筋地迎了上去。

"我们将军要见白荷姑娘！"小厮在一边插嘴。

"哎，真不凑巧！白荷姑娘她刚舞完一曲，正在休息呢！"红楼妈妈还要说什么理由，忽然她的眼睛瞪得滚圆，嘴巴张得老大，飞快地把小厮递过来的几锭金子抓在自己怀里，话锋来了个一百八十度大转弯，"但是大将军来了，怎么能不让见呢！我这就去叫白荷姑娘！"

不一会儿，李夫人娿娜多姿地走到蓝衣少年面前，盈盈下拜。

两人四目相望，蓝雨从双方的眼中都看到似曾相识与爱慕的眼神。

画面一转，李夫人和霍去病骑着马，奔驰在一片芳草地之中，四周开着星星点点的野花。李夫人银铃般的笑声随着风传得很远很远，蓝雨可以看出那时的李夫人应该是幸福到了极点！

画面再一转，一轮皓月，点点繁星，夜色中，李夫人站在望湖亭上，望着天空中的圆月似乎在祈祷着什么。

霍去病走过来，从后面轻轻搂住李夫人，温柔地问："在想什么呢？"

李夫人娇笑："不告诉你！"

霍去病笑笑："你的心难道我还不知道？放心，这辈子我都不会辜负你，你再耐心地等一下，到那时我一定会带你去看大漠孤烟、长河落日，去塞北看雪，去草原望星！"

"虎哥！"李夫人早已被霍去病的这一番表白感动得泪流满面！

"你都看到了吧！"李夫人的声音再次响起，握着蓝雨的手松开，忧伤地说，"本来沦落风尘的我早就万念俱灰，可上天让我遇到了虎哥，我又重新燃起了希望，但我万万没想到，正当我满心憧憬地等着虎哥来娶我时，我哥却瞒着我，将我献给了皇上！虎哥还在大漠杀敌而我却成了皇上的女人！"说到这李夫人早已泪流满面，蓝雨也觉得一阵窒息的痛楚！李夫人的遭遇和自己多多少少都有些相像，当你知道谎言的背后的时候，也许心情会更痛苦。可蓝雨有一点想不明白，既然刘彻是松神的转世，那李夫人又和琥珀泪如此有缘，理应是凤凰的转世，可为什么李夫人爱的人不是刘彻呢？反而到现在还如此恨他？

"刘彻是松神的转世，你和琥珀泪有缘应该是凤凰的转世，为什么你不爱刘彻反而这样恨他呢？照理说你们应该是郎才女貌的一对啊！"蓝雨连珠炮似的问了过来。

"我不知道！"李夫人手抱着头好像万分痛苦的样子，"我只知道当虎哥凯旋的时候，我已经成了刘彻的妃子。在给虎哥的庆功宴上，虎哥看我的眼神都要冒火了！他认为我是贪恋荣华才做了妃子！后来我好不容易才找机会把真相告诉了虎哥，可是虎哥好像变了一个人，他说原谅我的条件是要我把刘彻珍藏的三颗琥珀泪找来。"

"琥珀泪？"蓝雨一惊，焦急地问，"你找到琥珀泪没？"

"为了找到琥珀泪我开始讨好皇上，可就在我拿到琥珀泪的时候，虎哥莫名其妙地死了，他到死也没原谅我啊！当时我万念俱灰，也想随他而去，希望生不能在一起，死总能在一起了吧。可我死后才发现，我根本找不到虎哥，而且我被幽禁在自己的坟墓中，就这样不生不死地过去数千年，我快发疯了！"

"所以你要知道真相！"

"嗯，虎哥这样爱我，不可能抛下我不管，可我找遍了黄泉路，都没找到他！人们都说找到九颗琥珀泪就可以知道事情的前因后果，我真的太想知道当初究竟发生了什么，虎哥为什么会突然对我如此的冷淡？为什么要我去找琥珀泪？为什么又正当青春年少的时候就撒手人寰了？"

痴人！蓝雨在心中暗自感叹：问世间情为何物，直教生死相许！

"你说的怨陵究竟在哪里？"

"云南，殉情之都！"说完这几个字李夫人就凭空消失了。蓝雨不明白为什么每次到了最关键的时候李夫人都会消失，现在她有点明白了，天机不可泄露！

头好痛，蓝雨迷迷糊糊地睁开眼睛，发现自己躺在床上，慕容轩正一脸怜爱地看着自己。

"这是哪里？"

"且末县，木孜塔格宾馆。"

"师姐醒了！"门一开，穆小米和邱子卿手里拎着大包小包地走了进来。

邱子卿走到蓝雨床边说："丫头啊，你的事情我们都知道了，别憋在心中，要是想哭就哭出来吧！"

邱子卿这句话确实很管用，蓝雨一下子哭得稀里哗啦。许久蓝雨才慢慢地止住哭声，望着蓝雨红红的眼睛，慕容轩也觉得非常心痛，可哭出来总是最好的一种发泄方式。

见蓝雨的情绪渐渐平息下来，邱子卿慢慢地说："现在我想我们该把真实的身份告诉你了！"

"你们？真实的身份？"蓝雨瞪着哭红的大眼睛不解地看着邱子卿。

"嗯，我和小米的身份，慕容先生已经知道了。他爸爸是美国普林斯顿大学考古学的教授，就是美国考古界有名的专家慕容枫。我们和他一直有业务上的联系，他还是我们的特别顾问，对保护国宝作了很大的贡献，只是他的公子我们倒头回见。"

慕容轩听了微微一笑："不愧是国际刑警啊！这么快就把我的身份查得一清二楚！"

国际刑警？鸡贼一样的师傅和超级臭屁的小米居然是国际刑警？蓝雨彻底疑惑了。

9. 疑似吸血鬼

"各位旅客朋友们请注意，飞往昆明的飞机马上就要起飞，请大家……"空姐甜美的声音在机舱中响起。蓝雨、慕容轩、邱子卿、穆小米并排而坐。望着窗外，蓝雨眼前又浮现出自己去云南前回家的情景，尽管蓝雨知道真相后，根本不愿意再回那个曾经留有自己无数美好回忆的家，可在邱子卿和穆小米的劝说下蓝雨还是回了趟家，装作不知真相地在蓝志军和蓝斌的面前把自己在古墓中的遭遇添油加醋地吹了一通。蓝雨边说边观察着蓝志军和蓝斌的表情，发现他们确实对自己的这趟古墓之行相当关心，尤其说到琥珀泪，连一向沉稳，喜怒不露于脸上的蓝志军也为之动容。于是蓝雨又把自己准备去云南怨陵的事情也说了出去，目的就是为了诱蓝志军亲自出马。

"嘿嘿！怎么？师姐？还在为这事伤心呢？"穆小米嬉皮笑脸地看着蓝雨。

"去！什么时候都没个正形！"蓝雨白了眼穆小米。

"哎呀，师姐，这花开一季，人活一生，凡事都得看开些！像师傅，当年那可是风光得很，年纪轻轻的就成为国家中心局重点培养的对象，多少美女哭着喊着要嫁给他！要是没有那个意外的话估计现在早该是我们的邱局长了。"穆小米在蓝雨耳边小声嘀咕着。

"是吗？师傅，你还有艳情史呢？"蓝雨睁大眼睛，用疑惑的眼神看着邱子卿。

"唉，都是过去的事情，不再提了！"邱子卿无奈地说。

"对了师傅，当初出了什么意外啊？"蓝雨又恢复了往日的脾气，不依不饶地追问。

邱子卿沉吟了一会儿，用极低的声音说："当年我最好的战友接手了一个看似不大的案子，却莫名其妙的死于非命。这不仅引起了上面的注意，我更是悲痛欲绝，于是向上面请命要把战友的死因查清，将凶手绳之以法。可调查到后来才发现这根本就不是什么小案子，里面不仅牵扯到天宇集团还发现国内有他们的同伙，于是一调查就是十几年。为了彻底查清这案子，为战友报仇，我抛弃了当初的一切功名，以另外一个身份，来到落雁市，明着是茶馆老板，暗地里却一直都在调查这桩案子，查找和天宇集团有瓜葛的人。没想到，这个案子竟耗费了我半生的时间还没有个圆满的结果！"说着邱子卿叹了口气。

"没事！师傅，虽说你这是裤头改胸罩，但是位置很重要！"穆小米不知什么时候突然冒出了这句话。说得蓝雨扑哧一声笑了出来，正在喝咖啡的慕容轩也喷出了一口咖啡。

"臭小子！有你这样说师傅的吗？我扁不死你！"邱子卿也被气乐了，揪起穆小米的耳朵骂道。

"别闹了，你们看那个人。"慕容轩低声制止正在打闹的三人。

顺着慕容轩所指的方向，蓝雨等人发现左前方坐着一个长发男子，从侧面就可以断定他绝对是个不折不扣的美男，雪白的皮肤、俊美的外表、飘逸的柔软棕色长发。

"哇噻！外国种就是不一样啊，这么养眼！"穆小米在一旁打趣地说。

那男子似乎听到了蓝雨这群人在议论自己，猛然转头望向蓝雨这边，扫视了几个人一圈，一对绿宝石般的眼睛射出两道寒光，蓝雨等人打了个冷战，也太诡异了吧。

"怎么感觉这个人不像人呢，脸色这样苍白，像……"蓝雨在一边说。

"像吸血鬼！"邱子卿在一边补充着。

"八成就是吸血鬼！"慕容轩盯着男子手上那枚古怪的古铜色戒指悄声说，"看他手上的戒指，那是 Vampirus 家族的族标！"

"Vampirus 家族？源自中欧，盛行美国的吸血鬼家族？"邱子卿疑惑地问。

"正是，我在美国曾和他们的人接触过一次，是为了一件古董，他们人人都佩戴这样的戒指。"慕容轩说。

"那这个是个老吸？"蓝雨问。

"应该是！"慕容轩皱着眉头说。

"老吸，他来中国干什么？对了他有没有吸人血？要是敢在我的地盘上干坏事我打得他变蝙蝠！"穆小米一副很英雄的样子。

"还不太清楚，你放心，Vampirus 家族的人已经好几百年不乱吸人血了。他来这边，肯定有事要发生，我觉得我们还是先暗中观察，要是他不惹是生非，我们还是赶快去办自己的事情。"

"嗯，小轩说得没错！"邱子卿也很赞同慕容轩。

"哎，那人旁边的女人好像很不对劲。"蓝雨在慕容轩耳边悄悄地说。

只见那女子一身红衣，脸色苍白，慕容轩怎么看都觉得这女子有些面熟。这些很有吸血鬼嫌疑的洋鬼子似乎感觉到蓝雨这帮人一直在背后议论着自己，冷冷的目光又朝蓝雨这边扫来。同时露出一个极其优雅又邪恶十足的微笑，一只手忽然握了握坐在自己身边的红衣女子。那红衣女子机械地站起来，面无表情，动作有些僵硬地朝慕容轩走来。

"潘艳儿！"慕容轩低声惊呼了一声。

潘艳儿机械地走到慕容轩面前，就像不认识慕容轩一样，将一张纸条放在慕容轩前方的小餐桌上，转身离去。

"潘艳儿不是在且末古城中就失踪了吗？"蓝雨不解地问。

"是啊，我早就把这事告诉了父亲，他已经派人去找了。她怎么会和 Vampirus 家族的人在一起？"慕容轩边说，边拿起纸条看：你不动我，我不动你！落款：查理男爵。

慕容轩、蓝雨、邱子卿、穆小米等人看了后四双眼睛齐刷刷地看向这个叫查理的洋鬼子。

查理则看着蓝雨等人，轻轻地抓起潘艳儿的手，温柔地一吻，对蓝雨等人露出一个魔鬼的微笑，蓝雨看见查理嘴中的牙齿发着寒光。

"摄魂术！"邱子卿看着目光空洞，犹如木偶般任由查理摆布的潘艳儿，惊呼了一声。

10. 蝙蝠大烤

"各位旅客们，大家好，飞机已经抵达昆明。"空姐甜美的声音响起，打断了邱子卿等人的思绪。

旅客们纷纷拿起自己的行李朝出口走去，蓝雨等人再在人群中找查理和潘燕儿却连个人影儿也没见到。

"人呢？"穆小米脖子伸得老长，四处寻找。

"身手实在太快了！"慕容轩感叹了一声。

四人走出机场，打上车去早已订好的酒店。"天乐酒店到了！"出租车司机的声音响起，蓝雨听得觉得这声音怎么这样机械。四人拿了行李，往酒店走去，蓝雨总觉得身后有一双冷冷的眼睛在盯着自己，可她频频回头却没发现什么可疑的现象。

"怎么了？"慕容轩关切地问。

"总觉得有人在跟着我们。"蓝雨小声说。

慕容轩听了蓝雨的话悄声说："我也有这样的感觉，我们都提高点警惕！"

"师姐！赶紧把行李放好，我们逛昆明城去！听说这里的过桥米线特别好吃！"穆小米在前面冲着蓝雨和慕容轩大喊大叫。

夜色降临，蓝雨四人边吃米线边商量着下一步的行动。

"师傅，你说咱们去的地方对吗？云南那么大，你怎么就这么肯定怨陵一定在那边？"穆小米边问边把装米线的大海碗搬了起来，咕咚咕咚地把吃剩的汤喝得精光，"服务员，再来一碗海鲜米线！"

"云南纳西族曾有一种奇特的风俗就是殉情，几乎每个家庭都有一两位殉情而死的亲人。他们或为逃避纠缠不清的爱情，或为逃避不幸的结局和不幸的婚姻生活而自杀。据说，玉龙雪山被殉情者视为死后可去以彩霞织衣，与飞禽走兽同乐共欢的理想国，因此成了一座'情山'，而丽江也被人称为殉情之都。我想这应该是怨陵所在之地。"邱子卿一口气详细地介绍了这么多，这会儿工夫穆小米又吃完了一碗米线，一抹嘴："师傅！你太有才啦！"

"你们有没有发现窗外好像有很多蝙蝠飞过？"蓝雨盯着窗外忽然小声地说。

蓝雨的话引起了慕容轩等人的注意，三人装着欣赏月色，往窗外看去，确实发现窗外时不时地有几只硕大的蝙蝠飞过。

"你们有没有觉得这些蝙蝠很诡异啊？会不会是那个老吸什么男爵查理变的？"穆小米随口说道。

入夜，蓝雨躺在床上，翻来覆去地睡不着。忽然手机响了，蓝雨一看号码，犹豫了很久才接，电话中传来蓝斌的声音，以前听到这声音蓝雨会觉得万分亲切，可现在听起来却格外刺耳。

"到云南了吗，小公主？"蓝斌还是用着平时惯用的宠溺口吻。

"嗯，到了。"蓝雨淡淡地回答。

"怎么啦？我的小公主，今天这样没精打采！"到底是从小一起长大的，蓝雨一丝细小的情绪波动，蓝斌都能感觉出来。

"没什么！"

"是不是病了？可别吓我们！你小时那次可……"蓝斌突然把话咽了进去。

"吓你们？小时候？"蓝雨不解地问。

"嗯，哎，现在告诉你也没关系了。那是你上中学时候的事情，我们一起去海滨度假，你当时很调皮非要爬到椰子树上去摘椰子，结果摔了下来，当场昏迷不醒，在医院中昏迷了大半年才醒过来，当时我们都以为你要变成植物人呢！"蓝斌幽幽地把当年的事情说了出来。

"什么？我在医院昏迷过半年？我怎么不知道？"蓝雨的声音高了八度。

"你是不知道，因为你醒来后以前的很多事情都忘了，当时爸爸说你人还小，说出来怕吓到你，就不许我们提那次事情。"

我曾经从树上摔下来，昏迷半年？为什么我一点儿印象也没有？蓝雨放下电话，不停地问自己，对呀，中学似乎有个时间段在自己的记忆中是空白的，那段时间究竟发生了什么事？

蓝雨出了一身虚汗，坐在床上发呆。正在难受的时候，门外忽然传来穆小米的声音："师姐，睡了吗？"

"还没。"

"那你到我们房间来一下吧。"

蓝雨穿着睡衣，来到邱子卿和穆小米的房间，看了四周没发现慕容轩问："哎，你们把我叫来怎么不叫慕容轩啊？"

"刚才发现这宾馆外面也有很多奇怪的蝙蝠出现，小轩就出去看看。是他叫我们把你叫过来，怕你发生意外。"邱子卿不紧不慢地说。

"他？他一个人去的？"蓝雨的眼睛瞪圆了，"你们也太不地道了吧！怎么让他一个人去？万一有了危险怎么办？"

"哎哟！我的师姐啊，我算服了你！他还没成我师姐夫呢，你就这样关心！"穆小米郁闷地一头倒在床上。

三人正说着，慕容轩走了进来，手里还提着个黑糊糊的东西。

"这是什么？"蓝雨奇怪地看着慕容轩手中的东西。

"蝙蝠！"慕容轩手一扬，那个黑糊糊的东西就朝穆小米丢了过去。

"妈呀！"穆小米又传出一阵鬼哭狼嚎的叫声，一下子从床上蹿到了桌子上，到底是国际刑警，身手就是敏捷！

那蝙蝠也很郁闷，刚才被慕容轩一个扫把就给拍下来了，这会儿又被丢来丢去，骨头都要散架了！

"这不是普通的蝙蝠。"邱子卿拾起蝙蝠在灯光下细细地看。

"嗯，是的。"

"这是？是公的还是母的？"邱子卿一副研究学者的样子，忽然冒出了这样一句跌眼镜的话来，听得慕容轩差点儿没倒在床上——这问题也太弱智了吧。

"是公的，它翅膀上有 Vampirus 家族的标志。"慕容轩郁闷地告诉邱子卿。

"这么说那个吸血男估计也是为了琥珀泪来的。"穆小米在一边分析。

"嗯，不错！没想到我们还没找到怨陵就已经有危险了！"邱子卿微微皱起眉头。

"现在倒不用太担心，因为 Vampirus 家族的人很爱惜他们养的蝙蝠，传说这些蝙蝠都是他们那些远逝的祖先的灵魂，所以他们把这些蝙蝠看得和他们的生命一样重要，要是这蝙蝠在我们手上，他们是不会轻举妄动的！"慕容轩说出了自己抓蝙蝠的目的。

这时候，蓝雨发现穆小米又蹲在地上在他的那个大旅行包中一个劲儿地翻啊翻。

"你在翻什么？"蓝雨好奇地问。

"找胡椒粉！"穆小米头也不抬地说。

"胡椒粉？你找它干什么？"慕容轩也好奇地问。

"一会儿烤蝙蝠用啊，我突然想起我姥姥曾经告诉过我，大烤蝙蝠大补！大烤蝙蝠怎么能没胡椒粉呢？"

"啊！"蓝雨三人看着穆小米彻底无语了。

窗外，夜空中，一个蒙面黑衣的男子眉头微微一皱，嘴里狠狠地吐出两个字："浑蛋！"

穆小米在他那个百宝箱中翻了许久，终于兴奋地拿出个瓶子，开心地说："哈哈，终于找到了！"

"你没事带这些东西干吗？"邱子卿郁闷地看着自己的宝贝徒弟。

"师傅你想啊，这次我们去怨陵，万一被困在里面了，我们也好有生火做饭的材料啊！你看我还带了盐、糖、味精，还有橄榄油！咋样，够自力更生的吧？"穆小米超级自豪地说。

"扑哧！"邱子卿被气乐了："臭小子，你脑子里都装着些什么呀？在古墓中你就是有调料可到哪里去找食物啊？"

"哎，就算没有食物可总有粽子吧，到时候捉一两个过来，虽然难吃可本人的厨艺可是远近闻名的哦！到时候经过我的加工，还是可以入口的，总比饿死强！"看来穆小米是上次在新疆古墓中被困怕了，所以这次来云南才做了这么多准备。

"师傅，我们怎么处理这只蝙蝠？真像小米说得那样烤了吃？"蓝雨郁闷地看着邱子卿手中的大蝙蝠。

"这么大的蝙蝠，烤了当夜宵好了！"穆小米还在打这蝙蝠的主意。

慕容轩摇摇头说："不行，不能吃！先找个盒子把蝙蝠关里面。"

邱子卿找了个盒子，将蝙蝠丢在里面递给穆小米："既然你这么想吃它，就让你来保管！"穆小米一听头上就飞过好几只乌鸦。

"时候也不早了，大家回去休息吧，明天一大早我们就去玉龙雪山！"邱子卿打了个哈欠，伸了个懒腰。

11. 殉情之都

蓝雨回到了自己屋内，忽然，一阵风吹进来，窗帘被风吹起。"你终于要来了！"一个女子的声音传来。

"谁！"蓝雨警惕地看着四周，却没发现什么人。她忽然觉得眼前出现一片淡淡的红雾，恍惚间，看见一个长发的红衣女子从窗口飘入。

蓝雨发现那红衣女子长得也颇有姿色，妩媚得很，穿着大红的曲裾，倒有些回眸一笑百媚生的韵味。

"你是谁？"

"你要去救那个贱人，是吗？"红衣女子冷冷地说。

"什么贱人？"蓝雨被这红衣女子给说糊涂了。

"哈哈，装傻？把你手中的琥珀泪给我，不能让那贱人得到琥珀泪！"

"琥珀泪？原来你也是冲着琥珀泪来的？你究竟是谁？"蓝雨一听她要夺自己的琥珀泪，当场就火了，走上前去质问。

"你！"那红衣女子愣愣地盯着蓝雨看了一会儿，忽然仰天发出一阵让人听了毛骨悚然的笑声，"原来你就是那个贱人，那个贱人就是你，你们本来就是一体的，我居然到今天才发现！好，今天就是你的死期！"说着红衣女子长发飘扬，伸出双手，手的指甲一下子变得又长又尖，再看那红衣女子的脸变得比纸还白，鲜红的嘴唇边生出了两颗尖尖的獠牙，狞笑着向蓝雨扑去。

"潘艳儿！"当红衣女子朝蓝雨扑来时，蓝雨猛然发现这红衣女子就是当初在且末古城失踪后又在飞机上和那个什么吸血鬼查理在一起的潘艳儿。

蓝雨这一叫，那红衣女子一愣，眼神非常迷茫地问："你说什么？潘艳儿是谁？"

忽然蓝雨觉得左胸上的那个泪珠状的胎记一阵灼热，她不禁用手去捂，谁知胎记发出一道金光，一下子射到了红衣女子身上，那红衣女子惨叫一声，逃出了窗外。蓝雨也一下子跌坐在地上，直冒虚汗，许久她才恢复了意识，茫然地看着四周，一切都没有什么变化，只有窗户不知道什么时候开了，窗帘在夜风中不断地摆动。刚才那一幕是幻觉还是真的发生过？蓝雨在心中不住地问自己。

清晨，一辆蓝色的出租车在公路上飞奔，两边都是田地和小山，时不时地可以看见一两个早起在田里干活的村民。

蓝雨远远地就看见了那直插云霄、气势磅礴、白雪皑皑的玉龙雪山，只见玉龙雪山云带束腰，云中雪峰时隐时现，云下岗峦碧翠。

"真美啊！纤尘不染，人间仙境！"蓝雨不由得发出感慨。

"美是美，可也是个颇有悲剧色彩的地方啊！"邱子卿发着感慨。蓝雨听了这话，心中也不免升起了一抹哀愁。

"玉龙雪山到了。"车又开了大约 40 分钟，便停了下来。

蓝雨等人下了车，站在山脚下，朝玉龙雪山望去。碧蓝的天空下，白雪皑皑的玉龙雪山显得格外神圣。

"我们只猜测怨陵在玉龙雪山附近，可这里这么大，我们怎样才能找到呢？"慕容轩看了看四周有些犯难了。

"在云杉坪！"蓝雨忽然冒出了一句。

"你怎么知道？"慕容轩等人像看怪物一样看着蓝雨。

"难道你忘了吗？这墓地是你亲自为我选的，当年也是你亲自将我抱进这陵墓的！"蓝雨满眼含泪，看着慕容轩说出了这段让外人听了分不清东南西北的对白。

"我？当年？"慕容轩疑惑地看着蓝雨，忽然觉得头疼欲裂，眼前出现了一片强烈的照得人头晕目眩的白光。

天空乌云密布，玉龙雪山下，慕容轩看见刘彻穿着一身华丽冕冠服，抱着已死的李夫人一步一步地朝一座豪华的陵墓中走去。

"凤妹，这里不会再有人打扰你，等我，我会收集到所有的琥珀泪来这里找你！"刘彻的声音在慕容轩耳边响起。

"哎，你怎么了？"蓝雨使劲摇着慕容轩的胳膊。

慕容轩悲伤地看着蓝雨："我记起来了，其实你在茂陵附近的那座陵墓只是为掩人耳目修建的，我不远千里地把你葬在这里就是不想再有人来伤害你！"

"既然你们都记起来了就好办了，赶快带我们去怨陵吧！"穆小米在蓝雨和慕容轩极为煽情的时候突然说出了这句煞风景的话。

"怨陵在哪里？"蓝雨和慕容轩几乎同时说出了这句话。两人互相看了一眼，费尽心思想了很久。

"你还记得确切的位置吗？"慕容轩问蓝雨。

蓝雨迷茫地看着慕容轩，穆小米和邱子卿也焦急地看着蓝雨好像在看最后一根救命稻草一样。

"嗯，我好像也不太记得了。"蓝雨这话一出，穆小米和邱子卿彻底绝望了！

"我们还是走一步算一步吧，先到云杉坪然后再说下一步，没准让他们俩身临其境反而能想起些什么事情来。"邱子卿无奈地说。

四人朝云杉坪进发。

"快到了！大家快点走！"邱子卿在前面喊。

忽然白光一闪，蓝雨眼前一片耀眼的白光，除了白色还是白色。渐渐的白色淡去，李夫人哀婉地站在蓝雨面前。

"是你？"蓝雨惊呼，"你是来带我去怨陵的吗？陵墓在哪里？"蓝雨焦急地追问。

李夫人似乎很艰难地张张嘴，可蓝雨就见李夫人的嘴巴在动，什么声音也听不见。

"你在说什么？我听不见。"蓝雨急急地说。

李夫人表情更加哀伤，只见她转身不紧不慢地朝远方飞去。

"你去哪里？别走！"蓝雨说着追了过去。

"你怎么了？"慕容轩见蓝雨如此反常忙问，可蓝雨就像没听到一样，依旧向前跑去。

站在前面的邱子卿看见蓝雨面无表情地跑来，也疑惑地问："丫头，你跑什么？"

谁知蓝雨竟像不认识邱子卿一样，把站在路中间的邱子卿推了一把。

"哎哟！"邱子卿一下子摔倒在地上。

慕容轩和穆小米赶忙上前把邱子卿扶起来，"这丫头什么时候这么大劲了？"邱子卿边拍屁股边看着跑向远处的蓝雨。

"对了，师傅，师姐在小河墓地的时候就发作过一回，不是带我们找到墓地的入口了吗？这回会不会又是什么心电感应啊？"穆小米在一边提醒道。

"对呀，当时就是这表情！走，咱们快点跟上她。"邱子卿说着也跟着蓝雨向前面跑去。

蓝雨一口气跑到了云杉坪，只见郁郁葱葱的古木中一片开阔的高山草地赫然出现在眼前，草地上零零星星地开着一些不知名的小花，一种似曾相识的感觉从蓝雨的心中升起。

恍惚间，蓝雨看见这些郁郁葱葱的古木中有一处发出微弱的蓝光，蓝雨似乎被这蓝光所吸引，机械地走到草地中间，耳边传来一阵若有若无的歌声："北方有佳人，绝世而独倾……"

"师傅，你听这歌声……"穆小米等人停了下来，侧耳倾听。

忽然，蓝雨一个甩头，腰肢一扭，在草地上随着歌声跳起了奇怪的舞蹈。

"师傅，原来师姐还会跳这样奇怪的舞蹈啊？"穆小米嘴巴张得又可以塞下一头牛了。

"师傅你看，这天上的乌云越来越多了！"穆小米指着天空惊叫。

12. 怨陵初现

随着蓝雨的舞步越跳越急，天空中的乌云滚滚而来，越积越多。

"师傅，你看这乌云越来越多了！"穆小米和邱子卿同时感到了一种特别压抑的感觉，这时本来幽怨的歌声也变成了一种生涩的咒语声。

"你听得懂这是在唱些什么吗？"邱子卿问慕容轩。

慕容轩皱着眉头摇摇头："从来没听到过这样的语言，应该是什么咒语，我有种预感，这不会是什么好事。"

"哎，修建这陵墓的人是刘彻，他和你一样是松神的转世，你应该知道这墓里都有什么机关埋伏，怎么会不知道这咒语在说些什么呢？你看我师姐在那边跳得像巫婆一样，你就不怕她有危险啊？"穆小米劈头盖脸地数落了一顿慕容轩。

"我不是在想吗？"慕容轩郁闷地说，心想：臭小子，别以为我不敢收拾你！走着瞧！

"快看！这些——"邱子卿忽然一改往日的沉稳，指着云杉坪中心惊呼了起来。

只见蓝雨周围忽然出现了九个白衣长发的女子围着她翩翩起舞，白色的水袖如无数条银龙九天下凡，围绕在蓝雨的周围。

"你们看，这些女的都没有脚！是，是在飘！"穆小米指着白衣舞女有些惊恐地说。

慕容轩和邱子卿一看，也吃了一惊。

"师傅，师姐她会不会有危险？"穆小米沉不住气了。

"不会的！"慕容轩很有把握地说。

忽然咒语声戛然而止，九名女子同时停下了歌舞，抬起头齐刷刷地朝慕容轩、邱子卿和穆小米站的地方望了一眼。

"妈呀！"穆小米吓得差点儿坐在地上，慕容轩和邱子卿也不由得咽了口吐沫。

九张苍白的脸，全都没有眼睛，只有空空的两个窟窿，还往下淌着血。

而此时的蓝雨也停止了舞蹈，低着头站在中央，长发垂下，将她的脸遮住，看不清她的表情，气氛显得非常诡异！

忽然，九名白衣女子旋转着飞向天空，在蓝雨头顶盘旋，速度越来越快，半空中出现了一团黑色的雾气。最后一声炸雷，天空中一道闪电劈下，半空中的雾气被劈开，出现了一道用寒冰做成的圆形冰门，隐隐地可以看见冰门上刻着一些古怪的文字。

"九怨之门！"邱子卿猛吸了几口冷气，"这怨陵是大凶之地啊！"

"师傅，什么是九怨之门啊？"穆小米不解地问。

"这九怨之门是守护陵墓的人凶之阵，要想成此阵，必须找九个和墓主的生辰八字一样的二八女子，而且这些女子必须要有着深仇大恨，也就是要比窦娥还冤。找齐后，日日让她们泡在温泉中，好让皮肤白嫩光洁。当墓主归天时，将这九名女子一丝不挂地横放在陵墓四周九个白玉祭台上，在墓主下葬的时候，分别用4把锋利的金钩刺穿她们的双手和双脚上的血管，让血顺着金钩不断地流到白玉祭台上，同时用千年寒冰制成的匕首，活生生地把她们的那一双双美目挖下来祭天。这样这九个如花似玉的妙龄女子被残忍得活活折磨死。她们的怨魂就被禁锢在了这四个金钩中，永世无法托生，这4把金钩也就成了她们的武器，我们现在所在的四周应该就有36把锋利的金钩。如果那些不知道如何破阵的人闯进此阵，她们就会把这如海深的怨气通通发泄到这些闯入者的身上，要是遇到了这样的阵，很少有人能逃脱，大多都被金钩钩死。"邱子卿幽幽地道来。

"不可能！"慕容轩忽然大叫，"我当初根本没有设下这样恐怖的阵，我不可能用这样残忍的方法来阻止外人接近怨陵的！"

"师傅，你看师姐！"穆小米也忽然指着蓝雨叫了起来。

只见蓝雨缓慢地抬起头来向慕容轩等人这边望来，苍白的脸上，居然和那九名白衣少女一样没有了眼睛，只留下两个血肉模糊的窟窿正在向外流着鲜血！

"啊！"慕容轩大叫了声，晕了过去。

邱子卿和穆小米也险些吓晕了。

"你们怎么了？"蓝雨似乎从幻境中醒了过来，茫然地看着穆小米等人。

邱子卿和穆小米定了定神再看蓝雨，发现蓝雨的一双大眼睛好好地长在她的脸上，什么变化也没有。

"师姐，你刚才……"穆小米问不下去了。

"刚才怎么了？轩哥怎么了？"蓝雨焦急地跑向了慕容轩。

"刚才你在跳舞，你不记得了？"邱子卿问。

"跳舞？我没事跳什么舞啊？"蓝雨不解地问，"师傅，他怎么晕了？"蓝雨指着慕容轩问。

"他只是受了刺激，一会儿就会醒的！"邱子卿说，"刚才你忽然跑到云杉坪中央跳起一种祭祀的舞蹈，然后天空中乌云密布，出现了九个白衣女子的魂魄和你一起起舞，也就是九怨之门的守护者，当你跳完后九怨之门开启，我想这就是怨陵的大门了。"说着邱子卿指了下蓝雨身后的圆形冰门。

蓝雨望了望身后的圆形冰门，似乎又想起了什么，目光愣愣地朝这圆形冰门走去。

"师傅，你看师姐。"穆小米刚要喊蓝雨，邱子卿忙拦住了他说："小声点，她估计是记起了什么东西，要去开启陵墓的大门了。"

"那我们怎么办？"穆小米问。

"跟上她！"邱子卿说。

"那，那这小子怎么办？"穆小米指着躺在地上的慕容轩。

"这还不简单？你背着他啊！"说完邱子卿跟在蓝雨身后朝圆形冰门走去。

13. 木乃伊童尸

　　蓝雨来到圆形冰门前，从背包中拿出一把匕首，在自己的右手食指上轻轻地划了一下，随着匕首划过，蓝雨的手指上出现了一道鲜红的血痕，鲜血涌了出来。蓝雨出奇镇静地做着这一切，似乎没有感觉到丝毫的疼痛。

　　蓝雨将划破的手指按在了圆形冰门上，顷刻之间血将冰门上雕刻着的那些古怪的文字染成鲜红色。

　　一阵天籁般的声音在邱子卿和穆小米耳边响起，让人听了就会打个冷战，有一种莫名其妙的压抑感觉。

　　"师傅，你听！"穆小米也顾不得抱怨，"这声音好诡异！"

　　"像是梵文！"邱子卿正说着，这圆形的冰门忽然"吱呀"一声从中间裂开，露出了陵墓的入口，一阵寒气从里面吹来，冻得穆小米和邱子卿一连串地打了七八个喷嚏！

　　"师傅真冷啊，咱们要进去会不会大冻活人啊？"穆小米有些担心地往里面望去，简直就是个冰窖，望不到头的长长甬道都结着厚厚的寒冰，四周也到处都是凝结千年的雪白的寒冰，简直就是一个冰雪世界。

　　"这……"邱子卿刚要开口说话，蓝雨忽然蹦出了一句话："啰唆什么？是男人就跟我往前走！"说着自己先走了进去。

　　"师傅，你说师姐是不是吃火药了？"穆小米在后面小声地问邱子卿。

　　邱子卿也郁闷地点点头说："估计是，快跟上吧，不然这丫头撒泼起来谁受得了？"

　　穆小米后脚刚踏进陵墓中，圆形冰门又"吱嘎"一声自动关上，甬道中又变得漆黑一片。

　　蓝雨从背包中拿出亚光铬铝手电，三人就在手电光的照射下，一脚深一脚浅地摸索着向前走去。

　　"我们这样乱走一气，万一这里有个什么机关埋伏不是会死得很惨？"穆小米担心的话音刚一落下，忽然传来一声轻轻的呻吟之声。

　　蓝雨、邱子卿、穆小米马上条件反射地停了下来，紧张地望着四周，寻找发声源。

　　"该不会又有粽子了吧？"蓝雨小声问邱子卿，手已经摸到了个黑驴蹄。

　　又一声呻吟声传来，蓝雨和邱子卿不约而同地看着穆小米，穆小米愣了一下，猛然把扛在自己肩上的慕容轩往地上一摔，骂着："靠！你做人也太不地道了！醒来了还趴在我肩上装睡！装睡就装睡还发出声音吓我们！大哥这是在怨陵！你严肃点好不好？"

　　"我怎么知道？刚醒来你就把我摔到地上了，反过来还怪我不严肃？到底谁不严肃？"慕容轩一边揉着屁股，一边气哼哼地从地上爬起来。

　　"好了，小米你也是，怎么能这样摔他呢？摔坏了不还得你背着他？"蓝雨显然很不满意穆小米的做法。

　　"小声点，你们看前方那好像有个人影！"邱子卿小声地说。

　　"得了吧，师傅我看你是被慕容轩这臭小子给吓坏了！前面哪有什么人影啊？刚才我们不都看了吗？"穆小米刚说到这里忽然也停住了，结结巴巴地说，"好像，是有个人影！"

　　黑黑的甬道前方，隐隐约约地出现了一个小小的人影，似乎一动不动地漂浮在空中。

　　"是人是鬼？"穆小米盯着漂浮在空中的小小人影问道。

　　"过去看看不就知道了？"慕容轩见穆小米这一个大男人这样胆小很是看不惯，说完朝着人影的方向走去。

"我和你一起去。"蓝雨说着也跟了上去。

邱子卿和穆小米紧张地盯着蓝雨两人，许久传来蓝雨略带讽刺的声音："没事，是个木乃伊童尸。"

邱子卿和穆小米走过去一看，只见这甬道的中央有一个半人高的冰柱子，柱子上冰冻着一个童尸。看这童尸死的时候年龄也就几个月，面目狰狞，眼睛闭得紧紧的，嘴巴张着，小小的一双手向外抓着，有些扭曲抽搐的样子，似乎死的时候极为痛苦。

"这里怎么会有这样奇怪的东东？"穆小米围着童尸左看右看，忽然对着慕容轩冒出一句，"哎？这也是当年你干的？"

慕容轩被穆小米说得一头雾水。

邱子卿看了这童尸后，不禁皱起了眉头，他迅速朝四周望了一下，说了句话："情况好像不太妙！"

"怎么？有什么不对劲的地方吗？"慕容轩问。

"这是千年的怨婴啊！"邱子卿声音有些颤抖地说，"怨婴出世，阴气滔天。伏旱千里，天灾人祸。生灵涂炭，恶鬼遍野！"

"有这么恐怖吗？师傅，不就一个小屁孩的尸体，你用得着这样紧张吗？你说是怨婴就怨婴了？"穆小米在一边不满地插嘴。

"臭小子，你见过多少世面？你吃过的饭有我吃过的盐多吗？"邱子卿边数落穆小米边指着童尸额头中心说，"你们给我仔细看看！"

蓝雨等人朝邱子卿指的地方看去发现一团绿色的光球隐约出现在童尸的眉间。

"师傅，这是？"蓝雨不解地问。

"其实要想成为千年怨婴也很不容易，每次投胎转世都在两三个月的时候被母亲打掉，而且每次打掉之后都被打入六道经历无数次的轮回，受尽折磨后，好容易得到一次投胎转世的机会却又被活生生地打掉，重新回到阴曹地府中受罪，久而久之他的怨气久积不散，就成了千年怨婴。"邱子卿严肃地说，"光是怨婴还不是最坏的局面，最可怕的是人为的。古时曾有邪恶的巫师专门在民间寻找阴年阴月出生还不到三个月的孩子，将他们的皮残忍地活剥下来，然后浸泡在毒酒之中，再用一种奇怪的阵法控制住他们的魂魄，使他们每次转世还在娘胎中就被人活活地打掉反反复复数次，就变成了怨念极深的鬼婴，也就是我刚才说的千年怨婴。而且只要巫师不死，或者巫师所设下的阵不破，他们就永远都要受到巫师或巫师留下的阵控制，可以说用千年怨婴布的阵威力极强，普天之下很少有人能破得了的！所以自古这就是那些居心叵测之人梦寐以求的东西！"邱子卿一口气说了这么多，喘了口气又紧接着说，"最著名的阵叫九婴怨阵，我估计八成我们就遇到了这个阵，要是我没猜错的话，这附近还应该有八个怨婴！"

"还有八个？"穆小米有些崩溃了，"我的妈呀！什么时候小孩子也变得这样可怕！"

"你们看，它的眼睛睁开了！"慕容轩指着童尸惊呼。

原本双目紧闭的童尸，眼睛忽然微微睁开，嘴角露出邪邪的微笑盯着蓝雨、邱子卿、慕容轩、穆小米四人。

四人浑身上下打了无数个冷战，忽然甬道中从地底升起了一阵青色的雾气，包围了蓝雨等人。雾中，蓝雨、邱子卿、慕容轩、穆小米看见无数穿着红肚兜也就一岁多大的小孩子，手中都高高地举着锋利的匕首，面目狰狞，发出阵阵邪恶的笑声，嘴里都有两颗长长的獠牙，慢慢地向蓝雨等人走去。与此同时，蓝雨听到了无数咒语声在四面八方响起，这声音一响，蓝雨就觉得头痛欲裂。

14. 九婴怨阵

"师傅，怎么办啊？你快想想办法，那些恐怖的小孩子似乎是冲着我们来的！"穆小米在一旁焦急地问邱子卿。

"这是由他们的怨念所致，解铃还须系铃人，我们要是找到了他们怨恨的源头，也许可以侥幸破了此阵！"邱子卿无奈地说，"可现在我们到哪里去找害死他们的巫师啊，就算能找到，这么多年也早变成老粽子了！"

"你们有没有听到什么声音？一种咒语的声音？"蓝雨边用手按着头边问。

"没有啊？你怎么了？"慕容轩关切地问。

"四面八方都是咒语声！我的头好痛！"蓝雨痛苦地抱着头说。

"千婴怨吟！"邱子卿在一边沉重地说，"这是九婴怨阵杀人的手段之一。听到这样咒语的人最后会周身上下血管崩裂而亡。"

"那怎么办啊？"慕容轩和穆小米几乎异口同声地说出了这句话。

"别急，别急，让我想想！"邱子卿凝思苦想着。

"你们说，什么东西最能吸引小孩子？"慕容轩急中生智忽然冒出了这句话。

"棒棒糖？"穆小米抢答。

"我们现在到哪里去找棒棒糖？"邱子卿明白了慕容轩的用意。

"有了！讲故事！"穆小米总算说出一个含金量比较高的点子！

"对，对，小米，你故事比较多，赶紧讲几个先把这些鬼婴的注意力牵引住，我们来找出口。"邱子卿急促地说。

"从前有座山，山上有座庙，庙里住着个老和尚和小和尚，老和尚给小和尚讲故事，这个故事是什么呢？"穆小米刚讲到这里，环视了下四周，发现这些穿红肚兜的鬼婴都停了下来，似乎在侧耳倾听。

"好！有效果！小米加油，继续讲！"邱子卿边找出路边鼓励穆小米。

穆小米一听也颇为得意："那是，我穆小米讲故事，哪个小屁孩不爱听？"说着又继续讲下去，"老和尚对小和尚讲这儿从前有座山，山上有座庙，庙里有个老和尚……"

我靠！慕容轩在心中骂，这都什么跟什么啊？能有效果吗？

果然，这些鬼婴只略微站了一站，露出一种很不屑的表情，继续凶狠地朝蓝雨等人走来。

"臭小子，你讲个有趣点的啊！别这么多废话！"邱子卿边拿着手电在甬道四周的冰墙上找出口，边冲着穆小米嚷嚷。

"这个故事是孙悟空大闹天空！"穆小米赶忙转换话题。

这个故事一讲，鬼婴们似乎真的被吸引了，一动不动地站在原地听得出神。穆小米更是讲得唾沫横飞。

围绕在蓝雨周围的咒语声似乎轻了许多，蓝雨疲惫地闭上了眼睛，忽然一幅久远的画面出现在蓝雨的脑海中：一个个刚出生的小婴儿，被一群黑衣人硬生生地从母亲的怀抱中抢走。一时间，孩子的哭声、父母声嘶力竭的叫喊声响彻震天。

画面又一转，九个小孩被放在祭祀的石台上，祭祀的巫师手拿着剥皮刀，朝婴儿走去。

"孩子！"蓝雨忽然发现九个小婴儿的父母也被黑衣人捉到了现场，绑在祭祀台四周，眼睁睁地看着自己的心肝宝贝受剥皮的酷刑！

九个小婴儿无助地哭着，随着巫师手起刀落，一阵阵刺耳的惨叫声简直要冲破蓝雨的耳膜。

小婴儿已经血肉模糊，他们鲜血淋漓的双手伸向他们的父母，痛苦得连声音都发不出来了！

"不！""孩子！"很多婴儿的父母看到这惨绝人寰的一幕后，一下子晕厥了过去。

黑衣人拔出佩剑，一阵血雨腥风，九个孩子的父母也惨死在黑衣人的剑下。

"啊！"蓝雨惨叫了一声，眼睛一下子睁开，眼中含泪地说，"我知道破解的方法了！"

"什么方法？"慕容轩关切地看着蓝雨问。

"还有什么比让他们重新回到父母的怀抱中更能安抚他们的魂魄呢？"蓝雨口气沉重地说出了这句话。

"回到父母的怀抱？"邱子卿不解地问。

"九婴怨阵为什么怨气如此大？不仅仅是因为千年怨婴的怨气，还有他们父母的怨气，是双重的怨气纠集在一起却又年年岁岁无法破解才使这阵变得阴毒无比、怨气煞人。"蓝雨接着说，"这些孩子在祭祀中受剥皮之刑的时候，他们的父母都被绑在祭台的周围，亲眼看着自己的孩子遭受如此极刑。如果我没猜错的话，在这千年怨婴的附近一定还有他们父母的尸首。当年巫师一定用了什么办法，将父母的魂魄和孩子的魂魄隔绝，所以他们的怨气才这么大。"

"有道理！快，咱们分头去找一下，不过要小心，也许这阵里还有别的什么机关埋伏。"邱子卿吩咐道。

"你们快看这是什么？"不一会儿慕容轩的声音从不远处传来。

蓝雨等人跑过去一看，发现在甬道的一处冰壁上，隐隐约约地出现了几个人影。

只见这些人影双手紧紧抠进冰壁，眼睛怒目而视，依稀可以看见眼角和嘴角边的血痕。

"这，应该是怨婴的父母！"蓝雨说。

"索魂壁！"邱子卿看着冰壁若有所思地说出了这三个字。

"什么是索魂壁？"慕容轩问。

"是流传于上古的一种邪阵，专门把死者的魂魄束缚在此中，让他们永世无法超生。因为这种阵法太损了，所以要用此阵必减用阵之人的阳寿，一般是不会有人轻易用这样的阵的。"邱子卿说，"要想让怨婴的魂魄和父母的魂魄相见，就必须将索魂壁破除！"

"师傅，你可知道破解的方法？"蓝雨焦急地问。

"我试试吧！"邱子卿从自己的口袋里拿出一把黄色的木质短剑，又从自己随身的背包中掏出了一个小瓷瓶，往短剑上撒了点瓶中的东西，拿着短剑在冰壁上画了一个个奇怪的符号。

紧接着，冰壁开始融化，冰冻在冰壁中的古尸完完整整地浮现在蓝雨等人的面前。

"妈妈、爸爸！"一阵阵稚嫩的孩童声音在蓝雨等人耳边响起。

刹那间，雾气散开，刚才拿匕首的无数怨婴消失得无影无踪，而那些冰冻在冰壁中的古尸也慢慢地化成阵阵烟雾消散。

恍惚间，蓝雨仿佛看见九个活泼可爱的小婴儿扑向他们父母的怀抱中。

"我的天呀！嘴都快说得起泡了！总算破解了这个可怕的九婴怨阵。"穆小米说着一屁股坐在了地上，喘着粗气。谁知道，他这一坐，身后突然传来一阵"吱呀"的声音，一扇石门缓缓打开，喷出一阵白雾。

15. 神秘女尸

蓝雨朝石门中望去，隐隐约约地发现里面似乎立着雕像。"你们看这里似乎是陵墓中的一处偏殿，里面好像有座雕像！"蓝雨说。

"看来这怨陵的规模可比君王啊！"邱子卿在一边感叹，"进去看看，也许会有什么发现！"

"当初你可真能下工夫，估计这回我们真的能找到不少国宝级的文物！好在没让天宇集团抢了先！"穆小米看着慕容轩笑呵呵地讽刺了他一顿，谁让这个怨陵是刘彻修的呢！

蓝雨等人举着手电小心地走进了这个偏殿，大殿中静悄悄、黑糊糊、雾蒙蒙的，一时显得太寂静，静得可以听见自己的心跳！蓝雨感到一股难以名状的恐怖与凄凉之感渗入骨髓。自己仿佛到了另一个世界，仿佛前方有一双眼睛在无比幽怨地盯着自己的一举一动，一切显得十分诡异。

大殿之上立着一尊女子的塑像，塑像之下，放着个黑地红绘，上刻有云气纹的四足重叠案。案正中央放着个白玉香炉，香炉中还插着三炷未烧完的香。香炉的左边放着个鹿角立鹤的青铜神鸟器，右边放着个龙首盉，里面似乎还有些液体，不知道是何用意。

邱子卿抬头仔细观察着雕像，吓了一跳，那雕像虽然雕的是一个穿着华丽曲裾的贵妇人，可往脸上看却没有五官，一种诡异的感觉顷刻从邱子卿心中升起。

"师傅，你说这又像鹿又像仙鹤的东西是干吗用的？"穆小米似乎对案上放的几样物品比较感兴趣，说着就伸手去拿。

"小……"邱子卿的话音还没落，穆小米的一只手已经握住了青铜神鸟。

见没出什么意外，邱子卿一颗悬着的心总算落了下来："臭小子，跟你讲过多少次了？墓中的东西不能随便碰的！你怎么就是不长记性？万一出什么差错你后悔都来不及！"邱子卿气得在一边直骂穆小米。

穆小米似乎没听见邱子卿在骂自己，"咦？奇怪怎么拿不起来？"说着穆小米的手腕一转，这青铜神鸟器居然跟着穆小米的手转了起来。

"吱嘎嘎！"随着一声木头裂开的声音，这四足重叠案从白玉香炉中间裂开，缓缓地移向左右两边，一座绘有百花争春的三扇榻屏缓缓升起，榻屏下一个穿着紫色曲裾的绝色女子躺在榻上，只见她双目微闭，仿佛刚刚睡去，一双柳叶眉中间用黄褐色的颜料画了一滴琥珀泪。

"天呀！保存这么完好的女尸！"穆小米不禁叫了起来。

蓝雨等人也围过来观看。

"她是谁？"慕容轩皱着眉问。

"你们看这女尸肯定和琥珀泪有关，看她眉间的图案！"蓝雨把慕容轩拉过来说。

"她嘴巴里似乎有东西！"邱子卿说。

"我拿出来看看。"慕容轩说着就从背包中拿出了手套戴上，掰开女尸的嘴，发现里面确实含了样东西，慕容轩取出一看发现是一块血红的玉知了。

"这是用血玉制成的，做工真的太精湛了！"慕容轩反复把玩着手里的玉知了，近乎入了迷！

"不好，这血玉似乎不是天然所成的，而是人为的，要是有怨气的话，这女尸很可能尸变！"邱子卿边说边摸出了个黑驴蹄，一副严阵以待的样子。

"快看，这尸体长绿毛了！"穆小米指着女尸失声叫了起来。

原本面容清秀、皮肤白嫩的女尸，忽然瞬间失水，变成了一具面容恐怖、褐色的干尸，而且干枯的皮肤上已经开始往外长绿毛了，眼看着就要尸变。

"快把那玩意儿送回去啊！"穆小米指着那个血红的玉知了喊着，"一眨眼美女变野兽，这个谁受得了啊！还是快变回来吧！"

可是话音未落却已经为时已晚，那女尸的眼睛猛然睁开，死死地盯着蓝雨、慕容轩、穆小米、邱子卿四人，嘴角露出一个蒙娜丽莎似的微笑，这一笑差点儿没把穆小米给笑吐了！真是人间极品啊！穆小米在心中叫苦。

转眼这女尸就坐了起来，嘴里发出"嘎嘎"的声响。

"师傅怎么办？"穆小米焦急地问。

"快准备黑驴蹄、糯米！"邱子卿边说边从自己随身的背包中拿出了个硕大的黑驴蹄。

此时女尸已经完全站了起来，伸出一双长满绿毛和长长指甲的双手，向穆小米扑了过去。

"妈呀！为什么扑我不扑别人？"穆小米边跑边将手中的黑驴蹄丢向女尸。

"谁让你长得帅！"慕容轩在一旁一边欣赏女尸追帅哥的一幕，一边调侃穆小米。

"长得帅难道是我的错吗？"穆小米听了简直欲哭无泪，又连丢了两把糯米。

"奇怪，师傅，它怎么不怕糯米也不怕黑驴蹄？难道我们遇到了传说中的尸王？它已经跳出三界外，不在五行中，不是一般的东西可以攻击，与天地同在生命体！并且拥有毁灭整个正反空间的力量。"蓝雨皱着眉头问。

"看这模样应该不是，尸王是有灵性的，不像这个傻乎乎的，似乎只会追穆小米一人。"邱子卿一边捋着胡子一边冲着穆小米喊，"小心它身上的毛，千万别碰到，有剧毒的！"

"师傅，你别光站着动动嘴皮子啊！快想想办法，把这妖孽收了！我快受不了了！"穆小米近乎崩溃的声音在空荡的大殿中响起。

这时邱子卿拿出刚才破索魂壁的木剑，口中念念有词后，一用劲，朝女尸飞射过去。可眼见着剑穿过女尸，而女尸却毫发未伤。

邱子卿也非常震惊，要知道这可是他小时候，一次偶然的机遇和一位世外高人学的必杀技，今天却偏偏阴沟里翻船了！

正当邱子卿思索的时候，这女尸也将穆小米逼向了绝境。

"好了，别着急都是幻境！"一直在一旁思索的蓝雨忽然说话了，紧接着，她从背包中拿出瓶矿泉水，将水倒了半瓶到四足重叠案上放置的龙首盉中，不一会儿那女尸似乎化作了一股青烟消失得无影无踪。

"怎么跑了？"穆小米如获大赦地四周看了一遍。

"她其实一直在这里啊！"蓝雨一指榻上躺着的女尸说，"我怀疑这四足重叠案上龙首盉中的液体是某种可以使人产生幻觉的化学液体，刚才我们都以为的尸变就是为了吓那些来盗墓的人，我用水稀释了，药力就没这么强了，我们眼前的幻境也随之消失了！"

"哎呀，师姐你太有才了！"穆小米兴奋地叫了起来。正高兴的时候，那躺在榻上的女尸又传出一阵"嘎嘎"的叫声。

16. 远古海蝎子

"师傅，不会那女尸这回真的尸变了吧？"看来穆小米这回是一朝被蛇咬，十年怕井绳了。

"会不会是你听错了？"看着依旧躺在榻上，丝毫没有什么变化的女尸，慕容轩也开始怀疑刚才听到的声音很可能是幻觉。

"嘎嘎"、"嘎嘎"，慕容轩的话音刚落，这奇怪的声音又从女尸那边传了过来，众人互相看了一眼，小心翼翼地朝女尸走去。

女尸还是纹丝不动地躺在榻上，千年不变的容颜，似乎在讲述当初的血雨腥风，然而现在一切都归于尘土。

忽然"噗、噗"两声巨响，一只硕大的巨螯从女尸的肚子中钻了出来，紧接着一只巨大的蝎子将女尸撕烂从女尸中爬了出来，停在女尸上，冲着蓝雨等人张牙舞爪。

"海蝎子！"邱子卿倒吸了口冷气，"这是4亿年前的古生代泥盆纪时候的生物，早已灭绝了，怎么会出现在这里？"

"怨陵的守护神！"蓝雨看着海蝎子说出了这句话。

"什么？守护神？"穆小米有些不解。

正当众人看着女尸身上的巨大海蝎子发愣的时候，海蝎子已经爬下女尸，冲着蓝雨等人爬来，看样子似乎是要将蓝雨等人作为自己的美餐。

"发什么愣？快拿家伙啊！"慕容轩在一边叫道。

一句话提醒了大家，纷纷拔出别在腰间的手枪向海蝎子射击，可没想到海蝎子的壳如此的坚硬，居然连子弹也无法射穿。

"太不可思议了，这家伙的皮这么厚！"穆小米边开枪边对邱子卿说，"师傅，看样子子弹对它没效果啊，我们还是用别的招吧，就这么点子弹别浪费了！"

邱子卿听了也点头说："小米，你把衣服撕下些，绑在我这个登山拐杖上，我们用火试试。"

"撕我的衣服？为什么又是我？"穆小米绝望地说。

"臭小子，难道还要撕你师姐的衣服？我三万块的登山拐杖都豁出去了！"邱子卿边骂边把自己心爱的登山拐杖丢给了穆小米。说起邱子卿的登山拐杖那可是他的宝贝，这个看似普通的拐杖却暗藏玄机，是个可以用来打斗的利器，是邱子卿得心应手的家伙，邱子卿执行任务这么多年，这把登山拐杖多次在遇难之时帮了他。

穆小米一边嘟囔着一边飞快地从自己身上撕下了一片衣服，缠绕在拐杖上，掏出打火机，一下子把衣服点燃，朝海蝎子丢去，谁知道这海蝎子居然一点儿也不害怕，反而更加兴奋，围着火转了好几圈，嘴中发出"嘎嘎"的叫声。不一会儿，从女尸那边又爬出了七八只巨大的海蝎子。

"天呀，这里原来是蝎子窝啊！"穆小米近乎绝望地叫了起来，这时候海蝎子大军浩浩荡荡地朝蓝雨等人爬来，可怜穆小米差点儿被其中的一只海蝎子的巨螯给夹到。

"小心它们的毒针！"邱子卿一边躲着海蝎子的进攻一边提醒着大家。

"快，逃出这里！"蓝雨边喊边向外跑，可惜还没等她跑出去，石门就轰隆一声关上了。

蓝雨等人面面相觑，又是一个死局！

正在蓝雨等人危难万分的时候，穆小米背包中的那只大蝙蝠不干了，在盒子中一阵折腾，嘴巴中发出兴奋的叫声。

"师傅，这只臭蝙蝠好像对海蝎子很感兴趣啊！"穆小米把盒子拿出来，看着盒子中的蝙蝠。

"吸血蝙蝠？"邱子卿思索了一下，忽然眼前一亮，"有了，我们有救了，古书上似乎有记载过海蝎子的克星就是这难得一见的纯种吸血蝙蝠。"

"是吗？"蓝雨疑惑地问。

"是不是放出来试试不就知道了？"邱子卿在一边说。

"放出去？那怎么再抓回来？"越到危机关头穆小米越磨蹭，好像他天生是死不了的一样。

"哎呀，都什么时候了，你只管放，我能再把它抓回来！"慕容轩在一边气呼呼地说。

蓝雨在一边想：这个慕容轩什么时候学会抓蝙蝠的本领了？

穆小米刚将蝙蝠放出去，这蝙蝠就兴奋地飞向了海蝎子。

17. 蜡像人尸

吸血蝙蝠欢快地飞到海蝎子头上，海蝎子挥动着它那双巨大的大螯，想把蝙蝠夹住，可无奈蝙蝠停的地方是它根本就无法触到的。

蓝雨等人看见吸血蝙蝠的嘴巴中伸出个类似于吸管样的、长长尖尖的东西，一下子就伸进了海蝎子的头颈之中，海蝎子痛苦地发出"嘶嘶"的叫声，一双大螯上下飞舞，在空中乱抓一气，可就是伤不了吸血蝙蝠一根毫毛。吸血蝙蝠依旧牢牢地趴在海蝎子的背上享受蝎子脑浆的美餐，不一会儿这只被吸血蝙蝠选中的倒霉的海蝎子就趴在地上不动了，吸血蝙蝠满意地打了个饱嗝，将目光投向其他几只海蝎子，那几只海蝎子见状没命地逃向女尸那边，一眨眼就消失得无影无踪。

这只吸血蝙蝠也不去追它们，挺着滚圆的肚子，满意地飞到穆小米身边，一头扎进装它的那个盒子里，呼呼大睡起来。

蓝雨等人看得目瞪口呆。

"没想到这么小的吸血蝙蝠，竟是这在上古时称霸海洋的巨型海蝎子的死敌！太神奇了！"邱子卿捋着自己的那点山羊胡子，兴奋地看着吸血蝙蝠说，"真是个好东西！我决定把它当宠物养了！"

这话更让蓝雨和慕容轩听得流汗。

"师傅，你不怕它哪天一高兴把你的血都吸了？"蓝雨打趣问。

"不怕，我们可以培养感情！"邱子卿一本正经地说。

"培养感情？"蓝雨、慕容轩、穆小米三人异口同声地说了出来，然后都摇摇头在大殿的四周找了起来。

"你们在干什么？"邱子卿不解地问。

"找出路啊？"穆小米郁闷地回答，"难道我们要在这里闷死啊！"

"哦，对呀，我们貌似又被困在这里了！"邱子卿说了句很让蓝雨等人大跌眼镜的话。

"我总觉得这大殿中的那尊塑像很可疑，为什么做工如此精巧的塑像却没有五官？是想告诉我们什么？"蓝雨盯着塑像说道。

"你们看这塑像的衣服上还画了好多精美的图画！"慕容轩在一边指着这尊没有五官的仕女塑像说。

蓝雨等人凑上去细看，发现果然有很多细小的但栩栩如生的图画，似乎是画着当时发生的一件比较重要的事件。

"你们看，出口似乎就藏在这塑像之中。"蓝雨指着一群飞天的女子围绕着一个贵夫人穿过塑像，朝天外飞去的图画说。

"汉代人崇尚死后成仙，这似乎是画着墓主死后飞天的情景。"邱子卿思索着说。

"你们看，这画中的塑像分明是有五官的！"慕容轩说。

"我知道了！"蓝雨胸有成竹地从背包中拿出一支毛笔说，"谁带了墨水？"

"墨水？谁盗墓还带这些东西？"慕容轩不解地问。

"我有！"穆小米又在自己的百宝袋中找了半天，拿出了小半瓶墨水，然后将墨水在慕容轩眼前晃晃，鄙视地说，"这点常识都没有还出来混呢！告诉你，墨水也是对付粽子的一个法宝！"

"法宝？可以对付粽子？"慕容轩这下子有点儿找不着北了。

蓝雨接过墨水，用毛笔蘸了蘸，又从背包中拿出登山绳，一下子套住了塑像的脖子，准备往塑像上爬。

"你要干什么？这样很危险的，万一有什么机关。"慕容轩拦住蓝雨焦急地说。

"我去作画，放心，没事的。"蓝雨狡黠地一笑，顺着绳子爬了上去。

众人紧张地看着蓝雨在上面一气龙飞凤舞，一张秀美的脸便出现在众人眼前。

蓝雨从雕像上跳下，这塑像就开始缓缓地向一边移动，几分钟后，一个人型的隧道口露了出来。蓝雨等人小心地走进了隧道中，吓了一跳，只见隧道两边放了很多酷似真人的仕女蜡像，每个蜡像的身后都竖立着一个彩绘的棺材。

"这些都是什么东西啊？陵墓中怎么会有这么邪的东西？"穆小米有些害怕地说。

"这些蜡像真是栩栩如生！"蓝雨边说边从背包中拿出放大镜细细观看说，"要是拿到市面上估计每尊蜡像都是天价！"

穆小米好奇地捏了下一尊蜡像的手说："奇怪啊，怎么这些蜡像这么有弹性，捏起来像在捏真人的肉一样。"

"是吗？"慕容轩也捏了下身边的一尊蜡像，发现手感真的和穆小米说得一样，仿佛自己手中握着的是真人的手一样。

蓝雨等人的话引起了邱子卿的注意，他拿着放大镜，细细地观察着一个侍女蜡像的手臂，发现手臂上有一圈暗红色的勒痕，再细看，发现蜡像的手臂上居然有细细的毛孔，难道这是……邱子卿的心一下子提到了嗓子眼，他马上拿着放大镜仔细地观察蜡像的头发，发现头发也和真人的一样，甚至还在一尊蜡像上看见了头皮上的毛孔。

"难道，难道这些蜡像都是真人做的？"邱子卿咽了下吐沫说，"就是传说中的蜡像人尸！"

"蜡像人尸？人尸和蜡像有什么关系啊？"蓝雨等人奇怪地问。

"这是古代一个残酷的刑法，将活人结实地捆起来，然后用滚烫的蜡油浇在活人身上，由于人被堵上了嘴，所以无法喊出声，待蜡冷却后，整个人就成了一尊活人版的蜡像。"邱子卿说得毛骨悚然，"你看她们的头发，一丝丝的就是真人的头发，还有她们皮肤上的毛孔，蜡像是不可能做到如此逼真的地步。如果用火烧一下，肯定能闻到一股腐臭的味道。"

穆小米凑上去细看，发现果然和邱子卿说得一模一样。

"太恐怖了！这些女子犯了什么罪会受到这样残忍的刑法？"蓝雨愤愤然地说。

"这个不太清楚，这里是怨陵，想必是个怨气极重的地方，首先就得是个大凶之地，这怨陵建在玉龙雪山，这本来就是世界著名的殉情之都，几个世纪以来无数痴男怨女都在此饮恨共赴黄泉，此地之凶可想而知。不光是在大凶之地建造的陵墓就可以称得上是绝对完美的凶陵，还要在陵墓中遍设机关，人为地制造出无数怨魂，一来养护此陵，二来对付后来的盗墓者，才能成为真正的怨陵。"邱子卿一口气说了一堆。

"师傅，那陵墓中放这么多的人尸蜡像干什么？难道也是为了对付盗墓贼？"穆小米问。

邱子卿怅然地摇摇头说："这个还不知道，但是这些蜡像人尸实在太诡异了，我们还是快点离开这里，大家一定要小心。"

"会不会尸变？"慕容轩有些担忧地问邱子卿。

"这个我也说不好，从来没遇到过这种情况，这将活人变成蜡像是极残忍的方法，很少有人会这样去做，除非有血海深仇，对它的记载也几乎为零。我这也是年轻的时候为对付一伙盗墓贼，当卧底的时候，听他们的老大偶尔说起过一次，但他们也没有真正遇到过，所以谁也不知道接下来会发生什么。"邱子卿说。

"妈呀！"穆小米忽然叫了起来，指着一尊蜡像叫道，"刚才那尊蜡像的眼睫毛眨了一下！"

蓝雨等人顺着穆小米指的方向望去，发现那蜡像依旧纹丝不动地站着，没有任何异样。

"你别总一惊一乍的好吧？"慕容轩不屑地说了一句，说完就往前走去。

刚才明明是看见动了，难道自己看花眼了？穆小米满肚子疑问地跟在众人后面向前继续走着。这时，穆小米身后的一尊蜡像的头忽然动了起来，朝穆小米等人望去，看着穆小米、蓝雨等人的背影露出了一个诡异的笑容。

蓝雨等人在漆黑的甬道中摸索着向前走着，这甬道也是曲曲折折时而宽阔得可以让两人并肩通过，时而窄得让人侧身才能勉强通过。四人绕来绕去，忽然发现有些不对劲。

"怎么觉得我们来过这里。"慕容轩看着甬道两边的蜡像人尸说。

"确实，我们又转回来了！"蓝雨指着其中一具蜡像人尸说，"这不就是刚才我们研究好久的那具吗？"

"难道！"邱子卿的眉头皱得死死的，"我就觉得这蜡像人尸不是单纯的摆设来吓唬盗墓贼的，肯定还另有用处，刚才我还没看明白，现在走了一圈又转回原地，这肯定是'回'字寻宝阵了！"

"师傅，什么是'回'字寻宝阵？"穆小米在一旁问。

"'回'字寻宝阵是一种类似迷魂阵的东西，是当初陵墓的建造者专门为以后的盗墓者布下的局，它像个口袋，张着口，当你走进去后就把口封住，而且还打了死结。"邱子卿说。

"那寻宝是怎么回事？"蓝雨在一边问。

"这是阵的中心之物，一般都是价值连城的宝贝，但是这上面却暗含机关，凶险得很。大多数盗墓贼在这回字阵中转悠了半天都没有找到出路，往往在他们心灰意冷、精疲力竭的时候，忽然发现前方居然有个闪闪发光、价值连城的宝物，要是得到了它自己几辈子都衣食无忧了。你们可以试着想一下，这时候他们还有多少理智存在，肯定是一窝蜂地冲上去，这样正中了墓主的下怀，可以说墓主在死后多年甚至几千年后还可以将闯入陵墓中惊扰他的人置于死地。"邱子卿说得口干舌燥，最后又补充了一句，"但是这宝物也是破这个阵的关键所在，往往出口就埋藏在这个宝物的身上！"

"看来要是想出去，还真得去找这宝藏呢！"慕容轩在一旁若有所思地说，似乎他想起了什么。

"是的，只是我从没听过用蜡像人尸来排布此阵的，这样煞费苦心，这些蜡像人尸应该不仅仅是个摆设吧！"

"天啊！怎么少了一具蜡像人尸？"邱子卿的话音刚落，穆小米又在一边叫了起来。

蓝雨等人跑到穆小米所站的地方，果然发现在这一排蜡像人尸的中间确实少了一具，只有那彩绘木棺还在原地。

"不会是尸变了吧？"穆小米一边紧张地看着四周一边说，"会跑哪里去呢？"

"她不会自己跑到棺材里面去了吧？"蓝雨疑惑地看着棺材说。

"这个，说不好，大家准备家伙，都小心点！"邱子卿的话刚落，就在远处黑暗的角落中传来一阵窸窣的声音，声音一声比一声近，似乎是朝着蓝雨几人这边来的。

"不会是那具蜡像人尸吧？"穆小米紧张地说。

"该不会真变粽子了吧？"蓝雨也有些紧张，小声地说。

"不管是什么我们还是先找个暗处躲起来，弄明白是什么东西后再见机行事。"慕容轩在一旁建议。

"嗯，小轩说得有道理！"邱子卿说。

"有什么道理？我们躲哪啊！"穆小米撇着嘴说。

"时间紧，就躲在这些棺材的后面吧。"蓝雨说完，就转到一具蜡像人尸身后的棺材后面蹲了下去。紧接着穆小米等人也在蓝雨身边的棺材后面躲好，这窸窣的声音越来越近，在这连掉根针都能听到的漆黑的甬道中显得格外的诡异与恐怖，蓝雨等人都睁大双眼，屏住呼吸，朝声音发出的地方望着。

黑暗中似乎有一双蓝瓦瓦的眼睛望着蓝雨等人。

18. 又见故人

四周一片漆黑，蓝雨等人睁大了眼睛望着那两点蓝瓦瓦的光，除了自己的心跳还有那若有若无诡异而又空灵让人听了会产生莫名其妙烦躁的声音。

"这声音好像可以干扰人的脑电波。"慕容轩悄声说。

"能不能我不知道，但是让人听起来确实很难受，觉得想打人！"穆小米在一边插嘴。

正说着，忽然从甬道的另一端传来一阵脚步声和细碎的说话声。

这声音怎么这样熟悉？蓝雨心想。

"你们是怎么搞的？这小妮子进了怨陵后就凭空消失了？不是让你们跟紧吗？没有她我们肯定找不到他们要的东西！"

这声音对蓝雨来说再熟悉不过了——蓝志军！蓝雨一下子有种窒息的感觉。

"蓝志军！"邱子卿看到这一幕也很惊讶，"看来我的猜测是对的，他果然有着不可告人的秘密！"

"天宇集团的人说他们也会派人来帮我们，不知道他们到了没有？"蓝斌的声音响了起来。

"天宇集团？"蓝志军冷冷地说，"哼！我跟他们打了这么多年的交道，他们怎么会有这样好心？只怕他们是醉翁之意不在酒，是不想那些宝藏让我们独吞吧！"

"我也觉得是，爸爸，我想我们还是得防着他们，到时候不行就……"蓝斌在一边阴冷地说。

"嗯！不错，不亏是我蓝志军的儿子！"蓝志军满意地拍拍蓝斌的肩说，"你悄悄地把这事交代给你手下，还要防着小妮子那边，她叫师傅的那个人我觉得也不是什么好鸟！"

正当蓝志军和蓝斌对话的时候，寂静的墓室中响起了诡异的声音。蓝志军、蓝斌等人马上警惕地朝那黑暗的角落望去。

"爸爸，你看那似乎有双蓝瓦瓦的眼睛望着我们。"蓝斌低声对蓝志军说。

"这幽宁之地，怎么会突然出现这样的东西？"蓝志军一脸严肃地说，显然他也知道要是在这里碰到不该碰到的东西会有什么样的后果。

"会不会是粽子？"蓝斌边猜测，手已经摸到了腰间的枪。

"要是粽子老子就干了它们！"蓝志军身边的一个大胡子大大咧咧地说，显然这个家伙是个无神论者，胆子超大！

忽然黑暗之中，那蓝瓦瓦的眼睛一闪一闪起来。

"你们看，那鬼火样的东西朝我们这边飘过来了！"大胡子指着黑暗处那两点蓝瓦瓦的亮光叫了起来。

"把家伙都准备好！"蓝志军有些紧张地吩咐。

蓝雨看着这黑暗中的两点蓝光，恍惚间又坠入了幻觉之中，黑暗之中，一个身穿黑色大袍的女子侧对着蓝雨，用沙哑的声音说："你还没想起来吗？"

"想起什么？"蓝雨痴痴地问。

"你真正的前世？"

"我？他们都说我是凤凰数次轮回中的一次。"

"唉！一毫米的误差可相差得却是生生世世！"女子悲哀地说，"彼岸花，开一千年，落一千年，花叶永不相见。情不为因果，缘注定生死！"说着女子从宽大的袖子中拿出一段黄褐色的香，用手一点，香被点燃，一股白烟冉冉升起，围绕着蓝雨，蓝雨吸了口，只觉得芬芳异常，脑海中一片空白，似乎坠在柔软的天鹅绒中，身子轻飘飘地似飘到了云霄，在天之涯似乎有着一座城池，没错，是玫瑰城！

"睡吧，睡吧，这轩辕香能让人记起最初的记忆，就算在轮回之中历经无数，但当初的未完之愿，在闻过此香之后都会记起！我真后悔当初对你做的一切。"黑衣女人沙哑的声音在黑暗之中缓慢地响起。

是的，我记起来了！终于记起来了！蓝雨泪流满面。

前世我是猫，一只白底黑花的猫、一只举止优雅的猫，我是天帝宠爱无比的御猫。我住在宫殿中最好的房子里，那一间装饰华美的房间里，睡的是柔柔软软的床，吃的是人间天上最美味的食物，一切都那么完美可是我一点儿也不快乐。我的愁绪、我的忧郁都来自爱情，我是神猫中的美女，在天庭中我有无数的追求者，可我没一个看上的。可以这么说，我从来没有正眼看过别的神猫。天帝也很奇怪，但是他也很骄傲，因为我像他一样的高贵，知道没有什么是可以配得上自己的。这样的日子过了很长时间，我依旧是那只高贵、美丽、冷漠的神猫，直到有一天他的出现。

他是天庭中的一个画师。那天，天帝的宫殿里走进来一个翩翩少年，当我看见他的一刹那，时间停住了，天地万物都从我眼前消失，我的眼里只有他，只觉得这个世界上只存在着我和他，也就是在那个瞬间我爱上了他。

我爱上了他，他的英俊潇洒，他每一个不经意看我的眼神都能让我兴奋半天，可我们永远也没有可能在一起，就是在人间，人和妖都无法结合，更别说他是天帝的画师，而我，只是天帝的一个宠物，一只宠物猫！一时间一种无名的愁绪填满了我的心头，时间在流逝，可相思却一天一天地深入我的内心，我有种窒息的感觉，也一天一天地憔悴下去。天帝见我这样很是着急，想了各种办法可我终究还是像一朵即将枯萎的鲜花，再也没有了往日的光芒。终于有一天，我下定了决心，离开了天帝的宫殿，去了冥府，找到了那个可以改变我命运的人。

冥府在大地的底层，在火热的岩浆之下，这里永远都没有阳光，一片漆黑，无数亡灵的哀号阵阵，阴森恐怖。无底深渊从地面一直通到那里。几条河流从冥府流过，冰冷刺骨的河水波涛滚滚，时不时地就会有那些不想忘却生前之事，痴情死者的阴魂在岸边呻吟，但终究还是要踏上在成片血红的彼岸花之间的黄泉路，在奈何桥旁忘却生前的种种。

在冥府的最深处有一座阴森、恐怖的古堡，这里永远都是一片死寂，没有任何一个阴魂可以来到这里，就连冥王也对这里的主人敬让三分，她就是我要找的人，那个可以改变我命运的人——萨杳巫女。她是天地之间唯一一个真正跳出三界外，不在五行中的巫女，她拥有一种天上、人间、地府任何一个神、任何一个人都没有的法术，她会用几种花草，加上忘川的水，煮出一种神奇的药水，在这种药水之中泡上一定的时间可以让世间一切的兽或妖变成人。

"萨杳巫女，您在吗？"我小心翼翼地走进漆黑的古堡问。

突然，漆黑的四周一下亮了起来，这不是阳光发出的亮光，而是从黑色的宝石中发出的一道道昏暗的光芒。伴随着一阵阵可怕的笑声我看见一个面容丑陋，特别可怕的老太婆站在我面前——她就是传说中有无边法力的巫女，古堡的主人。

"哦，看看，看看这不是天帝最喜爱的猫咪吗？啊！猫咪！我早就知道你要来了！哈哈。"她那嘶哑的声音发出阵阵恐怖的笑声，听了她的笑声，我觉得自己全身都在打冷战，不由得倒退了几步。

"你害怕了吗？"巫女似笑非笑看着我问。

"没，我，我没有害怕！"我壮了壮胆子向前走了几步说，"要是害怕就不到这里来找你了！"

"好，好，没想到你这只美丽的小猫胆子还挺大的！有个性！哈哈……"巫女说着又是一阵狂笑。我只觉得她笑得天旋地转，恐怖到了极点！

"你来有什么目的？想完成什么心愿就说出来吧！我会帮你美梦成真的，不过你也要知道求巫女帮助是要付出很大的代价啊，呵呵，你要想明白了！"

　　我听了巫女的话，毫不犹豫地说："我知道要付出很大的代价，但是我愿意！"

　　"哈哈，好好！这么痛快我喜欢！说吧，你有什么愿望？"

　　"我想让你把我变成人！"我看着这个丑老太婆坚定地说出了自己的愿望。

　　巫女听了以后也沉默了一下："这可不是一件容易事！你是猫！就算是一只神猫，但要想变成人也要经过严峻的考验啊，而且你要拿你的生命作为筹码！要是你失败了，就要把你的生命给我。你可要想好了！"

　　"我知道，我愿意用自己的生命作为筹码！"我不假思索地脱口而出。

　　听了我的话，巫女也有些惊讶，她问我："是什么事让你有如此的决心？"

　　"因为，因为我爱上了天帝身边的一个画师！"我觉得说的时候我的脸肯定红了。

　　巫女听了以后，也低下了头，她想了一会儿说："他知道你的感受吗？知道你爱上他了吗？"

　　"不知道！"我轻轻地说。

　　"傻！你也许会为你的爱付出生命，而你爱的那个画师可能永远也不会知道！就算退一万步，你变成人后，也只能在人间，而他却在天界，你们是天人相隔，除非你变成人后，吃了天帝宝葫芦中的仙丹，才能直接飞天成为仙，才有可能去和你爱的那个人见面，你为什么要这样？你真的决定了吗？"

　　"嗯，我来之前偷了一粒天帝的仙丹。"我使劲儿点点头，"我不想永远就这样望着，望着他远在天涯的微笑。请你，请你帮帮我！"一滴晶莹的泪水从我脸庞滑落，滴在古堡沧桑的石板上，我仿佛听到一声重重的叹息声。

　　"唉，"巫女长叹一声，"我记得在500年之前，也有一只像你这样美丽的神猫因为爱上了天界的男子来找过我，求我把她变成人，可结果却是一场悲剧。莫非你是她的转世？"巫女喃喃自语着。

　　"最后再问你一遍，你一定要变成人吗？用你的生命做筹码，不后悔？"

　　"不后悔！"我一字一顿地说出了这三个字。

　　"好吧！"巫女有些无奈地说，"要想把你变成人，首先你得经受住这换身汤的浸泡！"说着她把手指向不远处，那里在烈火上架着一个黑褐色的大罐子，正咕噜咕噜冒着热气，里面绿色的汤正沸腾着。"这是用忘川边千年一开的彼岸花和忘川水，加上天界的姻缘石、人间的琥珀泪、冥府的断肠草和各种各样稀奇罕有被施了法术的药材一起熬治的换身汤。要知道泡在这汤里的痛苦，可是比经受冥府十八层地狱的痛苦还要强百倍！现在后悔你还来得及。"

　　"不，我不后悔！"

　　巫女意味深长地看了我一眼，接着说："你能在汤里泡满九九八十一个小时就成功了一半，虽然你变成了人，但你必须在一年以后才能吃下仙丹，重返仙界，要是在这一年里你喜欢的那个画师喜欢上了别人，那也就是你生命终结的时候！"

　　听了巫女的话，我倒吸了口凉气，再多的苦我都能忍受，可是画师他……不想了，既然来了就不会再后退！我在心中对自己说：我爱他，为了爱，即使死我也要向前走！

　　我走到那冒着热气的、黑褐色的大罐子面前，一闭眼睛轻轻跃入了那滚滚沸水之中。

　　不知道过了多久，只觉得时间止住了，除了撕心裂肺的痛苦，没有任何感觉。我觉得自己似乎死了，什么都已消散，但对画师的那份爱反而加深了许多！

终于，一丝光，我看到了一丝光，接着我醒了。

"祝贺你，你经受住了换身汤的考验！"巫女对我说，"接下来就要看你喜欢的那个画师了，虽然我很想得到你的生命，可是我还是希望你能成功，获得你可以用生命去追求的爱情！"

"谢谢！"我感激地看着巫女，发现她也不是那么可怕。

我离开了这个可怕的古堡，离开了冥府，在人间的一个小村庄里隐居了起来，日子一天天地过去。我知道远在天界的画师依旧过着他平凡的日子，最重要的是他还没有喜欢上别人。

"等我！一定要等我！"我看着那粒金色的仙丹每天在心中虔诚地祈祷：快了！快了！已经过去了十一个月了！还有一个月，我就可以骄傲地出现在你的面前！我坐在镜子前，揭下我的面纱，望着镜子中自己绝世的容颜，心中充满了甜蜜。变身前我是这世间最美丽的神猫，变身之后我也成了这世间最美丽的女子，我知道无论是天界、人间还是在那漆黑阴冷的冥府，都不可能再找出第二个让天地为之动容的女子了。

最后，最后的结局怎么样？仿佛最后的记忆是那样的模糊，终于想了起来，随即伴随着那痛彻心扉的感觉，我的梦破灭在第十二个月的一天。那天风带来了天界一个轰动一时的消息，一向默默无闻的画师忽然成了天界的焦点人物，他爱上了妖界的火精灵，为了爱情，他情愿被打下凡间，接受无数次轮回之苦！

为什么？为什么你不能再等我一会儿？我几乎流干了所有的眼泪，当萨杳巫女出现在我面前的时候，我向巫女提出了自己最后的心愿，再见那画师一面，巫女答应了我最后的请求。

夜里，我来到画师的床前，看着熟睡中的画师，眼前浮现出第一次遇见他的场景，我和心爱的人离得这样近，一时间我仿佛忘记了悲哀，忘记了我的生命即将结束，这短短的一段时间成了我一生中最宝贵、最甜蜜的时光。午夜12点马上就要到了，再过几秒，我将不存在于这世上，我弯下腰，在画师的脸上轻轻地吻了一下，深情地望了望睡梦中的画师一眼，就向着那深邃无边的夜空走去。在我即将消失的时候，我低头最后一次看画师的住所，落下我一生中最后的一滴泪。

亲爱的，爱一个人，不只是占有，只要你幸福，就是我最大的幸福！在冥冥之中我对画师说出了自己最后的一句话……

当这些匪夷所思的画面一一闪过蓝雨的脑海后，蓝雨彻底惊呆了！

为什么？为什么自己会有这样的记忆？

"你都想起来了吧？"女子神情伤感地望着蓝雨。

"这些？这些都是真的？"蓝雨怀疑地问。

"千真万确！"

"可为什么都说我是凤凰的转世，很久很久以前和松神相爱，因被天帝迫害才被迫转世经受六道轮回之苦！"

"骗局，这是一个骗局！"女子恨恨地说。

"又是骗局？究竟哪个是真哪个是假？"蓝雨痛苦地说。

"相信我，我被幽闭在冥府最深之处，我的法力无法施展，只能帮你这些了！我的时间不多了，一定要相信我！当年我对你做错了一件事，我一直等着这一天好弥补我的过错，一定要找齐琥珀泪，那里有你要知道的真相！还有切记要小心慕容轩，一定要……"女子急促的声音越来越微弱，最后连同她本身一同消失在无边的黑暗之中。

小心慕容轩？蓝雨回味着那个神秘女子消失前的话，无数谜团升起在心中，一时不知所措。

19. 鬼魅之眼

"师姐，师姐，你怎么了？"穆小米在一边奇怪地看着蓝雨一边推着蓝雨，小声地说，"这么关键的时候你发什么呆啊？"

穆小米的声音让蓝雨又回到了现实："我刚才怎么了？"

"你刚才目光呆滞，像个木头人一样！"穆小米边说边问邱子卿，"对吧？师傅。"

"嗯。丫头，你没事吧？"邱子卿也关切地问。

"我没事。"蓝雨边回答边找身边的慕容轩，却发现本来蹲在自己身边的慕容轩早就消失得无影无踪了！

"师傅，慕容轩跑哪里去了？"蓝雨焦急地问。

"小轩？不就在你——"邱子卿说到一半的话突然噎住了，原来他也发现本来蹲在蓝雨身边的那个大活人就这样凭空消失了。

"天呀，那家伙居然人间蒸发了！太不可思议了！"穆小米小声嘀咕着。

"你要小心慕容轩……"黑袍女子沙哑的声音又在蓝雨的耳畔响起。难道，真的像那神秘的黑袍女子说的那样，难道慕容轩不是我要找的要厮守在一起的人？蓝雨一时心乱如麻。

"这，这尸体的眼睛居然会发蓝光！""是啊，这尸体怎么会自己走！"蓝志军身边的两个去查看蓝光的保镖忽然颤声喊了起来，紧接着就听见黑暗中一声惨叫，接着就是令人毛骨悚然的寂静。

蓝志军和蓝斌面面相觑。

"爸，难道是粽子？"蓝斌也有些发毛了。

"应该不是！"蓝志军凭着自己多年的经验估计着，难道这里有怨魂？是那种杀人不眨眼的怨魂？想到这里蓝志军的一根根汗毛都竖了起来。

"嘿嘿！"黑暗之中，那一双蓝瓦瓦的眼睛那边忽然传出了阵阵毛骨悚然的笑声，这笑声在寂静的甬道中显得格外的刺耳。

蓝志军手下的保镖纷纷拿起手电照去，渐渐地他们发现，刚才派去的一个保镖手里拿着一把血淋淋的匕首，一手拿着只断手，边放在嘴巴里撕咬边阴笑着朝蓝志军等人走来。

"难道是他把阿发杀了？"蓝志军的一个保镖面带恐怖地说。

"你们，你们看他身后跟着的是？……"蓝斌声音颤抖地指着那个保镖的身后说。

保镖的身后，赫然漂浮着一具蜡像人尸，一双蓝瓦瓦的眼睛淡淡地盯着蓝志军等人。

"这个，这个不是刚才消失的那具蜡像人尸吗？"穆小米的声音也有些颤抖了。

蓝雨看着漂浮在空中的蜡像人尸，发现它那双蓝瓦瓦的眼睛透着一股股的邪光，似乎这幽幽的蓝光之中，藏着一个天大的阴谋！

"哈哈！"一阵怪笑忽然从蓝志军身边的一个保镖嘴里发出，蓝雨发现那家伙似乎有些着了魔，挥舞着手里的机枪不分青红皂白地一阵扫射。瞬间蓝志军身边就应声倒下两个保镖。随即砰的一声枪响，这个拿着机枪乱射的保镖也倒在了血泊中。

蓝斌朝自己精巧的银色手枪的枪口吹了口气冷冷地说："他怎么会突然发疯呢？"蓝斌的话音刚落，又一个保镖狞笑的声音在蓝斌的耳边传来。

那发疯的保镖狞笑着拿着匕首在自己的腿上割下一块肉，放进自己的嘴中，满口是血地嚼了起来，然后面部扭曲地冲着蓝志军等人傻笑。

"哇"蓝志军身边的一个保镖实在受不了这样画面的冲击，蹲在地上狂吐不止。

"不要看那尸体的眼睛！"蓝志军在一旁大声地叫道。

蓝志军的话音刚落，甬道两边的蜡像人尸那一双双似闭非闭的眼睛都猛地睁开，一道道蓝光射向蓝志军等人。旋即，众人乱作一团，惨叫声、机枪声此起彼伏。

蓝雨看着这一道道蓝光，似乎看见一个个厉鬼朝自己扑来，吓得她"啊"的一声叫了起来！

"师姐！师姐！"穆小米一个劲儿地摇着蓝雨，喊着，"醒醒啊！"

穆小米的叫喊加摇晃让蓝雨从幻觉之中走了出来，看着眼前混乱的场面蓝雨一时不知道该说些什么。

"别看尸体的眼睛，这是传说中被诅咒的鬼魅之眼！"邱子卿在一边语速极快地说，"以前在一本古籍中读到过，这种被诅咒的眼睛可以魅惑人，使人产生幻觉以致癫狂，我们现在马上趁乱离开这里！"说着邱子卿一猫腰朝着甬道的深处摸索去。

20. 人肤蝇

蓝雨等人在漆黑的甬道中缓慢地向前方摸索着前行。忽然一阵阵腐臭飘来，蓝雨等人差点儿没被熏得窒息。

"这什么啊？真臭！"穆小米捂着鼻子嘟囔。

"你们小心点，这里有好多腐尸！"邱子卿在前面提醒。

蓝雨和穆小米拿起手中的手电，朝四周照射，发现自己已经身处在一片死尸中间。估计这些尸体都是当年的盗墓者，有的腐烂得只剩下一具骷髅，有的身上的肉还未完全腐烂掉，散发出阵阵让人恶心的臭味。

蓝雨看见眼前的景象不禁皱了皱眉头，此时她的脑子里面全是神秘的黑衣女子和又突然消失的慕容轩。忽然她觉得脚底下一绊，差点儿没摔倒。

"小心！"穆小米一把扶住蓝雨，拿手电一照蓝雨脚下，发现蓝雨脚下躺着一具腐尸，面目狰狞地看着蓝雨等人。

"去！真晦气！"穆小米踢了腐尸一脚，忽然发现，腐尸的脸剧烈地抽搐了几下，似乎有东西在肌肉中穿行。紧接着穆小米发现腐尸的胳膊上、腿上都鼓出无数小肉瘤在腐尸中穿行。

"妈呀！这都是些什么啊！"穆小米一下子跳了起来，指着地上的腐尸嚷嚷着，"难道这腐烂得快变蛆的家伙也会诈尸？"

穆小米这一叫，惹得邱子卿和蓝雨纷纷拿起手电往地上的那具腐尸上照。

"快离它远一点。"邱子卿急促地喊道。

邱子卿这一喊，蓝雨和穆小米都条件反射地从腐尸边跳开。

"哎呀，师傅，你别老一惊一乍的好吧，这怨陵已经很恐怖了，你再吓估计你徒弟这条小命也得留在这里了，我可还没女朋友呢！"穆小米哭丧着脸在一旁大吐苦水。

"哼！你要是再不离开那腐尸才真的小命不保呢！"邱子卿一脸严肃地说。

"什么？什么？难道这腐尸真的要尸变？"穆小米睁大眼睛看着地上的腐尸，忽然爆发出一阵喜剧片中的招牌笑声。

"它就是尸变我也不怕，这东西，都烂成这样了，我穆小米一身绝技对付这东西，唉，屈才啊！啊！"穆小米刚狂了一下下，头上就挨了记暴栗。

"又开始狂了，你知道什么！这些会动的肉瘤都是人肤蝇的幼虫！"邱子卿不满地说。

"人……人肤蝇？人肤蝇是什么东东？"穆小米不解地问，"嗯，难道是苍蝇？"

"嗯，还有点智商！"邱子卿白了一眼穆小米。

"师傅，既然是苍蝇的幼虫你这么紧张干什么？"蓝雨也有点儿不解地问，心想这师傅也太小题大作了吧！

"蛆吃死尸，但是有一种蛆最让人毛骨悚然，就是人肤蝇的幼虫，它们身体前端的钩子带动它们在肌肉中穿行，简直就是一部进食机器。它们用尾端呼吸，因此可以一头扎进食物中狂吃。成熟的人肤蝇母蝇会将卵运送到一个被它相中的动物身上。体温使卵孵化成蛆，蛆迅速钻入体内，在体内发育数月后活生生地爬出来。这种蛆入侵松鼠、猴子，甚至人类。入侵者在体内待好几个月，鲜肉把它们喂得膘肥体壮。它们顽强地盘踞在宿主体内。它们背上的刺，刺穿肌肉组织，还用钩子把自己固定在组织内。有时，这种蛆甚至可以入侵到眼睛周围柔软的肌肉，要清除它们相当困难。"邱子卿一口气把这恐怖的东西详细地介绍出来，说得蓝雨和穆小米浑身上下直起鸡皮疙瘩。

"师傅，你不是说这东西是吃活物的吗？怎么这腐尸中也有这种恐怖的东西？"穆小米不解地问。

"这我也不太清楚，这陵墓诡异得很，凡事都不符合常理，还是小心为妙！"邱子卿看着腐尸说，"你们都小心点别碰这些尸体，人肤蝇的幼虫可是无孔不入的！"

邱子卿的话让穆小米打了个哆嗦，他不禁看了看自己的脚，心想：我的姥姥啊，刚才我还踢了那腐尸一脚呢，会不会这蛆已经在我的鞋子上了？

想到这里穆小米不禁两个脚在地上一顿蹭。

"你干什么呢？"邱子卿见穆小米忽然做出这样怪异的行为不解地问道。

"那个，什么，我刚才不是踹了那腐尸两脚嘛，怕有什么脏东西粘在鞋子上。"穆小米不好意思地说。

蓝雨忽然觉得有些不对劲，想到这里不禁打了个大大的冷战。

"师傅，你说人肤蝇的幼虫喜欢吃新鲜的肉，这里的人肤蝇之所以吃腐肉是不是它们找不到新鲜的肉，所以就将就着吃，总比饿死好！"蓝雨一语道破天机。

"那现在我们在这里，不是现成的新鲜美味的嫩肉吗？"穆小米有些害怕地说出了这句话。

邱子卿听了后也忽然反应了过来，三人正拔腿要往前跑，忽听四周有窸窣的声音。穆小米急忙拿手电一照，发现无数蛆虫正如潮水般地向这边拥来。

"跑，快跑！"邱子卿一看最可怕的事情终于发生了，急促地招呼自己的两个徒弟三十六计走为上。

三人没命地朝前方跑去，后面窸窣的声音越来越响。穆小米拿手电往后面一照，好家伙，蛆虫大军正浩浩荡荡地紧跟其后。一想到一会儿要是自己跑得慢了，被这蛆虫潮水包围，穆小米胃里一阵翻江倒海，差点儿没吐出来。

"师傅，这死虫子还爬得挺快，估计没一会儿我们都得被它们生吞活剥了！"穆小米边跑边问邱子卿，"有没有什么办法啊？这东西究竟怕什么？"

"你包里不是有一瓶酒精吗？赶紧倒在地上点着，估计也只有火能治这东西。"邱子卿说着把自己的外衣脱下来，用力撕成布条，在地上排成一字，穆小米赶忙将酒精浇在布条上，眼看着蛆虫就要到眼前了，穆小米赶紧从口袋里掏出打火机，一点。

"呼"的一声，火着了，一时间一条火墙出现在蓝雨、穆小米、邱子卿和蛆虫大军之间，那些爬得快的蛆虫没来得及躲避，纷纷葬身火海。火将这些蛆虫烧得噼啪作响，一阵阵恶臭飘来，蓝雨等人都拿衣服捂住了鼻子。

蛆虫畏惧火，一下子停了下来，但也没有散去，只是堵在那里发出咝咝的响声，仿佛等火一灭它们随时都要冲过来，将蓝雨等人撕成碎片！

"快跑，这火支持不了多久！"邱子卿拉着蓝雨和穆小米朝前方跑去，跑了没多久看见前方居然是悬崖，悬崖下面有潺潺的流水声，似乎有一条地下河从这里流过。

"师傅，没路了！"穆小米拿手电环顾了四周后焦急地说。

这时"咝咝"声又越来越近，蓝雨看着黑压压的蛆虫大军又步步紧逼过来。三人站在悬崖上，到了命悬一线的时候了。

21. 地下河

"师傅，怎么办？没路了！"穆小米焦急地说。

邱子卿看了看马上逼近的蛆虫大军，又看了看脚底下的地下河说："不管了，先跳下去再说，总比被虫吃了强！"说完一转身跳进了河中，只听见"扑通"一声，邱子卿已经落入水中。"你们快跳下来！"邱子卿在河中边游边冲还傻站在悬崖边的蓝雨和穆小米喊。

"扑通！""扑通！"随着两声水声，穆小米和蓝雨也纷纷跳了下来。

"这水好凉快啊！"穆小米边游边舒服地说，"正好洗洗澡，刚才被这死虫子追得出了一身臭汗。"

"你省点力气吧，还不知道这河有多长，到哪才能上岸呢！"蓝雨鄙视地说。

"师姐，我不就进来洗个澡嘛，干吗这样抓着我不放啊！"穆小米郁闷地说。

"别说话，你们看前面好像有东西飘过来，还有光亮，一闪一闪的。"邱子卿压低声音说。

"不会是鲨鱼吧！"穆小米紧张地说。

"鲨鱼怎么会发亮？"蓝雨可真佩服这个入门比自己还要早的师弟，想象力实在太丰富了！不过有时候还觉得他挺可爱的，给人一种很亲切的感觉，似乎两人以前就相识。

"是河灯！"邱子卿终于看清了一个飘到自己身边的河灯。

蓝雨和穆小米也看清了这顺水飘来的一盏盏河灯，大家心中却升起了一阵阵不祥的感觉。

那是一朵朵莲花河灯，可河灯中央却放着一个个没有天灵盖的骷髅，骷髅中有一种蓝色的晶体发出幽幽的蓝光。

蓝雨的耳边似乎听到了一阵阵轻微的、幽怨的歌声，若有若无，缥缈在水面。

蓝雨似乎看见无数白衣少女披着乌黑的长发，双手各拿着一盏莲花灯，随着这若有若无的乐曲在水面上飘然起舞，然后又排着队向远处飘去。

"小心，千万别碰这河灯！"邱子卿的话将蓝雨从幻觉中拉了回来，发现已经有一盏离自己很近了，河灯中发出一阵淡淡的怪香，蓝雨闻得很不舒服，奋力向前方游去。

"师傅，快往这边游，从这里可以上岸。"穆小米在前面边喊边爬上了岸。

蓝雨和邱子卿也奋力地游了过去，很快三人都上了岸。

"妈呀！"穆小米一屁股坐到了地上说，"可累死我了！刚才被那些臭虫子追的差点儿没断气！现在想想我还恶心呢！"

蓝雨的思路并没有在那些蛆虫上，而是觉得这些河灯太诡异了："师傅，你是不是觉得那河灯有问题？"

"你们没发现那河灯上的骷髅都发黑吗？"邱子卿说，"这肯定都是被下了剧毒的，我担心万一碰到它们我们也会中毒！"

"那我们刚才在河水里泡了那么长时间，不是早中毒了？"穆小米是最惜命的一个，一下子就开始考虑自己的人身安全了！

"这个应该不会的，它们都放在莲花中，并没有沾到水。"邱子卿思索着说。

"我总觉得这河灯并不单单是有毒这么简单，为什么要把它们放在河里，还把骷髅这么怪异的东西放在莲花中？肯定不单单是为了吓唬后来的盗墓者，你们有没有发现这河面上经常会出现幻影。"蓝雨说着又朝河面上望去，只见河面上已经起了一片薄雾，一个个穿着白色曲裾的女子在水面上飘然起舞，中间一个穿黑色曲裾的姑娘坐在船上嘴中不时唱着一些让蓝雨听不清的曲子。

蓝雨虽然听不清这身穿黑色曲裾女子歌中所唱的是什么，可听到这歌声，蓝雨就有一种热血沸腾的感觉，仿佛身体里每个细胞都活跃了起来，都在那里尽力地歌舞。

不知不觉中，蓝雨看见那黑衣女子用手划着小船，边自顾自地哼唱着歌谣，边朝蓝雨这边划来。

蓝雨也不由自主地朝黑衣女子走去。

船近了，黑衣女子站起来，朝蓝雨盈盈下拜："奴婢见过夫人，夫人别来无恙？"

"夫人？"蓝雨呆呆地看着黑衣女子一时不知道该说些什么了，"你，你认错人了吧？"

"夫人真会开玩笑，奴婢是夫人的贴身侍女，夫人入宫后就一直服侍夫人，夫人怎么不认识奴婢了呢？"黑衣女子说完嫣然一笑说，"夫人还等什么？陛下等夫人献舞已经多时！"

"献舞？"蓝雨又听愣了。

"是啊，夫人的舞技当今天下谁人能比？不然陛下也不会念念不忘的。快走吧，陛下等了很久了！"黑衣女子说着伸出她的一双纤纤玉手，轻轻拉着蓝雨向前走去。

蓝雨也呆呆地跟着黑衣女子机械地朝地下河中走去。

地下河中漂浮的河灯也瞬间朝蓝雨漂浮过来。

蓝雨脑海中全是黑衣女子的歌声，猛然间蓝雨用眼角的余光发现自己的师傅邱子卿和师弟穆小米也目光痴呆，机械地朝河中走去。再低头一看，河水已经漫到了自己的腿肚子。

"不好，上当了！"蓝雨心中一惊，猛地甩开黑衣女子的手，赶忙去喊邱子卿和穆小米。

邱子卿和穆小米也在蓝雨的呼唤下清醒了过来，发现自己又站到了地下河中，也吓得打了个冷战。

蓝雨等人没命地往岸上跑，发现身后"嗷"的一声怪叫，蓝雨回头一看，刚才那黑衣女子和跳舞的白衣女子都变成了一具具面容狰狞的骷髅，怪叫着朝蓝雨等人扑来。

"妈呀！快跑！"穆小米吓得屁颠屁颠地一下子蹿上了岸，紧跟着蓝雨和邱子卿也跑上了岸，那骷髅似乎对岸上有什么忌讳，追到了岸边就不敢上岸了，在水中冲着蓝雨等人直咧嘴，恨不得把蓝雨等人撕了当美餐。

许久它们才化回河灯依旧漂浮在水面上。

"妈妈呀，这些可怕的骷髅原来是河灯变的啊！"穆小米拍着胸脯后怕地说。

22. 死亡之花

蓝雨等人经过了地下河中一段惊心动魄的经历后，又开始在河岸上摸索着继续前行。这里是一个漆黑的岩洞，地下河在蓝雨等人身边缓缓地流着，一盏盏河灯发出幽幽的一闪一闪的蓝光，星星点点地漂浮在河面上，似乎千百年来都未改变过什么，只是这样无语东流。

"妈呀！"走在前面的穆小米忽然噌的一下蹦了起来，一手摸着自己的脖子紧张地说，"什么东西啊，这么凉。"

"还能有什么？水啊！"邱子卿爱理不理地说了一句。

"是吗？"穆小米还保持着怀疑的态度问邱子卿。

"这是溶洞，你头顶上的钟乳石滴几滴水下来也很正常！至于吓成这样吗？"蓝雨在一旁讽刺着这个不争气的师弟，本以为穆小米又要开始臭贫了，可这回穆小米却出奇的一反常态。只见他突然站住，一动不动地死死盯着前方。

他这个反常的举动让邱子卿和蓝雨都来了个急刹车，以为前方又遇到了什么危险。

"怎么了？"邱子卿压低声音问。

"真的！"穆小米咽了口吐沫，指着前方说，"真的太美了！从来没见过！没见过！"

蓝雨和邱子卿见穆小米这样一说也走上前去，朝穆小米指的方向望去，一时间也被眼前的景色惊呆了！

河岸边开着大片大片娇艳欲滴却又不知名的花朵，那刺眼的血红色是如此的诡异，一阵阵清幽的香气若有若无地进入了蓝雨、邱子卿、穆小米的每一个毛孔之中，他们仿佛一下子身处在舒适的温泉之中，全身上下每一个毛孔都舒张开了，贪婪地吸收着这清幽的香气，似乎有种飘飘欲仙的感觉，头又有些昏沉沉的恨不得就这样沉沉地睡去。

恍惚间，蓝雨见慕容轩正站在这片花海中，手中拿着朵血红色的鲜花，微笑地看着自己。

"你去哪里了？让我这么担心，还以为你被那些蜡像人尸……"说到这里蓝雨的声音有些哽咽。

慕容轩只是酷酷地笑了笑，一弯腰做了个请的姿势，然后依旧云淡风轻地站在花海中静静地看着蓝雨。

蓝雨痴痴地望着慕容轩，似乎自己置身于浩瀚的星空，身边的一切都瞬间消失，这个世间只有她和慕容轩两人，就这样静静地凝望着、幸福地凝望着、动情地凝望着。不知不觉中蓝雨一步一步地朝慕容轩走去，朝那大片大片血红色诡异的花海走去，似乎这千万年无止境的轮回在这一刻终于等来了永恒，似乎这怨陵的诅咒在这一刻也灰飞烟灭，似乎蓝雨终于等来了她的大长地久。

就在蓝雨一脚要跨进花海的时候，她猛然发现慕容轩的眼睛里闪过一丝阴狠的眼神。

"小心慕容轩！"黑衣女子沙哑的声音再一次响起在蓝雨耳边，蓝雨的心猛然一抽，一下子收住脚步，发现邱子卿和穆小米也正机械地朝这片诡异的花海中走去！

"不好！"蓝雨在心中暗叫，"都站住！前面有危险！"蓝雨急得大叫起来。

邱子卿和穆小米一下站住，转过身来目光空洞地看着蓝雨，这时蓝雨发现花海中慕容轩早没了踪影。此刻，似乎每朵花都在颤抖，发出一阵阵让人听了头皮发麻的声音。

"快点！离开这里！还愣着干什么？"见邱子卿和穆小米都没有反应，蓝雨焦急地边喊边跑过去拉他们俩。

可这回邱子卿和穆小米似乎中魔中得挺深的，任蓝雨在旁边怎样地叫喊依旧木木地站在原地看着眼前那一片血红的花海傻笑。

此时花海中每一朵花颤抖得更厉害，似乎有什么东西要从花中爬出来，又似乎每朵花瞬间就要爆炸开。

忽然蓝雨发现无数条赤色的头成三角形的小蛇从花蕊间钻了出来，蓝雨惊愕之余细一看，不由得吓得倒退了几步——蛇的两眼之间还有一只眼睛，正充满邪气地看着蓝雨等人。

刹那间，无数条从花中爬出的赤色小蛇吐着让人生寒的血色芯子快速朝蓝雨等人爬来。

坏了，看样子这些可都是剧毒的毒蛇，要是被它们咬一口，后果肯定不堪设想，就算是这些蛇都没毒，被这么多蛇包围也不是件好玩的事情。

眼看再不跑就要被蛇群包围了，可邱子卿和穆小米还是一副好脾气地看着眼前这恐怖的景象傻笑。情急之下，蓝雨挥起手来"啪！啪！叭！叭！"各给了两人左右两个巴掌。这两个巴掌的效果是很好的，邱子卿和穆小米一下子从机械性地傻笑中醒了过来。

邱子卿揉揉自己的腮帮子，迷迷糊糊地说："这陵墓中居然还有蚊子？刚才好像两边都叮了我一下！"

穆小米也像刚睡醒一样摸摸自己的腮帮子说："是呀，我刚才好像也被叮了两下。"

两人的对话差点儿没把蓝雨给气乐了。

"还不快跑？等着被蛇咬啊！"蓝雨丢下这句话"嗖"的一声没命地往前跑去。

"妈呀！"穆小米这回终于醒了过来，他看见这浩浩荡荡的毒蛇大军以后再也迷糊不起来了，连滚带爬地跟在蓝雨和邱子卿后面边跑边嘟囔，"师姐你太不够意思啦！这么危险也不好好提醒我们一下！"

蓝雨一听这话头上又冒出了无数颗汗珠，心想这家伙也太不地道了吧？好心提醒他他还狗咬吕洞宾不识好人心！反倒怪起我来了！

"快跑！这是传说中只有在地狱中才会出现的赤毒蛇！要是被它咬一口或者被它的毒液碰到都会没命的！无药可救！"邱子卿在后面跑得气喘吁吁地说。

蓝雨和穆小米一听"无药可救"四个字跑得更快了！

"哎，等等我！"邱子卿在后面喊道。

三人一路没命地向前狂飙突进，忽然看见前面薄雾中隐隐约约地出现了一座石桥，还隐隐地有歌声传来。更奇怪的是，本来非常有恒心非常执著地追赶在他们身后的赤毒蛇群像遇见了克星，纷纷来了个急刹车，不敢再往前爬一寸。

"师傅！你看这蛇群全都停下了。"穆小米奇怪地看着蛇群说。

"难道前面有比蛇群还要可怕的东西？"邱子卿边思索地说，边警惕地看着四周，生怕再突然出现什么可怕的东西。

"不管这么多了，过石桥！"蓝雨急促地说道。

23. 查理的交易

正当蓝雨和邱子卿、穆小米朝薄雾中的那座石桥摸去的时候，在他们身后却有四双眼睛冷冷地盯着他们。

"你这个臭吸血鬼还不快让你的手下放开我们！"蓝斌在一边拼命地挣扎着，一边冲着查理破口大骂，无奈他和蓝志军两人被目光空洞的潘艳儿一手一个死死地抓住，动弹不得。

蓝斌和蓝志军也在纳闷，身边这个柔弱的女子哪来这样大的力气？这两只手简直就像两个铁钳子死死地抓着他们。

"哈哈！没想到天宇集团最大的合作伙伴还有这么狼狈的时候！老头儿，你可别忘了是谁救了你们！要不是我及时赶到，你和你儿子恐怕早喂那些蜡像人尸了！"查理姣好的面容上滑过一丝阴险的笑意，他手中反复把玩着一颗泪状的上好琥珀用半挑衅的口吻说，"这就是你不惜花大价钱找来素不相识的女孩做你们蓝家的大小姐，又处心积虑地用了将近半生的时间想要得到的东西吧？"

"琥珀泪？"原本在一边一直沉默的蓝志军终于按耐不住地叫了起来，"你这个怪物！快把琥珀泪给我！那是我的！任何人都不可能得到！"

"你的？哈哈……"查理发出一阵让人头皮发麻的怪笑后说，"传说找齐九颗琥珀泪就可以找到失传于上古的宝藏，里面还有那让无数人动心的瑰宝，能让人活千年的雪灵芝！呵呵这么好的东西怎么能让你独吞呢？"

"死东西，你不早就是不死之身了，还要那些东西干什么？"蓝斌在一旁气呼呼地骂着。

"哈哈，好东西谁不喜欢呢？"查理依旧优雅而缓慢地说着，"更何况这传说中的宝藏是我们族长一直寻觅的珍宝呢！有了他们，我们就——"查理停顿了一下，没有说下去。

"那些宝藏你是不可能得到的！"蓝志军在一边阴冷地说。

查理的容颜一变，用一种玩味的眼神看着蓝志军："哦？难道其中还有什么秘密我不知道吗？"

"没有蓝雨，任何人都不可能找到，更别说找齐琥珀泪了！你手中的只不过是个赝品罢了。"蓝志军恢复了惯有的沉稳，幽幽地说。

"这个，似乎有点儿麻烦嘛！"查理走到蓝志军身边在他耳边低低地说了声，旋即又转身离开大笑着说道，"不过没关系，反正你的宝贝女儿也在找琥珀泪，她的一举一动都在我的掌握之中，别忘了，我那只蝙蝠还被他们宝贝似的带着呢！"

"你！"蓝志军和蓝斌气得脸色铁青。

"老头儿，不如我们做个交易怎么样？你帮我，我也帮你，我们互利互惠，都能得到自己想要的东西！"查理在一边坏笑着看着蓝志军，邪邪地说。

"什么交易？"蓝志军冷冷地问。

"其实很简单，我放了你们，你们把那个漂亮的女孩子引出来，让她帮着我们找到琥珀泪,等宝藏开启后我们对半分,不过,有样东西你必须送给我！"查理坏笑着看着蓝志军。

"什么东西？"蓝志军警惕地问。

"你的宝贝女儿啊！"查理的眼睛里闪过一丝柔情，"我想你也不介意把一个作为自己筹码的女儿送给我吧？"

"不行！你休想！"蓝斌首先在一旁嚷了起来。

"行不行不是你说了算，我要给她永生的生命，给她无尽的财宝，让她成为我城堡高贵的女主人！"查理有些动情地说。

"什么？你要把蓝雨也变成吸血鬼？你个老变态！大变态！"虽然蓝雨并不是自己的亲妹妹，但是一听查理这样天方夜谭变态的想法，蓝斌还是忍无可忍。

"我同意！"蓝志军的声音在一旁不冷不热地响了起来。

"什么？爸爸！"蓝志军有些不相信自己的耳朵，可蓝志军并没有理会在一旁惊讶气愤的蓝斌，依旧阴阴地说："事成之后你可以带走她，但是如果宝藏中有我想要的东西你不许跟我抢！"

"好！痛快！"查理欣赏地看着蓝志军说，"姜还是老的辣，蓝老爷子佩服！佩服！"

"还不快让你的手下放开我们！"蓝志军冷冷地说。

"放开他们！"查理毫无表情地吩咐潘艳儿。

"是，主人！"潘艳儿机械的声音响起，随即牢牢地抓着蓝志军和蓝斌如铁钳般的双手一下子松开了。

24. 石桥

蓝雨边朝远处那薄雾中若隐若现的石桥跑去，边思索着进入怨陵这短短的一段时间里发生的众多让人看不清真相的事情。可是跑了一会儿，蓝雨、邱子卿、穆小米都不约而同地停了下来。

"丫头，你有没有觉得这石桥有点儿不对劲？"邱子卿边喘着粗气边问。

"是啊，为什么我们跑了这么长时间那石桥离我们还是这么远呢？"穆小米也奇怪地说，"你们快看！那石桥上有很多人！"穆小米忽然指着前方的石桥惊讶地叫了起来。

一切太不可思议了，蓝雨等人看到这石桥上忽然有一个个黑影从上经过。

"师傅，不会，不会我们遇到了粽子的老窝了吧？"穆小米有些发怵地说。

"看样子不像，如果真是遇到什么不干净的东西那也比遇到粽子可怕多了！"邱子卿皱着眉头，手中已经握紧了那把小木剑，如临大敌。

"比粽子还厉害？师傅，那到底是什么啊？"穆小米焦急地问。

"很有可能是怨灵！"邱子卿慢慢地说出来。

"怨灵？看来我穆小米估计小命难保喽！"穆小米超级郁闷地说，"这东西就是在陵墓中遇到一个就够你受的了，更别说这么多，你看这么多啊，都快赶上一个团啦！"

"也许不像我们想象的那样可怕！"蓝雨看着石桥上一个一个走过的黑影，发现它们每个在踏上石桥的一瞬间都会回头望一眼来时的路，似乎有万分留恋之情，很是悲哀。

"传说冥府有奈何桥，每个来到冥府的魂灵在踏上这座桥之前都要喝下孟婆煮的汤，最后望一眼人间，然后走上此桥，从此此生的一切爱恨情仇通通忘却，一切都与他无关！你们不觉得我们来到这里遇到的一切很像在冥府了吗？"蓝雨幽幽地说。

邱子卿和穆小米环顾了四周，看着缓缓流动的地下河再看看远处薄雾中的石桥不禁觉得后背有些发凉，看样子真的很像传说中的冥府。

"刚才在冥冥之中似乎有个黑衣女子对我说：怨陵实际上通着冥府，如果她的话是真的，那么估计现在我们确实身处冥府，那桥上的只是一些普通魂灵，不会伤害我们的！"蓝雨继续说道。

"什么？冥府？那我们不是等于已经死了？"穆小米在一旁目瞪口呆地说。

"等等，这石桥！"蓝雨似乎想起了什么，紧接着着魔了似的一步一步朝河水中走去。

"师姐！你怎么了？刚上来又想跳河了？师傅！师姐她——"穆小米见了，又被蓝雨这反常的举动吓得不知所措。

"跟着她，她可能又想起了什么！"邱子卿看着蓝雨，眼中闪烁着莫名的光芒，跟在蓝雨身后。

当蓝雨一脚踏到水面的时候，邱子卿和穆小米眼前赫然出现了一座石桥，这实在太离奇了，就连邱子卿也惊得目瞪口呆。

而蓝雨并没有理会穆小米等人惊讶的目光，依旧缓步走上石桥。当她走到石桥中间的时候，一个女子的声音在蓝雨耳边响起。

"你终于来了！"女子略带沧桑的声音似乎穿越千年在这一刻响起。

"你是谁？"蓝雨睁着一双茫然的眼睛，愣愣地问。

"萨杳巫女！"一身黑袍的女子缓缓从桥的另一边走来。

"是你！我终于又见到你了！"蓝雨有些惊喜地说。

"你见到的只是我的虚幻，我仍然被困在这冥府的最深处。"萨杳巫女轻轻地叹了口气说，"快去找琥珀泪吧！找到了一切都该结束了！"

"琥珀泪？怎么你们都让我找琥珀泪？那怨陵中的白衣女子也让我去找琥珀泪！"蓝雨疑惑地问。

"最后能救你的还是你自己！"萨杳巫女看着蓝雨说，"那怨陵中的白衣女子其实就是你的一道魂魄，当年天帝生怕今生的你想起当初的一切，在你年幼的时候将你的七分之一的魂魄送到了古代。没想到就连你这七分之一的魂魄在古代也没有安生，还闹出了一段惊天地、泣鬼神的爱情绝唱。后来你这一道魂魄就被禁锢在怨陵中，所以你会和她有心电感应，她才会屡屡出现在你的梦中，指引着你一步步地走向怨陵！"

萨杳巫女的一番话，让蓝雨忽然想起了中学时的那一起自己没有什么记忆的车祸。听蓝斌讲自己在医院躺了好长时间，出院后居然对那段时间的记忆都是空白，难道就在那时候，天帝对她做了什么手脚？

"难道，难道我的那一道魂魄穿越到了汉代李夫人的身上？"这些年发生的事情在蓝雨眼前一一闪过。

"是的，你终于明白了！"萨杳巫女有些欣慰地说。

“那，天帝为什么要这样对我？”蓝雨焦急地问。

“因为，也许是因为爱！”萨杏巫女黯然神伤地说。

“爱？”蓝雨不解地看着萨杏巫女，“当初我只是天帝的一只神猫，这和爱有什么关系？”

“唉，当初为了能和你心爱的画师名正言顺地在一起，你从天宫偷了天帝的灵丹溜出来找我，请求我将你变成真正的人，由于换身汤给你带来巨大的痛苦而昏睡的时候，天帝来看过你！”

“什么？天帝来看过我？他，他怎么会知道呢？”蓝雨不可思议地看着萨杏巫女，“天帝，怎么会，怎么会为了我？难道，是因为我偷了他的灵丹？可，可这也没必要他亲自跑一趟啊！”

“也许，你并不知道你在天帝心中的地位，虽然当年你只是天帝身边的一只神猫，可日久天长天帝对你的感情也是很深的！”

“我知道，他把我宠得有时候连他身边的妃子都会妒忌我一下，可那种宠爱就是一种对宠物的喜爱，并不是——”蓝雨痛苦地说。

“可当他看到变成人的你的时候，我想他是爱上了你！”萨杏巫女看着蓝雨的眼睛，说出了这句让蓝雨无比震惊的话！

“不，不可能！天帝怎么可能爱上这么卑微的我！绝不可能！”蓝雨拼命地摇着头，死活都不愿意相信这是真的！

“当初天帝来到我这里还有些气愤，也许多少对你偷偷拿走他的灵丹又偷跑到我这里来真的有些生气。可当他看见还在昏睡中的你的时候，眼中流露出的那种柔情无疑就是看见自己最爱的爱人时才会有的！他的手轻轻滑过你的脸，就像天鹅绒轻轻滑过。”萨杏巫女说着，眼前闪过当初那一幕幕！

“无论什么时候她都是最美丽的！”天帝满眼爱怜地看着还在沉睡中的曾经是他最宠爱的神猫，哦不，现在她不再是一只猫了，她成了人，当然他还可以让她进身仙班，甚至，他还可以让她成为自己众多嫔妃中的一个，只要他愿意，她还可以像以前那样在天庭中获得更多别人想都不敢想的宠爱与殊荣。

“是的，她是我见到过最美丽的一只猫，现在，她应该是天地间最美丽的女子了！”萨杏巫女面无表情地说。

“她为什么突然心血来潮跑到你这里来求你受这么大的罪，而你这从来不为任何外物动情的巫女居然也被她所感动了？”天帝玩味地看着萨杏巫女，似乎很想知道这其中的原因。

“因为她恋爱了，确切地说应该是暗恋！”萨杏巫女说。

“哦？恋爱！暗恋？”天帝眼中闪过一丝波澜，“她暗恋的人是谁？”

“听她说是你身边的一名画师！”萨杏巫女低声说道。

“画师！”许久天帝发出一阵大笑，“画师！画师！她的眼界也太低了吧？她怎么可以喜欢上一个画师，居然还为了地位如此低贱的一个画师来承受换身汤的炼狱，几乎赌上了自己的命！就为了一个画师！”天帝确实有些失常。

“绝不可以！”天帝阴阴地说，“她绝不可以再爱上别人，她只能爱我！”

萨杏巫女猛然抬起头，无比震惊地看着天帝。

“你应该知道怎么做！”天帝眼神无比寒冽地看着萨杏巫女。

“你，你对我做了什么？”蓝雨眼神忧郁地看着萨杏巫女，心中像打翻了五味瓶，说不出是什么滋味。

"我取消了你和我的约定！"

"我和你的约定？"蓝雨皱着眉头，努力地想了会儿，忽然说道，"是不是这个约定，要是在这一年里画师喜欢上了别人，那我的生命也到了终结的时候？"

"是的，"萨杳巫女点点头，"我收回了你我之间的约定。"

"那，那为什么当画师爱上火精灵的时候我的生命还是终结了呢？"蓝雨急切地问。

"其实，你的生命并没有结束，当时你只是昏迷了，天帝将你接到了天庭。"

"天帝，天帝他究竟对我做了些什么？"蓝雨双手摇着萨杳巫女，痛苦地问。

"我想应该是抹去了你的一些记忆！"

"那画师突然爱上了火精灵是不是也是他做的手脚？"

"这，天帝他究竟对你做了什么我也不太清楚，但是我可以看出当时他绝不同意你和他的画师在一起，因为他疯狂地爱上了你！"萨杳巫女指着石桥说，"这是传说中的记忆之桥，站在此桥上，心静下来可以看见自己的前世，自己心中的疑问也可以在这座桥上得到答案，但是前提是只有有缘之人才能知道问题的答案或者看见自己的前世。你，你可以试试。"萨杳巫女的声音越来越轻同时她整个人也发出一阵阵淡淡的光芒，最后消失得无影无踪。

"萨杳巫女！"蓝雨茫然地看着四周，却再也找不到她了。

"我被幽禁在冥府的最深处！去找琥珀泪！"萨杳巫女的话又从蓝雨耳边传来。

记忆之桥！蓝雨站在桥中间看着桥下缓缓流动的河水，视线渐渐模糊，当初的一幕幕如这桥下缓缓流动的河水，慢慢地在蓝雨眼前展现。

如天鹅绒般的柔软，蓝雨渐渐地睁开眼睛，发现自己躺在一张宽大而柔软的床上，四周白色的轻纱随着微风轻轻飘动着，远处传来轻轻的琴声，这声音好熟悉，以前在天帝的宫殿中，日日都能听到天使弹奏这样的曲子。

"这是哪里？我真的死了吗？"蓝雨慢慢地坐起来，看着四周，恍若隔世。

"你醒了！"一个蓝雨再熟悉不过的声音在蓝雨耳畔响起，蓝雨浑身上下打了个冷战。

一个高大身影出现在蓝雨面前。

"天，天帝！"蓝雨颤抖地说。

"你还认识我啊，我的小猫咪！看不出来你的胆子还挺大！"天帝嘴角露出一丝微笑，懒洋洋地看着缩在床上的蓝雨。

"我，我，这是哪里？"蓝雨瑟瑟发抖地问。

"还用问吗？当然是我的宫殿，我亲爱的猫咪！"天帝似笑非笑地回答。

"你的宫殿？我不是已经死了吗？"蓝雨颤抖地说。

"我怎么舍得你死呢？我亲爱的猫咪！"天帝语气柔和地说，"没想到你是如此的美丽，我想无论天上人间都不可能找到一个比你的容颜更美的女子了！"

"我没死？"蓝雨喃喃地说，忽然又欣喜地看着天帝天真地问道，"我没死，是不是画师他根本就没有爱上火精灵？是不是？"

"画师？哈哈！你和画师有什么关系？那样低贱的画师也值得你这样念念不忘吗？他爱上谁又和你有什么关系？"天帝冷冷地说。

"难道他还爱着火精灵？"蓝雨悲伤地问。

"哼！飞蛾扑火，自取灭亡！他怎么可能跟火精灵在一起，精灵族是绝不会容忍这样的异类出现的，如果他一意孤行最后只能——"天帝说到这里没有再说下去。

"会怎么样？"蓝雨有些激动地看着天帝，"求求你告诉我会怎么样？"

"魂飞魄散！"四个字，冷冰冰地从天帝嘴里说出，却字字如千斤巨石般砸在蓝雨的心头。

"魂飞魄散！不！"蓝雨一下从床上跑下来，没命地朝门外跑去。

"你去哪？"天帝一下子出现在蓝雨面前，目光犀利地看着蓝雨。

"我要去救他！"蓝雨哭着说。

"救他？哼！你对他还不死心？还是老老实实地待在这里等着做你的天后吧！"

"天后！"蓝雨震惊地看着天帝。

天帝面色一缓，眼中充满着柔情，手轻轻地抚摩着蓝雨光滑白净的面颊温柔地说："只要你愿意，你就是这天宫的女主人！我会让你得到天上人间最高贵的地位！"

天后！蓝雨呆呆地看着天帝，她知道这个位子有多么大的诱惑力，多少神女、仙子费尽周折，在天帝面前下了多少工夫，可终究还是徒劳，天帝从来都没有正眼看过她们一眼，包括他后宫中众多的嫔妃，所以天后这个位子到现在为止一直还空在那里。可这后位对于自己来说是没有任何意义的，自己经历这么大的磨难，就是为了可以得到一个和心爱的人在一起的机会，哪怕只有万分之一的可能，自己也要拼上全力去博上一搏！

"我如此低贱，只是只修行了万年的灵猫，当初得到天帝的厚爱才来到天庭，天后，我根本就不配！"蓝雨低着头，低声说道。

"哼！不配？你认为和画师就配了？"天帝的脸一下子就阴了下来，冷冷地问。

"不配！"蓝雨抬头看着天帝，坚定地说出了这两个字。天帝听后脸色为之一怔。

"正因为不配，所以我才会去求萨杏巫女，才会勇敢地跳进换身汤中去经受着比死一万次还要痛苦的折磨。只要能和心爱的人长相厮守，哪怕只有万分之一的机会我都会去试一下！"

"就为了这样一个低贱的画师？难道我堂堂天帝在你眼中就这样一文不值？"天帝狠狠地捏起蓝雨的下巴，阴冷地说，"你最好老老实实地成为我的新娘，不然，画师他会死得很惨！如果你听话的话也许我还会放他一条生路！"说完，天帝一摔袖子愤然离去。

"不！"蓝雨一下子跌坐在地上，泪珠似断线的珍珠一颗颗地落了下来。

"师姐！师姐！你这是怎么了？一个人坐在桥上哭什么？"穆小米疑惑地看着坐在桥上一会儿皱眉一会儿痛哭的蓝雨，心想难道这石桥也能让人产生幻觉？

25. 天宇集团掌门人

穆小米的声音又一次将沉浸在幻觉中的蓝雨带回到现实中，恍惚间蓝雨看见穆小米和邱子卿正站在自己面前，焦急地看着她，看上去十分担心。

"我，我在哪里？"蓝雨迷茫地看着穆小米和邱子卿。

"不会吧？师姐？你没变傻吧？"穆小米有些惊讶地看着蓝雨。

"这里是怨陵啊！"邱子卿也疑惑地说，心想这丫头跑到桥上就变成这傻样子了，一会儿哭一会儿笑，看来怨陵确实是个大凶之地。

"怨陵！"蓝雨这下彻底清醒了，刚才发生的一幕幕又浮现在她的脑海中。

"画师！"蓝雨失声叫了出来，"画师他到底怎么样了？"

"师姐！"穆小米从来都没见蓝雨这样失态过，"什么画师啊？"

"丫头，你看到了什么？"邱子卿在一旁插嘴。

蓝雨指着这石桥说："这是传说中的记忆之桥，站在桥中央可以看见自己的前世。"

"是吗？"穆小米小心翼翼地摸摸桥的栏杆，又用手敲了几下，不解地说，"我怎么什么也没看见呢？"

"不是任何人可以看见自己的前世，只有有缘人才能看到。"蓝雨解释道。

"你真的看见你的前世了？"邱子卿问。

"是的！"

"你的前世不早在颛顼墓中就已经知道了吗？"穆小米不解地问。

"那只是一个骗局，其实我真爱的人是天帝身边的一个画师，而天帝却一意孤行地想让我成为他的天后。"蓝雨伤心地说。

"什么什么？天后？哇噻！师姐！你也太有魅力啦！我得好好看看！"说着穆小米朝着蓝雨左看看右看看说，"哎，怎么看都看不出来，天帝是脑子进水还是短路了？怎么会喜欢你这样的女人？"

"啊！"穆小米惨叫一声，脑袋上马上就鼓起个大包。

穆小米正要争辩，却被邱子卿一把捂住嘴，邱子卿冲着蓝雨打手势，示意她赶紧跟着他躲起来。

邱子卿拽着穆小米飞快地下了石桥，躲到了河岸边几块大石头的后面，蓝雨也紧随其后躲了进来，这时候邱子卿捂着穆小米的手才松开。

"小声点，那边好像来了几个人！"邱子卿警惕地朝着石桥对面的白雾中望去。

"人？我看是粽子的可能性更大吧？"穆小米轻声说。

"听脚步声不像！"邱子卿颇有把握地说。

"师傅可真厉害，连脚步声都听到了！我们怎么什么都没听到？"蓝雨也悄声问道。

"这你就不知道了吧！在我们这一行中师傅可是出了名的顺风耳哦！一点细小的声音都逃不过师傅的耳朵！"穆小米得意地说。

"别说话！"邱子卿压低声音提醒着蓝雨和穆小米，"他们来了！"

白色的薄雾之中，隐隐约约地出现五六个人影，小心翼翼地朝这边摸索而来，与此同时他们之间的对话也模模糊糊地传了过来。

"大哥，怎么不见蓝志军那老家伙？约好在怨陵的入口处见，可我们等了这么长时间，这家伙从来没有失过信，不会出了什么意外吧？"一个粗粗的男人声音传来。

"老六啊，你的心肠可真好，你觉得蓝志军这条老狐狸会出意外吗？我看只要他不毁约就谢天谢地了！"一个细声细气、嗲里嗲气的女声传来。

"毁约？他有这个胆量吗？丽妹，这个你不用担心！"一个富有磁性的男声传来。

"大哥，你想想这次不比以往，怨陵中这无数的财宝对谁都是一个大大的诱惑啊。蓝志军这老狐狸会这样大方，还像以前那样和我们四六分成吗？"丽妹娇滴滴的声音又传来。

"哼，就算他不想也不可能，没有我们他怎么可能找齐琥珀泪呢？"那个富有磁性的声音又再次传来。

"哈哈，咱们天宇集团想要的东西什么时候落到过别人的手中？我只是担心那老家伙要什么花招！先防着点总是好的！"丽妹狠狠地说。

"这个你不用担心，我自有安排，只是他那个难缠的女儿倒让我觉得头痛，都跟到这里了忽然就消失了！她可是能不能得到宝藏的关键！"富有磁性的男中音再次响起。

这男子的话让蓝雨、邱子卿、穆小米一惊，原来自己的行踪一直在天宇集团的监视下，这太可怕了！

26. 邱子卿的悲伤

"目前还没有消息，那丫头倒没什么可担心的，只是她身边的那对师徒得小心点，估计是警察！"女子的声音冷冷地响起。

"警察？哼！咱们天宇集团什么时候怕过警察？"

"大哥，这次有点儿特殊，要是我们的情报准确的话，这里面很可能有人和当年那个卧底有着千丝万缕的联系，我们不能小瞧了！"

"是吗？有意思！听你这么一说我还真想去会会！"声音越来越远，天宇集团的一行人渐渐地走远，邱子卿紧咬着牙齿，恨恨地望着天宇集团那些人消失的方向。

"师傅！你怎么啦？千万不要冲动啊！"穆小米吓得在一边忙开导邱子卿。

"难道他们说的那个卧底就是师傅你当年的——"蓝雨问。

"是！"邱子卿从牙齿里挤出一个字，许久才长长地叹了口气说，"看来我的猜测是正确的，找了这么多年，今天证实了凶手的庐山真面目！晓晴，我终于可以为你报仇了！"

"晓晴？师傅你的战友叫晓晴？"穆小米问。

"是啊，当初我们是一对恋人，本来说好的，等她那个任务结束后就举行婚礼，可谁知道我等来的却是她的噩耗！"邱子卿说着不禁落下两滴热泪。

蓝雨和穆小米听后，心里也觉得酸酸的，三个人一时间竟说不出话来。过了一会儿，邱子卿才叹了口气，站起身来向前走去。穆小米、蓝雨也跟在后面，三人无声无息地走了一会儿。忽然邱子卿似乎想起了什么，一下子停了下来："小米，你有没有觉得刚才天宇集团里那个女人说话的声音用的是假声？"

穆小米也停了下来，看着蓝雨和邱子卿说："我只是觉得这声音很奇怪，也太嗲了些，怎么师傅你觉得不是她本人的声音？"

"嗯，确实不是她本人的声音，没想到这世界上除了她还有第二个人能将自己说话的声音变成一个完全陌生的声音。"邱子卿的语气显得无比的悲伤。

"师傅，你说谁啊？"蓝雨还是没头脑地问了一句。

"哎呀，我的师姐啊，你平时不是挺聪明的吗？怎么这时候还问这么笨的问题啊？师傅说的肯定是师娘啊！"穆小米在一边插嘴。

"是啊！干我们这一行的，经常要去卧底，所以如何伪装自己也是我们所需掌握的。晓晴不光擅长化装，化好装后经常让熟悉的人都认不出来，还非常擅长用假声说话，是我们当中有名的千变之星！"邱子卿说起当年的恋人更是一脸柔情。

"师傅你很熟悉晓晴的声音吗？"蓝雨问。

"熟悉得再熟悉不过了，即便是她用假声，刚才那女人的声音——"邱子卿说到这里就说不下去了。

"刚才那女子的声音是不是和你未婚妻的声音很像？"蓝雨追问。

邱子卿沉默了许久，点点头说："是啊！刚才我一直在想这件事，一直在心中告诉自己是我听错了！可，太像了！"

"你未婚妻牺牲时，你在场还是只得到消息的？"蓝雨紧追不放。

"那时我也在执行一个任务，当时只是听到这个噩耗，等我赶回来的时候只看见她墓碑上微笑的照片！"邱子卿颓废地说。

"哎呀，我说师姐啊，你没事老追着师傅的伤心事问干吗呀！"穆小米在一旁不满地唠叨。

蓝雨并不理会穆小米的唠叨，看着邱子卿说："也许，当初你的未婚妻并没有牺牲，而是像你一样为了什么事情而隐姓埋名。"

邱子卿的眼睛一亮遂又黯淡了下来说："你的假设太戏剧性了，唉，晓晴走了这么多年了！"

邱子卿的话刚一落，就听到外面传来一阵杂乱的脚步声，蓝雨三人脸色一变。

27. 红色绣花鞋

邱子卿又趴到地上，侧着耳朵细细地听了一会儿，迅速站了起来说："大家准备好，看样子是老粽子！而且还不止一个！最好先在那些石头后面躲一躲，能躲过去就不要和它们发生正面冲突！"

一说到粽子，蓝雨的心里总有些不舒服，因为在大漠的时候她已经领教过它们的风采了，一听这里又要碰到这些让人头疼的东西，蓝雨不禁眉头皱了起来。

蓝雨和穆小米听了点点头，迅速闪身躲进散布在地下河两边的怪石后面。

三人屏住气望着声音传来的方向。

"砰，砰，砰"随着这声音越来越近，蓝雨、穆小米和邱子卿的心也提到了嗓子眼。

"来了！"穆小米小声说道。

蓝雨看见黑暗中一双双跳动的脚。

"师傅，好像都是女的！你看是绣花鞋！这回咱们遇到女粽子了！"穆小米惊讶地说。说实在的，他和邱子卿一起搭档去了不少陵墓，可还从没见过女粽子呢！这回艳福不浅！

这时蓝雨也看清了，黑暗中那跳动的分明是一双双血红色的绣花鞋，在这阴森的环境中更显得万分的诡异。

"好像来了好多啊，最起码有三个以上！"邱子卿也发现了，"奇怪，怎么光看见脚，看不清粽子的其他部位啊！"

"是不是太黑了？坏了，师傅，八成是黑毛粽子吧，这里这么黑，要是黑毛粽子再穿着黑色的衣服当然只有这红色的绣花鞋能看到了！"穆小米分析着。

难道真的遇到了女粽子？不知道这女粽子好不好对付，蓝雨看着那血红色的无比诡异的绣花鞋，在心中思量着，却忽然发觉有些不对劲。

随着这诡异的跳动声，那一双双血红的绣花鞋离蓝雨等人越来越近，蓝雨忽然发觉这女粽子太不对劲了，刚想说忽听穆小米在一边小声嘀咕。

"师傅，不对啊，好像只有脚没身子啊！"穆小米惊讶地说。

"不仅是没有身子，连脚都没有！"蓝雨在一旁补充，看着在黑暗中跳动的诡异的血红色绣花鞋。

"真的没有脚啊！只有绣花鞋！师傅，咱们不会真的遇到怨灵了吧？"穆小米这回牙齿确实有点儿打战了，"我的姥姥呀，我穆小米可还没结婚呢，不对我连女朋友还没呢！"穆小米一紧张又开始贫开了。

邱子卿也皱着眉死死地盯着那一双双血红的绣花鞋，一副如临大敌的样子。说实话，他自己也没碰到过这样诡异的事情，心里一点儿底也没有。

"砰，砰，砰！"绣花鞋有节奏地跳动着，似乎朝着蓝雨等人藏身的地方跳来。

眼看着血红色的绣花鞋就冲着蓝雨等人冲过来，蓝雨等人紧张得要命，蓝雨觉得自己的手心都有些冒汗。

血红色的绣花鞋有节奏地跳到了蓝雨等人躲藏的地方，一下子停在了半空中，悬浮着不动了。

"咦？这是什么东西？"一个陌生的声音忽然响起。

蓝雨、穆小米和邱子卿顺着声音望去，发现竟然是蓝斌手下的几个小喽喽。估计也是从蜡像人尸那边逃出来的，蓝雨在心里想。

更诡异的事情还在后面。那几个小喽喽的话音刚落，这本来悬浮在半空中的红色绣花鞋又诡异地有节奏地跳动了起来，而且是朝着那几个说话的小喽喽跳去。

"鬼啊！"那几个小喽喽鬼哭狼嚎般没命地向前跑去，可他们跑得越快，那绣花鞋追得也越快！

天呀，这是怎么回事啊？蓝雨、穆小米和邱子卿一时间给看呆了。

终于那绣花鞋追上了一个跑得最慢的小喽喽，一下子扑了上去，就听见一声惨叫，那个小喽喽周身上下已经被熊熊的火焰烧着，只见那人拼命地在火中挣扎，发出阵阵惨叫，看得蓝雨、穆小米和邱子卿头皮直发麻！

蓝雨忽然发现原本三双绣花鞋已经少了一双，剩下的两双正在追逐着吓得几乎走不动路的两个小喽喽。

"啊！啊！"

瞬间，接连两声惨叫陆续传来，剩下的那两名蓝斌手下的小喽喽也一下子被烧着了，痛苦地在地上挣扎！

太诡异了！蓝雨、穆小米、邱子卿等人面面相觑，一时间连话也说不出来，再去找那三双血红色的绣花鞋，早就无影无踪了，空气中弥漫着一阵阵焦臭味和火药硫黄的味道。

难道是传说中杀人的鬼火？蓝雨在心中嘀咕。

蓝雨正想着，忽然"砰砰"的声音再次响起。

"天呀！师傅，又来了好几双红色的绣花鞋！"穆小米失声叫道，"而且，而且这回是冲着我们来的！"

蓝雨朝穆小米指的方向看去，黑暗中，又有几双血红色的绣花鞋有节奏地朝着自己这边跳来！

红色绣花鞋在蓝雨等人藏身的巨石前停住，漂浮在空中。

"又来了！"穆小米刚一小声嘀咕，这诡异的绣花鞋又"砰砰"地朝穆小米藏身的方向跳动了几步，又停着不动了。

这一切被邱子卿看在了眼里："都不要说话！"邱子卿忽然喊了一嗓子。

邱子卿一说话，红色的绣花鞋又朝邱子卿那边跳动了几下，邱子卿一不说话，那血红色的绣花鞋又漂浮在空中不动了。

"难道是——"蓝雨似乎想到了什么。

"对！"邱子卿掏出手枪朝着反方向的石壁上开了一枪，"砰！""哗啦！"石壁被打瞬间，几块大的岩石因为震动而滚落。顷刻，那血红色的绣花鞋飞快地朝邱子卿开枪的方向冲去，紧接着一阵呲呲的声音，一团刺眼的火光升起，一股硫黄般刺鼻的味道在空气中弥漫开来。

"原来是这样！"穆小米到底是干刑警的，一下子反应了过来，也拔出枪朝着对面的石壁开了几枪，剩下的几双绣花鞋也争先恐后地扑了过去。一阵阵刺鼻的硫黄味传来，原本漂浮在空中诡异的血红色绣花鞋都随着那一团团红色的火焰消失得无影无踪了。

"原来是机关啊！"穆小米郁闷地说。

"一开始我也以为遇到了那些不干净的东西，可天宇集团的那些小喽啰一出现、一说话，这绣花鞋就朝着他们扑过去了。而且他们越跑，绣花鞋跟得就越紧，最后那些小喽啰被烧着后，传来一阵阵硫黄的味道，我就觉得肯定不是什么冤魂杀人，而是陵墓中的机关埋伏。你们看我们只要一说话、一活动它们就朝我们这边跳动，我们站着不动了它们就悬浮在空中，这古代的机关实在是精妙绝伦啊！靠着空气流动都能杀人！"邱子卿有些心有余悸地说道。

"原来是这样！那造成绣花鞋的样子纯属是为了吓人！"穆小米在一边嘟囔。

"是的，就是为这些后来的盗墓者准备的！"邱子卿说。

28. 紫檀木棺椁

经过绣花鞋的折腾后，蓝雨和穆小米、邱子卿继续向前方走去，走着走着，蓝雨等人发现越走越窄，最后只能容得下一个人经过。

"总算宽敞起来了！"走在前面的穆小米一猫腰，钻过两块大石头中间的一个缝隙，伸了个懒腰，站住不走了。

蓝雨和邱子卿也跟着钻过缝隙，发现眼前果然宽阔了许多，脚下是用四四方方的大青石铺成的地面，四周零星散放着六口暗紫色的棺椁，像个偏殿。

"师傅，你有没有觉得那些棺椁很特殊？"蓝雨指着那些暗紫色的棺椁说。

"是啊，很少在坟墓中看见这样的棺椁，还雕刻了这么多精美的花纹，真是价值连城的宝贝！"邱子卿一边细细观察着棺椁一边饶有兴趣地说，"这个，好像是紫檀木做的，看来又是几件国宝！"

"什么？紫檀木？"穆小米一蹦老高，兴奋地问，"师傅？真是紫檀木的？老值钱了！"

刚说完，就听得棺椁中传来一声重重的叹息："唉！"吓得穆小米嗷一嗓子，跳得老远，警惕地看着棺椁，邱子卿也被吓得不轻。

蓝雨忽然觉得胸前那块琥珀状的胎记又开始灼热地痛了起来，眼前的视线开始模糊。

"你终于来了！"一白衣女子站在悬崖边，背对着蓝雨，风将她白色的纱衣轻轻吹起，像一个超凡脱俗的仙子。

"你，你到底是谁？现在我已经来到怨陵了，你该告诉我真相了吧！"蓝雨焦急地问。

"唉！"白衣女子悠悠然转过身来，无比幽怨又迷茫地看着蓝雨说，"到现在我也不知道我到底是谁，为什么就这样被困在怨陵中，我只记得一场车祸，醒来后就来到了汉代。最后还变成了李夫人，更要命的是当我在那边真心爱上了一个人后，又不能和自己心爱的人长相厮守，被迫变成帝王的女人。我心爱的人到死都不肯原谅我，生不能同枕，死也不能同墓，当时我真的无法再面对这个世界，在皇宫中的每一天胜似万年！这种痛苦一直撕咬着我的心，最后我万念俱灰，终于在一个风雨交加的深夜结束了自己的生命，随心爱的人去了。那时我还幻想着也许死后我可以见到我的他，可却发现死后我被禁锢在这个阴森可怕的怨陵中，灵魂居然永世不可超生。我就在这个鬼地方等了一年又一年，巫女告诉我，只有等到你的到来我才能真正解脱！巫女还说一切都是骗局，就连我的那场爱情也是假的，我真不知道，为什么？为什么？我如此真心真情、一心一意守护的爱情，甚至是用我的生命去爱的那个人，到头来一切都是假的，为什么我的真爱到头来却是一场骗局？"白衣女子说着泪水簌簌地落下，声音也开始哽咽。

"现在，我终于等到了这一天，你终于来了！"白衣女子泪水涟涟地看着蓝雨，不知是喜是悲！

蓝雨看着她倾世的容颜，心中也充满着苦涩，那种心痛的感觉让她觉得有些喘不过气来。

世间无限丹青手，一片伤心画不成！在蓝雨内心最深处那埋藏已久的悲伤仿佛一下子复活了，蔓延全身，胸前的胎记更加灼热。

"现在我该怎么办？"蓝雨迷茫地问，"怎么做我才能帮你？"蓝雨苦笑了两声，惨然道，"其实是在帮我自己！"

"我也不知道，巫女只说过让我等你来怨陵找我！"白衣女子也茫然地说。

是啊，如果萨杏巫女说的是正确的话，那白衣女子的悲伤也是蓝雨的悲伤。

我，到底是谁？蓝雨在心中不断地问着自己，一滴晶莹的泪水顺着脸颊滑落。

柳色青，路不归。

断肠人，各天涯。

光阴逝，红颜老。

三生石，情难诉。

轮回中，诸事忘。

永相错，恨离天。

有情人，终成恨。

琥珀泪，几世罪。

前缘误，今生累。

事无常，何人知。

尘埃落，恩怨散。

蓝雨痴痴地咿呀哼唱着，仿佛这歌谣她早已熟知，唱过无数遍。忽然，蓝雨一步步地朝紫檀木棺椁走去，手轻轻抚摩着其中一个棺椁，一滴泪从蓝雨的脸颊滑落在棺椁上。

"吱嘎嘎"那紫檀木棺椁居然自动打开，吓得穆小米和邱子卿连忙想把蓝雨拉走，可蓝雨像一下子变成了铁做的人，怎么也拉不动。

"师傅，你看！"穆小米指着紫檀木棺椁说不出话了。

华贵的棺椁中，一白衣少女静静地躺在棺椁中，绝世的容颜，可以让日月动容；清纯的气质，让人想到寒夜天边一轮静静的明月，看到她就仿佛感受到了繁华落尽的宁静。一时间穆小米和邱子卿都看呆了，静静地站在一边。

蓝雨的手轻轻滑过白衣少女的脸颊，伤心地说："怎知几回梦中见？醒来悠悠不见人。终于见到你了，是不是因为我，改变了你的人生轨迹，如果不是我的那部分魂魄进入你的体内，也许你真心爱着的人应该是刘彻，也许你们会生活得很幸福，你也不会这么早就香消玉殒，也不会被禁锢在这冰冷、幽暗、寂寞的陵墓中这么多年。"

"师傅，难道这躺在里面的白衣女子就是师姐经常在梦中遇见的女子？"穆小米恍然大悟地说。

"应该就是那个白衣女子，那个一步步地把我们引到怨陵中来的女子，难道她就是丫头的前世？那找到了她，谜底应该都揭晓了啊！"邱子卿疑惑地说。

就在邱子卿和穆小米在一旁猜想的时候，一个身穿黑袍的女子悄悄地朝蓝雨走来，当然邱子卿和穆小米是根本看不到她的。

"你终于找到她了！"萨杏巫女沙哑的声音响起。

"是的，可为什么她没一点儿反应？"蓝雨不解地问，"你不是说天帝将我的一部分魂魄禁锢在她的身体中吗？"

"确实是在她的身体中，可你和她之间还有一个近在咫尺却远似天涯的障碍！"萨杏巫女幽幽地说。

29. 冰蚕织锦

"什么？咫尺天涯的障碍？"蓝雨不解地问。

"是的，你以为天帝的心思就这样单纯吗？如果当时有方法可以让你的那部分魂魄永远无法接近现在的你，那他肯定早就用了，该设置的障碍他都设置了，你怎么可能这样顺利地就找到李夫人的魂魄呢？"萨杏巫女无奈地说。

"究竟是什么障碍啊？"蓝雨的心情已经沉到了低谷，为什么会有这么多的阻挠？这一路走得太艰辛，当她看见一丝曙光的时候，却又被硬生生地泼了盆冷水。

"在她的身上有一层你看不见的冰蚕织锦。"萨杏巫女看着棺椁中那绝色的白衣女子说。

"冰蚕？难道是传说中的那种极其难得的冰蚕？"蓝雨惊讶地说。

萨杏巫女点点头说："是的。"

《拾遗记》卷中曾这样记载："员峤山，有冰蚕，长七寸，黑色，有角，有鳞。以霜雪覆之，然后作茧，长一尺，其色五彩。织为文锦，入水不濡，以之投火，经宿不燎。唐尧之世，海人献之……"这是传说中的一种蚕，以前蓝雨在《春秋异考》中也曾读到过关于它的记载："冰蚕，性至阴，有剧毒，更有一种可怕的功能，就是若在人刚刚死去的时候，马上用冰蚕吐的丝做成的织锦做裹尸布，人的灵魂就很难从这千丝万缕的束缚中挣脱出来，其实和永世无法超生也没有什么区分。"

"好狠！"蓝雨的眼睛布满血丝，"为什么他会用这样卑鄙的手段？"蓝雨愤恨地问萨杳巫女。

"有时候，爱是魔鬼，可以让人甚至神失去理智。其实他是个很称职的天帝，只可惜这件事他做得——"萨杳巫女说。

"究竟用什么样的方法才能释放李夫人的魂魄？"蓝雨焦急地问，"你一定知道方法！"

萨杳巫女点点头说："有，但是解铃还须系铃人，还是一句话，只有你才能救你自己！"

"什么方法？"蓝雨焦急地问。

"找齐琥珀泪！"萨杳巫女环视了四周说，"它就隐藏在某个角落里，可惜我不知道。当年天帝将它藏起来，现在谁也不清楚它究竟被藏在了哪里。只有你能感应到，机缘到的时候你就能找到它，相信你自己！"萨杳巫女说完后，又消失在无尽的神秘之中。

"你们看！这棺椁上有字！"穆小米的声音在蓝雨耳畔响起，将蓝雨又一次地带回了现实之中。

"柳色青，路不归。断肠人，各天涯……"邱子卿一句句地念出来。

"奇怪啊，这怎么和师姐唱的一模一样啊？"穆小米在一旁说。

"你们在说什么？"蓝雨不解地问。

"你刚才不是自己在唱这歌谣吗？"邱子卿疑惑地看着蓝雨说，难道刚才唱歌的不是蓝雨？那会是谁？想到这里邱子卿都觉得有些害怕。

"这首歌谣我从来没听说过怎么会唱呢？"蓝雨疑惑地看着棺椁上的歌谣，再看看躺在棺椁中的绝色白衣女子——莫非那一瞬间自己的那部分魂魄冲破了冰蚕织锦，回到了自己的身体里面，就像萨杳巫女说的那样，只有自己才能救自己，难道琥珀泪真的在附近？正当蓝雨思索的时候，一个不和谐的声音传了过来！

"哈哈，世间真的有这么标志的美人？可惜已经成了一具古尸！"

"谁？"穆小米和邱子卿紧张地看着四周。

30. 神秘黑衣人

"哈哈，哈哈"一阵阵可怕的笑声传来，让蓝雨、穆小米、邱子卿听了身上起了无数鸡皮疙瘩。难道这怨陵中真有成了精的老粽子不成？

邱子卿的头上不禁流下冷汗，要真是像他猜想的那样，那他们三人都别想活着出去了。

"呼"的一声，一个黑影从墓室的上空掠过，蓝雨等人闻到一股好闻的玫瑰花香。

"哈哈，哈哈"恐怖的笑声在上空盘旋。

"师傅，该不会真遇到了老粽子了吧？"穆小米紧盯着空中飞来飞去的黑影说，"难道粽子有这么好的身手？我怎么觉得跟武侠片里的飞贼一样。"

穆小米的这句话提醒了邱子卿，邱子卿紧盯着在天空中飞来飞去的黑衣人朗声喊道："这位朋友，你有什么事情可以下来好好说，没必要在上面这么费力气，大家都不是三岁的小孩子，你这样也吓不了谁啊！"

"哈哈。"邱子卿的话音刚落，立即又响起一阵恐怖的笑声，"小孩子？我年轻的时候恐怕你们的老祖宗都没有出生呢！你们这几个无名的小辈竟敢在我面前说教，真是不想活了！"

"师傅，别真的是粽子成精了吧？"穆小米听了神秘的黑衣蒙面人这样说，终于开始担忧了。

"这味道？"蓝雨痴痴地望着空中的黑衣人，"怎么这样熟悉？这味道真的好熟悉。"

一片玫瑰花的海洋，蓝雨一身雪白的丝质长裙，坐在这花海之中，远处传来若有若无的歌声。

远处一匹黑马飞驰而来，马上一个一身黑衣的英俊少年由远而近地呈现在蓝雨的视线中。

忽然天空中飘起一阵花瓣雨，无数鲜红的玫瑰花瓣飘飘洒洒、漫天飞舞，轻柔地随风飘动，落在蓝雨如瀑布般披在肩上的乌发和那身雪白的丝质长裙上。

黑马上的少年看见坐在玫瑰花中的蓝雨，嘴角轻轻上扬，一道优美的弧线划出，策马扬鞭地朝蓝雨这边飞奔而来。

31. 黑色玫瑰

黑衣人策马扬鞭来到蓝雨近前，一弯腰将蓝雨抱上马，蓝雨坐在马上，黑衣人呼出的热气在蓝雨的颈部散开，让蓝雨感觉软绵绵的，一阵阵熟悉又好闻的香气包围着蓝雨。黑衣人忽然变戏法似的拿出了一枝黑玫瑰。

黑衣人深情地看着蓝雨，把黑玫瑰插在了蓝雨的发间。"真好闻，真舒服，真想就这样一直睡下去。"蓝雨在心中默默地说，眼睛也不知不觉地微微闭上。

"快离开他！快离开他！他是个骗子！是个骗子！"萨杳巫女刺耳的声音在蓝雨耳边响起。蓝雨一下子惊醒，发现师弟穆小米正使劲儿地摇着发呆的蓝雨。

"师姐，你怎么了？你刚才面无表情，太可怕了！"

"是啊，丫头，你这是怎么了，来到这里以后老是出神发呆，是不是有什么事情啊？"邱子卿也关心地问蓝雨。

"我，我怎么会在这里？"蓝雨迷茫地看着穆小米和邱子卿，问了这样一句话。

"你？"穆小米也被他这个迷糊师姐给弄糊涂了，"我们不是在怨陵中吗？你怎么全忘了？"

"我？可这里不是玫瑰花海啊！"蓝雨喃喃地说，刚才的一幕还在眼前，"那个骑黑色骏马的男子哪去了？"蓝雨又没头没脑地问了邱子卿和穆小米一句。

"玫瑰花海？黑色骏马？男子？"邱子卿看着眼前的蓝雨仿佛是个陌生人一样，"这里哪里有什么玫瑰花海、黑色骏马和男子，都是你的幻觉吧！不过刚才确实有个黑影在这上空飞来飞去，可现在却消失得无影无踪。我们还是快点离开这里为妙，毕竟现在我们在明处，太被动！"

"不可能，如果是幻觉，这个是哪里来的？"蓝雨说着把手中的那枝黑色玫瑰花拿到了邱子卿和穆小米眼前。

这朵黑色的玫瑰花，黑得那样美丽，却散发着诡异的芳香，似黑夜中美艳的魔鬼。

"快丢掉，这花好像有毒！"邱子卿一下子把鼻子捂住。

蓝雨一惊，手中的黑色瑰花一下子掉在了地上，谁知在落地的一瞬间，这花居然自己漂浮了起来，悬浮在躺在紫檀木棺椁中的绝色女子的上空。然后，这花缓缓地落在了女子的胸前。

"妈呀！"随着穆小米一声怪叫，眼前的美丽女尸连同这价值连城的紫檀木棺椁全部消失得无影无踪了。

32. 宝图初显

"这都什么跟什么啊？"半天，穆小米那张得可以塞下头牛的大嘴里才蹦出这几个字。

"它就这样消失了？"邱子卿也有点儿发飙了，这样的视觉冲击实在太大了！

"你们看，这地上有裂缝！"蓝雨忽然指着地面尖叫起来。

顺着蓝雨所指的方向望去，发现一条细细的裂缝正在他们的脚底下生成，并且正在逐渐变宽变大。

"快躲开！"邱子卿大喊一声，一把把蓝雨和穆小米拉到了安全的地方。虽然地裂开了一条缝，但是并没有出现邱子卿想象中的地动山摇、巨石陨落的情景，相反一切似乎平静得可怕。

正当蓝雨等人紧绷的神经松懈了一下时，一阵阵震耳欲聋的轰隆声从裂缝的内部传来。

"轰隆隆、轰隆隆……"随着一阵阵巨响，蓝雨等人的眼睛全都瞪得变成了桂圆。

一块大约长 20 米，高 60 米，宽半米的白玉石墙从地缝中缓缓升起，通体晶莹剔透，散发着阵阵寒气。

"哟，好冷啊！"穆小米边打着哆嗦边惊讶地看着面前这块巨无霸级别的稀世珍宝！

"居然是真的！"邱子卿倒吸了口冷气。

"什么真的？"蓝雨费解地看着邱子卿问，"传说汉武帝有一块罕见的巨型白玉，能散发出阵阵寒气，三伏天靠近它也得穿棉衣，还说这里面藏有一个天大的秘密。"

"天大的秘密？师傅你知道是什么秘密吗？"穆小米显然也对邱子卿的话很感兴趣。

"具体是什么秘密我不知道，但八成是和这琥珀泪与怨陵有关，这些年来这么多人找琥珀泪其实最终还是为了解开这个谜。圈子里流传最广的就是汉武帝将巨额的宝藏藏在了某个地方，找到了就富可敌国。还有的传说是汉武帝花了大力气去求仙，这里面藏着不老仙丹和绝世的医书。"

"天呀！这也太神奇了！"穆小米有些不相信地说，"宝藏倒有可能，不老仙丹估计是忽悠人的！就算有什么仙丹妙药，这几千年下来不发霉也得发臭了！"

"是啊，原来还以为这只是传说或者是那些盗窃国家文物的犯罪分子自己编出来的，但是今天我终于相信了！"邱子卿颇为感慨地说。

"难道这一切和我有关？"蓝雨看着这散发着阵阵寒气的稀世珍宝，若有所思地说。

"琥珀泪、藏宝图、汉武帝。"穆小米反复重复着这几个名词，"可是师傅，你说这上面有藏宝图，我什么也没看见啊，这就是一块没有任何雕琢痕迹的玉石啊！"穆小米指着这块晶莹剔透的汉白玉，左看看，右看看，还是没看出什么门道来。最后他从背包中拿出一个特大号的放大镜，也不在乎这白玉散发出来的寒气，凑上前去细细观察。见穆小米这样，邱子卿也从口袋中掏出放大镜仔细研究起来。也许是因为职业习惯，两人都沉迷在对这块稀世珍宝的研究中，一时忘记了自己身在何方，更忽略了还站在身边发愣的蓝雨。

此时蓝雨眼前呈现的景象是围着巨型白玉上看下看的邱子卿和穆小米，忽然蓝雨眼前闪现出一幅画面：邱子卿和穆小米正拿着放大镜边细细观察着眼前的玉石，忽然穆小米和邱子卿都不约而同地伸手在这散发着阵阵寒气的玉石上摸索。

蓝雨一惊，从沉思中醒了过来，看见穆小米确实把手伸向了那块冒着丝丝寒气、晶莹剔透的玉石。

"别碰它！"蓝雨歇斯底里地大叫了一声，这一声把沉浸在考古研究中的穆小米和邱子卿通通惊醒。

"怎么了？"穆小米不解地问。

"别，别碰它！"蓝雨像见到鬼一样嚷嚷，"快离它远点，谁碰它都会变成冰人的！"

"冰人？"穆小米惊讶地看着蓝雨问，"师姐？你是怎么知道的？"

"我刚才看见的！"蓝雨焦急地说。

"你看见？"穆小米有些好笑地说，"你看见了？这也太神奇了！不会是你又产生幻觉了吧？"

"丫头说得没错！"邱子卿蹲在地上皱着眉头说，"你们看这小虫子，刚才碰到了玉石全变成冰虫了！"邱子卿说着用小镊子夹起了一个非常非常小的冻成冰坨的小爬虫。

这下轮到穆小米目瞪口呆了："天呀！师姐，你不会是神婆吧？什么都能未卜先知！"

"别贫了！赶紧干正事！"邱子卿不满地白了一眼穆小米说，"刚才我用放大镜观察这玉的时候，发现上面确实有人工雕刻过的细小痕迹，只可惜太细小了，用放大镜还是看得模模糊糊的。"

听邱子卿这样一说，蓝雨也接过邱子卿手中的放大镜，朝玉石上细细地看去。谁知蓝雨一看，就感觉头痛得如裂开一般。

"哎哟！"蓝雨双手抱着脑袋，一下子蹲在地上。

"师姐，你怎么了？""丫头！"穆小米和邱子卿的声音在蓝雨耳边响起，可蓝雨此时感觉到的只有剧烈的头疼，随后疼痛消失，自己仿佛陷入了一个陌生的幻境，一幅幅陌生的画面在脑海中飞快地闪过。

一对年轻的夫妇幸福地坐在一起，在他们的怀中分别抱着个粉雕玉琢般的女婴。这两个小女婴长着乌黑的大眼睛、红扑扑的小脸和雪白的皮肤，而且最重要的是她们长得出奇的像，应该说是对双胞胎。两个小女婴咯咯笑着互相打闹着，那对年轻的夫妇则用爱怜的目光看着自己怀中的小婴儿。

镜头一转，这对年轻的夫妇表情无比震惊兴奋地看着眼前这块巨大的晶莹剔透的白玉石，两人拿着放大镜在玉石前细细观察，脸上不时露出欣喜的笑容。看了许久两人居然兴奋地拥抱在一起。

镜头又一转，这对年轻的夫妇手中捧着几颗价值连城、泛着褐色的琥珀泪走到白玉前，将一颗颗琥珀泪装到了白玉上。瞬间巨大的白玉发出阵阵金光，照得人眼睛都睁不开。蓝雨下意识地闭上了眼睛。

等再睁开眼睛，蓝雨又看到了一幅凌乱的画面：屋内凌乱不堪，这对年轻的夫妇似乎在激烈地争吵着什么，床上那对天使般的小婴儿哭成了大花脸，却没有人来管她们。

镜头再次转变，这对年轻的夫妇抱着自己的孩子逃难似的逃到了玉石前，忽然男子身子一颤倒地，血红色的液体溅到白玉石上，紧接着女子也忽然倒地，血流一地。两个小婴儿在父母的尸体旁哭泣。这时一个蒙面的黑衣人走了过来，抱起了这对小婴儿，朝远方走去。

"啊！"蓝雨一声惨叫，一下子扑倒在地上。她这失常的举动把邱子卿和穆小米着实吓了个跟头！

"丫头，你怎么了？"邱子卿有些焦急地问。

"师姐，你是不是病了？脸色这样苍白？"穆小米也关切地问。

蓝雨摇摇头，艰难地站了起来，手捂着胸，大口地喘着粗气。过了好一会儿，蓝雨才面带恐惧地说："刚才太可怕了，就像真的一样，"蓝雨有些激动地一把抓住邱子卿的胳膊，激动地说，"刚才我的头痛得要裂开一样，恍惚间我看见一对年轻的夫妇，他们的模样是那样的熟悉。仿佛前世我和他们认识一样，还有他们的那对双胞胎。"蓝雨说到这里，一下子说不下去了，眼中含满了泪。

"年轻夫妇？双胞胎？师姐你认识他们吗？"穆小米疑惑地看着蓝雨。

蓝雨茫然地摇摇头说："不认识，只是，那种感觉——"她说到这里沉默了一会儿接着说，"当我刚看到他们的时候有一种莫名的冲动，想冲过去拥抱他们，还有那对双胞胎，我看他们就像看我自己一样！这到底是怎么回事？一切都太真实，就好像我亲身经历过一样。"

"丫头，小时候的事情你还记得吗？"邱子卿有些怜爱地看着蓝雨问。

"小时候？"蓝雨被问倒了，对于自己童年的记忆，蓝雨可以说是少得可怜。至于为什么会这样，蓝雨有时候也觉得很奇怪，长大后和一群好友谈起童年逸事，别人都能滔滔不绝地说上一大串，可蓝雨所说的只是那翻来覆去的几件事，而且要是严格地按照年龄来算，这些事其实并不发生在蓝雨的童年，应该是她上中学以后。那么蓝雨从出生到中学这段时光经历了什么，在蓝雨记忆的海洋里确实是片空白。

"师姐，你不是说你小时候遇到过一场车祸吗？会不会因为那次车祸失忆了？"穆小米在一旁提醒道。

"小时候？车祸？"蓝雨紧皱的眉头忽然间一下子舒展了一下，"是啊，我的记忆确实全部在车祸之后，车祸之前的事情我一点儿也记不起来！可在我的眼前经常会出现一些幻觉，我也不知道这到底是不是幻觉，有时候这些幻觉就像真的一样！"蓝雨有些郁闷地说。

33. 踪迹全无

"脑外伤对记忆是有不同程度的影响，患者神志恢复后，常不能回忆起受伤前后的经过。脑中风的病人，常回忆不起病前他正在做什么、在什么地方等，但是自知力、谈话、书写及计算力都保持良好，这样的症状发作可持续 1~24 小时，一般认为是大脑某些动脉缺血累及有关组织所致。像你这样失忆时间这么长还实属罕见！"邱子卿思索着说。

"哎呀，别再研究什么失忆不失忆了，你们饿不饿啊？咱们进来这么长时间了，带的东西也吃得差不多了，总得想想怎么出去吧？不然真的要变成这里的老粽子了！"穆小米在一旁叼着个面包嘟囔着，显然这会儿他精神一放松下来，肚子就咕咕乱叫了。

听穆小米这么一说，邱子卿也看了下手表说："我们进来的时间是不短了，可到现在还没个眉目，再这样耗下去也不是个办法！丫头，我看咱们还是得先出去，不然可都有危险了！"

蓝雨想了一下问："可天宇集团那些人怎么办？我们要是出去了，让他们找到了琥珀泪或者这块价值连城的白玉被他们发现了怎么办？"

"这个倒没什么，我们出去后，在陵墓的附近找个隐蔽的地方密切监视着陵墓就行。没有你，估计天宇集团也找不到琥珀泪！"

"为什么？"蓝雨那双美丽的眼睛盯着邱子卿，一副想知道答案的样子。

"你想想，要是你和琥珀泪没有一点儿关系，天宇集团在咱们这里的第一大合作对象——蓝志军——也不可能千方百计地把你从孤儿院里找出来还把你当做他的亲生女儿来对待，这么多年来你不一直都是蓝家的大小姐吗？你这个位子是多少人羡慕、多少人梦寐以求的呢？单从这一点就可以看出，能不能找到琥珀泪，你是起着关键作用的。而且，琥珀泪对蓝志军、对天宇集团来说是很重要的！当初我一接手这个案子的时候就发现他们一直在找各种各样的古董，一直暗地里穿梭在咱们这些古墓中，虽然盗卖了很多文物，但他们真正的目的似乎并不是在这里而是在寻找着某些或者是某样东西，现在看来，他们找的肯定就是琥珀泪了！否则天宇集团的老大也不会冒这么大的风险亲自出马了！"

邱子卿一口气说了这么多，最后看着那块巨型白玉笑笑说："至于这个宝贝我们大可不必担心，谁碰它都会变成冰砣子，他们也不能把它从陵墓中搬走。"

邱子卿的话音刚落，穆小米忽然发现新大陆似的叫了起来："师傅，师姐！你们快来看，这玉石上有字！"

蓝雨和邱子卿连忙跑过来，顺着穆小米指的方向果然看见在玉石的左上端有着几行淡淡的字迹。

"拿放大镜来！"邱子卿如临大敌地盯着玉石上的字迹，却把手伸向了穆小米，穆小米很知趣地把手中的放大镜递给了邱子卿。

"太淡了，看不大清楚！"穆小米在一旁插嘴。

"风声水起谜中谜，九十九年世间现。功名利禄梦中梦，到头只剩塚森森。"蓝雨看着这玉石上淡淡的字迹，慢慢地念出了这几句让邱子卿和穆小米都摸不着头的打油诗。

"师姐，你太有才了！闭口成诗，出口成章！"穆小米在一旁见缝插针地奉承了蓝雨几句。

"丫头没有胡说，你看这里，隐隐约约还是可以看清几个字。"邱子卿指着玉石上那些隐隐约约的字迹说，"这是'谜'字，这是'九'字，这个我推测应该是'梦'字。"

听邱子卿这么一说，蓝雨和穆小米也凑了过来，紧接着穆小米就发出了一阵惊叹的叫声："天呀！师姐，你太有才了！难道你真可以未卜先知吗？这么高难度的复原鉴定，你不费吹灰之力就将玉石上的文字破译出来了！"

"我也不知道是怎么了，一听说这玉石上有字，脑子里忽然就出现了这四句。"蓝雨摸了摸自己的额头，心里想，我没发烧吧！

"太神奇了，师姐，难道你的脑子是电脑？只要一看到这些古墓啊、新粽子啊、老粽子啊、怪虫子啊，都会自动反映出它们的信息和应对办法吗？"穆小米说得唾沫横飞，万分陶醉，他心想有这样一个师姐真好，不管你到什么样的古墓中去都不用担心，反正每到关键的时候她都会知道可能会发生什么，或者应该如何应对，简直就是盗墓者的百事通，随身带绝对没得说！正想着冷不丁地头上又挨了记栗子，不用说他也知道，这是师姐又发威了。唉，美中不足的就在这里，她爱打人。

正在穆小米胡思乱想的时候，让穆小米、蓝雨、邱子卿目瞪口呆的一幕又发生了！

"轰隆隆"一阵巨大的轰鸣声，将蓝雨、邱子卿、穆小米的注意力全集中了过来。

"天哪，奇迹又出现了！"穆小米张着大嘴，由衷地发出了这样一声惊叹。只见那巨大的白玉正开始雍容华贵地向前移动着，忽然转了几个莫名其妙的弯，就这样在蓝雨、邱子卿和穆小米几个人眼前赫然消失了。

"风声水起谜中谜，九十九年世间现。功名利禄梦中梦，到头只剩塚森森。"蓝雨又机械地将这四句打油诗重复了一遍，"九十九年世间现。"

"等等，九十九年世间现！"邱子卿反复重复着这几句话。

"难道说——"邱子卿和穆小米几乎是同时想到了什么，两人相互交换了下眼色，跑到刚才玉石消失的地方，蹲在地上一顿研究。

"师傅，这里面肯定有机关，你看这里有人工开凿过的痕迹！"穆小米手中拿着刷子，轻轻扫去地上的尘土。

邱子卿拿起放大镜，发现地上果然有一条长长的裂痕，裂痕处打磨得光滑细密，一看就知道这里面肯定藏着什么奇门遁甲。

"门！"蓝雨眼睛死盯着地上的这道裂痕，兴奋地说着就朝那裂痕处走了过去。

"小心！"邱子卿一把拉住蓝雨，没想到蓝雨不知道哪里来的这么大的力气，确切地说应该是邱子卿感到了一股巨大的吸力，在他脑子还未转过弯的时候，就已经和蓝雨一起消失在穆小米的眼前了。

"我的姥姥啊！"穆小米张个大嘴惊讶地看着眼前的一幕，这已经不知道是他今年遇到的第几大奇迹了！

"师傅！"停顿了 0.01 秒以后，穆小米悟空似的呼唤起了邱子卿，可空荡荡的四周只有他自己的回声。

穆小米叫了两声，发现没有任何反应，最后一不做二不休，眼睛一闭，也朝裂缝走去。

刺眼的阳光夹杂着小鸟欢快地鸣叫声，这是哪啊？这陵墓中不会有鸟妖吧？穆小米心里七上八下地睁开了眼睛。

"师傅！师姐！"穆小米忽然兴奋地叫了起来，"终于又见到你们了，我们这是在哪里？天啊，居然到了陵墓的外面！"

"小声点！"突然邱子卿一手捂住了穆小米的嘴巴把他拉到一片乱石后面，蹲下来。紧接着一阵刺耳的骂声传来。

"妈的，怎么就这样稀里糊涂地出来了？"

"天宇集团！"穆小米惊讶地小声嘀咕了一句。

"这未必是件坏事，我们在陵墓里面已经是山穷水尽了，我们横行世界这么多年，不管是哪个国家的警察都拿我们没办法。要是我们再不出来，没准这回真在这个阴沟里翻船了！"天宇集团的当家人意味深长地发着感慨。

"那我们就这样放弃？"那个令邱子卿无比熟悉又无比伤感的声音再次响了起来。

"放弃？这不可能，我穷尽一生，就是为了这个激动人心的时候，怎么可以放弃呢？好在我们一直跟着蓝志军那老家伙，他们也走出来了，就不必担心被他们抢先。"

"大哥，我们下一步怎么行动呢？"那个让邱子卿肝肠寸断的声音又响起。

"跟着蓝志军，看他们耍什么花招，另外马上联系总部，让阿联立刻派'飞蛇'中的红衣队员过来支援。对了，那个蓝志军的养女一定要找到，她可是我们的关键！"

"是！"女子脆生生地答应着，这时邱子卿透过石头缝发现，那女子眼睛的余光不经意地朝他们藏身的乱石匆匆一瞥，就跟着她大哥离开了这里。

34. 神秘纸条

看着天宇集团一行人消失在树林的深处，邱子卿不禁深深地叹了口气，脸上一脸落寞的神情。

穆小米和蓝雨跟着邱子卿从乱石后面走了出来，这时候乱石旁有一团淡黄色的小纸团吸引了蓝雨的目光。蓝雨上前捡起纸团，打开，只见纸条上几行娟秀的毛笔小楷出现在蓝雨眼前。

> 淡淡云烟淡淡月，
> 淡淡江风淡淡梦。
> 此情此情动我心，
> 相思不尽一江水。

蓝雨看着，不禁小声地读了出来。

"这个？你怎么会知道？"邱子卿忽然非常失态地一把抓住蓝雨的手，焦急地问，"你从哪里听来的？"

"师傅，你怎么了？小声点，那帮家伙还没走远呢！"穆小米也被邱子卿这忽然一嗓子给吓到了。

"这诗，你是从哪里听来的？"邱子卿根本就不理会穆小米，依旧拉着蓝雨的手焦急地询问。

"是这上面写的啊，我刚在这乱石堆里找到的。"蓝雨也有些不解地看着邱子卿。

邱子卿并不回答蓝雨，一把将蓝雨手中的那张淡黄色的纸抢了过来，他的神情一下子定格在了他看见这张纸的一瞬间。几秒过后，邱子卿神情悲伤，嘴唇微微颤抖着，两行清泪瞬间滑落。

"师傅，你怎么哭了？"穆小米跟邱子卿的时间也不短了，今天也是头一次看见这个一向泰然自若的小老头动了真情。

"师傅，这纸上写的有什么问题吗？"蓝雨也不知所措地看着泪流满面的邱子卿问。

"这诗，是当年晓晴写给我的情诗！"邱子卿一句话，就把蓝雨和穆小米给雷倒了。

"唉，当初我们虽然确定了恋爱关系却一直都为着各自的任务忙碌着，每次相见都像牛郎织女那样，但是内心却无比的甜蜜。我记得我们最开心的一次就是她生日那天，我们相互依偎着坐在江边的长椅上，虽然第二天我们又要各自去执行新的任务，但是心中都装着对彼此的思念。在临行之前，我收到了晓晴写给我的这首诗。"邱子卿说着，指着手中的纸条，有些激动地说，"像，太像了！这字和晓晴的字简直一模一样！"

蓝雨又将纸条从邱子卿的手里拿了过来，看着上面的字迹说："看字迹，应该写上去没多久，刚才你们发现没有，天宇集团中那个叫'丽妹'的女人，在走之前朝我们这里望了一眼，刚开始我还很紧张，以为他们发现了我们，但是现在看到了这张纸以后我忽然有一种感觉——她刚才那匆匆一瞥实质上是一个信号，是在提醒我们去注意这个纸团。"

"师傅，你这诗除了你和师母知道外，还有第三人知道吗？"蓝雨问邱子卿。

"没有！"邱子卿非常干脆地摇摇头说，"这首看似平常的诗，却是我们爱情的见证，也只有我们两个人知道。"

"你的意思是这纸团是她故意丢给我们的？那她到底有什么目的？"穆小米问。

"什么目的我也不清楚，但是我猜她的目的是让我们继续跟着她，这样她还可以通过这样的方式向我们传递消息。"蓝雨说道。

"嗯，还是丫头头脑清楚，我刚才太激动了！这字实在和晓晴的太像了，而且这上面写的内容，哎！"邱子卿自我批评地说。

"也许，还有一种可能！"蓝雨说到这里停顿了一下说，"也许师母她并没有真正牺牲！"

"她没死！"邱子卿呆呆地望着蓝雨。

"师傅你不是也说过，对于师母的死你也是听说吗？"蓝雨紧跟了一句。

"是啊，可她就葬在烈士陵园中，每年不管我在哪里，有多忙，我都会去她的墓前，放上一束她最喜欢的白玫瑰。"邱子卿幽幽地说。

"也许师母她根本就没有牺牲，她像你一样，为了某个任务没办法才出此下策在人群中消失、在地球上除名，变成了另外一个人出现在世人面前。"蓝雨说着自己的猜想，心中却不由得猛然想起了一个人——慕容轩，心不由得痛了起来。她的前世和他的前世有着千丝万缕的联系，他们之间可以说是剪不断，理还乱，尽管萨杳巫女不止一次地提醒过她要小心这个人、远离这个人，可自从蓝雨遇见他以后，心中凭空地生出了许多哀愁。更何况，自从在陵墓中走失以后，蓝雨更不知道慕容轩现在身在何方，不知道他是否安全。

"师傅、师姐，你们看，这还有一个小纸团！"穆小米说着一弯腰，将落在草丛中的一个淡黄色小纸团捡了起来。

"丽水阳光酒店"这回纸条上只有六个娟秀的毛笔字。

邱子卿将纸条接过来，手又没有缘由地颤抖起来："真像晓晴的字。"

"她这是在给我们发信息，告诉我们天宇集团的人在丽水阳光酒店！"蓝雨一语道破天机。

"她为什么要这样做？是敌是友？"穆小米皱着眉头说。

"不管是敌是友，我们已经暴露了，但是我想她应该和天宇集团不是一伙的！"邱子卿长叹了一声说，"如果她对他们的老大死心塌地的忠诚，那么我们躲在乱石后面的时候她就可以通知他们老大将我们一网打尽了！"邱子卿此刻已经恢复了他往常一贯的睿智冷静。

"我分析也是，先不去管这个丽妹的真实身份是什么，她肯定是想和我们取得联系，也许想和我们做什么交易。"蓝雨在一旁冷静地说。

"嗯，丫头说的对，现在我们也去丽水阳光酒店！"邱子卿目光坚定地说。

35.惊魂酒店

　　蓝雨三人很顺利地就找到了这家离玉龙雪山只有一里多地的木屋式酒店，清一色的黑色小木屋连成一排，颇有种原始的味道。一走进酒店的大厅，邱子卿就感觉到酒店的气氛有些不对，一阵阵阴冷的风若有若无地吹来，让他结结实实地打了个冷战。

　　大厅里的服务员正坐在服务台后面打盹儿，似乎正和周公约会得火热，可是她今天很不走运，因为遇到了穆小米。穆小米看着趴在桌子上、呼哈呼哈地狂睡的美眉，丝毫没有怜香惜玉的意思，而是大吼一声："住店！"这声音出自一向嬉皮笑脸，没事找贫的穆小米实在有点儿不相符，一声惊醒梦中人，那可怜的服务员猛然抬起头来，睁着那双睡得蒙眬的眼睛，无神地看着穆小米。

　　蓝雨赶忙拉了拉穆小米的袖子，低声说："你哪抽筋了？难道想自报家门告诉天宇集团的人'我在这里，找上门了，快来抓我吧！'"

　　穆小米不好意思地小声告诉蓝雨："这个人的睡相我一看见就想骂人！"

　　就这一句，差点儿没把蓝雨给说乐了，人其实是一种极其奇怪的动物，每个人的心中都有一个自己制定的法则，要是旁人的行为触犯到了你的法则，你就会觉得很不自在，轻则在心中暗自鄙视人家一下，重则发泄自己的不满，骂人、打架通通都可以用上。

　　"要几间？住几晚？"兴许是对穆小米这凌空一吼很不满意，那个服务员冷冰冰地摔过了这句话。

　　"两间，先两个晚上。"穆小米边说边坏笑地看着邱子卿，邱子卿一时还没搞清楚是怎么回事，忽然他反应过来了——穆小米的臭脚！更何况他们在陵墓中待了这么长时间，走了这么多的路，这么长时间他的脚一直捂在他那双超级登山鞋中，别说洗脚了，就连出来放放风都没有过！

　　"嘿嘿，师傅，你就将就将就吧！"穆小米说着拿起房卡飞快地朝房间跑去，留下一脸铁青的邱子卿。

　　穆小米到底是穆小米，死皮赖脸的功夫是一流的，虽然刚才把人家服务员从美梦中吵醒，可现在又胡搅蛮缠地缠着那个服务员"美女！美女！"一声声地叫，终于搞清楚了天宇集团那一伙人住在哪几间房子。

　　"127、128、129、130都是他们住的！怎么样！你徒弟八卦的本领还是一流的吧！哈哈！"穆小米得意的堪比狼嚎的笑声又开始污染蓝雨和邱子卿的耳朵了。

　　"你累不累？走，去外面吃点东西然后回来好好休息，其他的事情等休息好了再说！"邱子卿白了穆小米一眼，径自带着蓝雨走了出去。

　　经过在怨陵中长期的高度紧张，蓝雨、邱子卿、穆小米饭后回到酒店就各自躺在床上呼呼大睡了。

　　夜色渐渐深了，四周一片寂静，蓝雨正缩在被窝中睡得舒服，"吱嘎"一声，蓝雨房间的门忽然被慢慢地打开，一个黑影已经悄然立于门口。只见他飘飘荡荡地就像阵风一样地飘进了屋来，在月光的照射下，一时间屋子里鬼影憧憧，阴森恐怖。看着熟睡的蓝雨，他那张毫无血色的脸上，露出一抹玩味的微笑，两颗森白而尖利的牙齿微微露了出来，在月光下发着寒光。

　　此时的蓝雨正沉浸在一个又一个的怪梦中。

　　梦中，蓝雨又见到了在怨陵那块巨大的白玉前产生幻觉时见到的那对年轻夫妇，那个少妇长得清秀可人，让蓝雨初次见时就从内心涌出一种特别想亲近她的冲动。

"你是谁？"蓝雨疑惑地问。

"清儿！云儿！"少妇眉梢间有说不出的愁苦与落寞，轻轻呼唤着蓝雨。

"清儿？云儿？清儿是谁？云儿是谁？你是谁？"

那少妇根本就不理会蓝雨，依旧自言自语："清儿、云儿！想必你们都该长大了吧！说实话我真不希望你们能再次见到我！再次见到我就说明你们还是没能逃脱这无休止的争斗，妈妈对不起你们，让你们一出生就卷进了这些是非中！"

"妈妈？是非争斗？这是什么跟什么啊？"蓝雨被说得一头雾水。

"一切都是因为我和你们的爸爸发现的那个秘密！"少妇叹了口气。

"秘密？你到底是谁？你想告诉我什么？"蓝雨焦急地问。

忽然蓝雨眼前的场景又一转换，只见怨陵中那白色的玉石却不见那少妇，而那少妇的声音却幽幽地回荡在蓝雨的耳边："风声水起谜中谜，九十九年世间现。功名利禄梦中梦，到头只剩塚森森。"

"传说中，九十九年这玉石才会出现一次，而那玉石中藏着惊人的秘密，只有将上古传下来的奇宝八颗琥珀泪，摆放在玉石的指定位置，到时那秘密才会在玉石上出现！"

玉石？九十九年才出现？这下蓝雨有点儿傻眼了，原来自己中了六合彩了！在怨陵中出现的巨大的白玉石果然是个宝贝啊，人家九十九年才出现一次，自己就这样眼睁睁地被它溜走了！九十九年啊，如果真是这样的话，要解开自己这些奇怪的梦境，要解开自己的身世之谜，要解开邱子卿的家族诅咒之谜，要解开天宇集团和蓝志军之间的阴谋岂不是都要再等九十九年了？天啊，这太累人了！等等，玉石上的秘密？八颗琥珀泪？怎么变成八颗了？蓝雨越想脑子越乱，忽然觉得自己的头痛得要裂开一样。猛然间，蓝雨睁开了眼睛，只看见黑黑的屋子里，淡淡的月光泻了进来，一个黑影站在自己的床前，月光中，黑影的嘴角似乎露着两颗尖尖的发着寒光的獠牙。

"谁！"蓝雨被眼前的景象一吓，出了一身的冷汗，一下子清醒了过来。这黑影见蓝雨醒来，忽然纵身一跃直接从窗子里跳了出去，他动作是那样的轻盈，似鹅毛般轻轻落下。

随即这个黑影消失在浓重的夜色中，蓝雨发现深邃的夜空中忽然多出了无数只硕大的蝙蝠，扑着翅膀朝天空中那轮明月飞去。这月亮！蓝雨不由得倒吸了口冷气。

蓝雨还记得，临睡前，她曾无意地瞥了眼天空中的那轮明月，那轮金黄的明月现在却变成了血红色，这颜色居然红得那样的诡异，散发着阵阵恐怖的气息，仿佛一滴滴鲜红的血液顷刻间就会滴落下来。

刚才那一幕是自己的幻觉还是真实地出现过？蓝雨一时间无法辨认，不知何处是真实何处是虚幻。蓝雨不禁又想起了刚才梦境中那少妇絮絮叨叨说的话：传说中，九十九年这玉石才会出现一次，而那玉石中藏着惊人的秘密，只有将上古传下来的奇宝八颗琥珀泪，摆放在玉石的指定位置，秘密才会在玉石上出现！

如果真是这样的话，那我们的计划不是都要泡汤了？蓝雨颓废地坐在床上，思绪十分的混乱，为什么自己在无意识中说出的那四句诗，和少妇说的一样？"风声水起谜中谜，九十九年世间现。功名利禄梦中梦，到头只剩塚森森。"这四句诗中"九十九年世间现"大概就是梦中少妇说的这玉石九十九年出现一次的意思吧，那其他三句又是什么意思呢？到底要告诉我什么？

"啊！"蓝雨正想着忽然外面一阵大乱。

"来人啊！出人命啦！"

正在这时蓝雨的房门也被人敲响："师姐！你没事吧？"

"怎么回事？"蓝雨开门看见穆小米正站在门口。

"好像是天宇集团住的那几个房间出事情了！"穆小米说着朝天宇集团住的方向望去，只见门口已经围满了人，大家不停地向屋子里张望，窃窃私语着，还有一个被吓得满脸是泪、浑身颤抖、面无血色的服务员正被人搀扶着走了出来。

"走，去看看！"蓝雨便说边走了过去。

36.塔挞老爹

"天啊，这人死得太可怕了！"

"你看那脖子上的两个大牙印，难道这世间真有吸血鬼？"

"怎么警察还没来？奇怪，死的那两个人的同伴呢？怎么出事了一个都没看见了呢？"

"他们的同伴会不会也遇害了？"

"啊？酒店的经理来了没？让他派人在酒店好好找找，你说万一你一进房间就看见一个死人出现在你面前多可怕啊！"

门口围观的人七嘴八舌地议论着，可谁也不敢走进屋里去。邱子卿则一脸惨白地站在人群外面，似乎很想知道里面的情况，又似乎不愿意知道里面的情况。

蓝雨知道此刻邱子卿的心情，尽管现在还不能确定在天宇集团中那个身份极高的丽妹是不是他当初的恋人，可他是绝对不希望在还没有答案之前就出现什么意外。什么样的打击对人最大？不是知道自己的恋人不在人世的消息，而是知道自己的恋人已经不在人世，当你好不容易走出悲伤，把那份思念埋在心底时忽然又得知你的恋人没有死，还活在这世间，于是狂喜在你每一滴血液中奔腾，可就当你欣喜若狂的时候，又一个惊雷结结实实地朝你劈了下来——你的恋人又不幸离开了人世，这回是真的了，真真切切！这样的打击估计十个人有九个都会处在崩溃边缘。所以此时邱子卿的内心是相当的紧张害怕。

穆小米挤进人群，看了一会儿，又挤了出来，朝邱子卿摇摇头。只这一个动作，邱子卿就如同被大赦了一般，一下子舒了口气，脸上也渐渐地出现了血色。

"是两个男人，估计是小喽啰，不是什么重要的人物！"穆小米边朝屋子里面看边对邱子卿说，"奇怪，他们自己的弟兄死了，怎么来了个一走了之呢？太没人性了！"

蓝雨也挤了进去，只见房间里面一片凌乱，明显有打斗过的痕迹。两个彪形大汉一个靠着墙角，耷拉着脑袋坐在地上，一个仰面朝天，像摊荷包蛋一样地瘫在床上。两个人一样脸色苍白如纸，两人一样在脖子的大动脉之处两个硕大的牙印周围已经凝结成褐色的血痂。

看到这里蓝雨忽然觉得一阵恶心，不禁将头扭过去准备离开，可这个时候人群中又出现了一阵骚动。

"经理总算来了！"有的客人已经扯着嗓子冲着一个满头白发的老者嚷了起来。

"塔挞老爹，你不是又喝醉了吧？在你的酒店里面出了这么大的事情，你怎么到现在才来？"站在蓝雨身边的一个看上去像驴友的小伙子对着老头嘟囔着。

蓝雨发现这经理确实是个不折不扣的老头，干瘦的他走路还得要一个小男孩搀扶着，估计六七十岁了！

那老头无奈地摇摇头说："我刚刚在给派出所、医院打电话，然后又把整个酒店都找了个遍，可就是没有看到他们的同伴！"

就你这颤颤巍巍的样子，把酒店找个遍当然要急死大家喽！蓝雨在心中暗想。谁知这老人看向蓝雨却像见鬼一样睁大了惊恐的双眼，瞬间又转为悲伤，哽咽地叫了声："闻夫人！"

"爷爷？爷爷？你怎么了？"小男孩一个劲儿地摇着老头的胳膊。

"闻夫人！"老头看着蓝雨又叫了一声。

"你？你认错人了吧？我不姓闻！"蓝雨奇怪地看着这个有些糊涂的经理，心想这么糊涂怎么经营得了这样的酒店啊？

"爷爷，你认错人了吧？"小男孩在一旁说。

"哦，哦，不好意思，小姐和我认识的一个故人长的实在太像了！"塔挞老爹有些尴尬地说着，在小男孩的搀扶下朝屋子中走去。

可蓝雨听塔挞老爹这样一说，心中突然升起了一种强烈的欲望，非常想知道这背后的故事，塔挞老爹口中所说的那个故人到底是谁？

蓝雨忽然觉得自己十分好笑，怎么关心起这个萍水相逢的陌生人的故事了呢？这不是自己的特点啊！

"天宇集团的人会到哪里去呢？"穆小米在一旁嘀咕，邱子卿也在考虑着什么。

"他居然说认识我！"蓝雨边奇怪地看着塔挞老爹，边小声地对邱子卿和穆小米说。

"他说什么？"邱子卿忽然很关心这个话题。

"他叫我闻夫人！"

"闻夫人？哈哈，师姐看来你是老了，要叫也应该叫你闻小姐啊，怎么一开口就成了夫人了呢？哈哈！"穆小米在一旁咧着嘴笑。

"死小米什么时候了？还有这心情开玩笑！你等着，等回落雁市看我怎么收拾你！"蓝雨杏眼圆睁，气呼呼地看着穆小米狠狠地说。

这下完了，回去估计师姐真的要跟自己算总账了！穆小米在心里嘀咕着，嘴上却依旧不依不饶："这怎么能怪我呢！是人家老人家说的，又不是我自己胡扯出来的！你说是不师傅？"

"也许他并没有找错人！"邱子卿在一旁说着手一指，"这不来了！"

塔挞老爹在他小孙子的搀扶下，颤巍巍地朝蓝雨走了过来，微微向蓝雨鞠了一躬，和颜悦色地说："小姐能否赏光到大堂的咖啡厅一叙？"

"这个？"蓝雨迟疑地看了看穆小米和邱子卿，邱子卿朝蓝雨微微点了点头，蓝雨一下子明白了邱子卿的意思，于是对老人笑笑说，"那就恭敬不如从命了！"

"爷爷，那边的事情你不管了？那两个叔叔好像病了！"老人的小孙子有些不安地说。

"已经交给孙叔叔去处理了，现在爷爷有更重要的事情要做，你先回房间去乖乖睡觉吧！"

"那怎么成？我不在谁扶着您啊！"小男孩有些担心地看着自己的爷爷。

咖啡厅，零零落落坐着几对窃窃私语的情侣。真是两耳不闻窗外事，一心只记甜蜜蜜啊！酒店里出了这么大的事，还在这里卿卿我我呢！蓝雨在心里嘀咕着，又转念一想，这个叫塔挞老爹的老头也太奇怪了，酒店里面出了这么大的事情，他却先看着自己发呆然后又莫名其妙地称呼着自己，非说自己是什么"闻夫人"，不去配合警察处理天宇集团那两个翘辫子的家伙，反而拉着自己来喝咖啡还说要什么一叙？难道人是他杀的？他找自己是为了给自己做不在场证明？莫非他是吸血鬼？想到这里蓝雨不禁打了个冷战，再看看塔挞老爹，干瘪的脸上布满皱纹，活脱脱一具行走的干尸！

好在想到穆小米和邱子卿在暗处保护着自己，蓝雨紧张的心情稍微放松了一下。

"小姐贵姓？"双方入坐后，塔挞老爹看着蓝雨很绅士地问道。

"蓝。"

"哦，"塔挞老爹有些失望地应了一声，"那你的父母。"

"对不起，我不知道我的父母到底是谁，我是个孤儿！"塔挞老爹还没有问完，蓝雨就飞快地打断他的话，因为蓝雨实在不想触动那些伤心事。

"哦？"听蓝雨这样一说，塔挞老爹似乎有些兴奋，"你愿不愿意听一件往事？"他虽然在问蓝雨，可自己却已经陷进了无限的回忆之中，没等蓝雨回答就自顾自地说了起来。

37.20 多年前的故事

"那是 20 多年前的事情了！"塔挞老爹布满皱纹的脸上浮现出一种沧桑的感觉，他说了一句后，端起咖啡喝了口继续讲道，"我那时从外面经商回到家乡，因为厌倦了外面的生活，所以就在家乡的玉龙雪山脚下开了家小旅店，有一天忽然来了一对年轻的夫妇。"

"年轻的夫妇？"蓝雨听到这里不禁叫了起来，好几次出现在自己梦境中的不也是一对年轻的夫妇吗？

"是的，怎么？蓝小姐知道这其中的故事？"塔挞老爹问蓝雨。

"没有？我只是觉得好奇。"蓝雨忙说。

塔挞老爹见蓝雨不愿意说，依旧自顾自地说了下去。

"这对年轻的夫妇一来住店就给我的印象很深。"

"为什么？"蓝雨有些急切地问。

"怎么说呢，应该是一种惊艳的感觉，尤其是那位小姐，典型的中国古典美人！"塔挞老爹回忆着说，"瓜子脸、丹凤眼、樱桃小嘴，面若中秋之月，色如春晓之花，鬓若刀裁，眉如墨画，面如桃瓣，目若秋波。娴静时如姣花照水，行动处似弱柳扶风。"塔挞老爹说到这里一脸神往的样子，仿佛在向人叙述一件自己珍藏的珍宝抑或赞美一处异常让人流连忘返的景点。

"而那位先生也是生得英俊潇洒，他们两个人并肩站在一起你马上就会想起一个词——郎才女貌，非常的般配。一开始我只是被他们的外貌所吸引，可在后来的接触中我发现他们两个都是有学问的人。尤其是那位先生，真可以说是学富五车，一肚子学问，他们俩告诉我是从落雁市来的。可我就是觉得很奇怪，像他们两个文化人没事跑这么大老远，来我们这个穷乡僻壤干什么？那时候我们这里很偏僻，不像现在游客络绎不绝的，而且他们又不像那些画家啊、摄影师啊来这里采风什么的。"

"那他们来干什么？"蓝雨现在不得不承认这个塔挞老爹确实有些啰唆！

"一开始我也没有搞明白，只是觉得他们的行为挺奇怪的，他们不是背着包去玉龙雪山一去就是好几天，就是每天晚上山去早上回来。我觉得他们也不像坏人，可这样的行为也太怪异了，他们在我这里住了两三个月就走了。我以为他们这一走就再也不会来了，谁知道两年后他们又出现在我的旅店门口了。这一次那位夫人还怀着孩子。"

蓝雨听到这里也觉得很奇怪，一个孕妇怎么会跋山涉水地跑到这地方来呢？太不符合常规逻辑了，就问："是啊，她怎么会怀着孩子这么大老远地跑来了呢？也不怕有个什么闪失，万一孩子生在路上了不是更麻烦！"

"你知道吗？你和20多年前的那位小姐长得真的很像！"塔挞老爹看着蓝雨许久，忽然冒出了这句话，而这句话像一个惊雷在蓝雨耳边响起。

"我打第一眼看见你的时候真的有些恍惚，以至于当时叫了你一声'闻夫人'。"塔挞老爹继续说着，而蓝雨早就沉浸在巨大的震惊之中。

"蓝小姐你真的不熟悉那对夫妇吗？你，怎么说呢，你和20多年前的那位小姐简直太像了，我总感觉你们之间一定有着什么样的联系！"

"那你又和这对夫妇有什么关系呢？他们只是在你的旅店里面住过一段时间，为什么这么多年了你还念念不忘。"蓝雨反问道。

"我？"塔挞老爹被蓝雨一下子问住了，他愣了一下，叹了口气说，"我应该是对不起他们的人！"

"哦？"蓝雨一听不由得眼睛睁得大大的，看着塔挞老爹，一副质疑的样子。

"那位小姐来这里没多久就生下了一对双胞胎，都是女孩！"

"双胞胎！你是说双胞胎？"蓝雨一下子尖叫了起来！这也太邪乎了，怎么和自己在幻境中看到的一模一样？难道自己所看到的虚幻的一切都曾真实地发生过？

"蓝小姐难道知道这里面的故事？"塔挞老爹见蓝雨如此激烈的反应对蓝雨更是怀疑。

"哦，没，我只是觉得很离奇，自己的妻子马上要生产了还带着她跋山涉水跑到这边来，而且孩子还在这里出生，你又告诉我是对双胞胎不是太巧合、太离奇了！这应该是在小说电影里才能看到的内容，怎么现实生活中也发生了呢？我还是很怀疑你说的真实性！"蓝雨连忙搪塞着。

"唉！可它确实发生了！而且后面还发生了非常可怕的事情！"塔挞老爹幽幽地说。

"就是你对不起他们的事情？"蓝雨歪着头问。

"对！蓝小姐很聪明！那时我和他们已经是不错的朋友了，他们有什么需要我都尽可能地帮着。有时候他们要出去没法照看孩子，都是我妻子帮着他们照看，可他们始终没有告诉过我为什么到这里来。直到有一天，那对年轻的夫妇在出去了好几天后，突然衣衫褴褛、慌慌张张地跑了回来，回来后抱起孩子就匆忙离开了，甚至连和我告别都没有。后来过了四个多月，他们又回到这里，这次他们的情况更惨，那位先生显然是受了重伤，而他们两个孩子的健康状况也很糟糕。那位夫人告诉我孩子生病了，刚刚做完手术。"

"你跟我讲的这对夫妇也太奇怪了吧，自己受伤了，孩子又病了刚做完手术，就眼巴巴地又赶到你的旅店？你的旅店有什么地方这么吸引人啊？这编也编得太离谱了！"蓝雨听得自己都觉得有些好笑，刚开始听塔挞老爹说的时候蓝雨还有些相信里面的内容，但是现在越听越离谱，蓝雨都开始怀疑眼前的这个老头不是有妄想症，就是脑部神经严重分裂损坏或者缺氧！但是她听了塔挞老爹说的下面的话后，不禁倒吸了口气，忽然觉得心脏"怦怦"地猛跳，眼前的一切开始变得模糊不清。

"是的，我这样说是很少人能相信，但是我相信蓝小姐听完我讲的，你肯定会相信的。"塔挞老爹目光坚定地说，"看着他们这么惨，尤其是那两个刚出生不久的小婴儿我也忍不住说他们这样折腾干什么？就是真的有什么急事也得等身体养好了再来啊！可那位先生根本就不听我的，我感觉到他当时的精神处在一种癫狂的状态。他非常兴奋地告诉我他马上就要载入史册，现在已经到了最关键的时刻！"

"你不觉得这个人有点儿不正常吗？"蓝雨都听得有些不耐烦了。

"是，那时我也觉得，可后来一天晚上，那位夫人万分焦急地敲开了我的房门，一开门我就被吓了一跳，那夫人浑身是血！她二话不说就把双胞胎中的一个女婴塞给了我，对我说他们遇到坏人了，这孩子暂时帮他们照看下。我连忙问她还有一个孩子呢？谁知她痛苦地摇摇头说那个孩子已经被坏人抢去了！当时我听了很气愤，拉着她要去报案！她却痛苦地摇摇头，哭着对我说：'大哥你一定要帮帮我，我先生还在那边我得去救他！'说完她就跑走了，跑了几步又折了回来，从脖子上摘下一颗眼泪状的琥珀项链挂在小婴儿的脖子上说：'她是闻云，她的姐姐闻清被坏人抢走了，他们胸前都有一颗琥珀泪状的胎记！要是我有什么事，将来这是她们相认的记号！'

"清儿、云儿！想必你们都该长大了吧！说实话我真不希望你们能再次见到我！再次见到我就说明你们还是没逃脱这无休止的争斗，妈妈对不起你们，让你们一出生就卷进了这些是非中！"少妇的声音又在蓝雨耳边响起。

"那孩子叫什么名字？"蓝雨忽然提高了八度，眼中微微含着泪冲着塔挞老爹嚷道。

"闻云，她还有个姐姐叫闻清。"

"清儿？云儿？"蓝雨口中喃喃地说着，"为什么？为什么？为什么会有如此多的巧合？我到底是谁？谁能告诉我？"说着忽然觉得头疼欲裂，渐渐地视线变得模糊，一头栽倒在地上。

"你对她说了些什么！"就在塔挞老爹还没从蓝雨忽然晕倒的震惊中清醒过来的时候，穆小米和邱子卿就出现了在塔挞老爹面前。

穆小米边抱起蓝雨边气愤地质问："你是不是在她的咖啡里下药了？"

"没有？我只是跟蓝小姐说起了件20多年前的事情，没想到她就忽然晕倒了，快把她扶进屋里吧，我马上去叫医生。"塔挞老爹看着晕倒的蓝雨也有点儿害怕了。

"经理，警察来了，他们要向你了解些情况。"一个服务生走了过来。

塔挞老爹点点头，对服务生说："快去把孙医生请过来，这位小姐忽然晕倒了。"然后对邱子卿和穆小米说，"我去处理好事情马上就过来，医生很快就能来！"

"清儿！云儿！"

"谁？谁在说话？"蓝雨置身于一片黑暗之中，只听着耳边有个亲切而又熟悉的声音响起，可自己却看不清。眼前只是黑色、黑色、黑色。

"你到底是谁？"蓝雨的心有些烦乱，提高了声音又问道。

"孩子！孩子！"

"清儿！云儿！"这声音一直在蓝雨耳边响着，一声又一声地揪着蓝雨的心，蓝雨不禁觉得头又开始疼痛，她努力地向四周张望可看到的还是那无边无际的黑暗。

"你到底是谁？"蓝雨终于受不了了，歇斯底里地爆发了出来。

"我是你们的妈妈啊，孩子！"

"不！不可能！我是孤儿，你又来骗我，跟蓝志军一样卑鄙！"蓝雨气愤地骂着。

"孩子们，如果你们再次见到妈妈，那无疑就是卷进了这个千百年来无休止的争斗中，你们一定要在天宇集团那帮恶魔找到宝图前找到它。传说它九十九年才出现在人间一回，可爸爸妈妈已经破解了它的机关，只要按照我们留下的方法去操作，你们随时都可以找到它。切记，要找齐琥珀泪，那样宝图才能真正显现在你们的面前，你们才能拿到钥匙。我把你们需要的东西都留给了塔挞大叔，那都是我和你们的爸爸研究的心血，孩子们，既然命运无法逃避，你们就勇敢地面对吧！相信你们不会重蹈父母的覆辙。"

"你跟谁在说呢？什么宝图？你说清楚点！"蓝雨还要问，忽然发觉额头凉飕飕的，一下子就清醒了过来，睁开眼，只见一个医生正把一条毛巾放在自己的额头上，邱子卿和穆小米在一旁焦急地注视着自己。

"师姐！你可真的吓死我了！医生说你是气急攻心，又有些发烧一口气没上来才晕倒的，不过现在好了！总算醒过来了！谢天谢地外带谢谢 CCTV、MTV……"穆小米见蓝雨醒来一高兴就又开始贫了。

"丫头，那老头跟你说什么了？"虽然邱子卿比塔挞老爹也小不了多少，但是还认为自己是比较年轻的，所以一张口就是那老头、这老头的，搞得穆小米在一旁没事偷着乐。

"他说的和我梦里见到的惊人的相似！"蓝雨见医生走了出去，才把刚才与塔挞老爹聊的内容和自己在梦中和那神秘女子的对话一一告诉了邱子卿和穆小米。

"天呀！宝藏！那我们不是要发了！"穆小米这个时候的财迷特点又鲜明地显现出来。

"别闹了，别忘了自己是什么身份！"邱子卿一见这个没出息的徒弟气就不打一处来，"丫头，其实你的身份确实很特殊，我当初调查天宇集团这么长时间，虽说早已怀疑蓝志军和天宇集团之间可能有着某种千丝万缕的联系，但却没发现你是他领养来的，只是觉得你是他们家众星捧月的大小姐，真没想到啊，这个蓝志军的城府如此之深！"

"咱们在怨陵那白玉墙上不是看见过这样的诗吗？'风声水起谜中谜，九十九年世间现。功名利禄梦中梦，到头只剩塚森森。'"穆小米忽然叫了起来，他刚要往下说，忽听门外传来塔挞老爹的声音："请问蓝小姐醒了吗？我能进来吗？"

38. 往事如烟

见塔挞老爹已经候在门外了，邱子卿也就不再多说什么。穆小米跑了过去，把门打开，就对塔挞老爹没好气地说："我说你这个老头真有意思，没事老缠着我师姐干什么？还把她刺激得晕倒了！这会儿又巴巴地跑过来看热闹啊！"

"小米！你的礼貌呢？"邱子卿见穆小米这样没大没小不禁训斥道。

"和我的骨头埋在后院！"穆小米边没好气地边说着让塔挞老爹进屋。

谁知塔挞老爹刚进屋就对邱子卿和穆小米说："能不能让我跟蓝小姐单独谈谈？"

"我靠！"穆小米这下真的火了，这也太喧宾夺主了吧。要是依着他的性子根本就不会让这个老家伙进来的，更何况师姐这时候还发着烧躺在床上。他可倒好！给点阳光就灿烂啊！"你别太得寸进尺了！让你进来已经很给你面子了！别再异想天开了！"穆小米扯着嗓子喊。

"小米，怎么越来越没礼貌了！"邱子卿拿眼睛白了穆小米一眼，转身对塔挞老爹说，"蓝雨她刚醒来而且还在发烧，身边离不开人，我们都是她很好的朋友，你有什么事情直接说好了，不用担心！"

"这个——"塔挞老爹一时拿不定主意。

"师傅，让他单独和我谈谈吧！"蓝雨靠在床上对邱子卿说。

见蓝雨这样一说，邱子卿和穆小米也不好再说些什么，于是很不情愿地走了出去。

"你说的那些话都是真的？"蓝雨直勾勾地看着塔挞老爹问道。

"我以玉龙雪山山神的名义起誓，如果刚才我有半句假话，立马从玉龙雪山的悬崖上跳下去！"塔挞老爹一脸严肃地说。

"那你告诉我后来的事情！"蓝雨显得有些焦急。

"后来，我就收养了那个女婴，本以为她的父母肯定会回来的，可一等就是十多年，一直都没有等到她的父母，我猜想他们可能遇害了！可我又无从查探此事。其实从我收养那孩子开始，就把这孩子当成了自己的孩子。而自从我领养了这孩子后，我旅店的生意也开始出奇得好，没过几年我的小旅店已经发展为上星的大酒店了。我本以为日子会一直这样平静地继续下去，可就在小云11岁那年酒店来了一群很特别的陌生人，他们当中大部分看起来都像黑道上混的，只有他们的头，看上去十分的儒雅，倒不像道上混的。因此我一时还猜不出他们到底是做什么的，但是他们的行为却十分的怪异，而且这种怪异的行为让我感到非常的恐慌。他们和当初那对年轻的夫妇一样，也是昼伏夜出，而且经常一出去就是好几天，回来的时候不是身上带着伤就是浑身上下灰头土脸的。我觉得这群人实在太可疑了，他们做的事情很有可能和十几年前那对年轻的夫妇是一样的，而当初那位小姐把孩子托付给我的时候告诉我他们遇到了坏人，一个孩子也被抢走了，于是我当时就猜想这伙人要不和那对夫妇是同一路人，要不就是他们的仇家。后来的一个消息更让我担心，一个负责打扫他们房间的服务员一天悄悄地告诉我说那些人居然在打听小云的身世，还问她是不是十多年前一对经常来这里的年轻夫妇生的，她的胸前是不是有颗眼泪状的胎记。听到这个消息我感觉不祥的事情很可能要发生了，凭直觉我感到那些人肯定不是什么好东西，要是让他们知道了小云的身世很有可能对小云不利。于是我连夜给我在昆明的母亲打电话，准备让小云去她那里避避。可谁能想到……"塔挞老爹说到这里悲伤地说不下去了。

"后来怎么样了？到底发生什么事了？"蓝雨简直被塔挞老爹给急死了，她突然很奇怪自己怎么会这样关心一个素昧平生的陌生人。

"在送小云去车站的路上，那伙人不知道从哪里得来了消息，居然在光天化日之下拦路抢人。我怎么也没想到他们居然个个都是亡命之徒，见我们不停车，他们就开着车撞了过来，结果我们的车翻了，小云，小云这孩子当场死亡！"

"什么？死了？"蓝雨当即感到了一阵揪心的疼痛。

"这还不重要，他们居然连死人也要！把小云的尸体给抢走了！"塔挞老爹说到这里早已泪流满面，哽咽着说不下去了。

"他们抢小云的尸体干什么？"蓝雨听了也异常的震惊。

塔拉老爹刚要说，忽听得外面一阵混乱，一个中年男子气喘吁吁地跑进来对塔拉老爹说："村子里面起尸了！我们是不是提醒一下客人，让他们别去附近的村庄游玩了？"

39. 起尸

塔拉老爹一听这话，脸立马就变色了，他重重地叹了口气。"造孽啊！"他看着蓝雨说，"自从那对年轻的夫妇失踪之后，这附近的村子就经常发生起尸事件。"

"起尸？是什么东西啊？"蓝雨不解地问。

"起尸是——"塔拉老爹还未说完，房间的门一下子就开了，穆小米和邱子卿一个比一个关注地问："起尸是什么东东？"

"哪里起尸了？"

蓝雨看他们这样子立马头上冒出了无数汗珠加黑线，原来他们出去也没闲着呢，一直在外面偷听呢！

"附近的村子里现在正闹腾着呢！"服务员告诉邱子卿和穆小米。

"怎么这里也会有这样邪乎的东西？"邱子卿皱着眉头问塔拉老爹。

"哎，都是造孽啊！"

"师傅这到底是什么东西啊？"

"难道是粽子？"

"我只听说过，起尸只存在于西藏，许多老者和天葬师都说，他们曾经见过起尸，并且见过多次。听当地人说，起尸的大多数是那些邪恶或饥寒之人死去后，其余孽未尽或心存憾意，故会导致死后起尸再去害人或者寻求未得的食物。"邱子卿对蓝雨和穆小米说，"过去日喀则、林芝等地区民房的门都很矮。即便是华丽的楼阁，其底楼的门仍较矮，比标准的门少说也矮三分之一。除非是孩子，一般人都必须低头弯腰才能出入，就是为了防止夜间突然起尸，进家害人。"

"不会吧？这都是传说吧？迷信！"穆小米听了以后根本就不相信。

"是真的，我亲身经历过。"塔拉老爹一语让蓝雨、穆小米甚至连邱子卿都感到惊讶。

"还是在那对夫妇失踪没多久，我经常在附近的各个村庄寻找，其实那时候我已经有些知道这对夫妇频繁来这里的目的，他们其实是考古学家，到这里来是在研究一座汉代的古墓，我猜想他们研究的肯定是有价值的东西，不然也不会被坏人盯上。因为当时根本不相信他们遇害了我几乎每星期都会去附近各个村庄、山上寻找。一天我从一个叫洛亚的小村庄回来，那时候天色已经很晚，我开着车刚好要经过一个荒无人烟的地方，那地上布满乱石和野草，当时不知道怎么了，忽然觉得应该下车在这里找找。于是就停下车，在附近粗略地找了找，走着走着就觉得身后有些不对劲，可也说不出是什么地方不对劲。下意识地我回头一看，当时就吓出了一身冷汗，这乱石荒草之中居然有一具用破棉被裹着的尸体，这尸体看上去非常恐怖，它面部膨胀得像个气球，皮色呈紫黑色，毛发上竖，胳膊上还有好多水泡。正当我处在极度恐惧中的时候，更可怕的事情发生了，那尸体居然睁开了眼睛看向我，犹如一头欲扑的野兽盯着我。我当时差点儿没晕过去，眼看着尸体要坐起来了，我才反应过来，没命地朝车那跑去，飞一样地开着车跑了。"塔拉老爹提起多年前的这段往事还是心有余悸。

"那后来呢？"穆小米追问。

"后来那具尸体跑到哪里去了我也不清楚了，我也请了我们这里有名的法师一起去过我遇见尸体的那里，可只剩下一条破棉被，其他的就什么都没有了。"塔挞老爹说着自己也不由得打了个哆嗦，正在这时候，窗户猛然被什么东西剧烈地撞击了下，随后又是几下，蓝雨、邱子卿、穆小米、塔挞老爹同时被吓了一跳，四双眼睛齐刷刷地朝窗外望去，只见一个人影正在奋力地撞击着窗户。

"砰，砰——"，撞击声一阵高过一阵，眼看着窗户就要被撞破了。穆小米一把把蓝雨从床上拎了起来，紧张地看着窗户："师傅？该不会是他们的人吧？这么嚣张！"

"可能不是人！"塔挞老爹担忧地看着窗户映出来的那个高大的影子，有些颤抖地说。

"不是人是什么？难道还是鬼啊？"穆小米不满地看着塔挞老爹。

"可能还真是鬼！"邱子卿似乎也感觉到了什么，一下子拿出了他那把随身携带的桃木小匕首。这个东西对付活人是没什么用处的，可是对付各种陵墓中那些千奇百怪的怪物们还是多少有些效果的。

"你看那家伙是一跳一跳的，而且相当有频率，节奏根本就没有改变过，正常的人怎么会这样呢？这声音！"塔挞老爹紧张地咽了口唾沫说，"这声音我永远也忘不了，当初在那片荒地上我也听到过这种诡异的声音！"他说着朝门口移去，他猛然把门一打开，对蓝雨等人说，"你们快点出来，万一它真的闯进来了，我们也好应付。"

"至于怕成这样吗？我们直接把那家伙制伏不就行了！"穆小米不屑地说。谁知道他话音刚落就听到"哗啦"一声，玻璃碎了一地，一个高大的男子跳了进来，这男子脸色苍白、目光呆滞、瞳孔呈灰黑色，嘴角带着血丝，脖子上还有两个大大的牙印，一跳一跳地朝蓝雨等人扑来。

"这个就是！"穆小米指着跳进来的这个大怪物说，"他不就是今天酒店死的那个，天宇集团的。"

"怎么？你们也知道天宇集团？"塔挞老爹一听天宇集团的事情一下子有了兴趣。

"他们是有名的文物盗窃集团，当然略知一二！"穆小米一着急就胡乱地搪塞着，"你还有闲工夫研究天宇集团？眼前这个家伙怎么办啊？不是死了吗？怎么又活过来了？"穆小米焦急地说。

"这家伙也许是血起！"邱子卿在一旁说，"一定要把他困在这个房间里面，虽然现在我们不知道它会不会像传说中说的那样害人，但是为了保险起见我们还是小心行事。小米，你和蓝雨去外面找点东西把这间房子的窗户堵上！这里有我和塔挞老先生！"

穆小米和蓝雨答应着跑了出去。

蓝雨和穆小米刚跑到外面就听见"哗啦"一声巨响，紧接着就看见蓝雨屋子里的灯灭了。

"坏了！那家伙还真闹起来了！"穆小米担心地看着蓝雨的房间说。

"那我们还不赶快回去？"蓝雨也有点儿着急了，毕竟邱子卿还在酒店里呢！

"别着急，师傅他不会有事的，咱们还是把窗户守住，来个关门打狗！"穆小米眯起眼盯着被撞破的窗户一副势在必得的架势。

"噼啪，轰隆，哗啦！"打斗声不断地从蓝雨住的那间房子里传出，一声比一声激烈。隐约间，蓝雨和穆小米还能听到一阵阵低吼的声音传来，这多少让两个人有些紧张。

"看样子，这个刚刚变成粽子的家伙还挺厉害！咱们得小心点！"穆小米边提醒蓝雨边猫着腰悄悄地朝窗户底下摸去。

蓝雨和穆小米刚到窗底下的时候，屋内的打斗声忽然停止了，四周一片死寂，这个时候就连掉根针都能听得清清楚楚。

这样的安静让蓝雨和穆小米的心中都挺发毛的。

"师傅！你们在哪里？"穆小米小声地朝屋子里面叫了两声，可是没有人回答他。

"该不会师傅和塔挞老爹都被那粽子碰了，也被起尸了？"穆小米小声问蓝雨。

"别乱说！让师傅听到了有你好看的！"蓝雨边说边透过窗户借着月光朝屋里望去，只见屋子里一片狼藉，床上的被子、枕头早已经被撕得粉碎，棉花絮散了一地，桌子、椅子也都倒在地上，分明是经过了一场激烈的打斗。别看蓝雨嘴上说得挺硬，表现得很自然，可心里也在犯嘀咕：怎么一下子就什么声都没了呢？房间都变成这样了师傅他们会不会遇到什么危险了？那个老粽子跑哪里去了？蓝雨心中正想着，忽然穆小米使劲儿拉了她几下。

"干什么？"蓝雨不满地问，可穆小米还是没说话，只是用手指着蓝雨身后的一棵树，脸上露出惊恐的神色。

"有话就说！你没嘴巴啊！"蓝雨没好气地说。

"师姐！你看那棵大槐树上好像有什么东西！"穆小米此时声音都有些变了。

这句话让蓝雨也感觉到了些许恐怖的气氛，穆小米是什么人啊，别看平时嘻嘻哈哈没正经，可毕竟是经过特殊训练的，大世面没少见，可这会儿连他的声音都有些变了，肯定是恐怖级别的！

蓝雨也扭过头朝大槐树望去，这是一棵有着百年树龄的大槐树，枝繁叶茂，在月光下，投下一片片树影，风吹来，鬼影憧憧。不仅这样，蓝雨和穆小米还感觉到一阵阵阴气从树干散发到四周，那种冷简直是入人骨髓的！

"太邪乎了，这里怎么会有这么大的槐树？槐树的属性最阴，经常会有一些不干净的东西附在上面。"这些都是蓝雨小时候听蓝家老人讲鬼故事的时候听来的，可这时候，在这样一个恐怖的环境里看到这棵百年大槐树，蓝雨还是觉得脊梁骨在冒凉气！

"师姐！你看到没啊？"穆小米也显得有些害怕，声音都是怯怯的。

"看什么？"

"这树上浮着一个人！"穆小米小声说。

"哪里？"还浮着一个人？那到底是不是人啊？蓝雨一听更紧张了！

"就在这树枝后面！"

蓝雨顺着穆小米指的方向望去，果然透过树枝看见了一个朦朦胧胧的人影，那人影就这样一动不动地浮在树枝中间，似乎已经没有一点儿生气了。

蓝雨看到这里，心中不知怎的升起了一种不祥的预感。

40. 又见慕容轩

"我们要不要过去看看？"穆小米看见这树上突然出现的人不人鬼不鬼的东西，确实有点发憷，甚至萌生了逃跑的念头。

"去看看！"蓝雨眼睛直直地看着前面的大槐树上漂浮着的人影，似乎是着了什么魔，眼睛一眨也不眨地就朝那方向走了过去。

"师姐！"穆小米心想这下可坏了，师姐八成是被那鬼东西给"迷"住了，要不就是被下了什么药糊涂了！传说中恶鬼食人往往是先迷其心智，再在人毫无知觉甚至是处在幻觉之中的时候将人的精血一点一点地吸光。莫非这浮在树上的就是传说中的恶鬼？师姐现在已经被它给迷了心智，想个什么办法让师姐清醒过来呢？穆小米在心里嘀咕着，最后他心一横，一下子举起了巴掌，朝着蓝雨准备猛拍过去。

"啪！"

"嗷！"

"师姐，你怎么打我啊！"随着穆小米一声惨叫，只见穆小米捂着左脸一脸委屈地看着蓝雨。

"打你？我那是救你！你不是中邪了？还不感谢我？"蓝雨颇为得意地说。

"我哪中邪了？"

"你都要打人了，还不是中邪啊？"

"我的姥姥啊！"穆小米这回可真是哑巴吃黄连有苦说不出！明明是蓝雨自己做中邪状不说，还被她打了一巴掌，而且这一巴掌还是一个温柔的巴掌，是人家好心救你的巴掌，你还得感谢人家，这是什么道理啊！作孽啊！穆小米在心中呐喊了千次万次，最后还是在沉默中灭亡了。

"行了，别怪师姐下手重，这中邪之人是非常可怕的——轻者自伤，重者会心智迷乱，乱杀无辜！打轻了也没用，起不了什么效果。所以长痛不如短痛，下手就重了，别放心上哦！"蓝雨在这边振振有词，穆小米在这边欲哭无泪！

两人正说着，忽然大槐树上的那个漂浮着的人影动了起来。只见它正缓缓地向蓝雨和穆小米两人飘过来，这把蓝雨和穆小米给吓得够呛！见鬼啦！

两人刚想行三十六计中的上上之策——撒丫子跑，可穆小米忽然叫了起来："咦？怎么是他？"

蓝雨被穆小米这样一叫，也不由得朝飘过来的那个人不人鬼不鬼的东西望去。谁知这一细看，蓝雨差点儿没晕了过去。原来这树上漂浮着的脸色苍白，两颗锋利无比的牙齿外露，目光空洞呆滞，嘴角微微上扬，露出一抹恐怖的冷笑，衣服凌乱不堪的不是别人，正是失踪多时又让蓝雨牵肠挂肚的慕容轩！

"慕容小子？！"穆小米惊讶地看着浮在空中的慕容轩暂时忘记了恐惧，扭头问蓝雨，"他现在是人是鬼啊？"

此时的蓝雨也正沉浸在无比的震惊之中，他怎么会变成这样？蓝雨看着眼前脸上毫无血色、目光呆滞、鬼气森森的慕容轩，一时间眼中噙满了泪水，心中充满了苦涩。为什么会这样？难道这就是他和她的宿命吗？纠结了几世，总是要生生错过吗？

"你爱他吗？"

一个极为熟悉的声音在蓝雨心中响起："小心慕容轩！"

"萨杳巫女！"蓝雨脱口而出。

"啥？师姐你不会又中邪了吧？"穆小米郁闷地看着蓝雨。

"你爱的人并不是他，而爱你的人还未真正发现，远离他，这是个阴谋！阴谋！切记！切记！"

"为什么？这里面有什么阴谋？"蓝雨追问，而心中的那个声音又石沉大海再无半点涟漪。

"师姐！你再不躲开，那家伙就要到你眼前了！"穆小米在蓝雨身后大喊。

蓝雨听到穆小米的声音幡然醒悟，一看慕容轩马上就要飘到自己面前了。先不管这家伙是死是活，是人是鬼，他现在的样子实在诡异吓人，还是不要和他亲密接触为妙。正当蓝雨想着，慕容轩已经伸出两个修长的手臂朝她抓来。

"师姐小心！好大的爪子！"穆小米在一旁大喊。

"爪子？"蓝雨听得头晕，可定睛一看，也吓出了一身冷汗，不知道什么时候开始慕容轩的两只手都长出了长长的黑紫色的指甲，再配上他如枯柴般的手真可谓是一双厉鬼爪。

蓝雨猛然向后一仰，躲过了慕容轩的袭击。

"哈哈，嘻嘻，哈哈！"慕容轩脸上依旧是一副茫然的表情，可嘴里却冒出了一串毛骨悚然的笑声，这笑声在这漆黑的夜里，在这百年的槐树旁听起来是那样的凄厉与阴森。

"哈哈，嘻嘻。"慕容轩又朝蓝雨扑来。

"色鬼，有本事朝我来啊！专追女的算什么好汉？"穆小米此时不知道从哪里来了一股勇气，忽然大喊了一声，可这开场白把蓝雨说得哭笑不得，都什么年代了，这也太老土了吧！

时间没有允许蓝雨想太多，慕容轩旋即又扑了过来，似乎他总是想抓蓝雨的胸部，也难怪穆小米骂他是色鬼。蓝雨在左躲右闪中也发现了这点，这不可能是慕容轩的行事风格啊？他的变化也太大了。忽然蓝雨明白了，慕容轩所抓的方向正好是自己胸部那个琥珀泪胎记所在的地方，难道他知道什么？他想夺琥珀泪？

"小心慕容轩！"萨杳巫女的声音又在蓝雨耳边响了起来，莫非他是敌，根本不是自己命中的那个人？

"丫头！小米！快过来帮忙！"酒店里响起邱子卿气喘吁吁的声音，谁知道这个猛向蓝雨发起进攻的慕容轩却像见到鬼一样，"嗖"的一下消失在浓重的夜色之中。

他到底是谁？蓝雨看着慕容轩消失的方向，心中充满了疑问和伤感，似乎一下子心就这样变空了。

"师姐，别难过了，也许我们刚才看见的那个家伙根本就不是慕容小子，可能和他长得很像。"穆小米在一边劝慰着。

"不可能，是不是他我能感觉得出来，他怎么变成这样了？"蓝雨说着眼泪就落了下来，这可急坏了穆小米，他连忙说："就算是那小子也没多大关系，我刚才仔细观察过了，他脖子上根本就没有什么伤痕，应该只是被迷了心智，我们只要找到他，痛扁他一顿，他肯定就能清醒过来。"

"是吗？"蓝雨泪眼婆娑地问穆小米，穆小米不由得从心中升起了一种想保护蓝雨的念头，但这念头很快又被自己那宝贝师傅给打断了。

"臭小子！怎么还不来帮忙？再不来黄花菜都要凉了！"邱子卿气喘吁吁地叫着。

41. 痣起

坏了，光顾师姐了，师傅那还不知道吉凶呢！穆小米这才清醒过来。

"师傅肯定是遇到麻烦了，咱们快去！"蓝雨也收起了眼泪，转身朝酒店跑去。

两人一进酒店就见邱子卿和塔挞老爹已经被那个"诈尸"的天宇集团的老粽子逼到了走廊的一个角上，两人正在奋力地抵挡，可无奈这粽子力大如牛，眼看着邱子卿和塔挞老爹就要被它碰到。

"快找东西把它脖子上的那颗黑痣碰破，这家伙是'痣起'！"邱子卿一边招架一边冲着蓝雨和穆小米喊。

"好嘞！你就瞧好吧！"穆小米一个漂亮的鱼跃，跳到了老粽子的左边，拿起自己随身携带的匕首，一下子就点破了那家伙脖子上的黑痣。

"嗷！"那粽子惨叫一声，身子剧烈地颤动着，随后就如一摊烂泥般软在地上了，倒在那里一动不动。

"师傅，它怎么不动了？"穆小米有些不解地看着躺在地上的粽子。

"已经没事了，它不会再害人了！"塔挞老爹看着地上的粽子，终于舒了口气，"还好他没有碰到别人，起尸只要遇上活人，便会用僵硬的手'摸顶'，使活人立刻死亡的同时也变成起尸！这宾馆里面这么多的旅客，要真的再弄出几个起尸来那可就麻烦了！"说到这里塔挞老爹不禁打了个冷战。

"难道把它那颗痣碰破，它就不会再去害人了吗？有这么神奇？"穆小米不解地问。

"使他变为起尸的原因在于他身上的某个痣，这是最难对付的一种起尸，偏偏被我们碰到了，好在及时找到了根源，不然他到处闯来闯去地害人，这里可真要变成人间地狱了！"邱子卿也感觉到了事情的严重性，对塔挞老爹说，"赶紧找几个人来把他抬到刚才的房间里面锁起来吧，他们死得如此蹊跷，警察肯定不会就这样算了。"

"是啊，我怎么忘了，刚才那两个警察还让我们保护好现场，他们的大部队很快就会过来，还要把这两具尸体拉回去让法医做全面的鉴定呢，这下现场都被破坏了我可是有口都说不清啊！"

"两具？"蓝雨忽然大叫了一声，"师傅，是两具啊，还有一个呢！现在会不会——"蓝雨的话音还未落下，就听见一阵嘈杂的脚步声。

"师傅，会不会这酒店里的人都变成老粽子了？"穆小米一脸紧张地对邱子卿说。

"大家小心，要是一会儿应付不了就赶紧跑！"邱子卿一副大将风范，蓝雨和穆小米听了差点儿没趴地上，本以为师傅会想出解决的方法来，可没想到竟然说出这么没有水准的话来，真让穆小米和蓝雨大跌眼镜！

"师傅！你也太低估我们的智商了吧，还以为你有什么好办法呢，这招我们谁不会啊！"穆小米彻底服了自己的师傅。

"经理，不好了！少了一具尸体！"随着话音飘过来，邱子卿、穆小米、蓝雨和塔挞老爹本来悬着的心一下子就放了下来。

只见一群服务员跑得满脸通红地过来说："经理，不，不好了！我们刚才发现那两具尸体居然少了一具，这可怎么办啊？一会儿警察就要回来了，我们没把现场保护好，还弄丢了一具尸体，我们说也说不清楚啊！"

"不用着急，我们早就发现尸体不见了，找了好久才在这里找到他！"塔挞老爹泰然自若地说。

"啊！在这里？"

"真的啊，太可怕了！怎么会变成这样？"

"大半夜的要是突然看到还真以为是闹鬼了呢！"

"就是闹鬼了！死人会走吗？"

大家围着尸体七嘴八舌地议论着。

"好了，快把他抬进房间里去吧，估计这是凶手想毁尸灭迹，结果被我们发现了，仓皇之下丢下尸体就跑了，没什么大惊小怪的！一会儿警察来了如实向他们汇报就行。"塔挞老爹说着就指挥手下的人搬尸体。

可谁知搬的时候却出现了难题，四个大小伙子抬了好几下，可这尸体还是纹丝不动。

"经理，抬不动啊！"

"怎么老碰到怪事啊？"

"不会是起尸了吧！"一个服务员睁大一双惊恐的眼睛看着尸体，忽然恍然大悟。

"啊！"

"太可怕了！"

"快去请神师吧！"

"还有一具呢，会不会也起尸啊？！"

大家惊恐地看着已经全身发紫的尸体，议论不止。

"这是怎么回事？"邱子卿小声问塔挞老爹。

"这就是起尸的后遗症，但凡起尸的尸体被制伏后，身体都会变得重似千斤！以前村子里发生过起尸后，尸体重得连头牛都拉不动呢！"塔挞老爹悄声告诉邱子卿。

"那我们该怎么办？总让他在这里躺着也不是个事啊！"邱子卿问塔挞老爹。

"不碍事的，一会儿他就会变轻的。"塔挞老爹颇有信心地说。

42. 未知

果然不出塔挞老爹所说，过了半个小时左右酒店的服务员再来抬这具尸体，很轻松地就把他抬回了原来的房间。还好，警察是在尸体被抬回去之后来的。经过法医的细致检查，两人的死因并不像蓝雨等人想象的那样。

"你们知不知道这两个人是被什么咬的？"漂亮的女法医指着天宇集团死去的喽喽脖子上的那两个大牙印问塔挞老爹和蓝雨等人。

"不知道！"大家齐摇头，心想要是知道还用得着把你请过来做鉴定吗？

"你知道吗？"穆小米反问女法医。

"不知道！"女法医无奈地看着尸体摇摇头，"但是我推测这尸体死后又'复活'过了！"

"啊？"蓝雨几个人惊讶得叫了起来。也太神奇了，难道这家伙能未卜先知？莫非酒店已经有嘴快的人将刚才"起尸"的事情告诉警察了？

想到这里，蓝雨、穆小米、邱子卿都不约而同地朝塔挞老爹看去。

"你们也不用看我，我那几个服务员嘴都很牢。而且这边还有一个风俗，就是如果亲身经历过起尸的事情是一定不能对外人说，因为当地人相信如果你将这种事情随便告诉别人，起尸会知道的，那么晚上它就会专门来找你，说出去会给自己带来灭顶之灾，因此不会有人随便把这样不吉的事情告诉外人或者四处传播的！"塔挞老爹小声对蓝雨等人说。

"你们不用这样惊讶地看着我！"女法医说，"其实这也是我一个大胆的猜测，这两个人的死因并不是流血过多而造成的。”

“那是什么？”穆小米最心急，女法医还没说完他就心急火燎地追问个没完。

“你能不能安静点，让人家把话说完？”蓝雨不耐烦地白了穆小米一眼。

女法医笑笑继续说：“他们的死因是一种未知的细菌！”

“未知的细菌？”穆小米等人这下有点儿傻了。

“是的，这是一种我们从来都没有遇到过的细菌，是这细菌让他们在极短的时间内血液出现问题而死亡。可是很不可思议的是刚才化验他们的血的时候，发现他们人虽然死了，可血却是活着的！”

“人已经死了，血液还活着？”穆小米等人听得眼珠子都快瞪出来了！

“是的，他现在身体中充满这样的细菌，随着细菌的大量繁殖，他的身体就会出现一些变异，全身的皮肤开始变紫，身上的毛发开始疯长或者变色，会出现类似死而复活但无意识的行为，在民间往往会被老百姓说成恐怖的诈尸。”漂亮女法医的业务确实十分熟练，滔滔不绝地向蓝雨等人介绍起来。

“活死人？！”蓝雨脱口而出，这科幻小说中出现的角色怎么跑到现实生活中来了？

“也可以这样叫吧，但是现在对这未知的细菌还没有太多的了解。还需要送去进行医学研究，但是可以肯定它们的传播有一条途径是通过血液。所以你们接触过尸体的人一定要小心，要把身上的衣服都处理掉，用消毒药水洗手，不然万一身体上有伤口接触到了这样的细菌很有可能受到感染，那后果就不堪设想了，这种细菌的传播能力极强。”

“现在还没有治疗的方法吗？”穆小米问女法医。

“是的。目前连这种细菌从何处而来，具体是通过什么传播的，有什么样的危害都没能搞清楚，就更别说去医治被它感染的人了。”

“难道以前的起尸都是因为这样的细菌在作怪？”塔挞老爹一下子想到了自己以前亲身经历过的和听说过的那些可怕的事情，还是不由得打了个冷战。

“以前也发生过这样的事情？”女法医也感到很惊奇。

“是的，这里以前也发生过，不过都是在偏远的村庄和荒地，当地人叫这种现象为起尸。一般起尸的都是流浪汉或者穷苦人，他们死后没有钱安葬，被丢弃在荒郊野外。”塔挞老爹介绍着。

“这就有点儿头绪了，也许你们这里存在着一种我们目前还未发现的动物，经过它啃咬过的尸体就感染了细菌，然后经过一系列的反应才出现了现在的这种现象，而当地的老百姓又不知道真相，很容易往诈尸上想。”女法医分析得头头是道。

“天呀！那还愣着干什么，赶紧去消毒啊！”穆小米又显露他惜命的本来面目，第一个一溜烟地朝房间跑去，以最快的速度将外套脱下来丢在了垃圾桶里，然后在卫生间里洗起澡来，他的表现连女法医看了都觉得这个人的脑子有问题。

43. 人偶传说

“丫头，你怎么这么没精神？是不是那老头说的那些太刺激你了？”邱子卿走进屋里发现蓝雨正坐在窗户边发呆。

“师傅，刚才在外面我们遇见慕容轩了！”蓝雨忧伤地说。

“我知道！小米都告诉我了。”邱子卿走到窗边，伸手推开窗户，习习夜风吹进屋来，蓝雨顿时觉得精神一振。

“有三种可能：第一种是慕容轩本人，而且他已经是活死人了；第二种是他被人迷了心智，现在的一切行为都是无意识的，但是可以肯定，那人的目标是你而不是慕容轩；第三种也是我认为最有可能的一种，就是你们刚才见到的那个家伙根本就不是慕容轩！而是人偶！”

“人偶？”蓝雨不解地问。

“嗯，这是一种邪术，古时流传于民间，后来渐渐地就失传了。”

“师傅，这是怎样的一种邪术啊？”穆小米不知道什么时候凑了过来。

“这也是一种蛊，想要使用这样的蛊首先要将下蛊对象的小像弄到手，然后再弄到他身体上的毛发或者一点儿皮肉，一滴血也可以。如果再知道要施蛊人的生辰八字就更好了。然后准备一个纸人，将弄到的小像啊、毛发之类的放到火里烧成灰，将灰混合在一种他们自己配置的巫水中，然后将准备好的纸人浸入巫水中，倒在一个棺材状的盒子中，在一月阴气最重的一天午夜12点，将它埋在事先选好的适合养尸之地，等过了七七四十九天之后，这蛊就开始起效果了。它已经变成了被下蛊之人样子的人偶，而且已经将被下蛊之人的思维吸去，可以说被施蛊的人此时就像植物人一样没有任何思维，不知道冷，不知道饿，不知道痛。”

“做这样的人偶有什么用处啊？”蓝雨不解地问。

“这样的人偶用处很大，首先它的一举一动完全受施蛊人的控制，其次它神通广大，不但行动灵活能飞能游而且还力大无比，如果再在这里附上了武功秘籍之类的咒符那可就是一个尽乎天下无敌的杀手了。最后也是最重要的一条，那就是养这样的蛊极为安全。你们都知道养蛊是一个非常危险的事情，如果你功力不深，很可能反被自己养的蛊所伤，甚至被它们所噬，而人偶却不会吃自己的主人。”

“哇！师傅，看来养人偶好处多多啊！要不咱们也弄一个养养！”穆小米一听有这么多的好处兴奋得直乐。

“混账东西，这样的歪门邪道你想都不应该想，居然还想去试试！”邱子卿这回是真被自己的宝贝徒弟给气到了。

“师傅，既然有这样的邪术那一定有破解它的办法，你知道吗？”蓝雨现在最关心的问题就是如何破解这种邪术了。

“如何破解？这个倒还真没听说过。”蓝雨的问题在邱子卿眼中无疑就是个难题，他只听人说过有这样的邪术况且还是早已经失传的邪术，哪里会知道破解它的方法。这种邪术在它盛行的时代就已经是一种让道中人极为头疼的东西了，一般很难找到它的破解方法，更不用说现在了。

“有一个人知道！”

塔挞老爹神不知鬼不觉地走了进来，突然冒出了这句话把蓝雨等人吓了一跳。

“你什么时候进来的？”穆小米没好气地问。

“刚才啊，怎么？你们都没看见吗？”塔挞老爹有些疑惑地看着穆小米。

“我们刚才说的话你都听到了？”穆小米有些警惕地问。

“你们不是在说人偶的那种邪术吗？我知道一个人会布这样的邪术，而且还懂得这种邪术的破解方法！"

"你说的那个人不会就是你自己吧！"穆小米没好气地说。

"你真的知道？"蓝雨像抓到了救命稻草，一听到有破解的方法就分外激动。

"唉，人间自是有情痴！这么做事严谨、冰雪聪明的一个女孩子在这种情况下也变得冲动起来，活像个没有头脑的傻大姐！没得救了！"邱子卿在一旁无奈地摇了摇头。

"嗯，我们这里确实有这么一个人，只不过他是个很奇怪的人，一个人住在离这挺远的祖海村外十里地的大荒山的半山腰上，而且——"塔挞老爹说到这里欲言又止。

"而且什么？"蓝雨焦急地追问着。

"而且那地方非常瘆人，阴气很重，一般人在大白天也不会往那边走的。据说解放以前那地方是义庄，后来不知道出了什么恐怖的事，就被废弃再无人问津。"

"你的意思是让我们去这样一个阴森恐怖的地方找他？"穆小米没好气地挖苦他说。

"你怎么这么多的废话！现在是救人要紧！"蓝雨气呼呼地冲着穆小米嚷嚷。

"人是要救的，但是也要搞清楚情况再下手，要不然人没救成反把自己也搭进去，丫头，做事情要冷静，不能头脑一热把其他事情都抛到了脑后。"邱子卿虽然和颜悦色地看着蓝雨一字一句地说着，可眼角的余光还时不时地瞟一下塔挞老爹，时刻注意着他脸上的表情。

44. 义庄历险

见塔挞老爹的表情没有什么变化，邱子卿这才转向塔挞老爹问："你和那个会这法术的人是什么关系？"

"以前是很好的朋友！"塔挞老爹似乎沉浸在回忆之中。

"以前？那现在就不是了？"穆小米觉得塔挞老爹这个老家伙是个脑子和表达都有问题的人，说事情要不就说一半要不就说得模棱两可，好像想把事情说出来又犹犹豫豫堵在喉咙中，让人非常不舒服！

"是的，以前是非常好的朋友，但是后来因为一件很不愉快的事情，已经有20多年没有再来往过了！"塔挞老爹叹了口气说。

"哦，原来你们有过节啊？那还让我们去，是不是想把我们都拉下水？你这老头心眼可真坏！"穆小米在一旁不满地数落着塔挞老爹。

"小米，你怎么说话的？事情没问清楚就先埋怨别人，那你说，如果我们不去，咱们怎么救慕容轩？"这下轮到蓝雨来教育穆小米了。

"这个，我们总要先把慕容轩那小子找到吧，不然你就算找到了能救他的人也没用啊。再说了，师傅不是说也许那个飘在树上的家伙不是慕容轩吗？你起个什么劲啊！"

"就是他！我有感觉的！就是！就是！"穆小米的话可把蓝雨给惹火了，她大小姐的脾气又在体内热烈地燃烧了起来，倒霉的当然是穆小米了。

"不管是不是你们要找的那个人，我只想告诉你们如果没有懂得这种邪术的人帮助，你们要想找到被邪术控制的人是不可能的，因为出现在你们面前的是他的人偶，而本体早就被施术的人藏到了很隐秘的地方，而且封锁一切他的信息，你们这些不在道中之人要想凭借自己的能力去找到他那可比登天还难呢！"塔挞老爹在一旁插嘴。

"哎，你说来说去就是让我们去找你那个什么从前的老朋友呗！"穆小米不高兴地说。

"不是我让你们去，是我建议你们去找他，因为目前也只有这一个解决问题的办法！"塔挞老爹悠哉游哉地说，看来穆小米这样不尊重他他不但没有生气反而对穆小米挺感兴趣。

"老哥，那要是我们真去找了他不肯帮我们怎么办？"邱子卿问塔挞老爹。

"不会的，因为20多年前他欠我一个人情，虽然我们现在不再来往了，但是我带你们去让他帮忙他还是得帮的。"塔挞老爹颇为自信地说。

"那我们还等什么？赶快去啊！"蓝雨在一旁着急地说。

"现在还不急！"塔挞老爹笑着看看蓝雨说，"那地方极为阴森，还是等天亮太阳出来后我们再去。"说着塔挞老爹看了看手表说，"马上就要天亮了，大家休息下，一会儿吃过早饭我们就出发。"

天亮后塔挞老爹果然如约而至，4人开着酒店的越野车朝目的地进发。开了大约一个半钟头，隐隐约约地看到远处一座寸草不生、陡峭异常的石山。

"快到了，前面那座就是大荒山了。"塔挞老爹对大家说。

邱子卿朝塔挞老爹指的方向望去，只见那寸草不生的荒山半腰似乎有几间房子立在那里。

"这鬼地方，连根草都没有，还住在这里简直就是脑子有毛病！"穆小米边开车边嘟囔着忽然又"咦"了一声，"我知道了！"

"你知道什么了？一惊一乍的！"蓝雨没好气地说。

"我终于知道这家伙为什么一个人住在这荒郊野外了！"

"哦，你知道？"塔挞老爹也对穆小米的话感兴趣了，他心想我都不知道我那个古怪的老朋友怎么会跑到这鸟都不来的地方这小子怎么就会知道呢？

"你们看这山啊！"穆小米指着这石头山很兴奋地说，"这山光秃秃寸草不生，最有可能是产宝石的山啊！这家伙一个人神秘兮兮地住在这里，还装神弄鬼的，一定有不可告人的秘密！说不定是自己挖到了宝石又怕别人知道才这样折腾的！"

"你也能想得出来！可能吗？这里要是真能折腾出宝石，不管多闭塞总有人能知道！"蓝雨不屑地说。

两个人说得正热闹，可塔挞老爹却听到了心里，嘴角不知不觉地露出了一丝意味深长的笑意。

"就在前面了。"塔挞老爹、蓝雨、穆小米、邱子卿在崎岖的山路上吃力地走着。

"就这了！"塔挞老爹喘着粗气在一处院落面前站住，呼哧呼哧地喘了好长时间才直起腰来。

邱子卿、蓝雨等人跟着塔挞老爹走进院子，只见院子死气沉沉的，毫无一点儿生机。蓝雨和穆小米都觉得有点儿不对，但是却不知道到底是哪里不对。

"这是——"邱子卿看到这院子的布局不禁打了个寒战，"养尸之地！"

"养尸之地？"穆小米不解地看看眼前的院落，大约有一个半篮球场大的院落，清一色的黑土覆地，寸草不生，中间孤零零的一处二层小楼，被漆成了白色。

"这地方怎么养尸啊？不是很寻常吗？"蓝雨也不解地问。

"这是石灰之地！"邱子卿说。

"石灰？不可能！这地是黑色的！"穆小米看着地不解地说。

"外黑内白，炭粉防潮，石灰防腐，这是中国古代传统的养尸方法。"说着邱子卿蹲下身，用手轻轻拨开覆盖在上面的碳粉，果然看见白花花的石灰露了出来。

"天呀，太神奇了，里面居然是白色的。"说着穆小米也蹲了下来，用手抓了一把石灰突然叫了起来，"师傅，怎么这石灰里还有玻璃啊？"

"有玻璃？"塔挞老爹和蓝雨听穆小米这样一喊也觉得很奇怪。

邱子卿走了过来，弯下腰伸手捏了一点儿石灰放在指间细细地揉搓着说："玻璃可以吸收日月精华以达到操纵人偶的目的，看来今天我们拜访的应该是一位高手啊！"

"师傅，我们那天晚上看到的轩哥会不会就是被他控制了？"蓝雨在邱子卿耳旁悄悄地说。

对啊，那个塔挞老爹为什么会突然现身对蓝雨讲述多年前的故事？为什么不仅知道有起尸这么诡异的事情还亲身经历过？为什么慕容轩偏偏在这个时候出现呢？而且又是人不像人鬼不像鬼的？又为什么对蓝雨的事情这么关心，千方百计地把我们这一群人往这荒无人烟的大荒山上引呢？难道这一切仅仅是巧合？他向我们隆重推荐的奇人到底是敌是友？还是真正的幕后操纵者？想到这里邱子卿也不禁在心中暗自责怪自己，这次实在是太大意了，没摸清对方底细就轻易地跟着他来到这样一个诡异的地方。从院落的布局看对方应该是个高手，但是这都属于旁门左道，正经人是不会从事什么养尸、操纵人偶之类的事情的。

"打起精神来，务必要小心，包括那个塔挞老爹！"邱子卿在一旁提醒蓝雨，蓝雨机警地点点头。

"你们说什么说得这么起劲啊？"塔挞老爹笑呵呵地走了过来。

"哦，丫头在担心呢！"邱子卿风轻云淡地说，"她看了这院子的布局后就认定这院子的主人脾气很怪，怕这样的怪人毛病多，不帮咱们。"

"这个你放心！"塔挞老爹很自信地对蓝雨说，"他欠我一个人情，所以不管他有多古怪、多清高、多难处，这回咱们求他办的事情他也得办了，因为他从来不欠别人人情！"

"还有这等好事？我说老头儿，你张口他欠你人情，闭口他欠你人情，当年他欠了你什么人情啊？别是在我们面前吹吧，到时候见了人家，人家连你是谁都忘记了！"穆小米在一旁打趣。

"小米！不要胡说，没事就知道贫，还不快去干正事！"邱子卿训斥道。

"师傅，我说你让我干什么得吩咐啊，一句未提我怎么知道啊？"穆小米郁闷地看着邱子卿诉苦，心想又做了回窦娥，我冤不冤啊。

"去叫门啊，礼貌点！"

"等一下，小心脚下！"塔挞老爹的声音忽然想起。

塔挞老爹这一嗓子把穆小米着实吓得差点儿摔个跟头，可他一看地面，依旧是一层黑糊糊的碳粉其他的什么也没有，这气就不打一处来："死老头！你这是在干什么？吓死人不偿命啊！"

"呵呵，我是好心提醒你，我这个朋友啊，脾气十分的古怪，经常会在院子里面设很多机关埋伏。要是初来乍到，像走别处那样在他的地盘上一走，轻者挂花重者失踪！"塔挞老爹很欠扁地说。

"啊？不会吧？你那朋友也太变态了！"穆小米郁闷地看看脚底下，发现并没有什么变化才长舒一口气说，"你紧张什么？帅哥我不好好地站在这里吗？"

谁知道他话音刚落就听到咯吱咯吱的声音在穆小米脚底下响起，穆小米、蓝雨等人纷纷朝声音望去，只见两条两丈多长浑身上下血红的毒蛇吐着芯子朝穆小米游来。

"妈呀！"穆小米吓得连连往后退。

"一步，两步，三步，四步。"塔挞老爹反而没被这毒蛇所吓到，反而饶有兴趣地数起穆小米后退的脚步，当穆小米退到第五步的时候，塔挞老爹又喊了一嗓子，"小心脚底下！"

"又有什么啊？"这回穆小米确实有些害怕了，还未等他回过神来就感觉身体在往下陷，只听得"扑哧"一声，穆小米整个人就陷了下去。转眼地面又恢复了刚才的模样，那两条血红色的毒蛇也消失了，丝毫没有一个大活人掉下去的痕迹，穆小米这样一个帅哥就这样凭空消失了！

"小米！"邱子卿和蓝雨眼瞪得大大地看着穆小米掉下去的地方半天才反应过来，"人呢？小米！"两人刚要往那边跑，忽听得塔挞老爹在后面叫道："千万别乱跑，不然连你们也一起陷进去！"

"那小米人呢？你这人真是的，明明知道那边有机关为什么不告诉我们？"蓝雨气呼呼地说。

"哎呀，我不是早告诉过他不要乱跑了吗？我也是刚才见到那两条蛇才想起当初我掉下去的情景啊！想要告诉你们已经来不及了！"塔挞无奈地说。

"什么？当初你也从这里掉下去过？"蓝雨疑惑地看着塔挞老爹。

"是啊，这还是20多年前呢，那时他还没有住在这里，我初次去他家做客，院子里也是这样的布局，我才走进院子几步，凭空就跑出了两条骇人的毒蛇，我吓得退后了几步，就一下子陷了下去。"塔挞老爹饶有兴趣地讲了起来。

"那后来呢？"蓝雨追问。

"本来陷下去挺可怕的，后来发现自己正落在一个极为柔软的沙发上，一点儿也没摔着，而我那朋友正坐在对面的沙发上笑呵呵地看着我——那里是他的客厅。"

"哦，那还好，小米看来应该是有惊无险了！"邱子卿心里一块悬着的石头终于落地。

"那也不一定，我听他说过这个洞连着两个地方，要是他喜欢的人就会落到客厅的沙发上，要是他讨厌的人就会落到另外一处，听他说落下的地方正好有针板之类的东西。"

听塔挞老爹说了一句，蓝雨和邱子卿的脸都变绿了。什么人啊？太恐怖了，万一他不喜欢小米，那小米不惨了？屁股不变刺猬才怪呢！

"师傅，刚才小米还说那人是变态呢，看来他这回肯定是凶多吉少了！"蓝雨愁眉苦脸地在邱子卿耳边嘀咕。

"是啊，我也觉得他挺悬的！"邱子卿也附和着，可是不敢再挪地方了，不然落得和穆小米一样的下场那可就太没面子了。

"跟我走吧，要是我没记错的话我们还是能顺利进入这幢房子的。"塔挞老爹对蓝雨和邱子卿说着就在地上走起了S，邱子卿紧盯着他的脚步，发现他在地上走了八卦型，最后走到了房屋的门口，于是也学着他的样子走了起来。当他走完八卦居然也到了屋门前，紧接着蓝雨也走了过来，两人对视了一下，邱子卿就对塔挞老爹说："老哥，既然这边这么诡异，还是请你在前我们跟着你走，到了里面可要先把小米弄出来再说。"

"这个你放心，我们见到我朋友后，马上就让他放人！小米和他又没什么过节，他应该不会为难小米的！"塔挞老爹这样安慰蓝雨和邱子卿,说着上去敲门。谁知刚敲了几下,门却自动地开了,一股冷风吹得蓝雨和邱子卿不由得打了哆嗦。

45.怪才怪人

"好冷啊,师傅这风是从哪里来的?"蓝雨边打哆嗦边对邱子卿说。

"是啊,这么阴森寒冷!"邱子卿也被冻得差点儿打喷嚏。

"奇怪啊!"塔挞老爹用一种难以置信的眼神看着屋中,"以前不是这样的,怎么会变成这个样子?"

蓝雨和邱子卿朝屋子里望去,只见屋内一片狼藉,阳光斜斜地照进屋来,灰尘在阳光中静静地浮动着,屋角的蜘蛛网结得密密麻麻的,地上东倒西歪的一地破家具,仿佛这里久未住人。显然,这是一处废弃的宅子。

"是不是出了什么事?"邱子卿在一旁说。

"应该不会有什么意外吧,他那猴精的样子怎么可能出意外呢?难道他找到了?"塔挞老爹自言自语地说。

"他要找什么?"蓝雨在一边问。

"啊?哦,我也不太清楚,只知道我那个古怪的朋友曾颇下工夫地寻一样东西,其他的我也不太清楚。"塔挞老爹匆忙应付着,"咱们到里面去看看,小心脚下!"塔挞老爹连忙将话题岔开,率先走进屋中,他自以为做得天衣无缝却早被邱子卿将这些看入眼中。

三人小心翼翼地进入屋内,屋内静悄悄的,没有一点儿生命的痕迹,似乎时间在这里凝固了,三人四处检查了一番,没有发现什么可疑的线索。

"走,我们去楼上看看!"塔挞老爹对蓝雨和邱子卿说着就要往楼梯上走,只听得楼上嗷的一声怪叫,把塔挞老爹和蓝雨等人吓出了一身冷汗。

"妈呀!粽子!老粽子啊!"穆小米杀猪般号叫的声音从楼上传了过来。

穆小米满头蜘蛛网地狂奔下楼,边跑边对蓝雨、邱子卿等人喊:"快跑!上面有个千年老粽子,估计好久没喝到人血了,瘦得变人干了!快跑啊!"

"什么?"穆小米这颠三倒四的一席话听得蓝雨、邱子卿、塔挞老爹头上生出了好几个大大的问号。还没等他们明白过来,只见穆小米身后闪出了一个干瘪瘪的老头,这老头面无血色,满脸干瘪的皱纹,眼神空洞,面无表情,仿佛一具风化已久的干尸。最可怕的是这老家伙不是走而是飘过来的,两脚悬空飘过来的!

"许老哥,你就别再吓唬人家小孩子了!"塔挞老爹看着飘在空中的干尸,无奈地摇摇头说。

"哈哈……"一阵如织锦破裂般刺耳的声音在破败的房屋中响起,这声音是如此的刺耳与苍老。

"我说老头,你这朋友是人是鬼啊?"穆小米听得牙齿都有点儿打战,"太瘆人了!"

"当然是人啊,他就喜欢这样装神弄鬼地吓唬人!这么些年过去了还没变!"塔挞老爹摇摇头说。

"是谁在那呢?"这变态的声音颤巍巍地传了过来。

"许老哥，别来无恙啊！"塔挞老爹仰着头看着飘在二楼的"干尸"。

"塔挞，你个老兔崽子！"随着一声怒骂，"干尸"一下子从二楼"飞"了下来，伸出干枯而带着锋利指甲的双手一把掐住了塔挞老爹的脖子，眼冒凶光。

"妈呀！干尸要吃人啦！"穆小米在旁边"嗷"的一嗓子就叫了起来。

"小子，等我喝了他的血再喝你的！"那"干尸"阴森森地看了穆小米一眼，从牙缝里幽幽地挤出了这句话。

"许，许老哥，你别……别激动，别忘了你还欠我一个人情呢，20多年前你亲口答应的！"塔挞老爹艰难地说出了这句话。

"哼，20多年前？你还有脸提20多年前！还我——"

"许老哥，你看站在你身边的丫头，她很有可能是闻先生的女儿啊！"塔挞老爹指着蓝雨说。

"闻先生！"干尸一下子松开了塔挞老爹，看向蓝雨，把蓝雨着实吓了一跳。

"干尸"朝蓝雨慢慢地飘了过来，口中喃喃地说："像，真像！"

"你要干什么？不许伤害我师姐！"平时遇到危险就溜之大吉的穆小米不知道今天哪来的勇气，很爷们儿地挡在了蓝雨身前，摆出一副豪气冲天英雄救美的架势。

"哈哈！小子，我怎么会伤害她呢？我老许从来不伤女人，更不用说她还可能是我恩人的女儿！"

"原来你真是人啊！"穆小米恍然大悟地说。

"废话，我不是人还是鬼啊！"老许生气地说。

"可是你是怎么悬在半空中的？"蓝雨也不解地看着这具奇怪的"干尸"。

"哈哈，这是因为它！"说着老许从衣服里面拿出一个鹅蛋大小、黑漆漆发亮的石头来。

"这是？"塔挞老爹和邱子卿也被这石头给吸引了。

"这是我在一个无名氏的墓中找到的！"只一句话就让在场的所有人都觉得非常"晕"了，原来这也是土夫子啊，和天宇集团也没什么区别！

"你们别小看这石头了，我一进那座墓的时候根本就没发现什么棺木，我就急了，我费这么大的力气好不容易才进来的，怎么能空手而归？我就四处这么找啊，我嘛嘛地这么找啊！终于我灵机一动，一抬头，好家伙，那棺材正在我头顶上悬着呢！"老许手舞足蹈地述说着当年的故事，听得蓝雨等人一愣一愣的。

"我想这可咋办啊？那棺材悬得那么高，我又没带什么攀岩的工具，怎么上去啊？当时我那个急啊，后来忽然，哎，我转过弯来了。这么重的棺材就在高空悬着肯定有机关！我找到机关不就可以把这棺材放下来了吗？我就找啊，就嘛嘛地找啊！果然在一块砖的后面发现了这个东西。"老许很得意地把这鹅蛋大小的石头递到蓝雨等人的眼前说，"一切都是因为它！这是一种未知的矿石，可以让物体浮起来。我猜想这没准是一块陨石，落到地球上后，它的特异功能被当时的古人发现了，所以就成了墓中陪葬的上上之品了，没准古人还以为自己坐地成仙了呢。哈哈，现在被我老许用了！哈哈！"

"原来你是干这行的啊！"穆小米不屑地说。

"干哪行？"

"从死人身上找钱赚啊！"

"小兔崽子，我抽你！"老许说着就给了穆小米一个栗子，痛得穆小米哇哇大叫："你怎么打人啊！"

"打人？我打的就是你！我这是在搞研究你知道吗？崇高的研究！"老许无比神往地说，弄得蓝雨等人面面相觑。

"那你研究出了什么吗？"穆小米不屑地说。

"当然有啦！你们去的那个什么怨陵的入口其实就在我这房子里！嘿嘿！"听了老许这句话以后蓝雨、邱子卿、穆小米全都被雷倒了。"你怎么知道我们去过怨陵？"穆小米警惕地问。

"因为这就是我研究的东西啊！"老许得意地说，"怨陵是我毕生研究之物，你们谁进了怨陵，做了些什么我当然知道啦。哎，只可惜啊，我穷尽一生到现在还是没有研究明白。"

"我的天啊，那你不是等于什么也没说嘛！"穆小米彻底崩溃了，这个人真是个大怪人啊！

"谁说我什么也没研究出来？现在的怨陵我是出入自如！哪里有机关、哪里有陷阱我那是一清二楚，就是没有找到那东西！"老许说着说着声音就低了下来。

"什么东西？"穆小米紧追不放。

"小孩子不要问大人的事情！"老许给了穆小米一个超级可爱的白眼，差点儿没把穆小米气晕。

"好了，你没事瞎闹腾什么？正经事情不办！"蓝雨不满地说，转向老许问，"许先生，您会不会控制人偶之术啊？"

"这个？你问这个干什么？"老许一下子沉下脸来。

"是这样的，老朋友，昨天夜里我们酒店发生了起尸，后来这丫头在酒店的外面看见了一个在怨陵中消失的同伴，那样子看上去像被人施了巫术，他们想把同伴救回来，我告诉他们要是想救就得先找到会这种法术的人，不然是不能救人的！"塔挞老爹解释道。

"哦？这世界上除了我居然还有别的人会这样的法术？我还以为就我一个人这么天才呢！"老许的话说得大家全都想晕倒。

"这么说，慕容轩那小子不是被你抓去的？"穆小米恍然大悟地说。

"什么慕容轩？我向来最讨厌人怎么还会去抓？真是笑话！"老许嗤之以鼻地说。

"那会是谁？会不会是天宇集团的人？"蓝雨自言自语地说。

"天宇集团？丫头，你怎么知道这个浑蛋组织的？"老许颇为激动地问。

"不是跟你说过了吗？她八成就是闻先生的女儿！"塔挞老爹在一旁不耐烦地说。

"什么？丫头啊，你爹娘死得可真惨！都是被天宇集团的人给害的！你可要给他们报仇啊！不对，闻先生明明是有一对双胞胎的，怎么现在就一个了？"老许颠三倒四地说。

"哎我说老朋友啊，你怎么越来越糊涂了，另外一个不是因为车祸死了吗？"塔挞老爹颇为郁闷地补充着。

"哦，对，又是那浑蛋组织！"老许气呼呼地转向蓝雨，拉着蓝雨的手动情地说，"我说丫头啊，不管你怎么想，现在你是和天宇集团有了不共戴天之仇了，他们几乎杀了你们全家啊。这帮杀人不眨眼的恶魔不光干着盗窃国宝文物的勾当，而且还残害好人，只要是他们夺宝路上的绊脚石他们都会赶尽杀绝！我们国家的好多考古专家都是被他们暗杀的，你父母就是其中最著名的两个专家啊。可惜啊！可惜！"老许痛心疾首地说。

"哎，哎，我说老头，你怎么就能确定我师姐是那什么闻先生的女儿呢？还没搞清楚就说得这么起劲！"穆小米不满地撇着嘴说。

"哎呀，对啊！你这死老头，你不会又是忽悠我吧？告诉你，我才不会上你的当呢！"老许气愤地看着塔挞老爹，俨然一副要冲上去痛扁他一顿的架势。

"晕！"蓝雨等三人被这怪老头彻底搞晕了。

"我说老许啊，你是真糊涂还是装糊涂啊？你自己睁眼看看，她和闻夫人有多像？我第一次见到她的时候，差点儿以为自己见鬼了！"塔挞老爹郁闷地说。

"哎呀，对呀，你不说我还没想起来，几乎是一个模子里刻出来的！"老许使劲揉了揉眼睛说。

"我的姥姥啊！"穆小米一屁股坐到了一张破桌子上，彻底被雷倒，什么人，太怪了！

"而且她不仅长得和闻夫人像，很多事她也知道，她这次来难道不是为了琥珀泪吗？"塔挞老爹气呼呼地说。这话一出，老许一副嬉皮笑脸的模样一下子没有了，取而换之的则是超级严肃的样子。

46. 秘密

"怎么？你们都知道琥珀泪啊？看来琥珀泪还挺有名的嘛！"穆小米笑嘻嘻地走到塔挞老爹身边，忽然凶巴巴地冲着塔挞老爹喊，"说！你们到底是什么人，竟敢打琥珀泪的主意？"

"什么人？娃娃，我看是我应该问你吧，你们不远千里跑到这里，不也是为了琥珀泪吗？还冠冕堂皇地问我！大家都心知肚明，何必再装蒜呢？"这时候老许开始向着塔挞老爹说话了。

"我们来这是为了——"穆小米刚想说：我们来这是为了工作，不能让国宝落到那些盗窃文物贩子的手中。可话到嘴边他硬生生地给咽了回去，毕竟不知道他们的真正底细，再说国安的身份怎么能随便暴露呢？想到这心中不仅暗暗骂道：真是两只老狐狸，小爷差点儿着了你们的道！于是就说，"我们来是为了解除诅咒！为了圆梦！"

"诅咒？"

"圆梦？"

塔挞老爹和老许听得云里雾里的，原来老许只把穆小米等人看成是穿山越岭盗墓摸金的小贼，来这也是为了钱财，可听了穆小米这一说，一时对眼前的几个人心里没了底。

"你中什么诅咒了？"塔挞老爹把穆小米从头到脚地看了好几遍，还是没看出什么与众不同的地方来。

"不是他，是我！"邱子卿终于说话了。说实话，邱子卿刚才也被穆小米吓出了一身汗，真怕这个臭小子一时逞能暴露了身份，在这蛮荒之地万一老许和塔挞老爹是天宇集团的人或者另有所图那还真不好对付。见穆小米没说出来，不禁暗地里松了一口气，谁知道这小子接下来的话又让自己头上多了好几道黑线，无奈之下只能站出来替穆小米解围。

"难道你所受的诅咒和琥珀泪有关？"塔挞老爹一脸的不可思议。

"有没有关我还不能肯定，可这是我们家族的诅咒，并不是因我而起，而是当年乱世，我爷爷被逼无奈走上了盗墓这条路，后来还干出了些名堂。在我爸爸很小的时候，家里突然来了几个神秘的商人，他们给我爷爷看了张藏宝图，还告诉我爷爷日本人也盯上了这座古墓，而且这座古墓很有可能是上古帝王颛顼的墓，里面有很多稀世珍宝。我爷爷不想让这些国宝被日本人占了，就和这些神秘的商人去了新疆。过了三个月，一天早上，我奶奶一开门，就看见浑身是血的爷爷倒在家门前。当时爷爷已经快断气了，临死前交给我奶奶一张地图对他说，以后他的子孙恐怕都要受到诅咒了，要是孩子们身上有人脸胎记，就让他们按照这地图寻找琥珀泪，只有找到琥珀泪才有可能解开诅咒。"说着邱子卿一抬腿，把左腿的裤子挽起来，那块铜钱大的鬼脸胎记又出现在大家眼前。

"这是——"塔挞老爹无比震惊地指着邱子卿腿上的胎记问。

"阎王蛊？！"老许他像见了鬼一样地看着邱子卿，不由自主地吸了好几口冷气。

"怎么你知道这东西的来历？"邱子卿见他们这种反应不禁也在心中暗想：莫非他们知道来龙去脉？懂得破解的方法？

"你先告诉我，是不是你们家族的男人如果身上有这样的人脸胎记，到了66岁的时候，都会浑身血流不止，直至死亡。女人身上有这样胎记的，则一辈子不能生育？"老许声音有些颤抖地问。

"确实如此。"听了老许的话以后，邱子卿不能不对这个"老粽子"刮目相看了。同时他不禁又想起了晓晴，那个让他爱了一生、回忆了一生的女人，当初他因为家族的诅咒对女子并不感冒，只有晓晴，这个外表青春、楚楚可爱，工作起来却雷厉风行颇有巾帼女侠的独特女孩将他的心虏获。可他什么也给不了晓晴，因为他的未来很灰暗。可晓晴却丝毫不在意，在知道他的身世后却微微一笑说："原来你就因为这个啊，又有什么呢？谁又知道哪天是自己的归期，你只不过是提前知道了。再说还有破解的方法，有什么可担心的？也许我还走在你前面呢！"

"也许我还走在你前面呢！"这句玩笑话这么多年来时常在夜深人静的时候响在邱子卿的耳边，刺痛着邱子卿的心。

"你说我师傅是中了蛊？"蓝雨见老许说得这样透彻也惊奇地问。

"哎！是蛊也非蛊。"老许无奈地说。

"是蛊也非蛊？那是什么东西？哎，你这个老头怎么回事啊？说话老是故弄玄虚，不会是在不懂装懂吧？"性子急的穆小米在一旁又急起来了。

"你这个娃娃怎么人不大脾气倒挺大的，这做学问能急吗？尤其是我们研究考古这一行的，没有面壁十年图破壁的精神是做不来学问的！你们年轻人啊！"

"停！我说老头啊，我现在不关心你是怎么做学问的，我关心的是你到底知不知道我师傅中的诅咒到底是什么东西，有没有解开的方法，你这来了句似蛊又非蛊，你到底行不行啊？别不懂装懂！"穆小米指点江山，激扬文字，两张嘴皮子一开一合这废话就犹如滔滔江水连绵不绝，最后蓝雨忍无可忍地出手了。

"嗷！师姐，你别老掐我啊！"穆小米郁闷地说。

"你怎么废话这么多！"蓝雨没好气地说了一句，也懒得和穆小米多啰唆，就问老许："你明明说我师傅中的是阎王蛊，可为什么又说似蛊也非蛊呢？"

"哎，要单单是蛊也就好办了，凭我现在的本事帮你师傅解了也不费什么力气。可你师傅中的这蛊，不但有蛊还有很浓的尸气！"老许担忧地说。

"此话怎讲？"听了老许这话，邱子卿也憋不住了。

"放蛊，在中国古代已经多有流传。《本草纲目》中有记载说：造蛊的人捉一百只虫，放入一个器皿中。这一百只虫大的吃小的，最后活在器皿中的一只大虫就叫做蛊。以现代的观点，这是一种人为的，由许多原虫的毒引发出来的怪病。若说放蛊首推苗族，轻者迷人心窍，重者索人性命。可这阎王蛊，偏偏并非苗族所为，而是民国时一个盗墓小分支的创始人所创。"

"什么分支？"蓝雨问。

"冥派！"

"啊？这是什么鬼东西啊？我怎么从来都没听说过？"穆小米像看外星人一样地看着老许。

"别说你不知道，就是在民国时盗墓这一行里也没有几个人知道。这个流派可以说是昙花一现，也就活跃了两三年就永远地走进历史长河中去了！"

"我说老头啊，你还挺抒情的！"穆小米在一旁打趣道。

"你知道什么？冥派都是个打个的好汉！"老许见穆小米吊儿郎当的态度，有点儿窜火了！

47. 冥派

老许似乎对冥派颇有好感，穆小米这态度就是极大地侮辱了自己的偶像。

"冥派，以前好像听说过，是盗墓流派中一支光跟小日本对着干的队伍。"邱子卿在一旁插话。

"对，对！还是上了年纪的人见识广，不像你们这群娃娃鼠目寸光！"老许听邱子卿这样一说很是高兴。

"当年啊，在我小的时候可没少听他们的故事哩，他们虽然干的是最不入流的一行，可个个都是英雄好汉，当初要不是他们，我们的好多国宝估计都被小日本给扫荡去了！"老许回忆着说。

"嗯，我记得小时候也听大人讲过，当初小日本连咱老祖宗的陵墓都不放过。那时候邙山附近有不少大的王公贵族的陵墓被小日本给盯上了，于是抓了很多当时盗墓的能手为他们服务，这些人中有的宁死不屈最后被活活折磨死在监狱中，有的则做了小日本的走狗，带着小日本出入在邙山附近大大小小的陵墓中，不少国宝都被他们挖了啊！这些人弄得国宝流失，老百姓是敢怒不敢言啊！"邱子卿接着老许的话说。

"是啊，当时就在民间悄悄兴起了这样一个盗墓流派，专门盗那些被小日本盯上的陵墓，而且往往是和小日本在同一时间进入陵墓。他们在陵墓中利用那些老祖宗留下的机关陷阱来对付这些小日本，那个解恨啊，往往能让小日本进去几个就报销几个！"说到这里老许眼里放光，仿佛当年的这些他经历过一样。

"这么看来他们还是为抗日作出过一些贡献呢，那为什么现在我们对他们一无所知呢？"蓝雨不解地问。

"唉，那是因为这个冥派本来就人员不多，这可是玩命的活啊！你看他们都把自己叫做冥派了，肯定是早就把生死置之度外，意思是说自己早就是已死之人。这陵墓本来就是凶险之地，盗墓的进去就算十万小心还经常全军覆没呢，更别说还要在里面对付小日本了，所以往往是与小日本同归于尽。到后来这个门派的人越来越少，最后一次是去阻止小日本盗西夏陵而倾派出动，最后无一人归来。"说到这里老许一下子沉默了，似乎陷入了对往事的回忆中。

蓝雨等人听了老许的这番话后，也都沉默了，心中有说不出的感慨。虽然盗墓不是什么好事情，但是在当时的大环境下，冥派的这种做法也不能不让后人肃然起敬。

"哎，塔挞那个老头呢？"穆小米忽然喊了一嗓子，把大家都从思索中叫了回来。

"塔挞这个老兔崽子！"老许四下里一看，发现塔挞老爹没了踪影，气得又开始破口大骂，"这么多年了还是这么阴！"说着"呼"的一下就朝楼上飞去，蓝雨等人也紧跟在其后。

48. 阎王蛊

老许飞快地飞到了小楼的二层，蓝雨、邱子卿、穆小米等人也紧跟了上去。没想到这荒山野外，孤楼之中看似破败不堪、诡异至极，可跟着老许上来，这七拐八拐后还别有洞天。

屋内摆放着清一色的紫檀木家具，两边一字排开的大书架上塞得满满的古籍，古色古香的屏风一看就知道价值千金。屋内到处可见价值连城的古董：西周的三足原始瓷炉、汉代的玉龙璧、南北朝的青瓷壶、唐代的鎏金玉佛、宋代的龙纹铜镜、明代的兽面双龙牌、清代乾隆御窑珐琅彩棒槌瓶……简直是数不胜数。而塔挞老爹则拿着一把盘龙玉壶，坐在清代的黄花梨木太师椅上，自斟自饮悠然自在。

低调的奢华！蓝雨在心中暗暗惊叹，没想到这"干尸"一样的老头的老窝还有这么多的宝贝啊！

"哈哈，我说老头，你还说自己不是摸金的？这么多古董都快赶上故宫了！这你怎么解释？"穆小米说着拿起老许紫檀木花架上那个西周的三足原始瓷炉上下摆弄着，吓得老许"妈呀"怪叫了一声，一把把三足原始瓷炉抢了过来，抱在胸前仔仔细细地检查了一番，才重新把它放回远处。

"你这个娃娃，怎么没轻没重的？这是什么你知道吗？"

"不就是个破罐子吗？"

"什么？这可是西周时期的文物啊！你怎么能这样亵渎它呢！每件文物都是有生命的！你知道不？要是碰坏了一点儿，看我今天就喝了你的血！"老许生气地说。

听老许说得这样恐怖，穆小米不禁朝蓝雨吐了吐舌头。

"塔挞！你个老兔崽子，又偷喝我的酒！还不快把杯子放下来！你就不怕我下蛊！"本来老许是冲着塔挞老爹来的，可一进屋被穆小米这一闹就没来得及管塔挞老爹。

"不怕！"塔挞老爹很享受地饮了口杯中的美酒，眯着眼睛说，"人间美味啊！这葡萄酒怕是有上百年了吧！"

"你还喝！我就这么点了，你个老兔崽子每次来我这里都偷我的好酒喝，你鼻子怎么这么灵啊？我放哪你都能找出来。"说着老许上去把塔挞手中的杯子夺了下来，端起酒壶风一样地放进了橱柜中，连上了三道将军锁才放心。

"如果我没猜错的话，你应该就是冥派的后人吧！"邱子卿把老许屋内的宝贝都看了遍后，忽然冒出了这句话。

"好眼力，没想到这么多年以后还能有人慧眼识英雄！"老许走过来拍拍邱子卿的肩膀说，"看来这姜啊还是老的辣，说实话啊，我这一屋子宝贝很多都是祖上传下来的，我祖上可是冥派的创始人啊！其他的嘛，嘿嘿，是我从那些大大小小的墓中拯救出来作研究用的啦！"

听到这里，邱子卿、蓝雨、穆小米头上通通都冒出了无数条黑线。蓝雨不禁想到了孔乙己的名言：读书人偷书不叫"偷"，应该叫"窃"。

"他确实是名门之后，但是你们可别小瞧我这个朋友，你们要是想破解人偶和老邱身上的阎王蛊，还非得求他不可。"塔挞老爹在一旁说。

"为什么？"蓝雨不解地问。

"因为这阎王蛊就是他祖上所创！"塔挞老爹又说出了一句可以雷死人的话。

"老头儿，我说你祖上作孽可不浅啊，没事研究出什么阎王蛊，你知道害了多少人吗？我师傅、我师傅的爹地、我师傅爹地的爹地，还有我师傅的兄弟姐妹、我师傅的兄弟姐妹的爹地、我师傅兄弟姐妹的爹地的爹地，我——嗷！"穆小米还要贫，又被蓝雨送了一记栗子。

"哎，也不怪这个娃娃，这阎王蛊确实异常的阴狠毒辣，而且一旦中了这样的蛊，不光自己倒霉，还得连累着自己的子子孙孙，因为这不完全是蛊，还有怨在里面。可当初我家老祖宗创这个蛊的时候并不是为了对付自己人啊，是为那些盗墓毁陵的小日本准备的！"老许这回并没有因穆小米如此不恭敬的态度而生气，穆小米的埋怨反而勾起了他无边的回忆。

"哦，难道这种蛊是专门对付小日本的？"邱子卿也被老许的话所吸引。

"那是，他们家祖上是有名的冥派创始人加掌门人，冥派是干什么的？都是专门打小日本的绿林好汉！"塔挞老爹不知道什么时候又把老许的陈年美酒给顺了出来，这会儿已经喝得微醉了，正在悠然自得之中。

也许穆小米的话触动了老许的心事，他明明看到了塔挞老爹拿着自己的盘龙酒壶直接对着嘴喝，可他居然没有发作而任塔挞老爹喝个够。

"我记得我小时候也就四五岁那样，曾经看到祖父下过一次阎王蛊。当时小日本瞄上了我们家附近山中的一座年代久远、破败不堪、没有任何碑文的坟墓。按理说小日本要盗的都是王侯之墓，这样不起眼又无任何记载的坟墓他们是不会费力气的，可偏偏我们那边出了个汉奸，这人被道上人称'张狐狸'，是个趋炎附势、阴招尽出的势利小人。他见日本人专门组建了一个队伍，到处大张旗鼓地干着挖坟盗墓之事就主动送上门去，帮日本人观风水，找陵墓。有不少王侯将相之墓都是他带着日本人进去的，就连道上的人提起他来都非常的不齿，很多英雄好汉都想取他性命。可这家伙滑得很啊，每次都被他给逃脱了，要不怎么叫他张狐狸呢？也不知道这个张狐狸是听到什么风声了，跑到小日本面前非说这个墓是西周时的古墓，里面可能有不少价值连城的珍品呢！你们想啊，这小日本一听不就红眼了吗？能不去盗吗？我祖父见这古墓难逃一劫，于是就在这古墓外下了阎王蛊，那次去盗此墓的小日本和张狐狸进了这古墓后就再也没出来过。"老许一口气讲了这些。

"他们都被你祖父的阎王蛊给害了？"蓝雨在一旁问。

"不是，阎王蛊不可能立竿见影，它是一服慢性毒药，中了以后不会马上发作，它

123

是慢慢折磨被下蛊之人以及他的后人。当初发明这个是因为在有些极为凶险的陵墓中冥派的人中了机关埋伏或者遇到了极其凶险的千年老粽子，自知无法脱险而小日本却没有遇险，既然在陵墓中没有办法收拾他们，只好出此下策，同归于尽了。这阎王蛊是要用命做引子的，在陵墓中下蛊之时往往就是自己命归黄泉之时，所以它才这样的阴毒凶险。但当初我祖父下蛊之时并没有用人命来下蛊，而是用了一只野狐狸的命下蛊，中了这蛊的人会在一年内生怪病死去，而他家族的后人也会人人染上此怪病，最终导致整个家族的灭亡！我想当初祖父用野狐狸来下蛊，很有可能是因为张狐狸这个外号吧！所以这些小日本和张狐狸即便是中了蛊也不可能死在墓里。其实这古墓看似其貌不扬可却凶险无比，单单看墓地的选址就凶险异常，是个大凶的养尸之地啊，连我祖父他们都不敢进去，他们没活着出来也没什么稀奇的！"老许讲着当年的故事，不禁把穆小米、蓝雨等人的好奇心给勾了起来，这究竟是怎样的一个古墓呢？"张狐狸"又为什么非要去盗这个连墓碑都没有的古墓呢？

"这墓居然如此凶险？"邱子卿听后也不禁吸了口冷气，心想真是人不可貌相，海水不可斗量。人往往在最简单的事情上栽跟头，试想当年人见人恨的张狐狸也应该是个盗墓的行家了，这么多人要取他的性命都没取成，反而让这个连个墓碑都没有的破败古墓给夺了性命，不能不是对他的一种讽刺。算来算去算不到自己啊！可转念一想，常言道："穴有三吉。葬有六凶。天光下监。地德上载。藏神合朔，神迎鬼避。一吉也阴阳冲和。五土四备，二吉也。目力之巧、工力之具。趋全避缺，增高益下，三吉也。阳阴差错，为一凶。岁时之乖为二凶。力小图大为三凶。凭福恃势为四凶。僭上逼下为五凶。变应怪见为六凶，经曰穴吉葬凶，兴弃尸同。"没准这古墓正好是凶葬，千百年来经过沧海桑田的变化，已经凶险无比了。正想着，忽然思路被穆小米给打断了。

"我说老头儿，这么凶险的古墓你进去过没啊？"穆小米忽然在一旁坏笑着问。

"我？我怎么可能没事找死呢？"老许不解地看着穆小米，好像觉得穆小米精神有些问题，这样的问题都能问出口。

"哈哈，老头儿，你和塔挞老头一样老奸巨猾！别总把我当小娃娃，告诉你我的眼睛毒着呢！你看这是什么？"说着穆小米又一把举起了那被老许看做宝贝的西周三足原始瓷炉反复摆弄着说，"你说这东西是从哪里来的啊？"

"哎，你这个娃娃也太没轻没重了！你给我放下，你要不放下我抽你！"老许看来是被穆小米给激怒了，脱下脚上的鞋子就要打穆小米。

"哎，你可别激动啊！冲动是魔鬼！你要是一激动，这鞋子一丢，嘿嘿，你这把'夜壶'可就碎了啊！"穆小米一只手托着瓷炉，那瓷炉颤颤巍巍的似乎马上就要做自由落体运动摔得粉碎了。

"别！"老许也被穆小米这举动给吓坏了。

"那你告诉我，这把'夜壶'是哪来的？那古墓你去过没有？"穆小米句句逼问。

"小子！我告诉你，你再叫它'夜壶'，我真的要抽你了！"老许气呼呼地看着做无赖状的穆小米。

"老头儿，你还没告诉我呢！"

"小祖宗我彻底服了你！那古墓我年轻的时候去过，这就是从古墓中找出来的！"老许被穆小米逼得没办法了只得老实交代了。

"那你没中阎王蛊？"穆小米好奇地问。

"当然没有，这是我老祖宗创出来的东西，我怎么会不知道如何去破解呢！"老许颇为自信地说。

"哈哈！老头儿终于露馅了吧，快把破解的方法告诉我们。只要你破解了我师傅身上的阎王蛊，我就把这把'夜壶'还给你，不然，哼哼，那就对不起了！"穆小米这段慷慨激昂的陈词说得在场的人头上直冒黑线。

49. 神秘纸条再现

"哎哟，我的祖宗啊，你快把它放下来，不是我不救你师傅，而是你师傅中的这个阎王蛊根本就不是我们冥派所创的，这不是单纯的阎王蛊呢！"老许郁闷地说。

"什么？难道除了你们冥派还有别的人也会下阎王蛊？"蓝雨也听得有点儿糊涂了。

"是啊，我们冥派在我祖父那一代出了个盗墓奇才，此人外号'墓旋风'。这人不仅学贯古今而且天文地理无一不知、无一不晓，对于各种盗墓的技巧更是应用自如，他还有个特点就是对蛊感兴趣。此人好下蛊，他下的蛊不光用在人身上也用在墓中那些机关、粽子身上。这让他在墓中如履平地，出入自如，因为看他是个人才，所以祖父特别喜欢他，将阎王蛊传于了他。可谁知道后来此人走上了邪路，成了小日本的一条走狗，祖父大怒之下将他逐出师门却下不了手将他杀死，也许祖父当年太爱他的才华了。可没想到却埋下了大祸患，他竟将阎王蛊做了改动，在一处养尸之地养出了僵尸，用僵尸的尸毒和九怨之人的命来下蛊，这蛊比阎王蛊还要阴狠上百倍千倍，而且据说这世上只有他一个人会解此蛊，要是被他下了死蛊就连他本人也无法解了！"

"你的意思是说师傅身上所中的阎王蛊是他下的？"穆小米有点儿不相信自己的耳朵。

"是，你师傅中的蛊不但毒而且有很浓的尸气、怨气！"老许说。

"这么说那人也去过新疆上古帝王颛顼的墓？"邱子卿并没有在意自己身上的阎王蛊，反而对"墓旋风"颇为感兴趣。

"哎，多少年前的事情了，又有多少人折在那个古墓中呢？人为财死，鸟为食亡啊！"老许欷歔不止。

"那师傅身上中的蛊就一点儿办法也没有了吗？"蓝雨担心地问。

"这个，除非——"老许的话还未说完，只听到"乓乓"一声，一团黑糊糊的东西飞了进来，直接砸到了老许的紫檀木花架上，只听得"稀里哗啦"一片声响后，老许的宝贝——清代乾隆御窑珐琅彩棒槌瓶——碎了一地。

"这！"老许蹲在地上，双手拾起地上的碎片不停地颤抖着，许久说不出话来，最后猛地站起来大吼了一声，"谁那么缺德啊！我跟他拼了去！"说着就要往外冲，塔挞老爹连忙上前抱住老许连声说："冲动是魔鬼！冲动是魔鬼！你这地方荒山野岭的，再加上机关重重，这个人既然能如履平地将你窗子的玻璃砸破就说明不是一般的人，看来也是个道上的，现在他在暗处我们在明处，还不知道这家伙是敌是友，不易鲁莽行动。"这才把老许给劝住。

"师傅，你看这丢进来的像一团纸条，怎么这样熟悉！"蓝雨小心翼翼地捡起地上的那团黑糊糊的东西仔细一看，发现果然是一张黑纸揉成的纸团。于是好奇地打开，发现纸团中包了个小石子，这石子上还裹着张小纸条。

"师傅，这里面有张纸条。"

听蓝雨这样一说，邱子卿、穆小米、老许、塔挞老爹都围了上来，只见纸条上写着：小心，今晚，有变！

"是同样的笔迹！"穆小米首先发言。

"难道，真的是她？"邱子卿将纸条拿在手中，出了神。

50. 怪声

"有变？"穆小米看着纸条细细思索着说，"难道是要告诉我们今天晚上天宇集团有行动？"

"不错！"蓝雨非常自信地说，"不光有行动，而且行动的目标估计就是我们！"

"什么？天宇集团？哈哈，来得好！来一个老子收拾一个，来一双老子今天都包圆了，哈哈！"老许一听天宇集团就来劲了，似乎他跟天宇集团的过节还真不少，恨不得痛扁他们一顿才过瘾。

"哎，不管这纸条是真是假，给我们送纸条的人出于什么样的目的，大家还是要做好准备。从目前看来有两种可能：一种是我们的行踪暴露，已经被天宇集团所察觉，他们想先把我们解决掉；另一种是天宇集团是冲着老许来的。"邱子卿终于从沉思中回过神来。

"冲着我？难道我这风水宝地他们已经知道了？"老许翻着白眼想了好久忽然破口大骂，"这帮兔崽子，八成是为了我这些宝贝吧？这些狗日的，鼻子还挺灵，哪有宝贝就往哪钻啊！"老许说。

"我看宝贝是小，看上你这个人倒是正经的。"塔挞老爹满口酒气地凑了过来。

"我说塔挞，你喝了我多少葡萄酒？"老许这才反应过来。

"哎，也不多！别这么小气嘛！"塔挞老爹打着马虎眼。

"我看你们也别说了，总之今天晚上肯定不会是一个平静的夜晚。既然晚上有大动静，我们现在好好休息一下，吃点东西，养精蓄锐，等到了晚上再见机行事，以静制动吧！"穆小米摸摸咕咕叫的肚子终于憋不住了。

"是啊。"邱子卿抬头朝窗外望望，看看天色说，"小米说得不错，大家赶紧吃点东西，休息下，晚上谁都别想睡了！"邱子卿也赞同地说。

"好啊，塔挞，你喝了我这么多的酒这次给你一个将功赎罪的机会，把你酒店里的好酒好菜通通送到老子这来！"老许冲着塔挞老爹发号施令。

"我酒店里的好酒好菜？哎呀，现在是远水解不了近渴啊，你这离我那边那么远，就算现在让他们送过来也要到晚上了。"塔挞老爹一脸苦相地说。

"那怎么办啊，要不我们出去吃？"老许说。

"你这里就没东西吃？"蓝雨不解地看着老许问。

"我这里的东西刚吃完，本来今天是要下山采购的，没想到被你们来这里一闹，就断顿了！"老许不高兴地说。

"我的姥姥啊！这不又要饿肚子了！"穆小米失望地坐在了花梨木凤雕椅上，忽然又想起了什么说，"对了，我包里还有上次抓到的那只臭蝙蝠呢，要不咱们把它烤了？"

"行了吧，别吃出传染病来！"蓝雨看了一眼无聊的穆小米。

"大家不用担心！"塔挞老爹不知道什么时候手里多出了一把青菜说，"我刚才去了下厨房，见锅里还有大半锅米饭，还有这青菜，我现在就去做锅青菜泡饭，大家晚上就将就着吃吧！"

"啊，破菜叶子！泡饭！"穆小米开始为自己的肚子抗议了。

"哈哈，好，你先别郁闷，塔挞这老家伙的手艺还是不错的！"老许一见塔挞愿意下厨，一下子高兴了起来。

邱子卿和蓝雨见老许这样挑剔的人都不挑了，料想塔挞老爹的手艺也不会太差。

果然不出半个小时，塔挞老爹就将一锅热气腾腾、香气扑鼻的青菜泡饭端上来，只见一丝丝碧绿的青菜浮在雪白的粳米上，煞是好看。

"哇！好香啊！"穆小米经不住香气的诱惑，赶忙拿勺子舀了一碗，迫不及待地吃了起来。吃到一半，忽然又从包里翻出一根银针来伸进碗里，然后拿出来看看松了口气，又继续吃了起来。

"你干什么？"塔挞老爹不解地问。

"你做的青菜泡饭这么好吃，我怕你下毒！"穆小米边说边吃。

"你！"塔挞老爹被穆小米给气乐了。

"好了，别闹了，赶紧吃，吃饱了，大家赶紧躲到个隐蔽但视野好的地方去，今天晚上谁都别睡！"邱子卿说。

"这个你别担心，吃完饭就进我的密室中待着，那里面有好几个暗阁，推开就可以看见我这屋中任何一个地方，而且院子里也能看得一清二楚！这可是我杰出的发明，哈哈！"老许颇为得意地说。

饭后，大家在老许的带领下走进了密室。这是隐藏在书架后的一间大屋子，里面生活设施一应俱全，整个一总统套房。老许指着屋内四面挂着的几幅小油画说："推开这些画，可以看到屋子和院子的各个地方，但是在外面的人绝对不可能看到我们。要是万一这边被敌人发现了，我们还可以从我这张床底下，通过一个地道直接到外面的村庄中。"

"真是构思巧妙啊！"邱子卿推开一幅油画朝外望去不由得赞叹。

"哎，我们就这样干等着也不是个事情，没准还没到晚上就想睡觉了。不如我们现在先打牌吧，消磨一下时间。"穆小米提议。

一听打牌老许来了劲，说："这个好，我已经好几年没打了。你这么一说还真把我的牌瘾给勾上来了！好好！打！"

于是邱子卿被老许、塔挞老爹、穆小米拉着打牌，蓝雨则负责监视着外面的风吹草动。就这样四人打牌打到了大半夜，穆小米一伸懒腰，看了下表说："师傅啊，这都快12点了，还没动静，该不会那纸条忽悠我们，今天晚上根本就没什么事情吧？"

"快12点了？"邱子卿也看了下挂钟喃喃自语地说，"这个时候最容易出事了！"

"当！当！当！"墙上的挂钟响起，众人抬头一看正好12点。一阵阴冷的风不知道从哪边吹了进来，蓝雨不禁打了个冷战，一下子精神了不少。她顺着暗阁中的小孔向外望去，只见今晚天空并不寂寞，一轮大得让人有点儿发憷的红色月亮正在小院的顶上挂着，四周静得让人压抑，院子蒙上了一层诡异的色彩。阵阵阴风穿过小孔吹了进来，一种说不出的感觉开始困扰着蓝雨，似乎一定要发生什么蓝雨的心才能踏实下来。

"嘎，嘎，嘎"，"啪，啪，啪"。一阵阵奇怪而此起彼伏的声音在夜空中响起，先是轻微的响声，接着怪声越来越近，越来越重。

"有情况！"蓝雨小声而急促地对众人说。

51. 行尸阵

一听蓝雨说有情况，大家连忙把手中的牌丢掉，纷纷跑到暗阁朝外观望。

寂静的夜色，血红的圆月亮，伴随着"啪，啪，啪"的声音，远处山坡上渐渐出现了模模糊糊的人影。

"啪，啪，啪"这怪声越来越近，也越来越重，看样子是朝着老许这房子来的。

"天啊，哪来的这么多人啊？"穆小米看着夜色中的黑影感到十分的惊讶。

蓝雨也在心中纳闷，这荒山野岭又是深夜，哪来的这么多人？而且就像从地底忽然间钻出来的一样。

"这是——"塔挞老爹皱着眉头看向老许说，"这些东西不会是你养的吧？"

"我养的？我吃了饭这么空？"老许鄙夷地看着塔挞老爹说。

"你们在说什么？"穆小米被两个人说得转不过弯来了。

"是行尸！"邱子卿在一旁边说边拿出他那把从不离身的小桃木剑。

"行尸？我说师傅你总拿着你这把破木头剑来，对付粽子可能管点用，对付行尸管用吗？"穆小米有点儿怀疑邱子卿手中的武器了。

"你这个娃娃怎么连这个都不知道就在倒斗中混呢？桃者，五行之精，能压服邪气，制御百鬼。"老许显然把穆小米也当成了同行，并用一种道上长者的口气说，"这行尸也是僵尸的一种，只不过是比较低级的僵尸！"

"你们别上课了，现在都什么时候了，它们已经快摸上来了！"蓝雨趁着月光已经可以看清一些走在前面的行尸。只见它们衣着怪异，似乎穿着都是清朝时候的衣服，但是早已破旧不堪。它们行动僵硬，简直就像生了锈几十年都没开动过的机器，而且似乎这些行尸的数量还不少。看着夜色中的越来越近的行尸大军，蓝雨心中不禁有些着急。

"没关系，它们进不来的！"老许非常自信地说。

"为什么？"穆小米不解地问。

"因为我是天才！"老许这一句话差点把大家说吐了。

"嗷呜！"忽然夜空中想起一声阴森的狼叫。

"今晚真是热闹，连狼都来凑热闹了！赶上百鬼夜行了！"穆小米一听狼叫乐了，心想这些不怕死的东西，这个时候也敢这样猖狂，不怕被这些行尸把你们的血给喝了！

谁知道穆小米的话音刚落，狼叫声又此起彼伏地响起。

"你们看！"蓝雨发现夜色中，行尸似乎有点儿怪异，它们纷纷停了下来，抬头冲着天空那轮又大又红的月亮，张开口不知道叫着什么。

"吸取月光精华！"老许也不禁倒吸了口冷气，"今晚是满月，又赶上血月，突然出现这么多行尸还真有点儿不好办啊！难道今晚有变是指这个？又是天宇集团搞的鬼？"

"师傅，这不都是传说吗？怎么还来真的了？"穆小米也被眼前的一幕所震撼了。

"生于红沙日，死于黑沙日，葬于飞沙地，沐浴月中精，行尸结此阵，万里鬼唱歌。"塔挞老爹在一旁看着这些在月光中拼命吸取月光精华的行尸，喃喃地说出了这几句口诀。

"老头儿，你在说什么呢？"穆小米见站在自己身边的塔挞老爹看了这些行尸后有点儿不对劲，不仅目光呆滞而且嘴里还唠叨着许多怪话。

"生于红沙日，死于黑沙日，葬于飞沙地，沐浴月中精，行尸结此阵，万里鬼唱歌。"塔挞老爹好像根本就没听到穆小米在跟他说话，依旧喃喃自语。

"他说的是传说在远古洪荒时候由一个巫师创造出来的邪阵，将刚好生于红沙日、死于黑沙日的人经过一种药水的浸泡，而且还需要在他头七的那天，天空中正好有一轮血红色的满月，将他放在野外尽情地沐浴月光后，埋在飞沙地10年之后。每当在血月当空的时候都能将他们召唤出来，这些行尸会自动地结成十煞阵，听凭巫师调遣，其危害不亚于变魃。"老许在一旁说着，忽然又笑笑，"看来今天真是棋逢对手啊，建这个房子的时候我是按照天神降魔的古阵所造，当初还觉得是多此一举，现在看来小心驶得万年船啊！大家不用怕，这些玩意儿连我的院子半步都踏不进来，等一会儿鸡鸣天亮要是这些行尸还未回到它们的老窝的话，它们就等着灰飞烟灭吧，哈哈！"老许说到得意之处很自豪地哈哈大笑起来，其架势一点也不亚于外面在血红的圆月下引颈长嚎的狼群。

听老许这样一说大家不禁松了口气，蓝雨好奇地问："你们刚才说的红沙日是什么意思啊？"

"就是指每年的一、四、七、十月忌讳酉日，二、五、八、十一月忌讳巳日，三、六、九、十二月忌讳丑日，诸事不宜，这四个月称红沙日。民间还有口诀说：起屋犯红沙，百日火烧家；嫁娶犯红沙，一女嫁三家；得病犯红沙，必进阎王家；出行犯红沙，必定不还家。"邱子卿在一旁解释道。

"原来是这样，看来以后还得经常翻翻皇历？"穆小米在一旁打趣说，忽然他的脸色一变，看着塔挞老爹说不出话来。

蓝雨也看向塔挞老爹，心中猛然一惊，塔挞老爹的这副模样不禁使蓝雨想起了读中学时听到的一个鬼故事。那时蓝雨住校，有段时间学校发生了一件非常恐怖的事情，两个高年级的女生一个叫王云、一个叫小红。晚上她们去了学校后山封闭已久的一座二层楼的小别墅后，小红就莫名其妙地失踪了，王云则在被人救醒后被送进了精神病院。王云被送走之前，蓝雨在看热闹的人群中见过她，那时她满脸苍白，见到一个人就拉着那人的手一个劲儿地说："你知道吗？我和小红一起走进房间，看见房间里有幅画，上面画着位古代美女，可我一扭头却看见小红的脸变成了画上的脸！"

事后蓝雨听到一些闲言说当初那两个女生因为好奇去了学校的禁地，可当那位叫王云的女生看到房间中的古代美女像后，却发现自己身边的好友小红就在这个时候变成画上的那个古代美女，正阴森森地看着自己。而过了半个月警察又在学校的后山发现了小红的尸体，尸检死亡时间却已有三个月。那么王云出事那晚，到底是谁陪着她去了学校后山的小别墅？

此时的塔挞老爹眼睛通红，目光呆滞，嘴角还挂着口水，正如一头凶猛的恶兽一般盯着众人。

"难道他也变行尸了？"蓝雨有些害怕地看着红了眼的塔挞老爹。

"该不会我们这屋子里面已经进来行尸了？趁我们不注意咬了塔挞这个老家伙一口？"穆小米在一旁猜测。

"怎么可能！我这里是固若金汤，那些低贱的东西怎么可能进来？我看他八成是着了魔了，快拿根绳子把他绑起来！"老许对穆小米说着，将手中的绳子递给了穆小米。

一听老许这样吩咐，穆小米就来劲了，连忙接过绳子，把塔挞老爹五花大绑了起来。

这时，屋子外面传来一阵阵骚动的声音，夹杂着阵阵行尸怪叫的声音。

"你们快看，这些行尸朝我们这边冲过来了！"穆小米叫了起来。只见那些行尸在吸饱了月光精华后，开始张牙舞爪地朝老许的房子扑来。

"它们要是冲进来怎么办啊？"粽子穆小米是见得多了，可这么多满身腐肉看了都令人作呕的粽子一起朝自己扑来，穆小米还从来没见过。

"放心，它们进不来的，哈哈，它们连我院子的边都踏不到！"老许到这个时候还是自信满满。

果然，正如老许所说，眼见一些行尸已经走到了院子边，"轰！砰！啪！"伴随着火花四溅，一阵阵爆炸声此起彼伏地响了起来。

"嗷！"行尸发出一阵阵怪叫声，却被炸得支离破碎，腐肉横飞。虽然蓝雨等人躲在屋中的暗室中，还是可以闻到阵阵令人作呕的腐臭味。

"赶紧拿毛巾把鼻子捂上，这些行尸被烧焦后会产生大量的尸毒，吸多了也会和被行尸咬过一样中毒的。"老许在一旁提醒大家。

"我说许老头，我现在是非常佩服你了。这么多行尸居然全被你给炸飞了。"穆小米在一旁称赞道。

"这个天神降魔的古阵果然厉害！"邱子卿也在一旁赞叹。

"那是！"老许非常自豪地说，"我这个天神降魔阵就是对付这种下三滥的阴招的。别管这行尸阵有多么多么厉害，不管你用行尸结成什么样的阵法，到了我这里都得乖乖地回老家！"

老许正说得得意，忽然脸色大变，一下子变得苍白得吓人，头上汗珠也落了下来，指着穆小米后面憋了好久才吼出了一声："快把塔挞抓住，千万别让他跑到我床底下去，那是怨陵的入口，一旦打开入口，陵墓中的煞气、怨气、尸气进入房间会从里往外将这天神降魔阵破解的！到时候我们都得变行尸！"

听老许这样一讲，穆小米反应最快，一个飞身扑了上去，将塔挞老爹扑倒，压在了身下。可没想到此时的塔挞力大无穷，一使劲，就把穆小米从身上掀翻下来。

"我的姥姥啊！这家伙吃兴奋剂了吗？这么一个糟老头子哪来这么大劲啊！"穆小米一个翻身又把塔挞老爹给抓住了大喊，"快来帮忙啊！"

蓝雨、邱子卿、老许一起上来，才把塔挞老爹给按住。大家七手八脚地把他牢牢地绑在了房间里一根大红木柱子上，塔挞老爹拼命地挣扎，口中发出声声恐怖的怒吼，整个就变成了一头发疯的凶兽。

"小心点，千万别让他咬到你，不然你也会变成这样子的！"老许提醒大家。

"他怎么会变成这样？"蓝雨万分不解。

"我也不太清楚，他并没有和行尸近距离的接触怎么会这样呢？"老许也感到很纳闷，边说边朝外面望去。

这时候外面非常热闹，行尸纷纷被天神降魔阵炸得腐肉横飞，可行尸丝毫没有减少。一轮血红的月亮静静地悬在当空，远处山坡上晃动着点点绿光，一种恐怖的气息散布在空气中。

这血红的月亮和山坡上点点绿光吸引了老许，忽然他想到了什么，猛地把暗阁关上。

"快把暗阁通通关上，别向外看，我说呢，今晚不是一般的邪，这操纵行尸的不是一般的人物。血月、行尸加上千年毒狼的绿眼，只要我们其中有一个人中了魔，就很有可能让我苦心布下的天神降魔阵从内部瓦解了！这个人不是一般的阴毒！如果他被天宇集团所用，那后果可是不堪设想，不知道又要害多少条人命呢！"老许说着叹了口气。

"那我们怎么办？外面一群怪物，里面还有一个疯子，我们难道就这样被困在这里？现在连吃的也没有了，要是它们不退我们不是要饿肚子了？"穆小米最怕的就是饿肚子了。

"按理说天亮鸡叫，如果这些行尸还不回老窝的话就会灰飞烟灭，可现在我发现这个操纵行尸阵的人不按常理出牌，他还会耍什么鬼把戏我也猜不出来。这些行尸天亮能不能消失就不好说喽！"老许无奈地说。

"你们快看看，他怎么办啊？"蓝雨看着发飙的塔挞老爹一时也没了主意。

52. 人皮血偶

"别着急，我弄点东西给他喝他就会清醒过来的！"老许说着翻箱倒柜地找出一个黑糊糊的东西。

"黑驴蹄子！你要给他吃这东西？这不是对付粽子的吗？他还没尸变呢！"穆小米惊讶地看着老许手中黑糊糊怪味扑鼻的东西，不禁皱起了眉头。

"你这个娃娃，就爱不知道乱说！"老许在一边不满地说。

"你说这不是黑驴蹄是什么？"穆小米跟老许争执道。

"娃娃，它可不是一般的黑驴蹄啊！它是生在邙山，长在邙山，吃邙山草，喝邙山水，全身上下黑得跟绸缎一样，连一根杂毛都没有的黑驴。等长到第七个年头在月圆之夜将它宰杀，只取这四个蹄子，放进用桃叶、桃木、糯米、白芷、虫草、麝香、当归、鱼腥草、昆仑美玉、南海珍珠、东海水晶等辟邪物品配置的浓汤中熬上七天后，拿出来在通风的阴暗处阴干。这可比一般黑驴蹄管用，就算来几个飞僵也可以治得了。这种黑驴蹄子不光可以对付僵尸，而且对那些中了尸毒、迷了心智的人有很好的疗效。"

"真的有那么神吗？难道吃了它就能把塔挞老爹治好吗？"邱子卿也对老许手中的这个黑糊糊的东西感兴趣了。

"不是让他吃，那是对付僵尸粽子的方法。对人怎么能用这样的方法呢？切下几片来，用水熬成粥状，加上珍珠粉服下，不出个把小时就能让人清醒过来。"老许说着就动手切了几块放到碗里，拿了去厨房很快端来一碗黑糊糊、冒着臭气的怪东西边搅边对穆小米说，"快把我桌子上那个白瓷瓶拿来。"

穆小米捏着鼻子，将白瓷瓶递给了老许嘟囔着："这怪东西，打死我也不会吃的。"

说来也奇怪，当老许将珍珠粉倒到这黑糊糊的东西里后，这臭烘烘的味道一下子就没有了，还散发着一阵阵淡淡的清香。

"天啊，你这变的是什么戏法，怎么怪味都没有了？"蓝雨也惊讶万分。

"哈哈，我会变的戏法还多着呢！以后你就知道了，快点，你们几个把这个老家伙给按住，我给他灌药。"老许吩咐道。

尽管塔挞老爹死命地挣扎，可最后还是被老许将这一碗药都喂了下去。不一会儿塔挞老爹就昏昏欲睡了。

"这样就可以了？"邱子卿有些不放心地问老许。

"等他一觉醒来就会恢复如常的，只是现在自己做了什么荒唐事他倒是全忘记了。"老许看了眼熟睡中的塔挞老爹无奈地说。

"嗷呜——"一阵阵令人毛骨悚然的狼叫再次响起，这声音听着都让人心里发毛。可叫过一阵后，四周又恢复了一片死寂，仿佛这时候就是掉根针到地上你都能听到声响。

"怎么忽然没声音了？"穆小米觉得有点儿不对劲。

"会不会他们又想玩什么新的花招？"蓝雨也有些担忧地说。

邱子卿什么也没说，走到暗阁前，推开木板，向外望去，却不由得一愣。夜色下四周一片安静，刚才热热闹闹的行尸大军已经消失得无影无踪，就连山坡上的群狼也不知道跑哪里去了，只有天上孤零零地悬挂着一轮血色的大月亮，仿佛刚才的一切都没有发生过一样，邱子卿等人看到的都是幻觉。

"奇怪！怎么一下子就消失了？"邱子卿嘀咕着。

"师傅，你说什么？那些行尸都没有了吗？"穆小米凑过来一看，不禁也发呆了。那么多的行尸，怎么一下子说没就没了呢？难道刚才是自己看走眼了？不可能，尸体烧焦时不是也闻到味了吗？

"哈哈，一定是它们撤了！快天亮了，在鸡叫前要是还没撤，这辛苦'养'出来的行尸大军，说灰飞烟灭就灰飞烟灭了，他们不可惜我还替他们可惜呢！"老许见怪不怪地说。

"那它们都跑哪里去了？这么快就没影了？"蓝雨不解地问。

"这还不清楚吗？都钻地底下去了！"老许说。

"地底下？这么说它们还在这附近，只不过暂时躲起来了？"蓝雨惊讶地说。

"是啊！"

"那，那万一它们从地底下爬到我们房子里面怎么办啊？"蓝雨担心地问。

"对呀，我说老头，你那个什么天神降魔阵管不管你房子地底下的事情啊？"穆小米也有点儿担心了。

"这个，这个我也说不好啊，我也不知道到底管不管，以前也从没遇到过这样的事啊。这丫头想得也挺多！怎么会有这样的想法。"老许搪塞地说。

"我说老头啊，你别打马虎眼！实话实说好不好？要是它们真的从地底下钻进来，那可是人命关天的事啊！"穆小米也开始着急了。

"啊，这个你们别急，让我好好想想。这个天神降魔阵它到底管不管地底下呢？等我找找阵图去。"老许继续搪塞着穆小米等人。

这都火烧眉毛了还卖关子呢！

正在蓝雨等人皇帝不急太监急的时候，远处传来一阵阵鸡鸣声。

"真是天助我也！"老许忽然发出了一阵歇斯底里的大笑。

"你这是怎么了？没事吧？"邱子卿似乎觉得老许也跟塔挞老爹一样，中了尸毒迷了心智。

"你们听刚才那是什么声音？鸡叫！天不亡我啊！这鸡一叫，就算他们再神通广大能从地底下破我这天神降魔阵也不行了，要想再指挥动这行尸大军也得等到下一个血月如盆的时候了。不过我不会再给他们机会，本来我想一下子让这么多的行尸都灰飞烟灭有点儿于心不忍。哼！既然他们不仁也就别怪我不义了！等天一亮，我就出去灭了它们！小样！敢跟我斗！"

"天呀，闹半天，刚才您老明明知道它们是可以从地底下钻进来破你的阵的，你就是不说啊！"穆小米几近崩溃地问道。

"啊，那个，这个嘛，也是我的一个猜测啊！也许吧！"老许继续打着马虎眼。这让蓝雨和邱子卿都无语了。

"好梦啊！这是在哪里啊？"塔挞老爹这时候伸了个舒服的懒腰睁开了眼，"奇怪，我这嘴巴里什么味啊！"

听他这么一说，蓝雨和穆小米都在心里偷着乐了。

"你这个糟老头子！刚才中了尸毒，迷了心智，差点儿没害死我们！"老许这下又来劲了，喋喋不休地开始数落塔挞老爹的罪行。

蓝雨朝外面望去，忽见已经稍微有点儿发亮的灰蒙蒙的天空中飘来了一样东西。等近了一点儿发现像个人，再近一点儿一看不禁全身上下打了个大大的冷战，脑海中一片空白，这飘来的不是别人而是慕容轩！

"是慕容小子！"穆小米也颇为惊讶，"原来这小子真的成妖了！"

只见慕容轩脸色苍白，神情诡异，嘴角黑色的血液一滴滴往下流，仿佛变成了活死人，又仿佛只是一个充气的人偶就这样飘飘荡荡地浮在空中。

"这不是人！"老许盯着空中的"慕容轩"看了几秒后下了结论。

"什么？不是人？不是慕容小子本人吗？那怎么会这样像？"穆小米不解地问。

"是他的人皮血偶。"从老许的神情来看，事情不太好办。

"哎，既然不是人那还等什么，我这就一枪崩了他！"穆小米说着拔出手枪，瞄准飘在空中的人偶就要开枪。

"万万使不得！千万别开啊！"穆小米这一举动把老许给吓了一大跳。

"为什么不让我开枪？不就是一个人偶吗？崩了它不就行了，省得一会儿它又出什么花招。"穆小米不耐烦地说。

"你这一枪下去，你们那个什么慕容轩可就真的死了！"老许有些后怕地说。

"什么？你不是说这不是人吗？"穆小米被老许说得更不明白了。

"这个确实不是人，却等于是被下了蛊的人，这是非常阴毒的手段！想要使用这样的蛊首先要将下蛊对象的小像弄到手，然后再弄到他身体上的毛发或者一点儿皮肉，一滴血也可以。如果再知道要施蛊人的生辰八字就更好了。然后准备一个纸人，将弄到的小像啊、毛发之类的放到火里烧成灰，将灰混合在一种他们自己配制的巫水中，然后将准备好的纸人浸入巫水中，倒在一个棺材状的盒子中，在一月阴气最重的一天午夜12点，将它埋在事先选好的适合养尸之地，等过了七七四十九天之后，这蛊就开始起效果了。它已经变成了被下蛊之人样子的人偶，而且已经将被下蛊之人的思维吸去，可以说被施蛊的人此时就像植物人一样没有任何思维，不知道冷，不知道饿，不知道痛。"老许说。

"这个我知道，我师傅早说过了，可我们就是不知道怎样能解了这蛊，把那个慕容轩救出来才来找你的啊！"穆小米不耐烦地说。

"哎，娃娃，你只知其一不知其二。这蛊是这样的，但是最厉害、最阴毒的要数用人皮下蛊了。"

"啊！人皮？用谁的皮啊？"蓝雨不禁问道。

"傻孩子，还用问吗？当然是被下了蛊之人的皮啦！"老许被蓝雨这么弱智的问题给逗乐了。

"用他的皮，他现在被折磨成什么样了？谁这么狠啊！"蓝雨咬着嘴唇，眼泪在她那一双大眼睛中打转转。

"师姐，好啦，你就别林黛玉似的了，慕容那小子皮厚，割一块下来也没什么损失的！"穆小米好像专跟慕容轩过不去似的。

"只是一小块皮，应该不会有性命之忧，但要是遇到那些超级变态的下蛊者，那也是一件非常可怕的事情。他们为了追求完美，往往会把施蛊的对象在头骨上用锋利的割皮小刀割一刀，然后从伤口处灌入水银，这样整张皮就会在水银的作用下慢慢地剥离下来，就能得到一张完整的人皮了。然后再用这完整的人皮做成人偶。"听老许说了后，在场的人都有一种心悸恶心的感觉。

"那人不是死了？"穆小米问道。

"人还死不了！"老许看着天空中的人偶，万般无奈地说，"他们会把去了皮的人放在一种特殊的药水中，这种药水让被下了蛊、剥了皮的人多活上一年半载是没问题的，只是人非常的痛苦却又说不出来，在外界看来就像一个没有感觉的活死人，可他什么感觉都能感受得到，这种极端的手段在过去多用来对付仇家，但也有一些变态的杀人狂会用这样的方法来折磨人取乐。好在这方法现在早就失传了，你们不用担心那个慕容轩会遭此大劫。"

"师傅！"蓝雨听完老许的话后，眼中早噙满了泪水。虽然在梦境中萨杳巫女不止一次地警告过蓝雨远离慕容轩，可听老许说他现在这么危险又被折磨得人不人鬼不鬼的，蓝雨的心理防线还是崩溃了。

"我知道！我们想办法，一定把他救出来。"邱于卿安慰着蓝雨，然后问老许，"既然这个人皮血偶已经到家门口了，你有没有办法把它制伏？我听塔挞说下这样的蛊，肯定要把被下之人藏起来，如果人被找到了那破解也就好办了。但只有会这样巫术的人，才能找到被下蛊人的真身。"

"不错，我可以找到，可你们有没有觉得这事情太奇怪了，它来的目的是什么？就是为了吓我们？那太小儿科了，现在救人倒不着急，弄清它的动机才是最重要的，不然我们这样冒失地出去救人，很有可能会落入他们的圈套，自身都难保，还拿什么去救人呢？"

"这还不简单，肯定是冲着师姐来的呗！"穆小米不假思索地说。

"你怎么知道？"老许不解地问。

"因为师姐有琥珀泪。"穆小米没心没肺地说了出来。

"什么？丫头，你有琥珀泪？那你绝对是闻先生的女儿了！太好了！我终于找到你了！"老许听穆小米一说颇为兴奋，"你现在有几颗啊？"老许又追问。

"我们在新疆是找到了两颗，可是在慕容轩那里。我有的虽然是九颗中的精华，但是一直在我的身体里面，据说只有找齐其他八颗，我身体中的那颗才会出现。"蓝雨说道。

"这就更对了！你身上是不是有一个琥珀泪的胎记？"老许问道。

"是啊，你怎么知道的？"蓝雨不解地问。

"我当然知道！这就是开启宝藏的关键！"老许自言自语地说。

"对了，还有两颗在那个慕容小子那边？怪不得有人要算计他，原来他有这么贵重的东西！"老许不知道从什么时候开始跟着穆小米一起叫慕容轩慕容小子了。

"是啊，他本来和我们一起来怨陵的，可在怨陵中就消失了！也不知道是死是活。"邱子卿颇为郁闷地说。

"嗯，看来现在是必须找到那个什么慕容小子了。还得我老许出马！"老许思索地说。

"哎，我说老头，你一口一个宝藏是怎么回事啊？难道这怨陵中还有什么宝贝不成？不是说这里可以知道师姐的身世和她的梦境之谜吗？"穆小米憋不住问了。

"哎，谜中谜，计中计！要单单是这样，天宇集团的人非要找琥珀泪干什么呢？假象，假象！"老许叹息一声，仿佛沉浸在了回忆之中。

53. 蝙蝠与血偶

"哎呀这些前尘往事现在还不是说的时候，眼前的这个人皮血偶你打算怎么处理？人你到底救是不救？"塔挞老爹在一旁嚷嚷着。

"是啊，又不能一枪崩了它，难不成还让它崩了我？"穆小米也在一旁气呼呼地说，手上光有家伙可就是不能用，要是一枪崩了这个人皮血偶，自己岂不是变相杀人了？

"哈哈哈。"人皮血偶漂浮在空中，忽然发出阵阵诡异的笑声，笑得众人头皮都发麻。

"老头儿，它的笑声可比你吓我们的时候恐怖多了。"穆小米在一旁捂着耳朵说。

"你们看！它的舌头。"蓝雨指着人皮血偶睁大了惊恐的眼睛，原来这人皮血偶不知道什么时候张大了嘴巴，血红的舌头如一条小孩胳膊粗的红蛇，正游动在空中。

"吃心舌！"蓝雨叫了起来。

吃心舌！蓝雨以前在蓝家的阁楼上一处放古籍的箱子里找到的一本没了封面的残书中看见过关于它的介绍，上面还配有几张工笔的插图，画的就是一个古代的鬼怪吐着小孩胳膊般粗的舌头将舌深入人的喉咙，掏出还怦怦乱跳的心的情景。

书中有这样一段记载，蓝雨到现在还记得：又东五十里曰尸山，山中多骸骨，尸水出焉，千年不绝。山顶多厉鬼，面白舌长，噬人心肝。

说实话，当初蓝雨看这些文字和图片的时候并没有感觉什么是害怕。可多年之后，在这样一个诡异而恐怖万分又无助迷茫的时刻见到书中描述的厉鬼，蓝雨就再没有这么好的心理素质了。

"厉害，我入行这么久，头一次看到像你这样年纪轻轻就如此见多识广的娃娃！连吃心舌这么古老的说法你都知道，佩服！佩服！不愧是闻先生的爱女！"老许无比佩服地说。

"什么？吃心舌？这东西还能吃人心？"穆小米惊讶地看着空中飘动着的红色的舌头说，"要是来个土耳其酱舌肉也不错。"显然，此时穆小米腹中已经是咕咕作响地唱空城计了，就连见到这么恶心、恐怖的东西他都能联想到吃的方面去。

邱子卿听了穆小米的话后不禁头上微微渗出些汗来，这宝贝徒弟就算死了也绝对做不了饿死鬼。

"哎，大家要小心，要是让它的舌头伸进你的喉咙就算天上神仙、华佗再世也救不了你们了！"老许捂着嘴提醒大家，生怕那恐怖的舌头朝自己飞过来。

"这个到底怎么办啊？打又不成，杀更不可了，而且还时刻威胁着我们的生命，弄不好就变成没心的人了。"塔挞老爹焦急地看着空中的人皮血偶。

"哎，其实解决的办法很简单，只是我这里没有东西，要是有一只活蝙蝠就好了！"老许郁闷地说。

"蝙蝠？活蝙蝠？"穆小米睁大眼睛看着老许，心想难怪古人喜欢把蝙蝠缝在衣服上做装饰，看来蝙蝠真的浑身都是宝啊，一会儿一定要好好敲老许一把。

"都什么时候了，你怎么还不把它拿出来啊？怎么这么多的话！"蓝雨超级不高兴地踩了穆小米一脚，一把扯下穆小米身上的背包。

"师姐，女人最大的优点就是温柔！你这样凶巴巴的当心嫁不出去！"穆小米单脚跳着，捂着脚大叫。

蓝雨没有理会嗷嗷乱叫的穆小米，蹲在地上把穆小米的背包拉开，挑出那个装蝙蝠的盒子，心想要是死了就坏了。打开一看，那吸血蝙蝠居然还在呼呼大睡。

"这么宝贵的东西你们也有？"看到盒子里的吸血蝙蝠，老许两眼的绿光都快赶上狼妖了。

"是的，上次偶然抓的。"邱子卿轻描淡写地说。

"嗯，这个，一会儿用完这个蝙蝠，给我好不好？当然我不会白要你们的东西。这屋子里的古董，除了这西周三足原始瓷炉，其他的你们随便挑一件我跟你们换！"老许这时候倒是颇为大方，非常大手笔地指着自己身边的这些宝贝要跟邱子卿等人做这笔交易。

"老头，你现在怎么变得这么大方了？看你这样子也不像大方的人啊，何况你这些宝贝买多少集装箱的蝙蝠都可以，为什么偏偏要这个蝙蝠？老实交代！"穆小米在一旁审问着老许。

"娃娃，这蝙蝠对于你们是没多大用处的，可对我这老头子用处大着呢，蝙蝠大补啊！你没听说过吗？我小时候，我姥姥可告诉过我，蝙蝠大补！这只蝙蝠这么肥美，又是吸血蝙蝠可是非常的难得！吃了它大有好处呢！虽说不可能长生不老，但也可以长命百岁呢！"老许看着盒子中的胖蝙蝠，看得口水都要流下来了。

"你姥姥怎么也知道呢？我姥姥也告诉过我！"穆小米在一旁惊讶地说道。

"好了！你们两人脑子缺氧吗？都什么时候了，你们看那人皮血偶好像盯上塔挞老爹了，要是被它的舌头缠上那就糟糕了。"

"就是！还不快点行动？这个蝙蝠到底怎么处理就不能一会儿再说吗？"

蓝雨和邱子卿被穆小米和老许气得火冒三丈，这穆小米和老许绝对是对冤家，八成天生就是彼此的克星，要不然怎么一凑到一起就喋喋不休地争吵个没完没了呢？

此时的塔挞老爹正非常狼狈地躲着血偶吃心舌的骚扰，在房间里面上蹿下跳的。要不怎么说穆小米和老许是一对冤家呢？房间里面这么大动静，两个人光顾着争吵居然熟视无睹。

"是塔挞那个老小子啊，没关系，让他再这样上蹿下跳一会儿吧。来，娃娃拿个玻璃杯给我！"老许的眼皮连抬也没抬，似乎把塔挞老爹当成了空气。

穆小米将玻璃杯递给老许，老许从口袋里掏出把非常小巧、精致、镶宝镂丝的小银刀出来，放在火上烤了烤，拎起盒子中的蝙蝠，小心翼翼地在它的左翼上割了一刀。这蝙蝠正在美梦中，乍地感觉到翅膀一阵钻心的疼痛，本能地挣扎了起来，可只能眼睁睁地看着自己被放血。这个时候蝙蝠可真的后悔了，没在陵墓的时候逃跑，最起码那里还有自己爱吃的海蝎子！

老许接了一点儿蝙蝠血，就把蝙蝠放回了盒子里，吩咐穆小米将盒子盖好，千万别让蝙蝠跑了，自己还想吃花旗参炖蝙蝠呢！

老许走到柜子前，打开柜子，从里面拿出了一个琥珀色的瓶子，从里面倒出一粒蓝色的小药丸，放在了蝙蝠血中，这血液马上沸腾了起来。老许将这杯沸腾的液体泼向人皮血偶，一股恶臭随即传来，众人不禁都捂住了鼻子。

那血偶被泼了一杯子蝙蝠血后一下子瘪了下来，最后化成一阵黑烟消失了，只飘下几张血色的纸人。

"哈哈，你们不用担心你们那个什么慕容小子了。"老许看到飘下的纸人后忽然冒出了这么一句。

54. 西周古墓

"为什么？"蓝雨焦急地问，所有人中，只有她是最关心这件事情的。

"唉，都怪老夫，老糊涂了，没有跟得上时代的步伐，现在科技如此日新月异，这蛊术也在与时俱进中嘛。这个我们也要经常学习，要跟上时代的步伐，不然我们就要被社会所淘汰，优胜劣汰你们知道吗？"老许有模有样背着手说着。

"臭老头！你长话短说好不好？天已经亮了，你赶紧直奔主题，完了我们好找地方吃饭去！我的肚子啊！"穆小米的肚中传来一阵"咕咕"的叫声，不由得冲着老许嚷嚷着抗议。

"娃娃，这个思想教育很重要，你不知道吗？"老许一本正经地看着穆小米说。

"哎呀，我的姥姥啊！您就直说了吧。你们老年人新陈代谢不快，我们和你不一样啊，一碗青菜泡饭能撑到现在已经是极限啦！"穆小米愁眉苦脸地说。

"哦，那我就书说简短，单表一章！"老许清了清嗓子，正要弯腰从地上捡起那几张血色的纸人。

"小心！"塔挞老爹吓得连忙阻止他，"当心上面有埋伏！有尸毒！有巫蛊！有病毒！有跳蚤！有臭虫！"估计这个塔挞老爹怕跳蚤和臭虫，所以最后才会冒出这两个昆虫来，让在场的众人听了不禁额头上刷刷地多了无数条黑线！

"你这老家伙，这么多年了还是没改，不就是当年在那西周的陵墓中遇到跳蚤和臭虫大军了吗？至于这样吗？"老许不屑地白了塔挞老爹一眼，将那几张血色的纸人拾了起来。

"西周陵墓？你们？"穆小米看看老许，又看看塔挞老爹，这个时候老许才发觉自己说漏嘴了。

"哈哈！"穆小米瞬间爆发出一阵威力极强的仰天狂笑，指着老许说，"老头儿，你还装，还有你，原来年轻时也在这些大坟小坟里混过呢！还自诩是什么研究，这年头，教授摇唇鼓舌，四处赚钱，越来越像商人；商人现身讲坛，著书立说，越来越像教授。你们也是，明明是盗墓的非称自己是考古的！哈哈！笑死我了！"

穆小米这一番慷慨激昂的讽刺，说得老许和塔挞老爹脸上一阵红、一阵白的，表情特别可爱。看得邱子卿也忍不住笑了起来。

"哎呀！你们别闹了，那个西周的事情一会儿再说，先把我的问题回答了！"蓝雨脸憋得通红、杏眼圆睁的样子让在场的男人，不论老的少的都感觉到了恐怖。要是再不回答她，估计要被她暴扁了，她发起脾气来可是谁也治不了的。

"好，好，丫头你别激动！你看这是什么？"说着，老许将一张血色的纸人递给了蓝雨，蓝雨好奇地接过来一看，不禁失声说道："照片？"

邱子卿等人凑过来一看发现这纸人头部正好贴着张慕容轩的一寸照。

"哈哈，这张照片太难看了！慕容小子平时打扮得流光水滑的，可也经不过一寸照的洗礼！"听穆小米这么一说，在场的人忍俊不禁。蓝雨也觉得这张照片是有点儿对不起观众，没想到这家伙还有这么"可爱"的照片？对方是怎么弄来的？

"所以我说嘛，现在有了照片。啊，自从发明了照相机，这巫术就有了很大的飞进，什么非要人的皮啊、人的肉啊，非要把人抓过来催眠施蛊啊，对于一个高明的巫师来说都不重要了，只要他把蛊下在相机上，再用这下了蛊的相机拍下要下蛊人的照片就可用照片来下蛊！不过效果肯定不如以前的老方法好啦，如果不是非常想对这个人下蛊又抓不到他，弄不到他的皮啊、肉啊、毛发啊之类的东西是不会使用这下策的！这就说明那些使用这种下三烂蛊的家伙没有抓到你的朋友！不用如此的担心啦！"老许一口气总算把蓝雨想知道的说完了。

"哦，原来是这样！"蓝雨听了老许的解说后，一颗悬着的心总算放了下来。

"既然已经知道慕容那小子没什么事啦，那咱们还是快找个地方吃早饭吧！"穆小米愁眉苦脸地嘟囔着。

"嗯，现在天色已经放亮，是可以出去了，大家赶紧找个地方吃饱喝足，然后还有更重要的事情做呢！"老许点头说道。

"还有什么事情？"塔挞老爹不解地问，本来这"今晚有变"一劫已经过去了，那慕容轩虽然暂时不知道下落但是并没有落入歹人手中，可以不用这么着急地去救人。能有什么大事要忙呢？

"你还是这样，好了伤疤忘了痛，你知不知道你这脾气是我们这行的大忌啊！你说说我光救你就救了多少次了？"老许又开始数落塔挞老爹。

"英雄不提当年勇。你怎么老这样婆婆妈妈的，就那几件破事你说你啰唆多少年了？"塔挞老爹不满地嘟囔。

"你们啰唆好了没？到底什么事情？我们吃好饭帮你做不就行了吗？"穆小米真的快疯了。

"这还差不多，走吧，我知道我这后山就是一个小村庄，我们去那边吃点东西吧！"说着众人就跟着老许来到了外面。

蓝雨不由得眉头一皱，用衣袖将鼻子捂住，这行尸阵果然是非常阴毒恶心的东西，过了这么长时间这让人作呕的腐臭味还未散去！真是有背天理，布下这样的阵，不遭天谴才怪呢！蓝雨心中暗骂道！

"你们看看，这不就是我们一会儿要做的吗？"老许指着他房子四周焦黑冒着恶臭的土地说，"这些都是那些行尸留下的祸患啊！一会儿吃饱喝足后，我们就回来把这些东西彻底地剿灭干净！"

"这些行尸不是都在鸡鸣之后灰飞烟灭了吗？"邱子卿也有些不解地问。

"大部分是，但是这个行尸阵特别的歹毒，有些行尸在鸡鸣的那一刹那已经潜入土中。一到晚上，它们还会出来，到时候祸害人间就不好办了！"老许颇为担心地说。

"噢，那我们快去快回，吃好饭马上回来做正事！"邱子卿很赞同老许的建议。

几人一行来到了老许所说的小山村，这个山村不大，也就十几户人家，在这风景如画的山脚下，过得非常惬意。这些人家和老许都很熟，见老许来了，都纷纷和老许打招呼。老许笑呵呵地来到了这村子里唯一一家小饭馆，在外面一张四方桌子旁坐了下来。这个老板加店小二笑呵呵地跑了过来说："许大爷，你可是好久没来这里啦！今天怎么有空跑到我们这个穷乡僻壤了？想吃点什么啊？"

"你们这里有的都拿上来，反正我们现在也是饥不择食。"穆小米此时早已经饿得两眼冒金星，浑身冒虚汗，就连老板那胖胖的手臂都被他看成了白酌猪蹄，真想上去咬一口。

"那就让大家来尝尝我们这里的特色上汤米线吧！"老板笑呵呵地下去了。

不一会儿，一碗碗热气腾腾的上汤米线端了上来，穆小米一口气吃了四大碗。忽然发现这时候的塔挞老爹吃起饭来却像个大姑娘般秀气，拿着筷子在碗里拨来拨去。

"哎，你这小老头，你怎么变成了大姑娘？吃东西还这么秀气，你不饿吗？"穆小米满口米线地问塔挞老爹。

"哎，不用问了，那家伙估计一看到这白白胖胖的米线，就想起了在那个变态的西周古墓里看到的蛔虫。"

"哇！"一听老许这样说，塔挞老爹再也受不了，跑到一旁狂吐了起来。

"这后遗症还真厉害，这么多年了还没好！"老许无奈地吃着米线说。

"我说老头儿，我早就看出来你去过那个西周古墓，还说什么如何如何的邪乎，跟我们讲讲。"穆小米这时候吃饱了，来了精神，开始死缠烂打起来。

"也好，老夫也好久没有讲过去的故事了，正好今天给你们讲讲老夫当年是如何的英勇！"

听老许这样一讲，蓝雨等人头上立刻冒出了无数汗珠。这老家伙也是个天生爱吹的人，这不正好赶上了穆小米这样爱热闹的家伙，一个愿讲一个愿听，不成了绝配？

无奈这老许已经完全做好了讲述当年故事的准备，你不让他讲，那他不跟你急眼才怪呢，所以其他人只好耐着性子听着。

这老许一看今天有这么多人要听自己当年勇闯西周古墓的故事，一下子精神百倍。他环顾了四周后说："这故事不能就这样光讲，得有酒配着才能尽兴！娃娃，跟老板说炒两个下酒的小菜，弄几瓶白酒来。咱们边吃边聊！"

"不用叫这娃娃来说啦，我都听见啦！我说许大爷，要不要来盘咱们这里的特色菜爆炒本鸡啊？"这店老板的耳朵也挺尖的，还没等穆小米说话，他就自己跑过来了。

"好，今个高兴！就来个你们的特色菜，要加大辣，不辣不给钱啊！"老许笑眯眯地说。

"好哩，你就等好吧。"老板屁颠屁颠地跑了进去。

穆小米从小饭店里面拿出了两瓶"铜锅"酒，找了几个参差不齐的玻璃杯，在衣服上擦了几下，就给老许等人满上了。这时候小店的后院一阵鸡飞狗叫地闹腾后，一盆盆极富乡野特色的小菜端上了桌。蓝雨等人一看，不由得也被勾起了食欲。

"来，来，大家边吃边听我说！"老许边张罗着边美美地喝了口杯中的酒，吃了口黄癞头后说，"话说当年，我和塔挞那西周的古墓确实是事出有因！其实还是因为这个'阎王蛊'和'墓旋风'闹的。"老许说到这里似乎陷入了过去的回忆之中。

"是啊，那时候我们冥派的当家人，也就是老许的爷爷，被人下了'阎王蛊'，而且是一个催命的蛊，如果一年之内不找出解药来就要全身血流不止而死。"塔挞老爹手里抓着鸡腿边啃边补充，看得出刚才那顿狂吐把他胃里的那些东西全吐得精光，这会儿他感到饿了。

"那个下蛊的人是'墓旋风'？"蓝雨问道。

"聪明！就是那个浑蛋！"老许恨得牙根痒痒地说。

"这个'阎王蛊'是你们创的，被'墓旋风'改动后，你们就一点儿办法也没有吗？"蓝雨疑惑地问。

"哎，丫头，他下了死蛊啊！"老许无奈地说。

"当年老先生没有要他性命，只是将他逐出了师门，应该是有恩于他的，他怎么能这样恩将仇报呢？还下了死蛊？"邱子卿也有些替老许的爷爷打抱不平。

"他是为了得到怨陵的宝图！"一语说得在座众人无比震惊！

"怨陵？宝图？"蓝雨万分惊讶地说，"难道那时候就有人知道怨陵了？这宝图又是什么东西？"

"那时候只是知道在云南有一座当年汉武帝修建的神秘陵墓，据说里面埋藏着无数财宝，只要得到宝图，就能找到这些财宝。说来也奇怪，我们家古屋祖宅竟是造在一个汉代的地下冢上的。"老许边说边夹起了块鸡肉，吃了后满意地咂咂嘴说，"够辣！够劲！爽啊！"

"地下冢？冢不都是地下的吗？还用强调这些吗？"穆小米不解地问。

"什么？你们家祖宅竟然建在地下冢之上？这么难找的冢竟然变成了你家风水之地了！"邱子卿听老许提到了地下冢，不禁满眼冒绿光。作为行里人，要是能遇到这样的冢也是三生有幸，因为这样的冢在世间存在得太少太少了，以至于很多人都认为这只是个传说。

"这地下冢是非常难建的。"老许说，"如果没有线索或者丰富的经验，你在平地上根本就不可能找到，它在地上没有任何标志，深埋于地下。它的墓碑通通藏在了地下，就像一个宽大的地下室。当你费尽力气挖开土，下去后才会发现原来地底下是一个竖着墓碑的坟墓。要想进到里面去，你还要在地下再把这个坟墓挖开，才有可能进去。有的挖开后，却发现大冢里面还套着个小冢，小冢里面还有小冢，是活活能气死盗墓者的设计。由于在地下再建冢，冢中再套冢不仅难以施工而且对施工技术要求极高，弄不好就会塌方，没有一定的财力物力，或者没有特殊用途，一般是不会费这大的力气建这样的冢的，所以现在几乎找不到这样的冢了。"

"哈哈，不就是来了个复式结构嘛，只不过是从地上搬到了地下！"穆小米嘻嘻哈哈地说。

"嗯，我们祖屋地下就是这样一个地下冢，我爷爷在那里发现关于怨陵的记载和一张简单的陵墓内的路线图。这事情也不知道怎么让那个'墓旋风'浑蛋知道了，他勾结日本人一定要爷爷交出他们眼中所谓的宝图！我爷爷哪肯答应，所以他就对爷爷下了毒手。"老许气愤地说。

"是啊，为了救我们当家人，我和老许就只身涉险去了那西周古墓。"塔挞老爹在一旁补充着。

"西周古墓？不是非常凶险的古墓吗？这和你们救人有什么关系？"穆小米问道。

"听说里面有甘露翎子，是上古一个法术极高、人缘极好的巫师所研制出来的，能解百毒，化千蛊！"老许说，"当时也是巫术邪教盛行，经常会有好人被歹人下蛊活活折磨死的事情。传说这个巫师因不忍看见巫术邪教害人，而研制出了这种解药，后失传。"

"甘露翎子？那当年张狐狸去西周的墓里也是为了这东西了？这么说，这玩意儿也可以解我师傅身上的阎王蛊了？"穆小米忽然兴奋地说。

"是啊，如果能拿到的话！"塔挞老爹说。

"这么说，你们没有拿到甘露翎子？"穆小米问道。

"唉，一言难尽啊，亏得我当时学了一身的本领，可就是输在了大意轻敌上了。"老许叹了口气，有些痛心疾首地说。

原来当年老许和塔挞老爹两人为了救老许的爷爷，冒死来到西周的古墓，那时候两个人正值年少轻狂，虽然知道这古墓凶险无比，已经有很多高手丧命于此，就连张狐狸也没从这里活着出来，可他们初生牛犊不怕虎，仗着艺高人胆大，准备趁着夜色进古墓。那天夜里忽然乌云密布，月亮也被乌云遮住，眼看着就有倾盆大雨要下来。塔挞老爹看了看天色对老许说："这天可不利于我们今晚的行动，咱当家的可是说过了，鸡鸣不盗墓，夜雨也不盗墓，要不我们等明天再来？"

老许撇撇嘴满不在乎地对塔挞老爹说："我说你这个人就是磨蹭，没有魄力！等？多等一天我爷爷就多受一天那挨千刀的破蛊的折磨！夜雨怕什么？我偏偏不信这个邪！快挖！"说着把从小日本那里缴获的军用铲丢给了塔挞老爹。

这个老许年轻的时候喜欢接受一些新鲜的事物，本来要进如此凶险的古墓，应该带上老祖宗这几百年来传下的全套家伙，可他却偏偏图个新鲜，见从小日本那边缴来的军用铲用起来比自家的工具更加方便轻快，为了图省事就单单把这东西给带来了，没想到却吃了大亏。

塔挞老爹虽然有些不情愿可也架不住老许的一意孤行，于是只好拿起军用铲来要往下挖，正使足了劲要下去一铲子的时候，却被老许拦住了。

"不对！"老许看着这西周的古墓思索着说。

"有什么不对的地方？"塔挞老爹奇怪地问。

"我们好像被骗了，这是假象！入口不是在这里！"老许看了看乌云密布的夜空，时而将月亮遮住时又露出一点点微弱的月光，古墓也在这天上乌云的变化中显得阴晴不定。

"有什么不对的？"塔挞老爹奇怪地问。

"你从这个方向看这个墓是有碑的，从那个方向看却是个无碑之墓！"老许拉着塔挞老爹左看右看，绕着坟墓走了一圈，发现这个古墓竟然有八个不同的造型。

"八门之墓！"老许脱口而出。

"什么？这么邪乎的东西被我们碰到了？"塔挞老爹在一旁那个郁闷啊！这八门之墓可不是闹着玩的，八门就是墓的八个入口，分别是：生门、鸟门、蛇门、虫门、怪门、鬼门、死门、通门。如果从生门进通门出则可安然无恙，不然不论你从哪个门进都不会让你顺顺当当地出来，轻者受伤中蛊，重者死于非命。

"原来张狐狸他们是走错了门！"老许颇为自信地说，"我说呢，哈哈，这张狐狸一生精于算计，最后还是被这八个门的幻象迷惑住了！"

"这么恐怖的八门之墓，咱们有把握顺利进出吗？"塔挞老爹担心地问。

"这还有什么难的？我爷爷早就教过我怎么分辨了。很简单，看我给你演出好戏！"老许自信地说。

55. 何门进何门出

"你有经验吗？"塔挞老爹有些不放心地问。

"这个很简单，听过一次你也会了！"老许说着拿着那把绿色的军用铲找准方位，就是一铲。老许蹲在地上，借着塔挞手中微弱的油灯辨别着铲子上带出的地底的泥土的颜色。

"黑色！"老许若有所思地说，"看来这里是鬼门了！"

"鬼门？你怎么知道这是鬼门？"塔挞老爹不解地问。

"你看这土的颜色，如果一铲子下去，带上来的土是黑色的则是鬼门，深绿色的则是生门，白色的是鸟门，赤色的则是蛇门，淡绿色的则是虫门，紫色的则是怪门，红色的则是死门，蓝色的则是通门。现在带来的土是黑色的，我们肯定不能从这里进去，不然绝对会遇到粽子、怨灵，指不定还有什么可怕的东西呢！"老许的一番话说得塔挞老爹心服口服，于是跟着老许从八个方位分别下铲辨别土色。

"就这了！"在老许下了第六铲后，他看着铲子上深绿色的土壤自信地说，"这里肯定是生门！咱们就从这里进去！"

塔挞老爹看了看古墓忽然被吓出了一身冷汗，原来他发现从这个角度看去，这古墓活像一条趴在地上的毛毛虫。要说这个塔挞老爹，胆子也是有点的，就是来个活蹦乱跳的粽子啊、阴森森的幽灵啊，他也未必吓成这样。可他天生就怕各种各样的虫子，尤其是那种软体的，软绵绵，一趴全身都要从尾巴蠕动到头的那种爬虫，就像那种夏天趴在大柳树上、满身带刺的毛毛虫，浑身碧绿胖嘟嘟、肉乎乎的大青虫，头上像长两个眼睛、身体一节节的大豆虫。这些东西要是一齐出现在塔挞老爹面前，他非得尿裤子不可。

"怎么了？吓成这样？"老许奇怪地看着塔挞老爹。

"你看，你看！大毛毛虫！"塔挞老爹指着古墓惊恐地说。

"我不是说过，这是八门之墓，你从八个角度看就能看到八个不同的造型。"老许说。

"那你还说是生门，这不明摆着是虫门吗？"塔挞担心地问。

"我说你怎么这么木呢？我明白了你跟张狐狸一样，是被它的表象给迷惑了。你要看这土的颜色！什么颜色？深绿色！"

"那，那要是浅绿怎么办？那不真的进了虫门啊？"塔挞老爹担忧地说。

"怎么可能？这颜色你都分辨不出来，你色盲啊？这么深！"老许不满地白了他一眼。

"可这铲子也是绿色的啊！"塔挞老爹担忧地说。

"你就别担心了！跟着我就行了！"说着老许自顾自地拿起铲子挖了起来。不一会儿，就挖到了墓的入口，一股千年腐味传了出来。老许和塔挞不禁捂住了鼻子，眉头皱了起来。

"这什么味啊？这么恶心，又不像尸体的腐味，也不像硫黄火药的臭味，有点植物的腐臭又有点动物的腐臭，这两种味道夹杂在一起实在太恶心了！"老许骂骂咧咧地说着，等到墓中的味道散去后，点了根蜡烛用绳子吊着慢慢地顺进了墓中。透过蜡烛微弱的光亮，老许看见墓室里有好多枯了的树叶和树枝，这是什么鬼墓？怎么墓里有这么多乱七八糟的东西？可他也没细想，见没有什么机关埋伏，这腐臭的味道也散得差不多了，就拉着塔挞老爹下到墓地里面去了。

56. 虫门

老许在前，塔挞老爹在后，两人一前一后在墓室的甬道中摸索着前进。借着油灯微弱的灯光，老许发现这甬道的两边都是粗糙的石壁，石壁上斑斑血迹，黑一块、紫一块还夹杂着一些花花绿绿的颜色，就仿佛是夏天台风过后，你在路上走着，随处都可以见到从树上吹落的青虫、毛毛虫被来来往往飞驰的汽车压爆后"血肉模糊"地呈现出一块块色彩斑斓的颜色。

"当心这两边的石壁，溅在这上面的东西可能有毒！"老许提醒着塔挞老爹。

"你，你看，看我脚底下是什么东西？"塔挞老爹忽然声音颤抖地有些说不出话来。

老许提着油灯，朝塔挞老爹的脚底下望去，发现塔挞老爹脚边正好趴着只硕大的黑蜘蛛！吓得老许赶忙将塔挞老爹拉到了一旁，连声问道："有没有被咬到？有没有被咬到？"

塔挞老爹面带惊恐地摇摇头，两个人从来都没有见过这么大、这么恐怖的蜘蛛。一时间都愣在了那里，眼睁睁地看着这个怪物蜘蛛慢悠悠地爬走。

多年之后，老许和塔挞老爹才知道他们当年在古墓中遇到的蜘蛛叫黑寡妇，是一种毒性很强的蜘蛛，它的毒液可以破坏人以及马、牛等大牲畜的神经系统。如果被它咬伤不及时进行救治，很有可能丧命。但老许和塔挞老爹都觉得那天遇到的那只黑寡妇，要比一般的黑寡妇都要大、都要肥。

"什么鬼东西！"老许看着这只硕大的黑蜘蛛不紧不慢、雍容华贵地爬远了，不禁愤愤地骂道，连声说一进来就遇到这样的东西真是晦气！

"哎，我说咱们该不会真的走进虫门了吧？"塔挞老爹一开始就怕从这个门里面进去，现在看见这么大的一个家伙他心里更是打鼓了。

"你别总是唧唧歪歪，一只破蜘蛛就吓成这样，又不是那些青虫、毛毛虫，你不至于怕成这样吧？"老许颇了解塔挞老爹，见他如今都升级成连见到蜘蛛都怕的境界了，更是感到非常的鄙视。

"我不是怕那只蜘蛛，我是怕你刚才没看清铲子上土的颜色，我们是从虫门进来的！你不觉得这里很奇怪吗？怎么看也不像墓室的正经通道啊！"塔挞老爹边说边指着四周的墙壁说："你看这些血迹分明是经过好几场恶战之后留下的，要是生门怎么可能会这样？"

"也许是以前进来的人不小心触动了机关才导致了血光之灾。我们小心点不就行了，不就是个西周的破坟头子，里面当然破破烂烂的，你别和以前去的那些什么唐代、明代、清代的古墓比啊！"老许边说边小心地向前摸索着，油灯发出微弱的光芒，前方黑洞洞地，仿佛张开血盆大口随时准备吞噬这两个不速之客。

"我看咱们还是先出去吧，到了外面好好辨别之后再进去。"塔挞老爹今天也不知道是怎么了，变得特别的胆小，有种不祥的预感在他心中升起。

"出去？你以为这是公共厕所啊，想进来就进来，想出去就出去，生门入通门出才能活着出来，生门入生门出，那生门就变成了死门！没用的，既然进来了，只有往前走才有可能出去！"

听老许这样一讲，塔挞老爹心中这个苦啊，比吃了黄连还苦上好几百倍，敢情是上了贼船不能走回头路啊？

塔挞老爹正在心中骂着老许，忽见甬道两旁石壁上画着些东西，就自个提着油灯望去。

在昏暗的灯光下，塔挞老爹看见石壁上有几幅模糊的壁画。一幅画着一个衣衫褴褛的古代人掉进了一个满是蜈蚣的大坑中，全身上下爬满了蜈蚣，正在痛苦地挣扎；一幅是一个古代男子，面容扭曲，赤裸的上身正有无数条毛毛虫似的虫子往外爬出；一幅是古代的男子痛苦地跪在地上，双手捂着肚子狂吐，吐出的都是一条条既长又肥的虫子；最后一幅画着一个硕大的虫坑，一条条狰狞蠕动的虫子画得栩栩如生，坑中有个盗贼模样的中年男子深陷这些蠕动的虫子之中，所有的虫子都朝他拥来，有的已经钻进了他的身体之中，他露出的头和手也已经布满了钻了一半的虫子，虽然想挣扎着爬出来，估计也是徒然。看到这里，塔挞老爹的胃一阵翻涌，"哇"的一声吐了出来。

"怎么了？没事吧？"老许见塔挞忽然吐了有点儿不放心地问。

塔挞老爹吐得有气无力地指了指自己身旁的壁画，老许也凑过来看，忽然指着塔挞笑了起来："哎，你这家伙从小就怕这东西，不就是几幅壁画嘛，这些都是古人画上去骗后来的盗墓人的，哎，自欺欺人的东西。走吧！"老徐不以为然地说。

两人刚要往前走，忽听得前方黑暗中传来几声"嗖嗖、吱吱"，这幽静的墓中忽然传出这样的叫声着实把老许和塔挞老爹吓了一跳。只见两只肥硕的大老鼠，一前一后朝塔挞老爹的呕吐物跑去！

"他姥姥的，老子还以为这破墓里只有咱们两个是喘气的，没想到喘气的还真多，先是那个什么鸟蜘蛛，现在又来了两只肥成那样的老鼠，今晚上可真热闹！"

老许的话音未落，就见那两只老鼠翻倒在地，四个爪子痛苦地乱抓着，抽搐了两下，就躺在那边不动了。

"你，你看，不对了！不对了！"一种强烈的恐惧从塔挞老爹的眼中透出，他指着老鼠的死尸，浑身上下抖个不停。

老许朝老鼠看去，只见老鼠的身上不知道怎么的竟然出现无数条白色的小爬虫，正源源不断地从老鼠身上钻了出来。

是蛆？不会啊，老鼠刚死，苍蝇就是现下卵也来不及啊！更何况这里面怎么会有苍蝇呢？那这个是什么？

忽然一个可怕的想法如闪电般地电了一下老许的大脑，他不禁手脚冰凉，额头上布满了细密的汗珠。

难道是尸虫蛊？难道真的是从虫门进来的？一个个可怕的念头在老许的脑海中——闪过。以前老许曾听爷爷讲过，他老人家年轻的时候跟道上的一群朋友在摸一处隐藏在山涧中的南北朝时期的古墓时，曾遇见过这可怕的事情，有几个朋友就是在墓中当场死于尸虫蛊的。

老许到现在也难忘当初爷爷的描述。当时，那几个朋友忽然觉得腹中剧痛，犹如万箭钻心一般，口中不断吐出黄褐色的浓浆夹杂着腥臭无比的味道。没过几秒钟，那几个朋友眼睛瞪得快要掉出来了，脸上的五官严重扭曲，皮肤上都凸起了一个个蚕豆大小的水泡，随后在朋友的一声声惨叫声中，一条条白色的、肥硕的大尸虫纷纷钻破水泡爬了出来。一时间那几个中了尸虫蛊的朋友的身上简直体无完肤，一条条尸虫从他们身上的各个部位钻了出来。听爷爷说尸虫蛊是将人的内脏变成尸虫，待尸虫蛊成熟后，就在一个特定的时间万条尸虫一起钻出来。估计这可以称得上是人间最痛苦的一种折磨了。

如果真是尸虫蛊，那自己十有八九是入了这八门之墓中最恐怖的一个门——虫门！

八门之墓最厉害、最恐怖、最让人毛骨悚然的不是鬼门，也不是什么死门，而是虫门。

从这个门入的人几乎没有活着出来过，里面不仅是世界上各种千奇百怪的虫子的集合地，那些身带剧毒的虫子在这里还是小菜一碟，最变态的是这里面布满了各种各样和虫子有关的机关埋伏、各种和虫子有关的蛊。总之，只要你踏进这个门，它就会力争让你死得很难看、死得很痛苦、死得都和虫子有关！

"怎么轮到你发呆了？是不是我们真的进了虫门啊？"塔挞老爹声音颤抖地问。

"啊？我只是觉得这个墓太他妈的古怪了！看来这两只老鼠在没吃你吐出来的东西之前，就已经中了蛊了！不然不会死得这么快的！"老许皱着眉头说。

两人正准备绕过这两团让人非常恶心的、白花花地不停蠕动着的虫子团时，让他们惊恐的一幕发生了。这两团虫子像撒了好多斤酵母的馒头一样，一下子就膨胀了起来，变成了一条条肥硕的、巨大的、恐怖的、恶心的，足有小猪这么大的尸虫，一股让老许和塔挞老爹快窒息的臭味迎面扑了过来。

"嘶"一条条尸虫张开了大嘴，露出了一根有两个手指头粗细的管子向着老许和塔挞老爹伸了过来！

"这是什么东西啊？"塔挞老爹脸色苍白如纸，再也受不了这样的视觉冲击，再有 0.02 秒他就该昏过去了。

"塔挞！挺住！挺住！"老许在一边扶着塔挞老爹，一个劲儿地给他打气，你千万别冒泡，不然你也跟那两只老鼠一样了，这些尸虫伸出的是它们的腔管，它们这是要下蛊啊！千万别让它们吐出来的腔管碰到！不然它们的卵就长在你的身体里了！

这种尸虫蛊的生命力极其的短暂，只要从原来寄生的母体中钻出来后，会迅速地长大，变成一条条的成年尸虫，如果不在极短的时间内找到新的母体，那么它们就会慢慢地干裂死去。如果找到了母体，它们就会把新的蛊卵下到母体内然后再死去。新的卵又在母体内潜伏发育，到底什么时候能发育成熟那要看下蛊之人的安排了。有的蛊刚进母体一两天，甚至几个小时就可以发育成熟，从母体中剥离出来，有的甚至可以潜伏一二十年，甚至连你死去后，那蛊居然还能活在你的尸体里，你说该有多可怕！

"怎么办？往回逃？"塔挞老爹见这些尸虫犹如凶神恶煞般地朝自己和老许扑了过来，有些慌了神。

老许在脑子里飞快地思索着该怎么对付这些棘手的尸虫，要是碰到粽子之类的东西几个黑驴蹄子，至多加点什么墨绳、桃木剑之类的东西也就大概能解决了，可这东西怕什么呢？什么能制伏它们呢？

正当老许急得满头大汗的时候，小时候的一幕在他的脑海中迅速闪过。那时老许一家住在山脚下，那边比较潮湿，经常有俗称"鼻涕虫"的那种黄褐色的、软绵绵的、爬起来地上会留下一道如鼻涕一样的亮痕的虫子出没在他们家，有时候甚至还会爬到饭桌上，让人感觉非常的恶心！着实可恶！那时他经常用一种方法对付这种讨厌的虫子，就是撒盐！那虫子极其怕盐，遇到盐后就会化成脓水死去。

"带盐了没有？"老许抱着侥幸的心理问了塔挞老爹一句，因为有时候盐还是能帮得上这些地下摸财的盗墓贼很大的忙，所以在准备盗墓的用品时，还是会多少带一点儿的。

"盐？"塔挞老爹愣了一下，忙说，"有，有。"说着从包里拿出了两袋食盐。

老许拿过来一袋，扯开一个口，倒在手中，朝那些尸虫撒去。奇迹出现了，原本"充气发酵"后变得如小猪般的尸虫，一下子又瘪了回去，地上留下一滩滩让人作呕的脓水。

57. 蛔虫、蛔虫

"我的天啊！好险啊！总算把它们打回原形了！"老许擦了下额头上的汗珠，长舒了口气说。

"它们还会不会变回来啊？"塔挞老爹惊魂未定地问。

"变回来？敢！变回来再给它们吃食盐！我让你们变！"说着老许又把大半袋食盐撒在了那些被打回原形的尸虫上，一阵淡淡的黄烟，伴随着恶臭从尸虫的身上冒了出来。

"快闭眼！"老许拉着塔挞老爹往后退了好几步，边说边用袖子捂住了眼睛，过了好一会儿，老许觉得四周那股恶臭的味道似乎少了点，才慢慢地睁开眼睛。发现地上只剩下两具老鼠的骨架，而且这骨架已经发黑，那些恐怖的尸虫早就化成灰了。

"该死的！"老许骂道，"真毒啊，临死也要抓个垫背的！要不是我反应快咱们俩都得变瞎子！"

"难道刚才那黄烟里有毒？"塔挞老爹也有些察觉到了。

"嗯，这尸虫蛊实在太厉害了！走吧，已经没事了。绕过那两只死老鼠，别碰到它们。"老许说罢，绕过那两具老鼠的骨架向前走去。

"我说咱们没准真的进了虫门啊！怎么办啊！"塔挞老爹边走边在老许身后絮絮叨叨地讲个没完，气得老许真想用手中的军用铲给他一铲子让他闭嘴。虽然老许自从看到这尸虫蛊的时候，就已经知道这次十有八九是进了虫门，正在后悔自己这是吃了哪服药了？是脑缺氧还是动脉和静脉位子对调了，为什么非要拿这小日本的东西来盗墓？再听到塔挞老爹这些啰里啰唆的话就更是上火了！可也没办法，只得硬着头皮往前走。

两人走着走着，忽然发现前面出现了叉路，每个路口左右两边都放着两个小石雕。老许发现左边路口蹲着的石雕的样子很像桑叶上的蚕宝宝，拖着肥胖的身体扬着头，做出一副仰望星空的浪漫模样。右边路口蹲着的石雕就让老许觉得匪夷所思了，怎么看怎么都觉得像两碗面条，石头雕刻成细细的一根根，盘在一个大碗中。这是搞什么鬼啊？难道这里面有面吃不成？

"我们往哪里走啊？"塔挞小心翼翼地问。这个塔挞走南闯北盗墓摸冢的事情也没少干，以往一贯的表现也是不错的，关键的时刻能做到头脑冷静、勇往直前，还曾经在危急关头救过老许呢，深受老许爷爷的赏识。可今天却从英雄变狗熊了，这也不怪他，谁让他天生就怕各种各样的虫子呢？

"你怕这玩意儿？"老许指着左边那酷似蚕宝宝的石雕，坏笑着问。

"嗯！嗯！"塔挞老爹头点得如小鸡啄米。

"唉，真没用！"老许摇摇头，叹了口气说，"那我们就走右边这条路吧！等回去，我要把你这丑事全抖出来，哈哈，看你到时候往哪里钻！"

塔挞老爹黑着脸没答理这个满身冒着坏水的老许。

两人一前一后走过了那两碗面条样的石雕，也走上了一条让他们后悔一辈子的路。

老许和塔挞老爹选择了右边，两人边走边思索着路口石雕到底是什么意思。这墓中的石雕并不是摆着让人看着赏心悦目的，里面往往包含着一些特殊的含义和信息，有的是记载着墓室主人的丰功伟绩；有的则是记载着墓室主人的梦想，比如希望死后还坐享他的荣华富贵、过着奢侈糜烂的生活或者自己死后飞仙，进入仙界；有的则是记录着墓室主人不可告人的秘密；有的则是起误导盗墓者的作用，将盗墓者引向鬼门关、死胡同，谁让你打扰我的睡眠、偷我的东西，让我死后都不得安生。现在莫名其妙地弄出两碗面条来，老许和塔挞老爹想破脑袋也没搞明白这到底是什么意思。

两人越往里面走越觉得潮湿，开始只是觉得霉气扑鼻，后来发现这两边的石壁上不断有水珠渗出。

"啊！"塔挞老爹忽然一声怪叫，捂着脖领子。

"怎么了？"老许被塔挞老爹这一反常的举动吓了一跳。

"没什么，是水滴到我的脖子里了！"塔挞老爹抱歉地说。

老许无语了，依旧朝前走去，没走几步，身后又传来塔挞老爹的一声惨叫！

"叫什么叫！不就是顶上掉几滴水珠吗？又不是掉虫子下来！"老许气呼呼地说。

"它，它就是虫子！快帮我拿掉！"塔挞老爹带着哭腔的声音在老许身后传来。这时老许才知道事情的严重性，如果不尽快拿掉塔挞身上的虫子，这个神经过敏的家伙会当场昏厥过去的，老许可不想在这么危险的地方拖着头"死猪"前进。

老许赶忙转过身来，一巴掌拍掉了塔挞老爹身上的虫子。

这虫子生命力还挺强，被老许拍到了地上后，居然没死，在地上扭动着身子还想往塔挞老爹身上爬。

"这虫子怎么没脑袋？就白白、细细的一条在这里扭啊扭的，跟咱们吃的米线一样啊？哈哈。"老许看着地上蠕动来蠕动去的白虫子笑呵呵地说。

"行了，行了，你别再说了，再说下去你让我以后怎么吃米线之类的东西啊！你这张嘴就积积德吧！"塔挞老爹哀求道。

"你还真别说，我看到这虫子还真有点儿饿了呢，忽然想吃碗鸡汤米线了！等咱们回去我请你去吃。"老许边说边咂着嘴巴，似乎已经吃到了那白白滑滑、热气腾腾的鸡汤米线了。

老许的这一番话说得塔挞老爹的胃里又是一阵翻滚，一种呕吐的冲动再次在他的胃里冉冉升起。不过不用担心，现在的他已经吐不出什么东西了。

两人朝前面走了一会儿，出现了一个耳室。这是一个四壁空空的耳室，没有什么特别珍贵的陪葬物品，只是在屋子的中间摆放着一张石桌，桌子上放着四个石头磨成的大海碗，里面似乎有东西在翻腾。

"嗯，好香！好香！"老许使劲儿吸了口气说道，"什么鬼味道？跟鸡汤米线的味道一样！怎么老子说什么就来什么呢？你闻到没？"老许转身问塔挞老爹。

"没有啊？什么味道也没有，只是那个碗里好像有什么东西在动啊！"塔挞老爹警惕地盯着屋内石桌上的那些石碗。

"哎，有什么好怕的，又不是遇到粽子！"老许不以为然地朝石桌走去，往石碗里一看，兴奋地叫了起来。

"哈哈，是鸡汤米线啊！这墓室的主人挺孝顺！知道本爷爷走到这里饿了，临死还为本爷爷预备下了打牙祭的点心！不错，不错。"说着老许一屁股坐到了石凳上，伸手就要往碗里捞米线吃。

"啪！"还未等老许的手捞到"米线"，脸上就重重地挨了一巴掌，把老许直接从石凳上给扇下来了。老许一屁股坐到了地上，只觉得脸上火辣辣的疼，气呼呼地指着脸色苍白的塔挞老爹骂道："你个该死的塔挞！你脑子进水了？这里有四碗'米线'呢！你想吃就吃好了！还怕我跟你抢啊！"

塔挞老爹用手捂住嘴，吃力地说："你自己看看这是什么？是米线吗？"

老许拍拍屁股站起来，再往这石碗里一看，不由得惊出了一身的汗。这哪是什么米线啊，分明就是那些白白、细细、长长的虫子，和刚才落在塔挞身上的一模一样，纠缠在碗里。一想到刚才自己居然还把它们当成了鸡汤米线要吃到肚子里去，老许也觉得恶心得要命。那香味？老许这才明白过来是那香味让自己产生了幻觉，幸好因为塔挞老爹害怕虫子始终都处在一种高度紧张惊恐的状态下，所以他的意志力才没有松懈，不然两个人都中了这墓室里的迷香估计现在正满嘴吃着白花花的虫子还大叫着好吃呢！吃下去是什么样的后果？老许没敢往下想。

"这他姥姥的是什么虫子啊！没头没屁股的！"塔挞老爹的一巴掌救了老许的命，可老许还是觉得很没面子，于是骂骂咧咧地把气都撒在了这碗中的虫子身上。

"这好像，这好像是蛔虫！"塔挞老爹强忍着呕吐的欲望说。

58. 张狐狸是怎么死的

"蛔虫？"老许皱着眉，双手捂着胃，胃中不停地翻涌着说，"姥姥的！真恶心！老子肚子里本来就挺多这玩意儿的，还变着法子让老子吃啊！看我不砸烂了你！"说着老许抢起铁铲就要往下砸。

"别！别！别！"塔挞老爹一下子拦住了老许。

"你干什么？我把这些恶心的东西砸了还拦着我？"老许生气地说。

"哎呀，这里的东西你就不要随便乱动了，没准你一砸砸出一群大蛔虫来可怎么办呢？或者触动了什么机关，我们不是自找麻烦吗？咱们是来干什么的？找甘露翎子啊！"塔挞老爹这时候还算冷静，作出了一个正确的判断。

"嗯，说的也是，那就算了吧，往前走吧！"老许骂骂咧咧地绕过石桌，往前走去。两人走出了耳室，穿过一个相对宽敞的甬道，发现前方出现了一个石门。这个石门非常的奇怪，就是两扇打磨得无比光滑的石头做成的。上面没有任何的雕刻和装饰，无比光滑，在老许和塔挞老爹手中的油灯的照耀下泛出阵阵寒冷的光芒。

"哈哈，这里面肯定是主墓室了！那甘露翎子绝对在这里面，你信不信？"老许颇为自信地说。

"要是主墓室的话那甘露翎子倒有可能在这里面，只是你有没有觉得这扇大门有点邪乎？"塔挞老爹还是头一回看见这样的主墓室门，不禁有些怀疑这里面是不是有诈。

"这有什么可奇怪的，西周那时候能修出怎样豪华的坟墓来啊，你以为还是你平时见到的那些唐代啊、宋代啊、明代、清代的墓室啊，有什么奇怪的？"

"你不觉得这门打磨得太光滑了吗？那年代有这样的技术吗？你看这反光，咋这样的邪乎呢？"塔挞老爹担心地说，"虽然这只是个无名的小小古墓，可比我们以往去过的古墓都邪乎！我总觉得不太对劲儿。"

"有什么不对劲儿的？顶多遇见几条你害怕的虫子嘛！"老许吊儿郎当地走过去，正要用铁铲去撬那石门，这石门居然"嘎吱"一声自己慢慢地打开了。

"耶？这可挺邪乎的啊！"老许连忙拉着塔挞老爹卧倒，生怕这门一打开里面有什么暗器飞出来。

可两人趴在地上好久也没见里面有什么动静，就小心地爬起来朝里面张望。只见主墓室中央有一口石棺，和这石门一样，也是打磨得光滑锃亮，没有任何装饰或者雕纹。

"有，有粽子！还是黑毛的！"塔挞老爹忽然指着墓室的左前方紧张地叫了起来。

老许拎起油灯朝塔挞老爹指的方向望去，发现那昏暗的一角有个朦朦胧胧的影子，不知道是粽子还是其他的什么东西。

"哎，你说是人是鬼啊？"老许不愧是个盗墓的能手，反应灵敏，一把拉着塔挞老爹藏到门的一边，小声商量。

"应该不会是人吧，谁跑这里面来啊？"塔挞老爹说。

"你说会不会是'墓旋风'那家伙知道我们来找解药，就在这坟墓里等着我们？"老许分析说。

"不可能，他虽然不是东西，但从来不会做这样的事情，你有没有觉得那东西不是人啊，最起码不是活人。这门都被我们弄开了，它会一点儿反应也没有？八成是粽子吧。"塔挞老爹说。

"没事，反正咱们身上都带着家伙呢，要是粽子是不怕的。走，进去找甘露翎子。"老许是个没遇见事时天不怕地不怕的家伙，可遇见事以后一般也是个天不怕地不怕的家伙。可这一次，当他和塔挞老爹进到他们认为的主墓室以后发生的事情却真的让老许害怕了。

"哎，要不把家伙先摸出来？万一我们一进去，那玩意儿就朝我们扑过来，我们就喂它个黑驴蹄吃！看不撑死它！"塔挞边说边把放在怀里的家伙拿出来，攥在手里。

老许和塔挞老爹两人提着油灯，慢慢地蹭进主墓室内。环视四周，发现除了左上角有个模模糊糊的黑影以外，这空荡荡的墓室内只有一个光秃秃的棺材放在中央。在棺材的顶部，放着一个三足原始瓷炉。两人站在原地观察了一会儿，见左上角那个模糊的黑影依旧一动不动地待在那边，就稍微地松了口气，看来一时半会儿这东西还妨碍不了他们。

"你看见那瓷炉没？甘露翎子会不会在那里面啊？"老许指着棺材顶说。

"有可能，要不咱们上去看看？你去看，我掩护！盯着那个黑影！"塔挞老爹低声说道。

"你姥姥的，怎么每次到了关键时刻都是我上你掩护呢？塔挞你个兔崽子太精了！"老许虽然嘴里骂骂咧咧的，可还是把油灯别在了腰里，猫着腰，蹑手蹑脚地走了过去。

每次盗墓他们俩都是这样配合的，因为墓室中的机关埋伏很多，尤其是那些各个朝代的王公贵族陵墓中的机关更是千奇百怪数不胜数，你要想从他们陵墓中什么棺椁内啊、密室内啊拿走些陪葬的金银珠宝必须格外小心，弄不好就会碰到机关死于非命。所以去这样的墓中一般都是两三个人配合着行动，一个高度警惕地去取陪葬品，一个则要在边上放风，防止墓室中的其他东西这时候冒出来，像什么老粽子啊，各种怪兽啊，甚至是什么剧毒的虫子啊，有时候就连生长在墓室中的那些奇怪的植物也能置人于死地，这些都是放风的那个老兄要管的事情。这些还不是最可怕的，最可怕的是在墓室中遇到活人，你想想当你全神贯注地处理这些陪葬的金银财宝的时候，肯定没有太多的精力去管周围发生的事情，这个时候再进来一伙摸金的，看到你肯定不是一刀就是一枪，没被粽子吃了反而被活人给"吃"了你说你冤不冤枉？所以塔挞老爹和老许两个人也算得上是绝配组合了，尽管老许觉得自己是核心人物，塔挞只不过是自己的跟班，可这个跟班的作用却非同小可。

老许慢慢地摸到这只瓷炉跟前，一手拿事先准备好的毛巾捂住鼻子，一手从怀里拿出一个特制的、一头包了棉花的小木棍，轻轻地碰了一下那个原始三足瓷炉，见没动静，又略微用劲地碰了碰，两个人屏住呼吸瞪着眼睛看了好久这瓷炉依旧没有什么动静，再看看那口棺材也纹丝不动地放在远处，两人不禁松了口气。老许从怀里掏出了一团特制的绳锁，这绳锁的中间是个活扣，套住东西后两头一拉，这东西就被平平稳稳地吊起来了。老许小心翼翼地将这活扣套进了瓷炉的颈部，一用力，瓷炉就被老许拎了起来。这时候瓷炉内忽然发出一阵七彩的光芒，把老许和塔挞老爹吓了一跳！然而这光芒稍纵即逝，墓室很快就恢复成原来黑漆漆的一片。

　　"真是甘露翎子啊！"老许拎着瓷炉兴奋地对塔挞老爹说，"他姥姥的，这传说还是真的啊！甘露翎子，发七彩光芒，不胜耀眼。"说着，就把这瓷炉放进了随身带的阴阳索魂袋中。这个阴阳索魂袋是冥派特有的工具，传说它的外皮是用千年蟒蛇的皮制成的，内胆是用一种浸泡过特别药水的白色缎子布制成，有辟邪消灾的作用。冥派认为用这样的袋子放从墓中摸来的陪葬品，可以隔绝陪葬品上带着的怨气，就算有鬼附在上面也没关系，只要你进了这个袋子就别想出来。除此之外还有一个特别重要的作用，就是可以防止陪葬品上自带的毒物机关伤人，这个袋子可以说是密不透风、刀枪不入，进了这个袋子就算墓主对自己的陪葬物品做过手脚也难起作用了。

　　"怎么样？你发什么呆啊？"老许一手拎着阴阳索魂袋正美的时候，忽然发现塔挞老爹的神色有些不对。

　　"那个，那个东西刚才好像动了！"原来刚才瓷炉内发出一阵微弱的七彩光芒时，整个房间被一瞬间地照亮了。塔挞老爹在这一瞬间发现左上角站着一具干尸，而且还微微地动了一下。

　　"什么？那老粽子发作了？"老许朝塔挞老爹手指的方向望去，只见左上角那个模糊的人影还是一动不动地站在那边。

　　"没动啊？"老许狐疑地看着塔挞老爹说，"你不会是看错了吧？"

　　"肯定是动了一下，我绝对没看错！"塔挞老爹肯定地说。

　　"拿着！别乱晃。"老许把阴阳索魂袋塞给了老许，朝左上角的那具干尸走去。

　　"哎，你还去看它干什么？咱们已经拿到东西了，还不赶快走！你把它惹得尸变了，我们就麻烦了！"塔挞老爹的搭档确实是个惹是生非的主，不但不赶紧找出口反而跟干尸较上了劲。

　　"你知道什么？只要发现有异常，就要将这玩意儿扼杀在萌芽之中。听我爷爷说，当年东山那帮家伙盗墓的时候，就是因为没去管墓中的一个看似有些问题的婴儿干尸，最后他们几乎全部毁在这个婴儿干尸身上！"老许停下来教育着塔挞老爹。

　　"不会吧？一个婴儿的干尸有这么邪乎吗？"塔挞老爹觉得老许有点儿危言耸听了！

　　"那是具婴儿飞僵！"老许只一句，就让塔挞老爹满肚子的话都噎在嘴里说不出来。

　　谁要是在陵墓中遇到了这种东西那就等着被开膛破肚吧。这个小东西比成了精的老粽子还邪呢，小小的身体在空中飞来飞去极其灵活。双手双脚的指甲都是长长尖尖的，还有一口锋利的小尖牙，专门朝你的胸膛飞过来，双手嵌入你胸膛的肉中，接下来就是不吃到你的心誓不罢休。

　　这婴儿飞僵的形成条件非常苛刻，千百年来才会遇到一两个。这种飞僵是怀胎十月马上要临盆的产妇被飞僵咬伤后在其似变而非变成僵尸之前，给她灌下一服含有尸毒的催产药，将她腹中的婴儿给催下来。这样的婴儿就是让很多盗墓者闻之变色的婴儿飞僵。而且这种婴儿飞僵还不怕黑驴蹄，因为它是在母亲的腹中直接变成僵尸的，所以很多老粽子怕的东西它反倒不怕。但是它只能生活在阴暗潮湿的大阴之地的墓室中，要是在陵墓中遇见这种鬼东西，很少有人能活着走出陵墓。除非发现得早，因为在无人的状态下它一般处于昏睡状态，只要一有鲜活的人进入，它很快就能从昏睡中醒来，只有趁它还没完全清醒变异前一把火将它烧干净才能免除后患。

老许说完，就小心地朝左上角那具干尸走去。他走近一看是个中年男子，似乎死的时间并不长，看衣着打扮和自己也差不多，不像古人。再走近一看，老许不禁惊出一身冷汗，不由得"啊"了一声。

"怎么了？那粽子尸变了？"塔挞老爹被老许这一声"啊"给吓了一跳。

"这个，这个是张狐狸！"老许声音颤抖地说。

"张狐狸？"塔挞老爹听见了这三个字也不由得打了个冷战，要是在这里碰到那老家伙可不是闹着玩的。可转念一想这老家伙是多年前进的这个古墓，到现在还在这里，莫不是变老粽子了？那要是成了粽子又被老许捣腾得长了毛、变了尸，那不比遇见他这个大活人还要倒霉啊？

于是赶紧走到老许跟前，果然在他们俩面前站着一具干尸。他生前似乎承受着巨大的痛苦，五官早就挪位得不知道到哪里去了。他右手指着前方，左手捂着肚子，就保持着这样的姿势一动不动地站在这里，仿佛时间在这里永远定格住了。

"你怎么就能确定他是张狐狸？他做狗日的汉奸那年你和我还都是小毛孩子！"塔挞老爹用自己手中的油灯仔细地照了照干尸的脸，发现这个人是有点儿像他儿时见过的张狐狸，可这么多年过去了，也不敢肯定就是当初的那条狡猾的狐狸。

"没错，他的左脸颊上有条红色的疤痕，现在还很明显呢，你看！"老许指着让塔挞老爹看，塔挞老爹顺着老许指的方向看去，果然发现了这具干尸脸上有条与众不同的红色疤痕，不过经过岁月的剥蚀，已经呈现深褐色了。

"这疤痕？"塔挞老爹看着这疤痕，忽然觉得非常的熟悉。

塔挞老爹想起了自己小时候曾听大人讲过张狐狸这个人很奇怪，生来左脸上就有红色的疤痕，不光脸上有，身上也有好几道这样奇怪的疤痕。曾听老人偶尔讲过张狐狸他老娘当年怀的是双胞胎，可最后生出来的却只有张狐狸一个，那时候老人都骂张狐狸不是好东西，绝对是丧门星，在娘胎里就把自己的亲兄弟给打死了。这身上、脸上的疤痕都是在娘胎里撕打出来的，所以才一生下来就有这样让人触目惊心、鲜红的疤痕。当然这都是老人乱说的，也没什么人会真的相信这个说法，可他脸上的疤痕却成了醒目的标志。不过以后发生的事情确实证明了张狐狸不是什么好东西，阴险狡猾、唯利是图、心狠手辣，要是细数他的罪行那才真是罄竹难书！

"还有，你看他手上的扳指，这个你总认识吧！"老许注意到这具干尸左手的拇指上戴着一个价值连城的翡翠扳指，这扳指冥派的人没有一个人不认识的。这扳指上雕刻了一个非常奇怪的图案，老许和塔挞老爹都曾听老许的爷爷讲过，这其实刻的是一幅老祖宗演算出来的卦象，在关键的时刻可以起到防身保命的作用，是冥派的护身符，但是到了塔挞和老许这一辈人时已经很少有人相信把这卦象刻在玉扳指上就可以起到护身的作用，因为戴着它出事的人也不是少数了。

"真不要脸，都做了走狗了，还戴着我们冥派的护身符！"塔挞老爹吐了口唾沫，鄙视地说。这个张狐狸的扳指只要是冥派的人都认识，因为他是从清朝一个大官嘴里抠出的冥器，然后又专门找人刻上了卦图。

"这家伙！没想到他居然死了还在这古墓中站了这么多年，确实有点儿奇怪。"老许奇怪地看着张狐狸最后的造型，忽然他发现张狐狸的手似乎动了一动。

"它动了！动了！"老许指着张狐狸的干尸惊呼了起来。

"该不会是尸变了吧？"塔挞老爹也看到了刚才恐怖的一幕，赶忙将黑驴蹄子拿在手中，随时准备战斗。

老许和塔挞老爹紧张地盯着张狐狸许久，发现这"张狐狸"牌干尸又没了动静。

"莫非是我眼花了？"老许也开始怀疑自己了，今天在这古墓中遇到的事情比他以往遇到那些大块头的老粽子还诡异呢！所以到最后连他自己也不相信自己了。

"不会的，难道我们都花眼了？我们好像还没到七老八十的年纪吧？"塔挞老爹坚持刚才就是看到这个"张狐狸"牌干尸确实是动过了。

"他究竟是怎么死的？"老许居然在这个时候研究起张狐狸的死因来了。

"看样子是中毒死的！"塔挞老爹觉得这个"张狐狸"牌的造型很像死于中毒。

"也未必，他的尸体没有经过任何防腐处理却能这么多年不腐，这里面一定有什么原因！我有一种不祥的预感。"老许担忧地说，忽然眼前一亮。

"你看这东西手指的那边好像有一扇门！"老许边说边提着油灯走过去，想看个究竟。

在油灯跳动着的橘黄色的灯光照射下，一扇隐藏在墙壁中的石门清晰地映入了老许的眼帘。这石门上刻有一个奇怪的图案，一条胖胖的爬虫就如我们夏天常见的青虫一样，却有九个脑袋，每个脑袋都是一个表情，或是大笑，或是大怒，或是大哭，表情不一。更加奇怪的是，这虫子的背上还有一对血红色的翅膀，那翅膀上竟然画有一只蓝色的眼睛，正冷冷地看着老许，看得老许忽然觉得鼻子痒痒，一种异样的感觉传遍全身，"阿嚏"一声打了个大大的喷嚏。

"这什么鸟图啊？看得你爷爷我居然打喷嚏！"老许骂骂咧咧地想上去踹这个石门。

"千万别碰它！"塔挞老爹惊恐地叫了起来。

"怎么啦？怎么啦？不就踹一脚你也管？"老许不满地嚷嚷着。

"万一你再踢出什么东西来，我可真的受不了了！"塔挞老爹近乎绝望地说，"你忘记了，上次咱们在那个明朝的太监墓里伏击小日本的时候，那个日本宪兵不就是这么踹了一脚就踹出事情来了吗？"

塔挞老爹的几句话，让老许陷入了回忆之中。

那是几年前的事情了，小日本在阴山附近发现了一处非常有价值的冢，说是明代的一个大太监墓，可当时也没有确切的考证，要想知道真相只有去墓室里。当时小日本也非常的嚣张，在别人的地盘上挖别人的祖坟还这样大张旗鼓。于是，他们的一举一动就在冥派这帮绿林好汉的监视之下。随着小日本掘坟挖墓的日期越来越近，冥派的人也决定早小日本一步进入这个明代的太监墓，在墓里埋伏好，进来多少小日本就消灭多少。当时老许他们进入墓室后发现这个墓室特别的奇怪，别处的古墓打开墓门一般都是狭长漆黑的甬道，可老许他们一打开墓门就发现里面是一个足有半个篮球场大的殿堂。在殿堂的两边分别摆放着七口棺椁，老许等人见状就决定埋伏在这棺椁的旁边等着小日本的到来，可他们没想到这回他们没费一点儿力气就让这几十个小日本通通见了阎王了。原因很简单，就是因为其中一个小日本踢了一脚。

当时，那群小日本拿着家伙，叽里呱啦地走了进来，看见这两旁的棺材也傻眼了，愣了一会儿，随即发出一阵阵变态的笑声，好像发现了无数财宝一样，他们发疯一样的三五一伙地扑向这些棺椁。

老许等人刚想有所行动，老许的爷爷冲着大家使下眼色，让大家先别冲动，静观其变。

这帮小日本虽然一拥而上，却怎么也打不开这些棺椁，急得他们叽里呱啦地一通嚷嚷。这个时候老许等人才发现这些棺椁的四周都镶嵌着青铜打制的兽首，这兽首面目狰狞，极像传说中噬人的怪物，兽首嘴巴张开，里面居然有三排牙齿，让人看了都觉得毛骨悚然。

这个墓估计会有大动作！老许等人心想。这是冥派的行话，意思就是遇到了大麻烦，要是小动作就是遇到了点小麻烦。

众人心中正想着，一个日本兵见老是打不开这些棺椁，气得一脚踹到了这棺椁的兽首上面。

"咯嗒！""咯嗒！""咯嗒！"随着一声声清脆的响声，这左右两边的棺椁如多米诺骨牌般地依次打开。

一股腥臭味传来，老许、塔挞老爹等人不禁都用事先准备好的毛巾捂住了鼻子。

"嗷，呜。"伴随着阵阵毛骨悚然的叫声，老许等人惊讶地发现，这棺椁上的兽首复活了。

一个个怪物从棺椁中爬了出来，一口就吞掉了站在附近的小日本的脑袋，随着阵阵咀嚼声，脑浆飞溅，血肉横飞，一股股血腥夹着腐臭的味道传了过来，熏得老许等人差点儿吐了出来。

"这他妈的是什么玩意儿啊？难道还有长成这模样的粽子？"塔挞老爹被熏得快昏过去了。

"不是粽子啊，估计是比粽子还恐怖一千倍的镇墓兽！"老许的爷爷小声地嘱咐大家说，"大家说话都小声点，千万别让它们发现我们，不然谁都走不了！"

"啪！啪！啪！"其他小日本从惊恐中回过神来，纷纷向这些怪物射击，可这些子弹似乎杀伤力还不够，还未等把怪物射死就被怪物给吃进肚子里去了。

"啊！"一个小日本的前半个身子被怪物吃进了嘴里，剩下两条腿在空中没命地乱踹。怪物一眨眼就吃掉了不少小日本，剩下的十几个有吓疯的、有吓傻的、有吓昏过去的，还有还没等怪物过来吃他就直接大喊着天皇万岁剖腹自杀的。

"快撤！"老许的爷爷见大事不好，急忙招呼着自己的手下，猫着腰从暗处撤了出去。身后传来小日本阵阵声嘶力竭的惨叫声和机枪的扫射声，听得老许都觉得头皮阵阵发麻。

老许的爷爷带着老许等人趁着这群怪物在和小日本纠缠的时候，赶忙把这个太监墓的墓门给堵好封印起来，防止这些怪物出来祸害人间。

事后，老许问爷爷那天在那个明朝的太监墓中把小日本全吃下肚子的是什么怪物。老许的爷爷沉默了会儿说："这个也不好说，不过倒像传说中地狱里面的食尸鬼！可食尸鬼是不吃活人的，这样恐怖的东西以前还真没见过。"老许还沉浸在回忆之中，可塔挞老爹变态的声音却再次响起。

"这张狐狸要变了！变了！变了！"塔挞老爹惊恐地叫了起来。

"怎么啦？看你吓的，撑死变成粽子嘛！咱们正好陪它练练，反正我也好久没跟人打架了，怪闷得慌的。"

"你看这，这都钻出来的是什么啊？"塔挞老爹声音都变了，"哇"的一声又干呕了起来。不用问就知道，他又看见了让他极其恶心的虫子了！

153

完了，完了，这回肯定是走错门了，走哪个门不好，非从虫门进来，宁可从鬼门进来也好啊！都是这把可恶的工兵铲！老许现在心中像吃了一百二十服倒霉药加后悔药。可一切都无法挽回了，他扭头朝"张狐狸"牌干尸望去，这一望可成了他一生中最难忘的一望了！

此时的"张狐狸"牌干尸，正发出细碎的响声，一个个带着翅膀的小虫子正从他皮肤的每个毛孔中钻出来，仿佛一瞬间这些带翅膀的小虫便布满了"张狐狸"牌干尸。

"这虫子！"老许看到后惊得目瞪口呆，这虫子怎么会有九个脑袋？和这门上画的一模一样！

"你看，这不是门上画的那个虫子吗？"老许用手指着大门上那条长着九个脑袋、一双怪翅膀的虫子对塔挞老爹说。

"快点走，一会儿这些虫子飞起来了，我们都得变成张狐狸！"塔挞老爹强忍着呕吐，从牙缝里挤出了这几句话。

"为什么？"老许不解地问。

"这是九头尸虱，只要有一只钻进你的皮肤里，就能在你的血液中大量的繁殖，到时候喝光你的血，把你变成干尸后，就在你的干尸中休眠。要再有活物从你身边经过，它们就会苏醒，从你的每个毛孔中钻出来，扑向新的猎物！你爷爷不是告诉过你吗？你都忘记了？"塔挞老爹痛苦地说。

这几句话一下子提醒了老许，他猛然想起以前爷爷确实告诉过他关于九头尸虱的事情。这东西邪门得很，别看小小的，可却有九个脑袋，每个脑袋上有一张不同表情的脸，不光嗜血成性，而且还有极其魅惑的作用，要是盯着它看很有可能一会儿哭一会儿笑，哭哭笑笑像个傻瓜。就在你哭哭笑笑之中，它们就非常方便地钻入了你的身体里，然后就是美美地喝你的血啦。

"千万别看它们的头，不然你会变傻的！"老许边提醒着塔挞老爹，边在大脑里做着飞速运转，现在怎么办？是按原路返回还是找别的出路？如果原路返回那肯定是死路一条，八门之墓最忌讳的就是走原路了，只要走，就等于自己去阎王殿报到啦。

找新的出路？可眼前只有他面前的这扇石门，其他没有别的出路，如果再不走，就等着变干尸吧，就像张狐狸一样！

想到张狐狸，老许忽然想起了爷爷曾经说过张狐狸也是个盗墓的高手行家了，他应该知道怎样破解这八墓之门的，之所以变成干尸估计也是一时大意吧。看他死前的样子肯定也是经过了一番挣扎，这挣扎可以说是垂死之争，他的手指向这扇刻有奇怪虫子的大石门，难道说出路在这里？他已经知道了出路，只是这个时候他已经被九头尸虱变成了干尸，再也无法走出去了，有时候，天堂和地狱只有一步之遥！

59. 消灭剩下的行尸

"怎么办，要不我们先从原路撤退吧，总比在这里变干尸好吧！"塔挞老爹焦急地说。

老许并没有回答塔挞老爹，他像着了魔一样地盯着石门上刻着的虫子，一手紧紧地攥住工兵铲。

"哐当！"随着油灯的坠地，老许双手抡起了工兵铲，铆足了劲砸了上去。

"你在干什么？不要命了！"伴随着塔挞老爹声嘶力竭的喊声，这扇石门就被老许硬生生地打破了，一股新鲜的空气扑面而来。老许狠狠地吸了口新鲜空气，兴奋地说："爷爷我猜得没错，这个张狐狸在临死之前一定是知道了出路，可是他自己身上已经中了九头尸虱想活着出去肯定是不可能了！快走！"说着老许率先冲了出去，塔挞老爹拎着阴阳索魂袋和油灯也甩开脚丫子飞奔了出去。

两人上气不接下气地跑了一会儿，确定已经远远地离开了那座西周古墓，才放松下来。老许一屁股坐在了地上，大口喘着气骂道："他姥姥的，这些西周的老祖宗真变态，没事弄出个墓还八个门的，就不怕住在里面漏风！还弄出这么多恶心的虫子出来！也不怕自己剩下的那些老骨头也被虫子吃了！"

"你说刚才那石棺里到底有没有尸首啊？"坐在一旁的塔挞老爹忽然冒出了这一句话，一下子把老许的牢骚话给堵回肚子里去了。

"对啊，刚才光顾着对付那个'张狐狸'牌干尸和那些九头尸虱了，还没来得及去看看那口石棺里到底有没有墓主的尸体，万一这要是个迷惑后人的疑冢那我们不是白忙活了？"老许担心地说。

"应该不会的吧，要是疑冢这墓室的主人能费尽心思弄这什么八门之墓吗？光这虫门就够我们受的了，要是从其他的门进去还不知道会遇到什么呢！修建这样的墓室也够劳民伤财的了！凭西周时的人力、物力、财力，能有这样的杰作已经够让我们惊叹的了，怎么可能是个疑冢呢？"塔挞老爹在墓室中被虫子折磨得连胆汁都吐出来了。他说什么也都相信这个绝对就是真正藏有甘露翎子的西周古墓，而且他付出了以后再也不吃米线这么大的代价，要是再拿不到甘露翎子的话他估计要去撞墙了。

"这可真刺激啊！难怪，难怪，估计受了这样的刺激后我也不会再吃米线了！"穆小米听得入迷，在老许讲述的过程中竟然一口菜都没吃，就这样张着大嘴听了半晌。

"那你的爷爷吃了甘露翎子以后好了没有啊？"蓝雨关心地问。

"唉，别提了！"塔挞老爹接过话说，"我们本以为这样一番出生入死再加变态的折磨后，拿到的总该是甘露翎子吧，拿回去就连老许的爷爷我们当家的都觉得是真的甘露翎子，可没想到这些浑蛋的西周老祖宗真狡猾！弄到底还是个假的，我们当家的把这瓷炉里的东西吃下去后，当晚就不行了，吐血不止，最后竟然活活地吐血而死！这是假的甘露翎子！这座古墓真的是个疑冢！"时隔多年，塔挞老爹说起这个事情还是气得脸色发白，浑身打哆嗦，不知道他是被虫子吓的还是被这假甘露翎子给气的。

"那真正的甘露翎子呢？"穆小米忽然发问。

"真正的甘露翎子谁知道它在哪啊！"老许叹了口气说，"都怪我当年太年轻，做事情不周全，顾前不顾后的。不然我爷爷也不会，唉！"

"哈哈！太好了！太好了！甘露翎子还没有被找到！"穆小米听着听着居然手舞足蹈，无比兴奋。

"你这个娃娃吃错药了还是不被我扒了你的皮，喝了你的血你就不舒服啊？有你这样说的吗？这甘露翎子没找到你高兴成那样，我爷爷和你有什么仇啊？"老许气呼呼地骂道。

"我说老头儿，这过去的事情就让它过去吧，人也死了，该节哀啦，要多为活着的人想想。你看这甘露翎子还没找到，不是说明我师傅还有救吗？对吧师傅？嗷！"穆小米又挨了邱子卿一记"栗子"。

"胡说什么？这是人家的伤心事，你却当成高兴的事情了，没礼貌！"邱子卿嘴上责怪着穆小米可心里还是热乎乎的，这个徒弟没白收，别看平时吊儿郎当没个正形，可对自己还是挺孝顺的，不错！

"是啊，虽然我听了挺难受的，但这个娃娃说得有道理啊！要是你能找到这个甘露翎子，你中的这个阎王蛊还是可以解的！"老许叹了口气说。

"师傅啊，等咱们处理好这边的事情，就去找那个甘露翎子！哎你们两个老头要陪我们去啊！"穆小米像抓壮丁似的，一下子圈定了老许和塔挞老爹。

老许想了一下，点了点头说："好，对于这西周古墓，老夫多年来也颇有研究，它真正的方位我也摸到了，其实离我们去过的那个疑冢不远，就是反方向走下去，估计就能找到真正的古墓了。唉，这么多年过去了也不知道那墓有没有被人盗掉。"说到这里老许停顿了一下，像下了极大勇气说，"老夫就陪你们去找这一回，也把这困扰着我多年的疑团给解了！不然就算我老许百年之后见到我爷爷，他老人家要是问我，我还真没法子回答。"老许自言自语道。

"哈哈，我说老头儿，你用得着这样担心吗？你爷爷估计早就不知跑到哪里去投胎啦！还会在那边等着你这个不肖的子孙吗？"穆小米打趣说道。

"你个小兔崽子！老子今天不收拾你你就是不舒服是吧？"老许听穆小米这样一说，气就不打一处来。

"要去你自己去，反正我是绝对不去那个变态的古墓了！"塔挞老爹哭丧着脸说。

"你怕什么？这次我们肯定不会从虫门进去了！你放心好了！"老许安慰着塔挞老爹说。

"这也是，你们不是说过进去的那个是个疑冢吗？那还担心什么？没准真正的古墓里根本就没有什么虫门啊、鬼门之类的，这些都是疑冢里，用来害人的而已。"蓝雨也在一旁说道。

"就是，还是我师姐说得对！就这么定了！你要是不去，我们也会把你绑去的！放心吧哈哈！"穆小米开心地大笑起来。

听穆小米这样一说，塔挞老爹觉得世界末日又要到了，他胃中又是一阵翻滚。多年前的那些经历又在他眼前一一闪过，要是再让他经历一回，他宁可买块豆腐直接撞死得了。

"行，就这么定了！哎，老头，咱们接下来干什么？你不是说还有些行尸等着我们去处理吗？"穆小米忽然想起好像回去还有要紧的事情要处理。

"是啊，回去把那些藏在土里的行尸都给处理掉，这样就不会有人再用这些行尸去害人了！"老许一想到自己把别人费尽心机、呕心沥血所做出的杰作——行尸阵——就这样给毁掉了，就感到一阵兴奋。这就好像小时候做了恶作剧后，躲在一边看人家气急败坏的样子时的那种兴奋的感觉。

"我们回去吧，不然到晚上就不好办了！"老许站起来，拍拍屁股正准备离去，就听到穆小米嚷嚷着要打包。

"你怎么这么浪费呢？还有这么多菜呢。丢了多浪费你知道吗？这些菜好多钱呢！怎么能说丢就丢了呢？你这一大盘子辣子鸡，刚才光顾着听你吹了，我都没动几筷子，就这样走了太可惜了！不行！浪费可耻！我不能跟你学，我要节约粮食！再说了，一回到你那个兔子都不愿意去的凶宅里，又没东西吃了！你是好了伤疤忘了痛！"

"师傅，小米这一个月的工资也不少吧？"蓝雨坏坏地问。

"是啊，这小子比我们当年拿得多得多了，也算得上是个白领吧，家境也不错，不知道他跟谁学的，跟鸡贼一样！"邱子卿郁闷地说。

大胖子往往小心眼！此时在蓝雨的脑海中闪过了这样一句话，不过蓝雨有时候觉得自己这个活宝师弟婆婆妈妈的，也很喜欢照顾别人，要是谁以后嫁给了他，估计是个享福的命，家里的大事小事都不需要你去操心，而且蓝雨估计这个穆小米绝对是个"妻管严"！

最后在穆小米的一再要求下，终于把吃剩下的菜通通打包。老许觉得穆小米说得有道理，又问店老板买了些鸡蛋、蔬菜之类的一并由塔挞老爹拎着，穆小米和老许一路吵吵嚷嚷地回到了老许的老窝。

五个人从山脚下一路走来，发现这路两旁与他们第一次来的时候相比变了很多，就像被很多炮弹炸过，都是一片片烧焦的土地。一种难闻的臭味还弥漫在空气中，虽然不是那样的刺鼻、那样的让人无法接受，可还是证明这些不干净的东西也许正在某个阴暗的角落，睁着一双狰狞的眼睛恶狠狠地盯着你，就等到太阳一落山、等着那夜幕降临、等着那黑暗中传来嗜血的气息，那又是它们的世界了！

"果然还有很多漏网之鱼啊！"邱子卿看了看四周，非常确定地说。

"那是，要不然我怎么会叫你们来帮忙呢？快点进屋去，一会儿有得忙呢。"老许招呼着大家走进他那个在半山腰上二层小楼的"凶宅"。

"这是我以前为对付行尸配置的药水，一会儿我们出去分头把这荒山的四周洒个遍。哼，这些行尸就算有天大的本领，也不可能再出来祸害人间了！"老许说着，走进一个房间，房间里面传出一阵稀里哗啦的声音后，就传出老许气喘吁吁的声音："找到了，你们来帮帮我啊！"

蓝雨、穆小米、邱子卿、塔挞老爹走进老许找药水的屋子，发现这是一间非常大的屋子，估计也有五六十平方米了，可是又是一间非常拥挤的屋子，里面堆满了稀奇古怪的东西，甚至连下脚的地方都没有！

"哇噻，老头儿，你这里有这么多的宝贝呢！"穆小米看见老许这里的东西，就兴奋得满眼放光，手舞足蹈起来。

老许这个人确实称得上是天底下最怪的人了，他的屋子里都是一些价值连城却非常奇怪的东西：左边的一排排架子上放着一件件稀奇古怪的标本，有泡在大大的玻璃酒瓶中的个头超大、足有小孩胳膊粗的蜈蚣；有长三个脑袋、六个手臂全身金毛、有小婴儿这么大的猴子；有海中的人鱼标本，静静地悬浮在一种由老许亲手配置的防腐蚀的透明液体中，两个前爪露出锋利的指甲，一双锋利的獠牙也露在了外面，俨然就像一具凶恶无比的海中粽子。右边有13个纯金打造的骷髅头，一双双空洞的眼睛和微微张开的嘴巴似乎要向人们诉说他们心中的故事。前边有几口棺材，其中一具彩绘的干尸，放在一口水晶棺材里面，双手交叉放于胸前，眼睛似睁似闭，嘴巴微微向上翘起，仿佛在临死的一瞬间露出了一抹淡淡的微笑。身上用彩绘画的各色花纹虽然随着岁月的侵蚀已经失去了当初的明丽与鲜艳，但是仍然可以看出这尸身上的彩绘花纹出自大家手笔，是一具世界上实属罕见的彩绘干尸，非常有收藏价值。穆小米往后面看去，居然兴奋地叫了起来："这东西你居然也有？"

"狍鸮。"蓝雨和邱子卿也异口同声地叫了起来。

"这东西你也有？"邱子卿也有点儿不相信自己的眼睛了，这个"狍鸮"在《山海经》中就有所记载，书中曾经这样写道："有兽焉，其状如羊身人面，其目在腋下，虎齿人爪，

157

其音如婴儿，名曰狍鸮，是食人。"是神话传说中吃人的怪兽，没想到在老许的储藏室中也有。

"这是他从西夏古墓中抓来的，本来想把它驯服当看门狗使唤，没想到没训成还险些被它给咬伤，一时生气就把这家伙做成标本了！"塔挞老爹在一旁无奈地说。

听塔挞老爹这一说，蓝雨、穆小米、邱子卿等人也真无语了。老许的脾气确实是集变态、古怪、神秘、恐怖于一体。

"那样的畜生确实是不能养，都怪我一时兴起，差点儿被它给吃了！真是晦气！你们快来帮帮忙啊！"老许满身灰土，头发、衣服上还挂着蜘蛛网正在奋力地搬动着放在屋子角落里的一口青花瓷的大水缸。

"我的姥姥啊，这样价值连城的水缸，被他丢在这里当咸菜缸用也太浪费了！老头儿你的生活太奢侈、太糜烂啦！"穆小米激动而气愤地说。

"你这娃娃就是这点不好，没弄清楚就乱激动，这么宝贵的药水也只有这青花瓷才能装它们，不然药性早就消失了！快点帮忙！"老许嚷嚷着。

众人一齐上阵，帮老许将这个足有好几百斤重的大水缸搬了出来。

"这里面是什么啊？"穆小米说着就要去揭盖在水缸上的盖子。

"别动！"老许大声地阻止，"谁都别动！"说罢老许从架子上拿了一捆香，点燃了，对着这水缸恭恭敬敬地拜了三下，然后飞快地把盖子打开，将这一捆已经点燃烧得旺旺的香丢入水缸中，然后马上盖上盖子。

蓝雨、穆小米、邱子卿、塔挞老爹只听得水缸中一阵翻滚，许久水缸中才没了动静。老许耳朵贴在水缸上静静地听了一会儿后，满意地点点头说："大功告成了！"

"什么大功告成？哎，老头儿，你又在耍什么花招啊？"穆小米不解地问。

"这是最后一步，这种药水配起来极其不容易，在用前必须烧一捆紫檀香木做的香作为药引，将药引得沸腾起来，要是成功过个十几分钟后这水缸中的药就会恢复平静，要是没成功这缸中的药就会一直沸腾个没完没了。"说着老许一伸手，把盖子揭开，蓝雨、穆小米、邱子卿、塔挞老爹马上闻到了一股清新的香味。

"好香！好香！这药是用什么配的？"穆小米问道。

"这个嘛，这是我的独门秘方，怎么好随便告诉外人，你当我是傻瓜吗？"老许数落了穆小米两句，拿来很多大酒坛子和一把木头勺子，将青花瓷水缸中那琥珀色的液体往酒坛子里灌，然后递给蓝雨等人说，"快点去把这些药洒到外面去，对了，都戴上防毒面具！"老许说着打开一个红木箱子，将箱子中老式的防毒面具拿出来递给众人说，"要是碰到躲在地底下的行尸，药水一碰到它，它就会化成黑烟。这烟有毒，大家还是小心为妙！"

众人按照老许的吩咐，到外面将这一酒坛一酒坛的药洒到了那些被烧焦了的土地上。有的地方洒下去没什么动静，有的则冒出了一阵黑烟，还伴随着臭气，似乎耳边还能听到一声声若有若无的惨叫声。

忙活了大半天，看着天边的太阳西斜，这剩下的行尸总算被蓝雨等人消灭干净了。大家摘掉头上的面具，坐在老许这幢二层小楼大门口的台阶上休息。

"哇！哇！哇！"天边飞过一群乌鸦，在暮色中发出一阵阵凄惨的叫声。

穆小米看着飞过天际的乌鸦群，笑呵呵地对老许说："我说老头啊，你这儿堪称咱们国家的第一凶宅了啊。你看看，这头顶乌鸦哇哇飞过，周围行尸遍布，主人瘦如干尸，房中怪兽标本也不少！要是不知道你底细的人贸然进入你的宅子，还真别说，估计被吓出

158

个什么精神分裂、精神崩溃之类的是绝对不成问题的！"

"第一凶宅？我这哪算得上啊，有的比我还凶呢！"老许看看自己的小楼，笑呵呵地说。

"什么？"穆小米颇为惊讶地问，"你说的是哪里啊？"

60. 凶宅传说

"你这个娃娃怎么对这些事情这么感兴趣呢？"老许奇怪地问。

"呵呵，你不知道，我这个徒弟就是对这些邪乎的事感兴趣！"邱子卿在一旁郁闷地说。

"哈哈，这样啊，原来娃娃你的兴趣和我一样啊。"老许开心地拍拍穆小米的肩膀说。听得蓝雨、邱子卿和塔挞老爹头上直冒汗。蓝雨抬头看看天色，见已经到了傍晚，就站起来拍拍身上的土说："这也忙活大半天了，中午饭就没吃，你们聊着我去弄点吃的去。"说完就走进了房间，塔挞老爹见蓝雨进去做饭，也急忙跟了进去说："还是我来吧，反正我的手艺比你好，你把那些从村子里面买回来的菜洗干净！"

外面老许、穆小米等人也走进屋来，老许对穆小米说："今天消灭行尸也忙活了大半天，今天晚上大家精神点，轮流守着，如果晚上没有什么异常的动静，就说明这行尸是彻底被我们消灭了！反正咱们有塔挞这个大厨在这里，让他做两个菜，我把我的好酒拿出来，咱们边喝边聊，我把这凶宅的传说给你们一一道来，但是我可是有条件的哦！"

"什么条件？"穆小米极其感兴趣地问。

"你也得告诉我一个你亲身经历的奇闻逸事！"老许笑呵呵地说。

穆小米想了想，点头说："好！"

"饭好了！"塔挞老爹不愧干过大厨，不一会儿这些看似简单的饭菜在他手下就妙笔生花了。

穆小米这个时候才发觉自己忙活了大半天肚中确实已在唱空城计了，一闻到这么香的香味，第一个蹦起来响应："老头儿，你不是说有好酒吗？还不快快拿出来，让我们享用享用？"

老许一听脸上露出了些许不情愿的表情，这表情却被穆小米精准地捕捉到了。最后老许被穆小米押着，来到小楼的地下室里，穆小米看了老许的地下室差点儿没被气死，这个老头的好东西可真多啊！整整一地下室的好酒！从嘉本纳沙威浓葡萄酒、夏敦埃、黑皮诺、波尔多葡萄酒、1787年拉斐酒庄葡萄酒到茅台、五粮液，等等。

"哇，这茅台可是20世纪60年代的，好，今晚就喝它了！"穆小米一句话，让老许头上冒出无数颗细小的汗珠，心想这小子可真会选，一点儿也不跟自己客气，早知道就不带他进来了！

"老头儿，我拿三瓶上去了啊！"穆小米抱着三瓶茅台开心地走了，边走还边叫喊，"师傅，有好酒啊，你最爱的茅台！"留下老许一个人欲哭无泪。

饭桌上，虽然都是番茄炒蛋、酸辣土豆丝、小鸡炖蘑菇、红烧肉等家常菜，可加上塔挞老爹的手艺和这几瓶陈年的茅台酒，就一下子上档次了。

"好酒！"邱子卿眯起眼睛，深深地吸了口酒香，拍拍老许的肩膀，"没想到老哥你这里好东西还真多！"

"那是，师傅，等走的时候老头子还会送我们几瓶对吧？反正你也多得要命！"穆小米极为皮厚地冲着老许傻笑着说。

这笑容吓得老许心里一哆嗦，现在的他比窦娥还冤！

"好了，老头子，你该开讲了吧！"大家喝了几杯酒吃了几口菜以后，穆小米的好奇心又开始泛滥了。

"行，我讲，我知道有两个凶宅非常邪乎，一个是在我老家那边，以前是个土财主住的，后来他三个儿子个个都好赌，你们想想啊，这家里要是出了赌鬼，那就算是有万贯家产也都会有赌完的那一天啊，更何况一下子出了三个。后来这老财主的家产都被他那三个浑蛋儿子给输得精光，只剩下这一座祖传的老屋也被他三儿子输给人家了。这老财主本来就已经快被他那三个败家的儿子给气死了，当听到连自己养老的地方都被儿子给输了，当时一口气没上来，就这样见阎王去了。老财主死了，那座宅子就顺理成章地抵了赌资。赢来这座老宅的人叫刘钱，也是个小财主，他羡慕这座老宅已经很多年了，因为当年曾经有这样的传言，之所以这老财主能有这么多的钱财，是因为他家的老宅风水好。可赢了这座宅子的人却没想到会有很多恐怖的事情等着他，先是老财主的大儿子疯了，进了疯人院，再是老财主的二儿子和小儿子莫名其妙地吊死在老宅后院的大槐树上。

"虽然说自己住的地方有人非正常死亡是件晦气的事情，这座宅子也可以算得上是个小小的凶宅了，可刘钱却丝毫不在意，还有什么能比这座赚钱的风水老宅更吸引他呢？很快他就带着家人住了进去。可住进去后他们发现了不少怪事，先是摆放在房间中的家具莫名其妙地换了地方，再是厨房水缸中的水忽然都变成了鲜红色，就连刘钱养的那几尾金鱼也居然长出了锋利的牙齿，开始咬人。最恐怖的还是晚上，不知道从什么时候开始，每到晚上，老宅的阁楼上都会传出赌钱的声音，都是午夜的钟声敲响之后开始的，住在老宅边的人家，若是有晚归的人还能看见有不少衣着奇怪的人，神情麻木地在老宅的大门前出出进进。可当他们对刘钱讲起晚上的见闻时，刘钱则像听天方夜谭一样地说：'不可能，我们家都睡得很早，怎么可能和朋友彻夜赌钱呢。'

"之后刘钱的两个才十一二岁的儿子居然迷上了赌博，本来在私塾那边书念得好好的，现在却连书也不读了，白天不是睡觉就是偷家中的东西去换钱，晚上则经常夜不归宿。

"刚开始刘钱没太注意，见儿子赌钱，打了几顿以为能扳过来。没想到却越赌越厉害，后来刘钱发现这两个宝贝儿子居然夜夜都不知道跑到什么地方鬼混去了，问他们，他们死活也不说，就算是往死里打他们，也问不出个所以然来。这下刘钱可火了，一天晚上刘钱躲在两个儿子的房间里面，决定看看这两个小兔崽子晚上到底跑到哪里去赌钱了。当午夜的钟声敲响后，刘钱的两个儿子猛地从床上坐了起来，神情麻木地朝着老宅的阁楼上走去，刘钱也跟在他两个儿子的身后朝阁楼上走去，心想：这两个小兔崽子居然还敢把赌钱的地方搬到家里来！怪不得我在外面找不到他们赌钱的地方！看我今天不把你们打得满地找牙！

"可当他进入阁楼后就傻眼了，这里面哪有什么他的两个儿子啊？一张四四方方的麻将桌旁，坐着三个人，正对着他的就是已经被气死的老财主，他的二儿子和小儿子分坐在两旁，正阴笑地看着他。老财主将手中的骰子一抛，传来一阵阴森森的声音：'来玩一把吧？不赌钱，只赌命！'"

"后来呢？"穆小米见老许说到最关键的地方就不说了，于是焦急地问。

"后来就是街坊邻居发现刘钱一家都莫名其妙地死在老宅中，而且手中都紧紧握着几个骰子，以后谁住在这个老宅中到了半夜都能听到一阵阵赌钱的嘈杂声，识相点的早点搬出这座凶宅还能保住小命，要是不识相的，最后都莫名其妙地死在这座凶宅中，死时手中都握着几个骰子。"老许说完，端起酒杯抿了口酒。

"真事假事？"穆小米疑惑地看着老许。

"是真的，到现在这座老宅还空在那边呢，反正没人敢住。"塔挞老爹接着说，"要是你们以后去找那个西周的古墓，还有机会去见识一下呢！"

"这个嘛，还是算了吧，反正我们都对赌钱不感冒！接着讲，接着讲！"穆小米边帮老许将酒满上，边催促着他继续讲下去。

"好，现在我该讲下一个凶宅了！"老许似乎讲上了瘾，越讲越来劲。

"这第二个凶宅是落雁市近郊的一片这几年新盖的住宅小区。"老许慢悠悠地说道。

"南岸木苑！"蓝雨、邱子卿、穆小米等人异口同声地叫了起来。

"对，就是这个小区，刚盖好就听人说住在这里面经常会遇到一些怪事。"老许讲道。

"我也听人说起过，不过也没太在意，听说这以前就是一处乱坟堆，解放前还是一处专门丢弃那些刚生下来就死于非命的小孩的地方，好像离那地方不远就是过去的刑场，每年都会有不少犯了重罪的人在这里被砍头。反正没有当地人买那边的房子。"邱子卿也打开了话匣子说了起来。

在古时候，落雁市有个风俗，就是生下来不满一周岁的孩子如果死了，那是一件非常不吉利的事情，这孩子是不能进自家的祖坟的，如果强行将他埋入祖坟就会给整个家族带来灭顶之灾。因此谁家的孩子要是不满周岁就没了，是绝对不能安葬在祖坟中的，这样的小孩需要去庙中请了符，然后将符贴于小孩的胸前，用黄色的绸子布包裹着放在一处专门安葬死婴的地方，也就是落雁郊区的这处乱坟岗。

"是啊，过去就是大白天也很少有人去那边呢，更不用说是住在那里了！"蓝雨说。

"是啊，你们知道的，当然不会去那边住啦，可我一个朋友不知道，买了那边的房子，这事情都是他跟我说的。"老许说着，就把他那个朋友的遭遇告诉了蓝雨等人。

话说老许的这个朋友是个医生，当初因为工作原因调到了落雁市中心医院。图便宜，买了那边的房子，结果发现他们小区入住的人还不到三分之一，一到天黑，整个小区就阴森无比，鬼气森森，过了午夜还能听到一阵阵婴儿的哭喊声和一声声阴森的琴声。一天晚上，老许朋友的邻居迷迷糊糊地起来上厕所，回来的时候发现床下躺着一个人，这个人面容发青，说话时嘴里直冒冷气："你占了我睡觉的地方！把我压得好难受！"这一声声阴森恐怖的声音在老许朋友的邻居耳畔响起后，老许朋友的邻居彻底清醒了，吓出了一身冷汗，睡意一下子全无，他再一看发现床底下什么人也没有啊。以为是自己睡迷糊了，可没多久他又接二连三地碰到这样的事情，后来他的邻居都快发疯了。他老婆请了风水先生到家里来看，这先生看了以后大惊说："你们怎么能住这样的房子呢？这下面本来是个厉鬼的坟墓！你们居然这样大胆地住在上面，赶快搬走吧！"邻居一家子搬走后，老许朋友家也开始不得安宁了，每到晚上老许的朋友经常听到有人敲他家的门，还嚷嚷着要什么刀伤药、看病之类的话，可打开门后又什么也没有。起初几次老许的朋友没在意，可后来就有点儿发毛了，接下来更恐怖的事情就发生了。一天刚入夜，这样的敲门声又响起，老许的朋友打开门发现什么人也没有，气呼呼地把门关上，可就在他关上门的一瞬间，屋子里所有的灯都灭了！一个穿着古装的男子正站在他对面，他的脖子上渗着血，阴森地说："大夫，给我看看病吧，我的脖子被大铡刀铡得好疼啊！"老许正说着，忽然房间里面的灯一下子就灭了。

"不好，有情况！"穆小米一下子反应了过来，蹿到了门边，一手摸出随身带着的手枪向外悄悄地望去。

61. 鹦鹉老祖宗

黑暗中传来一阵阵怪叫之声，随后又传出一阵阵沙哑的叫骂声，仿佛句句都在骂老许。这让穆小米、蓝雨等人面面相觑，一时没了判断力。

"啊，啊，没事，没事，是只老鹦鹉，这两天光忙着消灭行尸了，忘记喂它东西了，它八成是火了，所以拉了电闸！"老许又一句雷人的话出口了，听得蓝雨、穆小米、邱子卿差点儿没背过气去。

"这只老祖宗还活着呢？"塔挞老爹一脸惊讶地问。

"唉，可不是，都是闻夫人不好，养什么不好非养只脾气超怪的老鹦鹉。这不，自己都作古了可鹦鹉还活着呢！"老许无奈地说。

确实，大鹦鹉的寿命很长，有的甚至能活上百岁，有一则题目是"丘吉尔死了，可我还活着"的报道，讲的是一只摩鹿加凤头鹦鹉，出生于 1941 年，从那时到现在它在佛罗里达的丛林岛上已经生活了近 70 年。不过令它出名的并不是它的长寿，而是因为它曾经和英国前首相丘吉尔在一起待过，他们还有一张 1946 年的合影呢！还有一只名叫查理的鹦鹉在第二次世界大战期间一直与英国首相丘吉尔作伴至今依然健在，只是 104 岁高龄的它已不复当年的饶舌。所以，如果你想养一只大鹦鹉的时候就一定要想好了，有没有长期养它的勇气，没准等到你七老八十的时候还要去伺候一只每天喋喋不休的老鹦鹉。

"闻夫人？！"蓝雨听到这几个字眼圈中泛起了点点泪花。

"对啊，老兄，既然你一直对这丫头的身份持怀疑态度，怎么不让这只鹦鹉认一认呢，它可是看着那两个孩子出生的。闻先生和闻夫人也曾说过，就算他们都不在了只要这个鹦鹉在，也能在人群中认出他们的孩子。"塔挞老爹忽然说出了这一番话。

"对啊！我怎么把它给忘记了呢？忙晕了忙晕了！"老许开心地冲着外面喊了起来，"鹦鹉奶奶，把电闸合上吧！这里有好吃的！"

这一句还挺灵，灯一下子就亮了起来。

"老许，你这个王八羔子！想把奶奶我饿死吗？"一团白色的东西飞快地朝老许扑了过来，吓得老许一下子就藏到了穆小米的身后，嘴里连连叫着："鹦鹉奶奶饶命啊！息怒！息怒！"

蓝雨等人这才看清眼前是一只白色的凤头大鹦鹉，看样子也有五六十岁了！

"我要吃榛子！还要喝酒！"凤头鹦鹉吩咐道。

蓝雨、穆小米、邱子卿等人听了头上直冒黑线，这是鹦鹉吗？简直就是个老怪物啊！

"好，好！马上，马上！"老许屁颠屁颠地从柜子里拿出了一大盘榛子和一瓶葡萄酒，放在桌子上，把葡萄酒倒在了一个玻璃碗中，这只大鹦鹉才满意地飞了过去，满意地吃了起来。

"鹦鹉奶奶，你还是这么喜欢喝葡萄酒啊！"塔挞老爹也在一旁打趣地说道。

"塔挞啊，你这个家伙好像很久没来了。"凤头鹦鹉边吃边说。

"呵呵，是啊，鹦鹉奶奶你看看这是谁？"塔挞老爹说着将蓝雨推到了鹦鹉面前。

这只鹦鹉看见蓝雨先是一愣，旋即飞到蓝雨的头上，用爪子和喙拨开蓝雨的头发，看见了那隐藏在头发中细密的一道伤疤后，从喉咙里发出一阵刺耳的欢呼声："天啊，大小姐，你居然还活着？你是来接我的吗？你妈妈把我交给老许这个王八羔子照顾几天就再也没回来过，老许这个王八羔子太没良心了！经常虐待我！"

老许、穆小米、邱子卿、塔挞老爹听到这段鹦鹉的心声后彻底无语了。老许此刻的心情非常的不好，自己伺候这只变态的鹦鹉这么多年，临了还落了个这样的定论，真是惨啊！冤啊！

"你确定她就是闻先生的女儿？"塔挞老爹兴奋地问。

这只老鹦鹉拿眼睛白了白塔挞老爹，鄙视地说："当然！她头上的那道疤痕里藏了西域蛇香，这味道我怎么会辨认不出来呢？"

"西域蛇香？喂，老鹦鹉，什么是西域蛇香？"穆小米在一旁发问。

"你想知道吗？"鹦鹉歪着脑袋看着穆小米问。

"是啊！"穆小米茫然地看着鹦鹉回答道，心想这只老鸟又要出什么花样啊？

"真的想知道？十分想知道？非常想知道？确实想知道？肯定想知道？"鹦鹉问了一连串问题。

"哎呀，是，你就快说吧！"穆小米终于崩溃了。

"那你叫我老祖宗我就告诉你！"鹦鹉开心地说道。

穆小米彻底崩溃了。

"哎呀，你就别再逗他了，不然他会拿他的臭脚来熏你的！"老许似乎对邱子卿说的穆小米的丑事记得非常清楚，以至于见到一只老鹦鹉还拿这个来威胁它。

"哼！他不洗脚跟我有什么关系？无聊！"鹦鹉翻了大大的白眼，拍拍翅膀飞到了酒碗前，低头喝了口碗中的葡萄酒，非常满意地抒发了一下感情，"好酒啊！"

蓝雨、邱子卿、穆小米几个人看了都不由得皱起了眉头，心想：这是什么鸟啊？这还是鸟吗？都成精了！是个老妖精！

"什么是西域蛇香啊？"蓝雨摸摸自己头上的那道细小的疤痕说，"我还以为这是我以前车祸留下的呢，怎么还会有这样的东西？我从来没听说过啊！"

"好啦，好啦，别再难为人家了！丫头，我告诉你！"塔挞老爹在一旁插话道。

"哎呀，还是师姐的人缘好啊，人家一问就有人告诉，不像我这样命苦啊！"穆小米在一旁发牢骚。

塔挞老爹没理会穆小米，自顾自地说了起来。

原来这西域蛇香是世界上非常珍贵的几种香料之一，它的珍贵之处不仅在于它的稀少，更重要的是要想取到这样的香料往往要付出生命的代价。

这种香料生长的地方往往会有巨型蟒蛇守护，传说中这种蟒蛇是一雄一雌，身上长有彩色的条纹，和它生活的环境非常相配——一片绚烂的繁花之中，这种香料四周一年四季都生长着无数绚丽的繁花，就算冬天其他地方普降瑞雪，这里还依然是一片春意盎然、花团锦簇。

除了长有这样美丽的花纹之外，这蟒蛇的头上还有一个独角，有人说它们是当年混沌时代在化龙飞天的最关键时刻失败的大蛇的后代。

这种巨蟒的独角上藏有剧毒，当发现有入侵者的时候，这种剧毒就以一种黄色的液体形式喷射出来。这种液体有迷惑人心智的功能，中了毒的人很快就会发疯，最后成为巨蟒的腹中美餐。若有侥幸逃脱毒物袭击的人，还得战胜这两条巨蟒后才能顺利取到这种稀有的蛇香。

62. 芯片

"哇噻，师姐，这蓝志军还真有钱啊？在你身上也真能下血本，这么贵重的西域蛇香也给你用上了！"穆小米此时眼睛发亮，口水都快流下来了，做出一副非常欠扁的样子，露出一副讨好蓝雨的贱样，咧开嘴，笑嘻嘻地说，"师姐，这么好的东西不知道那个蓝老头那还有没有？你再去问他要点好不好啊？反正干我们这一行的每天血雨腥风，刀里去，枪里来的，一不小心就会挂花，有这样的药多好啊，要是哪天老子不小心重伤生命垂危也不用担心啦，咱有救命的良药啦。"

"你个白痴！西域蛇香是闻夫人的传家宝，当年给两个小姐的脑子里装芯片的时候全都用完了，白痴！"站在酒碗上，一头扎进葡萄酒中，狂飙痛饮的大鹦鹉忽然抬起头来，醉眼惺忪地看着穆小米骂了几句。

"什么什么？你这只老鸟说什么呢？芯片装在脑子里？天方夜谭啊？你这只撒谎的坏鸟！"穆小米见这只鹦鹉对自己如此的不尊重，气得鼻子直冒烟，居然跟鹦鹉也扛上了。

"骗你干什么？你又没有好喝的葡萄酒！不信你问老许那个老家伙！"说完，这只大鹦鹉"咚"的一声栽倒在桌子上，眼睛一闭，两脚朝天地呼呼大睡起来，不用问就知道这只酒鬼鸟喝醉了。

"喂，你别睡啊！把话说清楚！你这只菜鸟！再不起来我把你烤了吃！"穆小米气得使劲摇晃着呼呼大睡的鹦鹉，可鹦鹉却根本没醒，居然还打起了呼噜。

"你这样没用的，它喝醉酒了，就算天塌下来也不会醒来的，不用白费力气了。"老许哭笑不得地看着抓着喝醉鹦鹉发飙的穆小米。

"气死我了！一会儿它醒了，你爷爷我非扁它不可！"穆小米还从来没被一只鸟骂过白痴，所以觉得特别的生气。

"那鸟说的什么芯片是怎么回事？它说的是真的吗？"蓝雨一脸震惊地问。

塔挞老爹和老许两人对视了一眼，突然都沉默了。老许从口袋里面掏出了包纸烟，吧嗒吧嗒地抽了起来。

"你们怎么都不说话了？难道这都是真的？"蓝雨的手轻轻地摸着自己头上那道细小的伤疤，更不可思议地看着老许和塔挞老爹，这一刻她似乎感觉到自己脑袋上的那道细小的伤疤传来一阵阵隐隐的疼痛。这道疤她一直都认为是中学时那场车祸留下的，那场车祸到底发生了什么？为什么本来开得好好的车子，就这样莫名其妙地发生了车祸？为什么自从自己醒来后，以前的很多事情都已经忘记？为什么自从那场车祸后，她的那些稀奇古怪的梦就越来越多地出现在每个夜晚？为什么蓝志军不让全家上下提起那场车祸呢？本来就是一场小小的车祸，自己为什么会在医院里面躺了那么久，昏迷了那么久？我的身上到底被人做了什么样的手脚？

"哎，还是告诉她吧，这件事她迟早要知道的，闻先生和闻太太为了这事都送了性命，既然她是他们的女儿就得去面对这一切。"塔挞老爹终于发话了。

老许点点头说："好吧，丫头，本来怕你突然知道这一切受不了，想慢慢地告诉你，可现在这只糊涂鹦鹉酒喝多了话就多了让你知道了些，那就全告诉你吧。"

"唉。"老许轻叹一声说，"闻先生是我见过最怪的人，可以说是个十足的科学狂人，为了自己的研究甚至可以让自己的孩子也参与到这种是是非非之中来，而闻夫人又是我见过世间最痴情的女子，她对闻先生的感情可以说是至死不渝！这样一个美丽温婉又才华横溢的女子，居然用自己的生命去爱着这个科学狂人！"说着说着老许不禁发出一阵阵感叹，也陷入了无限的回忆之中。

初见闻先生和闻夫人的时候，老许已经金盆洗手，不再出入于大大小小、不同朝代的古墓了。可他被闻先生和闻夫人两人的气质所折服，旋即又被他们的学识渊博所征服，被他们对研究的执著精神所感动。于是为了他们又再度出山，但并不是盗墓，而是帮助这对年轻有为的考古学家对各种古墓进行研究，他们曾经一起合作过很多古墓的研究，其中也包括怨陵。

随着对古墓研究一步步的深入，一个惊天的秘密浮现于世。传说中，汉武帝曾为他一生中最爱的却又在最美丽的年华匆匆离开人世的妃子——李夫人——在云南修建了一座怨陵来纪念他的爱情。汉武帝曾说过，他虽然得到了李夫人的人却从来没有得到过她的心。这是他此生一憾，他把希望寄托到了来生，也许出于这个目的他修建了这样一座怨陵。

为什么要选在云南？这怨陵中到底隐藏了什么？让闻先生、闻夫人还有老许百思不得其解。但有一点他们是知道的，在这座陵墓中埋藏了巨大的宝藏，谁要能得到便可富甲天下富可敌国！但是要想找到这宝藏，必须先破解怨陵中那幅巨大的白玉藏宝图，而这藏宝图就藏在怨陵中一个飘忽不定的空间中，并不是每一个进入怨陵的人都能看得见。传说它九十九年才会出现一次，宝图中设置了开启宝藏的机关眼，只有在它出现的时候收集到开启宝藏的钥匙——琥珀泪，将琥珀泪摆放在宝图中的机关眼上才能开启宝藏。

还有一个关于怨陵宝藏的传说：在每世的轮回中，可能会出现一对身上带有琥珀泪胎记的双胞胎姐妹能打开汉武帝留下的神秘宝藏，但千百年来这样的人却从来都没有出现过。直到闻先生的这一对可爱的双胞胎女儿降生，当看到这一双胞胎女儿身上的胎记时，闻先生认为这一切都是宿命了。冥冥之中他从一本破旧残缺的古书上依稀知道了一些怨陵的信息，又在冥冥之中，他一步步地走进关于这个虚无缥缈的怨陵中，并着了魔般地陷入了狂热的研究之中。所有的人都认为他是个疯子，只有他的妻子始终相信他、支持他，工夫不负有心人，随着研究一步步的推进，他和自己的爱妻终于发现，怨陵不是传说，它就藏在彩云之南，著名的殉情之都那座纯洁的雪山之中。

当他和夫人的爱情结晶呱呱落地的时候，他又不得不再一次地感叹冥冥之中这样的安排。自己的双胞胎女儿身上居然都有琥珀泪的胎记，难道这几千年的传说是要他来将真相揭开？难道他的这一对双胞胎女儿，能打开这曾经叱咤风云的一代帝王的宝藏？

但是就在闻先生和闻夫人研究的关键时刻，天宇集团出现了，他们居然也知道了怨陵宝藏的传说，一心要找到这些宝藏。开始他们和颜悦色地来和闻先生谈判，希望闻先生能和他们合作，合作前先给闻先生一公斤黄金的酬劳，等找到了宝藏后再分一半给闻先生。这是多么诱人的合作条件，可闻先生想都没想就拒绝了天宇集团，他义正词严地对天宇集团说：宝藏是国家的！怎么可能归为己有？更不用说是将这些国宝文物贩卖到国外去，做

165

这种贩卖自己老祖宗留下的宝物的无耻勾当了！

见软的行不通，天宇集团就露出了它本来狰狞的面目，甚至还打起了闻先生这一对双胞胎女儿的主意。为了保险起见，闻先生让闻夫人将一种特殊的药水涂抹在两个孩子的琥珀泪状的胎记上。使胎记暂时隐去，等将来孩子长大以后，这胎记才会再度出现。然而闻先生没有料到天宇集团有多恐怖，他更没想到自从天宇集团出现后，他安定的生活也就终结了。

"我的父母都是被天宇集团杀害的吗？"蓝雨眼含热泪地问。

"是的，本来我们约定一起躲到怨陵中去的，那边的机关埋伏完全可以对付天宇集团的人。可不知道怎么他们却被天宇集团抓去了，我没能救他们，是我的错啊！是我的错！"老许说到这里声音有些哽咽了。

"难道被天宇集团抓去了就一定会死吗？"穆小米心中还存着一丝侥幸，他也不希望听到的是真的。

"天宇集团心狠手辣是道上有名的，不和他们合作的人都会被他们极其残忍的杀害。我不知道你的父母在生命的最后一刻经历过什么，可是说实话我根本就没有勇气知道。"老许痛苦地说。

"这么说，天宇集团始终没有拿到他们想要的关于怨陵的资料？"邱子卿问道。

"嗯，为了保存这些资料，也为了不连累我，闻先生和闻夫人作了一个非常残酷的决定。他们把怨陵的全部研究资料都输入在了两个芯片上，分别植入你和你妹妹的大脑中。"老许看着蓝雨说。

"这么说这二十几年中，我的脑中一直还存着一个芯片？我居然到今天才知道！真是笑话！"蓝雨愣愣地说，仿佛到现在她还不能相信，不能接受这一切。

"芯片植入大脑？这真是太极端的做法了！"邱子卿也不禁皱起眉头来说，"哪位父母能下得了手啊！"

两行泪无声无息地从蓝雨脸上滑落："为什么偏偏是我？"

"哎，师姐啊，虽然你以前住着别墅、开着名车，可没想到你也有着苦难的经历啊！都是苦水中长大的，你就别难过啦，这不顺心之事生活中太多了，可我们还得继续走下去啊！"穆小米忽然说出了这一番颇有道理的话来，弄得老许直看他。

"老头儿，你老看我干什么？"穆小米没好气地问。

"我说你这个娃娃什么时候嘴巴里面也能吐出象牙来了？以前还以为你从来都吐不出来呢！"老许一本正经地说。

"什么？你竟然拐着弯地来骂我！"穆小米终于回味出了老许话中的味道，气急败坏地骂了起来。

"好了，小米，不要胡闹了。老许，我问你，你说丫头脑中有芯片，那她经常做的怪梦和见到的一些幻境是不是因为这芯片在作怪啊？"邱子卿问。

"应该不会，这芯片是一对，只有她和她妹妹相遇后，在怨陵这种特殊的磁场感应下才会发生反应，也就是说只有这对有着琥珀泪胎记的姐妹同时站在宝图前，那些记忆才会复苏，她们才会知道如何打开这个宝藏。当然前提是我们还得有打开宝藏的钥匙——琥珀泪。"老许滔滔不绝地说。

"等等，如果——"塔挞老爹忽然惊呼了起来。

"如果什么？"老许、穆小米、邱子卿异口同声地问。

"如果丫头脑中同时有两个芯片，那会出现什么现象？"塔挞老爹说出了这个惊人的猜想。

63. 赶尸

"这——"老许一时答不上来了。

"你们别忘记了，当年丫头的妹妹小云就是被天宇集团追杀而出了车祸死于非命的。最后天宇集团的那帮家伙连小云的尸体也抢走了。那时小云还是个十几岁的孩子啊，他们，他们太没人性了！"塔挞老爹声音哽咽地说，毕竟小云是他一手带大的，情同父女。

"丫头，你说你中学的时候也曾遇到过一场车祸，以前的很多记忆都消失了，是不是？"邱子卿忽然问蓝雨。

"是的！"蓝雨脑海里又浮现起了那天模糊的情景，车子在路上好端端地开着突然就像喝醉了酒一样，然后自己就什么也不知道了，醒来时已经躺在医院，头痛欲裂，很多事情都不记得了。

"也许这场车祸就是天宇集团精心安排的，他们本想将小云抢过来然后像对待丫头一样地培养感情，等两个女孩子长大后心甘情愿地为他们所用，带着她们两姐妹去寻找怨陵中传说的宝藏。可没想到在抢夺小云的时候发生了意外，小云死于车祸。最后他们只好出了这个下下之策，将小云脑中的芯片取出，放入丫头的脑中，这样关于怨陵的资料还是完整的。他们还是可以跟着蓝雨找到他们垂涎的宝藏。"邱子卿分析说。

"那他们干吗要费这么大的力气，把芯片放到师姐的脑中啊？随便找个人放进去，或者把它直接装进电脑里不就什么都知道了吗？"穆小米不解地问。

"这个我也不太清楚，或许是因为天宇集团相信只有一对身上有着琥珀泪胎记的双胞胎才能开启怨陵宝藏的传说。"邱子卿猜测说。

"那是因为这两个芯片是世界上独一无二的，当初闻先生设计它们的时候就已经考虑到万一日后生变，所以在芯片上下了一番工夫。它们只能识别这两个丫头的DNA，而且生存环境只能在两个丫头的大脑中，如果离开超过一分钟则会马上自动爆炸。如果放入别人的脑中，只能变成一块废铁，丝毫不起作用。所以这芯片只有在这两个孩子的身体中才有价值！"老许在一旁说道。

"原来是这样，那师傅的猜测八成是对的喽，也许这两个芯片放在一起也有些不兼容，所以师姐才会看到这么多奇异的现象。"穆小米听了老许的话后，也觉得师傅的分析有道理了。

"我脑中有两个芯片？那我还是人吗？不跟机器人差不多了？这也太过分、太不可思议了！"这回蓝雨自己也晕了，已经来不及为自己的身世伤心，现在她就想快点搞清楚自己的脑中到底有些什么。

"嘎，嘎，"那只喝醉了的鹦鹉这时候悠悠地转醒过来，睡眼惺忪地看着穆小米等人，迷迷糊糊地说，"又来了这么多人啊？"

"什么又来了这么多人？我们本来就在这里,你这只笨鹦鹉！"穆小米刚才被它说白痴，现在还耿耿于怀呢。

"嘎，嘎，"这只酒鬼鹦鹉朝穆小米吹了个口哨，迷迷糊糊地说出了一句让穆小米抓狂的话，"妞！给大爷笑一个！"

"什么什么？你爷爷我好歹是个爷们儿，这笨鸟连男女也不分了吗？"穆小米气呼呼地说。

"嗯，这个我要解释一下，这是一只母鸟，可它自从听了闻夫人的女权主义后就性别颠倒了，一直认为自己是男的，别人都是女的。过去它也常常对塔挞这样说！"老许尴尬地说完后，蓝雨、穆小米、邱子卿全都无语了。

"嘎嘎，有新鲜的尸体跳过来了。"鹦鹉用鼻子像狗一样地朝窗口嗅了一嗅，又说了一句雷人的话。

"有新鲜的尸体跳过来了？胡说！既然是尸体就是死人，死人怎么还会跳？除非是粽子，粽子都在古墓里，死了最起码有几十年了，怎么可能是新鲜的？"穆小米也是个奇怪的人就连鸟也不放过，真是腰里别副牌，谁说给谁来。

"它说的是真的，它有一种特异功能——方圆五里之内要是有新的尸体出现，它都能闻出来。"老许听了鹦鹉的酒话以后马上紧张了起来，说，"难道那些行尸没有被消灭干净？"

众人听了以后也觉得事情重大，连忙将屋中的灯关掉，纷纷摸到窗口，小心地向外张望。

"嗒、嗒、嗒……"

"叮铃、叮铃、叮铃……"

"这铃声怎么这样熟悉？"塔挞老爹听后不禁对老许说，"你还记得这声音吗？那年在荒郊我们遇到的？"

"怎么不记得，我一辈子都不会忘记的，难道这年代了还有人干这种营生？"老许不解地问。

"你们在说什么呢？"穆小米好奇地打听。

"是赶尸的声音！没错！"塔挞老爹肯定地说，多年前那个夏天的夜晚、那个伸手不见五指的黑夜，塔挞老爹和老许还是七八岁的孩子的时候，那天大人们去墓中消灭小鬼子了，他们两个人也朝冥派行动的那个老坟摸去。

两个人走在黑糊糊的山路上，走着走着忽见前方有一排黑影在移动，还伴随着铃声和"嗒、嗒、嗒"的跳动声。

难道遇见小鬼子了？老许和塔挞老爹相互看了一眼，马上躲进了路边高高的蒿草丛中，两个人警惕地注视着前方。忽见前方走过来一个穿着一身青布长衫，腰间系一黑色腰带，头上戴一顶青布帽，手中拿着一个铃铛边走边向着黑色的夜空中撒着什么的男子。在他身后跟着九个高高矮矮的人，他们一个个都是穿着宽大的袍子，头上戴着高筒毡帽，脸上贴着张纸条，胳膊向前平举着，一跳一跳地跟着那个穿青布衣的人跳去。

"难道是遇见赶尸了？"塔挞老爹听老人说过民间有这种奇怪的职业。

"咱们这里怎么会有赶尸的？不都发生在湘西吗？"老许也不解地说。

也许是他们说话的声音大了，这跟在队伍最后面的尸体竟然停了下来，像一条看不见东西的老狗一样嗅着。

"叮铃！叮铃！"前面穿青布长衫的男子摇了两下铃铛，队伍就停了下来。男子走到最后不知道拿什么东西抽了一下那具尸体骂道："畜生！再不好好赶路，就把你丢在这里，让你客死他乡后永远不能还乡！"这句话还真挺灵，那具东闻西闻的尸体马上头一低手一抬不动了。

"畜生！"这个穿青布长衫的赶尸人刚要回到前头去继续赶路，忽听得天空中一阵惊雷响起，紧接着阴风四起刮得人东倒西歪，睁不开眼睛。赶尸人惊呼了一声不好，待他再次睁开眼睛的时候，只见那九具尸体已经飘到了空中，它们脸上的符早已不见踪迹，正露出一种诡异的、嗜血的笑容盯着他。

"那后来呢？"穆小米焦急地想知道下文，他一直关心着这个赶尸人最后是死是活。

"后来我们被赶尸人的喊声惊醒，赶忙没命地逃回了家。"塔挞老爹说。

"那后来呢？那个赶尸人是死是活啊？"穆小米追问道。

"不知道，我们跑的时候只见一个僵尸已经咬住他的手臂，后来，唉，只怕凶多吉少了吧。"老许无奈地说。

"嘎嘎，来了，尸体跳过来啦！"这只酒鬼鹦鹉此时站在窗台上，朝夜色中望去，蓝雨忽然发现鹦鹉的眼睛正冒着绿光。

穆小米、邱子卿见状不禁头上呼呼地冒黑线，这是什么鸟啊？怎么对尸体这样感兴趣，是酒喝多了还是脑残了？而老许早就对自己的这只极品老鹦鹉见怪不怪了。他朝窗外望去，只见夜色中过来一队人，前面走着的是一个头戴尖尖的高帽，穿着宽大的袍子，手摇着摄魂铃，边摇铃边向天空中撒着纸钱的青年男子，他的身后跟着五具穿着清朝官服的尸体，它们正双手平举，一跳一跳地跟在这个青年男子的身后。奇怪的是它们的符并没有贴在额头之上，而是贴在了后脑勺上。

"太奇怪了，怎么忽然跑出个赶尸的人，还带着五具尸体？"穆小米嘟囔着。

"不是五具，是四具！"酒鬼鹦鹉纠正地叫道。

"你这只蠢鹦鹉酒喝多了，连数都不会数了！"穆小米没好气地回应道。

穆小米正和鹦鹉闹得不可开交，鹦鹉老祖宗就差飞下来抓穆小米的脑袋了。这时候，走在前头的赶尸人忽然朝蓝雨等人所在的窗口看去，目光正好和蓝雨的目光对上。那赶尸人朝蓝雨撇撇嘴，挤了挤眼睛，仿佛在传达什么信息。蓝雨不由得发出一声惊呼："慕容轩！他是慕容轩！"也一下子明白了他所传达的意思是让她跟上他。

64. 猛鬼村

"什么？怎么又冒出了个慕容轩？这回到底是真人还是什么人偶之类的？这个慕容小子跟我们玩什么呢？我觉得他不是遇到了麻烦而是在给我们找麻烦，谁知道他葫芦里面卖的是什么药啊！"穆小米看着夜幕下的赶尸人，觉得十分的不真实。

慕容轩此时已经如整日里大喊着狼来了的放羊孩子一样，搞得大家一听说慕容轩来了都有"狼来了"的感觉。这点不仅是穆小米，邱子卿、老许、塔挞老爹也都有同感。

"这回一定是他了，只有他会向我使这样的眼色，这暗号只有我们俩知道，如果是别人假扮他的话，也不可能连这样的细节都知道！不可能！"蓝雨急切而非常肯定地说。

"他让我们跟上他，肯定是他被什么人控制了，让我们去救他！"蓝雨又急切地看着大家，补充道。虽然慕容轩是个奇怪的家伙，他的具体情况蓝雨也只是听邱子卿说过，知道他是美籍华人、著名的考古学者慕容枫的儿子之外，其他的了解得也不多。虽然在她的幻境中一直会有一个萨查巫女在提醒她小心慕容轩，小心慕容轩，可蓝雨还是不由自主地会去关心这个人，会去替这个人着想，这个人遇到了麻烦，蓝雨还是会千方百计地去救他。

"我们要去救他吗？救他有多少劳务费啊？"酒鬼鹦鹉忽然插了一句，大家听了前一句觉得它好像特别关心慕容轩的样子，但是听了后面一句大家又对这只酒鬼鹦鹉有了一个新的了解，那就是它是一只非常财迷的鹦鹉。

"这关你什么事情？别跟着瞎忙活！就算是有劳务费也轮不到你！"穆小米越看这只酒鬼鹦鹉越不顺眼。

"如果它想去，那你们谁也甩不掉它的！但是等完事后，你们一定要记得买几箱上好的葡萄酒作为劳务费谢它，不然它会跟你们没完没了的！"老许两手一摊，无奈地说。

"我们快跟上吧，一会儿他们就走远了。"蓝雨焦急地催促着。

邱子卿和穆小米对视了一眼，穆小米问道："师傅，我们去不去？"

"既然他暗地里通知了我们，肯定是有事情要发生，他不是被人劫持了求救，就是有什么事情需要我们帮忙，我们怎能不去呢？况且我们不是一直在找他吗？老许老哥刚才不是说过了，要开启怨陵的宝藏，只有收齐琥珀泪才能打开吗？不还有两颗琥珀泪在他那里吗？"邱子卿笑呵呵地说，"不过现在我们并不知道他是敌还是友，再加上天宇集团的人随时都有可能出现，所以我们还是小心为妙！都带上家伙！什么对付粽子的、对付怨灵的、对付活人的通通都准备好，我们有备而去，万事小心才好！"

"嗯，师傅说得就是有道理！我们准备好就跟着这个慕容小子在后面装死人吧！"穆小米说着检查一下东西就跑了出去，跟在那一串跳动的尸体后面，蓝雨、邱子卿、塔挞老爹、老许还有老许肩上的那只酒鬼鹦鹉，也一起跟了上去。

"嗒、嗒"，整齐的跳动声在空旷而深深的夜色中响起，慕容轩带着五具死尸朝着远处的大山中走去，一路不停地摇着摄魂铃撒着纸钱，蓝雨、穆小米、邱子卿等人紧紧地跟在后面。

深深的夜色笼罩着曲折的山路，四周安静极了，只有摄魂铃在前方发出孤独的声音。走了足有半个小时，慕容轩带着众人已经走进了重重叠叠的大山之中，阴冷的夜风吹来，让人感到丝丝凉意在全身蔓延着。路两边都是高大而模样怪异的老树，肆虐的枝丫在夜色中更是变换出各种恐怖的造型，在夜风中，枝丫轻轻地晃动起来，发出刷刷的响声，仿佛这些树已经成了精，或是有什么怪物附在这些老树身上，随时都可能朝你扑过来，将你生生地活剥了：扒你的皮，抽你的筋，饮你的血，然后还会对在血泊中抽搐着的你说一声——味道好极了！

"哇！"寂静的夜色中，忽然飞过一只怪鸟，一边飞一边发出令人毛骨悚然的叫声。蓝雨等人不禁打了个冷战。而老许肩膀上的那只酒鬼鹦鹉此刻却出奇的安静，它单脚站在老许的肩膀上，半眯着眼睛一动不动，仿佛石化了一般。

"前方有个村庄。"穆小米回过头来小声地对大家说。

"嘎嘎，都是死人，有刚死的，有死了好久的。"站在老许肩上的酒鬼鹦鹉忽然冒出了这句话，老许听了不禁结结实实地打了个冷战。

"胡说，酒喝多了吧。你这只酒鬼鹦鹉，别出声，再出声就把你当下酒菜！"穆小米怕这只问题鹦鹉唠唠叨叨地说个不停，暴露了目标，于是没好气地教训了鹦鹉几句。

"嘎嘎，别怪我没提醒你，一会儿你被它们吃了，活该倒霉！"鹦鹉也很不客气地回敬了穆小米一句。

"你们别当它是在乱说，这鹦鹉有很多神奇的地方。比如它有着一双阴阳眼，一些不干净的东西它都能看见，以前在墓中都是它先去探路的。"老许低声告诉大家。

"你这个浑蛋老头，还敢说以前的事情，一说我就来气，每次遇到危险都是让我上，你掩护，告诉你你祖宗我现在罢工了！"鹦鹉听了老许的话反而火了起来。

老许被鹦鹉说得哑口无言，忙尴尬地把话题岔开："嗯，那个大家还是小心为妙吧。我觉得前面那个村子有点儿怪怪的，有一种说不出的感觉。"

"哇！哇！哇！"一群怪鸟从蓝雨、邱子卿、慕容轩等人头顶飞过，一泡鸟屎刚好落在了穆小米的脖子上。

"啊！"穆小米一下子叫了起来，恶心得要命，赶紧把这鸟屎掸了下来。

"嘎嘎，不听老人言，吃亏在眼前，你看看开始倒霉了吧！"酒鬼鹦鹉站在老许肩上发出一阵得意的议论。

"该死的鸟，我不拔了你的毛我不姓穆！"穆小米刚要去抓这只鹦鹉，忽然被蓝雨拍了一记栗子。

"人呢？"

"是啊，怎么一下子不见了？"

"八成是进村子里去了。"

刚才被鹦鹉和穆小米一闹，大家谁也没有发现慕容轩和那一队死尸是在什么时候消失的。

"嗷！"穆小米一声惨叫，原来被蓝雨一脚踹到了屁股上。

"师姐！你干吗踹我啊！"穆小米哭丧着脸，一副非常无辜的样子。

"都怪你！这么关键的时刻还乱贫什么？看看好好的把人给跟丢了！看我不踹你！"这次蓝雨是真的生气了，要不是刚才被穆小米闹得分了神，怎么会让好好的一个大活人就这样从自己眼皮子底下给溜走了？顿时蓝雨心中冒出了一股无名之火，全发到了穆小米身上。

"好了，丫头，别生气了！"老许拉住了蓝雨说，"没关系的，即便是跟丢了，有这只鹦鹉在也能找到，别忘记了他还带着好几具死尸呢，这鹦鹉最擅长找死尸了！"

"嘎嘎，找可以，但是给我多少工钱？"鹦鹉又开始财迷了。

"老规矩，给你两瓶葡萄酒。"老许说道。

"不行，行价涨了！"鹦鹉高傲地说。

听得蓝雨、邱子卿、穆小米、塔挞老爹、老许等人头上直冒汗珠子，这是什么世道啊，连鹦鹉也学会讨价还价了。

"那你说要什么？"老许无奈地问。

"嘎嘎，我要美酒，还要吃大餐，去五星酒店吃自助，要有澳洲大龙虾的那种自助！"鹦鹉美滋滋地说道。

"哈哈，你这只鸟可真好玩，我还想吃自助吃龙虾呢！不错，跟我一样财迷！"穆小米被鹦鹉的话给逗乐了。

"老头儿，到时候带我一起去啊。"穆小米也跟着凑热闹。

老许刚听到鹦鹉的话，头上就出现了无数道黑线。可听了穆小米的话后，老许直接掏掏耳朵，当做什么也没听到了。

"别吵！你们听。"邱子卿忽然说道。

"叮铃！"一阵若有若无的铃声从前面黑洞洞的村庄中传来。

"没错！他们进了村庄，这是摄魂铃的声音！"塔挞老爹肯定地说道。

"走，快进村吧，不然一会儿真的找不到了！"蓝雨焦急地说。

"等等，我怎么以前没发现这里有个村庄呢？"老许刚要抬脚走却又停了下来。

"你不知道的东西多了呢，今天这赶尸人走的路我们以前不是也从来没有走过吗？亏了在这边生活了这么些年，竟然连有这样一条路都不知道。这不知道的路都走过了，还怕进这个不知道的村庄吗？"塔挞老爹打趣地说。

"就是，都走到这里还怕什么，拿好家伙呗！"穆小米摸出手枪，第一个朝村庄走去。

众人走到村口，忽然刮起一阵妖风，这风是打着转转刮的，而且似乎有灵性般，专门绕着蓝雨、穆小米等人打转转。先是小股小股的，忽然风力加大，众人被刮得东倒西歪，连眼睛也睁不开，还有一阵阵轻微的笑声或哭声夹杂在其间，弄得蓝雨、老许等人汗毛都竖了起来。

"这风怎么这么邪乎啊？难不成我们遇到龙卷风了？"穆小米郁闷地问。

"我们遇到的不是普通的风，好像是怨灵化成的死亡之风，就像过去遇到的鬼打墙一样！"

"死亡之风？这世界上真的有这么邪乎的东西？"邱子卿听了不禁倒吸了口冷气。

邱子卿还在孩童时代曾听父亲讲起过，旧时要是一个人在晚上走在农村那些荒郊野外的坟地中经常会遇到鬼打墙。要是遇见一般的鬼打墙，顶多让你一个人绕来绕去绕不出去而已，等天亮鸡鸣就自然消失了。可要是遇到了厉鬼化成的鬼打墙，那你就等着倒霉吧，一般你的小命就不保了，偶尔有几个侥幸逃脱的，最后也变成了疯子、傻子在疯人院中了此残生了。当然，这种概率是微乎其微的。还有一种恐怖的事情，就是遇见传说中的死亡之风，这可不是好玩的，比鬼打墙厉害千倍，传说这是接通人间与地府的通道，要是人被卷入其中，肯定是再也不能找到他们了，他们到哪里去了？是已经死了，还是仍活在世间就无从得知了。偶尔有几个漏网的，也已经是全身血肉模糊，找不到一块好的地方，没多久也就一命呜呼。老人们常说这是被厉鬼的指甲抓的，被抓的人绝对是体无完肤。不过这只是传说而已，鬼打墙倒是有人在荒郊走夜路的时候遇到过，可这神秘而令人发悚的死亡之风却没有一个人真正地遇到过。邱子卿一直认为这东西只存在于传说中，没想到今天一到村口就被这玩意儿给困住了。

"邪乎还谈不上，但是也怪麻烦的，不知道大家有没有带纯金首饰之类的东西啊？要是有，我们还有救！"老许半闭着眼睛扯着嗓子冲着大家喊，"趁着这会儿它还没闹起来，我们还有机会脱身，谁有？"

蓝雨听了，忽然想起自己身上一直带着一块铜钱大小的纯金护身符，要不是老许忽然要这东西还真把它给忘了，于是伸手从贴身的口袋里拿出来冲着老许大喊："我这里有，给你！"说着手一扬，丢给了老许。

老许飞身接住了蓝雨纯金的护身符，稳稳放在地上，从口袋里掏出了一张黄色的符纸，上面用朱砂画得稀奇古怪的。

"好！老头，没想到你还有这身手呢！"老许的身手不禁让穆小米耳目一新，不由得赞了一句。

"娃娃，我当年倒斗的时候你还没出生哩，好好学着点吧！"老许也毫不客气地接受了穆小米的夸赞。

"切，我又不是倒斗的！跟你学干吗？"穆小米不满地嘟囔着。

老许并没有管穆小米在一旁唧唧歪歪，专心致志地将符纸贴到了纯金的护身符上，然后口中含含有词，用食指猛地将贴了符纸的护身符弹了出去，就听得清脆的一声金属撞击地面的声音和一阵低沉而嘶哑的惨叫声，过后一切又恢复了平常，那越演越烈的旋风已经消失得无影无踪了。

"真神奇！全都跑哪里去了？"穆小米伸出手空抓了一把，似乎他想抓住什么似的。

"这东西真是宝贝，没想到这么容易就解决了！"老许弯腰捡起躺在地上的纯金护身符，揭下上面的纸符，细细观赏起来。

"嘎嘎！我要！我要！"酒鬼鹦鹉在一旁梳理着自己被风卷乱的羽毛说道。

"你要它有什么用？"老许无奈地说。

"可以换酒喝，可以换澳洲大龙虾吃，可以换自助餐的餐券！可以……"酒鬼鹦鹉美滋滋地说。

"叮铃"摄魂铃一阵急促地响声传了过来，众人一愣。

"不好，有危险！"蓝雨第一个冲进了村庄，随后穆小米、邱子卿、老许、塔挞老爹也跟着跑了进去。

"嘎嘎，有好多新鲜的、变质的、过期的、发霉的、氧化的、走油的、福尔马林的死尸啊！嘎嘎，好多好多！"酒鬼鹦鹉兴奋地拍着翅膀大叫着，叫得蓝雨等人头皮直发麻。

众人跑进村庄后，这急促的摄魂铃声忽然消失了。四周安静极了，这个时候就算是一根针掉到地上你都能听得清清楚楚。

"不好，这里面肯定有诈，是不是有什么东西故意吸引我们进来？"邱子卿看着沉沉夜色笼罩下的鬼气森森的村庄不无担忧地说。

"这个村庄确实很奇怪，晚上居然没有一户人家是亮灯的，好像都死绝了！难道这是一处荒废了的村庄？大家要小心！"塔挞老爹也跟着说。

"呜、呜"，"吱嘎"，塔挞老爹的话音刚落，就听到不远处的一间草房里传来一阵怪声，仿佛是那陈年失修的老屋，在夜风中发出垂死前挣扎的叫声。

"师姐，那边有声响，慕容那小子会不会在那边？咱们去看看。"穆小米说着就踮起脚尖，飞快地朝那间老屋摸了过去。蓝雨也紧紧地跟在他的身后，邱子卿等人见他们两个去了怕他们有危险，也赶忙跟上。

"吱嘎、吱嘎"，草屋中不断传来恐怖的声响。穆小米和蓝雨来到跟前，发现这草屋已经非常的破败，门窗都已经残破不堪，仿佛秋风中瑟瑟发抖的树叶，随时都有可能落下来。

"我们还是不要进去了，慕容小子好像也没必要躲在这个烂地方吧？"穆小米看了这座草屋以后就打消了这念头。蓝雨朝屋中望了望，似乎也没看到什么怪异的地方，就转身离去。他们刚要走，忽然听到一阵细细的哭声从屋中传来，穆小米心里一惊猛然转身朝草屋内望去，但什么也没看见。他疑惑地转身要去追蓝雨，却发出一声大叫，原来他跟前不知道什么时候站着——不，应该说是飘着——一个红衣女子。这个女子低着头，长长的黑发遮住了大半个脸，只露出一抹鲜红的嘴唇。一身红缎子衣裙在夜风中飘飘扬扬，露出那双红得似血的绣花鞋！

173

65.猛鬼与奇怪的墓志铭

"还我的汗巾子！还我的汗巾子！"红衣女子微微张开她那血红的嘴，一股冷气朝穆小米吹了过来，阴森森地说着，随即就朝穆小米飘过来。

"我的姥姥啊！"穆小米一声怪叫，一屁股坐到地上。

"怎么了？"蓝雨、邱子卿等人听见穆小米的怪叫，都回过头来问道。

穆小米坐在地上，惊恐地指着前方："鬼啊！这里真的有鬼啊！"

蓝雨、邱子卿、老许和塔挞老爹朝四下里望了一望，什么也没看见。

"这里什么也没有啊？你又怎么了？"蓝雨疑惑地问。

"鬼，一个穿着红衣服的女鬼，好恐怖。她还问我要，要什么来着？对了，汗巾子！她问我要汗巾子！"穆小米惊恐地说，"她不就在，哎？怎么没了？"穆小米自己也莫名其妙起来，不过他确定刚才那一幕是真实地发生过的。

"你看见什么了没有？"塔挞老爹问老许肩上的鹦鹉。

"嘎嘎，没看见。"鹦鹉一副满不在乎的样子，紧接着又补充了一句雷死人的话，"嘎嘎，跟他有关的，就算我看见了也说没看见！"

"你！"穆小米一个鲤鱼打挺从地上站了起来，气呼呼地说，"看我不烤了你！"

"嘎嘎！你烤啊，烤啊！"酒鬼鹦鹉拍着翅膀，在穆小米头上盘旋，"吧唧"一声，一泡鸟屎又落在了穆小米的头上。

"你这只该死的鸟！"穆小米短短的时间内已经被两泡鸟屎轰炸了，所以现在完全崩溃了。

"嗒、嗒、嗒"，一阵有节奏的跳动声从蓝雨等人的身后传来，蓝雨猛然回头望去，看见一个影子在身后的房屋中间跳过。

"叮铃"一声，摄魂铃再次响起。

"他们在那边！快跟上！"蓝雨说着就追了过去，众人也忙跟上。跑过两座房子，蓝雨等人发现前面豁然开阔，慕容轩正带着他那帮死尸不紧不慢地向前走着。

"慕容——"穆小米刚喊就被邱子卿捂住了嘴。

"你小子不要命了！现在我们还在暗处，你这一嗓子我们不都暴露了？"邱子卿教训着穆小米。

"我们不是要找慕容轩吗？这家伙就在前面，叫他一声又怎么了？"

"你确定他就是慕容轩吗？"邱子卿一句话就把穆小米给问得哑口无言了。

"再说了，他到底要干什么？搞得神不神、鬼不鬼的，这里面一定有问题！先跟着他再说，谁知道这地方还藏着什么东西！"邱子卿训了穆小米两句就对其他人说，"大家都小心点，可能有诈！"

"叮铃，叮铃"，慕容轩带着那几个死尸越走越远。

"跟上！"邱子卿一声令下，众人都手里抄着家伙跟着邱子卿朝前走去。

"这是？怎么跑到坟地里来了？"穆小米发现前方空旷的地方并不空旷，而是一片乱坟茔子。

"嘎嘎，小事招魂，大事挖坟！"酒鬼鹦鹉忽然叫了起来。

"胡说什么呢！"穆小米一听见酒鬼鹦鹉的声音，气就不打一处来。

"嘎嘎，我怎么胡说了？这上面不是写着吗？"酒鬼鹦鹉没好气地送了穆小米十几个白眼。

"就是那个墓碑上写的！你自己去看看不就知道了？"老许无聊地指指左边的那片乱坟中半块残碑说，"上面不是写得清清楚楚的？"

穆小米听了以后真的跑了过去，蹲下身来细细地观看。果然见上面刻着这几个大字：小事招魂，大事挖坟！

"怎么有这么奇怪的墓志铭？这个人脑子一定有问题！"穆小米嘟囔着忽然又看见旁边的一块墓碑上也同样写着一句雷人的话：老子终于不用怕鬼了！谢谢来访，改日登门回拜。

"这都是什么跟什么啊？连墓志铭也写得这样奇怪！"穆小米嘟囔着，"一会儿'小事招魂，大事挖坟'的，一会儿又'老子终于不用怕鬼了！谢谢来访，改日登门回拜'。这里的人还真无聊啊！"正说着，忽然发现前方一座保存完好的青砖古墓旁，似乎有或明或暗的光在闪动。

"好啊！在这里老子还碰到了盗墓的！正好可以练练身手。"穆小米这么想着也没有跟蓝雨等人说一声，连把去救慕容轩的事情也抛到脑后了。其实他本来就对慕容轩没什么好感，所以对于慕容轩的事情一点儿也不积极。

"好小子，看爷爷不给你一脚。"穆小米走到那青砖墓前，见那忽明忽暗的光亮是从一个纸糊的白纸灯笼里传出的，旁边一个模模糊糊的人影正蹲在坟旁边不知道忙着什么，只听得"当当"的声音。穆小米见状周身的血液就沸腾了起来，哈哈，没想到在这里还遇见了盗墓的小贼，看我不打得你满地找牙！

穆小米兴奋地朝那团黑影摸了过去，可刚走了几步，穆小米就发现有些不对头了。首先他觉得周围的温度骤降，最起码降了10多度。其次这白纸灯笼也不对劲，人家灯笼里面点的是蜡烛，发出的光也是那种温柔的橘黄色，可这种白纸灯笼中发出的光居然是那种冷冷的蓝色，幽幽地透着鬼气，还散发着一种肉体腐烂的恶臭。最后就是黑暗中的那团子人影了，似乎不是蹲在地上的而是从腰开始往上的一半露在地面，腰下面的一半居然是埋在地里的！

穆小米看到这里心中不由得丝丝冒凉气了，难道又撞鬼了？他刚想转身离去，忽然那团影子扭过头来，一张青紫的脸上除了一张雪白的大嘴外什么都没有了。它冲着穆小米一龇牙，说道："给爷笑一个！"

穆小米心中猛然抽了一下，头上不禁冒了一滴汗珠。

那青紫脸见穆小米没有反应，就阴森森地说："要不爷给你笑一个？"说着咧开它那张雪白的大嘴露出一口尖尖的獠牙来。

"我的姥姥啊！"穆小米这回确定了这不是什么盗墓小贼，而是一个货真价实的猛鬼！刚叫出了一声，猛然觉得自己的肩上一凉，似乎被什么东西拍了一下，紧接着一阵阵冷气朝自己的脖领子里吹。穆小米此时觉得自己的腿肚子都在打哆嗦，他心扑扑乱跳地扭头看去，只见一个皓齿明眸、丰润多姿的白衣少女正将她那只盈盈素手搭在穆小米的肩上，风情万种地看着他。穆小米一愣，那少女轻启朱唇，一阵冷气送来："还我汗巾子！"

"妈呀！"穆小米这才看清眼前并没有什么白衣美女，而是刚才在草屋前自己遇到的那个披头散发的红衣女鬼！

66. 绝代女尸

"还我汗巾子！还我汗巾子！"红衣女鬼的声音凄惨异常，身体似烟非烟，影影绰绰地飘荡在空中。看不清她的五官，只有那两片血红的嘴唇一张一合，发出悲吟之声。

"谁，谁拿你汗巾子了？我又没拿，你找我干什么？"穆小米虽然身经百战，但是见到这阵势也不由得吓得有些语无伦次了。这不禁让他想起自己当年在警校时遇到的一件离奇的事情，而这件事也决定了他为什么会专门跟盗墓贼打交道。

那是穆小米大三时候的事情了，那时候他们班搞实战演习，分成几个小组，然后将每个小组分到市里的各个分局，跟着局里的老民警办理各种案件，进行真刀真枪的锻炼。

穆小米和几个同学被分到城郊的一个分局，那时候这个地方有一股风刮得很厉害，就是倒斗，城郊有不少古代的墓地，从汉代到清代都有。不知怎么了，无数盗贼都蜂拥而来，不多时这边大大小小的坟墓都有了不同程度的破坏。还真别说，在这里盗贼还真摸到了一些好东西，像西汉玉璜、宋代哥窑碗、明清官窑瓷器等，而且好多都通过非法的渠道流入了国外的黑市。穆小米实习所在的那个局当时的首要任务就是打击这些猖狂的盗贼。穆小米他们几个人来之前，他们已经破获了好几个盗墓团伙，穆小米他们刚到，就赶上了一次行动。当时接到打入盗墓团伙里面卧底的消息，这几日盗墓团伙必有大行动。局里派出很多干警专门埋伏在盗墓团伙盯上的唐代古墓周围，穆小米也跟着带自己的干警老吴埋伏在一边。半夜，穆小米悄悄地到旁边的林子里去解手，却发现远处有零星的亮光，一闪一闪几下就没有了，过了一会儿又一闪一闪的。

穆小米知道这里古墓不少，半夜看到一点两点的鬼火是很正常的，可鬼火发蓝光，这光是昏黄色的。当时穆小米就意识到了，这里面肯定有问题，一定是盗墓的！想到这里穆小米马上热血沸腾起来了，一个箭步冲了上去，跑过那片小树林，穆小米被眼前的一切给惊呆了。

眼前是一处黄土坟堆子，其貌不扬的，可却已经被三四个盗贼挖开了个大黑洞，一口棺材已经被他们抬了出来，棺材盖也打开了，那三四个盗贼发出一阵让人毛骨悚然类似于痉挛的声音。

看来今天晚上光顾这边的不仅一伙盗贼，这下有好戏了！想到这里穆小米又慢慢地摸近了点，竖起耳朵来听这些盗贼的谈话。

"好俊的妞啊！老子从来没见过，跟天仙一样！"

"嫩样！可惜了，这么年轻就死了，要是大活人老子非把她整过来搞到手不可。"

"看得老子心痒痒啊！"

"大哥，这人死了这么长时间怎么像刚睡着一样啊？"

"管她为啥呢，他奶奶的这小娘们把老子的魂给勾住了，今天晚上真的没白来啊！"一个光头的大个，边说边朝那开了盖的棺材走去。

不好，他们要奸尸！穆小米脑海中飞快地闪过这个念头。再一看，只见那光头大个已经把上衣给脱掉丢在地上了，他身边的几个喽喽发出一阵阵怪笑说道："大哥先来！大哥先来！"

眼看着这些盗墓贼要干出丧尽天良的事情来，穆小米手中紧握手枪刚想上去阻止，只见天空一道闪电划过，紧接着刮起了阵阵阴风，最后又是几道闪电划亮了夜空。

"大哥，不好这天空打干闪了。"一个小喽喽说。这个干闪是盗墓中的行话，意思就是晚上干打闪不打雷下雨，这样的情况很容易引起尸变，是极其不利于倒斗的。

"管它的呢，咱们现在在墓的外面还怕什么？这么好的事情还不快干？哈哈。"盗墓贼的头头发出一阵歇斯底里的笑声后朝棺材扑去，紧接着狂风大作，众人都睁不开眼来，穆小米也被吹得眯了眼睛，只听得耳边有幽幽的哭泣声。

"啊！"

"妈呀！"

"鬼！"

"女鬼吃人啦！救命啊！救命啊！"

风渐渐地止住了，穆小米看见地上横的横、竖的竖躺着几具尸体。穆小米揉揉眼睛发现地上躺着三具尸体，棺材上还趴着一具，正是大光头，只见他趴在棺材上，前身子都埋进了棺材里，两条腿飘在空中，像似断非断的烂树枝一样在空中荡来荡去。一只手垂在棺材外面，黑色的血一滴一滴地流下来。

什么人这么厉害，在自己眼皮子底下一眨眼就杀了四个人！这也太不可思议了吧。穆小米在心中嘟囔着，小心地朝棺材走去，这不看还好，一看穆小米就傻了。这躺在棺材中的是人吗？简直就是个仙女！一身粉色的纱衣衬着白净的皮肤，红扑扑的脸蛋，精巧细致的五官，双眉如黛、唇如玫瑰，是那样的楚楚动人、风情万种。穆小米一下子看呆了。

恍惚之中，穆小米发现棺材中的女子慢慢地坐了起来，冲着穆小米嫣然一笑，一双雪白的胳膊勾住了穆小米的脖子，轻启朱唇，兰香袭人，穆小米如痴如醉。

"相公！你怎么才来看奴家啊？"美女娇滴滴地说。

"相公，你嫌弃奴家了吗？"

"相公，人家想死你了！"

"你是？"穆小米五迷三道，晕晕乎乎地问。

"相公，你太没良心了！怎么把奴家也给忘记了？"女子撅起樱桃小嘴娇嗔着，"相公，你怎么了？怎么了呢？连奴家都给忘记了？人家可是年年想、日日盼啊。自从你走以后就是整整五年啊，你忘记了，你在新婚之夜就离开奴家被抓了壮丁去戍边了，你怎么回来了连奴家也忘记了呢？"

"是吗？我还有过洞房花烛？"穆小米看着眼前的可人儿，晕晕乎乎地问。

"是啊，相公这下好了，你回来了，随奴家回家去吧，咱们再也不分开了啊！"说着女子就拉起穆小米的手朝前走去。

穆小米只见他眼前出现一处古代庭院，两边是苍松翠柏，左边是一处小花园，右边是几间青砖瓦房，中间一条甬道通向远方。穆小米发现右边的一见房间里透出细微的灯光，见窗口那人影晃动，再仔细一看，那窗缓缓地打开，女子的头从窗口露了出来，冲着穆小米嫣然一笑，露出一口黑黑的牙齿。穆小米忽然发现，窗口的女子不就是拉着自己的那个女子吗？他猛然回头望，发现女子依然拉着他的手和他并肩站在一起。穆小米心中打出了一百二十个问号，回头又朝那窗子望去，发现窗口只有微弱的灯光，其他的什么也没有了。

67. 棺材死人蛊

女子边朝着穆小米妩媚地笑着，边拉着穆小米朝屋里走去。穆小米跟着女子一步步上了青砖铺成的台阶，穆小米忽然发现这台阶上有很多烂树叶，树叶上还有一些已经风干的血迹，黑糊糊的这一摊那一摊的。穆小米看了却丝毫没有反应，只一味地跟着女子走。

"哎呀，相公，奴家忘记了一件事。"女子花容月貌的脸上忽然掠过一丝惊恐的表情。

"你忘记什么了？"穆小米机械地问。

"奴家忘记将床搬回来了！"女子温柔地说着。

"相公，你帮奴家搬进来吧！"女子撒娇地说。

"在哪里？"穆小米呆呆地问。

"相公，就在那里啊！"女子的一只素手朝穆小米身后一指，穆小米只见一张七弯梁红木婚床正放在自己的背后。"这么重的东西，我一个人怎么搬得动啊？"穆小米疑惑地问。

"没关系，这张床很轻的，相公，奴家帮你搬，我们一起搬！"说着女子就拉着穆小米走到那张七弯梁红木婚床旁。

"相公，你还愣着干吗？快帮奴家搬啊！"女子娇嗔着，嫩葱般的手指在穆小米的头上轻轻地一点，穆小米闻到一阵让人头晕的浓香，不由得觉得一阵天旋地转。恍惚之间，穆小米发现眼前的美女不见了，取而代之的是一个没有脸皮的、血肉模糊、披头散发的女鬼。一滴滴黑色的血液正从她那张没有脸皮的脸上慢慢地渗出，点点滴滴地落在地上。穆小米一惊，被女子拉住的手猛然缩了回去，吓出了一身冷汗。

"相公？你怎么了？"女子疑惑地看着穆小米，旋即又拉着穆小米的衣袖撒娇地说，"相公，搬嘛，搬嘛！"

"啊？哦！"穆小米回过神来见眼前还是绝色女子，并没有什么没有脸皮的恐怖女鬼，心中暗想莫非我看走眼了？怎么今天这么不对劲啊？老看走眼。

"相公，搬嘛！"女子轻轻地推了推穆小米，穆小米赶忙弯下腰准备去搬这张七弯梁红木婚床。凑近了穆小米才发现这婚床居然散发着一股千年不散的腐臭之味，还咝咝地往外冒着黑烟。穆小米眼前又一花，仿佛这并不是什么七弯梁红木婚床，而是一口破得不能再破的千年老棺材。

正在穆小米犹豫的时候，就听见身旁一声大喝："畜生！都死了千年了，还在这里作孽！"紧接着穆小米就感觉到脑袋上像被人用什么东西一点，顿时神清气爽，不由得回过神来，随即就感觉到一阵阵恶臭朝自己袭来，只见自己正站在那口被盗墓小贼搬出来的棺材旁。而让穆小米觉得发指的事情是本来躺在棺材中好好的女尸，竟然跑到了棺材的外面来，靠着棺材就低着头站在自己的对面。而女尸身边站着一个白胡子老头，正把一种散发着怪味的水往女尸身上洒。"躲远点！"白胡子老头命令着穆小米。

他的话音刚落，穆小米就发现这女尸的全身爬出好多黑糊糊的怪虫子来，大小跟条小蛇一样。随着这些怪虫子爬出以后，女尸也就化成灰消失了。后来穆小米才知道这个救自己的白胡子老头就是邱子卿的师公，是他把穆小米举荐给邱子卿的，只可惜现在这个老人家下落不明。据说是为了保护五代十国中不知道哪个小国的一个皇帝的玉玺，和日本一个神秘的邪教组织中的一个成员一起坠下山崖，不知道是死是活。

这棺材中的女尸其实就是个大大的棺材死人蛊，当它遇见活人的时候就会千方百计地引诱活人去碰棺材或者与自己亲密接触。在棺材上、尸体的嘴里都有大量的蛊卵，活人只要碰到一点棺材或者与尸体亲密接触就会成为下一个蛊。因此这种蛊一般都选用二八的妙龄女子，不但姿色倾国而且还都是处女，这样才能吸引来盗墓的男子。不过这种东西对女人是不起丝毫作用的，但是恰恰干盗墓这一行的女子奇少。还好穆小米当时运气好，尽管这女尸是又发哆、又变脸、又流血、又让穆小米搬棺材的，但是穆小米就是没碰到棺材和女尸身上流下来的污血，更没有和女尸有过什么亲密接触，所以穆小米才幸免于难。如果遇见这种不干净的东西，它们大多数是会不断地问你要一个东西或者让你帮它们搬棺材，你不用答理它们一般就不会有事情，最重要的是头脑要保持清醒，千万别迷失了心智！这次自己该不会又碰到这种东西了吧？穆小米看着眼前的红衣女鬼，又看看身旁的坟冢，心想当初一个让我搬床，现在一个让我还她汗巾子，我穆小米怎么这么倒霉啊？

"还我汗巾子！"女鬼不依不饶地叫着。

68. 乱坟地的尽头

"啪！"

两记清脆的耳光响过，穆小米被打得眼前金星乱冒，耳朵嗡嗡直响。再一看，眼前的不是女鬼，而是师姐——蓝雨。

"我的姥姥啊，女鬼变师姐了！"穆小米稀里糊涂地说了一句。

居然说自己是女鬼？

"啪！"蓝雨气得又给了穆小米一记响亮的耳光。

"哪有鬼了？你疯疯颠颠地干什么？"蓝雨气呼呼地骂道，"没事不要一个人乱跑，我们不是去救慕容轩吗？怎么反过来还要在乱坟地里找你，你却在这边挖坟，问你你只会傻笑，脑子进水了？"

"什么我在挖坟？我脑子进水了？我没事挖什么坟啊我？"穆小米郁闷地说着，忽然发现自己的手中确实多了一把铁锹，而且铁锹上还沾着半个胳膊。穆小米不禁吓得心怦怦乱跳，猛地将铁锹摔了出去，连声叫着："妈呀！姥姥呀！我手里什么时候多了一个这玩意儿啊？"

"嘎嘎，小事招魂，大事挖坟！"站在老许肩头的酒鬼鹦鹉忽然冒出了这句话，让在场的人全都无语了，确实是非常贴切的形容。

"算了，我想小米不是故意的，应该是碰到什么不干净的东西了，要不也不会变成刚才那傻样的。"邱子卿忙打圆场。

"嗒、嗒"，一阵脚步声从蓝雨、穆小米、邱子卿等人前面响起。

"这是——"穆小米眼最尖了，看见跳动着的那些东西都是一身清朝官服、戴着官帽、脸色灰白、嘴唇乌黑，活脱脱就是一具具跳动的死尸。

"他们在那边！"穆小米朝前方一指，也顾不得刚才被蓝雨很没面子地扇了好几个巴掌，第一个追了过去。

"嘎嘎，有新鲜的尸体！"酒鬼鹦鹉也兴奋地扑着翅膀飞了起来，跟在穆小米身后朝那一队尸体追了过去，老许、塔挞老爹、邱子卿见状也跟着跑了过去。

穆小米、蓝雨等人追着追着忽然发现已经跑出了乱坟堆子，前方出现了一个围着高高院墙的大院落，黑漆漆的大门紧闭着。院子里面静悄悄的，似乎已经很久没有人居住了，而他们一直跟着的赶尸队伍一下子就在这里消失了。

"难道这是义庄？他们都跑到里面休息去了？"穆小米在蓝雨的耳边小声说道。

"这个好像是人家的宅子啊，根本就不像义庄，这不惨了？要是这么多死尸闯进去，到时候遇见活人的气息尸变了也没准！"蓝雨看着这高大的院墙和黑漆漆的紧闭大门说。

"可他们是怎么进去的呢？我们跟得这么紧，不可能听不见开院门的声音啊？他们的动作也太快了吧，不会它们已经都变成了飞僵，不用走大门，直接飞进去了？那慕容小子岂不是也变成老僵尸了？"穆小米瞪着大眼睛对蓝雨说。

"什么乱七八糟的？飞僵？你当这个飞僵是这么好变的？随随便便就冒出一个来？如果那样的话岂不乱套了，你我还能好好地站在这里啊？早也跟着变僵尸了！从古到今也就出过几个，不知道别乱说话！"蓝雨没好气地把穆小米给噎回去了，拿眼睛白了白穆小米。

"他们跑哪里去了？"老许跑得气喘吁吁地问。

"就在这里消失的，从地上的脚印来看，很有可能是进了这个大院子。"蓝雨蹲在地上，手轻轻地扒了扒地上的泥土，看见一串淡淡的脚印延伸到院子的门口就消失了。

"嘎嘎，有新鲜的尸体！嘎嘎，有好几十年的尸体！嘎嘎，有好几百年的尸体！嘎嘎，有的是人，有的是人又不是人，有的根本就不是人！"酒鬼鹦鹉不知道什么时候飞上了院墙，站在墙头上歪着脑袋朝里面望去，忽然扯着嗓门大喊起来。

"我的天啊，我说老祖宗你快别喊了，不然我们都得暴露了。"酒鬼鹦鹉这样一喊不要紧，反而把老许、蓝雨等人吓得要命，在这么寂静的夜空中发出这样无比聒噪的叫声，无疑就是告诉所有的人：快来看啊，我就在这里！

69. 阴宅

"嘎嘎，里面有很多新鲜尸体！嘎嘎，有好几十年的尸体！嘎嘎，有好几百年的尸体！嘎嘎，有的是人，有的是人又不是人，有的根本就不是人！嘎嘎，里面有很多新鲜的尸体！嘎嘎，有好几十年的尸体！嘎嘎，有好几百年的尸体！嘎嘎，有的是人……"酒鬼鹦鹉见老许不让它这么大嗓门地说话，于是飞到老许的肩膀上，小声地在老许耳边又重复了好几遍，说得老许额头直冒黑线。"我的祖宗啊，我知道了，你就不要再说了！"老许郁闷地说。

"嘎嘎，你不知道，刚才我们跟着的那几个新鲜尸体也在里面。"酒鬼鹦鹉自豪地说。

"什么？刚才我们追的那几具尸体也在里面？这么说慕容小子真的进了这个大院子？"穆小米一听酒鬼鹦鹉这么说，马上就来劲了。

"嘎嘎，你问我我就是不说！嘎嘎，我知道也不说！就不告诉你！就不告诉你！除非——"酒鬼鹦鹉说到这里忽然停下来，只是贼贼地看着穆小米。

"除非什么？"穆小米一听鹦鹉专门冲着自己来，这火就腾地一下上来了。

"除非，妞，给你大爷笑一个！"酒鬼鹦鹉贼贼地笑着，说出了这句惹怒穆小米的话！

"臭鹦鹉，老子今天非拔了你的毛，烤了吃！"说着穆小米一个瞬间移动，手一伸居然把老许肩上的这只酒鬼鹦鹉给抓了下来，捏在了手上。

180

"哼，小样，这回落在老子手上了吧？我看你怎么办，还要大爷我给你笑一个吗？我先拔了你的毛让你给我笑一个！"说着穆小米就要动手拔鹦鹉的毛，这回鹦鹉可真的害怕了，这身漂亮的羽毛可是它的命根子啊，怎么能被这泼皮给拔了呢？那不成毁容了？

"嘎嘎，不许拔我的毛，要是破相了，那些漂亮的妞就不喜欢大爷我了！"酒鬼鹦鹉在穆小米手中挣扎着，说出的话都让人觉得雷。

"小米，放了它吧，它就是一只鸟，你跟它过不去干什么？"邱子卿在一旁看不过去了，忙出来劝道，"再说了你怎么也得看看人家许老哥的面子啊！"

"嗯，这个我没什么意见，小米想怎么处理就怎么处理！"老许其实早就被这只霸道、不讲道理、唠唠叨叨的酒鬼鹦鹉给折磨得叫苦连天了，今天见穆小米要替自己收拾一下这只臭鹦鹉，心中自然是一百二十个愿意，哪还会说"不"啊！

"臭老许，你等着，一会儿大爷我非挠你不可！"酒鬼鹦鹉在穆小米手中扑腾着，嘴却一点儿也不服软，照样损得要命。

"还嘴硬，看来确实欠收拾！"说着穆小米一只手一使劲，酒鬼鹦鹉尾巴上漂亮的羽毛就这样被拔下来了一根。

"嘎嘎，你这个臭蛋，我要打你屁股！不，我要咬你屁股，把你屁股咬得稀巴烂！"酒鬼鹦鹉这时候嘴巴还是很硬！

"还嘴硬！好再来一根！"说着穆小米又得意洋洋地拔下了一根。

"嘎嘎，妞，不要再拔了，再拔我就不告诉你们怎么进那个房子了！"酒鬼鹦鹉终于开始讨饶了。

"谁信你的鬼话，我还拔！"穆小米说着刚要拔，却被蓝雨拦住了。

"好了，小米，它就一只鸟，教训一下就完了，你还没完没了了。再说没了尾巴，它飞起来就不稳了，到时候你抱着它啊！"蓝雨没好气地说。

"啊？那就算了，我才懒得抱这鬼东西呢，包里那只蝙蝠就够我受的了。哎，你们有没有发现啊，这只蝙蝠好像变得越来越重了！"

"你背着的我们怎么知道？"蓝雨拿眼睛白了白穆小米，一把从穆小米手中把鹦鹉夺了过来，帮它梳理了一下被穆小米弄乱了的羽毛，细声细气地说，"乖，你刚才说知道怎么进那个院子？"

"嘎嘎，还是姐姐好！我知道，刚才在院墙上看见院子有后门！"酒鬼鹦鹉舒坦地依偎在蓝雨的怀里，得意洋洋地看着穆小米说。

"你等着，下次再被我抓到，看我不把你身上的鸟毛通通拔光！"穆小米咬牙切齿地说。

"嘎嘎，下次再被我碰到，我咬烂你的屁股！"酒鬼鹦鹉毫不示弱地回敬穆小米。

"快走吧，看看我们能不能从这个宅子的后门进去。"老许说着绕着高大的院墙往后面走去，众人都跟了上去。酒鬼鹦鹉这个时候也不赖在蓝雨的怀里了，而是扑扑翅膀飞到了蓝雨的肩头站好，眯着眼睛一动不动地盯着穆小米的背影。

众人贴着高大的院墙，小心翼翼地走着，不时地闻到一阵难闻的药味和尸体腐臭的味道从高大的院墙中传出来。

"这什么味啊？"穆小米嘟囔着，比太平间里面的味道还难闻呢！对于太平间的味道穆小米是再熟悉不过的了，当年为了抓一个变态的连环杀人犯，他在太平间里整整猫了两个星期。因为这个杀人犯行踪诡异而且非常的狡猾，作案10多起，杀了10多个16岁左右的少女，却从来没有留下过什么蛛丝马迹。而且每个少女都是被他用乙醚迷倒，然后开膛破肚挖出内脏，再往里放进一堆石头。用线缝好。这个凶手杀人、开膛破肚、缝刀口的手法非常娴熟精湛。然后他会剃去女子头上的秀发，在她们的头顶用烙铁烫上一个奇怪的"&"符号。作案手法之狠毒让人发指，光听听就让人毛骨悚然，脊梁骨直冒凉气，更不用说是亲眼看到了，很多有着十几年经验的老刑警看了受害女尸以后都禁不住狂吐。

更可恨的是，很多时候警方明明知道这个人今天晚上要作案，可就是抓不住他，他要在哪里作案照样在哪里作案，他要杀的人照样被杀，而且能全身而退。然而抓他只有一个非常好的时机，这个时机也是他自己创造的。也许是他屡次得手，太猖狂了，每次杀完人他都要在深夜一两点的时候出动，把尸体送到当地千江总医院的太平间里，将尸体有模有样地摆放在冷冻柜中。有时送过来的少女尸体还画着诡异的怪妆，并在太平间的大门上用死者的血留下鲜红的"*"标记，让人看了不寒而栗。最后弄得千江总医院看太平间的老王头一看到门上有血色的"*"标记，就哆嗦得尿裤子。

局里下了大力一定要抓到这个变态的杀人恶魔，除了在全市开展地毯式的搜索，还派了精干的刑警轮番守在太平间里，穆小米就是其中的一员。他们白天埋伏在医院太平间的附近，密切注视着在太平间附近活动的形形色色的人中有没有可疑的人，晚上躺在太平间里面装死尸。刚开始穆小米被太平间里面的味道熏得直反胃想吐，猫到最后他已经到了出神入化的地步，居然能半夜猫在太平间的一个角落里津津有味地吃着搭档张明给他买来的宵夜大排面。终于工夫不负有心人，在猫了两周之后，穆小米和张明成功地抓获了这个变态杀人狂。抓到以后穆小米和张明一点儿兴奋感都没有，反而感到阵阵后怕，原来这个杀人狂就是医院外科的一个30岁出头、胖胖的医生。而且当初局里在破案的时候分析这些受害的女子时还请过千江总医院的医生帮助解剖，其中就有他一个，当时他还淡淡地问过穆小米和张明：你们每天在医院里面对这样的尸体怕不怕？当心哪天也变成其中的一员。当时穆小米和张明都以为他在和自己开玩笑，事后才知道那家伙说得是真的，估计他早就起了杀自己的心了！

穆小米想着当年的案子，心中很是不舒服，忽听到前面老许轻声叫了起来："你们看，这墙根上有字。"说着老许就弯下腰去看。

"什么字？"穆小米、邱子卿等人也赶紧弯下腰看个究竟。

只见墙根上用红色的朱砂写了一行楷书：活人、生人远避，熟人穿门，死人入地！切记，切记，后果自负。

穆小米正猫着腰，撅着屁股，心中寻思着这行奇怪的话的意思，只听得酒鬼鹦鹉"嘎嘎"怪叫了两声，旋即就感到了屁股上一阵剧痛！穆小米一下子捂着屁股蹿得老高！

"哎哟，臭鹦鹉，你不想活了？居然敢咬我的屁股，看我不把你烤了吃！"穆小米一手捂着被鹦鹉咬破的屁股，一手就去抓鹦鹉，鹦鹉早就"嗖"的一声飞到了院墙上，高兴地说着："嘎嘎，终于被我咬到屁股了！臭蛋我要把你的屁股咬得稀巴烂！来抓我啊，来抓我啊！"说着就飞进了院子里，消失在黑夜之中。

"臭鹦鹉！"穆小米还要去追，却被蓝雨拦住了。"好了，好了，刚才谁让你那么野蛮地拔人家毛呢？现在被咬了就火了，活该！干正事去！"一句话说得穆小米哑口无言，只得转身朝院子的后门走去。

众人随穆小米一起来到后院的小门前，"妈呀！"穆小米第一个看见这后院的小门，差点儿没坐到地上去。大家看见这个小门也都吓了一跳，狠狠地吸了好几口冷气。主要是因为没有思想准备，视觉冲击力实在太大了！这小门上钉着无数个死人的头颅，或紧闭双

182

眼紧咬牙关，脸上的皮肤已经干枯，就如一个严重缺水的桃子；或怒目圆睁，五官扭曲极度痛苦的样子；或眼睛紧紧盯着你，嘴角露出一抹邪邪的微笑，如果你的目光和它正对，绝对能被它盯出一身冷汗来；或双眼都被挖掉，空洞洞地看着众人；或张着大嘴似乎在痛苦地嘶叫，虽然现在没人能听到它发出的声音，可在蓝雨等人的耳边这痛苦的嘶叫声一直围绕着；或面无表情，就这样怔怔地盯着前方，就如傻子一般；还有更多或缺了一只眼睛，或少了一只耳朵，更多的是鼻子被挖掉，就这样黑洞洞地被钉在那边。

　　"好冷啊！"穆小米结结实实地打了数个冷战。不光穆小米这样觉得，蓝雨、邱子卿、老许、塔挞老爹都觉得后脊梁骨在冒冷气，这实在是太残忍了。

　　"这宅子看来不善啊！"邱子卿表情沉重地说着伸出手，用指甲微微抠下这高大的院墙上一点儿泥土，放在鼻子底下闻了闻说道，"这泥土估计也有百年的历史了，闻上去尸气很大，而且还有着一股子阴气在，是个十足的凶宅，我估计这么重的尸气很可能又是一处养尸之地。"

　　"这还用说吗？那个慕容小子不知道什么时候学会赶尸了。既然他带着死尸进了这里面，这里肯定就是义庄之类的嘛！"穆小米一边揉着他那被酒鬼鹦鹉咬的屁股，一边说道。

　　"可能不是义庄，义庄的墙上要是有这么浓重的尸气那肯定早就'诈'了。"老许挖了点墙上的土，也放在鼻子底下闻了闻，否定了穆小米的说法。

　　"那你说应该是什么？"穆小米最讨厌老许否定他的说法了。

　　"阴宅！"老许嘴里刚冒出这两个字，那扇挂满人头颅的小门忽然"嘎吱"一声，缓缓地开了。

　　众人惊恐地盯着小门，只觉得从门里吹来阵阵阴风，一股腥臭夹杂着腐臭的恶风扑面而来，使人一下子就窒息了。

70. 人尸塔

　　"什么东西这么难闻啊？都快被熏死了！"穆小米此时被这种恐怖的臭味熏得也顾不得理这扇恐怖得让人恶心的小门是怎么打开的。

　　"大家都戴上准备好的口罩，这是尸体腐烂的味道，有毒的。"邱子卿提醒大家道。于是蓝雨等人纷纷从包中拿出准备好的口罩戴好，小心翼翼地走进了院子中。

　　院子非常大，弥漫着阵阵腐臭的气味。远处一座高大的古宅鬼影森森，黑糊糊地矗立在那边。房子外墙上似乎还布满了植物的藤，虬枝盘绕，在夜里望去仿佛有无数猛鬼幽灵附在房子上，做出各种恐怖的姿势。

　　"如果我没猜错的话，这房子肯定是阴宅！看来我们这回又遇到棘手的事情了，好在大家来时都准备充分，该带的都带了。"老许看了房墙上肆意的藤蔓后说出了这几句话。

　　"阴宅？什么是阴宅？难道是死人住的屋子？"穆小米不解地问道。

　　"说对了一半！"邱子卿走过来说，"这个阴宅不单单只是指死人住的房子，而是指用来给活人住的房子住进了死人，所以这样的房子叫阴宅。"

　　"啊，这么说这房子它不就成凶宅了？我们不会刚出龙潭，又入虎穴了吧？"穆小米看着眼前这座恐怖的房子郁闷地说。

"说得没错，确实是座凶宅，而且不是一般的凶宅！"塔挞老爹在一旁补充道。

"妈呀，怎么什么倒霉事都让我给遇到了？哎，那只臭鹦鹉躲哪里去了？"穆小米忽然想起刚才明明看见那只酒鬼鹦鹉在咬完自己的屁股以后就飞进了这个院子，可现在一点影子也看不到了。这是怎么回事呢？

"哎，你们说这院子里面万一有什么粽子啊、怨灵之类的东西，这鹦鹉碰上的话不就废了？你们想想啊，这宅子多久没人来过了？它们这些嗜血的东西要是看见这样一只笨鸟飞进来，那还能受得了啊？嘿嘿，估计不用我动手，现在那只笨鸟早就被拔光了毛、喝光了血啦！对了，那个什么慕容小子估计也凶多吉少了，这会儿变干尸了也没准！"穆小米又开始不想好事了，正说着，只觉得头顶风声呼呼，他刚抬头便看见一只人手从天而降，伴随着酒鬼鹦鹉恶作剧的笑声，穆小米被这个人手结结实实地扁到了鼻子上。

"嗷！"穆小米一把扯下戴在脑袋上的口罩，一条鲜红的血流从他的左鼻孔刷的一下流下。

"你这只该死的鸟！我非吃了你不可！"穆小米这下是真的火了！边拿口罩捂着鼻子，边掏出手枪要把这只酒鬼鹦鹉给射下来。

"嘎嘎，谁让你说粽子喝我的血啦，就得挨打！"酒鬼鹦鹉一点儿也不怕愤怒中的穆小米，反而更加得意洋洋。

"这个手你从哪里拿来的？"蓝雨并没有管在一旁骂骂咧咧还挂彩的穆小米，而是关心起鹦鹉叼来的人手。这一看就知道是从尸体身上弄下来的，绝对不是什么拍戏用的道具。

"嘎嘎，这个很多，都在房子后面呢！"鹦鹉得意地问蓝雨，"你也喜欢用这个打人？我带你拿去！"穆小米听了当场差点儿晕过去。

众人随着鹦鹉来到后面，一下子就被眼前那残忍的一幕给震慑了！太恐怖、太惨绝人寰了！简直是一座地狱！

这到底是什么样的一座地狱呢？蓝雨等人一时还没完全发现，随着他们一步步地深入，恐怖的一幕幕就一一呈现在蓝雨、穆小米、邱子卿、塔挞老爹、老许几个人的眼前了。

首先，展现在蓝雨等人面前的是一座座塔型的建筑，阵阵腐臭传来，蓝雨、穆小米、邱子卿、老许、塔挞老爹虽然戴着口罩可还是觉得恶臭扑鼻，吸进第一口的时候就差点儿窒息了。

"嘎嘎，好臭啊，会折寿的！"酒鬼鹦鹉在一旁聒噪着弄得众人哭笑不得。

"你就是从这里面找到的？"邱子卿问酒鬼鹦鹉。

"嘎嘎，是的，你没看见吗？这不都是吗？"酒鬼鹦鹉说着又飞了过去，没一会儿就从那边又叼了只腐烂的人手过来。这回穆小米有了思想准备，警惕地看着酒鬼鹦鹉，防止它再拿这玩意儿砸自己。可酒鬼鹦鹉这回似乎根本就没把穆小米放到眼中，直接就把腐烂的人手丢到了地上，说了一句让人超级郁闷的话："嘎嘎，真臭，嘴巴都给叼臭了，回去我要刷牙，要用薄荷味的牙膏！"然后冲着老许说，"老头，你的牙刷我要用！"老许听了心中这个恶心啊，你想想看，叼过死人的嘴巴要用你的牙刷来刷牙，你还会再用这个牙刷吗？肯定不会，除非真的是有问题了。

"还挺讲究！"穆小米嘟囔着，忽然他眼睛一下子瞪大了，嘴也张得可以吞下一头牛的样子说，"太可怕了！这简直就是人间地狱！"

"你在说什么呢？"蓝雨看着穆小米问道。

"你看啊，这塔，完全是用人尸做的，而且还是杀人碎尸案！"穆小米一激动什么术语都用了上来，连现场侦察都没做就下了结论。

"什么？"蓝雨朝那些塔型的建筑望去，黑压压的一片，似乎有一个个触角露在外面，一时还看不清什么。

"你走近点仔细看，这鹦鹉不是叼了两个人手过来了吗？你再仔细看看，它是用什么堆积成的？"穆小米有点儿哆嗦地说着。

蓝雨和邱子卿等人走近了几步，不由得也打了个寒战。太恐怖了，太不可思议，太想不到了，怎么会有这样变态的人呢？怎么会建这样变态的东西？堆成这塔的原材料不是别的，而是一个个被砍下来的人手！这人手就这样一个个露在外面，远远看过去好似枝丫茂盛的水杉。

蓝雨、邱子卿等人再走近一看，发现这些手臂都伸向天空，仿佛是一种古老的祭祀仪式，一个个手或紧紧握成拳头，或十指痉挛如蚯蚓般定格在那边，或成鹰爪状紧绷绷地僵在那里，或无力地耷拉着，仿佛手筋被挑掉了一般，或指甲长而锋利，就像魔鬼的利爪。

"这些，这些手肯定是在活着的时候被砍下来的！"塔挞老爹看着恐怖得连话都说不全了，他只觉得自己头上已经一层汗了。这种感觉不亚于当初他从虫门进去后看见那些恶心的虫子时的感觉，随即一阵阵翻滚，恶心的感觉就开始从塔挞老爹的胃中传开，很快就传遍了全身。

"这到底是用来做什么的？"此时的蓝雨也无比的震惊，心中充满了问号。

"难道他们把尸体赶到这里来，就是为了剁下它们的手搭积木？"穆小米猜想。

"不可能，这些手都是活着的时候剁下来的，不然出不了这样的效果！"老许在一旁补充道。

"嘎嘎，前面还有好多！"酒鬼鹦鹉在一旁凑热闹地说道，听得大家头上又是一层密汗。

"嘎嘎，那边还有好多不同部位的，太重了我叼不动！"酒鬼鹦鹉站在老许的肩上，一说话嘴巴就发出一股臭味，这分明就是刚才叼腐尸后嘴巴变臭了。老许刚要说话，愣是被这鹦鹉的口臭给熏回去了。

"我们去前面看看。"蓝雨说着，就朝前方那几座黑糊糊的塔状建筑走去。

蓝雨、穆小米等人仔细一看，只见前方还有六座高低不一，大小不等的塔型建筑，于是忍着恶臭，走了过去，发现下一座是用人脚搭成的塔，一个个脚丫子伸向外来，估计得有成千上万只。

"太恶心了，谁这样变态？哎，师姐我发现那个什么慕容小子也是个超级变态的家伙，你看看跟他去的地方都是比较变态的，这回也是跟他来到这里的，得，完全变态了！"穆小米说来说去还是把一切不正确、不好、反面的事情都推到了慕容轩的身上去，总之他就是万恶之首，就是罪恶之源。

"行了，别贫了，亏你还是干这个的，连没调查取证之前就没有发言权都不知道吗？"蓝雨没好气地说了句。

"是，是，师姐说得极是，我只不过猜测一下嘛。这个是用脚丫子搭的塔，怪不得这么臭，看来不少人有香港脚啊！"穆小米捂着鼻子看着这人脚搭成的塔就往前面走去，发现前面一座是用没有头没有四肢的人的身子搭成的塔。穆小米看了不禁舌头都伸了出来："我的姥姥啊，这也太恐怖、太邪乎了！这还把人当人吗？整个一个屠宰场加分尸场，还流水作业呢！"穆小米感慨道。

185

"是啊，即便是在眼前，可还是让人难以相信！这些人尸塔怎么会出现在这里？我记得原始社会的时候，有祭司施巫术的时候曾有过这样的人尸塔，难道这里也有人在施这样不正道的巫术？但是这都是传说，应该说这世界上根本就没有这巫术，都是传出来吓人而已。"邱子卿看着眼前的人尸塔对老许说，"你知道这里面的故事吗？这究竟是干什么用的？弄这些塔也够费劲的，肯定是有道理的。"

老许听了说："我可能知道，不过得再去看看前面几座都是用什么东西做的。"说着他往前走去，蓝雨和穆小米互相看了一眼也跟了上去。

71. 明哥与潘艳儿

"臭死了，哎，你是不是每天都不刷牙啊？怎么鸟嘴还这么臭？"穆小米不满地嘟囔着。

"嘎嘎，我也觉得很臭，我要刷牙，要不你把你的牙刷借我用一下？"酒鬼鹦鹉歪着头冲着穆小米说，一股浓浓的臭味又冲向穆小米。

"我的？得了吧，我宁可给你买一把新！"穆小米没好气地说。

"嘎嘎，我不要用新买的，就要用旧的，旧的软，新的太硬太扎了！我的舌头受不了！"酒鬼鹦鹉继续散发着口臭说。

"谁让你刷舌头？这牙刷是刷牙齿的！哦，对了，你根本就没牙齿！"穆小米恍然大悟地说道。

"你才没牙齿呢，不然我怎么咬你屁股的！"酒鬼鹦鹉很不客气地说道。

"这边都是用眼睛堆成的！"老许没有理会穆小米跟鹦鹉斗嘴，和蓝雨、邱子卿等人往前面走去，发现前面的一座人尸塔全是用人的一只只眼睛堆积起来的。不知道用了什么技术，居然一个个的还那么的水灵，就像活着一样，蓝雨等人发现有的眼睛居然还会动。

"这会不会是人造的啊，我怎么感觉像监控器啊，就在盯着我们呢！这里面要是都安上摄像头什么的，那咱们在这里的一举一动不全暴露了吗？"穆小米担心地说。

"我觉得我们其实已经在别人的监视中，我们来到这里不是一步步地跟着那个慕容进来的吗？"老许看了以后也有点怀疑这里面会不会有诈。忽然他有点后悔，自己当时被蓝雨催得没多想就跟了进来，这个慕容轩自己了解得并不多，他是敌是友还没搞清楚，真是太大意了。

"你们看，这些心脏还在动呢！"穆小米跑到前面，发现的人尸塔都是用一个个人心搭成的，而且还在有力有节奏地跳动着，一滴滴鲜血正随着心脏的每一次收缩和伸张而喷射出来，这情景实在是太震撼了，谁看了都会受不了的。你想想，一下子看见成千上百个心脏堆在那里，而且还像活着一样，有节奏地跳动着，不吓得魂丢了也快趴下了，也就蓝雨、邱子卿、穆小米、老许几个见多了才见怪不怪的。

"太恐怖了，这些器官已经离开了人体怎么还活着啊？还会有生理反应？"穆小米惊讶地说道。

"感觉都变异了。"蓝雨说道。

"变异？"邱子卿一下子注意到蓝雨的话，又反复重复了几遍后说道："难道这里是在做人体的变异试验？不，不可能。以前听说小日本有个邪教叫'百鬼社'，专门进行一些恐怖的人体试验。他们信奉僵尸，觉得僵尸不但拥有超凡的力量更是跳出三界外不在五行中拥有不死之躯，他们一直在寻找成为僵尸的方法，更希望能实现人与僵尸完美结合，不但能拥有僵尸的力量和不死之躯，而且还要保留人类的思维与情感。"

"靠，那不是基因变异啊？"穆小米听了骂道，"弄不好还真能搞出生化危机来！这鬼东西怎么跑我们这里来了？小鬼子找死啊！"

"目前还不能确定就是那个邪教所为，但是看到这么多变异的人体器官，这里面一定有文章，肯定不是简单的杀人分尸。我觉得慕容轩一定是发现了什么，才会扮成赶尸人到了这里面，这里面一定是需要大量的尸体。"邱子卿继续说道。

"嗯，你说得不错，当年我爷爷收拾小鬼子那会，也曾发现过'百鬼社'的踪迹，但是很隐秘，很少有人知道这世界上还有这样一个邪教。我爷爷当年也见过一个人尸塔，但是比这小得多，而且就是用整个人的尸体搭成的，每具尸体是都有尸变的现象，但是还未完全尸变。我爷爷觉得是让大活人直接尸变而造成他们死亡的，但是当时就是没有找到元凶，后来在零星的蛛丝马迹中发现了这个'百鬼社'，但他们的人早就消失得无影无踪了，再后来就再未发现过他们的任何踪迹。"

"'百鬼社'？从来没听说过，只听说过有个'九菊派'，是个邪派。"蓝雨说道。

"嗯，知道的人确实非常少。日本有个'百鬼夜行'的传说，这个邪教的名字就出自这里，他们信奉鬼怪，希望人能拥有鬼怪的力量。"邱子卿的话音刚落，就听见穆小米小声地在自己耳旁说："师傅，刚才我发现前面一楼的窗户那里有灯光一闪就灭了。"

"哦，走，去看看，大家都小心点，要注意隐蔽，别暴露了！"邱子卿提醒着，就先和穆小米走到了那扇灯光一闪的窗户。到了跟前，邱子卿和穆小米戴上夜视镜往窗户里望去，只见屋子里面站着一排穿着清朝官服的尸体，一个个脸色苍白，眼圈周围有一圈很浓的黑色。

"师傅，你看中间那个大汉像不像咱们在新疆时遇到的那个天宇集团的小子，叫什么来着？对，好像叫明哥！"穆小米忽然发现新大陆一样地小声叫了起来。

"是他！"蓝雨此时凑了上来，也发现了中间的明哥，心想他不是已经死在了新疆了吗？怎么会跑到这里来了？难道真的有赶尸这一行当？那这宅子肯定和天宇集团有关了。忽然蓝雨又一惊，发现站在明哥旁边、面无表情、套着清朝官服的女子不正是消失后又在飞机上跟着那个吸血鬼查理的潘艳儿吗？她怎么也会在这里？难道她已经死了？

蓝雨不禁浑身抖了一下，再看却发现潘艳儿依旧站在那里，什么反应也没有。而那些进屋子里穿着防化服的一拨人，拿着注射器一一往站在墙根的几具尸体注射进一些蓝色的液体后，就匆匆离开了。

"他们给这些尸体打了什么东西啊？不会是毒药吧？"穆小米一头雾水地问道。

"什么乱七八糟的，它们已经是死尸了，还在乎什么毒药不毒药的？娃娃说话前动动脑子！"老许在一旁教育着穆小米。

"啊，对呀，它们都是死人了怎么还给打针？难道这是什么起死回生的妙药？师傅，咱们弄点去。"穆小米说完又做起了他的发财梦，比老许还要积极，一下子就蹿到了房间的窗子上，准备从窗子进屋里去。

就在这个时候，蓝雨、邱子卿、老许、穆小米、塔挞老爹连带酒鬼鹦鹉听到一声野兽般的怒吼声，穆小米直接吓得从窗户上摔了下来。只见屋子里的那几具尸体已经不再是一般的尸体了，而是一头头发怒的猛兽。它们的眼睛已经完全睁开，而且成了血红色，你已经看不见以前的眼白和黑眼珠了，只是一只血红的眼睛，身体上的血管都暴了起来，一根根看得清清楚楚，而且全部都呈黑紫色。

一具具暴动的死尸在房间里面横冲直撞，发出一声声恐怖的嘶吼声，还不时地撕咬着对方。潘艳儿依旧安静地站在那里，低着头，仿佛周围那些暴怒的死尸和她一点儿关系也没有。忽然她猛地吐出了一口黑血，呻吟了一声，倒在了地上。

"妈呀，这些死尸都怎么了？尸变了不成？"穆小米从地上爬起来，惊讶地看着在屋子里闹腾的死尸。

"确实尸变了，不过不是巧合，而是人为。这些丧尽天良的家伙，居然干这样的勾当，就不怕遭报应！"塔挞老爹看着眼前恐怖的情景给气坏了，心想这世间怎么还会有这样无耻的人，连死人的主意都要打，都要去糟践。

"砰"，明哥一头撞到了窗户上，正好和穆小米打了个对脸。穆小米看见明哥的头已经被其他几具尸体咬掉了半个，脑浆流了一身，不由得胃中翻涌，实在憋不住，跑到一边狂吐起来。

"师傅，那潘艳儿好像还没死。"蓝雨看了潘艳儿许久担心地说道，"我们得去把她救出来，不然她肯定得被这些发疯的死尸给活活地撕了。"

"怎么是他们俩？他们俩怎么会在一起？那不成了关公战秦雄了？"穆小米不可思议地嘟囔着。

"这些人都是慕容轩带到这里来的，那个大个子叫明哥的早就死了，可潘艳儿，难道她也死了不成？"邱子卿小声地对蓝雨和穆小米说。

"怎么这里有你们认识的人？"塔挞老爹问道。

"那个女的是一直跟着慕容小子的，后来消失了。我们来云南的飞机上又遇见了，跟着一个叫查理的吸血鬼，就像不认识了我们一样。那个男的是天宇集团的一个小喽喽，本来在新疆古墓的时候已经被蓝志军的儿子给打死了，早就应该埋身沙漠了，怎么死了还那么大的本事居然千里迢迢地跑到这里来了？"穆小米郁闷地说。

众人正纳闷着，忽见那房间的门"吱嘎"一声开了，进来两个穿着防化服的陌生人，也看不出是男是女。只见他们走进屋来后，手里拿着个透明的喷雾器，这透明的喷雾器中装着一种红色的液体。这两个穿防化服的家伙把这种红色的液体喷到屋子里的几具尸体上，然后其中一人拿出一个铃铛，摇了一下，只见屋子内的尸体一下子就有了反应，各个站得笔直，铃铛再摇了一下，那些尸体的手都直直地举了起来，一双眼睛也猛地睁开了，一道道凶狠的目光直直地射向窗外，看得蓝雨、穆小米等人打了个激灵。

蓝雨注意到那些尸体的手指甲都是黑色的，而且还异常的锋利，又黑、又长、又尖，和刚才看到人尸塔里面的那些恐怖的人手是一样的。

那穿防化服的人，手中的铃又一摇，这些尸体又齐刷刷地朝前跳了一步后就双手笔直地伸着，站在原地一动不动了。另外一个穿防化服的家伙就拿出个本子，在上面写了一些东西后，那个摇铃的又摇了两下铃，所有的尸体又跳回原地站好。两个家伙就一前一后地走了出去。所有的尸体又变成了刚才的样子，只是蓝雨发现它们的指甲更长了，脸上似乎也长出了一层白色的细毛。

"这是在做人体试验！"老许非常震惊地说道。

"做试验怎么赶尸呢？难道这么处理后尸体就能跟着人走了？都说赶尸有秘方，要用一种特殊的药水喷到尸体上后，这尸体才会听话跟人走，原来就是这种红色的药水啊？乖乖，咱们进去弄点吧！"穆小米又没正形了，开始打红色药水的主意说，"弄出来一卖肯定是高价！"结果说了半句就看见蓝雨可以杀人的眼光，硬生生地把下面的一句话给憋回去了。

"师傅，慕容轩肯定在这座宅子里，会不会有危险啊？万一他们真的是在搞什么人体试验，那他进去不是凶多吉少了？"蓝雨焦急地说道。

"那你怎么不去想他跟这里面的人是一伙的呢？"穆小米没好气地说。

"不会的，他不可能跟这些变态是一伙的！"蓝雨非常肯定地说。

"这宅子里面一定有问题，肯定什么不可告人的秘密。先不说拿不拿得到慕容轩手里的琥珀泪，就是冲这些变态的人尸塔、这些赶尸的勾当也要进去查个水落石出！万一他们干的是悄悄地进行人体试验的害人勾当，那许爷爷我今天还真要端了他们的老窝，他奶奶的，我怎么总觉得这里跟'百鬼社'有关啊！"老许说着，就要从窗户里翻进屋去。突然，这屋子的门又"吱嘎"一声慢慢地开了，吓得老许赶忙从窗台上滑了下来。众人躲在暗处朝屋子里望去，发现屋子里又进来一拨奇怪的人，朝那些一溜站在墙边的尸体走去。而此时蓝雨却发现站在尸体里的潘艳儿居然抬起头来，朝自己藏身的方向望了一下，又低下了头。

72. 百鬼社

"我觉得好像也有点儿问题，如果真的是死尸的话，怎么又吐血了？难道她是被人迷了心智，弄到这里做试验的？"邱子卿也察觉到了这里面的蹊跷，"是该把她救出来，估计还能从她那里问出点关于这个宅子的事情来。最起码她失踪后发生的事情我们可以知道了，她和那个查理在一起，怎么又跑到这边来了？难道查理和天宇集团也有什么联系吗？我们得问问她！"

"这也太没人性了，难道他们是把大活人弄过来做成粽子吗？"老许气愤地说道。

"师傅，赶尸会不会就是为了掩人耳目，把这些迷了心智的人弄到这里来吧？"穆小米说出了蓝雨想到的，"如果真是这样，先把大活人迷了心智，再用赶尸的方法掩人耳目，弄到这里那可是个大案子了！"说着穆小米回头看了看那些恐怖的人尸塔，不由得觉得自己的脊梁骨都在冒冷气。如果他们的猜测正确的话，那这么长时间来，有多少无辜的人惨死在这里呢？

"我终于明白那些人尸塔是怎么回事了。"老许看着房间里面一具已经被其他尸体大卸八块的死尸说道，"这些可能是被淘汰下来的死尸，或者是试验失败的死尸，但是它们已经具有部分粽子或者是变异的特征所以正如我们刚才看到的，或是指甲长得像鬼一样，或是心脏还在跳动。"

"很有道理！"这是穆小米第一次这样夸老许，"他们这样做到底想干什么？"

"我看这里面肯定有百鬼社的人在捣鬼，当年就知道他们在搞这样的研究，没想到到现在还在做这些毫无意义又伤天害理的事情。"老许现在更是肯定这一切都是百鬼社所为，他看着屋子里面还在折腾的尸体说，"看来我们没法从窗子里进去了，只好另找入口了。"

"我们就从大门正大光明地进去！"穆小米忽然用了反向思维说道，"你们忘记那墙上写的话了吗？活人、生人远避，熟人穿门，死人入地。他们绝对不会想到会有生人也大摇大摆地从正门进入吧。"

"不走后门吗？走正门不会有什么机关埋伏吗？"塔挞老爹担心地问道。

"哎呀，你怎么婆婆妈妈的，相信我，不会有事的，好歹我也是个行家啦。走吧，再不走估计那个潘什么艳的也要变成货真价实的粽子了。"说到这里，穆小米摸着自己的手枪，朝正门走去。

"嘎嘎，婆婆妈妈！"酒鬼鹦鹉忽然冒出了一句话，口气模仿得几乎可以以假乱真了，弄得塔挞老爹、蓝雨等人哭笑不得。

众人来到古宅的正门，看见大门紧闭，门的把手上各一个奇怪兽头，这兽头长得四不像，却吐出长长的红色舌头。

"这是什么怪东西啊？真难看，这舌头像活的一样。"穆小米说着就想伸手去碰，却被老许一下子打了下来。

"你脑子进水了？这种东西怎么能随便碰呢？自己也是干这个的，怎么一点儿专业素质都没有？"老许训斥道，一副恨铁不成钢的样子。

"怎么了？我不是去开门吗？这么凶巴巴的干什么？"穆小米不满地嘟囔着。

"你知道什么！这是百鬼社的图腾，里面暗藏机关。你看那舌头，它确实是活的，但又不是活的，而是一种寄生虫。他们不知道用什么法子弄出这种寄生虫来，一旦你碰到它们，没有涂过他们特制的药水，那虫子就会从你的皮肤钻入你的血管，不出三四个小时就会把你变成一具干尸。"老许的语气非常重，看得出要是真的碰上了，后果是非常严重的。他接着又说："看来这座宅子肯定和百鬼社有关系了，大家要万分的小心了！"

"哎，我怎么觉得你什么都知道啊？难不成你也是百鬼社的成员？"穆小米眯起眼睛来，用一种审视的眼神看着老许。

"你再用那眼神看我当心我抽你！居然敢拿那些不耻的东西来和我相提并论，还想不想活了？"老许恶狠狠地说。

"嘎嘎，还想不想活了！"酒鬼鹦鹉又跟着学了一句。

"你给我闭嘴。"穆小米没好气地说酒鬼鹦鹉。

"嘎嘎，我又没说你，我在说我吃的东西。"这时穆小米才发现酒鬼鹦鹉已经飞到了门上，正在啄那四不像嘴巴里的寄生虫。

"哎，你不要命了？老许那老家伙的话你没听到吗？"穆小米吃惊地看着酒鬼鹦鹉，心想下一秒这家伙会不会变成干尸鹦鹉啊？

"嘎嘎，好吃！"酒鬼鹦鹉此时的眼睛又变成了绿色，四不像上的舌头已经被它啄了下来，正叼在嘴里，此时剩下的半根还在蠕动，看得众人都觉得恶心。

"没关系，它是这些虫子的克星。"老许轻描淡写地说，"它就爱吃这些东西。"

众人听了以后不由得对这只酒鬼鹦鹉又有了新的认识，可以说是刮目相看，蓝雨更是在猜测这只颇有个性的鸟身体里究竟有多少寄生虫和细菌呢。

随着酒鬼鹦鹉把这两条寄生虫美美地吃进肚子里，就听"哗啦啦"一阵细碎的声响，这一扇紧闭的大门慢慢地打开了，露出黑漆漆的一片，一股难闻的药味飘了出来。

"这味道好像福尔马林。"穆小米说道。

"不对，应该是来苏水。"老许分辨道。

"我看应该是中药汤子。"塔挞老爹也参与进来讨论。

"快进去吧，再磨蹭会儿估计那潘艳儿真的要玩完了！"邱子卿此时一个头三个大，没想到这帮人如此的聒噪。说完后，就带着蓝雨率先走进了这座充满神秘色彩又阴森恐怖的阴宅之中。

·

73. 百鬼夜行图

众人走进这座神秘而又阴森恐怖的阴宅之中，站在一楼的大厅里，四周静悄悄的。在黑暗之中，众人审视着周围的环境，浓重而又非常奇特的药味包围了众人。

"师傅，这味道会不会有毒啊？"穆小米虽然戴着口罩但还是万分担心，充分体现了他惜命的本性。

"不会的，这鹦鹉有特异功能，能分辨出10米内有没有毒气，要有毒它根本就不会跟我们进来的。"老许看着酒鬼鹦鹉说道。

"嘎嘎，是的，我不想找死！"酒鬼鹦鹉马上表白。

"可是你们没注意到刚才那些人都是穿着防化服出入的吗？"穆小米又担心地问道。

"行了，怎么这么婆婆妈妈的，进都进来了，再有毒也吸进来了！"蓝雨没好气地说，完后又对邱子卿说，"师傅，你发现没，这大厅正中央的墙壁上好像有一幅巨大的图画。我们去看看。"

"好，走，不过要小心点，尽量别碰那画，以防上面有毒或者其他的机关埋伏。"邱子卿嘱咐道。蓝雨点点头，就和邱子卿轻手轻脚地走到了那幅巨大的图画跟前。

"这是？日本风格的。"蓝雨戴着夜视镜，看着壁画说道。

"哎，这些小日本怎么都这么怪，跟怪物一样，有的就是怪物嘛！"穆小米看了会儿，忽然弯腰来了个倒立，用头朝下脚朝上的方式看着壁画。

"娃娃，你这是干什么？"老许不解地看着倒立着的穆小米问道。

"我想换个角度看看，搞清楚这画画的到底是什么意思。"穆小米颇为得意地说，心想：怎么样？像我这样的逆向思维，谁有啊？我是原汁原味的天才。

"这不就是日本传说中的百鬼夜行图嘛，用得着这样研究吗？"塔挞老爹像看怪物一样地看着穆小米。他这句话说得穆小米完全没脾气了，看来自己是脱裤子放屁——多此一举啊。但是穆小米嘴上却丝毫没服软。

"啊，是啊，我知道啊，这个还用得着你们说吗？可万一这幅画不是单纯的夜行图呢？也许有什么信息就藏在这画里呢？我认为我这样做是非常有必要的。"穆小米狡辩道。

"嗯，也有道理，我觉得这图也不单纯就是为了装饰。"邱子卿听了穆小米的话，也赞同他的想法，这下小米又神气了起来。

"传说日本的平安时代，是一个幽暗未明、人类和妖怪共处的时代。妖怪住的地方和人类住的地方，其实空间上是重叠的，只是人类在白天活动，妖怪则是在晚间出现。相传在京都，到了夜晚，整条路空无一人，这时候会出现许多奇形怪状的妖怪，像庙会的行列一般，走在大路上，人称'百鬼夜行'，据说亲眼目睹的人会遭受诅咒无缘无故的丧命。这幅画画的就是百鬼夜行时壮观的场面，但是我总觉得这里面有些不对劲的地方。以前我看见过的百鬼夜行图好像不是这样的，但究竟是哪里出了问题呢？"邱子卿说着，站在百鬼夜行图前思考了起来。

"飞头蛮、酒吞童子、猫独，这三个妖怪画在一起是什么意思呢？"邱子卿边看边自言自语道。

"师傅，什么是飞头蛮、酒吞童子、猫独啊？"穆小米还保持着倒立的姿势问道。

"就是右上角那三个，你看到没有？"邱子卿说用手指向了右上角。

"这是什么东西啊，这么难看。"穆小米说道。

"这个飞头蛮其实就是人由于被妖怪附身，头在睡觉时会飞离身体，以到处吓人为乐。而附身的妖怪名叫枭号，是一种鸟的灵魂，一般会附在喜欢杀戮鸟兽、吃鸟兽的人身上，被它附身的人会在七天内变成枯骨。"邱子卿说道。

"师傅，那酒吞童子又是什么东东？专门吞酒的吗？"穆小米猜测着问。

"传说酒吞童子又名酒天童子，是被大将军源赖光斩杀的百鬼之王，是一个有着英俊少年外表的妖怪，专门勾引处女，将她们的乳房割下来做食物。在一些地方还有说酒天童子的外表会变化的，是一个真正的处女杀手。听起来还是比较恐怖的。"邱子卿看着百鬼夜行图上的酒吞童子说道。

"猫独又是什么奇怪的东西？"穆小米奇怪地问道。

"猫独，其实就是猫妖，传说猫又位于《百鬼夜行》之前篇的阴之卷，是相当具有灵气的邪妖，也是在民间被认为最接近于现实的妖怪。据看见的人说它是黑色的，有巨大的黑色翅膀，面目非常狰狞，是一种非常残忍的妖怪。"邱子卿说道。

"你们有没有发现，这三个妖怪摆出的造型和琥珀泪有关？"一直在一旁沉默的蓝雨似乎感觉到了什么，忽然说话了。

"琥珀泪？不会吧？这百鬼夜行的传说是日本平安时代的事情，怎么又和琥珀泪挂上钩了呢？"穆小米此时已经结束了倒立的姿势，站了起来，走到蓝雨身边不解地问道。

"你们看那三个妖怪的手拼出的图形，不正是一颗琥珀泪的样子吗？还有它们每个指甲上不都画有一颗小小的琥珀泪吗？"蓝雨比画着，大家顺着她的手看去，发现飞头蛮、酒吞童子、猫独三个妖怪的手，也可以说是爪子，一起拼出来的图案正好是一颗琥珀泪。

"这到底是什么意思呢？"邱子卿看着墙上的百鬼夜行图说道。

"等等，刚才我倒立的时候看到的也像什么图案。"穆小米说着又倒立起来。

"你至于这样兴师动众吗？不用倒立一样可以倒过来看啊！"蓝雨无奈地看着穆小米倒立在地上，真想上去踹他一脚。

"别吵！"穆小米这回非常的不客气，蓝雨忽然发现穆小米的神情非常的严肃，就知道他一定是发现了什么，这个师弟关键时刻还是非常严肃的。

"是个死字。"穆小米站起来说道，"正着看是一颗琥珀泪，倒着看就是一个死字。"

蓝雨、邱子卿、老许、塔挞老爹听了，也倒着去看，发现隐约间确实有个死字呈现在三个妖怪的手中间。

"这是什么意思？"邱子卿直起腰来，边揉着发酸的腰，边嘟囔着。突然，他发现这这张百鬼夜行图都是三个妖怪三个妖怪组成一组的，每一组妖怪的爪子都拼出了一颗琥珀泪的样子，一共九组。

"师傅，你发现这个规律没，其他的妖怪也都是三个三个一组的，它们都拼成琥珀泪的图形！"蓝雨此时也发现了这画中的奥秘。

"照这样看来，每一组倒过来看都藏了一个字在里面了。"老许说道。

"疑、泪、找、珀、者、必、琥、无。"穆小米倒立着，把藏在每一组妖怪中的字都找了出来后翻身站了起来，轻轻地拍了拍手说道，"这都是什么乱七八糟的，对了还有一个死字。"

"死。"蓝雨说了一声后，略微愣了一愣说道，"难道这是一个警告？还是怕别人找到琥珀泪，拿走他们想要的东西而故意编出来吓唬人的？"

"找琥珀泪者必死无疑！"塔挞老爹慢慢说了出来。

"我总感觉这琥珀泪跟百鬼社也有些关系。"老许看着百鬼夜行图，忽然幽幽地说道，"或者百鬼社的人也想得到琥珀泪！看来这回越来越热闹了，全都冲着琥珀泪来了。"

74. 失踪的潘艳儿

"这幅图里还藏着一些信息。"蓝雨看着图说道，"你们只看这些妖怪的眼睛，它们的眼珠子都是看向右边的，把这些眼珠子连起来看就是一幅地图，我猜测应该是这座宅子的布局图。"

"虽然看着像，但万一这是一张假图怎么办？要是我们真的按图上画的路线走，没准会中了圈套。我有种直觉，这宅子里肯定有很多机关。"邱子卿说道。

"弯弯曲曲的，我看像隧道。"穆小米说道，"我怎么看也找不出哪里是出口哪里是入口。我们还是快走吧，自己去找，不然那个什么潘艳儿估计都被那帮怪物给吃掉了。"

"走吧，去救那个姑娘要紧！"老许也赞同穆小米的说法。

蓝雨也点头说："是准备去救，可你们没听过这句诗吗？'不识庐山真面目，只缘身在此山中'，刚才我们在宅子的外面发现潘艳儿的那个房间现在一下子还找不到。从这百鬼夜行图提供的线索来看，这宅子应该比迷宫还迷宫，感觉它的布局非常像米诺斯迷宫。我们贸然走进去没准会迷失在其中，到时候我们在明处，敌人在暗处就非常危险，不好办了。"蓝雨正说着，忽然听到左边响起一阵恐怖的吼叫声，紧接着一个黑影飞快地闪过，一股血腥的味道传来。蓝雨等人的汗毛不禁一下子就竖了起来，大家都感觉到了危险。

随后蓝雨等人又发现一帮穿着防化服的人追了过来，邱子卿忙打手势让大家躲起来。穆小米眼尖，见百鬼夜行图右边的一个房间好像露着一丝缝，他猫过去朝里面一看，发现里面没有什么人，赶忙让大家都躲了进去。众人刚躲进去，就见那帮穿防化服的家伙追了过来，那些人似乎在找什么，蓝雨猜应该是在找刚才那个黑影。

那群穿防化服的人并没有进蓝雨等人躲的房间里寻找，只是在蓝雨等人藏身的房门外叽里呱啦地说了一顿后又往别处去了。

"他们在说什么？"穆小米见人走远后说道，"叽里呱啦一句也没听懂。"

"跑到哪里去了？"

"快点把它找到，不然可能麻烦就大了。"

"不是可能而是肯定，如果找不到，我们都得死在这里。大家要小心，这东西凶狠无比而且非常灵活，如果谁被它袭击了，旁边的人一定要在第一时间击毙那个被袭击的人。都小心点，不然谁也救不了你们，分开搜索！"

蓝雨一句一句地说了出来，然后对穆小米说："亏你还是什么科班出身呢，连日语都听不懂吗？"

"我，日语啊，这是我最讨厌的语言了，上学的时候没好好学。"穆小米不好意思地说。

"看样子他们遇到了挺棘手的事情，可能跑出来的就是这宅子中的怪物吧，而且场面已失控，他们都无法自保了。我们一定要小心。"邱子卿正说着，只觉得身后有东西在靠近，一股浓重的血腥味朝自己扑了过来。

凭着本能，邱子卿猛地往旁边一闪，只见潘艳儿满脸是血，嘴角一滴滴浓稠而成黄褐色的液体正往下滴，散发出阵阵腐尸的臭味。此刻的她犹如一条发疯的野狗，伸出已经开始疯长而尖利的指甲朝邱子卿扑来。

"她怎么变成这个样子了？怎么会这样？刚才不还好好的吗？"穆小米看着如从地狱中跑出来、恶鬼般的潘艳儿吃惊地问道。这潘艳儿本来是对邱子卿发起攻击的，但是听到穆小米的声音后反而转向穆小米，挥舞着她那一双锋利的爪子朝穆小米扑来。

"吼、吼"，一声声低沉而恐怖的怒吼声从潘艳儿的喉咙里发出。随着她的吼叫，一股股浓稠的黄褐色液体也从她口中被一口口地喷出来，看得出现在的她正处在极大的痛苦之中，已经丧失了理智。

"她在干什么？疯了吗？天啊，怎么忽然动作这么敏捷了？怎么力气这么大了？妈呀！"穆小米此刻左躲右闪，边躲避穆小米的攻击，边冲着蓝雨等人嚷嚷着。

"这房间根本就不是刚才我们看见的房间，难道刚才那些穿防化服的家伙所找的人就是这女人？"塔挞老爹环顾了下四周奇怪地问道。

"确实，我估计他们也是在找她。她本来是跟着慕容轩的，不知道怎么的在新疆古墓的时候就消失了，后来飞机上又跟在查理身边，但是我们已经可以确定当时的她已经被迷了心智，没想到现在变成这个样子了。"邱子卿见潘艳儿变成这样不禁也有些惋惜。

"都离她远点，被她抓一下、咬一下都有可能也变成她那样。她是在变异，要是死人可以说是尸变，可这活人怎么说呢？该叫什么呢？"老许在一旁抓耳挠腮地想着，就是没有人去管正在左躲右闪的穆小米。

"我明白了，刚才那些穿防化服的给他们打入的药剂只对死尸起效果的，但是他们没有想到这些死尸当中还有一个被迷了心智，看起来像死人却是一个实实在在的大活人的潘艳儿，所以才会出现这样的效果。"蓝雨在一旁也不管左躲右闪的穆小米，说道。

"拜托，你们帮帮我啊，我都快招架不住了！再这样下去你们都得变成这样子！"穆小米在一旁实在撑不住，哭丧着脸正求的时候，蓝雨等人听到门外又响起叽里呱啦的日语，紧接着门就被人踹开了。

见穿着防化服的人忽然闯了进来，蓝雨、穆小米、邱子卿等人刚要准备战斗，一个让他们都颇为震惊的意外发生了。潘艳儿忽然冲到了那群穿着防化服的小日本面前，就一两秒的时间，鲜血喷射出来，溅在雪白的防化服上，犹如雪地里开出一朵朵猩红的死亡之花，随即蓝雨等人就看见所有穿防化服的小日本都倒在了血泊之中，全部无声无息地咽气了。一时间地上血流成河，一种莫名的恐惧渗入了蓝雨等人的骨子里。

蓝雨等人再去找发了疯的潘艳儿，却发现她顺着楼梯已经向二楼蹿去。

"她太可怕了，完全不是人了，是变异的人！那些小日本究竟给她打了什么药水？把她变成了既没思维又嗜血成性的怪兽呢？要是她跑出这座宅子，那不是闯祸闯大了？我们快去把她抓回来吧，要不然黄花菜都凉了！"塔挞老爹焦急地说道。

"百鬼社,真的做到了,人与妖怪的完美结合,让人拥有妖怪的能力,只要再稍加时日,实验成功,他们完全有可能让人既具有这样可怕的能力,又拥有正常人的思维。"老许担忧地说,"那个女子现在已经变异了,我们就算是追上她又能怎么样呢?没准也像这些小日本一样,还没弄明白怎么回事就被她杀掉了。"

"那也得去把她拦住,不然她出去可是全人类的末日!"邱子卿此时也感到了害怕,事出紧急,也顾不得多想,加之职业的特点,他的话音刚落自己就跑到了二楼。蓝雨、穆小米等人见状,赶忙跟了上去。

蓝雨、邱子卿等人站在二楼的楼梯口向前望去,二楼静悄悄的,好像刚才一楼发生的那惨不忍睹的屠杀是一场梦。长长的走廊向前伸去,最终消失在黑暗之中。空气中弥漫着一阵阵死亡的气息,蓝雨似乎感觉到在这黑暗之中正有无数双血红的眼睛盯着他们这些人,只等着他们向前迈几步就把他们一网打尽。怎么办?是继续追下去,找到潘艳儿、找到慕容轩,搞明白这些穿着防化服的小日本那些不可告人的秘密,弄清楚琥珀泪和这宅子的关系,还是趁着现在还未被发现赶紧撤出这座宅子?

75. 飞缘魔

"大家小心点,这里面没准有埋伏。我猜那个什么潘艳儿肯定就藏在哪个房间里。"穆小米右手举枪左手扶着走廊的墙壁,向里面望去。这散发着恐怖气息的走廊加之前方的漆黑一片,让他感觉到了死亡的气息。

"嘎嘎,有东西来了!"酒鬼鹦鹉此时的眼睛变成了绿色,贼贼地盯着黑暗中的走廊。

众人听鹦鹉说有东西来了,可却没看见这黑漆漆的走廊之中有任何人或者说是东西过来。

"哎,这鹦鹉不会耍我们吧?"穆小米使劲睁大眼睛看了看,依旧没发现什么,倒是把眼睛睁得生疼。

"不会的,这鹦鹉有特异功能,能看见那些不干净的东西,这家伙刚说有东西过来就可以肯定这走廊里面绝对有不干净的东西。你们看,来了!"蓝雨指着前方有些不肯相信自己的眼睛说道。

"天啊,美女!好多!"穆小米激动地叫了起来。

在走廊的尽头,走过来一队美女,都穿着那种中式的小姐装,婷婷袅袅地走了过来。眉不画而黛,粉不扑而白,巧笑倩兮、美目盼兮,简直就是一群绝代佳人。蓝雨看得也一时着迷,这些女子实在太养眼了,猛然间蓝雨想到这里怎么会有这样的人呢?还穿着清末时候的打扮?

分明就不是人嘛!一时间蓝雨彻底清醒了。只见这一队女子已经走到了走廊的中间,微笑地看着众人。酒鬼鹦鹉正色迷迷地看着走在头里的美女,一副大色鬼的样子,看了就想让人扇它几个巴掌。再看穆小米此时已经眼神涣散,嘴角流着口水正准备扑上前去。蓝雨抬起一脚,铆足了力气直接踹到穆小米的屁股上,正好踹到被鹦鹉咬伤的地方。

"噢!"穆小米一下子捂着屁股跳了起来,神志也清醒了。

"师姐,你干吗踢我啊?"穆小米刚才正做着左拥右抱的美梦,却被蓝雨这一脚结结实实地给踢出了温柔乡，回到了现实世界。

"再不踢你，你都快扑上去了！"蓝雨没好气地看着这个不争气的师弟。

"这个是飞缘魔！"邱子卿忽然焦急地说道，"男人都得小心！这玩意儿很厉害！"

邱子卿的话音刚落，穆小米忽然看见走在走廊里的那些美女就这样凭空消失得无影无踪了。这是怎么回事？难道刚才自己看见的是幻象？但是其他人也都看见了啊？穆小米心中嘀咕着问道："怎么都消失了？哎，刚才不是明明在这里吗？还有，那只泼皮鹦鹉呢？怎么也找不到了？"

"她们蛰伏起来了，黑暗是最好的掩护，只等着我们自己送上门去。这种东西往往都是先迷惑对方，引对方上钩。若不成功，她们就会藏在你的周围，随时都有可能向你发起攻击。"邱子卿警惕地环顾了四周后说道。

"飞缘魔到底是什么东西？"穆小米现在有些后怕了。

"飞缘魔其实就是香艳奇绝的鬼，它们表面上看是一个个绝代佳人，可却是一些冷冰冰的女囚的尸体。它们变成美女，专门吸引那些青壮年的男子，来吸取他们身上的精气。"邱子卿说道，可邱子卿的话音刚落，只听得前边第三间房间里忽然传出来一阵若有若无的哭泣声，随即那房间的门"吱呀"一声打开了，一阵阴冷的风吹了过来。

"那只鹦鹉怎么在里面？"蓝雨忽然发现站在房间凳子上的正是那只酒鬼鹦鹉。

"这只臭鸟，看来是被飞缘魔给收买了！"老许气呼呼地说。

"你们有没有想过，既然飞缘魔是由女囚变的，那么这地方怎么会有飞缘魔？难道这里以前曾是监狱？"

76. 入口

"我看这里和监狱比起来是有过之而无不及，从我们刚才的所见所闻，就能推断出这里一定有大量无辜的人成了试验品。我猜他们试验的真实目的不在于把死人变成行尸、粽子之类的东西，而是如何变异活人，让活人拥有特异的功能，拥有超能力。这种试验估计已经进行了千万次了，但是他们到现在还没完全成功过！试验失败，那么被试验的对象很可能就是死路一条，所以这里的怨念这么重，出现飞缘魔也是很正常的。"邱子卿正说着，忽见穆小米已经走进了那间发出哭声的房间，只听得穆小米惊讶的声音传来："奇怪啊，怎么只有一只酒鬼鹦鹉，那哭声是从哪里发出来的呢？"

众人见穆小米这样大大咧咧地就进去了很是担心，于是赶紧跟了过去。大家走到房间的门口朝里望去，只见酒鬼鹦鹉站在椅子上，如同雕像一般，而房间里面空空荡荡的，除了一把白色的破椅子外什么也没有了。

"哎，你们发现没有？这哭声到底是从哪里发出来的？"穆小米在房间里面到处转悠，除了鹦鹉以外他就没发现还有什么活物，于是就问刚走到门口的众人。

"奇怪，难道是这房间在哭？"蓝雨看了看也觉得非常奇怪，分明是只闻其声不见其人。

"不用找了，是这只鹦鹉在模仿人的哭声。"老许哭笑不得地说。

"什么什么？"穆小米不解地看看老许，再看看站在椅子上半眯着眼、仿佛石化了般的酒鬼鹦鹉，非常不可思议地说，"怎么可能？它的嘴巴连动都没动过！"

"它经常这样，可以嘴巴动也不动，靠喉咙就能模仿出各种各样的声音。以前我有事情去外地的时候把它带在身边，在宾馆里它就模仿过一次女人的哭泣声，还把警察都给引来了。哎，这是个什么动物啊！"老许无奈地看着酒鬼鹦鹉摇头说道。

"嘎嘎，讨厌！怎么能都说出来了呢？"酒鬼鹦鹉用女人发嗲的声音说道，听得蓝雨、穆小米、邱子卿、塔挞老爹的汗毛都竖了起来，只有老许没事，因为在长期和酒鬼鹦鹉的生活中，他已经产生了抗体。

"嘎嘎，刚才那些美女呢？我怎么会在这里？"酒鬼鹦鹉这才清醒过来，它扑扇扑扇翅膀，抖了抖毛，贼溜溜的小绿豆眼环顾下四周，眼神迷离地问道。

蓝雨等人听了全都无语了。

"是啊，那些美女呢？会不会已经躲到暗处准备偷袭我们啊？"穆小米问道，"师傅，你知不知道这个飞缘魔怎么破解啊？"

"这个我也不知道。"邱子卿无奈地说，"只听说它们专门吸引男人，然后再吸人的精血，但是这都是传说，具体谁也没碰到过啊！"

"哎，你们有没有觉得这椅子很奇怪啊？"老许此时也已经走进了屋子里，围着屋中唯一的一把破椅子打转，忽然他眼前一亮，似乎发现了什么。

"老头儿，你围着这破椅子转来转去干什么？"穆小米奇怪地看着老许这怪异的举动，跟蓝雨和塔挞说道，"他不是也被飞缘魔迷惑了吧？现在围着椅子打转转找美女？"

"你才那样没出息呢！"正围着椅子打转转的老许猛地回敬了一句，吓得穆小米"我的姥姥啊"地叫了一声说道："原来你还是清醒的啊！"

"废话，我一不贪财二不贪色，怎么可能上那些妖怪的当呢！自己没出息，不要把别人也想得一样龌龊！"老许很不给穆小米留面子，三言两语说得起劲，把穆小米说得连还嘴的机会都没了。

"你们有没有发现这么大的一个房间，怎么就这么一把破椅子呢？不是很奇怪吗？这房间究竟是用来干什么的？为什么飞缘魔到了这里后就消失了？"老许连珠炮似的发问，问得穆小米也一愣一愣的。

"啊，是啊，这究竟是为什么？"穆小米又开始打肿脸充胖子了。

老许并不理会穆小米，而是一个人蹲了下来，仔细检查着这椅子的四个脚。这时候酒鬼鹦鹉已经完全清醒了，它张开翅膀，飞到了老许的肩膀上也贼头贼脑、装模作样地朝椅子下面望去，看得穆小米直想上去扁它一顿。

老许在地上蹲了半天，忽然伸出手握住椅子的前左脚，用力往外一掰，一声清脆的"嘎吧"声，椅子的前左脚就被老许给拆下来了，可是这个椅子还稳稳地站在原地，似乎每个脚都被固定在了地上。

"你们看，这里有个按钮。"老许指着被他掰下腿的下面，那里显露出一个红色的小按钮。

"难道这里面有机关？"穆小米第一反应就是远离这个椅子。

"嘎嘎，胆小鬼！"酒鬼鹦鹉看着穆小米，不屑而且幸灾乐祸地叫了起来。

"我想这应该是某个密室的机关。"蓝雨环视了四周后说道，"应该不是机关的按钮，如果是为了害人的机关，那就没必要设置得如此隐蔽。应该让所有进入这间屋子的人一下子就能发现，而不是如此复杂且藏得这样隐秘。"

"嗯，丫头说得很有道理！"邱子卿赞许地看着蓝雨心想：这丫头越来越有悟性了！聪明！不愧是考古学家的后代。

老许也说道："我觉得也是这样，这屋子不可能就这样四壁空空如也，看起来像个废弃的房间一样。"说着他伸手按了一下按钮，只听得"吱呀、吱呀"的声音从椅子的下面传来。

"快离椅子远点！"邱子卿提醒道，大家通通站在了离椅子几米远的地方。紧接着椅子慢慢地陷了下去，露出了一个阴森的地洞，一股寒气朝蓝雨、老许、穆小米等人袭来。

"嘎嘎，好冷啊，我要喝酒！"酒鬼鹦鹉也在老许的肩膀上打了个冷战，叫了起来。

蓝雨无奈地摇摇头心想：现在终于明白为什么要叫这只可爱的鹦鹉为酒鬼鹦鹉了，就连这个时候也能想到酒，都快赶上酒仙了！

"这里面会不会有什么妖怪啊？再不就是粽子的老窝？"穆小米小心翼翼地探头朝露出来的地洞望去，只看见黑糊糊的一片，其他的什么也没看到。

"这应该就是地下密室吧？"邱子卿看了后说道。

"嗯，应该是了，说不定他们各种各样的试验就是在这里面进行的。我猜那些研究药品也应该在这里面，我们下去把那些药品都给销毁了！"老许信誓旦旦地说道。

"下去？老头儿，你脑子没问题吧？万一里面有什么机关埋伏怎么办？弄不好我们都得报销在里面。"穆小米坚决反对老许的提议。

"下去是肯定要下去的，不过为了安全起见，我和小米先下去看看，确定没危险以后大家再跟下来好了。"邱子卿说道。

"为什么？"穆小米听了以后脸色大变，露出一副苦瓜相来对邱子卿说，"为什么总是我？师傅啊，这么些年来我鞍前马后的伺候您也出了不少力啦，总不能什么不好的事情都要叫上我吧？您拔羊毛也不能总拔我一个人的吧，再拔下去都快被拔秃了！"

"哼，等再来了新人你就可以休息了！"邱子卿没好气地说着，就开始准备下去。

"黑，真黑！这可真是职场的真实写照啊！要是一直不来新人，那我岂不是一直都要受着窝囊气啊！啊！啊！"穆小米一连发出了三声咏叹调。

"嘎嘎。啊！啊！啊！"酒鬼鹦鹉也在一旁打趣着，学穆小米说话的腔调。

"你们都不用先下去。先让这只鹦鹉下去，什么不干净的东西它都能发现。"老许听见酒鬼鹦鹉的叫声，忽然想起了它还有这样的特异功能，于是就极力地推荐酒鬼鹦鹉做开路先锋。

"嘎，嘎，为什又是我？为什么又是我？"酒鬼鹦鹉郁闷地喊道，可还是被老许给丢进了地洞之中。

"嘎嘎，老许你真不是东西，等我上来非咬烂你的屁股不可！嘎嘎，冻死我了，我要喝酒！"酒鬼鹦鹉边骂边飞进了无限的黑暗之中，不一会儿就消失在黑暗之中。蓝雨、老许、穆小米等人睁大了眼睛朝下面看了好久，却始终没有再看到、再听见一点儿关于酒鬼鹦鹉的身影和声音。这散发着寒气的黑暗好像就这样吞噬了酒鬼鹦鹉，一刹那间一只鹦鹉就这样无声无息地消失了。

77. 鹦鹉鬼话

"啊，这只鹦鹉怎么没反应了？我说老头儿，你不是说它有特异功能吗？能看见那些不干净的东西？怎么这样不经用？一下去就直接挂了？是不是这都是你没事编出来忽悠我

198

们的？你也太没爱心了吧，好端端的一只鹦鹉就这样被你断送了！"穆小米连珠炮似的向老许发去地毯式攻击，问得老许刚想张嘴回答他第一个问题又跑出了好几个问题等着他一一回答。最后老许气得拿眼睛白穆小米，走到地洞边朝下面望去，不再理会穆小米了。俗话说沉默是最大的蔑视，老许充分利用了这一有力的武器，憋得穆小米直冒火，却又没牙啃！

"嗷呜！"穆小米又是一声惨叫，这回不是被师姐蓝雨扁的了，而是被师傅邱子卿送了他一拳。"这都什么时候了，你怎么还这样贫？"邱子卿压低声音训斥道。

"师傅，您老人家手下留情啊。这贫是我的标志啊，您看多好啊，不仅能突显我的特色，而且还能让人一下子就知道了我是哪里人士，一举两得啊！"穆小米现在的脸皮越来越厚了，被邱子卿教训了还要想出很多狡辩的理由来。邱子卿刚要训斥他，就听到在那漆黑的地洞底下，远远地传来了鹦鹉阴沉而鬼魅般的声音："嘎，嘎，快下来！"

"它说什么？"穆小米冲到了地洞边，睁大眼睛看着这黑漆漆的世界，有些不敢相信自己的耳朵，"是那只鹦鹉吗？它居然还活着？"

"嘎，嘎，是我，快下来，快下来，这里有好东西！"酒鬼鹦鹉阴森恐怖的声音从地洞底下带着回声传来，让人有种心悸的感觉。

"嘎嘎，我好想你们，我等了你们好久了！"

"我的姥姥啊，离这么远这鸟居然能听到我们说话？"穆小米惊叫了起来，就连邱子卿和蓝雨也被吓了一跳，疑惑地看着老许。

"你们别看着我啊，我也不知道这是怎么了？这家伙可从来没学过这样恐怖的声音！也许在下面碰到什么，所以就学出来了。"老许听见酒鬼鹦鹉的声音也吃不消了。

"嘎，嘎，快下来，快下来，我已经等了你们好久了，这里有好东西，你们的宿命！好几千年了！这千年的纠缠该了解了！琥珀泪啊，琥珀泪！嘎，嘎！"酒鬼鹦鹉恐怖的声音拖得悠长又若有若无地传了上来。

"妈呀，鹦鹉说鬼话啦！"穆小米终于受不了了。邱子卿等人听得也起了一身的鸡皮疙瘩。

"这声音，我知道，是萨杳巫女的声音！"一直沉默的蓝雨忽然有些兴奋地叫了起来，说道，"没准答案就在这地洞里面！"说着她就像着了魔一样要往地洞里面跳，吓得穆小米、邱子卿、老许、塔挞老爹赶紧把她给拦住了。

78. 地洞

"师姐，你怎么了？不能下去啊！"穆小米见蓝雨这样没头没脑地听酒鬼鹦鹉的话要下地洞，真有点儿着急了，他真担心师姐现在有点儿精神错乱。

"丫头，别着急，现在还没弄清楚下面的情况，千万不能贸然下去，不然会有危险的！"邱子卿也在一旁拉着蓝雨的胳膊说道。

"是啊，这只臭鹦鹉八成是中了什么迷药又糊涂了，它的话是不可信的。"老许和塔挞老爹也在一旁劝道。

"嘎嘎，谁说我糊涂了？老许是你吗？等着一会儿上去，我跟你算总账！"酒鬼鹦鹉应该有顺风耳，不然隔着这么远它哪能听得一清二楚。

　　"我要下去并不是因为听那只鹦鹉的话，而是我能感觉得到那种熟悉的气息，有种东西一直在召唤着我，好像是前世的声音，我不知不觉就会往下走，真的无法抗拒，无法抗拒！这是只有靠近琥珀泪才能有的感觉，我猜慕容轩就在下面，我们要去找他，我们一定要下去！"蓝雨焦急地说，"我们快下去吧，我总有种不好的预感，再耽搁一会儿我会后悔一辈子的！"

　　"好，我们肯定会下去的，你先别着急，我们做好准备就下去！"邱子卿拍拍蓝雨的后背，安慰地说道，随后又对穆小米说，赶快准备家伙，下去！

　　"嘎，嘎，快下来，快下来，这里有好东西，我好想你们，我等了你们好久了！千年的宿命，你还等什么？"酒鬼鹦鹉阴森的声音又从地洞中传了出来，让在场的每一个人都不由得觉得好像千年的冷气穿越时空，带着沧桑，一股股地朝自己袭来。穆小米此时心中也产生了一种莫名的感觉，很熟悉又非常的陌生，一种沧桑的感觉也围绕着他，一种亘古的忧伤，淡淡地从他的心头升起，一时间他有一种迷失的感觉。

　　"小米，你发什呆呢？还不把东西拿出来？"邱子卿见自己的宝贝徒弟又在那里云游十万里，只得又费了几句口舌。不过他觉得现在沉思中的穆小米有点儿怪，就像变了一个人一样，但是此时他正忙着下地洞，也没有对穆小米的反常多去思考。

　　"啊？哦！"穆小米这时候回过神来，连忙把绳索和蜡烛从背包中拿出来。他麻利地点了支蜡烛，用绳子顺了下去，众人围着往地洞里面看，发现在地洞的边沿上居然有一个人工修建的梯子一直通到下面。

　　"原来有梯子，那就好办多了，我们连绳索都不用准备，顺着梯子走下去就行了，这个地洞也不是太深。"邱子卿看见有梯子后非常开心，因为他最不擅长、最讨厌的就是拿一根绳子绑着自己往黑暗之中下降了，所以他看见这个梯子自然是万分的欢喜了。

　　"是啊，这就方便多了，也节省时间！我们快下去吧！"蓝雨也开心地说。

　　邱子卿刚要顺着梯子往下走，忽然被老许拦住说了声："稍安勿躁！"

　　老许话音刚落，只见他手一抬，白光一闪，一东西就这样飞了出去，"丁当"一声清脆的金属撞击声响过后，只见那梯子瞬间就瓦解了，化成无数支小铁箭朝前后左右上下如雨点般地射了过来。

　　"快卧倒！"虽然这些铁箭要想伤到站在上面的蓝雨等人还有点儿困难，但是不怕一万就怕万一，老许还是在小铁箭射出来的时候大喊一声，提醒大家通通卧倒。

　　"原来还有这样的东西，太歹毒了，要是刚才我们顺着梯子下去，只要有人一碰这梯子那是什么后果啊？什么后果啊？"穆小米刚从地上爬起来，掸落身上的灰尘，气愤地说，"要是没老许，估计刚才我们不是有人丢命了就是有人挂花！还不知道这箭上有没有毒！要是再有毒，估计咱们都得在这里全军覆没！这个教训告诉我们什么？以后做事不能鲁莽。"

　　"是啊，这次是我一时疏忽，唉，怎么连这么简单的规矩都忘记了呢？多亏了老许啊。"邱子卿也在检讨自己。

　　"大家都别说了，是我不好，刚才头脑一热什么都顾不得了，差点儿害了大家！"蓝雨这时候也觉得事情重大，低眉顺眼地说道。

　　"丫头，也不怪你，谁让你和琥珀泪有感应呢。"老许在一旁开导道。

　　"对呀，师姐，不怪你，都是那帮穿着防化服的鸟人太歹毒了！"穆小米也不愿意看见蓝雨自责的样子，忙打圆场地说道，"哎，咱们光顾着这些机关暗器了，那只酒鬼鹦鹉怎么样了？刚才下了阵流星雨，它还活在这世上吗？"

"嘎，嘎，我还活着，好好的，你们快下来啊，这里有好东西！"谁知道穆小米的话音刚落，从地洞里面又传来酒鬼鹦鹉阴森森的声音。

"妈呀，不是见鬼了吧！"穆小米没有心理准备，着实被吓了一跳！

"现在怎么办？梯子也没有了。"蓝雨沮丧地看着黑漆漆的地洞说。

"用绳子，很简单！"邱子卿轻描淡写地说道，这话让有人听了很不舒服。

"好。"穆小米说着就麻利地把绳子准备好，邱子卿和他一起拿着小铁锤硬是在水泥地上打下了两根结实的桩子，这可是他们师徒两人的绝活呢。紧接着，他们俩把结实的绳索顺到了地洞里面。

"师傅，还是让我先下去吧！"穆小米这时候非常有英雄气概，居然在邱子卿面前主动请缨。

79. 发现无名古墓

穆小米腰上系好绳子，用手拉了拉，确定绑在桩子上的那一头结实了，就对邱子卿和蓝雨说："师傅，我先下去，要是一会儿我摇两声铃，你们赶快往上面拉我。万一我有什么不测，你们可千万不要再下去救我、找我，赶紧离开这个鬼地方。"穆小米认真地说道，显出一股"风萧萧兮易水寒，壮士一去兮不复还"的豪情来。

"小米，你一定要小心点，做事不要毛手毛脚的，放心，我们绝不会让你有事的！"蓝雨看着穆小米说，"我们三个一个都不能少！"

"丫头，你可真偏心，那我们两个老骨头怎么不算上啊？"塔挞老爹在一旁酸酸地说。

"老头儿，你们当然不算啦，我们可是师徒三人，铁着呢！"穆小米自豪地说着，就攀着绳子往下面慢慢地下去。黑糊糊的洞口仿佛是一头凶兽张开的大嘴，就等着穆小米到底然后将他一口吞掉。很快穆小米就到达了地面，冲着上面摇了一声铃。这是他们事先说好的暗号，如果穆小米摇一声铃就说明他已经平安到达下面，一切安好，如果两声，就是要让蓝雨等站在上面的人赶紧把他拉上去，他遇到危险了。

众人站在上面，紧张地盯着下面，听到了一声铃响后，都长舒了一口气。

穆小米通过夜视镜环视了四周，这是一个空旷的地下室，一股潮湿的气味向穆小米扑来。穆小米不禁打了两个喷嚏。

"嘎嘎，怎么下来的是你？"酒鬼鹦鹉阴森的声音传了过来，穆小米朝四下里张望，并没有看见酒鬼鹦鹉的影子。

"臭鹦鹉，你在哪里？快给你爷爷我出来，别在这里装神弄鬼的！"穆小米四处寻找着威胁酒鬼鹦鹉，希望能把它引出来。

"啪"，穆小米的头上结结实实地被一泡鸟屎砸到。"啊！你这只该死的鹦鹉！一会儿我找到你非要拔光你的毛！"穆小米气得满眼冒火，他在四周飞快地寻找着，要把这只躲在暗处袭击它的坏鹦鹉揪出来。忽然，他发现离自己不远的地方居然有扇巨大的石门。凭穆小米的经验来断定，这应该是墓室中的头一道大门。奇怪这里怎么会有这样的东西？好奇心催促着他一步步朝墓门走去。

这是一扇极为普通的墓门，苍凉的土黄色，没有任何雕刻的装饰。穆小米在心中思量着，估计这就是一个极为普通的人的墓室，可怎么会在这座可怕的宅子下面呢？难道是巧合？可能这么巧吗？多年工作的经验和直觉告诉穆小米，这里面一定有问题。

他轻手轻脚地走到墓门外，上上下下、仔仔细细地查看了一番。在确认没有机关埋伏的情况下，他飞起一脚，猛地踹在了墓门之上，然后快速闪身，躲到了墓门的左边，屏住气，听着里面的动静。这是为了防止里面有什么机关埋伏，很多墓主都为了防止日后有人盗墓，打扰他的清梦而在墓室中布下了非常多的机关埋伏。若有人在毫无防备的情况下打开墓门，很有可能被里面暗藏的毒箭或者毒气所伤，在历史上死于这些机关的盗墓者更是比比皆是。

墓室门被穆小米踹开后，居然"吱呀"一声自动地缓缓打开。这门也挺贱的，对它这么不客气，居然还自动打开。有时候这门和人一样，都是欺软怕硬的东西，对它不客气它反而乖起来。

此时墓门已经完全打开，里面散发出一股让人无法忍受的寒气后，就恢复了平常。并没有毒箭也没有毒气，剩下的只是无边的沉寂和让人发毛的黑暗。

穆小米这时候才悄悄地走出来，朝墓室里面望去，发现墓室的前方还有一道石门。这墓室不像暗藏了那些阴狠毒辣的机关，可能就是一个普普通通的墓室而已。

在确认没有什么危险以后，穆小米就折了回来，准备通知蓝雨等人下来。奇怪，那只臭鹦鹉跑哪里去了？穆小米一边走一边想，总觉得有点儿不对，但又猜不出到底是哪里不对。

"师姐，师傅，你们下来吧，下面是安全的。"穆小米冲着上面喊道。

站在上面的邱子卿、蓝雨、老许和塔挞老爹听了穆小米的话后，互相看了一眼，点点头，都顺着绳子滑到了底下。

"师傅，师姐，这里面有个墓室！"穆小米忙不迭地说。

"墓室？"蓝雨等人听了都十分的惊讶。

"什么朝代的？"邱子卿的职业毛病又犯了。

"我只打开了墓门，里面空荡荡的什么也没有，一时还无法判断具体是哪个年代的。"穆小米说道。

"看来是不知道哪朝哪代的无名氏之墓喽！走，去看看。哎，那只鹦鹉跑哪里去了？"老许也是半天没找到那只鹦鹉，想起刚才鹦鹉说的那些鬼话不由得奇怪万分。

80. 冻僵的鹦鹉

"鹦鹉？还说呢，我也在找那只臭鹦鹉。那臭鹦鹉一会儿学鬼话，一会儿闹失踪，一会儿又搞空袭，居然又在我的头上排泄，我也正想抓它呢！抓到了这回非得拔光它的毛不可！绝不手软！"一听老许问起鹦鹉，穆小米的气就不打一处来。

"行了，也别刻意去找了，赶快办正事吧。去看看你说的那个古墓，这里怎么会有古墓呢？"蓝雨着问道，"那个墓室在哪里呢？不会是伪装的吧，没准是百鬼社实验室的掩护呢？"

"丫头说得很有道理，这些人渣，向来都会这一招，总是喜欢找个乱坟地啊、古代陵墓啊，要不就是什么废弃的古庙、义庄之类的，装神弄鬼，其实都是吓外行人，蒙内行人，把人都吓跑了，不敢来了，再不会对这里感兴趣了，然后再自己干着那些伤天害理、无耻的勾当。"老许愤愤地说道。

　　"哎，师傅，照老许这么一说还真有点儿意思，咱们这回可是找到那帮浑蛋的老窝啦！反正咱们都有家伙，不如直接把他们都干掉吧！"穆小米一把摸出手枪，兴奋地说。

　　"大家都得小心，对了，先把回去的路弄好，在墙壁上钉几个桩子，一会儿顺着绳子往上爬的时候可以更轻松点，就算绳子被人破坏了，我们也能靠这几个桩子爬上去，以免后患。"邱子卿文绉绉地吩咐着大家。众人点头称是，纷纷掏出手枪来，上了膛，跟随着穆小米朝墓室走去。

　　大家穿过头道被穆小米踹开的墓门，发现里面的墓室空空如也，粗糙的墙壁没有一点儿雕琢打磨过的痕迹。蓝雨走过去，用手轻轻抚摩着黄土的墙壁，忽然一股苍凉的悲哀顺着她的指尖传到了心中。悲伤、苍凉、泪水，蓝雨仿佛看见狼烟四起的古战场，一个古代将领骑着战马绝尘远去的影子，这一刹那，蓝雨耳边响起轻微的哭泣声，断断续续，似乎来自久远的千年之前，又似乎来自自己的心中，一时间那样的悲凉，仿佛经历了千年万年传达到了蓝雨的每一个细胞之中，仿佛她身体里每一个细胞都在哭泣。恍惚间，蓝雨猛然发现这黄土的墙壁居然流下了一滴滴血红的眼泪。蓝雨猛然一惊，瞬间清醒过来，再定睛一看，粗糙的墙壁还是那粗糙的样子，根本就没有什么血红的泪水，难道是自己看走眼了？蓝雨在心中嘀咕着，可她总是感觉有问题，自从自己来到这里，这种悲凉的感觉就经常会若有若无地出现在她的心中，谁知道当来到这个地洞下面，走进这个无名的墓室以后，这样的感受就更加明显。这到底是为什么呢？蓝雨在心中不断地问着自己，却始终都找不到答案。此时又有一个熟悉的人影在她眼前一闪，慕容轩，蓝雨猛然想起，刚才在幻觉之中看见那古战场上骑马远去的古代将领的背影怎么和慕容轩这样的相似？莫非这又是前世的感应？

　　"什么也没有，看来这个墓主还挺穷的，连个陪葬的瓶瓶罐罐都没有。照这样子看来，估计真的是百鬼社弄出来吓唬人的把戏，咱们往里面走吧！"穆小米的声音传来。

　　"走，到里面看看去，没准还藏着什么宝贝呢！"邱子卿戏谑道。

　　众人往墓室的里面走去，出现在众人面前的又是一道没有任何雕琢的墓门。穆小米想去踹门，可刚走到跟前，这门居然悄无声息地打开了。

　　"这门它怎么自己打开了？这墓室里面的门怎么都这样有觉悟啊？服务还挺到位，都带自动的，看来这里的老祖宗从那时候开始就好客，连设计个墓门都是自动的，真为我们这些后来人着想啊！"穆小米在心里嘀咕着，带着众人往里面走去，没走几步就觉得寒气逼人。

　　"阿嚏！"穆小米和老许都不由自主地打了好几个喷嚏。

　　"怎么这么冷啊！跟进冰库没什么两样！"穆小米嘀咕着，"难道墓主的尸体被冰冻了？"

　　"你们看！这鹦鹉！"蓝雨忽然惊叫起来。

　　"什么？那只臭鹦鹉在哪里？我非拔了它的毛不可，这回绝不手软！气死爷爷我了！在哪里？在哪里？"穆小米说着已经开始撸袖子了，一副不拔光鹦鹉毛誓不罢休的架势。

　　"在那。"蓝雨声音怪怪地说。

　　"怎么会这样？"老许也惊呼了起来。

　　"冻僵了？"塔挞老爹的声音。

"什么东西让它冻僵的？"邱子卿奇怪地说。

穆小米朝蓝雨所指的方向望去，只见那只酒鬼鹦鹉缩在那边，一动不动，羽毛上布满了寒霜，看样子已经被冻僵了。

"这是怎么回事？你爷爷我还没拔你的毛呢，你倒先自己冰冻了起来啦？什么道理？太没天理啦！"穆小米气得骂骂咧咧的。

"还不快把它抱过来，不然一会儿可能就冻死了。"邱子卿焦急地说道。

蓝雨急忙跑过去，只觉得一股凌厉的寒气袭来，她身上所有的汗毛都竖了起来，冻得直打哆嗦。蓝雨飞快地把鹦鹉抱起来，跑了过来说道："太冷了，怎么这么奇怪。难怪这鹦鹉会冻成这样，我就跑过去这么一会儿都吃不消了。"

"是吗？"穆小米说着一握蓝雨的手也叫了起来，"太冷了！天啊，师姐你的手最起码有零度啊！这里怎么是冰火两重天啊，又是什么厉害的机关埋伏？"

"嘎嘎，冻死我啦！冻死我啦！"酒鬼鹦鹉在蓝雨的怀中幽幽醒来。

81. 无价之宝寒冰玉

"嘎嘎，贪，贪财害死鸟啊！差点，差点儿就栽在这里啊！"酒鬼鹦鹉趴在蓝雨的怀里，哆哆嗦嗦地说出了这么些让人听了匪夷所思的话。

"什么？贪财？你贪财？就这地方连个陪葬的瓶瓶罐罐都没有，有什么财可让你贪的啊！你什么时候变得这样没眼界了？还号称是一个见过大世面的鸟渣呢！"穆小米本来是憋足了劲，准备一找到这只酒鬼鹦鹉就开拔它的毛，可看着都快冻成冰棍的酒鬼鹦鹉，也就下不了这狠心了，但是他还不忘好好地讽刺几句这只已经成精的酒鬼鹦鹉。

"嘎嘎，谁像你这么没见识啊，你有没有眼睛啊，什么眼神啊，嘎嘎！"这个时候酒鬼鹦鹉缓了过来，说话已经不结巴了。

"你说我什么眼神？我还要问你呢，怎么就变成只冻母鸡了！"穆小米坏坏地说。

"嘎嘎，你真是个瞎子，这么大一只玉鹦鹉你没看见吗？好家伙，眼睛还是钻石做的，要是弄回去，我可以吃多少顿大餐啊。嘎嘎，太美了，我一看那个高兴啊，就飞向它的怀抱了，结果被冻成这样了。嘎嘎，会长冻疮的！"酒鬼鹦鹉摇头晃脑地说着。

"玉鹦鹉？"邱子卿等人刚才光顾着那只冻僵的酒鬼鹦鹉了，谁也没往别处看，听酒鬼鹦鹉这样一说，都不由自主地朝四下里张望，果然在前方一处不起眼的土墙上发现了一个足球大小的洞，洞里面不时地发出阵阵光芒。

"这个是？哇，发财了。我就说嘛，这老祖宗不会这么抠的，这墓室修得也挺大的，不可能什么东西都没有的。嗷！师傅你怎么掐我啊！"穆小米捂着胳膊愁眉苦脸地说。

"你废话什么？这地方是久留的吗？"对于穆小米的臭贫和磨蹭，邱子卿非常恼火，而且这家伙还屡教不改。若穆小米没这么多的毛病，他还是非常完美的。

"天呀，这，这——"老许惊讶的声音传来。

"怎么了？"邱子卿和蓝雨等人听见老许的惊叫，马上都跑了过来。

"你们看这是什么啊！稀世珍宝！啊！不光是稀世珍宝，简直，见到这东西我老许这辈子算是没白活啊！"老许激动得热泪盈眶、语无伦次的。

"我说老许啊，不就一只玉雕的鹦鹉吗？你激动个啥啊？到现在也没说明白！"穆小米看着如此失态的老许无奈地说道。

"你知道什么？这是什么玉你知道吗？"老许拿眼睛白白穆小米。

"这是什么玉我不知道，我只知道我现在快被冻死了，姥姥的，这什么鬼地方啊？咱们还是快点把玉鹦鹉拿了，离开这里吧。"穆小米不满地嘟囔着。

"哼，现在你知道冷了？问题就出在这玉鹦鹉上。"老许不屑地看着穆小米说道，"一点儿内涵都没有还装呢！"

"老许，你说问题出在了玉鹦鹉上？"邱子卿也有点儿不明白。

"做这鹦鹉的玉是什么玉你知道吗？知道吗？这可是传说中的寒冰玉啊！天啊！没想到传说是真的！"老许兴奋地说。"寒冰玉，怪不得这么冷，还真是冻人啊，我说怎么连鹦鹉都冻僵了呢！阿嚏！"穆小米刚说到这里，就结结实实地打了个大大的喷嚏。

"寒冰玉啊，寒冰玉！没想到还真能碰到？这可是价值连城的无价之宝啊，以前我爷爷还在的时候曾听他像讲故事一样讲这个寒冰玉。听说它藏在喜马拉雅山的最高峰里，只有在那些数十万年的寒冰之中才有可能产生，前提是这玉在形成的时候下面必须有龙泉在涌动，上面有火凤凰的烈焰在烧着，周围是数十万年的寒冰绕着，还得经过千万年才有可能形成寒冰玉。传说这玉通体晶莹剔透，一点儿杂质也没有，纯净度居然能达到百分之百！神奇吧！这还不是最神奇的呢，它不但纯净无比，更是通身上下散发着无限的寒气。只要拳头大小的一块，离它近了就连点燃的火焰都会熄灭，更不用说像今天这么大的块头了，还雕成了鹦鹉，呵呵，难怪这只酒鬼鹦鹉会变成速冻鹦鹉了！"老许打趣地说道。

"确实是无价之宝啊！"邱子卿走过来看着玉鹦鹉也赞不绝口地说，"这可真是无价之宝啊，我以前听说秦始皇当初想成仙，就有人给他出谋划策说穿上寒冰玉做的玉衣，再吃了仙丹就能成为飞仙！哈哈，结果这个秦始皇找了大半辈子，临了也没找到这个传说中的寒冰玉，更别说穿拿它做的衣服啦！"邱子卿伸出手想去摸一摸那只玉鹦鹉，可他的手在离玉鹦鹉半米远的地方就停了下来，因为他已经感觉到了一股凌厉的寒气直逼而来。

"哎，这真是价值连城的好东西，带出去交给国家，这一展出肯定能震惊世界啊！"塔挞老爹望着这只散发着寒气的鹦鹉，也激动得一颗心怦怦乱跳。

"是啊，是啊，咱们快点把它弄过来吧，这国宝可不能落在那些什么百鬼社的手里啊！"穆小米现在最积极做的事情就是把这玉鹦鹉弄到自己的手里来，这样的国宝，就算让他背几天他都心里美啊！众人正在商议如何把这玉鹦鹉弄出来又不损伤它的时候，在一旁一直不吭声的蓝雨忽然说话了。

"等一下，不要碰它！你们难道都不知道关于寒冰玉鹦鹉的可怕传说吗？非常恐怖的！"蓝雨幽幽地问道。

82. 古玉传说

"什么传说？还恐怖？师姐，难道你早就知道这只寒冰玉做成的玉鹦鹉？"穆小米好奇地看着蓝雨问道。

"是啊，丫头，这里面难道还有什么讲究吗？恐怖的传说？还非常恐怖？"邱子卿也

205

笑呵呵地问道。

"恐怖？丫头，你所指的恐怖不会就是这只寒冰玉做的玉鹦鹉会把活鹦鹉变成冰冻的吧？"老许也笑呵呵地说道。

"这么恐怖的传说你们居然不知道？"

蓝雨有些不解地看着眼前这一帮子人，说道："这寒冰玉其实是汉代的时候出现的，当时镇守边疆的一位将军——具体是谁却不知道，但是后人多传是霍去病——最先得到的，后来他献给了汉武帝。再后来不知道怎么的，汉武帝居然不要这个无价之宝，又把它退给了霍去病。没多久霍去病就英年早逝了，这块稀世之宝也就下落不明了。

"它再次出现却是千年之后了，当时是陕西那边的一个小村庄里的一个农民在种地的时候挖到这寒冰玉的。刚开始他只以为是一块废铁，拿回家给他孩子玩，可被孩子玩着玩着，这包在玉上千年的尘土开始慢慢脱落，那农民才发现这东西居然是一块玉石。于是农民把这玉石卖给了当地的一个土财主，土财主又把这玉石卖给了当地的一个大官。

"这时候问题就来了，这个大官是个识货的，他拿到这玉以后，高兴得快发疯了。他知道他得到的是稀世之宝，从汉代就失传的寒冰玉。于是他把玉石藏了他家的藏宝楼内，还派专人看管。可是自从这玉到了他家以后，这怪事就接连不断地发生了。先是这个大官的九姨太本来怀得好好的孩子忽然流产，还是个成形的男胎，这可把大官心疼坏了，因为他的女儿倒是一大堆可儿子却一个也没有，好不容易有个儿子没想到还流掉了。

"然而这只是刚开始，接下来就常听下人说藏宝楼经常有鬼影出没，有人说看见一个白衣女鬼，舌头吐得老长，总是在下半夜的时候坐在楼顶哭泣；有的则说经常在藏宝楼的院子里面见到一个浑身碧绿、獠牙比筷子还长的猛鬼，总是在月圆之夜出现，围着藏宝楼跳舞，估计是这玉石成精了化成的鬼！总之说法林林总总，可这个大官并不相信这些传说，直到他的家人一个个出事之后。先是他的大女儿，本来好好地坐在自己绣楼的窗户前绣花，却忽然身体悬在了空中，在一整屋的下人吓得哇哇大叫声中坠楼死了。再是他的二姨太，晚上好好地睡着觉，第二天就发现已经被人钉死在天花板上了，血一滴滴地滴下来，当场就吓疯了好几个下人。还有更邪乎的就是那个大官的老妈，府里面的老太君忽然疯了，居然还咬死了一个伺候她的下人，喝光了那个下人的血后，就整日嚷嚷着要吸人血。最后偌大的家宅被搅得七零八落，据说那大官最后也自杀了，那寒冰玉又被一个大富商得到。

"不出三四年，大富商家也像那个大官一样家破人亡。据说死的人都有一个共同的特点，就是曾经接触过寒冰玉。从此寒冰玉是不祥之物就流传开了，这寒冰玉也再没有在世间出现过！"蓝雨一口气说了这么多，话音刚落就听见穆小米一声鬼叫："姥姥呀，这寒冰玉真的显灵了！"

众人被穆小米这一嗓子吓了一跳，朝寒冰玉望去，只见那玉鹦鹉上正悬着一个黑影。

83. 亡灵之书

"哗啦、哗啦……"一阵凌乱的声音过后，蓝雨发现穆小米、邱子卿、老许、塔挞老爹都把事先带在身上防身用的手枪掏了出来，一并对准了那寒冰玉上的黑影。

"不到万不得已不要开枪，别伤了国宝！"邱子卿提醒大家道。

"这是什么东西啊，不会是那些百鬼社的家伙吧？"塔挞老爹担心地说，"要是我们真开枪那不是伤了人？"

"我说你真是迂腐！就算真是百鬼社的人，那还有好东西吗？作了这么多的恶，有什么可同情的！要真是百鬼社的人，老子第一个崩了他们！"穆小米狠狠地说道。

"嘘，小声点，这东西好像不是人！你们忘记了这可是在墓室里！"老许听见穆小米嚷嚷，急忙劝住了他。

"不是人？难不成还是鬼啊。对了老许，你不是有样宝贝吗？刚才还给我们吹来着，现在怎么不拿出来溜溜了？"穆小米忽然半带讽刺地说道，听得老许莫名其妙。

"你在说什么呢？"老许糊涂地问道。

"你那只宝贝鹦鹉啊！"穆小米笑呵呵地说道。

"它？都快变成冰箱里的冻鸡了，哪还有这本领啊！"老许没好气地说。

"嘎嘎，谁说我变成冻鸡了？我还没发现那宝贝上居然趴着只亡灵，哦，不，应该说是10只亡灵！"酒鬼鹦鹉被冻得毛都耷拉下来了，在它看寒冰玉上的那个黑影的时候眼睛又发出了阵阵绿光。

"嘎嘎，对的，是一共10只亡灵。老许，有酒吗？嘎嘎，我要喝好喝的葡萄酒。"在酒鬼鹦鹉的概念里，一切东西除了酒以外都和它一样地论只来计算，比如说一只人、一只墓地、一只粽子、一只幽灵，等等。

"亡灵？难道这东西还真的有？那拿什么对付它啊？又不是粽子，还可以用黑驴蹄子！"穆小米嘟嚷着。

"亡灵？十个亡灵？"邱子卿嘀咕着，"难道关于寒冰玉那个恐怖的传说是真的？这真是凶玉，那些被玉害死的人的灵魂都被禁锢在这玉里面？难道玉真的成精啦？"

"嘎嘎，不是十个亡灵是十只亡灵！"酒鬼鹦鹉喝了老许给它的酒以后来了精神，忽然又发抖地尖声叫了起来，"嘎嘎，那些不干净的东西好可怕！好可怕！"与此同时蓝雨、邱子卿等人也发现这寒冰玉做的鹦鹉从它那双钻石眼睛里面发出两道刺眼的白光。

就在玉鹦鹉的钻石眼睛发出白光后的一瞬间，蓝雨、穆小米等人都觉得身上瞬间产生一股难以忍受的寒冷。蓝雨觉得自己忽然置身于一个古老的宅院中，四面是青苔覆盖的绿莹莹的砖墙，中间孤零零的一座看似马上就要倒塌的绣楼，房屋柱子都快被蛀空了。这是什么地方？我怎么会在这里？蓝雨心中满是疑问，却觉得头昏昏沉沉的，一下子又什么事情都想不起来了，就这样呆呆地向前走去，一直朝绣楼走去。走到绣楼跟前蓝雨呆呆地抬起头来向上望去，忽然发现绣楼的阳台上多了一个穿着古装的陌生女子，那女子正在一针一线地绣着手中的丝帕。最让蓝雨觉得奇怪的是，这陌生的女子明明是在绣丝帕可一双眼睛却紧紧地看着自己，眼神中流露出一丝丝可怕的杀气，嘴角微微上扬，莫名其妙地笑着。蓝雨忽然发现她的嘴角正慢慢地咧开，露出血肉模糊的腐肉。

蓝雨不由得站在了原地，脸上露出一丝阴冷的笑容，蓝雨自己也不知道自己是怎么了，她居然非常期待这个阳台上的陌生女子从楼上摔下来。正想着，那陌生女子忽然站起来，走到了阳台的栏杆旁，阴森森地笑看着站在楼底下的蓝雨。然后她身子轻轻一跃，就翻出了绣楼。一阵风吹来，一股血腥的味道飘散开来，女子手中的丝帕随风飘落。蓝雨看见丝帕上居然绣着九颗琥珀泪，不由得一愣，随后传来一阵沉闷的声音，女子重重地摔在了地上。

"啊！"蓝雨尖声惊叫起来，可就在这个时候，更恐怖的一幕又发生了，那刚刚从绣楼上坠下来摔死的女子又满身污血地爬了起来，朝蓝雨凄惨地一笑，转身飘上楼。只见她来到阳台上，又眼睛盯着蓝雨手却一针一线地绣了起来。然后她站在阳台的栏杆前翻身一跃，从绣楼上摔了下来，又是一地鲜血慢慢地散开，血腥的味道四处弥漫。紧接着她再站起来，重新上楼，重复着上楼、绣花、跳楼。

蓝雨完全看呆了，连叫的力气都没有了。一个声音在她耳边响起：想找琥珀泪吗？就是这个下场！蓝雨感到这个时候她全身冷到了极点，可她却不知道，这个时候的穆小米看到了比她还要恐怖的一幕。

这个穆小米本来发现自己的师姐好好的，却突然眼神迷离、表情痴呆、动作机械地朝寒冰玉雕琢而成的玉鹦鹉走去。他心里说了声坏了！正想上前去阻止蓝雨，可自己也感到一阵彻骨的寒冷，然后就感到头昏昏沉沉的，意识开始慢慢地模糊。

恍惚之中，他置身于一间古色古香的屋子里面。屋子里面的布置异常精美，四面墙壁玲珑剔透、金碧辉煌，家具都是紫檀木打制的，白玉的香炉、翡翠的花瓶、赤金的汤碗、西洋座钟、留声机摆满了房间。只是穆小米感觉到了一股特别冲鼻的味道，弥漫在这间装饰得异常豪华的房间里面，是中药味、檀香味居然还夹杂着一股浓重的尿骚味，呛得穆小米接二连三地打了好几个喷嚏。猛然间穆小米发现自己的正前方居然有一面一人多高的古铜镜，铜镜里面有一个干瘪的老太太正死死地盯着自己。只见她身穿极其名贵的锦缎绣衣，半躺在床上，此时正一手撑着身子，一手朝穆小米伸过来，两只老鼠眼血红血红的，嘴角正流着口水。穆小米忽然发现这老太婆每个手指头上都戴着极其名贵的翡翠戒指，可每个手指上却又长着极其尖利的指甲。穆小米脑海里面猛然闪现过以前在古墓中碰到的老粽子，那东西都有一个特点，就是每个粽子都是清一色的长指甲。难道碰到粽子了？糟糕，黑驴蹄子都在老许背的那个包里啊！原来出发前，穆小米发坏，把重的东西都偷偷地塞到了老许的包里，还以为自己占大便宜了，可没想到，这回却吃大亏了！想到这里，穆小米出了一身冷汗，猛然转过身去却看见了极其血腥的一幕：一个年轻的丫鬟，端着茶碗走进来，朝老太太走去，那本来躺在床上的干瘪老太太居然用她那双瘦骨嶙峋、有着长长指甲的双手掐着丫鬟的脖子，张开她那张大嘴露出两颗长长、锋利，却又乌黑无比的獠牙朝丫鬟脖子的大动脉处一口狠狠地咬了下去。丫鬟痛苦地挣扎着，可怎么也挣脱不了那老太太的魔爪。最后丫鬟抽搐了几下，摊在地上不动了。这场景宛如在非洲大草原上，一只豹子或者豺狼将一头美丽的小羚羊抓住，咬住脖子，最后将小羚羊咬死。

"我的姥姥啊！"穆小米吓得一屁股坐在了地上，诡异的一幕又发生了，本来被老太太咬死的那名丫鬟又重新活了过来，端着茶碗走到老太太的跟前。

"别靠近她！"穆小米失声叫道，可丫鬟却视穆小米为空气，还是朝老太太走了过去。紧接着丫鬟又被老太太那一双鹰爪般枯瘦的手死死抓住，穆小米又看见这老太太的一口獠牙朝丫鬟的脖子咬去。

"姥姥啊！见鬼了！"穆小米这时候终于反应过来了！

随着穆小米一声鬼叫，那半卧在床上的老太太居然从床上爬了下来，吃力地朝穆小米爬来。穆小米想撒丫子赶紧跑，可这两条腿就像灌了千斤的铜水，一步也迈不动。就这样，穆小米眼瞅着那个恐怖干瘪、如粽子他妈的嗜血的老太太一点儿一点儿地朝自己爬来。

"老许，快把黑驴蹄子给我！"穆小米情急之下，忽然想起了老许那有黑驴蹄子，于是就大喊了一声。可他猛然发现自己嘴巴在动，可就是发不出声来。穆小米这才想起来这房间里面也就他一个人，老许、师傅、师姐、塔挞老爹还有那只酒鬼鹦鹉早就不知道跑到哪里去了。这下可惨了，不等着让这老太婆吃自己豆腐吗？穆小米心中这个郁闷啊，要是被一个绝色女鬼吸干了血也就罢了，好歹也是"牡丹花下死，做鬼也风流"，现在这算什么啊，一个又臭又丑的老太太！

"嗷呜！我的姥姥啊！"穆小米真是欲哭无泪，"老许，你这个老家伙死哪里去啦！"穆小米在心中骂道。

其实这个时候老许的日子不比穆小米好过，此时的老许正置身于一个四周充满腐烂臭味的上古墓穴中，这墓穴中有三口用兽皮包裹的棺材，正散发着阵阵让人无法忍受的臭味。老许拿袖子捂住自己的鼻子，小心翼翼地朝前走去，希望能找到出口。

怎么忽然跑到这里来了？其他人呢？难道自己掉进陷阱了？老许心里寻思着，忽然发现前方三口兽皮包的棺材上正一闪一闪地泛着绿光。老许一时忘记了恐惧，好奇地向前走去，只见刚才见到的那只寒冰玉做的玉鹦鹉居然在中间的那口棺材上停着，正一闪一闪地发着绿光。老许一时觉得头晕眼花，他揉了揉眼睛再一看那只玉鹦鹉居然已经悬在了空中，那三口用兽皮包的棺材已经慢慢地打开。一股更浓重的臭味朝老许扑来，老许胃里一阵翻腾，紧接着就感到头皮有些发麻。老许发现那三口棺材里的尸体都已经坐了起来，是三具已经腐烂得露出骨头的尸体，都清一色闭着眼睛，呲着牙齿。老许正发愣的时候，那三具尸体猛然睁开了眼睛，老许猛然发现那中间坐着的尸体正是自己，此时它正看着自己，确切地说应该是老许正在看着老许。

"啊！天呀，这，这，我难道死了？这是天堂？不，应该是地狱！"老许喃喃地说着，眼睛看着棺材中的自己带着另外两具尸体慢慢地站了起来，蹒跚地朝他走过来。老许感觉到全身的血液都开始凝固，一股死亡的气息弥漫在空中。

就在蓝雨、穆小米、老许眼前万分紧急的时候，他们都感觉到有一只手重重地打在了自己的身上，紧接着头皮一阵发紧，眼前的景象慢慢清晰起来。三人定睛一看，什么腐朽的绣楼跳楼的陌生古装女子啊，什么粽子他妈那个干瘪的嗜血的老太太啊，什么棺材里躺着的自己啊，通通都消失了，自己还是站在原处。前方那只寒冰玉做的玉鹦鹉正散发着寒气，一双钻石眼睛发着诡异的红光，就像潜伏在地狱出口处的妖魔，磨牙吮血，随时都在等着时机冲出大门，祸害人间。

"我的姥姥啊！那粽子他妈总算走了！"穆小米长出了一口气，也不管墓室的地上有多潮、多凉，就这样一屁股坐在了地上，大口大口喘着粗气。

"你们看那只玉鹦鹉的眼睛时间太长了，看它时间长了会产生幻觉的。你看老许最后自己掐自己的脖子了，我估计丫头刚才说的关于这寒冰玉的恐怖传说都是真的，这东西是可以让人产生幻觉最后走上灭亡之路的，当时拥有它的人可能都是在不知觉的情况下走上了不归之路。再加上当时的科学不发达，于是都成了鬼神传说。"邱子卿见三人都清醒了，总算松了一口气。

刚才其实挺险的，不光蓝雨、穆小米、老许三人的脑海里面产生了幻觉，就连定力这么好的邱子卿也没逃过。当时邱子卿居然看见了一个古代男子，这人的长相非常像穆小米，披头散发如同一头发疯的恶魔，边发出恐怖的咆哮声，边拿着一口宝剑在屋子里一顿猛砍。屋子里面的一些瓷器、家具通通被他砍得七零八落，最后他把剑横在自己的脖子上，一用力，一股鲜红的血喷涌出来，染红了衣襟也喷了邱子卿一身。谁知道这家伙居然还死不了，拿着宝剑朝邱子卿砍来，邱子卿再一看这张狰狞的脸又不像穆小米而是慕容轩，不由得也吓出了一身冷汗。就在这个关键的时刻，一个滑稽的声音在邱子卿耳边响起，使得邱子卿一下子从幻觉中清醒了过来。

"嘎嘎，你附近有不干净的东西！嘎嘎，那只玉鹦鹉能卖多少钱，我要买新笼子，那种超级豪华的！"酒鬼鹦鹉不知道什么时候跑到了邱子卿的肩膀上来，带着超级口臭，冲着邱子卿的鼻子眼喷来，就这样一下子把邱子卿从寒冰玉制造的超级幻境之中救了出来。

"既然是幻境，为什么我们刚才看见的和丫头说的古老传说中的很多细节都吻合呢？"老许在一旁说道。

"这玉有记忆功能，把那些被它弄死的人临死前的一幕幕都记忆在了玉石上，在一种特定的环境之中，比如适当的温度、湿度、磁场等，就会让人看见这些记忆之中的片段，就如很多考古学家在一些大型古墓附近经常见到一些古装宫女殉葬的情景一样。其实很有可能是当时处在某个特定的磁场之中，千百年前的一幕被记忆了下来，在千百年后的时空重复，重复，再重复。"蓝雨推断道。

"嘎嘎，怎么少了一个老家伙！"蓝雨的话刚落，酒鬼鹦鹉就开始插话了。它灵巧地转动着它的头，滴溜溜地转动着它的小绿豆眼，在墓室中找来找去。

"哎，塔挞那个老家伙呢？"穆小米忽然叫了起来。

穆小米这一嚷嚷叫醒了在场的所有人，包括那只醉醺醺的酒鬼鹦鹉，全都四下里看去，这时大家才发现塔挞老爹这回是真的不知道跑哪里去了。

"奇怪，他刚才不是和我们一起下来的吗？"老许挠挠头说道。

"是的，看到寒冰玉的时候他还在那里连夸神奇呢！这会儿跑到哪里去了？不会真的被寒冰玉给吃了吧？"穆小米后怕地说，心想看来这寒冰玉还真邪乎，幸亏它选中的人是塔挞老爹而不是自己，不然现在还不知道在哪里挺尸呢！

"唉，都怪我，刚才光顾着你们了。我记得当时就我和塔挞是清醒的，所以我没有管他光管你们了。我记得好像他是朝那只寒冰玉做的玉鹦鹉走去，后来我也就不清楚了。"

"你们看，这墙上有字！"此时的蓝雨顾不得寒冷，居然站在离寒冰玉非常近的地方，痴痴地看着墙上的文字。

老许、邱子卿、穆小米捎带着那只爱凑热闹但现在已经醉醺醺的酒鬼鹦鹉也凑了过来，大家不由得都惊呆了。原来此时的这只寒冰玉雕琢而成的鹦鹉，正散发出一团团金色的雾气，慢慢地升腾起，它身后的墙壁慢慢地显现出一行行琥珀色的草书。

"亡灵之书！"邱子卿失声叫了出来。

"什么？亡灵之书？这都写了些什么啊？我怎么一个字也看不懂啊，师傅？"穆小米瞪着大眼睛看了半天这墙上的草书却一个字也看不懂，这明明就是中国字啊？可我怎么一个字也不认识呢？

"别问我，我也不认识！"一向博学多才的邱子卿居然说出了这句非常雷人的话，"但是这肯定是亡灵之书，是那些被寒冰玉害死的人在将死之时，用意念将一些信息封印在寒冰玉之中，在某些特定的环境之中或是遇见特定的人这些信息就会显现出来。但是亡灵之书有善意也有恶意，有的是死者在临死时一刹那将自己被害死的原因留了下来，用来提醒后来人不要重蹈覆辙；有的则是一种诅咒，将后来人引入歧途，给他们带来杀身之祸。"

"有这么邪乎？那这上面到底写的是什么啊？得拍下来，带回去研究研究！"说到这里，穆小米从包里拿出相机对着墙上的字就是一阵猛拍。

"不用拍了，这上面写了一段凄惨的爱情，一个让人伤感的结局。"一直盯着墙上的金色草书不语的蓝雨忽然哽咽着说出了这句话，她转身看向穆小米，穆小米见到蓝雨那一双美丽的大眼睛里噙满了晶莹的泪水。

穆小米不由得呆了一呆，瞬间他感觉到了一股莫名的伤感。这伤感如蓝色的薄雾轻轻地在他身边弥漫，最后将他包围，周围的一切越来越模糊，他眼前只是那一抹淡蓝、忧郁的颜色，一种心痛的感觉让他这个大男人居然有一种流泪的冲动。这亘古的悲伤，终于触及了他心中那块被荒芜、被遗忘、被封印在心一角的深深的伤疤。

84. 发现暗门

"臭小子你怎么了？"邱子卿看着眼中含泪的穆小米，感到非常的奇怪。这俗话说得好啊，男儿有泪不轻弹，只是未到伤心处。可这个臭小子每天大大咧咧的，只要吃好睡好就觉得日子跟神仙一样的家伙怎么会突然变得这样的忧伤，居然眼中还含着泪水？难道这寒冰玉鹦鹉又在搞鬼了？还是这墙壁上的亡灵之书是死者生前留下的咒语，将后来者引入歧途？这些疑问在邱子卿脑海中飞快地闪现而过。

"重泉若有双鱼寄。好知他、年来苦乐，与谁相倚。"穆小米并没有理会邱子卿的询问，而是依旧用那种凄凄惨惨的眼神看着蓝雨，忽然说出了一句纳兰性德的诗句来。

随后传来一声惨叫，"嗷！"穆小米吃痛地抱着头气呼呼地叫道，"师傅，你怎么随便打人？"

"不打你你能醒过来吗？臭小子又被什么迷了心智了？你这个诗歌文盲怎么忽然说出纳兰性德这个大才子的名作了？以前你不是说过最讨厌的就是那些文绉绉的诗歌吗？"邱子卿好笑地看着穆小米问道。

"啊？是啊，我是最讨厌那些文绉绉的诗歌了，可我并没有说过全讨厌啊，纳兰的作品我还是很喜欢的！尤其喜欢这半阙：重泉若有双鱼寄。好知他、年来苦乐，与谁相倚。我自终宵成转侧，忍听湘弦重理。待结个、他生知己。还怕两人俱薄命，再缘悭、剩月零风里。清泪尽，纸灰起。"穆小米摇头晃脑地背完后问道，"师姐，那亡灵之书都写了些什么？怎么刚才你一跟我提起，我居然感觉到一种很浓重的悲伤。"

"你记起什么还是看见什么了？"蓝雨盯着穆小米问道。

"没，就是感到一种莫名的悲伤，很苍凉、很久远。怎么说呢，就是那种大漠孤烟，残阳似血的感觉。"穆小米眯着眼说道。

"臭小子，刚说你对诗歌讨厌，现在却来劲了！"邱子卿一听穆小米文绉绉地说话就来气，因为他觉得中国这么古老的瑰宝——诗歌——从穆小米这样一个以前总是标榜自己不喜欢古诗的人口中吐出来，简直就是一种糟蹋、亵渎！所以每次穆小米说古诗的时候，他都想扁他！

此时穆小米却没有感觉到自己很可能再次遭到师傅的痛扁，而是依旧不依不饶地追问着蓝雨："师姐，那上面写着些什么？是不是给我们指路了？哎，奇怪你怎么能看懂上面的字？连师傅也看不懂！"

"你别忘记了她的父母是谁，这种文字以前在怨陵中也出现过，她不可能不认识。"老许替蓝雨回答道。

"既然你看不懂，那应该就和你没什么关系！"蓝雨忧郁地看了一眼穆小米，双眉微蹙，朝墙上的亡灵之书走去。

"真是着了魔！师傅你还说，你看看师姐她！自己知道还不告诉我们，这么重要的信息，她居然跟我们卖关子！"穆小米在一旁唧唧歪歪地啰唆个没完没了。

"你们快来看这里有个暗门，已经打开了，塔挞那个老兔崽子没准就是进这里面去了！"老许的声音从寒冰玉鹦鹉的下面传来，众人走过去一看那边有个一人多高的暗门，如果不细看还真的发现不了。此时这门已经打开，散发出一股腐臭和植物相混合的怪味。

"天呀，这又是什么东东？这什么味道啊？里面有怪物吗？"穆小米看着暗门嘟囔着，也难怪他有这样的反应，这个暗门看上去让人感觉非常不舒服，给人一种莫名的恐怖感。

"没准这就是通往百鬼社试验场地的密道！"老许兴奋地猜测道。

"嘎嘎，暗门旁，那里有塔挞老爹的口罩！"酒鬼鹦鹉忽然说话了，众人听了它的话，都朝暗门旁望去，只见暗门里面靠近门的一个角落里面散落着一个白口罩。这个口罩蓝雨等人一眼就认出来了，上面破了一个洞，是穆小米不小心弄破的，最后就给了好脾气的塔挞老爹用了。

"看来他真跑到这里去了，咱们快去找他，不然遇到危险他根本应付不了！"邱子卿蹙着眉头说道。说实话他也感觉到这道暗门里面透着诡异，应该存在着危险，本来并不想去冒险，可这回塔挞老爹已经先跑进去了，不进去也不行了。

85. 变异的七鳃鳗

"师傅，一定要进去吗？要不先让这只酒鬼鹦鹉去探探路吧？我怎么总觉得这里面怪怪的，好像有什么怪物或者粽子啊，没准还有更可怕的东西，那些看不见、摸不着的不干净的东西！万一真的遇到，岂不是太恐怖了？我们对付对付粽子还好，可是要我们对付那些不干净的东西，可就没有那么大的本事了。"穆小米在一旁看着暗门内黑幽幽的世界，不由得蹙着眉头担心地说道。

"嘎嘎，你少做梦，你大爷我不为你送死去！"酒鬼鹦鹉醉醺醺地说，"嘎嘎，士为知己者死，你又不是我的知己，你就做梦去吧！"一语罢，大家通通无语了。

"快走吧，都小心点，废话就别说了！"邱子卿说完带头走进了暗门，之后老许也跟着进去了，然后蓝雨也冷着脸走了进去。穆小米见大家都进去了，只剩下自己一个人，无奈之下只得也跟着进了暗门之中。

"什么味啊！太难闻了。你们不觉得难受吗？呸！这味道！"穆小米唧唧歪歪地小声嘟囔着。

"这味道太熟悉了！大家真的要小心了！"老许低声提醒大家，"我的直觉告诉我，这里面肯定有恐怖的东西，估计是生物之类的。"

"老头儿，你不会又在吓唬我们吧，告诉你我可是被吓大的，对很多东西已经有免疫力了哦！"穆小米在一旁打趣地说。

"娃娃，严肃点，我告诉你吧，这味道和当年我在虫门中遇到的味道是一模一样的，只是我很奇怪塔挞那个老兔崽子不是一闻到这样的味道就会自动呕吐的吗？这回怎么这么积极地自己送进门去了呢？"老许奇怪地说。

"是什么味道？"蓝雨也在一旁好奇地问道。

"你们真想知道？好吧，就告诉你们！就是成千上百条绿色的毛毛虫同时被碾碎后，散发出来的那种味道！"老许在一旁笑呵呵地说道。谁知道老许的话音刚落，就听见四周传来一阵簌簌的声音，就仿佛是无数条爬行动物同时飞快地爬行而产生的声音。

"老许，你这张乌鸦嘴！"穆小米此时鼻子都气歪了，虽然他不像女孩子那样怕这些软体的青虫啊、毛毛虫啊，可是要是见到像老许所描述的那样——成千上百条毛毛虫，那也够恶心人的了！忽然，穆小米发现有一只小手猛然握住了自己的胳膊，转身看去发现蓝雨此时正脸色苍白地抓着自己的胳膊。原来蓝雨刚才听了老许的形容后，心中就产生了一种恐怖而恶心的感觉，现在又听见这样的声音当然感觉到无比的恐怖了。

"簌簌"，这恐怖的声音越来越近。

"我的姥姥啊！"随着穆小米一声惨叫，只见他瞬间就整个人从地面上飞了起来，已经手脚并用乱抓乱踢的悬在了半空之中。

穆小米忽然凌空悬起，在空中四脚朝天地发出一阵阵号叫声，而且还一顿乱抓乱踹，把蓝雨、邱子卿、老许都吓了一跳。再仔细一看，发现黑暗之中穆小米的腰上多了一圈水桶粗的缠绕物。再一看，好像是一条巨大的蟒蛇，将穆小米拦腰卷起，挥舞在空中。

"师傅，这里怎么会有这么大的蟒蛇？"

"师傅，跟这么粗壮的蟒蛇不能蛮干！蟒蛇最脆弱的地方就是它的头部两眼之间，不如直接给它头部一枪，这样不就一劳永逸了吗？既能救下小米又能不耗费太多的时间，也能尽量减少把百鬼社的人吸引来的可能。"蓝雨沉着地说道。

"嗯，有道理，这个精细活还是交给我老许来吧，想当年咱可是个神枪手呢！"老许说着非常自信地对着穆小米举起了手枪。

"喂！许老头你行吗？不行让我师傅来！你丫要是射偏了打死我也就算了，就怕你打得不偏不正正好把我打残废了，那我穆小米的下半生可就惨了！"穆小米真是一个非常特别的人，就算见到了棺材也还是要先贫一会儿再落泪。

"小子，你别这么对我没信心啊，只要你不乱动就行！"老许说着就开始瞄准了，可一秒钟过去了、两秒钟过去了、三秒钟过去了，穆小米在老许的话出口后很自觉地保持着一种姿势不动已多时，可就是不见老许开枪。穆小米急了，于是大喊："老东西，你到底开不开啊，不行让我师傅来！"

蓝雨和邱子卿也好奇地望向老许，只见老许举枪的手已经垂了下来，哭丧着脸说道："不是我不想开枪，而是那蟒蛇的头到底在哪啊？"

听老许说完这句话后，蓝雨等人不约而同地朝那巨蟒望去。忽然都觉得头上不由自主地冒细汗了，原来他们根本就找不到所谓的头，这东西根本就看不出哪是头哪是尾。

"这个，怎么会这样？难道它不是蟒蛇，而是其他什么？"蓝雨终于开始怀疑了。正在这个时候，穆小米在半空中又发出一阵鬼哭狼嚎的叫声，原来那"蟒蛇"卷着穆小米在空中来回地晃悠，吓得穆小米脸都白了。

"我的姥姥啊，你们快想想办法啊，这样下去不脑震荡也得散架。这到底是什么东西啊，它想干什么？玩我吗？啊，我的姥姥啊，别再甩了！"看着穆小米在上面的狼狈样，蓝雨、邱子卿、老许三人都不由自主地笑了起来。

"哎，你们太没人性了！居然还笑得出来？"穆小米挣扎间忽然看见蓝雨三人居然站在地上冲着自己乐，不由得鼻子都快给气歪了，气呼呼地冲着蓝雨等人嚷嚷道。

谁知道穆小米刚嚷嚷完，另一件恐怖的事情就出现了。穆小米猛然发现自己旁边又多了一条"蟒蛇"，它正看着自己的脑袋，应该可以用看这个词，因为穆小米并没有发现这"蟒蛇"的鼻子眼睛嘴巴，只看见是红肉色的一片，中间长满无比锋利的牙齿，就如一台锋利的绞肉机，正冲着穆小米发出阵阵寒光。看到这里穆小米确实受不了了，"救命啊！"他杀猪般地号叫了起来。

这突发事件让蓝雨等人也不由得一惊，一开始他们以为又来了一条它的同类，可后来才发现，这就是这不明生物的脑袋。这家伙原来没有眼睛没有鼻子，就一张圆圆的、硕大的、附带满口锋利牙齿如绞肉机般的大嘴。其实这东西非常地聪明，它用尾巴卷起穆小米，然后腾出头来，估计是准备把穆小米当点心享用。

"快点救小米吧，不然他真的要有危险了，这可不是闹着玩的！"蓝雨也发觉事情的严重性了，说着举起手中的枪就准备射击。

"不要开枪！我知道这是什么东西了！"老许看着眼前的怪物忽然一拍脑门，想起了什么似的说，"我怎么忘了呢，这东西是七鳃鳗啊！"

"七鳃鳗？这东西是七鳃鳗？怎么可能？那种鱼最多也只可能长到七八十厘米，这个可是个大家伙啊！未免有点儿太离谱了吧？"蓝雨一脸不可思议地看着老许说道。

七鳃鳗是一种圆口纲的鱼类，样子很像一般的鳗鱼，身体细长，呈鳗形，表皮裸露无鳞，背上有一条长长的背鳍，向后一直延伸到尾端并环绕尾部形成尾鳍，除此之外它的身上再也没有其他的鳍存在。没有颌，里面长满了无比锋利的牙齿，这是古代鱼祖先所具有的特征之一。七鳃鳗的鳃在里面呈袋形的原始状态，腮穴左右各七个，排列在眼睛后面。口呈漏斗状，内分布着一圈一圈的牙齿，为圆形的吸盘，能吸住大鱼。舌也附有牙齿，口吸住猎物时，咬进去刮肉并吸血。身体上没有鳞片，只包着一层黏黏的液体。一般海鳃鳗体长可达到 70 厘米，溪七鳃鳗体长最多也只有 15—19 厘米。所以说什么蓝雨也不会相信眼前这条有水桶般粗、好几米长的怪物会是七鳃鳗，本来嘛就相差着十万八千里，怎么看怎么都不像。

"现在是不像，不过一会儿就能把它打回原形。"老许颇为自信地说着，并从随身带的大背包中摸了一阵，拿出一个透明的玻璃瓶，里面装着许多奶白色葡萄大小的小药丸。蓝雨和邱子卿不由好奇地凑过来问："这是什么东西？干吗用的？"

老许此时却又卖了个关子，他笑而不答，把玻璃瓶打开，倒出五六粒药丸，朝七鳃鳗丢去，瞬间四周升起一阵乳白色的烟雾伴随着刺鼻的大蒜味道，伴随着穆小米"嗷"的一声怪叫和剧烈的咳嗽声，蓝雨和邱子卿也被这浓烈的大蒜味刺激得鼻涕眼泪一大把，而老许则事先有准备地拿毛巾捂住了鼻子，此时正在悠然自得地欣赏着大家的窘态。

"妈呀！摔死我了！"穆小米的声音从那乳白色的烟雾之中传来，渐渐地那大蒜刺鼻呛人的味道淡了，烟雾也消散了，只见穆小米跌坐在地上正满脸是泪、龇牙咧嘴地揉着屁股。而刚才的那条如水桶般粗、卷着穆小米，正准备张开它那如绞肉机般的大嘴将穆小米当点心的七鳃鳗却瞬间消失了。

"那东西呢？"穆小米惊讶地环视完四周后，自己先开问了，"你们怎么把我救下来的？"

"师傅，那七鳃鳗呢？跑哪里去了？不会还在附近吧？"见这么硕大的怪物在一眨眼

214

之间就消失得无影无踪，蓝雨也有些害怕地问邱子卿，担心它再杀回来，到那时候就不知道是谁又被它选中了。

"老许，你刚才撒的什么东西把七鳃鳗吓走了？"邱子卿没有回答穆小米和蓝雨，反而转过头来问正乐呵呵地盯着地面的老许。

"啊，很普通的东西啊。"老许这个时候又卖起了关子。

"臭老头，什么时候了你还臭屁？快点给我交代！坦白从宽、抗拒从严！"穆小米被刚才这一番惊心动魄的折腾和大蒜味道的刺激加之从半空中重重地跌了下来，虽然没有跌伤但是心情还是非常的糟糕，见老许又卖起关子来他早就失去了耐心，不耐烦地冲着老许一顿乱嚷嚷。

"嘎嘎，是大蒜！"酒鬼鹦鹉不知道刚才跑到哪里去了，这时候灰头灰脑地又钻了出来，停在老许的肩上说，"要是再有点儿白切肉就是绝配了！"蓝雨、邱子卿、穆小米加上老许听了这鹦鹉的话后，都结结实实地被这鬼东西给气乐了，这还是鸟吗？不用修行就直接成精了！

"大蒜？是有大蒜的味道。"蓝雨不解地说道。

"对，这是蒜精，可别小看了这葡萄大小的一个小药丸，它可是由五百斤大蒜炼制而成的！"老许举起手中的玻璃瓶，看着瓶中的小药丸自豪地说，"这可是我们冥派的传派之宝，当年我爷爷在古墓中的时候就多次用它救命呢！"

"有这么神奇吗？老头，那七鳃鳗呢？怎么不见了？被你毒死了？那也得让我们见个尸啊！"穆小米四处找了半天也没有发现刚才那恐怖的怪物。

"不就在你脚跟前吗？"老许笑呵呵地对穆小米说，这一句不要紧，吓得穆小米嗷的一嗓子直接从地上跳了起来，也不管刚才有没有摔伤，直接就蹿到了蓝雨身边，紧张地朝远处望去："在哪里呢？在哪里呢？"

"什么眼神啊，不就在那边吗？还在动呢！"老许好笑地看着穆小米说道。

穆小米顺着老许指点的方向，望去差点儿没把眼珠子给瞪出来："这个？这是什么啊？这就比泥鳅大一点的东西是刚才那个把我卷在半空中的七鳃鳗？你就蒙我吧！"穆小米气呼呼地说道。

"真不骗你，就是刚才想把你当点心的那条，只不过被我用蒜精打回原形了！"老许有些无奈，又有些好笑地对穆小米解释道。

86. 石像背后的秘密

"怎么可能呢？它就这么大点，我多重啊，就这东西能把我卷起来？我随手一捏都可以把它捏死！"穆小米还是一副不可思议的样子，走到在地上蠕动的"泥鳅"面前，伸手想把这小玩意儿给拎起来看个仔细，耳边传来老许急促的声音："千万别碰它！"

"嘿嘿，老头儿，怎么害怕了？怕我要真拿起这虫子你的谎话就被揭穿了？刚才这么大的家伙，怎么可能一眨眼就变成了小泥鳅了呢？"穆小米见老许阻止他去碰地上被老许说成是七鳃鳗的东东，更加认定眼前的"泥鳅"是老许编出来骗自己的，因此在老许面前更加的神气活现了。

"这个东西是七鳃鳗倒没错，可是怎么一会儿如此巨大一会儿又变得这么小了？按理说七鳃鳗也就这么大，而且是生活在水中的，但是刚才我们看见的那条七鳃鳗难道是我们人类所不知的品种？还能离开水在陆地上生活？"邱子卿也满腹狐疑地问老许。

"这个就是刚才的七鳃鳗，我真没骗你们，只是我用了蒜精来对付这东西。这东西也只有见了蒜精，才会变成没变异前的样子。"老许解释道。

"什么？蒜精可以对付它？哈哈，那不跟吸血鬼差不多了？要是真遇见吸血鬼也能用蒜精把它打回原形就好啦。"穆小米听了老许的话后，依旧一副不相信的神情，打着老许的哈哈。

"哎，娃娃你还真别笑，我这东西就是专门对付这样的生物的。你知道这七鳃鳗是怎么养殖出来的吗？说出来恶心死你、吓死你！估计你以后就算见了普通的鳗鱼，就算一盘美味的烤鳗鱼放在你的眼前，你也不会再有想吃它的冲动了。"老许有些危言耸听地对穆小米说。

"你是说刚才袭击小米的是一条经过特别处理过的七鳃鳗？"邱子卿问道。

"也可以这样说吧，这种七鳃鳗是墓室中的一种守护神，曾出现在我国南方那些贵族的墓地之中。它看起来像条巨蟒，却比巨蟒还恐怖得多，因为这家伙用普通的刀或者子弹根本就杀不死。而且它有很强的再生细胞，如果受伤，能在瞬间痊愈，因此要想伤到它基本是做梦！"老许有些无奈地看着地上被他打回原形的七鳃鳗说道。

"细胞重生术？"邱子卿不可思议地脱口而出一个新名词。

"应该是细胞不死之术！"老许说道，"这七鳃鳗的卵就下在一种特定的尸水中，这种尸水是将活人抓来放进一种药水之中，人会在接触药水后无声无息、没有任何感觉就瞬间融化。这是一种非常温柔的药水，碰到人身上没有任何感觉。但又是全世界最为恐怖的药水之一，你们可以想想在毫无知觉的情况下看着自己的身子一点点地融化是一种什么样的感觉。"说到这里老许都忍不住停下来咽了口吐沫，可见这种药水光形容一下就可以让人感到毛骨悚然。"这七鳃鳗就是在这样的环境中长大的，然后在它接近成年的时候，给它喂食僵尸肉七七四十九天，待到它长成成鱼的时候就会变成刚才你们见到的这种模样。巨大，而且嗜血，拥有僵尸那样不死之躯，但是在大蒜面前非常脆弱，只要一定剂量的蒜精用上以后就可以让它变成一条正常的七鳃鳗，是有点儿神奇。"老许简单地把养殖这种超级变态的七鳃鳗方法说了一遍，听得大家脊梁骨直冒凉气。

"虽然那条变异的七鳃鳗被蒜精打回了原形，但它生长的环境，再加之吃的东西使它已经有很强的尸毒了，你要是被它咬一口也够你受的！"老许继续解释着，听得穆小米又倒吸了好几口冷气，连声说："好险！好险！"

"嘎嘎，我闻到塔挞的味道了！"酒鬼鹦鹉停在老许的肩膀上忽然眼中绿光一闪，看向前方，蓝雨等人朝前方望去，发现黑暗之中一座奇怪的雕像正静静地立在前方。

"塔挞该不会被刚才那条七鳃鳗当点心吃了吧？"穆小米听酒鬼鹦鹉嘟囔了一句闻到塔挞老爹的味道后，就非常自觉地联想到那些恐怖血腥的事情。

"不会的，如果是刚吃完人的七鳃鳗在遇到蒜精后只有死路一条，不可能还活着。因为蒜精可以让七鳃鳗变回正常的长度，可它在人的面前是无能为力的，它没本事把人也变得跟正常的七鳃鳗这么大，最后七鳃鳗只能全身胀爆而死。"老许的解释消除了大家的担心，这个时候远处传来巨石移动的轰隆声。

"该不会是那石像在动吧？难道有什么机关埋伏？"老许听见这种墓室中特有的声音，

敏感的神经马上做出了一系列的反应。这是他早年盗墓时养成的习惯，只要一有风吹草动马上进入警戒状态，这也是他能从如此多凶险的古墓中全身而退的原因之一。

"好像是那石像发出的声音，可是并没有看见石像在动啊。师傅，你感觉到石像在动吗？"蓝雨一直都盯着石像，可就是没有见这尊石像有一丝一毫的挪动，于是开始怀疑自己的眼睛是不是老盯着一样物体产生幻觉看花眼了。

"我也没发觉这石像动过，像这样的地面，这石像移动地上肯定会留下痕迹的，不可能什么也没有。"邱子卿蹲下来贴着地面，又看了看石像附近的地面，还是没有发现任何挪动过的痕迹，站起身来说："绝对没有动过。"这时候又传来一阵声音，这回这声音像隆隆的鼓声，依旧从那尊石像里面发了出来。

"这又是什么鬼东西？难不成是那些变异的七鳃鳗的老窝？"穆小米奇怪地挠挠头说道，摆出一副学者搞研究时的架势来，认真地看着石像那双冰冷的眼睛说。

众人见这些怪声是从石像中传出的，就都不由自主地向石像靠近。走近后大家都不由得惊在原地了，是巧合还是仿制品？这怎么和复活节岛上的石像这么相像呢？高鼻梁、深眼窝、长耳朵、翘嘴巴，双手放在肚子上，除了制作石像的材质不同以外，就再也找不出别的什么区别来了。

复活节岛是智利在东太平洋的属岛，岛上遍布近千尊巨大的石雕人像，它们或卧于山野荒坡，或躺倒在海边。其中有几十尊竖立在海边的人工平台上，单独一个或成群结队，面对大海，昂首远视。这些无腿的半身石像造型生动，高鼻梁、深眼窝、长耳朵、翘嘴巴，双手放在肚子上。石像一般高 5—10 米，重几十吨，最高的一尊有 22 米，重 300 多吨。这些神秘的石像为后人留下无限的猜想，甚至很多人认为这是外星人的杰作，只是，为什么今天又出现在这无名的墓室之中？这让蓝雨等人非常的费解！

"哇噻！还来个中西合璧啊！"穆小米看着这尊和周围格格不入的神秘石像啧啧赞叹道。

"我怎么看怎么觉得这个石像就是复活节岛上面的。"老许在一旁说出了一句更加雷人的话。

"什么？"听老许这么一说，蓝雨、邱子卿和穆小米的头上都冒出了无数条黑线。看来这百鬼社的人还喜欢干一些鸡鸣狗盗之事，这么遥远的异域之物居然也被他们不嫌累的不远万里地弄到这里来，确实太变态、太疯狂了！

"他们把这东西弄回来干什么？难道想与外星人取得联系？还是他们的审美品位就是这样的？"穆小米哭笑不得地说道。

"百鬼社崇拜鬼怪和一切神秘的力量，他们希望有一天能拥有鬼怪的力量，也许他们认为这石像里面蕴涵着某种神秘的力量。不过我敢说这东西肯定不是单单出于崇拜的目的才被放在这里，可能是用来镇墓中的什么东西。"老许说着围着石像左转右转、上转下转、前转后转，转了半天而且速度极快，把蓝雨、邱子卿、穆小米等人转得都晕了。蓝雨是真的怕这尊石像年久风化被老许这样不知轻重地一顿转悠后，彻底的粉碎了，好在老许及时收手，停止了这种让人犯晕的运动。

"唔！"老许伸手抹了抹头上的汗说道，"我终于发现些蛛丝马迹，这石像背后有好多奇怪的符号。"

"难道没有什么机关吗？"穆小米问道。

"没有，你们自己来看，不过要小心点。尽量不要碰这尊石像，虽然我不敢肯定这东西对我们有没有危险，但是这里面似乎有非常多的禁忌！"从老许的话中，可以感觉出他也对接下来要发生的事情非常没有把握。起先在蓝雨的一再要求下，他才跟着极其诡异的赶尸的慕容轩来到这个连他在这里居住了这么多年都不知道的诡异之地——阴宅，可没想到竟然身陷如此变态之地，不过这次也让他大开眼界。更让他吃惊的是，竟然发现了关于琥珀泪的痕迹，不光是大厅中那幅用来告诫人的百鬼夜行图，就连这石像后面那些奇怪的符号居然也和琥珀泪有着千丝万缕的联系，这更让老许大为吃惊。复活节岛是智利在东太平洋的属岛，远在万里之外，怎么可能也有关于琥珀泪的记录呢？这不同时空、不同年代、不同种族、不同文化、不同语言怎么会有交集呢？难道是自己判断错了？这石像是赝品？那又为何在这石像上刻上关于琥珀泪的信息？这里面究竟藏着怎样的秘密？

老许想着不由得想起了蓝雨的亲生父母，当年这两个科学狂人穷尽一生冒着生命危险研究琥珀泪，虽然发现了世人都想拥有的秘密，但终究还是没把那最后一层面纱揭去。关于琥珀泪的种种传说有很多，但真正的秘密只掌握在少数人的手中，这也更让它显得无比的神秘。

"天啊，这！这！"穆小米在看见石像后面的符号后，惊讶得语无伦次。

蓝雨、邱子卿也沉默了，一时间只是死死地盯着石像的背后。

这石像的背后雕刻的符号所描绘的仿佛是一场祭祀的场面，中间两个人形的符号，仿佛是一男一女并排躺在一朵巨大的莲花之上，两个人的双手都交叉着放在胸前，极像埃及法老入葬时的模样。在莲花外，是九股火苗，这火苗燃烧的模样正是九颗琥珀泪。在男女的正前方站着一个祭司一样的人，他双手伸向天空，似乎在祈祷着什么，在他双手的上方竟然是一轮燃烧的太阳，射出九道猩红的光芒来，每道光芒和莲花周围琥珀泪状的火苗交相辉映。好诡异！看到这里，蓝雨、邱子卿都有一种来到地狱的感觉，一种莫名的恐惧从心中升起。

"这里还有一行象形文字。"老许此时趴在地上，屁股撅得老高，看着石像脚下那一行细小的奇文怪符。

"上面写的是什么？"蓝雨关心地问道。

"问他？他看得懂象形文字吗？"穆小米挠挠头，用一种探寻的眼光看着老许。

"这是盗墓的基本功，他老人家不可能弱智到这地步吧？"蓝雨打趣说道，听得老许头上黑线连连。

"伟大、神圣、仁慈、美味的琥珀王带给我们幸福、平安、爱情，但……"老许就这样趴在地上，撅着屁股，一个字一个字地读出那一行象形文字，邱子卿看着都觉得累，也真是太难为他了。

"后面呢？但是什么啊？"穆小米追问下去。

"没有了，后面的符号根本就看不清！"老许终于从地上站起来，伸了伸胳膊腿说道，"这可真是够累的，看来真是上年纪了。"

"这琥珀王怎么还美味啊？是不是一种吃的点心？灵果？吃了可以让人长生不老？"穆小米猜出了无数种可能。

"但是灾难也随之降临！恐怖、毁灭、黑暗、鬼魅、恶火。"蓝雨眼睛直直地看着石像下面，发出一种冰冷、阴森、尖厉的声音，这声音仿佛就是地狱的声音。

"这后面的字不是看不清了吗？你怎么知道的？"穆小米不可思议地说道，谁知道他话音刚落，四周就响起了一阵阵非常诡异的声音：鼓声、诵经声、禅唱、灭世歌、诅咒语、祭祀音，宛如一个个厉鬼在你耳边轻声哼唱，不绝于耳。同时那尊石像也开始不停地震动，仿佛就要裂开一般。

87. 幻象

鼓声、诵经声、禅唱、灭世歌、诅咒语、祭祀音，在蓝雨、邱子卿、穆小米、老许耳边不断地重复、重复再重复，看着眼前即将迸裂的石像，众人都觉得头痛欲裂，这声音就像一个躲在暗处的厉鬼，在一点点地吸取你的生命。

蓝雨恍惚间看见一个熟悉的身影被一帮神秘的黑衣人押上大殿，是怨陵中的白衣女子！蓝雨发出一声惊叫，却发现自己早就发不出任何声音了。

只见怨陵中的女子此时披头散发，一身白色的衣裙早就凌乱不堪，甚至连她雪白的香肩都露在了外面。蓝雨发现那绝美的白衣女子脸上竟然有着一道道刺目的血痕，是谁下了这样的毒手？

"陛下！属下已经将此女带到！"神秘的黑衣人跪倒在地。这时蓝雨才蓦然发现大殿的尽头，一个身穿黑色冕服、头戴冕冠的男子正冷冷地站在那边，那十二条冕旒垂下，遮住了他的脸，一时难辨容貌，但从穿戴来看应该是个君王级别的人物。

这男子在听到黑衣人的禀报后，一言不发，慢慢地朝怨陵中的女子走去，虽然他不发一言，但是蓝雨能感受到他身上散发出来的一股强大的杀气与森森冷气，还有那无边的愤怒。

"你！"男子来到怨陵女子跟前，伸出一只手狠狠地掐住怨陵女子的下巴，冷冷地说出一个字后，沉默了一会儿，蓝雨发现这个冷面男子此时正与怨陵中的女子对视。那怨陵中的女子没有一点儿害怕的感觉，反而对这冷面男子横眉冷对，仿佛眼前的那个冷面男子与怨陵中的女子有什么深仇大恨一样。

"啪"一声响亮的巴掌声响过后，那绝美的怨陵女子脸上又多了五道红红的指印。

"贱人！"冷面男子狠狠地骂道，"当初朕如何对你？你还做出这样的丑事！你若还这样死不悔改，你会死得很难看，朕会拿你祭神！朕最后再问你一遍，你的男人到底是谁？你心里爱的人到底是谁？"

"还用问吗？我早就告诉过你我根本就不爱你，我早就有爱的人，是你把我抢来生生拆散我们的！"怨陵女子冷漠地说，把刚才那个自称是朕的男子威胁她的话当做耳边风一般。

"哈哈！哈哈！哈哈！"冷面男子仰天狂笑，"朕身为一代君主，天底下什么不是朕的？却连一个女子的心都得不到！悲哉！悲哉！呜呼悲哉！"冷面男子踉踉跄跄地朝大殿深处走去，最后冷冷地留下了一句话，"将这个女子送到温泉沐浴后准备祭神！"

听到这句话，蓝雨不由得打了个哆嗦，蓝雨猛然觉得这个男子有点儿像慕容轩，可仔细辨声音又有点儿像穆小米。而当蓝雨再看向那怨陵女子的时候，蓝雨又恍惚觉得这个女子和自己长得如此相像。

此时蓝雨脑中一片模糊，一个个疑团在她脑海中跳动：为什么又是怨陵中的女子？这怨陵中的女子已经很久没有出现在蓝雨的幻境之中了，怎么这次又忽然出现了呢？难道这里有什么东西和琥珀泪有关？才使得自己大脑内植入的芯片产生了感应？为什么那个自称为"朕"的冷面男子一会儿像穆小米一会儿又像慕容轩？自己和这两人到底有着怎样的故事？

蓝雨越想头越痛，恍惚间居然见到了石像背面那些奇怪的符号所描述的场景。

蓝雨忽然觉得自己置身于一个祭祀用的广场中，中间是一个高大圆形的祭祀露台，全都是用汉白玉修建而成，雕龙刻凤，打造得异常精美。在祭祀露台四周镶嵌着一圈拳头大的泛着幽幽红光的红宝石，让这个祭台显得更加的富丽堂皇。这个华美的祭台此时却泛着阵阵血光，蓝雨仿佛闻到了一股股血腥味。猛然间，蓝雨发现那汉白玉修成的祭台开始向外冒着股股黑血。

"啊！"蓝雨惊恐地叫了起来，捂上眼睛再也看不下去。许久蓝雨听见一阵阵奇怪的经文声，如诅咒般地唱颂着，蓝雨只觉得天旋地转，全身软绵绵的。她无力地跌坐在地上，发现那怨陵中的女子一身白衣，长发飘飘，被神秘的黑衣人押上祭祀露台。

那个冷面男子早已站在了露台之上，只见他冷冷地看着被押上来的怨陵女子："你现在后悔还来得及！"

怨陵女子抬起头来，那张苍白却绝美的脸上露出一丝绝望又解脱的微笑，依旧风轻云淡地说："没有什么好说的，如你所愿，一切不都如你所愿吗？"

"祭神！"冷面男子从牙缝里挤出了这两个字。

黑衣人将怨陵中的女子固定在祭祀露台之上，冷面男子走上前去，伸手轻轻抚摩着怨陵女子的脸，阴森地说道："祭祀时要在你的身上划开九九八十一条口子，用你的鲜血来祭祀神灵，最后破开你的胸膛，挖出你的心，用你的心来祭神。"

蓝雨听这冷面男子所讲的话后，觉得全身都冰冷了，一阵阵冒虚汗，这实在是太残忍了！

此时，那神秘的诅咒声又在蓝雨耳边响起。只见冷面男子挥挥手，一个黑衣人毕恭毕敬地端上一个盘子，盘子中放着一个泛着琥珀色光芒的东西，那个冷面男子从盘子中将那泛着琥珀光的东西拿出来，蓝雨一时间屏住了呼吸——九颗琥珀泪串成的项链！冷面男子将那条有着九颗琥珀泪的项链戴在怨陵女子身上说："这琥珀泪人世间也只有你才能相配，现在用你来祭祀琥珀王！"

冷面男子最后在怨陵女子头上亲了一口，转身留下一句话："开始祭祀！"

蓝雨恍惚间感觉到两行清泪从那冷面男子的眼中流下。

那些将怨陵女子押解来的黑衣武士在四周跳起了奇怪的舞蹈，四周诅咒声大起，一个一身黑袍、头戴用汉白玉制成的面具、如幽灵一般的男子手拿一把锋利无比的黄金匕首，那匕首上镶嵌了数颗耀眼的红宝石，那红宝石发出猩红的光芒，让蓝雨感觉到那种血腥的恐怖又在空中弥漫。蓝雨睁大惊恐的双眼，看着那个如幽灵般的黑衣人握着黄金匕首，一步步地朝着被结结实实地绑在祭台上的怨陵女子走去。

神秘的如幽灵般的黑衣男子拉起怨陵女子的一条玉臂，轻轻抚摩着，嘴里面念念有词。蓝雨听得有些昏昏欲睡，猛然间蓝雨发现那个黑衣男子的双眼射出一道寒光，举起黄金匕首，在怨陵女子那洁白如玉的手臂上划了长长的一道，紧接着又是一道，一个血红的十字赫然出现在蓝雨眼前，鲜红的血一滴滴地流出来。怨陵女子的嘴唇哆嗦着，却没有发出任何声音。

恐怖的诅咒声还在这诡异的空间里蔓延、盘旋，似乎要把人们的魂魄撕碎、吞噬。幽灵般的黑衣人见到鲜血后表现得更加兴奋，他手拿着匕首围着祭台转着圈圈，嘴里发出奇怪的咒语声，手舞足蹈地跳起一种奇怪却恐怖得让人鸡皮疙瘩掉一地的祭祀舞蹈。

幽灵般的黑衣人转到怨灵女子的另一边，拿起她的另一只如玉般的胳膊又用匕首深深地划了个十字。怨陵女子的鲜血染红了祭台，她那张苍白的脸上充满了仇恨，可依旧是紧咬牙关一声未出。

　　黑衣人越来越兴奋，身子在祭台四周不停地飞舞着。怨陵女子的双腿也被他割得鲜血淋淋，那原本的一身白衣此时已经被染成了血红色。汉白玉做成的祭台也开始发出一种诡异的红光，似乎有种嗜血的恶魔就要复活一样。

　　正当那个如幽灵般的黑衣人准备伸手去解开怨陵女子胸衣的时候，空旷的大殿上忽然传来一个冰冷的声音："住手！"

　　黑衣武士和那个如幽灵般的黑衣男子通通跪倒在地上，恭恭敬敬地说了声："陛下！"

　　那个口口声声说要把怨陵女子祭祀神灵，献给琥珀王的冷面男子又出现在祭台前。他走到如幽灵般的黑衣男子前面，接过他手中的黄金匕首一步步走上了露台。

　　他要干什么？要亲手杀了怨陵女子吗？蓝雨的心提到了嗓子眼，她屏住呼吸，看着那个被众人称为皇帝的冷面男子。

　　忽然间蓝雨从心底感觉到了一股强大的悲伤，不，这不是一个人的悲伤，是两个人，是两个人穿越千年的悲伤！这悲伤在心中留下了一道深深的伤口，这是永远都无法愈合的伤口，在每个特殊的时刻这种撕裂的疼痛还是会复苏，然后紧紧地围绕着那两个人。

　　"你到死都不会求饶吗？你认为这样就能报复我？"冷面男子看着怨陵女子，冷冷地问道。

　　怨陵女子依旧用那种凌厉的眼神看着冷面男子，嘴角微微一扬，露出一丝轻蔑的微笑。

　　"很好！"冷面男子高高地举起了匕首，那黄金匕首在上空发出一道死亡的光芒。

　　金光一闪，蓝雨本以为见到的是一个血腥的场面。可出乎蓝雨意料的是，那个冷面男子并没有杀了怨陵中的女子，而是用黄金匕首把捆绑怨陵女子的绳子割断，将那满身是血的怨陵女子抱起，向殿外走去。这个时候本已经奄奄一息的怨陵女子，不知道从哪里来了一股力气，夺过冷面男子手中的黄金匕首，朝冷面男子狠狠地刺去。

　　鲜血流了出来，染红了冷面男子的衣服。冷面男子用一种非常震惊的眼神，看着怀里的怨陵女子。怨陵女子顺势从冷面男子的怀中挣脱下来，跌跌撞撞地逃了出去。

　　"保护陛下！"

　　"抓住她！"

　　"别让她跑了。"

　　神秘的黑衣人见状纷纷亮出雪亮的武器，要去将准备逃跑的怨陵女子抓回来。

　　"不要去！让她走吧！"冷面男子一手捂着伤口，悲伤地说。

　　画面又一转，怨陵女子跌跌撞撞地在荒漠中跑着，前面出现一匹骏马，马上端坐着一个一身戎装的男子。

　　"虎哥！虎哥！"怨陵女子使出全身的力气，朝那名一身戎装的男子跑去。那男子却坐在马上，冷冷地看着全身是血的怨陵女子问道："琥珀泪你拿来了吗？"仿佛怨陵女子的惨状他一点儿都不关心，他关心的只是琥珀泪。

　　"在这里！"怨陵女子慌忙把脖子上的琥珀泪项链摘下来，递给被她称为"虎哥"的那名男子。

　　男子微微向前倾了倾身子，用马鞭将项链挑起，迎着阳光，男子看着晶莹的琥珀泪，忽然爆发出一阵近似变态的笑声！"很好！很好！你做得很好！传说中，得琥珀泪者得天下！接下来天下就等着易主吧！哈哈！"

怨陵女子用一种不解的眼神看着马上狂笑的男子，怯怯地叫了声："虎哥！"

马上男子收住笑容，把琥珀泪放入怀里，一抖缰绳转身离去。

"虎哥！虎哥！"怨陵中的女子在后面紧追不舍，"啊"的一声怨陵女子摔倒在地上，半天爬不起来，哭喊着，"虎哥，虎哥，你等等我，你不要我了吗？"

男子旋即又折了回来，坐在马上，用马鞭指着怨陵中的女子冷冷地说："你以为你是谁？你是天底下最不洁的女人，我怎么可能选你这样的女人作为以后的皇后？哼！我对你的兴趣也就是因为琥珀泪罢了！"说毕，男子决然地转身离去。

"虎哥！虎哥！"怨陵女子趴在地上哭喊着，声音渐渐嘶哑。蓝雨猛然发现，那个被怨陵女子称做"虎哥"的男子竟然是慕容轩！

88. 乱葬之地

"师姐！师姐！"

"师傅，师姐是不是忽然变傻了？怎么面无表情、目光呆滞、眼神涣散？完了，完了，一定是被什么不干净的东西附体了，师傅，快快煮个黑驴蹄子来，让师姐吃下去保管没事！"蓝雨清醒的时候，只听得穆小米在一旁大呼小叫地吵吵。一听穆小米又要折腾自己，蓝雨脚朝着穆小米的屁股就是一脚，"嗷！"穆小米一蹦三尺高。

"师姐，你为什么要这样对我啊！"穆小米两眼泪汪汪地看着蓝雨，仿佛自己受了多大委屈一样。

"你刚才说了什么难道不知道吗？还来怪我？连黑驴蹄子都要煮给我吃了，还说我被什么不干净的东西附身了，你脑子没病吗？"蓝雨气呼呼地质问道。

"啊，你全都听到啦？我的天呀，师姐，我也是为你好哦！你是没看见自己刚才那样子，也忒吓人了，简直就像一个女鬼。嗯，不，女粽子，不，应该比女粽子还要可怕。嗷。"穆小米又一蹦三尺高，捂着屁股大声嚷嚷着，"我的亲姥姥啊，今天遭到如此摧残，肯定变八瓣啦！师姐，你太恐怖了，杀人不眨眼啊，当心以后没人要！"穆小米说者无心可却深深地刺痛了蓝雨的心，她又想到了刚才在幻象之中看见那冷酷无情的慕容轩。于是一时觉得特别伤感，低头不说话了。

"师姐，你怎么了？是不是我说错话啦？"大大咧咧的穆小米此时也发现蓝雨有些不对劲。

"丫头，是不是刚才你又看见什么不愉快的东西了？"邱子卿关心地问道。

"我发现慕容轩居然是伤害我最深的人，虽然我不知道人有没有前世今生。"蓝雨低垂着头，小声地说道。

"我就说嘛，慕容小子他不是什么好东西！哼，来历不明，还动不动就拽一拽，他算什么啊，故意接近我们，又忽然失踪！肯定有问题！"穆小米唾沫横飞地说着。

"你懂什么？"邱子卿狠狠地瞪了一眼穆小米，然后说，"丫头，先别难过，毕竟你看见的只是幻象，我们现在还没找到慕容轩，他是出于何种目的我们还不知道，没搞清楚的时候怎么随便下结论呢？"

"就是，有时候幻象往往和现实相反！"老许也在一边帮衬道。这个时候，前方的石像居然缓缓地向左移动起来，发出难听的吱嘎声。

随着石像慢慢地移开，一扇漆黑的石门出现在蓝雨等人的眼前。石门制造得非常朴素，除了中间一个太阳模样的图腾以外，其他的再无半点儿雕琢过的痕迹。门中央有个锁孔，看来要想进入，必须得有钥匙才行。

"你们谁碰那石像了？怎么好好的自己动起来了？"穆小米不解地询问着众人，可得到的答案都是摇头。

"嘎嘎，我刚才站在石像的脚趾甲上了。"酒鬼鹦鹉不合时宜地冒了出来，给了大家一个想把它做成烤鸟肉的理由。

"先不管这么多了，你们看，这门其实刚刚有人打开过。"邱子卿非常自信地说。

"为什么？师傅，你发现什么了吗？"穆小米追问。

"你们看，首先这地上有两条移动过的痕迹，虽然基本重合，但仔细看还是能看出来的。其次这扇石门和周围的墙吻合处可以发现一些细小的碎石末，分明是很长时间未打开，突然打开又关闭后留下的新茬儿。最后，我可以断定刚才打开这扇门的人是塔挞老爹。"

"塔挞那个老兔崽子？你怎么可以断定？就连我这样熟悉他的人都没发现！"老许超级好奇地看着邱子卿，一副不可思议的神情。

"你们看这个锁眼，里面有什么？"邱子卿笑着说。

"什么也没有啊？"穆小米瞪着大眼睛说。

"用你的鼻子好好闻闻！"邱子卿又丢给穆小米一句话。

"烟草的味道！"穆小米疑惑地说。

"是塔挞那个老家伙的味道！这种烟草是独一无二的，是他自己调制出来的。"老许说着就伸手去摸，谁知道他的手指头刚刚碰到锁眼的时候，那太阳模样的图腾忽然开始转动，最后石门慢慢地挪动，缓缓打开，一条深深的甬道出现在蓝雨、邱子卿、穆小米、老许的眼前。

"我的姥姥啊，这门还带感应的，敢情是高科技啊！"穆小米又拿出一副刘姥姥进大观园的模样，在一旁感叹道。

"怎么会这样？"老许看看自己的手又看看石门，无比震惊地说，"就这么简单？"

"就这么简单！"邱子卿答道。

"我总感觉这里面有问题，好像一切都太顺利了！"蓝雨也感觉到有些问题，但一时又说不到底是哪里有问题。

"嘎嘎，这里面有好多骨头啊！"酒鬼鹦鹉历来是速度最快、下手最先、好奇心最强的鹦鹉，这时候它已经飞进了甬道之中。

听酒鬼鹦鹉这样一说，众人互相递了个眼神便纷纷走进甬道。穆小米此时非常自觉，主动第一个进入甬道，却摔了个四脚朝天。

"我的姥姥啊，什么东西绊你爷爷了！"穆小米坐在地上边揉着摔疼的地方，边嘟囔着从地上捡起那个把他绊得四脚朝天的东西。

"我的姥姥！"穆小米刚捡起来就发出一声怪叫，原来刚才将穆小米绊倒的东西不是别的而是一个骷髅头，吓得穆小米手一哆嗦，触电似的把骷髅头丢在了一边。

"看你这点胆量，不就一个骷髅头吗？至于这样吗？"邱子卿不屑地看着坐在地上的穆小米。

"不，不是，这家伙是黑色的！而且，而且——"

"嘎嘎，这边有好多黑色的骷髅。"酒鬼鹦鹉在一旁插话。

"这里是比较奇怪，你们看这些尸骸四散，我刚才仔细检查了附近几处，发现这些骨头都是黑色的，而且有的骨头上还有利刃插入过的痕迹，看来是经过一场打斗。"蓝雨非常肯定地说道。

"嗯，丫头说得非常对，这骨头发黑也可以证明他们生前肯定已经中毒，尽管我们现在还不知道他们是被利器伤害致死还是被毒药毒死的，但是这些人最少已经死了十多年了！看来这里并不是一个被世人所遗忘之地。"邱子卿有些感慨地说，"我们大家一定要小心行动，还不知道下面会遇到什么呢。说实话，要不是塔挞老爹失踪了，这里我肯定不会冒险来的。"

"你们看，这里有好多木乃伊！"穆小米的声音从前面传来。

邱子卿、蓝雨、老许闻声忙赶过去，都被眼前的情景所惊呆了。这些木乃伊将死亡前所遭受的那些惨绝人寰的瞬间，完完整整地保存了下来——它们张着嘴，因为不可言喻的痛苦而发出惨叫，它们的头盖骨已经被活生生地剥下，双手双脚也被残忍地砍了下来。最可怕的是从它们身后生生地插进了拇指粗的锋利木棍，肚子上一个大大的口子豁在那里，黑洞洞的似乎在讲述当年临死前那让人毛骨悚然的瞬间。

"太可怕了！进过这么多古墓，还真没看见过如此残忍的！"穆小米倒吸了口凉气说道。

"它们的肚子为什么都有一个大口子？有什么用吗？该不会里面又养了什么怪物吧？一会儿爬出来可就麻烦了！"老许紧张地盯着木乃伊的肚子。

忽然木乃伊的肚子里伸出一个鸟头，众人的神经马上紧绷了起来。"老许，你这张乌鸦嘴！"穆小米刚要发作，忽听着"嘎嘎"两声鸟叫，酒鬼鹦鹉正站在木乃伊的肚子里向外探头探脑地说："里面什么内脏都没有了，是空的！"

89. 老许的回忆

"你们听，这是什么声音？"老许有些紧张地盯着甬道前方黑暗之处，此时的他每根神经都绷得紧紧的，几乎每根汗毛都竖了起来。他对这样的声音异常敏感，以前他年轻的时候有一次和塔挞老爹带着他们一个刚入冥派不久才11岁的小师弟星子，背着他们老爷子偷偷地去了一座传说是三国时期的古墓。他们就曾在墓中的甬道听见过这样的声音，仿佛是千万辆战车朝着他们飞奔而来，又好像是隆隆的战鼓声响。

"这里该不会是当年曹操老儿的疑冢吧？"当时塔挞老爹边顺着甬道向前摸索，边和跟在后面的老许和星子说，"要是这样没准今天可真赚大发了，最好能弄到什么黄金白银的，出去直接就可以换武器，正好可以一解咱们的燃眉之急，也不用三天两头地跟那群小日本打游击啦！"

"你小子想得美啊！就凭刚才那酷似战车、战鼓的声音你就推测出这是曹操老儿的疑冢？他老人家的疑冢是在这里吗？也不用脑子想想！昨天我爷爷跟咱们讲的你全忘记了？"老许没好气地奚落着塔挞老爹说，"我就是说你不如我，你还不信，看看，现在露出短来了吧！干这一行啊，你没天赋，让你做个小买卖什么的没准还能行！"

"说什么呢？昨天老爷子跟我们说了这么多，最重要的一条就是不让我们私自下到古墓中去，防止发生意外，这话你怎么没记清啊？非要拉着我和星子跑到这鬼地方来！"

"我说娃娃，你技不如人就不要嘴硬啦！'漳河累累漳水头，如山七十二高丘'。昨天老爷子不是刚跟我们说过吗？你也不用脑子想想，咱们这里是哪里，怎么可能有跟曹操老儿有关的坟冢呢？"老许好笑地说，"就算是曹操七十二疑冢的传说是真实存在的，那也该在漳河附近啊，也不该是在我们这附近！更何况现在据说还有哪个门派考证曹操的墓地就在漳河之下。"

"漳河之下？谁告诉你的？"塔挞老爹露出一副不相信的神情来。

"小黑子。"老许淡淡地说道。

"小黑子？那不是米派的大弟子吗？"塔挞老爹惊讶地说，"他们难道要去挖曹操墓？"

"说是这么说，我觉得他们没准又是空欢喜一场。"老许边走边说，"曹操的多疑是出了名的，要想去挖他的墓我看多半是自找苦吃啊！"

"师兄，曹操死的时候不是下令要薄葬吗？想必即使黑子哥他们真的挖到了曹操的墓，也不会找到什么好东西的，那他们还费什么劲啊？"星子也在一旁好奇地问道。

"是啊，当初曹操临终前曾留下《遗令》：'天下尚未安定，未得遵古也。葬毕，皆除服……殓以时服，葬于邺之西冈，与西门豹祠相近。无藏金玉珍宝。'曹操的儿子曹植也在《武帝诔》中证实曹操确实埋葬在西陵，并且丧葬是完全按照曹操的指令行事的。据说曹操入殓时穿着平时穿的'补丁'衣服，非常艰苦朴素。可你想想，像他这样的乱世枭雄以如此薄葬作为自己人生最后的归宿，真有点儿让后人不敢相信。再加上他老人家是出了名的多疑之人，搞得后世的人也跟着他一起多疑。别的不说就单单那些酷似疑冢的小山丘，就吸引了多少派别去争相挖掘？这回小黑子他们估计是有了确凿的线索，要不不会倾巢动的！"

"倾巢出动？他们家的老祖也出山了？"塔挞老爹惊讶地问道。

"是啊，所以我说他们可能找到确凿的线索了，不然像他们行事这样低调的，怎么可能这样大规模地出动？"老许说道。

提起这个米派，也是当时盗墓的一个派别，可以说是在道上行走的最低调的派别之一，一般都是两三个人行动，很少有大规模的出动去盗某个陵墓的。因为此派人善用"米"，因此得名米派。

他们在对付墓中那些不干净的东西时，不用黑驴蹄子，而是用糯米、大米、小米、紫米、粟米、薏米、高粱米等。米派用的米并不是我们平日里吃的那些普通的米，每一种米他们都有特殊的处理方法，而且不同的米对付不同的东西，像糯米、紫米是专门对付粽子的，糯米用来对付一般的粽子，紫米则可以对付飞僵等粽子中比较可怕的类型；大米、小米是用来对付墓中那些带有怨气的幽魂野鬼，而粟米、薏米则是用来对付那些最最恐怖的厉鬼的；至于高粱米有什么用处，到现在老许还无从得知。

老许和塔挞老爹、星子正对米派的事情说得起劲，忽然前方黑暗的甬道之中，那种诡异的咕噜声再次传来，而且越来越近，仿佛成百上千辆战车一起朝着这边开过来。

"这声音又来了！"星子有些害怕，不由自主地靠近了老许。

"大家小心点，看样子这东西是冲着我们来的，赶紧贴边隐藏起来，等搞清楚是何方神圣再说下一步！"凭经验，老许和塔挞老爹都感觉他们要遇到麻烦了。

"这是什么？"塔挞老爹睁大眼睛，看着渐渐出现的一个个红色小球惊讶地问道，"难道这个墓主喜欢玩球，连死了都要拿这么多的小球陪葬？"

225

"就是啊，这也太多了，为什么我们一来它们就都滚出来了呢？师兄，是不是我们触动了什么机关？"星子也在一旁好奇地询问。

"难道？不好，这，这是滚雷！"老许终于说出了一个让盗墓人听了都浑身打哆嗦的恐怖词语——滚雷！不管你是何方神圣，你有多高的盗墓本领，你的身手多么高超，如果你遇到了滚雷就很难逃脱。所以就算是盗墓各派中的祖师爷，听到滚雷两个字都会变色。滚雷两个字也是盗墓者中最忌讳提的两个字，要是在盗墓前哪个人赶巧提到这两个字就会被认为是大不敬，不但提到滚雷这两个字的人要受到严厉的惩罚，盗墓的时间很有可能也会改或者就干脆放弃这座要盗的墓。

这滚雷到底是什么恐怖的东西？它们其实就是一个个小炸弹，通身红彤彤的，但爆炸的威力极高，滚动起来速度非常快而且非常的灵巧。它最大的特点也是它最可怕的地方，就是对一切热血动物都有一种敏锐的感觉。只要你是活的，只要你在喘气，不管你躲在哪里它都会自动朝你滚过去，只要沾到你的皮肤它就会瞬间爆炸，只需一个滚雷就可以把你炸得粉身碎骨。滚雷另一个可怕之处就是墓室的主人如果要在墓室中设计了滚雷这种机关，就一定将大批大批的滚雷埋藏在墓室的各个角落。因此，当盗墓者踏足这片禁地的时候，死亡就等于说是注定的事情了，说不定什么时候在你的前方、后方、左边、右边、上面、下面都有可能会出现这种终结你生命的可爱的小红球。这是一种让你防不胜防的机关，是一招必死之棋！

虽然滚雷非常厉害也非常恐怖、威力无比，但是极少有人会在自己的坟墓或陵墓中设下这样的机关，一是制作滚雷非常困难，这世间掌握这种技术的人少之又少；二也是最重要的，就是这滚雷它不长眼睛，不光炸来盗墓的，有时候搞不好连自己最后沉睡之地也会被它们炸上天去，到时候自己真得落个尸骨无存的下场了。因此不是有特别的目的，一般不会有人用滚雷来做墓的机关，所以要想在墓室中遇到滚雷那和买注彩票中了500万的概率是一样的。也许是塔挞老爹这个人比较倒霉，自从他跟老许搭档后，很多这样500万的概率都被他们给碰到了。这次也不例外！

"咕噜、咕噜"，这声音要是在平时听起来并没有什么特殊的感觉，可现在听起来却是不折不扣的死亡之声。眼看着无数小红球朝他们翻滚过来，速度之快让老许、塔挞老爹、星子心惊肉跳。

"怎么办？这东西真的是滚雷？"塔挞老爹还抱着最后一线希望。

"应该不会错的，逃吧，能跑多快就跑多快！除此之外只能听天由命了！"老许无比悲哀地说道。

"就这样？"塔挞老爹不可思议地看着老许。

"就这样！"老许回答完这三个字，突然用手一拍站在身边的星子说道，"跑吧！还愣着干什么？"

老许、塔挞老爹、星子飞快地朝着墓室入口跑去。

"咕噜"身后那死亡的声音越来越近，看样子马上就要追上老许他们。

"这东西这样一顿乱滚怎么还不爆炸？该不会是你认错了？这根本就不是滚雷？"塔挞老爹边以百米赛跑的速度向前冲去，边问跑在身边的老许。

"不会爆炸就对了！滚雷只对一切热血动物敏感，换了其他东西是不可能让它爆炸的！"老许气喘吁吁地说着。

"那粽子呢？会不会被炸飞？"星子在塔挞老爹和老许身后问道。

"这个我怎么知道？我又没遇到过，你问我我问谁去啊？"老许没好气地回敬。正说着忽然前方甬道传来"吧嗒、吧嗒"的声音，这声音让老许和塔挞老爹听了都觉得头皮发紧，全身起鸡皮疙瘩。

"师兄，该不会真的粽子也出来了吧？"星子有些胆怯地问道。星子是刚入师门，要说正儿八经的粽子还真没遇到过，也只是听过、见过一些图片而已，最直接的接触就是看到过一个粽子的手指头，之所以他能看见这个手指头那是因为这手指头上戴着一个玉扳指，怎么拿也拿不下来，于是没办法只能连它的手指头也给一起收了。

"都是你这个乌鸦嘴，这么想遇到粽子，等出去我找几个粽子让它们吃了你得了！"现在是生死一线的时候，能不能生还就要看他们能不能先滚雷一步跑出墓室，可从刚才传来的声音，老许和塔挞老爹可以断定这前方的甬道之上肯定有粽子出没！于是两个人直接就疯掉了。

前方甬道"吧嗒、吧嗒"声此起彼伏，后方甬道的"咕噜、咕噜"声也越来越近，让老许、塔挞老爹和星子觉得有些毛骨悚然，仿佛已经到了生死一线之间。

"怎么办？"这个时候塔挞老爹习惯问老许，老许的大脑飞快地思索了一下，急匆匆地说道："向前跑！"

向前跑！此时他们也只能向前跑去，前方即使有粽子他们多少还有把握对付，可后方的那些滚雷却是让他们一点儿办法都没有的，所以现在他们只能硬着头皮往前跑。

"吧嗒"，前方渐渐地出现模糊跳动的人影，此起彼伏，就这样机械地运动着。

"师兄，真的是粽，粽子啊！"星子小时候有些结巴，后来被他娘给揍好了，说话和正常人一样。可是今天因为极度恐惧，他的老毛病又发作了！

"是呀，这些都是粽子！"塔挞老爹不知道怎么了，也许是害怕加上受星子的感染说话也变得结结巴巴起来，听得老许直皱眉头，真想臭骂他们两人一顿。

谁知道两人话音刚落，就发现前方居然跳出来六个粽子，而且这六个粽子的长相非常奇怪，一般的粽子脸不是死人白就是发黑，可这些粽子的脸是花的，那色彩就像夏天你猛然发现树上爬着条硕大且五彩斑斓的毛毛虫的颜色。

"呕"，塔挞老爹天生怕虫子，以及跟虫子一切有关联的东西，比如说这些脸上的颜色颇像毛毛虫的粽子。

"你可给我挺住！现在没工夫让你吐！"老许心烦意乱地对塔挞老爹说，今天真是倒霉倒到十八辈祖宗那里去了，不但碰到了千载不遇的滚雷，还遇到了这么恶心的一群粽子，你妈妈是怎么生的你？老许在心中问跳过来的这群粽子，长什么颜色不好非跟人家大毛毛虫学？你也想搞个伪装色啊？你用得着吗？长得丑不要紧，出来混，吓人就不对了！老许在心中一句接一句地骂着。紧接着就丢过去一个黑驴蹄子。"我喂你吃黑驴蹄子，撑死你！你爷爷的！"随着黑影带着风声，一个肥硕的黑驴蹄子结结实实地砸到了为首的那个花粽子身上，可意想不到的事情也发生了！

当黑驴蹄子砸到为首的花粽子时，那花粽子居然没有躲避，反而张开大嘴，一股令人窒息的腐臭味四散开来，熏得老许、塔挞老爹、星子的胃中好一阵翻滚。紧接着更让老许等人觉得恐怖的事情发生了，这粽子张嘴一吸居然将那黑驴蹄子吸入嘴里，三下五除二地就进了肚中，随后嘴里又发出一阵"嘻、嘻"的声音，看得老许、塔挞老爹、星子目瞪口呆，一时间也忘记了后面还有催命的滚雷存在。紧接着更让他们发狂的事情发生了，那花粽子在吞了黑驴蹄子后，居然开始变色了，那一张恐怖、狰狞的脸从毛毛虫的迷彩色变成了豆虫色，而且忽然站在了原地，身体不停地抽动，这节奏不亚于被 9 万万伏的高压电击到，当场兴奋地、不由自主地、有节奏地跟着电流的频率起舞一样。但是很快，更恐怖的一幕发生了。

先是粽子的一个头在疯狂的抽动之中变成了两个头，紧接着上身也变成了两个，再后来竟然分裂出了一个全新的、豆虫色的新粽子来。

"我的天啊，一个变两个？还是分裂产生的，这到底是什么生物啊？怎么用这么原始的方式来繁殖啊？"塔挞老爹看着完全变态的粽子傻掉了。

"师兄，这东西它，它是粽子吗？师傅从，从来没，没说过粽子会一个变两个，两，两个变，变四个啊！"星子也在一旁结结巴巴地问道。

"我怎么知道！这他奶奶的是什么玩意儿？不但不怕黑驴蹄子，而且吃了黑驴蹄子还能一个变俩，买一送一？"老许在一旁气得直骂人。

"咕噜"，后面滚雷的声音越来越近，老许回头一看，那些红彤彤的小球已经离他们非常近，也就二十几米的距离了，眼看就要把他们当人肉靶子开炸了。此时老许急得浑身冒汗，小师弟星子更是吓得发抖。

情急之下，老许下意识地向四处望了望，猛然间发现头上居然横着一根胳膊粗的圆木，他顿时心花怒放，这回有救了！

"快抓住这根圆木，抓紧了，千万别掉下来，等滚雷滚过后才能下来呢！"老许一把把星子举起让他抓住圆木后自己和塔挞老爹也跳起身抓住圆木，双脚使劲向上勾着，吊在空中，尽量让身体能离地面多远就离多远。

他们刚完成这项高难度的动作，红彤彤的滚雷大军就滚过来了。兴许是前方那些跳动着的、不安分的粽子吸引了滚雷，滚雷居然没有去找吊在空中的老许等人，而是直直地冲着那些花粽子滚去。

"轰隆——"随着一声声剧烈的爆炸声，那些花粽子瞬间被炸得四分五裂、腐肉横飞、恶臭四溢。

此时老许和塔挞老爹万万没想到令他们终身难忘的一幕发生了，也许滚雷的威力超出了大家想象，也许是因为滚雷炸僵尸的场面太过血腥、太过恐怖，但是更多的还是星子初来乍到没经历过这么血腥的场面，他居然在滚雷从自己脚底下滚过的时候，手一滑，跌落在滚雷堆里了！

"星子！"随着老许一声惨叫和滚雷爆炸的轰鸣声，星子连吭一声的机会都没有，身体便直接化成了一阵血雨，点点滴滴洒向四方。

90. 滚动的骷髅

"星子！"

"哎！"

穆小米这一声"哎"将老许从沉思中惊醒，他这才明白自己刚才思绪又回到了从前，那段不堪回首的往事，在特定的时间、特定的场合、特定的氛围之中又通通复苏。

"我说老家伙，你刚才叫什么呢？'星子'是什么东西？难不成是什么宝贝？"穆小米好奇地问道。

"是一个人。"星子是老许的伤心之处，当年要不是他没事找事地带着星子去古墓之中，也不可能遇到什么滚雷，星子更不可能年纪轻轻地就将生命终结在那暗无天日、阴森恐怖的古墓之中。

"一个人？老头儿，你莫不是思春了吧？老实交代，星子是你年轻时的情人吧？你们是两情相悦啊，还是你单相思啊？还是你辜负了人家啊？不过依我看来八成是你辜负了人家，你这老东西我第一次见的时候就知道不是什么好东西！你该不会欠了一屁股的风流债吧？"穆小米又开始发挥他的八婆加狗仔队的特异功能了，非常三八地振振有词地像他做案件分析时一样分析着老许刚才失态的原因。

"星子是我的小师弟，当年在古墓中，死在了滚雷之下。"老许被喋喋不休的三八弄得有些火大，最后不耐烦地简单地说了一句，可没想到却引来穆小米另一番刨根问底。

"啥？滚雷？滚雷到底是啥子东东，你今天一定要给我讲清楚。"穆小米两眼放光地说，"听起来这家伙一定很刺激，到底是什么样的机关？该不会是炸弹吧？"老许听着耳边络绎不绝的啰唆一下子气了起来，正欲发作，忽然那让他熟悉，又如梦魇般每每出现在他的梦中，无数次让他在梦中垂死挣扎，在深夜之中心悸惊醒的声音又出现在他的耳旁，"咕噜、咕噜、咕噜"！

老许惊恐地看着前方的一片黑暗，试图说服自己这一切都是幻觉，他根本就没听见过这样的声音，可最后越来越近的滚动声，将老许为自己编织的虚幻彻底地撕碎了。

"咕噜"，这如同催命般的声音越来越近，恍惚间老许还看见那一个个小球已经隐隐约约地在黑暗之中现身。

"也许这滚过来的就是滚雷了！"老许有些悲哀地说道，从他的话语之中可以听出一种认命的感觉。多年之前，他和塔挞老爹侥幸从滚雷这样恐怖的机关暗器之下逃生，可却将自己年幼的小师弟永远地留在了那里。多年之后，当他不再年轻，当他已经慢慢地开始变老的时候，竟然又一次地让他遇见了这中 500 万的概率，这不是命还是什么？自己死在滚雷之下是迟早的、是必然的，也许星子在另一个世界太寂寞了，是该去陪他的时候了。

这边老许站在原地，缓缓地闭上了眼睛，一副英勇就义的架势，那边传来穆小米杀猪般的号叫声："师傅、师姐，那滚过来的东西是什么啊？天呀，它们的牙齿还在动，嗷！"

原来发出"咕噜"声响滚过来的并不是死神的代言人——滚雷，而是一堆发着幽暗蓝光的骷髅头。这些骷髅头就仿佛活了一般，非常有灵性地在地上轻巧地滚动着，有的居然滚着滚着还会飞起一段距离，有的则边滚边磨着牙齿，发出"咔咔"的恐怖声音，最恐怖的还是它们发出的那种幽暗的蓝光，就仿佛来自地狱的鬼火。邱子卿看到这里不禁深深地皱起了眉头，他担心的并不是这些如同鬼般会动的骷髅头，而是那些骷髅头发出的幽暗的蓝光。

有传说，地狱大门附近遍布这样幽蓝的鬼火，等到一年一度地狱大门开放的时刻，这些幽蓝的鬼火就会一齐冲关，但只有少数鬼火能成功地逃脱地狱的束缚来到人间，成为人间的祸害。这种幽蓝的鬼火出现之地，都会伴随着天灾降临，往往会让方圆百里的植物枯死、动物莫名其妙地集体自杀；若附近有村庄那可就麻烦了，当年的庄稼肯定是颗粒无收，牛羊之类的牲畜估计也在劫难逃，而且村子里肯定是凶案连连，几乎每家每户都得出点或大或小的事情，不是有人意外死亡，就是有人得了怪病，访遍名医也无法医治。

若是出现这样的情况，整个村庄的人大多数都要离开这个世世代代生活的地方，凄惨地拖家带口到外面讨生活去。对于人间来说，出现这种幽蓝的鬼火无疑是世界末日一般的灾难，但是对于有些人来说却是一件非常美好的事情。这些人是专门研究奇门遁甲的术士或者会蛊术的巫师、巫婆、巫女，幽蓝鬼火对于他们来说不亚于俗人眼中的黄金钻石。

有民间子虚乌有未经考证的说法，如果得到幽蓝鬼火，术士可以炼出鬼门奇阵；而那些巫师、巫婆、巫女等则可以将这幽蓝鬼火培养成一种极其恐怖的蛊，这是一种让人谈之色变的东西，不但飘忽不定，而且还非常的嗜血，杀人如麻，若它是被恶人养成的蛊，则无疑是一个得心应手的杀人工具。但这种幽蓝鬼火极其稀少，要想控制得了它更是比登天还难，除非你有非常高超的本领，否则还可能被它伤了性命。只有那些已经达到登峰造极境界的术士、巫师、巫婆、巫女才有能力控制它。但是这些对于邱子卿来说都不是最可怕的，他担心的是一种特殊的情况，就是拥有它的术士、巫师、巫婆、巫女在死后将这种幽蓝鬼火作为自己墓中的镇墓兽，如果那样今天可真是遇到九死一生的情景了。

"都站着别动，屏住气，尽量别让这骷髅头靠近你。"邱子卿焦急地说道，年轻时他曾听人说过，曾有一个考古队发现了一个古墓，最后进去的人除了一个守在墓门口的来实习的某大学考古系大四的学生以外，其他通通遇难。那个大四的学生也被烧得满身冒黑烟，被救起时，神志都有些不清了。后来人们说他疯了，因为当问起他里面的人到底是怎么失踪的，他却一口咬定这些人都死了，通通被烧成了灰。可人们再进去勘察现场的时候，根本就没发现有任何火灾发生过的痕迹，就算人被烧成了灰那总该留下骨灰吧，但是很遗憾，当时连半点骨灰也没找到。但是那个考古系的学生非说进去的人就是被一种或飘浮在空中，或滚在地上，如球形般无声无息的幽暗的蓝火烧死的。那学生还说这火移动速度非常快，一瞬间就扑到了你的身上，下一秒，整个人就这样原地蒸发了，什么东西都没留下。亏得他站在墓门口，又跑得快，不然估计这会儿也被蒸发了，但即便没有碰到那些蓝色的小球他的衣服还是莫名其妙地烧着了。这话根本没人信，只有那些盗墓中道上的人听了这个事情后都纷纷流露出一种恐惧的表情。地狱中的幽蓝鬼火，邱子卿是那时候知道这个名词的。据当时一个老盗墓贼说，万一遇到这东西，原地站住，屏住气，也许还能躲过这一劫。所以当邱子卿看到这些冒着幽蓝光芒的骷髅头滚来的时候，又看见老许一脸视死如归地闭上了眼睛站在原地一动不动的时候，邱子卿的心情非常沉重，他估计这回他们遇到的就是被用来镇墓的幽蓝鬼火。

"师傅，你怎么了？这些骷髅是机关还是真的有不干净的东西附在它们身上了？怎么忽然连滚带爬？"穆小米这句话把蓝雨给逗乐了，笑呵呵地问道："这骷髅你说它滚也罢了，怎么还能爬呢？"

"师姐，这骷髅头不就是连滚带爬吗？还会发出蓝光，师傅你说怎么办？要不拿家伙通通把它们砸扁？姥姥的，刚才吓死我了！"穆小米唠唠叨叨地说着，就想找东西砸这些滚过来的发着幽暗蓝光的骷髅。

"住手！别碰它！"邱子卿忽然歇斯底里地叫了起来，穆小米和蓝雨都吓得一哆嗦，只见邱子卿这时候非常的失态，额头上挂着黄豆大的汗珠，浑身微微地颤抖，仿佛遇到了非常恐怖的事情，抑或到了生死一瞬间。

"师傅，你没事吧？"蓝雨有些担忧地望着极度紧张的邱子卿。

"别说话，也别呼吸，这骷髅中发着蓝光的东西极有可能是来自地狱的幽蓝鬼火。"邱子卿感觉有些虚脱地轻轻说出这几句话后，就一脸严肃地盯着在自己身边滚来滚去的发着幽蓝光芒的骷髅头。

"你说什么！骷髅头？"原本一副视死如归造型的老许忽然爆发出一阵歇斯底里的大笑，

230

"哈哈，原来是骷髅头！原来是骷髅头！原来滚过来的居然是骷髅头？靠！老子还以为是滚雷！你祖宗的，吓死老子了！"老许说着猛然抬脚就把一个滚到附近的骷髅头一脚踢飞。

"你在干什么？你疯了？"一波不平一波又起，邱子卿此时心已经提到了嗓子眼，紧张地盯着那个被老许踢飞的骷髅头，生怕从里面飞出或者滚出来一个散发着幽蓝光芒的小球，然后如幽灵般地扑向他们中间的某一个人，将这个人瞬间化为灰烬，甚至连灰也不会留下来一点儿！

"师傅，你怎么了？平时你可是风轻云淡、风度翩翩的大学者，就算天塌下来你也只是微微地一笑，根本就不放在眼中，怎么现在反比老许的表现还差呢？几个小小的骷髅头就把你吓成了这样？"穆小米不解地在一旁问道。

"原来不是滚雷！哈哈！"老许此时也有些非常反常的兴奋，在一堆滚动的骷髅之中兴奋得手舞足蹈，紧接着又飞起一脚直接把身边的两个在满地打转的骷髅头当皮球一样地踹到了蓝雨和穆小米跟前。"我的姥姥啊，死老头怎么连你也开始反常发飙了呢？"穆小米被这突如其来的袭击吓了一跳，边跳着躲过飞过来的骷髅头，边气呼呼地埋怨着正在发飙的老许。

"哈哈，不是滚雷！太好了，不是滚雷！"老许依旧在那里发飙，而邱子卿则依旧在那边紧张得要死要活的。

穆小米见老许还是依旧疯癫，邱子卿依旧恐惧，又看了看这满地滚来滚去发着幽蓝光芒的骷髅头无奈地问蓝雨："师姐，看样子这两个老头是真的被迷了心智，还是快点想办法让他们清醒过来吧，不能总在墓室里折腾吧，再说了这上面应该是百鬼派的老窝吧，夜长梦多，被他们发现可就死翘翘了，英雄难敌四手啊！要不先左右各给他们两个巴掌？"穆小米说得堂而皇之，其实还是为了他自己的私心，这么些年来他没少挨师傅的打，这次他下定决心、艰苦奋斗、排除万难一定要趁师傅迷糊的时候打着舍身救师的美名，扇师傅几个巴掌以吐这么多年来的憋屈。

"不行！不能乱来！凡事都要找到根据才能解决好，他们为什么会发呆，你怎么不用脑子好好去思考一下？"蓝雨没好气地数落着穆小米。

"对呀，他们为什么会发呆呢？"穆小米装傻卖呆地问道。

"你！算了，不跟你啰唆了。你看这些滚动的骷髅，都发出阵阵幽蓝的光芒，很有可能师傅和许老是因为这些诡异的光芒而受到刺激或者迷了心智！"蓝雨说着从背包里抽出了一个可以伸缩的登山拐杖，将它拉长后，用拐杖朝着附近的一个在滚动的骷髅那空空的眼眶上捅了下去。

只听得"吱"的一声，从骷髅头的嘴巴里爬出了一个浑身泛着淡淡蓝光的东西。

"我的姥姥啊！"穆小米吓得一下子跳到了蓝雨的身后，从蓝雨身后探头看着那个被蓝雨捅出来的怪东西颤声问道，"师姐，那是什么啊？"

穆小米这一次又非常成功地演绎了他一贯惜命的作风，又差点儿把蓝雨气得七窍生烟。

91. 乱炖蜘蛛

"吱"的一声，又一个泛着淡淡蓝光的东西从蓝雨和穆小米身边的那个骷髅头中爬了出来。蓝雨打开手电筒一看，原来是一只比巴掌还要大的蓝色蜘蛛，此时正睁着两只小眼睛滴溜溜乱转地看着蓝雨和穆小米，似乎心中正在打着什么鬼主意。

"大蜘蛛，八只脚的大蜘蛛！不对，是十二只脚的大蜘蛛！"穆小米说着抬起脚来要直接踏上去。

"别——"蓝雨刚想拦住穆小米，这个"踩"字还未说出口穆小米就毫不客气地一脚踩了下去。"扑哧！"随着软绵绵的一声从穆小米脚下传出，那只泛着蓝光的大蜘蛛就已经变成了蜘蛛肉酱饼了。

"你怎么这样贱？下脚这样快干什么？还没弄清楚这东西有没有毒，上去就是一脚，万一被它咬到怎么办？我们在这鬼地方，去哪里找医院救你？你这德行什么时候能改一改？"蓝雨一副恨铁不成钢的样子，喋喋不休地教训起穆小米来。

"师姐啊，我怎么发现你年纪不大却越来越像我老妈了？要注意，你再这么唠叨下去要变成老年妇女啦！再说，我穆小米是谁啊？那能咬到我的蜘蛛还没出生呢！"此时的穆小米由于刚才成功地踩死了一只硕大的蓝蜘蛛又一时找不到北了，在蓝雨面前又臭屁起来。谁知道他话音刚落，就听见头顶传来一个怪声。

"嘎嘎！你左肩上就有一只大蜘蛛！"不知道溜到哪里去了的酒鬼鹦鹉忽然从天而降，一下子停在了穆小米的右肩上，同时又展现了它那语不惊人死不休的本领。

"大蜘蛛？"穆小米听酒鬼鹦鹉这一说，瞬间就感觉到了自己的左肩上传来一阵麻酥酥的感觉，似乎有十二条腿在爬来爬去。

"妈呀！师姐救我！"穆小米嗷地一嗓子蹿得老高，刚才那臭屁样一扫而光。

"嘎嘎，好大的一只蓝蜘蛛啊。"酒鬼鹦鹉幸灾乐祸的声音夹杂在穆小米鬼哭狼嚎的声音之中，听得蓝雨无奈地连连摇头！

"阿嚏！"

随着一连声的喷嚏声后，邱子卿和老许仿佛大梦初醒般地揉着睡眼惺忪的眼睛，诧异地看着在地上鬼哭狼嚎、活蹦乱跳的穆小米。

"丫头，他怎么了？"邱子卿不解地看着穆小米问蓝雨。

"该不是吃兴奋剂了吧？还是谁刺激他了？怎么高兴得直跳啊？"老许也过来凑热闹。

"因为他得到了一只大蜘蛛的青睐，高兴的！"蓝雨轻描淡写地说了句后，转身看着邱子卿和老许问道，"师傅、许老，你们俩清醒了？"

"清醒？"

"我们俩？"

邱子卿和老许被蓝雨问得莫名其妙，面面相觑。

"呃，那个刚才你们俩可能是被什么东西迷了心智，像中了魔。"蓝雨也不好多说刚才两个人发作时候的窘态，只是随便说了两句，就转移了话题，"师傅，你说这里什么东西能让你们产生幻觉？一个认为是遇到了滚雷，一个则以为幽蓝鬼火来了？"

"嗯，会有这种事情？"邱子卿此时也向酒鬼鹦鹉学习，充分发挥了语不惊人死不休的精神，只一句就让蓝雨觉得头疼无比。

"就是啊，怎么会有这样的事情呢？我们什么时候说遇见滚雷和幽蓝鬼火了？"老许也跟着瞎凑热闹。

蓝雨此时彻底服了这两个老头了，同时她也终于明白穆小米性格中那十二分之一的无赖特点是从哪里学来的，俗话说有其师必有其徒！（这话是蓝雨说的！）原来这位看似风轻云淡，颇有闲云野鹤风采的邱子卿有时候还颇有痞子精神。

"你们，你们怎么都见死不救啊？姥姥的！"穆小米见蓝雨三人光顾着聊天，不管他死活，气得要开始访问在场各位的十八代祖宗了。

"你不是说能咬到你的蜘蛛还没有出生吗？那我们操什么心？"蓝雨不紧不慢地回敬他。

我靠！最毒妇人心啊！穆小米在心中流泪痛斥着。

"嘎嘎，你干吗，站着别动，别打扰我吃蜘蛛！"这时酒鬼鹦鹉鬼魅般的声音在穆小米耳边响起。

穆小米恐惧地扭头朝站在自己右肩上的酒鬼鹦鹉望去，只见它嘴巴里正叼着那只趴在他肩上的大蜘蛛，此时这只大蜘蛛正在鹦鹉嘴里挥舞着它那十二只脚痛苦地挣扎着。

"我的姥姥啊！"穆小米吓得差点儿一屁股坐地上，"你给我到别处吃去！别站在我肩上生吃蜘蛛！"穆小米忍无可忍冲着酒鬼鹦鹉吼了起来。

"嘎嘎，好吃！"酒鬼鹦鹉并没被穆小米火冒三丈的声明给吓到，而是用爪子将正在挣扎的大蜘蛛按在穆小米的肩头，张口就将蜘蛛的三只脚咬了下来。只见酒鬼鹦鹉两只绿豆眼微微眯着，鸟嘴带劲地嚼动着，仿佛在享受着人间美食！

"嘎嘎，好吃！像螃蟹的味道！"酒鬼鹦鹉咂咂嘴非常陶醉地说道，"要是再有瓶小拉菲就好了！"老许听了酒鬼鹦鹉的话后，脸立马变青了。

穆小米此时则眼珠子向上一翻，颇有随时都会被刺激得吐血倒地的架势。

被酒鬼鹦鹉这样一闹，现场的气氛活跃了不少，老许和邱子卿都被酒鬼鹦鹉吸引到了这些满地打转的骷髅头上来。

"原来是这些大蜘蛛搞的鬼！我刚才还在想这些骷髅头是怎么滚动起来的，现在终于找到答案了！"邱子卿拎起一只滚到脚边的骷髅，使劲摇了摇，又一只硕大的肥蜘蛛跌落到了地上。

"小心点，这可是一种非常毒的蜘蛛呢！"老许在一旁笑呵呵地提醒，这两个老头一扫刚才恐惧的表情，又恢复了往日的风轻云淡。

"师傅，这是一种什么蜘蛛你们知道吗？怎么以前从没见过？又不像黑寡妇。"蓝雨走过来询问道。

"这不是咱们这里的种，这是澳洲的种！而且应该说是变异过的！"老许像抓螃蟹一样地抓起一只大蜘蛛来，细细研究着继续说道，"我想这应该是漏斗形蜘蛛！"

"漏斗形蜘蛛？"蓝雨不解地问道，"这又是什么怪物？"

"漏斗形蜘蛛生活在澳大利亚悉尼市近郊，是目前世界上最致命的蜘蛛之一。据科学家研究，这种蜘蛛比棕色隐士蜘蛛和黑寡妇蜘蛛更致命，而且雄性的漏斗形蜘蛛比雌性漏斗形蜘蛛还要毒上五倍呢。尤其是到了交配的季节，这种蜘蛛是非常危险的，而且极富侵略性，一旦被打扰了就会抬起后腿不断地咬入侵者。"邱子卿介绍着，又看了看老许手中的大蜘蛛说，"我也同意老许的观点，这里的蜘蛛肯定是变异过的，要不也不会发出这样幽蓝的光芒来，估计又是百鬼社搞的鬼！"

"是啊，不过这东西毒虽毒，可却是人间不可多得的美味呢！以前想吃到一只还得空运，现在倒好，随便吃啊！"老许开心地满眼放绿光。

"你说什么？你还要吃它？跟鹦鹉一样？"穆小米刚被鹦鹉刺激完，现在又像见鬼一样地盯着老许。

"啊，是啊！但你别误会，我不会生吃的，只有它才有这本领呢！"老许指指酒鬼鹦鹉，笑呵呵地说，"走了这大半天了，大家也都饿了，我看咱们就吃这些蜘蛛吧，很好吃的哦！"老许美滋滋地说着就动手准备烧蜘蛛吃。穆小米则一脸苍白地呆站一边，像看怪兽一般地看着老许，引得邱子卿和蓝雨站在一边笑得肚子都痛。

一个小平锅、一把小锅铲、一小瓶橄榄油、一小瓶胡椒粉、一小瓶辣椒粉、一小块奶酪如变戏法般从老许的背包之中一件件地出现在蓝雨、邱子卿、穆小米的眼前。

"嘎嘎，有好东西吃啦，我要三分熟的！"酒鬼鹦鹉兴奋地扑扑翅膀，站在老许的肩膀上，非常老到地吩咐着。

穆小米此时张个大嘴，惊讶得下巴都快掉下来："那个，什么老头，真有你的，该不会你真要吃这大蜘蛛吧？你不是说它很毒，非常毒吗？"

"啊，是啊，是非常的毒，堪称盖过黑寡妇和棕色隐士蜘蛛呢！"老许说着已经熟练地抓起一个滚到身边的骷髅头，将藏在里面的漏斗形蜘蛛抓了出来。

"那你还吃？"穆小米像看异类一样地看着老许。

"怕什么？河豚有毒吧？"老许问穆小米。

"有毒啊！"穆小米傻呵呵地答道。

"那不就结了，现在不还是餐桌上的美味佳肴！我有祖传秘方，放心，吃了绝不会死人的！"老许颇自信地说着，已经熟练地生火，用三个骷髅头搭好了一个简易的灶台，又从背包里面拿出了一个小酒精炉，这个炉子中烧的是固体酒精，别看只有巴掌大的一块，却足够你烧一顿简餐。

老许用随身带着的打火机将酒精炉点燃，放上平底锅，非常熟练地将漏斗形蜘蛛背部的一个部位用他的小军刀剔除："这地方最毒了！"老许对已经围坐在他身边的邱子卿、蓝雨、穆小米说道。随后拿起橄榄油往平底锅中倒了少许，就把漏斗形蜘蛛丢进平底锅中反复地煎炒起来。不一会儿漏斗形蜘蛛与橄榄油一起发出一种让人无法拒绝的香味，四散开来，闻得穆小米也一个劲儿地咽口水。

最后老许往漏斗形蜘蛛上撒了些胡椒粉和辣椒粉，就把蜘蛛直接递给了穆小米说道："快尝尝吧，趁热吃，非常美味的！味道比螃蟹还好！"

"这东西真能吃吗？"显然穆小米是被美味所诱惑了，可还是对老许的话表示怀疑。

"可以吃！这蜘蛛还是当地土著人的美味佳肴呢！"邱子卿说着问穆小米，"你要不要，不要的话我吃了！"

"要要！"此时穆小米露出一副占了大便宜、赚大了的表情，笑嘻嘻地接过漏斗形蜘蛛，刚张口要吃，忽然停下，又问老许，"真的没事？不会一会儿我中毒了吧？"

"当然不会，我的手艺你还担心什么，保准死不了！"老许斩钉截铁地打着包票。

"好！那我可吃了！"说完穆小米就迫不及待地将蜘蛛塞进嘴中，咬了口后啧啧地赞叹起来："好吃！外酥里嫩，鲜，实在是鲜！味道有点儿像螃蟹，比螃蟹还要好吃！"穆小米正美滋滋地赞着，"老头，你的手艺还不错嘛！要不咱们带几只蜘蛛出去吧，等这里的事情了结以后咱们开家蜘蛛料理店，生意绝对错不了，到时候，你当大厨，我当经理怎么样？"

正当穆小米美滋滋的臭屁的时候，身边的酒鬼鹦鹉忽然说了一句话，差点儿没当场噎死穆小米。

"嘎嘎，老许做的蜘蛛，死人是不会的，但是可能会面瘫！"酒鬼鹦鹉在一旁揭老许的短。

"面瘫？"穆小米被吃了一半的蜘蛛噎得眼泪哗啦啦的，正非常震惊、非常恐怖、非

234

常痛苦地看着老许，小声地问了一声，"这鹦鹉说的不是真的吧？"

"呃，没什么大不了的，就是刚学着做的时候有的地方毒没处理干净，没关系，没关系，别担心！"看着老许笑颜如花，一副尾巴狼的德行，穆小米心中就开始暗叫不好。果然几分钟过后穆小米发现自己的右边脸开始感觉失灵，伸手一捏，一点儿感觉也没有，他心中一惊，张口刚要叫唤，忽然发现自己的口齿也有些不灵，说话还有点儿大舌头。

"嘎嘎，面瘫了，连舌头也中毒啦！"酒鬼鹦鹉在一旁幸灾乐祸地说，"嘎嘎，我就知道肯定要面瘫，刚才老许做蜘蛛的时候第三条腿没拔掉。嘎嘎，我知道了也不说！"

"你！我一定要拔了你的毛！"穆小米现在说话也不利索了，蓝雨、邱子卿、老许朝穆小米看去，发现他前额皱纹消失、眼裂扩大、鼻唇沟平坦、口角下垂，说话露齿时口角居然向左侧偏歪。

"唉，都怪我，好久没做蜘蛛了，忘记蜘蛛的第三条脚也带毒，要是拔了小米也就不会面瘫了。不过没关系，这只是暂时的表情肌瘫痪，过一两个小时就会好的，别当回事！来来，我们继续吃蜘蛛！"说着老许拉着邱子卿和蓝雨坐了下来，又熟练地烧起蜘蛛来，留下穆小米一个人气呼呼的，心中无比酸楚地看着他们三个人在一旁流口水、流眼泪。这个口水和眼泪并不是穆小米馋得流出来的，而是暂时的面瘫造成的。

92. 木乃伊的世界

大家席地而坐，看着周围滚来滚去的骷髅头，吃着老许做的蜘蛛，休息了大约半个多小时。除了穆小米面瘫，很傻很痛苦以外，其他人都觉得吃了这种蜘蛛以后体力马上就得到恢复而且觉得神清气爽，通身上下倍儿舒服，仿佛全身的经脉通通被打通了一样，怎一个爽字了得。

蓝雨这时站起来左看看，右看看，最后叹了口气说道："快走吧，还没找到塔挞老爹呢。"

"哎呀，我怎么忘记了，糟了，光顾着吃蜘蛛了，把找塔挞老爹这茬儿给忘得一干二净！"老许忽然拍着脑门说道。

"快走吧，我也差点儿忘记这件事了！"邱子卿一句话说得蓝雨直冒汗。

"你那面瘫只是暂时性的，不碍事！走吧！"邱子卿拍拍穆小米的肩膀说道。

"那师傅，你，你试试看！"穆小米此时口角利索一点儿了。

"有你这个宝贝徒弟在，怎么能轮到为师来体验呢？这种待遇过去是你的，现在也是你的，将来那肯定还是你的！"邱子卿非常满意地对着穆小米抒情，就带着老许朝前方走去，只留下穆小米一个人立在那里回味着师傅说的话。许久蓝雨、邱子卿、老许、酒鬼鹦鹉才听见身后传来一声穆小米气呼呼的骂声，可见他终于明白了邱子卿对他抒情的目的，以后只要在邱子卿跟前，他还是要担当试吃这一角色的。

听见穆小米的骂声，蓝雨等人不禁莞尔。可这个时候，前方却隐隐约约地飘来一股股陈年的腐臭之味。

"什么味道？你闻到了吗？"老许站定问邱子卿。

"仿佛是陈年老尸的味道，估计已经有上千年了！"邱子卿又使劲闻了闻说道，"尸体非常干燥，而且处理得也非常好，应该不止一具，男人女人都有！"

蓝雨、老许听完邱子卿这一段简单的分析后，都不由得张大了嘴巴，极为震惊地看着邱子卿。

　　"师傅，你，你什么时候长了这本事？居然能，能够闻味识尸体！"就连跟随邱子卿多年的穆小米也被邱子卿今天这一本事给震住了。

　　邱子卿此时非常有风度地摆摆手，仿佛明星面对自己粉丝的时候表现出来的那种神情，说道："这也没什么啦，还好啦，闻得多了也就知道了！"

　　"你们先别急着激动啊，刚才师傅说得确实是神乎其神，可是还未证实，怎么就可以盲目崇拜呢，万一一会儿走过去一看什么也没有，那你们不是白拜大神了！"蓝雨有些幸灾乐祸地说。

　　"对呀，咱们还没去证实一下呢，万一被忽悠了怎么办？"穆小米此时的面瘫居然好了，说话也利索了起来。

　　"嗯，丫头说的不错，耳听为虚，眼见为实，咱们去看看吧！"说着老许就和穆小米朝前走去，邱子卿无语地看看眼前这个古灵精怪的丫头此时正笑着看着自己，一双水灵灵的大眼睛里充满着狡黠和坏水，鬼才知道她现在又在打什么主意呢！

　　"嘿嘿，师傅，走吧，我们一起去见证你刚才说的那个伟大预言是如何实现的！这一定是一个有纪念意义的时刻！"蓝雨笑嘻嘻地对邱子卿说。

　　臭丫头！邱子卿在心中嘀咕了一句，无奈地朝前方走去，为什么他们就不相信呢？邱子卿颇为无奈地想着，忽然听见前方传来穆小米和老许的阵阵惊呼声。

　　"天呀！太有才啦！"

　　"天呀！大神啊！"

　　"嘎嘎，拜大神啦！"伴随着惊讶声此起彼伏，一股股更为浓重的腐臭味传来，这时候蓝雨忽然发现这飘来的味道中还夹杂着一些中药的味道。

　　蓝雨和邱子卿刚走了没多远就见甬道两边站着一具具形态怪异的尸体，这些尸体看上去已经非常久远，走近才发现居然是一具具保存完好、制作精湛的木乃伊。这些木乃伊都已经是黑褐色了，身上的衣服已经与皮肤一起风化得辨不出哪是干肉哪是烂衣服了。他们有的静静地站在石壁边，低着头，双眼微闭，双手交叉地放于胸前，一副非常虔诚的模样；有的则双手十指相交，放于头前，低着头，微微弯着腰，似乎在祈祷什么；有的则双手抱膝坐在石壁下，头枕在手臂之上，眼睛微微开阖，既像快要入睡又仿佛正迷茫地看着眼前过往的烟云，静静地细数着岁月无声无息的流淌，给人一种沧桑的感觉；有的则面容狰狞可怕，牙齿突出，五官扭曲，双手肌肉紧绷着想向上抓着什么似的，仿佛在生命的最后时刻经历了常人难以想象的痛苦，导致蓝雨看见这几具面容痛苦的木乃伊还以为他们是活生生地被开膛破肚做成了木乃伊。

　　"天呀，实在是太多了，都是木乃伊！不亚于意大利西西里岛巴勒莫的天主教地下陵墓中成列的木乃伊。"穆小米神情激动地嚷嚷着，由于他的面瘫好了，脸上的表情已经恢复如初，不再像刚才那样嘴歪眼斜，口水眼泪一大把，连说话都是一口的大舌头外带结结巴巴的窘态了。

　　"这些木乃伊都是从哪里来的？该不会是百鬼社从世界各地偷来的吧？"老许也惊讶地说。从这些木乃伊的造型和依稀可以辨认的装束，老许还是可以推断出有不少肯定不是出自本土的。"不过你的闻味辨尸的本领高，实在是高！"老许毫不掩饰地夸赞邱子卿道。

　　"呃，这个闻味辨尸乃是老夫的绝学，今日在此献丑了！"邱子卿被人夸得有些找不到东南西北了，说起话来也开始文绉绉、酸兮兮的，弄得穆小米直在旁边翻白眼，这回不是面瘫，而是被邱子卿的话酸的，不亚于干吃了一个柠檬。

"臭小子你撇什么嘴？面瘫好了就认为全世界就你表情丰富！再这样撇嘴，一会儿还让你面瘫几个小时！"邱子卿很不满穆小米的表情。

"我没撇嘴啊师傅，我只是刚才被酸到了。哎呀，好酸啊！酸透啦！"穆小米笑着讽刺邱子卿，邱子卿也只能干瞪眼地看着自己这个宝贝徒弟。

"就是师傅，小米也不过是吃了几个柠檬，你跟他过不去干什么？大不了下次给他买几斤柠檬让他生吃不就行了？"蓝雨在一边也不知道是帮谁说了这句话。

"好主意，等回去以后马上给你买10斤柠檬来让你干吃！一天不用多吃，也就四五个。"邱子卿非常大方地说，"放心，不用害怕，这10斤柠檬是师傅送你的！"说完邱子卿给了穆小米一个魔鬼般的微笑，穆小米一时脸色发白、嘴唇发颤，他知道这回坏了，等回去师傅肯定又要整自己了，看来这回柠檬事件是逃不过去了。

"你们快来，前方好像出现了一个大门，看样子好像到了主墓室。"老许在前方喊蓝雨、穆小米和邱子卿过去。

三人停止了拌嘴，都朝老许跑去。老许指着前方黑暗之中朦朦胧胧的轮廓对邱子卿等人说："看样子好像是扇大门，不知道附近有没有什么机关埋伏或者镇墓兽之类的东西。大家过去的时候都要小心。"老许说着就慢慢地朝门摸去，蓝雨、邱子卿、穆小米也跟了过去。

"要不要打开手电？"穆小米说着就伸手去背包中掏手电。

"先别打，小心一些机关遇到光也会发作的！"老许见穆小米要打手电吓了一跳，忙按住穆小米的手。

"什么？见光也会触动机关？"穆小米不解地问道。

"是的，娃娃你是不知道啊，咱们盗墓这一行里面有一个非常惨痛的事件——南朝墓事件，当初好像是有不少门派一起去盗南朝陈后主的墓，结果就是因为进到主墓室里的人中有一个人在一面铜镜附近点燃了火把，结果一时间主墓室的大门忽然死死地关上了，任你怎么打都打不开。四个墙壁上忽然出现了无数个拳头大小的洞，一支支毒箭从四面八方射来，这可是成千上万支的毒箭，而且是从四个墙壁中一齐射来，可以想象当时的情况，要想生还那除非你是大罗神仙！后来只有一个人活着出来，大家才知道这世间居然还存在着一种机关是靠光和热度来引动的！今天我有种预感可能会碰到这样的情况，所以大家还是小心点。我走南闯北也进了不少墓地，这种直觉应该还是有点儿根据的！"老许没像邱子卿那样得意，而是很诚恳地说着，就连这么臭屁的穆小米也点头赞同，再不去提什么开手电的事情了。

"你们快看，这石门上雕刻的图案好像是羽蛇啊！"蓝雨忽然指着石门上的浮雕说道。

93. 羽蛇与背夫人

"什么？羽蛇？这里怎么可能有羽蛇呢？这不成了关公战秦雄了吗？"穆小米张个大嘴，十分吃惊地说。

"不信你看看，如果不是羽蛇，那是什么？"蓝雨虽然说是羽蛇，但是她自己也有些不相信这主墓室大门上的浮雕居然是羽蛇。可眼前这个长着羽毛、张着大嘴、吐着恐怖的芯子、长长的尾巴卷着的庞然大物，不是羽蛇又是什么呢？

待穆小米看清楚以后，又发出了一阵高难度的惊叹声："我的姥姥啊！啊！啊！这居然真的是羽蛇！羽蛇！羽蛇！我的天呀！这里居然有羽蛇，玛雅的东西跑到这里来了？我怎么也不相信这是真的！可为什么它就是真的！天呀，到底是为什么？谁能告诉我？谁能告诉我？到底为什么这里也有这东西？"

"要是不想再被扁或者面瘫的话，最好闭上你这张无聊的嘴巴！"邱子卿简直被穆小米给气晕了，于是很不客气地警告了他一句。这句话真的非常灵，穆小米一下子就闭上了他那张臭嘴，不发出一个字来。

"太神奇了，这真的是羽蛇，真的是，这是一个天大的发现，太惊人啦！我们居然在这里发现了羽蛇，我老许要成为名人啦！历史会记住这一天的，哈哈，谁能想到老许我年轻的时候干盗墓，老了居然成了知名人物呢！知名人物、著名学者、考古界的先驱者！哈哈！"老许一时激动得热泪盈眶，眼泪哗哗地看着墓门上的浮雕，仿佛见了自己的亲娘一样。

"不至于吧？"穆小米现在倒来了个五十步笑百步的精神，很不可思议地看着有些兴奋得发疯的老许。

"师姐，他不至于兴奋成这样吧？"穆小米对身边的蓝雨说。

"唉，估计干这一行的经常都处在大悲、大喜之中，时间长了就有这种间歇性崩溃症了吧！"蓝雨解释道。

"里面，这墓室里面好像有两具冰尸！"邱子卿充分发挥了他那种闻味辨尸的本领，又开始像一个预言家那样预测门里面的东西了。

"冰尸？不会吧？该不会是上了千年冻僵了的老粽子吧？要是那样还真会坏事呢！冰粽子很强大的，因为冰冻将它所有的能量都保存了下来，我们这些人肯定是对付不了它的。如果真的是冰粽子的话，我们还是趁早打道回府吧！"老许在一旁说道。

"可是塔挞老爹很有可能进了这里面，我们不进去怎么把他找回来？"蓝雨不解地说。

"如果他真的进了这里面，那大罗神仙也救不了他了！他只能是肉包子打狗一去不回！"老许两手一摊，颇为无奈地说。

"冰粽子就这么可怕吗？"穆小米不解地问道。

"就是这么可怕！"老许回答道。

"为什么？理由？"穆小米追问道。

"没理由！"老许斩钉截铁地回答，把穆小米气得直翻白眼。

"嘎嘎，冰月饼都比普通的月饼贵，冰粽子当然比不冰的粽子厉害啦，呆瓜连这个都不知道！"酒鬼鹦鹉充分发挥了它的特长，总是神不知鬼不觉地说出一句或者两句雷死人的话。

"总有一天，我肯定要把你的满身鸟毛拔得一根不剩！"穆小米指着酒鬼鹦鹉气哼哼地发誓。

"嘎嘎，那太好了，又可以让妈妈来喂我了！可以变成啃老族啦！太棒啦！"当酒鬼鹦鹉说出这句话后，在场的人除了老许以外其他人都有一种吐血的冲动。

老许很无奈地看了看大家痛苦的表情说道："哎，反正已经被刺激了就再耽误大家两分钟讲一下事件的背景，然后咱们再进去跟冰粽子拼命吧！事情是这样的，在很久很久以前，酒鬼鹦鹉刚刚长大，羽毛刚刚长全，刚刚熟练地掌握飞行的时候，它的妈妈按照惯例将它赶出家门，让它自力更生，可是酒鬼鹦鹉非常懒，每天赖在它妈妈的窝门口不走，张着大嘴又撒娇、又跺脚、又大声叫唤要它妈妈喂它吃的。"蓝雨等人听了更加无语了。

怎么老遇到这样的无赖呢？跟小米有得一拼，难怪小米跟酒鬼鹦鹉老是互相看不惯，原来他们是同类啊！其实在生活中互相看不惯的，往往正是处在同一档次里的人。

"那后来呢？"穆小米好像对酒鬼鹦鹉的窘事非常关心。

"后来它妈妈没办法，只好搬家了！"老许无奈地说了故事的结尾。

"你是怎么知道的？"穆小米忽然反应了过来，他猜测八成这是老许在蒙大家。

"这是酒鬼鹦鹉自己说的！"老许又说出了一句雷人的话。

"什么？你就别忽悠我了，怎么可能？它就算再无耻也不可能无耻到这地步！"穆小米一副十万个不相信的表情看着老许。

"嘎嘎，这是我告诉他的，这是我活到现在为止最值得骄傲的事情！"酒鬼鹦鹉说着已经飞到了墓门的羽蛇浮雕上，一双爪子钩住了羽蛇的两只眼睛。

"别碰它！"老许和邱子卿同时失声叫了出来，凭他们的经验，这羽蛇的一双眼睛很有可能就是机关的按钮，随便乱碰很有可能会带来灭顶之灾！

"嘎嘎，我已经碰了！"酒鬼鹦鹉一脸无辜、傻里傻气地看着老许等人。

"吱嘎！"一声沉重的声响过后，墓室的大门慢慢打开，一股寒冷的冷气从墓室中喷了出来，将蓝雨等人都冻得结结实实地打了三四个喷嚏。

冷气渐渐散去，蓝雨等人发现刚才想到的触动机关的情况并没有发生，四周非常安静，没有发生任何意外。

"哦，塔挞那个老东西！"穆小米忽然极其惊讶地指着墓室里面叫了起来，"背夫人像！塔挞那个老东西躺在背夫人像上！天啊！"

"你说什么？"老许看见穆小米表现这样反常，也顺着穆小米所指的方向看去，也惊声叫道，"天呀，背夫人像！太神奇了！居然这里有羽蛇和背夫人像！发财啦！这回赚大啦！为什么塔挞这老家伙在这里？被做人祭了？天啊，他还活着吗？"老许先高兴得手舞足蹈，又忽然如同触电了一般呆立在原地，他想到了最坏的一种情况。

背夫人像，是玛雅人人祭时用来盛放人心脏的地方，一般在玛雅人的神庙里可以见到。神庙的入口处两侧是高大的羽蛇形柱子，在玛雅人心中，羽蛇是掌管播种、收获、五谷丰登的神祇，是与他们生存息息相关的大神。在神庙的中间一般放着一尊背夫人的雕像，她半躺在地上，双手放在肚子上托着一只大大的圆盘子。

据史料记载，人祭在玛雅政治制度早已解体的 16 世纪仍在进行。当时有个传教士曾经记载下这样恐怖而血腥的人祭场面：主祭祀手中握着又宽又大的燧石砍刀，另一从祭祀拿着一个锻造成蛇状的项圈。用来人祭的受害者被押到祭祀之地后，祭祀一般在神庙的阶梯上逐个进行，将受害者全身裸露，到台阶上后脖子马上就被套上蛇状的项圈，然后会有四位祭司上前抓住他的四肢，将其死死按住，这时，主祭司就会上前，用手摸过受害者裸露的胸膛，然后动作娴熟地开膛破肚，用手掏出心脏，紧接着就把还在冒着热气的心脏放到背夫人像肚子上的圆盘上，表示展示给太阳，将心与热气一起献给他们无比尊敬的太阳！然后主祭司会把尸体踹下台阶，直到尸体一路滚落到最后一个台阶为止。还有记载说，受害者在祭祀完毕后，他的身体会被分食，当然能吃到人祭也只是玛雅当时的贵族，他们认为这是获取神的力量的一种方式。因此现在一提到背夫人像总让人将它与活人祭祀联系在一起，活生生地将人的胸膛剖开，取出还在跳动的心脏，光听听就足以让人毛骨悚然，更不用说这些都曾是真实存在过的事件。

难怪穆小米第一眼看见塔挞老爹躺在背夫人像上有些崩溃，他以为塔挞老爹成了人祭，现在已经被开膛破肚掏出了心脏。可是再仔细一看，塔挞老爹只是翘着二郎腿，躺在背夫人像上，一副老年痴呆的样子。

蓝雨、邱子卿、穆小米、老许小心翼翼地踏入这间墓室，惊讶地发现这里还不是主墓室。这间墓室四面都是镜子，就连地上和顶上都是用镜子铺成的，人站在屋中间，可以看见无数个自己，屋正中间放着背夫人像，两边静静站着两具打扮得有些像羽蛇的男子冰尸。

"太神奇了！"看着屋中的一切，蓝雨不禁吃惊地赞叹道。

94. 千像之屋

不光蓝雨看到这间墓室如此惊奇，老许、穆小米、邱子卿见了这屋子以后也惊讶得张大嘴巴，下巴落了一地，就连躺在背夫人像上痴痴傻傻的塔挞老爹也忘记去管他了。

一面面镜子映着蓝雨等人，蓝雨觉得一时间屋子里都是自己的身影，让人眼花缭乱，看多了竟然有种头昏脑胀、眼睛酸涩、昏昏欲睡的感觉。不对啊，蓝雨心中暗想：这间墓室冷得要命，怎么可能让人想打瞌睡呢？难道是有什么东西在作怪？想到这里蓝雨不由得环视四周，最后目光锁定在背夫人像旁边两具打扮成羽蛇神的男子冰尸身上。蓝雨看见这两具冰尸正在散发着阵阵蓝光，而且这种蓝光居然散发着一股莫名的幽香，难道是这里有问题？

"你有没有发现那两具冰尸身上正在冒着蓝光,而且还有股幽香？"蓝雨问身边的穆小米。

"没有啊，不就两个老男人被装扮成羽蛇神的样子，冰冻在那里吗？有什么奇怪的？"穆小米不解地问。

蓝雨听了穆小米的话又扭头看去，这次并没有发现什么异样，两具冰尸依旧站在那里。难道是自己看错啦？不会的，这墓室之中除了背夫人之外，最引人注目的就是这两具尸体扮的羽蛇神了，它们若仅仅是一种摆设那才不对劲、不正常呢！蓝雨正想着，忽然被一阵嘈杂的声音所吸引。

"嘎嘎，太好啦！好多葡萄酒啊！大拉菲！小拉菲！三百年、五百年的通通都有啊！"酒鬼鹦鹉忽然激动得全身羽毛都竖立起来，口水直流地飞着冲向一面镜子。只听得"砰"的一声，酒鬼鹦鹉一头撞到了镜子上，整只鸟就贴着镜子滑到了地上，散落了一地鸟毛。

"嘎嘎，美酒！"酒鬼鹦鹉说了一声就两眼一翻晕了过去，八成是自己撞晕的。

正在这个时候，穆小米也发作了，忽然冲到一面镜子前，对着镜子又抱又亲地，还兴奋地唱着五音不全的调子："好多美女！太好啦！像师姐一样的美女！我左拥右抱，依红偎翠！"

看得蓝雨、老许和邱子卿面面相觑，都被这一鸟一人的突发事件给弄得有些莫名其妙。

"难道？"老许拍了下头说道，"要是我没猜错的话，这屋子的布局是按照千像之屋建造的！"

"千像之屋？什么是千像之屋？"蓝雨问道。

"传说，奇门遁甲之中有这样一种机关，整间屋子都是用镜子做成的，你身处在这间屋子里能看见无数自己的影像，但是这些影像之中只有一个真的，其他的都是你所看见的幻象而已，有的是恐怖的影像，有的是你心中一直念念不忘的亲人，有的是你一直向往的地方或者希望经历的事情，有的则是引诱你自杀的幻象，等等。据说可以演化出一千个虚无缥缈的幻象来，这些幻象一般都是你心中所想却又是现在的你无法得到的东西。而且我还听说，进入屋子中的人只有找对了那个真实的影像，也就是真实的一面镜子才能走出屋子，不然就算他在屋子里变成了干尸也不可能走出来！"老许口气极为惊讶地说，"没想到世间还真有这样神奇的奇门遁甲！酒鬼鹦鹉整天心心念念，希望能拥有无数价值连城的优质陈年葡萄酒，所以它从镜子里面看见的正是它梦寐以求的美酒，像小米，他，呃，男人嘛，都喜欢美女，这个很正常。"

　　老许说到这里，忽然想起穆小米在发疯时的表现和说的那一句话："好多美女，像师姐一样的美女！"于是硬生生地把话咽了回去，因为他发现此时蓝雨脸色铁青，俨然就是火山要爆发的前兆。

　　"该死的小米！"蓝雨脸色铁青地看着还在那里亲着镜子发疯的穆小米，咬牙切齿地说道。

　　"等等，你刚才说什么？"邱子卿忽然非常紧张地问道。

　　"我？我就说酒鬼鹦鹉和小米可能在镜子中看见他们心中心心念念的东西啊！"老许不解地又重复了一遍，他想不通邱子卿为什么突然会这么紧张。

　　"不是，是前面的，进入这屋子的人会怎么样？"邱子卿焦急地问道。

　　"进入这屋子中的人只有找对了那个真实的影像，也就是真实的一面镜子才能走出这屋子，不然就算他在这屋子里变成了干尸也不可能走出来！"老许一脸狐疑地看着邱子卿又将原话重复了一遍，当他说到最后一个字的时候忽然眼睛睁得大大，一手捂住嘴叫道，"哦，天啊，我们，我们不正是在这屋子里吗？"说完惊恐地朝墓室的大门望去，此时墓室的大门正在悄无声息地慢慢合拢，而室内的温度也开始明显地下降。

　　"快跑啊！不然我们都得变冰尸！"老许惊恐地叫了起来。说时迟那时快，蓝雨抱起了酒鬼鹦鹉，邱子卿拎着穆小米的衣领子，老许将躺在背夫人像上昏睡的塔挞老爹扛在肩上，三个人没命地朝着眼看就要关上的墓室大门跑去。

　　眼看就要跑到墓室大门了，蓝雨、老许、邱子卿等人就要跑出这恐怖的千像之屋的时候，意料之外的事情发生了。

　　"美女！别走！相公我来也！"被邱子卿拉着衣领子拖在地上的穆小米忽然眼里放电，眼神迷离，口水直流，不知道从哪里来了一股子蛮力，竟然把一直都死死地拉着自己衣领子的邱子卿给摔了个大跟头，挣脱邱子卿后他就冲向自己正对面的一面镜子。

　　"吭当"随着一声响，穆小米一头撞到了镜子上，头上马上生成一个鸡蛋大小的包，而穆小米则笑得非常花痴地慢慢地从镜子上滑到地上，两眼一翻晕了过去。

　　"轰隆"随着一声巨响，墓室的石门已经牢牢地关上。

　　"这下糟糕了！咱们都出不去了！"老许一脸沮丧地将扛在肩上、正做老年痴呆状的塔挞老爹放在地上，非常无奈地看着穆小米说，"这个娃娃太不像话！关键时刻老冒泡！不像话！不像话！真是一代不如一代！"

　　"师傅，你没事吧！"蓝雨将被穆小米发作时带倒在地上的邱子卿扶起来，担心地问道，"有没有摔到？"

邱子卿活动活动了腿脚说道："没事，只是擦破了点皮，这个浑蛋！"邱子卿说脏话了，说明他已经气到极点了。师傅一发火，后果很严重。蓝雨满眼无奈地看着邱子卿气呼呼地朝穆小米走去。只见他走到做花痴状昏迷的穆小米跟前，使足了劲，照着穆小米的屁股上就是一脚。

"嗷！"这一招还真灵，穆小米直接捂着屁股从地上跳了起来，从花痴状一下子升级为龇牙咧嘴的痛苦状。

"师傅，你怎么又没事踹我屁股？"穆小米捂着屁股气呼呼地质问邱子卿。

"踹的就是你这个小兔崽子，要不是你，要不是你发疯我们刚才都跑出去了！现在好了，你自己不想活，还拉我们给你陪葬！"邱子卿指着穆小米的鼻子一顿数落。

"师姐，师傅这都说什么啊？他老人家莫不是老糊涂啦？"穆小米一脸无辜地看着向蓝雨求救。

"不是师傅，是你糊涂了。刚才你都说了些什么？我还没跟你算账呢！"蓝雨横眉冷对地看着穆小米，嘴里阴森森地吐出几句话。

"啊，我说什么了？我就说美女，像师——"说到这里穆小米忽然意识到了自己刚才失态时，居然说出了足以让蓝雨把自己大卸八块的话，于是急忙戛然而止，说道，"啊，那什么，不就是叫了几句美女吗？嗷！"随着穆小米的一声惨叫，他的头上又多了一个蓝雨送他的鸡蛋。

"啊，琥珀泪！我看见琥珀泪了！太美了！真是神的杰作！"一直歪在地上，做老年痴呆状的塔挞老爹忽然发出一阵阵欣喜而惊叹的声音。虽然他现在还处于疯癫的状态，但是他话里的"琥珀泪"三个字还是让蓝雨听得心猛然抽动了一下。

"你说什么？琥珀泪？你看见琥珀泪了？在哪？在哪？"穆小米此时也忘记了自己刚被邱子卿教训了，就好奇地跑到塔挞老爹面前，蹲下来问道。

"啊，琥珀泪！我看见琥珀泪了！太美了！真是神的杰作！"塔挞老爹此时目光迷离，空洞地看向屋顶，双手朝空中一顿乱抓，仿佛想要抓住他口中那如神杰作般的琥珀泪。

"怎么办？他现在完全傻了，问也问不出个所以然来！"穆小米抬头对老许和邱子卿说。

"嗯，也是，那就想个办法让这老家伙清醒过来，刚才为什么突然就跑了，总得问问他吧，要不是他我们也不可能被关在这屋子里。阿嚏。"老许刚说完就结结实实地打了个喷嚏，"怎么这样冷啊，快冻死你爷爷我了！小米，赶紧给我把这个老家伙弄醒！"

听了老许的吩咐后，穆小米答应得很积极说："好嘞，您就等好吧！"说完穆小米抡圆了膀子，左右开弓各给了塔挞老爹三个大嘴巴子，打得塔挞老爹直叫妈。

"小兔崽子，你怎么打我！"其实自穆小米打他第一下的时候，他就已经清醒了，可穆小米死活就没有要停手的意思，依旧继续孜孜不倦地扇他五个巴掌，这下塔挞老爹可来气了，居然也骂出了脏话。

"太好了，你终于醒了！"穆小米甩了甩打得生疼的手说道，"我的姥姥啊，打得我手好疼啊！"塔挞老爹听了穆小米这句话后，气得差点儿当场挂过去。你打我的，到头来你还叫疼！塔挞老爹气呼呼地想着。

"阿嚏！"塔挞老爹也打了个喷嚏问道："这里怎么这样冷啊？"

"塔挞，你这个老兔崽子，我们都被你给害惨了！还有脸来问我们为什么这么冷！"老许气呼呼地问塔挞老爹，"刚才你没事乱跑什么？害得我们为了找你才被关进这间冷库里！"

"我？"塔挞老爹一脸无辜地看着众人，仿佛刚才发生的事情他都不记得了一样，"哦。

对了，想起来了，刚才你们没听见吗？一个女人的声音说琥珀泪在这里，我跟着那个声音就来到了这里，结果进来一看果然看见三颗琥珀泪，太漂亮了。这简直不是人制造出来的！你们干吗这样看着我？你们难道没看见吗？它不就在那背夫人肚子上的圆盘里放着吗？"

"你说琥珀泪在背夫人肚子上的那个圆盘里？"穆小米像看外星人一样地看着塔挞老爹，他的眼神仿佛就是你睁眼说瞎话的意思。

"是啊？干吗这样看着我，我没骗你，不就在——怎么没有了？琥珀泪呢？你们谁拿走了？"塔挞老爹一副见鬼了的表情，盯着背夫人像肚子上的圆盘问道。

"本来就没有啊！我们进来的时候，在背夫人像肚子上的圆盘上的东西是你，痴痴傻傻地不知道你躺在那里干什么！"老许无奈地看着一脸惊讶的塔挞老爹说。

"不可能，我分明看见的，就在那里，然后我扑了过去，结果三颗琥珀泪就飞了起来，悬在空中，发出好看的淡黄色光芒。被它照得好舒服！好温暖！"塔挞老爹有些陶醉地说道。

"老头儿你又胡说了，肯定像我们一样看见的都是幻象，就像我看见了一堆美女、酒鬼鹦鹉看见了一瓶瓶美酒，原来你看见的是琥珀泪啊！"穆小米说着又结结实实地打了个喷嚏，说道，"还是废话少说吧，这里越来越冷了，我看还是快点找出路吧，不然我们都得变成冰尸供后人瞻仰！"

"还说呢，不都是被你害的！要不我们早就冲出去了！这千像之屋要想找到出口比登天还难。你倒好，每次都弄些高难度的难题让我们来解决。"邱子卿没好气地说着。

"怪我？师傅你怪错人了！都怪塔挞老爹，要不是他非说听见什么女人的声音，有什么琥珀泪就跑了过来，我们哪能被关在这个鬼地方！"穆小米很不顺眼地看着塔挞老爹说。

"你们干吗这样说我？我真的看见了，它刚才就在这里！而且我也确实听见过一个女人的声音。"塔挞老爹争辩道。

"他说得没错！"一个冷冷的声音传来，吓得穆小米"妈呀"叫了一声就趴在了地上，嚷嚷着："有情况，快隐蔽！"弄得老许、邱子卿连带塔挞老爹一脸哭笑不得地看着穆小米。

"你们怎么了？没听见一个冷冷的女人的声音吗？还不快躲起来？没准这里面有女鬼，没准是个杀人不眨眼的女魔头呢！"穆小米依旧趴在地上。

"那是你师姐说的！"邱子卿终于有些对穆小米如此胆小的表现忍无可忍了！

"嘎嘎，胆小鬼！"酒鬼鹦鹉此时已经苏醒，又来了精神开始跟穆小米抬杠。

"塔挞老爹说得没错！这里确实有琥珀泪！"蓝雨此时话语依旧是冷若冰霜，她眼神凄惨地看着左边墙上的一面镜子，仿佛从中读出了千言万语与那扑朔迷离的身世，又仿佛从中看透了生离死别、红尘万丈。蓝雨盯着那面镜子，周围的一切渐渐淡去。穆小米在她身边焦急地叫喊，可蓝雨却什么也听不见，只看见穆小米的嘴巴一张一合，邱子卿神情凝重地看着自己，最后周围的一切通通消失。

自己仿佛进入了另一个世界，一个无声无息的世界，先是灰蒙蒙的一片，然后周围的一切开始清晰，这是哪里？蓝雨纳闷地看着眼前的一切在心中问自己。

前方似乎有口棺材，蓝雨好奇地走了过去，只见这是一口价值连城的水晶棺，棺材盖上精雕细刻出一朵朵美丽的、晶莹剔透的白玫瑰。那玫瑰雕刻得如此传神，仿佛有生命，活了一般，以至于让你看到这雕刻的水晶玫瑰就仿佛闻到了它散发出来的阵阵清香。在水晶玫瑰上还镶嵌了一颗颗蚕豆大小的蓝色钻石，放射出幽蓝的光芒。

蓝雨好奇地走近，朝水晶棺材中一望，不由得吓得倒退了好几步，那水晶棺中安然躺着的人竟然是自己。

怎么可能？难道我死了？蓝雨疑惑地问自己，一脸迷茫，呆呆地看着水晶棺材。此时一阵阴冷的风吹来，一位身穿黑衣、头戴银色面具的男子走了过来，他手中拿着的居然就是千百年来让无数人渴求的琥珀泪！那名男子走到水晶棺前，将面具摘了下来，蓝雨浑身的血液一下子凝固了，这个人不是别人，而是慕容轩！

　　天啊，怎么会是他？难道琥珀泪是慕容轩给自己的？可是接下来发生的事情，却让蓝雨毛骨悚然。慕容轩并没有像蓝雨想象的那样，将琥珀泪放在水晶棺中静静躺着安睡的女子身上，而是抓起女子的一只玉手，从怀里掏出一把黄金打造的匕首，金光一闪，女子手腕上多了一道血痕，一滴滴鲜血流了下来。

　　男子发出一阵狰狞的笑声，将从女子手上流出的血滴在了琥珀泪上。

　　"只有你的血才能让琥珀泪获得生命！哈哈，我称霸天下指日可待！放心，我会给你建造一座世间最最豪华的陵墓，让你容颜永驻，永远沉睡在这天下绝无仅有的水晶棺之中！放心，除了我，没人会打扰你的睡眠！"男子陶醉地说着，而那鲜血却越流越多，可都神奇般地被琥珀泪吸收了进去。这串项链就像吸血鬼一般，不一会儿就将女子全身的血液吸得一干二净。难道前世的我是这样死的？蓝雨在心中无比震惊地问着自己。

95. 三幅画像

　　难道是慕容轩杀了自己？怎么会这样？原来萨杏巫女无数次地在冥冥之中告诫自己的话是真的？为什么此生自己还要和他纠缠不清？蓝雨呆呆地望着黑衣男子，两行清泪又一次为他而落。忽然那名黑衣男子似乎发现了蓝雨的存在，一道犀利的眼神猛然看向蓝雨，吓得蓝雨一哆嗦。

　　"想逃？"男子嘴角微微向上翘起，露出一抹邪魅的微笑，猛然举起手中金色的匕首，朝蓝雨前胸扎了过来。

　　"啊！"蓝雨吓得连连后退，猛然间发现眼前并没有什么恐怖的黑衣男子，更没有水晶棺材和躺在棺材中的自己，除了一面镜子，就是镜子中的自己。

　　"哈哈，师姐，你也被这破镜子骗了吧！"穆小米的坏笑声传来，"都看见什么啦？说给我们听听吧。不会吧，师姐你都激动得哭啦？"

　　该死的小米！蓝雨咬咬嘴唇在心中暗自骂了句，并没有理会穆小米的打趣，心中却忽然浮现出两句奇怪的话来："千像万像皆由心，你像他像众生像。寻像觅像无踪迹，众像归一一在前。"

　　"千像万像皆由心，你相他相众生像。寻像觅像无踪迹，众像归一一在前。"蓝雨不解地念叨着忽然眼前一亮，伸手就要推自己面前的镜子。

　　"哎哟，我的姑奶奶啊，你可千万别推，这千像之屋处处是像处处是机关，弄不好碰到哪个厉害的，能送我们通通去见马克思啊！"老许见蓝雨这样没轻没重地乱动吓得一哆嗦。

　　蓝雨并没有理会老许，而是扭头看了看老许，给了老许一个无比美好的微笑，手依旧推向了那扇镜子。

　　看着蓝雨笑颜如花，老许一瞬间真正明白了什么叫做死亡的微笑。完了，完了！老许心中暗叫不好，眼睁睁地看着蓝雨伸手朝镜子推去，一瞬间，空气似乎都凝固了。

可是老许担心的事情并没有发生，当蓝雨的手接触到镜子以后，这面镜子自动演化成了一扇朱漆的小门，蓝雨轻轻一推，门"吱嘎"一声自动打开。

"一扇门！"穆小米傻呆呆地看着眼前发生的一切。

"丫头，你太伟大了，居然找到了千像之屋的出口！"老许兴奋得直在地上蹦跶。

"不错！"邱子卿也高兴地拍拍蓝雨的肩膀。

"嘎嘎，不用做冻鸟肉啦！"酒鬼鹦鹉也跟着凑热闹。

蓝雨莞尔，并不说话，而是径自走进这朱漆的小门之中。

"师傅，师姐她，她进去了！她这是怎么了？怪怪的。"穆小米不解地问道。

"那我们也跟进去吧！"邱子卿好笑地看着一脸震惊的穆小米。

"可是万一我们进去这门再关上，再来个大冻活人怎么办啊？"穆小米担心地问道。

"嗯，说得也对，那你就不要进去了，在门口给我们把风吧！"说完邱子卿拍拍穆小米的肩膀。

"哎，你们怎么把我丢在外面了？"穆小米看着邱子卿、塔挞老爹、老许连带酒鬼鹦鹉都一个个地走了进去，只得硬着头皮也跟了进去。

这是一间不大的屋子，可所有进入屋子中的人除了蓝雨以外通通惊讶得目瞪口呆。

屋内，又是空空如也，只是四周的墙壁都是用羊脂美玉砌成的！如此价值连城的羊脂美玉，就算让一个外行人看到也知道屋子的价值。

忽然蓝雨直直地朝一面墙走去，伸手轻轻抚摩着羊脂美玉砌成的墙壁，表情有些痴迷又有些惊喜。"真美！杰出的艺术品！"蓝雨边轻轻抚摩着墙壁，边说着一些稀奇古怪的话。

老许、邱子卿、穆小米、塔挞老爹连带那只酒鬼鹦鹉见蓝雨这副模样，也都凑过来想弄个明白。

邱子卿等人走近才发现，原来这羊脂美玉上居然雕刻了一幅幅精美绝伦的壁画，将蓝雨深深吸引的正是一幅汉武帝寻仙图。

只见整面墙壁的中间雕刻着一位头戴十二旒冕冠，身穿山河日月金龙礼服的皇帝。他站在高高的露台之上，一副无比高傲的神情，跟前一个臣子跪在地上，头低着，双手端着一个月牙形的盘子向上高高举起。露台中还雕刻着许许多多匍匐在地的王公大臣，露台下方还雕刻了16名穿着宫装手捧托盘的宫女。最神奇的是这幅壁画之上居然同时雕刻了太阳和月亮，除此之外还在皇帝身边雕刻了两条张牙舞爪、全身金鳞、怒目而视、盘旋在天空中的巨龙，这两条巨龙的大嘴都张得大大的，一双眼睛却非常特别，镶嵌上去的居然是一颗颗大珍珠。

"好值钱！"穆小米此时又一脸财迷地看着这两条巨龙的眼睛。

"嘎嘎，好值钱的眼睛啊！嘎嘎，我想要！好崇拜哦！"酒鬼鹦鹉也跟着凑热闹，表情与穆小米如出一辙，此时财迷得就差流口水啦，"嘎嘎，要是弄回去可以换好多百年的葡萄美酒呢！"

酒鬼鹦鹉的话音刚刚落，那壁画上巨龙的双眼居然射出了一道寒光，吓得酒鬼鹦鹉一下子飞到了老许的肩膀上，拍着翅膀说："嘎嘎，吓死鸟了，龙要活过来了！"

大家并没有发现刚才巨龙射出的寒光，所以对酒鬼鹦鹉说的话并没有太在意。

蓝雨依旧在轻轻抚摩着壁画，忽然她的手触到了巨龙的眼睛，似乎有一种力量吸引着她将手重重地按了下去，随后让在场的人都惊讶得掉下巴的事情又发生了。

245

蓝雨居然将巨龙的眼睛按了进去，紧接着整面墙壁就开始颤抖，而且是边颤抖边向后倒去，最后整面墙壁平铺在地上，蓝雨等人眼前出现了一间空旷的大殿。

　　"这是什么地方啊？"穆小米一脸震惊地看着这忽然出现的大殿，再看看平躺在地上的羊脂美玉雕画的墙壁有些傻了。

　　"我想这应该是整个墓地的主墓室。"蓝雨平静地说道。

　　"是吗？"穆小米满脸狐疑，不敢向前迈动脚步。

　　"丫头说得没错，这就是主墓室，而且这门正是正确进入主墓室的大门。"邱子卿在一旁证明道。

　　"那，那我们进去？"穆小米用一种询问的口气问道。

　　"当然。"说着邱子卿一把就把穆小米给推进了大殿中，气得穆小米大叫："师傅你太不厚道了，居然让我先给你们蹚雷啊！也不看看有没有机关埋伏，就把你徒弟往火坑里推！万一有粽子，它老人家啃我两口怎么办啊？"

　　"谁让你在这里磨磨叽叽的，一点儿男子汉的样子都没有！"邱子卿没好气地训斥了穆小米一句后，也带着蓝雨、老许、塔挞老爹和酒鬼鹦鹉走了进来。

　　这是一间宽敞的大殿，四周除了柱子，空荡荡的，只有殿的尽头有一个高高的石台，石台上有一个大大的香案，香案上黑糊糊的一团团，似乎供着什么东西，还有一股子熏香的味道。

　　"奇怪啊，按理说应该是主墓室了，怎么没有棺椁呢？"老许环视四周，并没有看见意料之中的棺椁。

　　"妈呀！"穆小米吓得一蹦老高，差点儿一屁股坐在地上。

　　"又怎么了？"邱子卿有些不耐烦地朝已经走到大殿尽头，站在石台下的穆小米问道。

　　"粽，粽子！"穆小米有些结巴地说道。

　　"什么？粽子？"蓝雨一惊。

　　"是女粽子，好可怕，还好还没尸变，不然咱们都得成为它们的盘中餐！"穆小米战战兢兢地说，"一共有六个呢！"

　　被穆小米这样一说，众人都跑到了石台跟前，只见石台左右确实各立着三个穿着白色曲裾女子的干尸，此时它们正排成雁翅状站立在石台的两边。它们一个个的皮肤像放了半年的苹果一样干瘪粗糙，脸色发青，两只眼窝深陷，周围黑糊糊的一圈跟国宝大熊猫的眼睛有得一拼。最最诡异的是这些干粽子的嘴唇却鲜红欲滴，仿佛刚刚喝过人血后没有将嘴唇擦干净一样。而它们的手指甲足足有三四十厘米长，尖尖地冒着寒光。

　　"奇怪啊，这些人应该已经死了上千年了，怎么这嘴唇还如此鲜亮？也不像画上去的！"老许拿着探测器，对着其中一具女粽子照了一会儿，不解地说道。

　　蓝雨、老许、邱子卿、塔挞老爹刚一看到这六具女粽子，还是被它们诡异的模样吓了一跳。可看了一会儿，却发现它们只是这样静静地站着，并没有任何尸变的迹象，大家心中就都舒了口气。于是把注意力都集中到了香案上那被锦缎遮住的东西。

　　"怎么这样奇怪？什么东西还要用锦缎遮住？"邱子卿不解地说道。

　　"是啊，谁知道这上面供奉的是什么东西呢？不会是什么宝物吧？要是什么羊脂美玉做成的香炉啊、什么玛瑙碗啊，或者什么黄金佛像啊，或者什么鸡蛋大小的钻石、宝石，那不赚大发啦？"穆小米一脸向往地看着那锦缎里面的东西，然后非常自信地说道，"我有预感，这锦缎里面的东西肯定是价值连城的宝贝！一定是！"

"嘎嘎，我也有预感，这锦缎下面一定有好吃的！供果我想吃！供果我爱吃！"酒鬼鹦鹉停在老许的肩上，张着大嘴，口水就快流出来了。（如果鹦鹉能产生这么多的口水，那么此刻酒鬼鹦鹉的口水一定犹如滔滔江水连绵不绝。）

"吃的？就算真有吃的也上千年了，你能吃吗？早成化石了！"老许哭笑不得地说。

"嘎嘎，我老妈告诉我吃化石大补！想当年我老妈还带着我一起吃霸王龙的化石，所以你看我现在多么魁梧！"酒鬼鹦鹉非常陶醉地说出了让在场的人纷纷冒汗的话。

穆小米心想为什么都说吃什么大补呢？我的口头流行语你怎么能随便学呢？

"行了，别婆婆妈妈的了，是什么东西掀开看看不就知道了？"蓝雨说着就要上石台上面去将那锦缎掀开。

"千万别！"塔挞老爹吓得忙阻止蓝雨道，"我看未必是什么宝物，弄不好还是什么机关呢，你这一掀开弄不好触动什么机关会有危险的。万一这东西就是发动那些粽子的机关，你这一掀开这六具女粽子没准就复活了呢！"

"老家伙，粽子是不会复活的，只会尸变，其实这六具现在只能称干尸，或者冻尸，得等它们真的尸变了才够资格称粽子！这么多年怎么混的？越老越倒退，要是师傅在世，肯定得挨板子！"老许在一旁斜着眼教训塔挞老爹道。谁知道他的话音刚落，就听见穆小米一声惨叫："我的姥姥啊，那女粽子的小嘴动了！真的动了！女粽子的小嘴居然动了！"

"你瞎叫唤什么？哪动了？"邱子卿听穆小米这样猪嚎地乱跳，非常反感。于是也朝穆小米所指的女干尸望去，只见那干尸依旧没有任何风吹草动，鲜红欲滴的小嘴闭得牢牢的，根本没有动过的痕迹。于是邱子卿给了穆小米一个大大的白眼说道："你也是越学越倒退，当初胆子也不算小，怎么到现在芝麻大点的事情也大呼小叫、上蹿下跳的？脑子缺氧？"确实邱子卿此时非常怀疑穆小米是不是脑子坏了，还是长期出入各种古墓，导致大脑缺氧，有点儿脑残了！总之他现在的表现是非常不正常的。

"没动吗？"穆小米一脸郁闷地看看蓝雨，蓝雨很无聊地冲他摇摇头说："没动！"

穆小米再一脸期盼地看向老许，老许笑呵呵地摇摇头说道："八成是你眼花了，娃娃，难不成你年纪不大就老花眼了？"一语把穆小米差点儿噎死。

穆小米又一脸乞求地看向塔挞老爹，塔挞老爹非常严肃地又好好看了看那几具干尸，最后摇摇头说道："孩子，虽然我非常同情你，但是我们必须尊重事实，我们要用事实说话！那些女干尸真的没动，从头到脚连根汗毛都没动过。"

最后穆小米不抱任何希望地看向酒鬼鹦鹉，酒鬼鹦鹉则把头一扭，把嘴巴藏在了翅膀底下，一只腿缩进了羽毛里，直接做睡觉状。

这可把穆小米给气坏了，他边嘟囔边气壮山河般的朝刚才他看见小嘴动了的女干尸走去说道："你爷爷的，明明是动了，怎么你们都说没动呢？分明就是动了嘛！"说着已经把脸凑到了女干尸的跟前，此时他的脸就离女干尸那鲜红欲滴的小嘴 0.0387625 厘米。猛然间那鲜红欲滴的小嘴张开了一个口子，一股陈年的腐臭味直冲穆小米的两个鼻孔而来，随后那鲜红欲滴的小嘴又严严实实地闭上了。

"我的姥姥啊！"穆小米差点儿没被臭晕过去，连连退了好几步，呛得直咳嗽说道，"臭死我了，这臭粽子的嘴怎么这样臭啊！你们看见没？刚才那粽子的嘴又动了？"

结果大家的反应已经可以让穆小米抓狂了，所有人包括酒鬼鹦鹉都像是看怪物一样地看着他，然后无奈地摇摇头。

"什么？还没看见？"穆小米彻底疯狂了，"你，你，你们居，居然还，还、说，说，说，说没看见！你爷爷的！怎么睁，睁眼说，说，说啊说瞎话！"穆小米被气晕了，所以忽然又结巴了起来。

"乖徒儿，你别激动了，八成你看见的那是幻象。"邱子卿在一旁打趣说道。

"我真的看见了,它的嘴真的动了！我发誓！绝没有忽悠你们！"穆小米苦着脸争辩道，见众人都用一种奇怪的眼神看着自己，穆小米的火腾地一下就冲到了脑门，他气呼呼地一个翻身就蹿上了石台朝着香案走去。

"臭小子你要干什么？"老许见穆小米居然要去打这锦缎的主意吓得忙训斥道，想拦住穆小米。

"干什么？你们一个个畏手畏脚的，我确实看见那女粽子的小嘴动了，你们就是不相信！不是怕这里面有机关吗？我宁可让机关触动，也要证明这粽子它确实动了！"穆小米不知道怎么了，此时有点儿失去理智，站在石台上叉着腰，恶狠狠地对石台底下的蓝雨、邱子卿、老许、塔挞老爹连带那只装睡的酒鬼鹦鹉说道。然后猛然转身，伸手去扯盖在画像上的锦缎。

也许是这些锦缎放置的时间太长，这猛然让人一碰，瞬间化为灰烬，锦缎盖住的东西赫然呈现在眼前。众人本来以为穆小米这一大闹会闹出什么恐怖的东西来，都屏住气，紧张地注视着四周！可几秒过去什么事情也没有发生，于是才松了口气，把注意力集中到被锦缎盖住的东西上来。

这时大家才发现站在石台上的穆小米傻了，完全傻了，张个大嘴，下巴也快掉了，眼睛直勾勾地看向石台，就这样成石化状一动不动地站在那。

众人的视线也纷纷落在石台之上，一看只是三幅画像。

"原来是三幅画啊！要知道就不用搞得这么紧张！"老许嘟囔了一句后很快脸上的表情瞬间变得惊讶起来，他猛然看看站在身边的蓝雨，又猛然看看站在石台上的穆小米。几秒钟后，老许惊叹地叫了起来："天呀，怎么可能！太离谱了！"

不光老许，邱子卿、塔挞老爹也惊讶不已，酒鬼鹦鹉更像见了鬼一样看着蓝雨和穆小米。不要说别人了，就连蓝雨和穆小米自己都看着那香案上的三幅画像在心中发憷。

这三幅画像画的是三个人，中间一幅最大，上面一位穿着汉代宫装的白衣女子，脸色苍白憔悴，表情忧郁痛苦，众人一看就发现这画上的女子简直和蓝雨是一个模子里刻出来的。这些还不够，那画上女子白净的脖子上戴着的就是传于世间，让四方争夺，恩怨纠结起伏到如今的琥珀泪，这不光是画上去的，中间那颗居然是一颗真正的琥珀泪镶上去的。

"我的天啊！琥珀泪！"塔挞老爹惊叹了一声忽然又高呼了一声，"天啊！啊！啊！那不是小米吗？"

这就是穆小米为什么石化的原因，在那长得和蓝雨一模一样的汉代宫装女子画像的右边那幅画像上是一个头戴十二旒冕冠，身穿黑色冕服的天子画像，可以断定这天子画的就是汉武帝。那天子的模样和穆小米居然长得一模一样。汉代宫装女子的左边那幅画像上画着一位穿着古装的大将军，那模样居然就是慕容轩。

众人看着画像足足沉默了三分钟，最后老许惊呼了一声："今天真的是见鬼了！穆小米居然是汉武帝？汉武帝居然长得是穆小米的模样？"

"我的姥姥啊，原来我还当过汉武帝？"穆小米一脸震惊地叫道。

"嘎嘎，你做梦呢！你这样的泼皮怎么可能是汉武帝的转世！太荒唐了！"酒鬼鹦鹉听了穆小米的话后，两眼一翻，颇为不满。

"不是我？不是我，那画像上的人是谁？怎么可能千百年前还有个跟我一模一样的人？"穆小米气呼呼地说道。

"我也感觉像小米，这神态，这五官真是像极了！"老许在一旁盯着画像看了半天后，又拿出放大镜来在穆小米的脸上仔仔细细地研究了个遍。

"臭老头，你看什么看，有什么好看的？难道没看过长得这么帅的人吗？"穆小米没好气地说道。

"我仔细研究了一下。"老许清了清嗓子对大家说道，"这画像上的人的确是小米。你们看小米左边眼睛小一点，右边眼睛大一点，画像上也是这样的；小米的嘴巴下面有颗小痣，画像也有；小米的脸蛋上有一个针尖大小的小痣，而画像上也有，还有最像的就是这神态和小米发坏时候的神态一模一样。"老许说到这里又看了看小米说道，"所以我可以断定，这画像上画的人就算不是小米也跟小米有着密切的关系。"

"你看看，还是老头儿说的对！"小米开心地说道。

"就算是你那又能说明什么？刚才我用仪器测试了一下，这些画产生的年代正好是汉武帝时期，为什么画上画着的却是千年之后我们现在所熟悉的三个人？是巧合，还是有人故意画的？"塔挞老爹说道。

"故意画的？既然是汉武帝时期的，怎么可能故意呢？难道当时的人能掐会算？已经算出来千年后的今天我们要到这里来，而且还算出我们都长得什么模样？这也有些太离谱了吧！"老许反驳道。

"是不是有人故意我不知道，但是这个画这几幅图画的人并没有把我们算出来。他画的只是丫头、小米还有慕容轩，看来他们三个人与琥珀泪一定有什么特殊的关系。"邱子卿说道。

此时却见蓝雨呆呆地看着慕容轩的画像，伸手轻轻地抚摩，表情痛苦，眼角亮晶晶的，似乎想起了什么前尘往事。忽然她走到中间的那幅画像前，看着画像上和自己一模一样的女子，伸手一用力，将画像上那颗琥珀泪摘了下来。

96. 女粽子的歌声

"天呀，师姐，你把琥珀泪摘下来啦！"穆小米此时也不去管什么像不像，两眼泛着绿光地盯着蓝雨手中的琥珀泪说道，"这东西可价值连城啊，真漂亮，不愧是神的杰作！师姐，让我碰碰好不？"穆小米一脸祈求地看着蓝雨。

蓝雨见他一脸可怜样，就将琥珀泪递给他。穆小米一脸兴奋地摆弄着手中那颗绽放着淡淡橘黄色光芒的琥珀泪，忽然穆小米觉得心中一阵莫名的苦闷，苍凉而悲痛的感觉充实着他的每一个细胞，一种流泪的感觉围绕着他，他只感觉到自己的鼻子酸酸的，眼睛湿润润的。他自己也觉得奇怪，为什么会突然有这样的感觉呢？

这时候老许、邱子卿、塔挞老爹也笑呵呵地围过来，看着穆小米手中那漂亮的琥珀泪。

"真是一件杰出的艺术品啊！我估计世界上最最顶级的珠宝制造者，也未必能做出这样灵秀又神秘的艺术品。"塔挞老爹说道。

"这个要是在博物馆展出，一定会震惊世界的！"邱子卿也激动地说。

"这些还不是最重要的，最重要的是这是钥匙啊！只要找齐钥匙，就可以开启怨陵了！到时候，就可以解开这些永无止境的谜了！"老许是几个人中最激动的，他从穆小米手中接过琥珀泪，双手有些颤抖地捧着琥珀泪说道。

　　"嘎嘎，小米看着琥珀泪都流泪了，没羞！没羞！"酒鬼鹦鹉忽然从塔挞老爹的肩上露出它那贼头贼脑的脑袋，眼睛坏坏地看着穆小米。

　　"你这只臭鸟，我不就是有点儿泪奔的感觉吗？"穆小米有些不好意思地拿袖子擦擦眼角的泪花说道。其实穆小米也搞不清楚，自己到底是怎么了，自从拿到琥珀泪后就有一种泪奔的感觉。

　　"真奇怪，小米，你也是见过大世面的人，怎么今天如此失态呢？"邱子卿走到穆小米身边奇怪地看着自己的宝贝徒弟，说实话穆小米贫归贫，臭屁归臭屁，有些关键时刻还非常惜命可还是非常男人的，这么多年跟着自己潜伏，上刀山下火海多少次在鬼门关前打转转，可他也没有这样说哭就哭，而且还是这样毫无理由地流眼泪，今天确实有些奇怪。

　　"师傅，你也别好奇，小米这人就这样，有时候神经出点问题也很正常。"蓝雨走到慕容轩画像前，看着画像淡淡地说。

　　正在邱子卿奇怪的时候穆小米又开始发疯了，只见他双眼瞪得溜圆，一只手指着石台下面非常焦急地，想说什么却又说不出来。

　　"怎么了？"邱子卿问道。

　　"粽，粽子的小嘴又动了！"穆小米紧张地结结巴巴地说。

　　"什么？哪动了？"邱子卿无语地看着自己的宝贝徒弟说道。

　　"不是，它真的动了！真的动了！"穆小米语无伦次地说道。

　　"小子，又花眼了？这可不好，等完事以后你可得去医院好好检查一下，年纪轻轻的不该花眼啊！"老许在一旁凑热闹，打趣穆小米道。

　　"我真的看见了它们的小嘴，就那血淋淋的小嘴确实一起张开啦！我真没骗你们！"穆小米愁眉苦脸地说道，现在他可真体会到窦娥当初的痛苦了。正在穆小米急得快脑出血的时候，酒鬼鹦鹉非常配合他地乱飞乱叫了起来。

　　"嘎嘎，粽子复活啦，要喝鸟血，我要藏起来！"酒鬼鹦鹉扑着翅膀一顿乱钻。

　　"妈呀，它们的嘴又动了！不信你们看啊！"穆小米惊恐地指着石台下的六具女尸说道。

　　许是粽子们动作的幅度大了点，这回确实让老许、邱子卿、塔挞老爹看得一清二楚。

　　"我的亲娘啊！"老许倒退了好几步，差点儿没坐地上，虽然他出入的古墓无数，跟不少粽子交过手、过过招，可这样妖艳的女粽子老许还是头一回见到。最让老许受不了的是，那女粽子的一张鲜红欲滴的小嘴配上苍白枯萎的满是褶子的脸，真是让人既觉得恐怖无比脊梁骨冒凉气又让人觉得超级恶心。

　　"快准备黑驴蹄子，看样子真是要尸变啊！肯定是我们把画像上的锦缎破坏了，所以才引起粽子尸变的，快拿黑驴蹄子堵住它们的嘴，要是一会儿喷出尸毒来可就麻烦了！"邱子卿急忙对穆小米说。

　　"师傅！你看看，刚才还不相信我！这女粽子的小嘴是不是动了？是不是动了？你们得给我道歉，不以事实说话！"穆小米跟邱子卿贫了这几句，一股恶臭就充斥着他们几个人了，六个女粽子的嘴完全张开，眼睛也猛然间张开，一张一合地不知道在干什么。忽然一阵奇怪的歌声伴随着阵阵恶臭传来，邱子卿、老许、穆小米、塔挞老爹连带酒鬼鹦鹉都感觉到一阵天旋地转、云里雾里，又仿佛掉进了一个奇臭无比的地方，只觉得头晕、恶心、四肢无力、心慌盗汗、呼吸困难、不胜其苦。

与此同时，一种让人听了头痛欲裂的歌声从女粽子那鲜红欲滴的小嘴里传出，在老许、邱子卿、塔挞老爹和酒鬼鹦鹉的眼前出现了六名汉代宫装的女子，她们围着老许等人载歌载舞，跳起怪异的《巾舞》来。

> 阅尽人情知纸厚，
> 世间何处不伤心？
> 千求万欲皆虚幻，
> 一茔荒冢是终结。

女粽子那鲜红欲滴的小嘴里唱出这四句，如同一个魔咒紧紧地围绕着老许、邱子卿等人，经久不散，如鬼魅般如影相随。

> 阅尽人情知纸厚，
> 世间何处不伤心？
> 千求万欲皆虚幻，
> 一茔荒冢是终结。
> 九九归——成空，
> 世态炎凉不稀奇。
> 今日你笑他人亡，
> 明日他人笑你亡。

女粽子的歌声犹如吸魂的魔鬼，在老许、穆小米、邱子卿、塔挞老爹的耳边缠绕，袅袅不绝。蓝雨也听见了歌声，但她并没有像老许等人那样被迷住了，她心中只是感觉到无尽的悲哀，细细品味这歌中所唱的含义，一时不由得顿悟。是啊，人生有时候就是这样，你苦苦所求的最后却发现只是一场梦幻，空空如也！而你却为了这个虚无缥缈的东西，付出了自己一生中那些最宝贵的东西：爱情、亲情、友情等。想到这里，蓝雨不由得长长地叹了口气。再看向穆小米等人，蓝雨不由得大惊，只见他们一个个脸色苍白，眼神迷离，额头上豆大的汗珠正滴滴答答、劈劈啪啪地落下来，浑身颤抖得不行，眼看着再这样下去，肯定都得虚脱得晕过去。

蓝雨心中一急，忽听得"扑通"一声，原本站在老许肩膀上的酒鬼鹦鹉，翻着白眼摔到了地上，晕了过去。

蓝雨看到这情景更是焦急，忙上前去推老许、穆小米、邱子卿、塔挞老爹几个人，可四人依旧沉静在那摄魂的歌声之中。

怎么办啊？蓝雨这下有点儿慌了，忽然想起穆小米和老许的包中还有不少黑驴蹄子。于是她忙跑过去，打开两人的背包，从里面拿出三个黑驴蹄子，跳下石台，朝那六个鲜红的小嘴一张一合的女粽子走去。

走到女粽子近前，蓝雨的心开始怦怦乱跳，心想，万一自己塞黑驴蹄子的时候这女粽子忽然张嘴咬自己一口，或者伸出它们的爪子卡住自己的咽喉怎么办？想归想，可蓝雨还是强忍着心中的恐怖，飞快地将一个黑驴蹄子塞进了一个女粽子的小嘴里。那女粽子嘴被黑驴蹄子堵住，再也唱不出歌来了。蓝雨见起了效果，忙飞快地又把另外两个粽子的嘴里也塞进了黑驴蹄子。于是这歌声小了一半，时间紧迫，蓝雨马上又跳上石台从穆小米的包中摸出三个黑驴蹄子，再飞身跳下石台，一一塞入女粽子那鲜红欲滴的小嘴里，那让人听了觉得头痛欲裂的歌声一下子消失了。

"我的姥姥啊！"穆小米第一个回过神来，"这鸟歌声总算没了，快折磨死你爷爷了！"

紧接着塔挞老爹、邱子卿、老许也都回过了神来，蓝雨刚要跟他们说话，忽见得石台桌子上那几幅画像的后面黑影一闪，向着大殿左边的角落里跑去！

"慕容轩！"蓝雨叫了一声，就飞快地追了上去。

97. 兽粽

穆小米听蓝雨叫了一声慕容轩，刚想问在哪？就听得身边传来一阵阵大声的咀嚼声，再看看师傅与老许等人皆个个瞪圆了眼睛，颇为惊恐地盯着石台下那六个女粽子。出现在穆小米、邱子卿、老许等人眼前的是非常诡异的一幕，原本蓝雨为救穆小米等人，将黑驴蹄子一一塞入女粽子的嘴里，一时歌声是止住了，邱子卿等人也恢复了知觉。可在场的谁也没想到，这些女粽子并没有畏惧那黑驴蹄子，虽然那黑驴蹄子将粽子的嘴堵上了，歌唱不出来了，可是那只是暂时的，这六个女粽子现在人手一只黑驴蹄子，像啃苹果一样地津津有味地吃了起来。

"嘎吱！"六个粽子津津有味地啃着黑驴蹄子，脸上还露出一副颇为享受的表情，让邱子卿等人一个个地呆在原地，嘴张得老大都忘记合上。

这还是粽子吗？这年头难道连粽子都变啦？穆小米看得脊梁骨直冒冷汗，心怦怦直跳。

"师傅！这，这还是粽子吗？粽子不是喝血吗？怎么改起吃黑驴蹄子了？难道粽子也开始换口味了？"穆小米结结巴巴地问道。

"你问我我问谁去？"邱子卿也非常郁闷，他走南闯北这么长时间了，见过的世面也不少，见过对黑驴蹄子免疫的粽子，却没见过把黑驴蹄子当苹果吃的粽子！

"这个，这些难道是传说中的兽粽吗？"老许惊恐地说道。

"兽粽？兽粽是什么东西？"穆小米边奇怪地看着正在像啃苹果一样啃着黑驴蹄子的女粽子，边问道，"难道吃黑驴蹄子的粽子叫兽粽？难道粽子的家族中还有将黑驴蹄子当做食物的粽子吗？"

"这几个人生前好可怜！"老许说了一句文不对题、风马牛不相及的话。

"可怜？把黑驴蹄子当苹果吃就可怜啦？"穆小米不解地问道。

"老许，你说的兽粽是不是上古酷刑之中最恐怖的一种刑法？"邱子卿忽然颇为紧张地问道。

"是啊，这东西生前遭受到如此恐怖的酷刑，死后变成粽子当然是最最恐怖的那种！"老许边脊梁骨冒着凉气边说道，"此地不易久留，咱们快撤！"

"老家伙，它们不就吃吃黑驴蹄子吗？有什么好紧张的，你看它们吃得这么慢，估计没半个小时它们还吃不完，还不着急撤！这个做大事要能沉得住气！我再找找这三幅画像里面还有没有琥珀泪！"穆小米说着就要去将那画像抬起来看个究竟，可却被老许死死地抓住，连声说道："动不得！动不得！你没见刚才丫头动了一下那些粽子就开始唱歌了吗？这些兽粽是将大活人抓来后，连着给他们喝上九九八十一天的药汤，这药汤里面既有防腐的成分又有让人感觉麻木的麻药成分。八十一天后这些大活人都变得反应迟钝了，然后再把他们绑在一种特质的木床上，这种木床上铺了一种特质的席子，让人一躺下去就会晕晕乎乎全身松软，意识渐渐消失。然后在人的几个大动脉处割开一个极小的口子，将人的血缓缓放出，同时还会有人将一根事先处理好的大血管拿来，插入其中一个小口子里，将一种猛兽黑色的血液缓缓灌入人的身体之中，就这样用猛兽的血液代替人自己的血液，然后再将切开的口子缝合，并给换了兽血之人灌入僵尸血，之后就将换了兽血之人关入漆黑无比的地牢。七天过后，整个人经过痛苦的蜕变就从一个大活人变成了一只凶悍无比的兽粽，它嗜血成性，不光喜欢喝血更喜欢啃咬活人，尤其喜欢吸食人的脑髓。"

"妈呀，怎么这么变态啊！"穆小米听得惊心动魄，不由得冷汗直冒，忙说道，"那咱们就趁它们在吃黑驴蹄子的时候快点溜，不然它们吃完了，就开始打我们的主意了，我们都得变成它们手中的黑驴蹄子！"穆小米听老许这样一说，马上开始成为最积极响应老许号召的第一人了，第一个跳下石台，准备从这六个正在津津有味地啃黑驴蹄子的女兽粽前面溜走。

"快走！"老许对邱子卿和塔挞老爹说。

"嘎嘎，快走！兽粽，恐怖！"酒鬼鹦鹉也缩着脑袋准备逃命。

"哎，丫头呢？"邱子卿这时候才发现蓝雨不见了。

98. 发飙的兽粽

"师姐？"穆小米愣了一下，马上想起蓝雨刚才叫了一声慕容轩就朝大殿的一角跑去了，他赶忙向蓝雨跑去的方向望去，可惜早就空空如也，根本寻不见蓝雨的踪迹了。

"那个什么。"穆小米咽了口口水说道，"刚才师姐叫了声慕容轩，就朝大殿的那个角落跑去了。"说完穆小米伸手指了指蓝雨跑去的方向，怯怯地看着邱子卿。

邱子卿等人忙朝穆小米指的方向看去，根本就没发现蓝雨的身影。邱子卿一下子就明白是怎么回事了，他走过来，抬起一脚就踹到了穆小米的屁股上，踹得穆小米嗷一嗓子跳得老高。

"师傅，你怎么越来越不讲人权了？好好的踢我干什么？"穆小米捂着屁股愁眉苦脸地问道。

"就你这样不关心师姐的还跟我讲什么人权？怎么不拦住她？这里多危险你让她一个人乱跑？万一出了点事情怎么办？你小子今天是怎么搞得？"邱子卿气哼哼地数落着穆小米。

"师傅啊，我刚才正要说不是看见粽子吃黑驴蹄子了吗？我一时惊讶就忘记了啊！"穆小米哭丧着脸在一旁解释道。

"先别说了，快悄悄地离开这里，都轻点，别惊动了那六只兽粽，然后我们去找丫头。"老许这个急啊，这师徒俩也不分时间场合就开杠，也不看看站在他们眼前的是什么东西！

要是让兽粽盯上了，你还想活着出来啊？

被老许这样一提醒，邱子卿也发现那六只兽粽手中的蹄子都快吃光了。于是忙点头说道："好，咱们一个个蹲着从粽子身下走过。"说完还不忘教训穆小米一句，"你别毛手毛脚的，给我小心点，一会儿到了安全的地方我再跟你算账！"

于是四人都悄悄地滑下了石台，然后一个个蹲在地上走起了鸭子步，四个人悄悄地、飞快地走着。正当四个人马上就可以逃之夭夭的时候，穆小米忽然觉得背后有一只冰冷的手抓住自己的衣领子，一股蛮力将穆小米一下子拉了起来，穆小米一下子腾空而起，被高高地抛了起来。

"妈呀！"穆小米一声怪叫，整个人就变成了空中超人，斜斜地飞了出去。只听得一声闷响，穆小米重重地摔到了地上。

"吼！"六只兽粽张开血红的小嘴，露出锋利的牙齿，朝着穆小米怒吼着。

此时，邱子卿、老许、塔挞老爹和那只酒鬼鹦鹉已经走到蓝雨消失的那个角落，塔挞老爹一眼就看见这大殿的角落有个小小的角门，而且此时正虚掩着，显然是有人刚刚从这里出去，于是断定蓝雨定是从这里跑出去找慕容轩的。众人刚要顺着角门出去找蓝雨，就听得穆小米那边杀猪般地嚎了起来，听得众人头上都开始冒黑线。为什么每次冒泡的都是这小子？本来都快逃出这间大殿了，谁知道穆小米这家伙还是把粽子给惹到了！

"妈呀！"穆小米好不容易从地上爬起来，一瘸一拐地想向邱子卿等人跑去，可谁知道他刚跑了两步身后又多出了一只骨瘦如柴的、长着尖尖的指甲的爪子，一把抓住穆小米，穆小米发出一声痛苦的惨叫，又被一只女兽粽凌空拎起。

显然这只女兽粽并不着急将穆小米再次抛向空中，它张着那张鲜红欲滴的小嘴，呆呆地看着穆小米，小嘴里不时散发出一阵阵陈年的腐臭味道与难闻的药味和动物的骚臭味，弄得穆小米快被熏晕过去了。

"师傅啊，快救我啊！这女粽子要吃了我啊！师傅！"穆小米声嘶力竭地叫着。听得邱子卿直皱眉头，于是一个箭步跑了过去，伸手从腰间拔出手枪，照着女兽粽拎着穆小米的手就是一枪，女兽粽的手一松，穆小米就摔了下来。

"还愣着干什么，快跑！"邱子卿冲着趴在地上还没回过神来的穆小米大喊了一声。穆小米仿佛触电一般一下子从地上蹿了起来，也顾不得刚才被女兽粽摔得浑身散架般的疼痛，一瘸一拐地朝邱子卿等人跑了过来。

女兽粽们显然是被刚才邱子卿的一枪给震怒了，齐齐发出一阵阵猛兽般的怒吼，声音地动山摇，震耳欲聋。一下子，女兽粽的脸上、身上长出浓密的兽毛，一双眼睛已经变成了鲜绿色，一道道绿光仿佛乱坟地中那一道道乱跳的鬼火，射向塔挞老爹、邱子卿等人。

"快跑！兽粽发威了，再不跑就没命了！"老许惊慌地吼了一声，带头朝角门跑去。

一声声震耳欲聋的吼叫声在邱子卿、穆小米、老许、塔挞老爹的背后响起，穆小米一边跑一边还不忘记看那些尸变了的女兽粽。现在这些女兽粽已经完全没了人样了，脸上、手上通通长出了浓密的兽毛，两只绿莹莹的眼睛冒着绿光，它们张牙舞爪龇牙咧嘴地朝着穆小米、邱子卿等人蹿过来。

"妈呀，这根本就不是什么女粽子，感情就是母猿猴啊！我的姥姥啊！"穆小米高声尖叫着，使出吃奶的力气朝大殿之中那个角门跑去。

"嗷呜！"女兽粽见他们这几个到嘴的点心居然要逃，顿时呈现出一种河东狮吼的状态来，只听得"扑哧"一声。穆小米只觉得背后一凉，旋即"妈呀！"一声没命地向着邱子卿等人飞奔而去，原来刚才一个女兽粽马上就要赶上穆小米了，性子一急，就伸出爪子一把抓向穆小米，好在穆小米跑得快，只是后背的衣服被那女兽粽的爪子撕烂了，跑起来后背虎虎生风，煞是凉快！

"快进那角门！快！"邱子卿不愧是练家出身，第一个就跑到了角门，但是他并没有自顾自地跑进去逃命，而是将角门打开，让老许、塔挞老爹先跑了进去，见穆小米还在那里一瘸一拐地卖力地冲他跑过来，可身后的六个兽粽眼看着就要追了过来，邱子卿无奈地对穆小米吼了声，弯着腰跑，说着冲着穆小米举起了手枪。穆小米一下子就反应了过来，马上猫着腰，抱着头没命地朝邱子卿跑来，就在穆小米低头的一刹那，一颗子弹从穆小米的头上飞过，正打在女兽粽的脖子上。

"扑哧！"邱子卿就见女兽粽脖子上那中枪的地方咕噜咕噜地流出了好多黑血来，一股腥臭的味道在空气中弥散开来。

怎么兽粽的血是黑色的？邱子卿不解地想着，而且还在流动吗？

"师傅啊，您愣着干什么？快进角门里去啊！"此时穆小米已经跑到邱子卿跟前，见邱子卿还盯着那几只发飙的女兽粽出神，急忙将邱子卿往角门里拽。

"快进来，把门关上！"老许和塔挞老爹在角门里面喊道。

穆小米拉着邱子卿，两人飞快地闪进角门里面，躲在角门边的老许和塔挞老爹急忙将角门死死地关上，又将角门后面的门闩插上。

"轰隆！"就在老许和塔挞老爹刚把角门的门闩插上后，六只女兽粽就扑了上来，角门被它们重重地撞击了一下。

99. 昏迷的蓝雨

"嗷呜"，见到口的美食就这样飞了，女兽粽一个个都急红了眼，争先恐后地砸着角门。

"师傅，这门安全吗？能承受得了这六只女兽粽万吨级别的撞击吗？"穆小米看着正在遭受撞击的角门担心地问道。

"我也觉得可能不行。"塔挞老爹撇着嘴看着正被撞的"砰"、"啪"乱响的角门说道。

"赶快跑，趁现在门还没被它们撞破，能跑多远就跑多远。"邱子卿抹了一把额头上的汗说道。于是众人顺着角门外的甬道，没命地向前跑去。

跑着跑着身后女兽粽疯狂的吼叫声渐渐地小了，穆小米才猛然大喊："坏了，坏了！师姐！师姐！怎么把师姐给丢下了？"

"你瞎嚷嚷什么？我们这一路跑过来见到你师姐没？"邱子卿铁着脸问道。

"没有啊。"穆小米稀里糊涂地回答着，不知道师傅到底在想什么。

"那这一路跑过来有没有遇见什么岔道？"邱子卿又问道。

"没有啊？"穆小米答道。

"那不就行了？既然没见到你师姐，那肯定是还没找到嘛，你停下来干什么？还不快点去前面找？"邱子卿没好气地说完就继续往前走去。

"对呀，我怎么就没想到呢？"穆小米一拍脑门骂了声自己真笨，跟着邱子卿、塔挞老爹、老许向前找去。

四人一鸟向前边跑边走大约半个小时，忽然发现前面出现一个圆形的大殿。这大殿足足有一个足球场大，中间一个水晶石台。

"好漂亮的水晶石台啊！要是弄出去得卖多少钱啊！"穆小米财迷地盯着水晶石台说出了一句找打的话来，可还未等邱子卿敲打他，他忽然眼睛瞪得溜圆，指着水晶石台上嚷嚷道，"上面有人！水晶石台上面躺着一个人！"

四人之中，要数穆小米的眼睛最尖，所以他一下子就看见了那水晶石台上躺着一个人，于是第一个朝水晶石台跑了过去。

穆小米跑过去一看，才发现躺着的人居然是蓝雨。只见她脸色发白、双目紧闭、嘴唇铁青，额头上一层细密的汗珠，双手放于小腹，平静地躺在水晶石台上，颇有童话中睡美人的感觉。

"是师姐！师傅！师姐在这里！"穆小米刚说完，一双眼睛就变直了，他突然发现蓝雨的衣领子已经被人解开，露出了雪白的酥胸，一颗琥珀泪状的胎记赫然浮现在穆小米眼前，更让穆小米无法接受的是这琥珀泪胎记周围居然有青紫色的吻痕，这是谁干的？穆小米气呼呼地想——慕容轩，一定是那个畜生干的，一开始我就觉得这家伙不是什么好东西！过来骗财骗色的！穆小米想到这里不由得咬牙切齿地捋起袖子来，一副想痛扁慕容轩的样子。

邱子卿、老许等人也跑了过来，正要围到水晶台边去看看昏迷中的蓝雨，却见穆小米张开双臂，将邱子卿、老许、塔挞老爹连带那只酒鬼鹦鹉一并挡在了外面。

"嘿嘿。"穆小米尴尬地一咧嘴，冲着邱子卿等人干笑了几声，邱子卿看着自己这个宝贝徒弟笑比哭还难看，心想这小子又要什么花招？

"你怎么拦住我们了？"邱子卿问道。

"啊，那个什么，师傅你们要干什么啊？"穆小米装傻的本领超高，这个时候还不忘跟自己的师傅装下傻。

"你说我要干什么？你师姐都昏迷不醒了，你把我们挡在外面这算什么？"邱子卿看着自己这个二百五的徒弟，已经没力气生气了。

"师傅，那什么，不是我不让你们去看师姐，是，是，哎，那什么。"穆小米支支吾吾地红着脸说不出话来。

"是什么？你小子又皮紧了是不是？"邱子卿终于火了。

"是男女授受不亲！"穆小米一句话终于挤了出来，随后又传来一声惨叫："嗷！"邱子卿很不客气地赏了穆小米头上一个大包，打开穆小米拦着的手，走到了水晶台边。只一眼，邱子卿也从头红到脚，忙拦住老许和塔挞老爹说道："呃，那什么，你们还是别看了，的确是不方便！男女授受不亲。"随后他又一声大吼，"小米，你小兔崽子刚才对你师姐做了什么？"显然，邱子卿以为蓝雨胸前的吻痕是穆小米留下的。因此他现在脸从白色变成了青色，又从青色变成铁青色，最后终于从铁青色变成了黑色！一双大手里多了一条皮带——很显然是准备爆扁穆小米一顿。

"师傅你说什么呢！我怎么可能干这种不要脸的事情呢？好歹我也是国际刑警！这点组织纪律我还是有的！"穆小米一着急把啥都说了，好在周围没外人，"是慕容轩那小子！肯定是那小子，刚才师姐就是去追那小子才离队的！那小子不是什么好东西！一开始就在打师姐的主意了！还编出什么凤凰、松神转世的烂传说来骗师姐！该死的小子，别让我

256

碰到！要是让我碰到，我非痛扁他一顿不可！"穆小米的眼睛都气红了，咬牙切齿，恨恨地说道。

100. 意外的收获

"什么？慕容轩？人呢？"邱子卿环视了四周，连半个人影都没看见，更没有发现周围还有什么出口，于是气呼呼地质问道，"你小子刚才最先跑到你师姐身边的，然后又不让我们过来，慕容轩他一个大活人，怎么可能凭空消失？你看看周围有别的出口吗？撒谎也不打个草稿！"邱子卿越说越火。

穆小米听了邱子卿的话后环视了一下四周，真的没有发现任何现成的出口，于是一副欲哭无泪的样子，天啊，这下可真是跳进黄河也洗不清了，再看看躺在水晶台上的师姐，依旧紧闭双眼，估计这一时半会儿还醒不过来。

"臭小子看我怎么收拾你！还想不想在这一行里混了？"邱子卿气哼哼地就要过来扁穆小米，吓得穆小米赶紧上蹿下跳地满地躲闪。

"师姐，你快醒过来吧，醒来了我就可以洗清罪名啦。"穆小米一边跑一边冲着昏睡在水晶台上的师姐大声嚷嚷，可蓝雨就是一动不动地躺在水晶台上。

"师傅，你快点去救师姐吧，师姐到现在还没醒呢，你不去管师姐怎么跟我杠上了？"穆小米边上蹿下跳，惨叫连连，边不忘开导邱子卿。

"今天非得先扁你小兔崽子一顿再说！"邱子卿气呼呼在后面边追穆小米边骂道。

"嘎嘎，小米挨揍了！"酒鬼鹦鹉在一旁幸灾乐祸地扑着翅膀，扯着嗓子发出阵阵难听的声音。

老许和塔挞老爹只得苦着脸在一边看着，想劝也劝不住。应该说邱子卿的脾气也挺大的，别看他平时乐呵呵的如闲云野鹤般，可若把他给惹急了，那可真是把地狱魔鬼给请出来了。

正热闹着，忽听得水晶台上"呀"的一声，蓝雨已经迷迷糊糊地坐了起来："师傅，你怎么又追着小米打了？"蓝雨睡眼惺忪地看着现场这戏剧性的一幕问道。

"这臭小子，居然敢对你这样，我扁不死他！"邱子卿气哼哼地骂道。

听了邱子卿的话，蓝雨顿时觉得云里雾里的，闹不明白是怎么回事，可低头一看自己的衣领子，居然解开了，而且还有吻痕！这下水晶台上又传出了一阵凄惨的叫声。

"小米！"蓝雨脸羞得通红，冲着正在上蹿下跳的穆小米大吼了一声，吓得穆小米差点儿当场趴在地上。

"师姐，这跟我没关系，你忘记了？刚才你去找谁了？是慕容轩，慕容轩那小子干的！"穆小米一句话提醒了蓝雨，蓦然间她想起了刚才发生的一切。

当时蓝雨在石台之上猛然间发现了一个人影在自己的身后闪过，是慕容轩！没错，只见慕容轩冲着蓝雨点点头，用手指指大殿深处的角门，就飞快地朝角门跑了过去。

出了角门，蓝雨发现慕容轩的身影在长长的甬道之上晃动着向前跑去。

"慕容轩，等等我！"蓝雨在后面叫道，可慕容轩仿佛没听见，依旧自顾自地向前跑着，而且越跑越快，好像怕蓝雨追上他一样。

眼看慕容轩要再一次地在自己的眼前消失，蓝雨急忙使出全身的力气朝慕容轩跑过去。慕容轩依旧在前方，总与蓝雨保持着一段距离。最后当慕容轩消失的时候，蓝雨也置身于这个偌大的圆形大殿之中。

　　蓝雨朝四下张望着，并没有找到慕容轩，却发现了一张用纯天然水晶打制得非常精巧的水晶台，此时正散发着迷人的光晕，实在是太漂亮了！蓝雨好奇地走到水晶台前，忍不住伸手轻轻抚摩了一下。顷刻间水晶台散发出来的光晕将蓝雨包围，蓝雨看见金色的一片，猛然间蓝雨觉得有人从后面抱住了她，一股熟悉的味道传来，是慕容轩。

　　蓝雨转身，看着慕容轩那双漆黑的似点点星光的眸子，激动地问道："这么长时间你跑哪里去了？居然还扮作赶尸的人？你把我们带到这里来干什么？难道你早就知道这里是百鬼社的老窝？潘艳儿不是被那个老吸血鬼给劫持了吗？怎么又忽然出现在你赶的尸体里？对了明哥不是早就死在沙漠里了吗？怎么又千里迢迢地出现在百鬼社的实验室里面？不会是你从那么远的地方赶尸赶过来的吧？"蓝雨看着慕容轩，问题一个接着一个连珠炮般的砸了下来。

　　慕容轩嘴角挂着一抹淡淡的微笑，眼中充满爱意地看着蓝雨。他一句话也没说，只是忽然低下头去吻住了正在发连珠炮的蓝雨。

　　"唔。"蓝雨一时说不出话来了，慕容轩吻得那样缠绵、那样绵长，让蓝雨觉得仿佛陷入了深深的、厚厚的、软绵绵的云朵里，在那里沉浮、沉浮地飘啊飘。正沉迷与慕容轩的长吻之中，蓝雨忽然觉得胸口一阵凉风，紧接着上衣的扣子被慕容轩解开，慕容轩细细地吻着，从蓝雨的粉颈一路下来，很快到了蓝雨的胸口。当慕容轩吻住蓝雨胸口上那颗琥珀泪状的胎记后，蓝雨忽然觉得浑身上下一阵剧痛，一下子从迷幻之中惊醒，一股强大的恨意从心中喷涌而出。

　　"不！"蓝雨一个巴掌正好打在了慕容轩的脸上，慕容轩忽然抬起头来，恶狠狠地看着蓝雨，这眼神让蓝雨结结实实地打了个哆嗦。但是这厌恶凶狠的眼神只是瞬间即逝，随即慕容轩又恢复了往日那种温文尔雅含情脉脉的眼神。蓝雨忽然觉得天旋地转，一下子就失去了知觉，再一次醒来的时候，就见到师傅追着上蹿下跳的穆小米在这里绕着圆圈乱跑了。

　　"师傅！"蓝雨在一旁唤了一声说道，"别追小米了，跟他没关系。"

　　蓝雨的话一出口，小米终于长长地舒了口气。"我的姥姥啊！师姐啊，你要再不给我做证，我小米今天可真是跳进黄河也洗不清了！"说着穆小米如释重负般的坐在了地上，大口大口地喘着粗气还不忘嘟囔着，"这老头体力这么旺盛！唉，被追得快累趴下了呢！"

　　"丫头，真的不是小米这个坏小子干的？"邱子卿走到蓝雨身旁，有些不可思议地问道。

　　"嗯，不是他！"蓝雨低着头摇了摇，眼前又浮现出自己昏迷前的那一幕幕，慕容轩时而温情脉脉时而充满厌恶凶狠的眼神在蓝雨的脑海中不停地变换，竟然让她有些不寒而栗。"远离慕容轩！"萨杳巫女的话又在蓝雨的耳边响起，蓝雨不由得打了个哆嗦。

　　"丫头，你是不是心里不舒服？难道真是慕容？"邱子卿见蓝雨脸色苍白，眼神是从来没有过的无助，于是心痛地问道。

　　"嗯，是他！"蓝雨轻轻地说道。

　　"什么？这个畜生？真是知人知面不知心啊！好歹他父亲也算是个德高望重的学者，在全球的考古界都是数得着的名人！他怎么能这样无礼呢？怎么能这样没家教呢？"邱子卿听了以后更火了，这事实比是穆小米干的还难以让他接受！

"好了，别难过了，好在我们赶到的及时，还没有到什么严重的地步。别再去想那个浑蛋了，下次若还能碰到，师傅肯定帮你痛扁他一顿！"邱子卿在一旁安慰着蓝雨。

"是啊，师姐，你放心，只要让我小米再看见这家伙，肯定打得他满地找牙！绝对不会让这个人面兽心的家伙有好果子吃！"穆小米也走到蓝雨身边信誓旦旦地承诺道。

"嗯，"蓝雨咬着嘴唇点点头，忽然发现自己的手里居然一直握着几粒东西，自己一直为刚才的事情烦心竟然到现在才发现。

于是张开手一看，邱子卿、穆小米、老许、塔挞老爹包括那只酒鬼鹦鹉都傻眼了。

"嘎嘎，发大财啦！"酒鬼鹦鹉第一个发出尖叫。

原来蓝雨手中握着的居然是两颗流光溢彩的琥珀泪，邱子卿看到这里从衣服贴身的口袋里又拿出刚才从汉代女子画像上拿来的琥珀泪，将它也放到了蓝雨的手心之上，这样一下子就有三颗琥珀泪了，连带蓝雨自身的那颗，一共找齐了四颗！大家都惊喜地看着这三颗琥珀泪！

"这两颗不就是我们在新疆上古古墓中找到的那两颗吗？一直让慕容轩那小子保管着，谁知道他居然在怨陵中凭空消失了，怎么？做坏事心虚了？赶紧把琥珀泪还给我们了？"穆小米忽然像发现新大陆一样，指着蓝雨手中的琥珀泪叫道，旋即又皱着眉头不满地嘟囔了起来。

101.遭遇百鬼社

"丫头，这两颗琥珀泪是慕容轩给你的吗？"邱子卿问道。

蓝雨在脑海里飞快地闪过刚才碰到慕容轩时的情景，只觉得头昏沉沉的，猛然间蓝雨明白了慕容轩为什么要这样对自己无礼，其实他并不是要非礼自己，而是要得到她身体中的那一颗琥珀泪。她胸前的那颗琥珀泪状的胎记很有可能就是体内的那颗琥珀泪，如果他与自己在千年之前就已经纠缠不清，那么他的吻也许能唤出这颗琥珀泪，可是他失败了。难道他真的不是自己要找的那个人？他接近自己是另有目的？难道他真是为了琥珀泪才接近自己的？那么既然他为了琥珀泪，为什么还要将已经得到的琥珀泪再还给自己呢？这里面又有什么阴谋或者其他的什么目的吗？蓝雨心中疑问万千，终于脑海中浮现出了慕容轩从上衣的口袋里拿出两颗琥珀泪放在自己的手心中后，又将自己的手合拢的情景。

"是他给我的。"蓝雨终于肯定地回答。

"他这到底是什么意思？不会是故意给我们点甜头，然后请君入瓮吧？"穆小米一遇到慕容轩就非常的机警，总会变成悲观主义者，什么坏他想什么，总之他对慕容轩的印象不是一般的差，应该说是极差！非常差！谁让当初穆小米迷了心智以后，慕容轩在蓝雨面前一点儿面子也不给自己留就扇了自己两个耳刮子呢？谁让这个神神秘秘的家伙让师姐如此伤心呢？小白脸没好心眼！穆小米认为这句俗话在慕容轩身上得到了真实的体现！而且非常的淋漓尽致！

这时邱子卿长叹了一声，拍拍蓝雨的肩膀说道："无论慕容轩是出于什么目的，我们都先别去管他了，现在要紧的是快点离开这里，找到出路，不然一会儿那六个女兽粽追上来，估计我们一个也别想活着出去。"邱子卿的话音刚落，就见酒鬼鹦鹉扑着翅膀在上空盘旋了一圈说道："嘎嘎，我闻到粽子的味道，还有很多人的味道，还有很难闻的臭味！"

"嘎嘎。"酒鬼鹦鹉还想说话，忽然吱溜一声飞快地躲到了蓝雨的怀里，一双小绿豆眼惊恐地看着前方。邱子卿、蓝雨、老许、穆小米、塔挞老爹都被酒鬼鹦鹉这突如其来的行为弄得莫名其妙。

"刷！刷！"猛然间十几个穿着银色防化衣的百鬼社成员一个个顺着绳子从天而降。

"呜里哇啦。"

"呜里呱啦。"那十几个穿着银色防化衣的百鬼社成员一见蓝雨、穆小米、邱子卿、老许、塔挞老爹几个人就开始满嘴鸟语花香地交谈起来，瞧这阵势十有八九是要把蓝雨、穆小米、邱子卿等人生吞活剥了。

见被百鬼社的人发现了，邱子卿心中暗叫不好，这里是人家的地盘，从天时、地利、人和上自己都不占优势，更何况现在连出口都没找到，这偌大的圆形大殿之中，对于百鬼社的人来说不等于是瓮中捉鳖吗？

"师傅，百鬼社的人看来是来者不善，他们人人都带着枪呢，我们得小心！"蓝雨此时已经从腰间拔出了她心爱的P99手枪，上了膛，准备大战一场。

"师傅，他们该不会想把我们抓回去做试验吧？难不成我们也会变成粽子，或者是非常恐怖的兽粽？或者干尸？或者吸血鬼？或者狼人？或者人妖？"穆小米一紧张说了一大串名词出来。

"废话什么？先把你的枪拔出来再说！"邱子卿一语提醒了穆小米，穆小米宛如醍醐灌顶，幡然醒悟，一下子从口袋里摸出自己的小手枪小声嘀咕道："没带重机枪，不知道这玩意儿能不能行啊！"

老许与塔挞老爹也从背包中拿出了事先准备好的手枪与手雷，双方对峙着，仿佛一场激烈的枪战一触即发。

"嘎嘎，你们都是笨瓜，打什么？有门还不快逃！"酒鬼鹦鹉的声音忽然从众人的头顶上传了过来，只见酒鬼鹦鹉一双锋利的爪子正抓着那些从天而降的百鬼社的成员身上绑着的绳子，再往上看去只见每个百鬼社员的头顶都开了一个阴井盖大小的圆洞，只要顺着绳子爬上去就能回到地上。

"也许这绳子是可以自由伸缩的！"老许联想到刚才百鬼社社员从天而降的情景，仿佛看见了朝阳，看见了希望，看见了未来一样高兴地对穆小米、蓝雨等人说。

这时酒鬼鹦鹉一下子滑到了那名百鬼社成员的腰间，它那灵巧而锋利的鸟嘴一下子解开了挂在那名百鬼社成员腰间的绳子挂钩后，就顺势一晃，整只鸟如人猿泰山一般抓着绳子向蓝雨等人飞了过来。

"嘎嘎，我最擅长的就是偷袭！"酒鬼鹦鹉神气十足地在空中叫道。

因为酒鬼鹦鹉将绳子偷走了，那十几个百鬼社成员又发出了一阵叽里呱啦、呜里哇啦的鸟语花香。只见他们纷纷端起手枪，准备朝穆小米、蓝雨等人射击，可为首的一个人忽然抬起手来向后挥了两下，那本来已经崩在弦上的子弹愣是没有射出来。

"嘎嘎，我们快顺着绳子爬上去吧！"酒鬼鹦鹉万分得意地抓着绳子站在蓝雨、老许、穆小米、邱子卿、塔挞老爹跟前说道。

穆小米看了看那一个个荷枪实弹穿着防化服的百鬼社成员，差点儿被逗乐了："你这只笨鸟，你看看你做事情都不动脑子，若我们真的顺着这绳子爬上去，那还不都被百鬼社的人射成了筛子啦？"说完穆小米还不忘补充一句，"我见过笨的鸟，但没见过这么笨的！"

"嘎嘎，你居然这样侮辱我！鸟可杀，不可辱！我要你满脸挂花！"酒鬼鹦鹉吵吵着就向穆小米扑去，却被老许伸手抓住一只腿，就势一拉，酒鬼鹦鹉就回到了老许那里。

"都什么时候了，你还这样闹？想变鹦鹉干还是鹦鹉肉酱罐头？"老许训斥道。

"你们发现没有，他们到现在还不开枪，其实并不是怕我们，而是怕打坏这个水晶台子。"穆小米忽然发现那帮百鬼社的人光呜哩哇啦、叽里呱啦地干着急，却没有一个人敢对着水晶台后面的穆小米、老许、邱子卿等人开枪。

几个人正说着，忽然见一个小皮样的东西从蓝雨、穆小米、邱子卿、老许等人的头顶飞过，飞快地向百鬼社那帮人飞去。就在穆小米等人发愣发呆的一刹那，只听得轰隆一声巨响，四五个百鬼社的成员被炸飞了。

"快丢你们的手雷啊！"塔挞老爹的声音在穆小米等人的背后响起。

"我靠！塔挞老爹你可真是男人！够爷们儿！"穆小米夸着顺手也把手中的手雷朝百鬼社的人丢了过去还不忘补充一句，"没想到你这老头关键时刻还挺厉害！"

就这样，塔挞老爹、老许、穆小米等人纷纷将手中的手雷丢向那十几个百鬼社的小喽喽，一阵混乱的轰炸过后，那十几个家伙已经都满身是血地躺在地上不动了。

"我靠，他们居然有手雷！"百鬼社社员甲在闭眼之前留下了这样一句话。

"要知道他们有手雷，早就让兄弟们开枪了，打烂水晶台顶多被变成粽子，可现在连命都丢了。"社员乙闭眼前的心声。

"俺靠，领导的话绝对不能信，全是忽悠人的！还说他们没有枪，连手雷都上了，如果有机会让俺再活一次的话，俺再也不会信领导的鬼话啦！"社员丙在闭眼前最后的忏悔。

"去把那几个人抓起来吧，戏已经演够了，若是一会儿我们那几个实验室被他们发现了反而不好。那女孩一定要抓活的，绝对不能伤害到她一根汗毛，否则的话把你们通通送到三号实验室里去，直接变粽子！"百鬼社社长的话还回响在这十几位社员的耳边，可下一秒，这十几个人连粽子都做不了了，他们那个后悔啊，后悔得肠子都快青啦！

"塔挞你小样还真行，关键时刻没冒泡！"看着危机解除了，老许兴奋地一边拍塔挞老爹一边表扬他。

"呃，表扬就行了，还是别动手了！"塔挞老爹快被兴奋的老许拍散架了。

"嘎嘎，手雷原来这样厉害，还可以烧烤啊！"酒鬼鹦鹉忽然又冒出一句超级雷人的话，原来它看着这些被手雷炸得哧哧冒烟的家伙联想到了老许以前给它做过的烧烤五花肉，那可真是美味啊！想到这里酒鬼鹦鹉不由自主地看着那堆炸烂的、烤焦的百鬼社员们咂咂嘴巴，旋即对老许说道："看见那些被炸烂的家伙，我又想起你做的铁板五花肉。"

众人听后通通胃中剧烈地翻滚了一阵，恶心、反胃，就差呕吐了。

"快离开这里！刚才闹出了这么大动静，他们的人很快就会赶过来的！到时候可不会像刚才那样幸运，那样凑巧了！"邱子卿焦急地看看天顶上打开的那十几个如阴井盖大小的圆洞，催促众人赶快离去。

于是蓝雨、老许、塔挞老爹、邱子卿连带酒鬼鹦鹉通通准备顺着绳子爬到上面去，只有穆小米还在那水晶台边上撅着屁股不知道忙什么。

"小米，你还在磨蹭什么？"邱子卿急着叫道。

102. 小米的礼物

穆小米今天胆子变得大了，对于师傅的怒吼，他居然当做耳边风，依旧自顾自地撅着屁股在水晶台旁忙碌着，仿佛正在非常卖力地干活。

"小米！"邱子卿的一声怒吼又传了过来，经过多年的经验，小米知道师傅已经到了快杀人的境界了。

穆小米背对着蓝雨、邱子卿、老许、塔挞老爹的身影微微颤动了一下，依旧没有理会邱子卿，还在那边磨磨蹭蹭地不知道干什么。

"小兔崽子！"邱子卿这人平时非常儒雅可要把他给惹急了，那也不亚于一个脾气暴躁的屠夫，这点蓝雨是非常清楚的。这么多年来她也没少看邱子卿与穆小米之间充满硝烟的战争，每次都是邱子卿将穆小米打得落花流水，谁让穆小米是徒弟呢？但是这师徒二人的感情是非常好的，平时打打闹闹，没个正形，可骨子里邱子卿早把穆小米看成了自己的孩子，而穆小米更是把邱子卿当自己的老爹来看待。若遇到关键的时刻，他们还是很团结、很重情重义的。

"嘎嘎，不要管小米了，让他喂粽子吧，嘎嘎，我们快走吧，我闻到粽子的味道了。"酒鬼鹦鹉又像狗一样地在四处嗅了嗅说道，"嘎嘎，太臭了，快走吧。"

这时远处似乎传来了一声声兽粽的怒吼声，听得众人不由得一哆嗦。

"快点把那小子扛回来，不然我们都得喂粽子。"老许担心地说道。

"师傅，小米又抽风了吗？肯定是钻进了牛角尖里面，这厮又得撞了南墙才肯回头！"蓝雨看着穆小米无奈地说道，心想，若一会儿那六个恐怖级别、综合指数非常高的女兽粽冲过来，看小米还会不会像现在这样云淡风轻，稳如泰山！

正当邱子卿与老许准备跑过去将穆小米这小子揪着耳朵扯过来的时候，穆小米终于站起身来，转过身来看着众人长舒了一口气，然后擦了一把额头上的汗，颇有大功告成的感觉。

邱子卿见都火烧眉毛了，自己这个极品徒弟还一副事不关己，高高挂起的样子，气得都快七窍冒烟了。

只见穆小米终于屁颠屁颠地冲着蓝雨等人跑了过来。

"小兔崽子你在什么呢？不知道我们有多危险，后面有兽粽前面有百鬼社的人，还在那里磨磨蹭蹭，快上去，等到了安全的地方老子再跟你算总账！"邱子卿气急败坏地骂道。

看着怒气冲冲的邱子卿穆小米反倒不害怕，也不求饶，依旧一副笑呵呵的样子。

"嗷！"

"嗷呜！"

随着一声又一声震耳欲聋的吼声传来，穆小米、蓝雨、老许、邱子卿等人又闻到了那一股股让人无法忍受的陈年的腐臭味，确切地说应该是那陈年的尸臭味。紧接着，一个、两个、三个、四个、五个、六个女兽粽集体亮相，出现在蓝雨、邱子卿等人的眼前。

"妈呀！女，女，女，兽啊，女兽粽！"穆小米这时候知道怕了，恐惧地看着那六个狂飙突进，随时都会朝自己扑来一通疯狂撕咬的女兽粽。

"快上去！"邱子卿一拉那本来绑在百鬼社员腰上的绳子焦急地说道。正在万分危急的时候，意想不到的一幕出现了，那百鬼社员腰中挂着的绳子是会来回收缩的，邱子卿这样一拉，他手中的绳子就开始匀速地向上升，一眨眼邱子卿就被绳子带回了地面。

"快找绳子，拉一下就可以上来了。"邱子卿在上面朝着还在下面的蓝雨等人喊道。

"嘎嘎，赶紧逃命啊，女粽子要来吃鸟啦！"酒鬼鹦鹉扑扇着翅膀也不管什么老许、什么塔挞老爹，自顾自地飞了上去，站在邱子卿的肩上，伸着脖子、侧着头，朝底下张望，还不忘补充一句，"嘎嘎，实在不行先把小米送给女粽子！"

穆小米听见酒鬼鹦鹉如此亲切的一句关怀，额头上瞬间就冒出了几颗豆大的汗珠子。

"这只死鸟！"穆小米骂了一句，找到一根绳子就势拉了一下，也像邱子卿那样回到了地面，与此同时蓝雨、老许、塔挞老爹也都顺利地回到地面。

脚底下传来女兽粽愤怒而抓狂的吼叫声，想必它们见这到嘴的美食又一次在它们眼前如此嚣张地跑走，肯定是快气得吐血了吧（如果粽子会吐血的话）。

"我的姥姥啊，终于脱险了，差点儿就喂粽子啦！哎，百鬼社的那帮变态不会追来吧？"穆小米心有余悸地刚说完一句，只听得他们四周忽然响起了刺耳的警报声，随后又传来一阵阵呜哩哇啦的声音。

"是百鬼社！"蓝雨紧张地说了一声。

"小兔崽子！你什么时候也这样乌鸦嘴啦？"邱子卿气得已经没力气去扁穆小米了！他环顾了四周发现他们正好在这座宅子的一楼大厅。

"快跑！"邱子卿第一个冲着大厅中那扇大门跑去，穆小米、蓝雨、老许、塔挞老爹连带着酒鬼鹦鹉都使出了吃奶的力气跟着邱子卿朝大门跑去。

幸亏几人都是常年在古墓之中混来混去的，这百米赛跑的速度就连塔挞老爹跑得都不慢，这可是逃命的本事呢！

几个人使出浑身的力气终于冲出这座阴宅，到了外面发现天色已经快放亮，见百鬼社并没有追上来，这时大家才松了一口气。

"哎呀，又捡了一条命，嗷！"穆小米刚想抒发一下劫后余生的感叹，脑袋上又被邱子卿敲出了一个大包。

"师傅啊，您怎么总是打我的头呢？这会脑震荡、脑溢血、脑膜炎、脑残的啊！"穆小米捂着头，龇牙咧嘴地抗议道。

"臭小子，刚才要不是你在那里磨蹭，我们能差点儿没命吗？"邱子卿该是秋后算账了。

"这个啊，那我是做了一件大好事啊！"穆小米嬉皮笑脸地说着将手一摊开说道，"你们看这是什么？"

蓝雨、邱子卿、老许、塔挞老爹围过来来一看，发现穆小米手中居然有七颗芸豆大小、光彩夺目的钻石。

"这东西你从哪里来的？"邱子卿奇怪地问道。

"这东西本来不是镶嵌在水晶台上的吗？我看给百鬼社留下也太可惜了，于是就用刀把它们都撬下来了，看这么大一颗颗的，这回咱们发啦！"穆小米兴奋地说道。

"嘎嘎，发财啦！可以天天去酒店吃自助餐啦，可以天天喝大拉菲、小拉菲啦！嘎嘎！"酒鬼鹦鹉开心得眼睛直冒绿光。

"这怎么能行呢？"邱子卿非常老顽固地说道。

"这有什么不行的？师傅啊，他们是人吗？他们百鬼社是妖！撬他们点东西也没什么，小米做得很好！"蓝雨破天荒地头一回替小米说话。

"就是，小米做得没错，这些妖孽的东西不拿白不拿！"老许在一旁也帮着穆小米说道。

"是啊，他们干的那些丧尽天良的事情，还对他们有什么同情的，小米你拿得算少的，要是百鬼社那几个浑蛋没来扰事的话，没准那水晶台都能被我们抬出来呢！"塔挞老爹说道。

"还有呢，我还留给他们一份大礼呢！"穆小米得意洋洋地说道。

"什么大礼？"众人问道。

"咱拿了他们的钻石，还不得还他们点大礼啊，这里其实就是百鬼社一处秘密的试验基地，他们成天地把大活人变成了各种粽子，这还了得？我给他们留了不少软体炸弹！"穆小米说着拿出遥控器来，得意洋洋地说了一声："到时间了！"随即按下遥控器上的按钮。

"快跑！"穆小米抱着脑袋带头朝远方跑去，蓝雨、邱子卿、老许、塔挞老爹，连带酒鬼鹦鹉都又使出吃奶的力气朝远方跑去，只听得身后"轰隆"一声巨响，那个阴森恐怖，充满着死亡气息，比地狱还要恐怖的阴宅被炸上了西天，整个院落都被炸成了平地。

103. 潘艳儿的愤怒

"轰隆！"

在巨响之中，阴宅彻底地垮塌了，一种火烤腐肉的味道随着那爆炸时产生的大量白色粉末将穆小米、蓝雨、邱子卿、老许、塔挞老爹，连带酒鬼鹦鹉都弄得灰头土脸的，活脱脱刚从土里刨出来的样子。

"这东西的威力可真大！"穆小米看着被炸成平地的阴宅兴奋地说道，"就那么一点点的软体炸药，就把这么大的一座宅子给炸上天去啦？太神奇了！"

"你小子这回倒还算是机灵！"邱子卿破天荒地表扬了穆小米一次。

"谁让我是你的徒弟啦，有其师必有其徒嘛！"穆小米的嘴巴非常甜，临了还不忘拍邱子卿的马屁。

这时蓝雨看看天空已经放亮，前方就是那一片乱坟茔，虽然已经到了早晨但是看上去还是比较瘆人的。

"哎呀，肚子饿死了，折腾了大半夜，好几次差点儿连小命都丢了，师傅咱们可得好好地找个地方去搓一顿！"穆小米在一旁建议道，他的建议很快得到了酒鬼鹦鹉的支持。

"嘎嘎，去吃自助餐！"酒鬼鹦鹉一脸向往地说道，酒鬼鹦鹉感兴趣的自助都是在五星级酒店什么咖啡厅啊、西餐厅里面，不但有红酒还有无限量的海鲜、刺身、顶级的甜点与冰激凌，还有很多美味的水果。这让酒鬼鹦鹉每次都流连忘返，虽然它就是一只鹦鹉，每次去吃根本吃不了多少，可它却对此兴趣十足，就此蓝雨也认为酒鬼鹦鹉绝对是那种眼大肚子小的家伙，它喜欢这种饕餮盛宴的感觉，因此对这种形式的就餐乐此不疲。只是不知道这些高档的自助餐厅里面忽然出现一只喋喋不休、流里流气的大鹦鹉会是怎样一种场面。想到这里蓝雨还真的很佩服老许，每次居然有胆量带这样一只问题鹦鹉去吃自助。

"好，我们就去吃自助！"穆小米这次倒非常爽快地答应了，他因为有了那几颗大钻石所以现在觉得自己是有钱人，说话办事都开始大手大脚的了。

"嘎嘎，太好啦，小米万岁！"酒鬼鹦鹉扑着翅膀为穆小米歌功颂德，看来酒鬼鹦鹉是典型的有奶便是娘啊。

几个人正有说有笑地走在乱坟茔中，忽然前面闪过一个红色的人影，一股寒气逼来，让蓝雨、穆小米等人都觉得头皮发麻。细一看，大家通通惊呆，穆小米张个大嘴吓得下巴差点儿掉下来。那红色人影不是别人，正是潘艳儿。

"潘，潘艳儿？"穆小米惊讶得指着那一身红色衣裙的潘艳儿，结结巴巴地说着。

"哈哈！"潘艳儿看着蓝雨、穆小米等人发出一阵歇斯底里的笑声，这不笑还好，一笑弄得穆小米心里更毛了。"师傅啊，咱们那黑驴蹄子还有多少啊？这潘艳儿该不会早就变成女粽子了吧？对啊，刚才在房间里面她不是被那些人打了药吗？妈呀，这下可好了，把老窝给炸上了天，可漏了这个女粽子了。"穆小米哭丧着脸说道。

"你就这样确定她一定是粽子？"蓝雨问穆小米。

"不是粽子还能是什么？"穆小米郁闷地说道。

"嘎嘎，应该不是粽子。"酒鬼鹦鹉动动鼻子说道。

"哦，我知道了！"穆小米忽然恍然大悟地一拍脑门说道，"八成这家伙被那些百鬼派的生化人变成了兽粽了！哎，听说女兽粽不光要换成兽的血还要和兽交合才能变成呢！"穆小米非常八卦地说道。谁知道他话音刚落，就发出了两声惨叫："啊！"

"啊！"潘艳儿身形飞快地出现在穆小米面前，狠狠地左右各给了穆小米几个嘴巴子，打得穆小米的脸瞬间肿成了猪头。

"妈呀！女鬼啊！"穆小米吓得一下子跳到了邱子卿身后，这架势分明是把邱子卿当成了挡箭牌。

"我不是粽子！"潘艳儿阴森森地说了一句话，露出两颗锋利的大獠牙。

"妈呀！吸血鬼啊！"穆小米吓得又躲到了老许的背后，弄得老许大汗淋淋，关键时刻都把朋友当挡箭牌！这小子也太不哥们儿了！

"哈哈，对呀，我就是吸血鬼，要不要把你也变成吸血鬼？"潘艳儿冲着穆小米露出一个标准的微笑，上下各露出四颗牙齿，在穆小米的眼里简直就是魔鬼的微笑，那两颗大獠牙啊，还发着寒光。我的妈呀！穆小米快晕过去了。

"潘艳儿！回来！"一个让蓝雨无比熟悉的声音传来，只见一个墓碑之上，慕容轩一身黑衣正抱着膀子站在上面。

"妈呀，慕容小子也是吸血鬼啊！"穆小米万分惊恐地看着眼前发生的一切。

蓝雨无比痛苦地看着慕容轩，心中有无数疑问想问他，可他仿佛就不认识自己一样，将自己视为空气。

潘艳儿回头无比温柔地看了一眼慕容轩又看向蓝雨，狠狠地说道："离我主人远一点儿，不然我可不会像今天这么客气了！"说罢转身准备离去。

"妈呀，一对吸血鬼啊！"穆小米无论何时都管不住他这张嘴，一紧张又开始乱说话了。

潘艳儿彻底被激怒了，只见她转过身，眼珠子都变成了血红色，身体飞快地在空中旋转着，一脚踹向穆小米，穆小米直接变流星，斜斜地飞出了10多米，最后以一个非常专业的姿势着陆——脸着地，标准漂亮堪称完美。

"再啰唆一句要你的小命。"说完潘艳儿朝慕容轩跑去，慕容轩神情复杂地看了蓝雨一眼，一声不发地转身消失在乱坟茔中。

104. 自助餐厅里的神秘人

潘艳儿丢下一句冷冷的话后就随着慕容轩消失在乱坟茔中了，蓝雨、穆小米、邱子卿、老许、塔挞老爹连带那只站在老许肩上的酒鬼鹦鹉都傻愣愣地站了几秒钟，这才从刚才的那一幕中反应过来。

　　"呃，那什么，丫头，你千万要放宽心，这俗话说知人知面不知心，别往心里去，别往心里去。"邱子卿知道蓝雨现在心里肯定不好受，于是赶紧说些安慰蓝雨的话。

　　"看看师傅都这样说了，慕容那小子不是什么好东西吧？看看，这小白脸子没好心眼子，这下可好了，终于露出狐狸尾巴了吧！"穆小米幸灾乐祸地在一旁凑热闹。

　　老许和塔挞老爹见蓝雨此时的脸色非常不好，忙打岔。

　　"哎呀，这都什么时候了？折腾了一个晚上，我这把老骨头都快散架啦！"老许在一旁故意说道。

　　"是啊，肚子饿死了，还在这里磨蹭什么？赶紧回去吃顿饱饭再睡个舒服觉，你们不觉得刚才在那什么古墓里又被蜘蛛追又被兽粽追的，身上早就臭死了，赶紧去我的宾馆里洗澡。"塔挞老爹也在一旁凑热闹道。

　　"嘎嘎，我要吃自助餐！"酒鬼鹦鹉拍着翅膀，一脸向往地说道。

　　"是啊，赶紧走，先回去休息一下再做下一步的商议，待在这里也不安全，谁知道这边还有没有百鬼社的残余呢？"邱子卿说着，就与大家一起紧赶慢赶地赶到了老许的那座鬼屋，简单地收拾一下，跳上穆小米开来的车，一并到了塔挞老爹的宾馆。到了宾馆后大家各自回房间冲了澡，然后通通跑到了塔挞老爹宾馆一楼的自助餐厅，这时正好是自助餐开餐的时间。酒鬼鹦鹉兴奋得脸上直放光。

　　"嘎嘎，吃自助餐啦！嘎嘎有好多海鲜呀！嘎嘎，我要吃螃蟹喝葡萄酒！"酒鬼鹦鹉第一个飞入了自助餐餐厅，拍着翅膀说道，"嘎嘎，今天我要喝白葡萄酒！"

　　弄得餐厅里的客人纷纷朝酒鬼鹦鹉望去，可酒鬼鹦鹉一点儿羞耻心也没有，照样大呼小叫。

　　老许赶忙把酒鬼鹦鹉按到了座位上，给它拿了只螃蟹让它慢慢地吃，蓝雨也随便拿了些食物坐在靠窗子的位子吃起来。这一个晚上发生了太多的事情，让蓝雨觉得脑子里一团乱麻。

　　这时自助餐厅忽然进来了一个一身黑衣的女人，只见她黑色的上衣、黑色的裤子，戴着墨镜，身材中等，不胖也不瘦，走起路来噔噔噔的，一看就知道是有身手的。这个神秘的女人吸引了蓝雨与邱子卿的目光。

　　这个人真奇怪，从头到脚一身黑，看不清她的面容，好像就是不想让别人看清，和来这里游玩的游客格格不入。只见这一身黑衣的女子进来后也不拿食物，而是直接倒了杯柠檬水，坐在一个靠窗的位子上，独自一个人喝着水，看着窗外。

　　蓝雨看着这个黑衣女子，发现这女子拿杯子的动作居然是一个标准的握手枪的动作，只有经常接触手枪，与手枪朝夕相处才有可能养成这种习惯，这样的人一般不是警察就是亡命天涯的大犯罪团伙中的成员。看来是来者不善啊！蓝雨想着，不由得也提高了警惕，这家伙也许是天宇集团的呢？他们的信息该不会这样灵通吧？我们刚一回来他们就盯上了？

　　邱子卿也在一旁注视着这个坐在窗边的女子，一时间眼前又出现了多年前晓晴的身影，也是这个样子，两人一样的个头、一样的身形，只是眼前这个看不清相貌的黑衣女人比多年前的晓晴稍微胖一点。可她们俩的动作竟然出奇的一致，晓晴也是这样拿杯子的，因为她在警校的时候曾苦练射击，工作后更是没少跟手枪打交道，时间长了就连拿杯子的姿势都和握手枪的姿势一模一样。那坐在窗子旁边的黑衣女子多像晓晴啊！邱子卿看着、想着，心中一时酸楚无比，那尘封往事——浮现在脑海中，是那样的难忘、那样的痛心、那样的挥之不去。

穆小米此时并没有注意蓝雨、邱子卿的异样和坐在离他们不远处窗子旁奇怪的黑衣女人。此时的穆小米正伺候着酒鬼鹦鹉，帮酒鬼鹦鹉把螃蟹里的肉扒出来，放在螃蟹盖上，然后再浇上醋姜的调料，最后放到酒鬼鹦鹉的面前说道："吃吧，小祖宗，你爷爷我是不是上辈子欠你的？"

"嘎嘎，谢谢，你不是上辈子欠我的，你是这辈子欠我的。"酒鬼鹦鹉一边美滋滋地吃着螃蟹肉，一边喝着白葡萄酒。

"你干吗不喝干红？"穆小米一仰头一杯干红进肚，然后掰了半个螃蟹就往嘴巴里面送。

"嘎嘎，吃海鲜要喝白葡萄酒，这样不容易中风！"酒鬼鹦鹉的话一出口，穆小米嘴里的螃蟹差点儿都吐了出来。

"嘎嘎，你师傅和丫头怎么都不吃，这么多好吃的，他们看那老女人有什么意思？"酒鬼鹦鹉有点儿喝多了，眼神迷离地看着蓝雨与邱子卿问道。

穆小米朝蓝雨与邱子卿望去，发现这两个刚才还嚷嚷着饿死了的家伙，现在却在自助餐厅里面望着一个坐在窗边独自喝着柠檬水装小资的黑衣女子发呆。

这是什么世道啊，师傅这样的老男人偶尔思下春也就算了，没想到师姐这样妙龄的女子也会！而且还是女人看女人！穆小米歪着嘴，一脸苦瓜相地看着蓝雨与邱子卿。

正在这个时候，外面传来一阵喧哗声，黑衣女子忽然站起身，走到邱子卿身边，一个纸团神不知鬼不觉地飞到了邱子卿的手中。随后，黑衣女子如风一般地走出了自助餐厅，一下子就消失得无影无踪。

105. 纸条上的内容

邱子卿见女子离开还出了一会儿神，旋即又发现，自己的手中竟然有一个小纸团，分明就是那女子在临走的时候丢给自己的。一阵熟悉的香气从纸团中传来，一阵熟悉的温暖从纸团中传递过来，邱子卿仿佛看见了当年的晓晴站在春柳依依的湖边转过身来朝自己嫣然一笑。

"师傅，那女人走了。"蓝雨也看见了那个神秘的黑衣女子在临走前丢给了邱子卿一个纸团，便知道这里面必有故事，见邱子卿看着那个神秘的黑衣女子发呆，心想难道师傅认识这个女人？

"啊，是啊。"邱子卿这才回过神来，下意识地用筷子夹起一个没剥皮的鸡尾虾就往嘴里面塞。

"师傅，那虾还未剥皮呢！"蓝雨惊讶地看着正在带皮嚼虾的邱子卿。

"啊？我没剥皮吗？"邱子卿一脸茫然地看着蓝雨，而那虾早就被他连皮带肉地吞进了肚子里，也不觉得扎嗓子。

"师傅，那牦牛肉串是生的，要让厨师烤了才能吃呢，你怎么生的就往嘴巴里面塞啊？"蓝雨惊讶地睁大一双乌黑美丽的大眼睛，像看外星人一样看着正大嚼特嚼生牦牛

267

肉的邱子卿。

"啊？是生的吗？我说怎么有股子血腥味呢。"邱子卿将手中的肉串丢掉，表情非常地迷茫。

"师傅，你还喜欢吃生肉啊？"蓝雨看着邱子卿那傻乎乎的样子，真是哭笑不得，"师傅，那纸团。"蓝雨欲言又止。

"现在别声张，这里人多混杂，一会儿回到房间里再看。"邱子卿走到面点档，拿了几个小笼包填在嘴里，对蓝雨低声说道，这回他总算没有吃错东西。邱子卿正说着忽然听见身边传来一阵吵闹声，只见酒鬼鹦鹉非常无赖地抢了对面桌上一对情侣刚刚剥好的螃蟹。

"实在对不起，这鸟太顽皮了！它可能喝醉了。"老许一脸郁闷地一个劲儿给那对情侣道歉。

"嘎嘎，好吃！"酒鬼鹦鹉根本不管自己闯下来的祸，把螃蟹叼到了一边又吃又唱道，"嘎嘎，我爱吃螃蟹啊。嘎嘎，我爱喝葡萄酒。"

邱子卿和蓝雨看了都不约而同地摇摇头，穆小米此时和酒鬼鹦鹉一样还忙着大吃大喝，也就懒得理他，而是冲着蓝雨使了个眼色，两人一前一后来到了邱子卿住的屋子内。

当酒鬼鹦鹉与穆小米那五音不全的歌声刚刚不再骚扰蓝雨与邱子卿的听觉神经时，邱子卿房间的门又遭了大劫。

"啪！""砰"中间还夹杂着鸟爪子抓门和鸟嘴啄门的声音。

"疯了！一人一鸟都疯了！"蓝雨的脸黑了下来说道。

"师傅，哈哈！开门啊！师傅！"穆小米疯狂的声音传来。

"嘎嘎，开门，开门，让鸟进去，再来两杯！嘎嘎！"酒鬼鹦鹉大喊大叫道。

邱子卿一脸苦瓜相地走了过去，伸手把门打开，只见穆小米歪着脑袋，一脸坏笑，口水直流地看着邱子卿。

"呼！""噗！""哗！"

穆小米连向邱子卿吹了三口气，一股浓重的酒气夹带着菜味直扑邱子卿。

这味道熏得邱子卿差点儿没吐了："你这个臭小子，一不管你你就撒野没正形！"邱子卿赏了穆小米一个栗子。

若是以前穆小米早就吃痛叫了起来，说什么邱子卿谋杀他脑细胞之类的话，但估计现在是酒精起的作用，整个人早就昏昏沉沉，所以才任由邱子卿扁他。

"一点儿长进也没有，就知道喝酒，正事不做！"邱子卿气呼呼地刚数落完他，就见酒鬼鹦鹉也摇摇晃晃地飞了进来。

"嘎嘎，呼！"

"嘎嘎，噗！"

"嘎嘎，哗！"酒鬼鹦鹉也冲着邱子卿连吐了三口酒气，弄得邱子卿哭笑不得，而蓝雨则坐在床上大笑，从来没见师傅有这样窘的时候。

"小米！"邱子卿没办法向一只鹦鹉发作，于是冲着穆小米吼了起来，"老许和塔挞老爹呢？"

"噗！"穆小米又冲着邱子卿吐了口酒气，歪歪扭扭地说道："他们，他们在给客人道歉呢！"说完把鞋子左右横飞地丢了出去，一头栽倒在邱子卿的床上，呼哈呼哈地睡了起来。

酒鬼鹦鹉也一头栽倒在穆小米的肚子上，两爪朝天的呼哈呼哈地睡起来。

顿时房间里面弥漫着酒气、菜味、脚臭！

蓝雨与邱子卿皱着眉、捂着鼻子飞快地逃出了屋子。

"师傅，该不会天宇集团里有我们的卧底吧？"蓝雨一语提醒了邱子卿，让邱子卿陷入了沉思之中。

难道那个好几次给自己纸条的女子是自己的同事？那她为什么不主动跟自己联系，就算传纸条也写得如此晦涩？也许是她身处的环境太恶劣，既无法让她与自己接头，也无法让她把意图完完全全地写在纸条上，所以只能写些模棱两可的东西。但这个人必是非常了解自己的人。不然即使她传给自己，自己能不能看懂她的意图这也是个问题呢，这世间最了解自己的人除了父母就是晓晴了，难道晓晴没死？还活着？邱子卿此时熄灭许久的希望又复燃了起来。

"师傅，你在想什么呢？我们到底要不要去啊？纸条上面说天宇集团要去取宝藏，找不齐琥珀泪他们也不可能取出宝藏来。可若他们来硬的，那宝藏有可能被毁，到时候谁也拿不到，所以上面说这是个陷阱，是诱我们也进入怨陵。即便我们知道这是个陷阱我们也会去的，再说了既然剩下的琥珀泪在天宇集团那里，我们就算想夺回估计概率也是微乎其微，天宇集团要想拿到我们现在拥有的琥珀泪概率同样也是微乎其微，他们肯定是想与其这样都潜伏在暗处，不如摆在明处来，开启宝藏后最后到底谁能拿到宝藏那就要看谁的本事大了！"蓝雨分析得头头是道，就连邱子卿这个老国际刑警也不得不佩服蓝雨的思维敏捷推理缜密了。

"丫头说得非常好，他们其实是想与我们合作，然后再卸磨杀驴！不过我们肯定还是要去的，这是一个知道天宇集团幕后真正黑手的好机会！我们一定要好好准备，不能真凶还未找到先把自己栽进去了。"邱子卿说道，"一会儿等小米、老许、塔挞老爹吃完饭我们再一起商议一下再进怨陵的计划。"

"好。"蓝雨的话音刚落，就听门外传来一阵刺耳的，要多难听有多难听的歌声。

"嘎嘎，我爱吃自助啊！我爱吃自助！虾肉鲜啊，蟹肉美！葡萄美酒美人脸啊！"酒鬼鹦鹉变态的歌声传来，听得蓝雨与邱子卿不由得一愣。

"这只鸟又喝醉了。"邱子卿无奈地说道。

"这个很正常。"蓝雨平静地说道。

"哈哈！我爱吃自助啊！我爱吃自助！虾肉鲜啊，蟹肉美！葡萄美酒美人脸啊！"

穆小米五音不全的歌声忽然万分雷人地传来，蓝雨与邱子卿面面相觑。

"呃，小米，小米这家伙也喝醉了！"邱子卿满头冒黑线地说道。

"这个非常不正常！"蓝雨郁闷地说道。

106. 天宇集团现身

两人无奈地看着两个倒头大睡的醉鬼，半天说不出话来。许久，蓝雨和邱子卿才起身走出屋去。

"师傅，老许和塔挞老爹呢？照小米醉成这样他们也好不到哪去，看来我们现在想商量正事是够戗了。"蓝雨说道，"估计得等到晚上他们酒醒了以后再说了。"

269

"别提了，这个小米，晚上能不能酒醒还不知道呢，只希望他不要半夜三更地起来发酒疯就好！"邱子卿愁眉苦脸地说着。

蓝雨听了点点头，又对邱子卿说道："我们去看看塔挞老爹他们吧？估计他们已经被小米和酒鬼鹦鹉闹得快崩溃了！"

"嗯，是该去安慰安慰他们了！"邱子卿笑着跟蓝雨走进了餐厅。

"师傅，你看他们，好像来者不善啊！"一走进餐厅，蓝雨就发现有几个人不对劲，于是她伸手给自己倒了杯咖啡，不动声色地悄声对邱子卿说道。

邱子卿偷偷地朝那几个彪形大汉望去，只见他们一个个身强力壮、肌肉发达，个个身高都有一米八左右，清一色黑色长袖体恤，深蓝牛仔裤，每人都戴着一副墨镜，一时还真看不清他们的长相。

邱子卿朝蓝雨默默地点点头，蓝雨会意，朝老许与塔挞老爹使了个眼色，就拿个盘子，随便从水果档里面拿了些山竹、葡萄、西瓜之类的水果，端着杯咖啡就坐到了那几个彪形大汉身后的一张桌子上。

邱子卿则从海鲜档拿了一堆螃蟹、基尾虾，走到蓝雨对面坐下，边若无其事地剥着螃蟹，边悄悄地打量这几个彪形大汉。看样子这几个人岁数都不大，也就二十七八这样。邱子卿发现他们手指甲里面都有细细的泥土，像长期在地里劳作的一双手，看样子这几位也不可能是当地的农民，就显得更加的可疑。

"师傅，发现什么了吗？"蓝雨头微微向身后看了看，发现那七八个彪形大汉都忙活着往嘴巴里面填食物，并没有注意自己与邱子卿，便悄悄地问道。

邱子卿敲敲自己的手指甲说道："这里有很多细小的泥土，看样子都像扒坟堆的，应该都是道上的。"

"会不会是天的人？"蓝雨问道。

邱子卿小声说道："我觉得像。"

蓝雨正和邱子卿在这小声嘀咕着，忽听身后那几个彪形大汉开始说话了。

"大哥，听说三天后，咱们的大老板也会亲临现场的，到时候真是有幸能目睹大老板的风采呢！"

"是啊，咱们可比明哥他们幸运多了，他们到死都没见过大老板长什么模样呢。"

"听说咱们那个大老板特别神秘，就连咱们集团的高层都很少有人见过他呢！"

"哎，我还听人说咱们那个大老板其实啊，是个吸血鬼，已经有上千岁了呢！到时候要是谁打开了宝藏，那大老板可以奖励那个人做吸血鬼的机会呢！"

"我也是这么听说的，据说那宝藏里面不但有大批的金银宝藏，还有让人长生不老、拥有特异功能、超强法力的仙丹呢！"

那几个彪形大汉边吃边聊，而且是越聊越邪乎。最后听得蓝雨与邱子卿一愣一愣的，怎么？连吸血鬼都上了？难道天宇集团幕后真正的操盘手是个老吸？怎么听都觉得好笑。

蓝雨与邱子卿听得相视一笑后又对塔挞老爹使了一个眼色，塔挞老爹会意地朝蓝雨点点头。

"几位好！"塔挞老爹一手托着一个放有一瓶陈年红酒的托盘，一手背在身后，非常有礼貌地走到那几个彪形大汉面前，彬彬有礼地说道，"今天本店有优惠活动，凡六人以上来本餐厅用餐的，都会送自助餐中不包括的陈年红酒一瓶，请各位慢用，祝你们用餐愉快。"

说着塔挞老爹就将这瓶红酒放到了桌子上。

"哈哈，还有这等好事！好，既然是送的那我们就不客气啦！"天宇集团的那几个彪形大汉非常开心地拿过红酒来，直接撬开瓶盖就开始喝了起来，一杯酒下肚，这几个人的话就多了起来。

"这酒可真够劲！哎，你们知道吗？这回咱们大老板啊，可是要带着宝贝来的呢！"

"真的？该不是最先进的手枪吧？"

"看你那熊样！这东西在咱们大老板的眼中算宝贝吗？"

"那是什么东西？大钻石？还是稀世古董啊？还不是啊，难不成是黄金？"

"说你土你还真土，真是头脑简单四肢发达！咱们来这里是为什么？不就是为了打开怨陵的宝藏吗？那怎么打开宝藏啊？打开宝藏得要什么啊？"

"藏宝图啊？"

"大哥别跟他绕弯子了，这二愣子是傻到家了！还是告诉他吧，省得他在这里猜来猜去的，我看着都累！"

"琥珀泪啊！没有它，有宝图有什么用啊！咱们大老板这么些年来处心积虑、下海入地的不就是为了凑齐那琥珀泪吗？"

"真的啊，这回咱可是真开眼了呢，听说光见过琥珀泪的人就能长生不老呢！"

"我的乖乖啊，琥珀泪啊！听说那是稀世珍宝啊！还有怎么说的来着？对了就是那句：得琥珀泪者得天下！"那几个彪形大汉在喝了塔挞老爹的烈酒没多久这话就开始多了起来，终于说到了蓝雨与邱子卿最感兴趣的话题——琥珀泪。

蓝雨与邱子卿相互对视了一眼，纷纷竖起耳朵认真地听了起来，而远处的塔挞老爹与老许也在用心听着这几个彪形大汉的谈话。

"可是我还听说过另一种说法，不知道你们听说了没有。"

"什么啊，说来听听。"

"是关于琥珀泪的！"

"琥珀泪的啊，那赶快说啊！"

"我告诉你们啊，虽然咱们大老板来了，可他们也打不开宝藏！"

"啊？那让我们来干什么？"其他几个人异口同声地问道。

"是这样的，传说这个琥珀泪共有9颗，凑齐了才能打开宝藏，可现在咱们这里只有5颗，还有4颗在别人那里呢！"

"既然没找到让我们去什么怨陵啊？应该去找琥珀泪啊！"

"就是，难道让我们下怨陵去给他们探路啊？让我们先送死去？"

"可不，要是这样咱可不干，为大老板效力是应该的，但是也不能拿兄弟的命不当命啊！"

"我听说啊，是这样的，大老板已经知道另外4颗琥珀泪在什么地方了，而且只要大老板一去怨陵，那些人一定会出现的，到时候他们不拿出琥珀泪来也得拿出来。"

"为什么？"

"因为这宝藏只能开启一次，而且如果开启的时候琥珀泪没有凑齐这宝藏就会自毁，那时间再也不会有人知道宝藏里面的秘密了。你想想，既然都对宝藏感兴趣，那怎么可能眼睁睁地看着宝藏被毁呢？"

"我明白了，大老板的意思是先把宝藏打开再去争夺宝藏！"

"对啊！聪明！到时候可就是我们卖命的时候啦！"

几个天宇集团的家伙越喝话越多，越多越兴奋，而蓝雨与邱子卿等人则不动声色地将他们的信息通通收入囊中。

107. 再入怨陵前的准备

听了这么多，蓝雨与邱子卿已经心中有数，于是互相使了个眼色，便一前一后地起身离去。

再听下去也没什么意义了，主要的信息都已经听来了：

1. 后天天宇集团的大老板终于要露出庐山真面目了。

2. 天宇集团这几个喽喽没一个人见过这个传说中的大老板。

3. 天宇集团的大老板后天会带着他收集来的5颗琥珀泪现身怨陵。

4. 天宇集团的老板算定蓝雨等人一定会如期而至，因为这宝藏若在少一颗琥珀泪的情况下开启，就会自行毁坏，那么世人就再也别想看清这怨陵深处究竟埋藏着什么样价值连城、富可敌国、成仙成佛的宝藏了。

5. 天宇集团内部肯定有自己人，就凭这几次纸条提醒，蓝雨与邱子卿就可以断定，只是她现在为了掩护自己还不能出来与自己人相认。

6. 天宇集团的大老板可能与老吸有关。

7. 天宇集团已经知道了蓝雨与邱子卿等人的底细与行踪，目前就是不知道他们知不知道邱子卿与穆小米国际刑警的身份。

8. 天宇集团这次是有备而来……

蓝雨与邱子卿将所归纳出来的信息一条条地列在了纸上，这是他们思考问题的一种方法，这样有助于条理清晰、思维敏捷，有时候列着列着就会有新的发现，在实际工作中还是很管用的。

"师傅，我们怎么办？是去还是不去？"蓝雨将这些信息都列在纸上，咬着笔头，陷入了两难的境地。

若是去，明明这就是一个陷阱，若不去，用大脚趾想想都知道，天宇集团这么些年来可以说一直处心积虑目的就是为了凑齐琥珀泪打开怨陵的宝藏，万一他满打满算地进入怨陵，到头来发现蓝雨他们并没有来，若是发起飙走起险棋来怎么办？万一真被他们毁了怨陵中的宝藏，那岂不是损失大了，而且蓝雨也就永远都无法解开自己的梦境，无法知道自己真正的身世。

"师傅！"蓝雨看向邱子卿说道，"这个天宇集团的大老板真毒啊！竟然把这个烫手的山芋抛给了我们，让我们去也不是，不去也不是，可最后还是得去啊！"蓝雨现在确实是觉得为难了，毕竟这不是去旅游，也不是去度假，弄不好是要把命搭进去的！

天宇集团的大老板之所以走这一步棋，就是为了让一直处在暗处的蓝雨等人走到明处来，这样他们才能更好地掌握全局。除此之外，还有另外一个目的，就是拿到蓝雨手中的琥珀泪。

"是啊，这是一招非常好的棋，既可以让我们从幕后走到舞台上来，又可以不费吹灰之力将蓝雨手中的琥珀泪通通归他所用，这次我们被动喽！"邱子卿站起来，伸了伸发酸的胳膊腿道，"看来该向总部请求支援喽！"

"他的目的不光是丫头手中的琥珀泪。"老许和塔挞老爹此时忙完了自助餐厅里面的事情也走了过来。

"哦？老哥你还有新发现？"邱子卿问道。

"这和一个传说有关，为什么多年前天宇集团就没有放过你的父母，那是因为你父母从一个传说中找到了开启怨陵宝藏的方法，而这个时候恰恰你们又出生了，这一切都太巧了，于是天宇集团更是对你的父母穷追猛打。"老许说着叹了口气，多年前的往事似乎早已沾满灰尘，但每每提到的时候，却能一下子透过那层层的灰尘看得清清楚楚，那样真切、那样熟悉，就像发生在昨天。

"老许，我的父母他们到底发现了什么？"蓝雨焦急地问道，她的父母，那两个素昧谋面的人，可每次提到他们，蓝雨在心中都会涌起一股暖流，亲情、血缘是一种可以超越时间、超越空间、超越生死的东西。

"他们发现了……"老许正要说着，忽然耳边一阵聒噪。

"砰"的一声，门被穆小米一脚踢开，只见穆小米笑呵呵地歪歪扭扭地扛着酒鬼鹦鹉就跑了进来。

"师傅啊师傅，你们在干什么？怎么都，都不叫我？这么重要的事情怎么能没有我穆小米参加呢？"穆小米歪歪扭扭地晃荡进来，一手叉腰，一手轻抚着自己的头发，自我感觉非常帅，别人却感觉是呕吐的对象。

"你？你看看你那德行！以后喝了酒了就别跟别人说我是你师傅！简直都丢死人了！喝得酩酊大醉先不说，我那房间也被你弄得没法睡人了！什么酒味、屁味、脚臭味，气死我了！看我一会儿怎么收拾你！"邱子卿气呼呼地指着穆小米的鼻子骂道。

"我喝醉了吗？我穆小米怎么会喝醉呢？"穆小米晃晃悠悠，一脸迷茫地看着邱子卿，看来他已经醉到了连自己喝醉都不知道的程度。

"嘎嘎，我们好像没喝醉，就是喝多了点！"酒鬼鹦鹉在一旁补充道，说得蓝雨、邱子卿等人满头黑线直冒。

"嗷呜！"穆小米被气呼呼走过来的蓝雨施了一记暴栗子，吃痛的穆小米揉着头发出一声狼叫："师姐啊，你怎么这样狠心啊？下手这么狠！"穆小米不满地抗议着！

"先别理他们，老许继续说，刚说到最关键的地方就被这两个醉鬼给打断了！气死人了。"蓝雨气呼呼地走到老许身旁，边抱怨着边让老许继续说下去。

老许听了点点头继续说道："他们发现这怨陵的宝藏只有是在特定时间出生的双胞胎才能打开，而且身上都要有琥珀泪状的胎记。"

"什么？双胞胎？"众人听后无比惊讶地看着老许。

"对，就是双胞胎！"老许肯定道。

"你不是说师姐生下来的时候就是双胞胎？她还有个妹妹，可惜后来被天宇集团的人追杀得出了车祸，当场死亡？"穆小米一脸惊讶，酒也醒了，指着塔挞老爹问道。

"正是！"塔挞老爹点头说道，"当初天宇集团是想将她们姐妹两人都抢去的，可是未能如愿，只将丫头抢了过去，后来又要抢小云，结果出了车祸。"

"难道说，师姐，师姐就是传说中可以打开宝藏的双胞胎之一？"穆小米惊讶地说道。

"应该是！"老许说道。

"天啊，师姐，我说蓝志军那老东西怎么肯把你当亲生的女儿这样伺候着呢，原来那

273

老东西是要放长线钓大鱼啊！最终目的还是那价值连城的怨陵财宝呢，这老东西，真厉害！太厉害！相当的厉害！"穆小米惊讶地、激动地说道，心里还在不断地佩服自己的分析能力，真不是一般的了得，你看这么隐蔽的问题都能被自己分析得头头是道啊！

"行了吧，这还用得着你来说啊！"邱子卿没好气地说了穆小米一句。

"当初闻先生和闻夫人知道天宇集团不会放过他们的，所以他们将自己对怨陵研究的毕生心血通通放在了两块生化芯片之上，分别植入了丫头和她妹妹小云的脑中，这就是为什么那么小的孩子会动了开颅大手术！"老许讲着多年之前的事情，忽然穆小米一声惊呼又打断了老许的叙述。

"天啊，师姐，你不是说你中学时出了一场车祸吗？在医院住了好长时间，以前的很多事情都忘记了？"穆小米惊讶地说道，"当时也是小云死的时候，塔挞老爹说她的尸体被天宇集团抢走了，连尸体也不放过，他们为的就是小云脑中的芯片，所以你大脑之中有两块芯片，但是这两块芯片并不兼容，所以总是让你看见一些莫名其妙、乱七八糟的幻象。"

"这个你以前不是说过好几次了？每次唠唠叨叨的烦不烦啊？"蓝雨没好气地说道。

"我是要说，既然你脑子里面的芯片不兼容，那即便你去了怨陵，即便凑齐了琥珀泪也未必能打开怨陵的宝藏啊，因为当初的信息很有可能显示不出来，你所看到的都是一些乱码或者失真的信息，那样的话，没准这怨陵的宝藏还真会开启自毁的功能呢！"穆小米振振有词地说道。

"虽然两块芯片都在丫头的脑子里，会不兼容，但是不可能会将以前的资料丢失，当那汉白玉的藏宝图安放上琥珀泪后，若是传说中命中注定打开宝藏的人，自然而然地就会自动开启宝藏，据我当年参与闻先生与闻夫人对于怨陵宝藏的研究时发现，有传说记载当真正与怨陵宝藏有缘的人将琥珀泪找齐以后便会传出一阵天籁之音，这种声音将指引着有缘人开启怨陵的宝藏。传说中那有缘人便是那当初建造怨陵的主人的转世，传说他与她之所以会不断地轮回转世就是为了那一段凄惨的爱情，为了让两个相爱却无法相守在一起的苦恋之人能经过数次的轮回转世最终有情人终成眷属。"

"这么说如果师姐是传说之中有缘的人，那怨陵就是师姐的老情人造的啦！嗷呜！"穆小米刚说完就被蓝雨赏了一记栗子。

"你胡说八道什么？"蓝雨气呼呼地伸出手指点着穆小米的鼻子尖道，"几天不收拾，你就不舒服是不是？就全身皮紧、皮痒是不是？"

"哪里哪里，我怎么敢不舒服呢？现在这里连抓挠都没有，我哪敢皮痒、皮紧？"穆小米露出一副大尾巴狼摇头晃脑、讨好献媚的样子，笑嘻嘻地对蓝雨点头哈腰地说道。

"行了别啰唆了，我看你是关键时刻乱冒泡，没事的时候无事忙！现在在商量正事呢，你干什么贫来贫去的？给我老实点！"邱子卿没好气地训斥了穆小米一顿。

"现在不管多危险我们都得进去，不然宝藏毁了，岂不是功亏一篑！更何况这汉白玉宝图本来就是九十九年一现，现在不去还要等到什么时候？最重要的是在天宇集团手中的琥珀泪，若他们找不到宝藏直接给毁了，那不是我们这么些年来研究怨陵的成果都功亏一篑了吗？"塔挞老爹在一旁焦急地说道。

"是啊，我也认为该去，只要我们做好充足的准备，天宇集团也不能把我们怎么样，毕竟怨陵我最熟，哪有机关、哪有陷阱我都知道得一清二楚，到时候进入怨陵后我们先利用机关把他们的人消灭一大部分，留下几个主角到宝图前，等宝藏开启后，只需利用宝图边的那九九八十一个机关就够他们受的了！"老许非常自信、非常得意地说道。

108. 再入怨陵

　　"好，既然大家都这样认为，那就一致通过了，我们也在同一天进入怨陵，就来个借花献佛，以其人之道还治其人之身，让天宇集团也尝尝怨陵的滋味！"邱子卿信誓旦旦地说道。

　　"好，他们不是说什么天宇集团的大家伙要来？我们找了那家伙这么多年，今天总算是要现身了，就算再危险咱们也要去啊，要不我师傅这么多年来隐姓埋名，遭的罪、受的苦不白受了？"穆小米此时倒是非常男人地说着。

　　"行了，说什么别把你师傅扯进去！知道吗？"邱子卿虽然听得心里很受用可还是要装一下，要不怎么能显示出师傅的威严呢？"小米，你跟着老许去采购准备再入怨陵时要用的东西，我去联系总部，请求支援，丫头和塔挞老爹密切注意着酒店里面的动静，若天宇集团有什么异常的动静我们马上挪窝！"邱子卿吩咐下去。

　　众人纷纷点头，分头去忙了。一天很快就过去了，到了晚上大家都大包小包背着的、拎着的、扛着的通通都到了塔挞老爹的房间里面集合。最后进来的是背着一个大大的蛇皮口袋、累得气喘吁吁的穆小米。"我的姥姥啊，可累死我了！"穆小米把大大的蛇皮袋往地上一丢，直接坐在地上大口大口地喘起了粗气来。

　　"师傅，你可真是偏心，什么脏活、累活都让我小米一个人来干！太不像话啦！"穆小米边从桌子上抓过一个茶壶，很不客气地对着嘴直接给自己灌了下去，边埋怨邱子卿。

　　"你小子，不收拾你就浑身发痒、精力旺盛，所以还是让你多干点活消停！"邱子卿没好气地问道，"让你买的东西都买齐了吗？"

　　"师傅交代的我敢买不齐吗？"穆小米此时已经歇过来了，一骨碌从地上爬起来，笑嘻嘻地来到蛇皮袋前，将蛇皮袋打开非常自豪地对着蓝雨、老许、邱子卿、塔挞老爹还有老许肩上的酒鬼鹦鹉说道。

　　随后穆小米就将那蛇皮袋中的宝贝一样一样地拿出来，边拿边说道："15个黑驴蹄子、5瓶碳素墨水、5斤上等的糯米、5把瑞士军刀、软钢丝绳、长绳、短绳、5副手套、5个口罩、墨斗、墨线、炸药等，对了还有师傅要的一大块上好的桃木，师姐要的1斤黑巧克力，老许要的10根大蜡烛，塔挞老爹要的18根银钉、木炭，你这只酒鬼鹦鹉要的鱿鱼丝，还有矿泉水、压缩饼干、牛肉干、酒精炉、餐巾纸、烧烤架、方便面、急救箱等，我通通买回来了！"穆小米啰里啰唆地说了一大堆，已经把地上摆满了。

　　邱子卿、蓝雨、塔挞老爹、老许并酒鬼鹦鹉一一看了穆小米买回来的东西后发现穆小米果然一样都没有漏买，而且还多买了许多东西，像什么酒精炉啊、方便面啊、烧烤架啊，等等。

　　邱子卿非常好奇地问道："小米你买这些酒精炉、方便面、烧烤架干什么啊？"

　　"为了不时之需，万一我们都被困在怨陵里面了，可以用来做饭给你们吃啊！就像上次大烤蝙蝠一样。"

　　准备工作做好以后，邱子卿、蓝雨、穆小米、塔挞老爹在老许的带领之下再次进入了怨陵。

　　"师傅，你说天宇集团的那帮家伙真的会在这个时候来怨陵吗？他们不会是骗我们的吧？就是要让我们先替他们蹚蹚地雷？"穆小米不无担忧地问道。

　　"我们算什么蹚蹚地雷？我对怨陵的熟悉就跟我对我那个鬼屋一样熟悉呢！闭着眼睛

都能摸到藏宝图那儿。"老许还未等邱子卿说话自己倒先吹上了。

"就是，有老许呢，我们担心什么。天宇集团怎么可能不来呢？这么历史性的时刻，怨陵的宝藏终于可以打开，这不正是他们天宇集团多年来处心积虑想要得到的吗？"邱子卿边走边说道。

"是啊，要不他们也不会把我当小姐养了！"蓝雨喃喃地说道。

"好了，师姐，你就不要再为蓝志军那个老家伙做的事情难受了，很多事情在我们没有权利选择的时候发生了也就发生了，我们只能去面对，因为我们别无选择！"穆小米忽然说出了一句颇有哲理的话来，惊得蓝雨猛然看向穆小米，上上下下地打量着他。

蓝雨猛然发现，在昏暗的墓室里，穆小米的脸上少了往日的顽劣，多了一份男人的成熟与睿智。

"行啊！没想到你这个家伙现在还有点水平了嘛！说话还有些哲理了！"蓝雨伸手点了一下穆小米的脑门说道。

"哎哟！师姐啊，你小点劲儿啊，我这刚长出来的脑细胞被你一点都给杀死了呢！"穆小米不满地嘟囔着。

"嘘！"老许忽然神色紧张了起来，说道，"你们听！"

老许的话音刚落，便听见一阵有节奏的跳动声传来。

"砰、砰、砰。"

"这是什么声音？"塔挞老爹紧张地小声说道。

"可能是天宇集团的人！"邱子卿说道，"我们先找个地方避一避，现在尽量不要跟他们发生正面的冲突。"

"好！跟我来！"老许说着，往甬道的左边一转，伸手在墓室的石壁之上轻轻敲了几下，一扇石门瞬间打开，露出一间耳室。

"快进来！"老许已经走进了耳室，冲着大家说道。

邱子卿、蓝雨、塔挞老爹，最后走进来的是穆小米，这是一个狭小的耳室，几个人走进后，就显得空间有些不够，不过五个人还是可以站得下。

众人刚进去，就听见前方又传来一阵低沉的讲话声。

"师傅该不会是怨陵里面还有粽子吧？"穆小米担心地悄声问道。

"用你的脑子好好想想好吧？粽子它们讲话吗？"邱子卿未开口，但是蓝雨却在一旁受不了先训斥起穆小米来了。

"粽子怎么不可能说话呢？要是那种成了精的、高级的、顶级的，或者升级到无敌境地的老粽子不是一样会说话吗？"穆小米不满地抗议道。

"那它们说话也不可能说得那样温柔！我告诉你你不要异想天开了，这分明就是人在说话嘛！不是天宇集团的人也要进来吗？八成就是他们！我看这些家伙比老粽子还要难对付呢！若真是遇见老粽子还好呢！"蓝雨不满地用手点着穆小米的脑门说道。

"师姐！我跟你声明了多少次了，你没事不要随便打我的头！"穆小米刚要抗议，却被邱子卿一把捂住了嘴巴。

"别出声！"邱子卿严肃地说道。

邱子卿、蓝雨、穆小米、老许、塔挞老爹竖着耳朵听了好久，这才确定首先这些人都是大活人，肯定不是穆小米担心的老粽子；其次从说话的声音来判断，八成就是天宇集团的人。

276

"大家千万别出声，让他们走过去，我们先数数他们这回究竟进来了多少人，然后就放他们过去，前面机关埋伏很多，只要我老许动动手指头，他们有得苦吃了！"老许大手一挥，颇为豪迈地说道，仿佛自己是领导着千军万马的将领一般。

众人点头默认，全都凝神屏气，全神贯注地注意着外面的动静，只听得那低沉的说话声越来越近，那熟悉的声音再次响起，就是那个女子的声音，那个和邱子卿女友所学的假声一模一样的女子的声音，这声音让邱子卿一时又产生了幻觉，仿佛自己心爱的人儿就在外面一般。正在邱子卿发呆的时候，忽听得身后的穆小米杀猪般的叫了一声。

"我的姥姥啊！什么东西在动啊。"随着紧张的话音刚落，穆小米整个人也开始蹦了起来。问题来自他的背包，他那硕大又厚重的背包此时正莫名其妙地动了起来，里面仿佛有什么东西想出来。这不光把穆小米吓了一跳，别人也紧张了一番，更可怕的是，穆小米已经引起了天宇集团的注意。

109. 都是酒鬼鹦鹉惹的祸

尽管天宇集团的人已经注意到这边发出的声响，可是穆小米身上的背包还在不断地晃动，仿佛里面有什么活物，现在迫不及待地想出来。

"里面好像有什么东西！快打开看看。"蓝雨小声地说道。

穆小米赶忙把背包从身上拿下来，拉开拉链一看，众人全都傻了。

"嘎嘎，可闷死我了！"酒鬼鹦鹉满身凌乱的从穆小米的背包里面钻了出来。

"哎，你，你这只鸟怎么会在我的包里？"穆小米惊讶地问道。

"不是跟你说了吗？让你在家好好待着？怎么又偷偷地跑出来了呢？"老许见到从穆小米背包里面跑出来的是酒鬼鹦鹉，彻底崩溃了，超级无敌郁闷地问道，"家里葡萄酒也给你准备好了，海鲜大餐也给你做好了，你要吃的牛肉干、芝士蛋糕、提拉米苏、阿胶水晶枣、小核桃、榛子、开心果都给你准备好了，你怎么放着悠闲的日子不享受非要跟着来受罪呢？"

"嘎嘎，我放心不下你！"酒鬼鹦鹉说了它活到现在最像样的一句话，但是酒鬼鹦鹉的话并没有感动老许。

"我的老祖宗啊，还你不放心我呢？我看是我不放心你吧，到时候还得让我来照顾你，天呀，这不是没事找事吗？"老许痛苦地说着，心想本来这次就是跟天宇集团算账来的，没想到还跟着一只老鹦鹉，真是累赘啊！苍天啊、大地啊，为什么要对老许我这样呢？老许眼泪汪汪地在心中呼喊着、呐喊着、呼啸着！但是表面还是水平一片。

"嘎嘎，你们去打开怨陵的宝藏，怎么能不带我呢？这么多的宝藏怎么可以不分给鸟一点儿呢？好歹我以后的幸福生活还指望这些财宝呢！你们太不地道了！嘎嘎！"酒鬼鹦鹉嚷嚷着，终于说出了它不可告人的秘密了。

"都给我闭嘴！"眼看天宇集团的人就朝这里走过来了，邱子卿气得鼻子都歪了，于是低声喝道。

"你看看，都是你这只倒霉鹦鹉惹的祸！"穆小米小声嘀咕着，"我说我的背包怎么这么沉呢？你爷爷的，你这只肥鸟该减肥了！"

110. 恐怖的意外

"嘎嘎，本鸟的最终目标就是丰胸肥臀！"酒鬼鹦鹉非常雷人地说道。

酒鬼鹦鹉的话音一落，穆小米就差一点儿，差那么一点点就被自己的口水所噎死了！这是什么鸟啊？人说那些千年老王八都可以成精了，那这百年的老鹦鹉绝对比那千年的老王八还精！穆小米痛苦地想着。

"大哥，那边好像有动静！"让邱子卿无比熟悉的女声再次响起。

"嗯，该不会是你那个宝贝丫头搞得鬼吧？"这声音听起来像上次说话的天宇集团的老大。

"哈哈，不是来得正好吗？待会儿正需要那丫头呢！"蓝志军那猖狂的声音传来，听得蓝雨是那样的刺耳与恶心。

"你这个老家伙，自己养了这么多年的女儿，现在说起来倒像在说陌生人一样，就算是那小猫小狗养了这么多年都有点儿感情了，更何况是一个大活人？"一个苍老的声音传来，听得邱子卿一愣。

"这个声音，听起来怎么这样耳熟？就是一下子想不起来了，哎，你还有印象吗？"邱子卿憋着嗓子，悄声问道。

"感觉声音很熟悉，好像，哎师傅，怎么我听着跟以前我们请来的几位古董级的教授里面的一个，这个名字，哎呀，还真想不起来了！"穆小米绞尽脑汁想着。

"嗯，对，对，有点儿意思了，是谁呢？"邱子卿正想着，可蓝志军的一句话让邱子卿与穆小米豁然开朗。

"哈哈，慕容老先生，我可不像你，这么喜欢狗，我认为养狗就是为了看家，养个女儿呢，当然也就是为了这怨陵之中的无尽财宝！只要财宝拿到手，这个所谓的女儿也就没有什么价值啦，我是生意人，生意人怎么可能做赔本的买卖呢？"蓝志军志得意满地说道。

"无耻！"蓝雨此时脸色非常不好看，八成是气的，她从紧咬的牙中挤出了两个字，看她此时这副凶神恶煞的样子，穆小米知道师姐发飙的状态已经进入，这个时候最好不去答理她，不然会死得很惨！非常惨！相当的惨！

"你啊，真是一点儿人性也没有！"那个苍老的声音再次响起。

"哈哈，我们老先生心地一直都非常善良，哪像你这活土匪那样残忍啊！"天宇集团的大哥的声音传来。

"看来一会儿怨陵宝藏开启之时，我们还要欣赏蓝先生为我们上演一出大义灭亲的好戏呢！"那个让邱子卿熟悉无比的女声又一次响起，邱子卿不由得一愣。

"那是自然的，你们也应该知道面对这样巨额的宝藏，谁都不会愿意多出一个人来与你一起分享吧。"蓝志军懒懒地说道。

"爸爸，你要把妹妹——"蓝斌的声音传了过来，可还未等蓝斌把话说完，蓝志军就不耐烦地训斥道："她算你哪门子的妹妹？不要随便乱说，你这一口妹妹老子我有多少遗产要分给人家？"

蓝雨听了气得浑身打战，一怒之下准备冲出去找蓝志军算账。

"哎，哎，丫头，你千万别激动！"邱子卿和老许一把将蓝雨拉住。邱子卿劝道："君子报仇十年不晚，消消气，消消气！"

"就是，丫头千万别和他们一般见识，现在你要是出去就暴露了，他们人多，我们人少，等会儿让我老许弄出几个机关埋伏来先报销几个，然后等打开怨陵的宝藏后，老许我帮着你一起收拾那些兔崽子们，为你父母和你妹妹报仇！"

"就是，为小云报仇！"塔挞老爹也在一旁恨恨地说道。

在众人的劝说下，蓝雨终于将心中的怒火压了压。正在这个时候，外面传来了一阵怪笑声，这笑声是那样的毛骨悚然、那样的扭曲变态，听见这个笑声你就会不由自主地想起挪威表现主义大师爱德华·蒙克的名画《呐喊》，画面上一个面容近于骷髅的人形，双手捂着耳朵，站在一条不知来头去尾的公路桥上拼命呼号，红色的蛇卷般的天空给每个欣赏它的人带来的那种强烈的骚动不安与此时蓝雨、邱子卿、穆小米等人听见这种尖锐的、刺耳的、变态的笑声所产生的感觉一模一样。

紧接着，一个蝙蝠样的黑影闪过，查理优雅地出现在蓝志军与天宇集团众人的面前。

"是你！"蓝志军万分惊奇的声音传来。

"哈哈！"查理又发出一阵让人发狂的恐怖笑声，说道，"你蓝志军和天宇集团可真不够意思啊，当初是如何对我们 Vampirus 家族承诺的？等到真相要大白，可以收获的时候你们又一脚把我们 Vampirus 家族踢开，仿佛不认识我们？天底下可没有这么好的事情哦，若你们还一意孤行，那我可不能保证你们的安全，很有可能明天你就再也无法出门欣赏旭日东升，因为你也变成我们 Vampirus 家族中的一员了。"查理得意洋洋地说着，忽然又补充了一句，"哦，对了，我差点儿忘记了，若你成为了 Vampirus 家族的一员，那么你所拥有的财富也是家族长老拥有的财富哦，到时候长老需要你奉献什么财富你就必须无条件地双手奉上哦！所以我劝你们还是老老实实，按照当初的承诺来办事比较合算！"

"什么 Vampirus 家族？简直就是实验室里面跑出来的怪物！"那个让邱子卿、穆小米两人无比熟悉的苍老的声音再次响起。

"师傅！我终于想起来那人是谁了！"穆小米忽然悄声说道。

"是谁？"邱子卿问道。

"慕容枫！"穆小米石破天惊地说出了这三个字，在场的人都愣住了，包括那只财迷分分的酒鬼鹦鹉，也张个大嘴，流着口水呆在那里。

"嘎嘎，慕容枫啊，听说那老家伙家里有很多维多利亚时代的葡萄酒与猫眼耶！"酒鬼鹦鹉超级无赖地说道。

"嗯，有点儿那感觉了，确实是这种声音！对！对！就是这个老家伙！"邱子卿恍然大悟地说道。

"怎么是他？"穆小米嘟囔着。

"慕容枫？"蓝雨不解地问道。

"嗯，就是慕容轩那小子的老爹！"穆小米补充道。

"是啊，难道天宇集团无耻到把这样德高望重的考古界泰斗也给抓来了吗？"邱子卿不解加愤怒地猜测道。然而当他听见查理与慕容枫等人下一秒的对话后，便彻底明白了。

"恐怕这也只是你们 Vampirus 家族一相情愿吧？想把我们通通变成吸血鬼？那也得看你们有没有这样的本事！你们难道已经不怕太阳？不怕蒜精了？不怕桃木十字架了？"慕容轩的声音忽然响起，让蓝雨觉得苦涩无比，恍如隔世。

"你爷爷的，慕容小子居然也来了？真是自不量力，看来现在事情越来越复杂啦！"穆小米挠挠头说道，"难道慕容小子不怕老吸？跟老吸说起话来还挺拽的嘛！"

"嘎嘎，你爷爷的。"酒鬼鹦鹉在一旁帮腔学舌道。

"哦，这不是天宇集团的大公子吗？多日不见，我查理可非常想念你啊，你那个可人的潘艳儿虽然是回到了你的身边，不过只要我略施法术，她还是会乖乖地回到我的怀抱中哦！"查理得意洋洋的声音传来。

"哼！真没想到你们堂堂的Vampirus家族就这点出息，为了一点儿雕虫小技而沾沾自喜，告诉你，你那套小儿科的东西还是趁早收起吧！早就不起作用了！下次想耍花招，让你们派个有本事的老吸来，不要总是派个牛哄哄却花拳绣腿的家伙来像苍蝇一样嗡嗡地叫来叫去。"慕容轩很不客气地说道。

"你！你找死！不要以为你父亲是天宇集团的老板我就不敢动你！"查理气愤地说道。

"那你动动看啊！"慕容轩不屑的语调传来。

"好了轩儿，不要跟查理先生这样说话，大家有话好好说，我们这么多年的合作怎么可能忘记Vampirus家族呢？当年老夫创建天宇集团的时候还得到过Vampirus家族的帮助，这些老夫都不会忘的。可是，查理，这天上是不会掉馅饼的，你们家族若真想从怨陵的宝藏之中分得一羹，就必须为我们出点力气。"慕容枫那苍老的声音再次响起。

"好，爽快！你说吧，要我们做什么？"查理高傲地问道。

"也很简单，一会儿开启宝藏的时候需要琥珀泪和那丫头，我们猜测他们就在这附近，你把那丫头抓来就行！"慕容枫淡淡地说道。

"好，没问题，包在我身上了！那丫头是我喜欢的类型，到时候我给她永恒的生命，让她永远、永远地陪伴着我！哈哈！"查理那恐怖的笑声再次响起。

"他、他刚才说什么？"穆小米痴呆了半秒钟后结结巴巴地问道，"刚，刚那老，老吸说，说什么来着？慕容枫是天宇集团的大老板？"

望着穆小米那一脸震惊的神色，邱子卿也只有苦笑一声，今天发生的一切实在是太戏剧化了，比他这一生的经历都戏剧化。谁能想到，这个誉满全球、考古界的泰斗、拯救过无数稀世文物的大学者，竟然是吸血鬼口中天宇集团的大老板，这么多年来自己因为职业原因没少与慕容枫打交道。若他真是天宇集团幕后真正的老板，那岂不是早就知道了自己是警察？邱子卿在心中骂道："妈的，还潜伏卧底呢，潜伏卧底个什么劲儿啊！人家早就知道了，把你当小丑耍呢，就看你在蹦跶呢！"邱子卿气呼呼地想着，一时心中凄苦无比，仿佛这么多年来的苦心经营在一瞬间土崩瓦解了！仿佛一下子失去了人生目标，郁闷得随时都想自杀，仿佛一下子众叛亲离，走向了绝境！怎么会这样？怎么会这样？邱子卿不住地问自己，自己为了查清楚天宇集团幕后真正的黑手，已经付出了几乎大半生的时间，谁又能想到到头来自己反而成了人家的瓮中之物，真是可悲！真是可笑！

"我说呢，那个慕容轩平白无故的冒出来，又平白无故的来套近乎，又平白无故的参与到我们的行动之中，又平白无故的勾引师姐，获得师姐的好感，又平白无故的失踪，平白无故的当起了赶尸人，又平白无故的把我们引到阴宅去，看来一切都是他在搞鬼！我早就说过嘛！这个慕容轩不是什么好东西！"穆小米振振有词地说着。

"行了，你们都安静点，那个吸血鬼好像朝我们这边来了，大家快点准备好大蒜！"老许在一旁说道。

"啊，这么快就过来了？等等，我找找，那些大蒜被我放到哪里去了呢？"穆小米又开始翻他那个超级无敌，无所不有的大背包了！

正在大家高度集中精力，准备奋战老吸与天宇集团的时候，一个恐怖的意外发生了！

"砰、砰、砰！"一阵熟悉的声音如此空灵而又诡异地传来，让在场的，不论是蓝雨等人还是天宇集团蓝志军等人，通通变脸。

"这是？这声音怎么这么熟悉？我怎么一听心里就打哆嗦呢？"穆小米率先发表观点道。

"是很熟悉啊！"蓝雨在一旁说道。

"这地方你们还记得吗？我们第一次来的时候？"邱子卿问道。

"这个地方？"蓝雨和穆小米想了一下。

"难道是？"蓝雨和穆小米异口同声地说道，是的，在这一刻他们通通回忆了起来，原来是这里，他们第一次进入怨陵的时候，这个地方最恐怖、最血腥，真是大凶之地啊——红色绣花鞋！

蓝雨、邱子卿、穆小米到现在还记得那一双双血红的绣花鞋是如何诡异、恐怖地朝他们跳动过来！

"砰砰！"

"砰砰！"对，就是这个声音，就是这个节奏！蓝雨、穆小米等人怎么也无法忘记当初那悬浮在半空中的红色绣花鞋，是怎样诡异而又有节奏地朝天宇集团那几个说话的小喽喽跳去。更不会忘记那小喽喽的惨叫声和他们周身上下熊熊燃烧的火焰，还有那在火光之中拼命挣扎舞动、发出阵阵惨叫声的人。

蓝雨觉得自己脊梁骨在冒冷气，此时手心已经开始冒冷汗了。

穆小米也紧张得直咽口水。

"老许，这东西怎么对付啊？我们第一次来怨陵的时候就碰上了，上次好在是天宇集团的小喽喽给我们当炮灰，现在可麻烦了，我们还不知道怎么对付呢！"邱子卿焦急地压低声音问道。

"这个，这个我也不知道啊？我对怨陵哪都熟悉，就是不知道怎么对付这玩意。再说了这东西一般也不出来啊，我以前一共就遇到过一回，躲过去就完事了。本以为这怨陵中已经没有这东西了，怎么还有啊？"老许郁闷地说道。

邱子卿、蓝雨、穆小米听了后彻底抓狂了，这老家伙还吹呢，说什么怨陵没有他不熟悉的、没有他破不了的机关埋伏，说什么他闭着眼就可以摸到藏宝图那里，就遇到了些绣花鞋就不知道该怎么办了，天呀，早知道就不该完全相信他啊！

"砰砰！"

随着那诡异而恐怖的声音传来，那血红的绣花鞋一双双地有节奏地排着队跳动过来，这架势仿佛当初蓝雨、穆小米、邱子卿、塔挞老爹在老许那个鬼屋看见慕容轩赶着一队尸体从他们眼前跳过一样，只不过，现在在上面全都忽略不计了，只剩下那散发着死亡气息的血红得仿佛从上面要滴出血来的绣花鞋，一双，一双，有节奏地跳过来。

"怎么办？我们快逃吧师傅？"穆小米有点儿紧张了。

"逃？你难道忘记当初天宇集团的小喽喽是怎么死的了？我估计这绣花鞋上有红外线啊，根据热源寻找攻击目标，只要我们一走动，它绝对能贴上来，只要碰到就能烧死你！"邱子卿没好气地数落着他这个宝贝徒弟。

"那我们该怎么办啊？"穆小米愁眉苦脸地问道。

"没办法，只能以不变应万变了！"老许的话差点儿没噎死穆小米，什么以不变应万变？说得好听，不就是站在这里等死的意思嘛！穆小米在心中非常不友好地访问了老许的十八代祖宗一遍。

"老许说得对，现在大家都别出声，别动了，屏住气，好在外面还有天宇集团的人，尽量把这些活宝绣花鞋引到天宇集团那边去。"塔挞老爹也在一旁小声地说道。

其实这个时候心中充满无限恐惧的不光是蓝雨、邱子卿、穆小米还有蓝志军与蓝斌，这两个人见了这血红色的绣花鞋也被吓得差点儿尿裤子，往日那恐怖的一幕幕再次浮现在两人眼前。

"爸，爸，"蓝斌连说话都结巴了，"那，那东，东西又来了！"

"你给我闭嘴，难道忘记了当初你手下的人不就是多说了几句话，就把这东西招来了吗？"蓝志军低声训斥道。

"可……可是查理不……不是朝那方向走去了？"蓝斌激动地指着查理优雅离去的方向说道。

"不要管他！"慕容枫冰冷的声音传来。

蓝斌听得一打哆嗦，用一种敬畏的眼神看向慕容枫，唯唯诺诺地说了句："是。"

蓝斌的话音刚落，当初那惨烈的一幕就重现了，查理一声惨叫，整个人就已经被火光包围。

"砰砰！"

随着查理在熊熊的幽蓝色的火光之中挣扎、撕心裂肺地狂叫的时候，那一双双血红的绣花鞋从四面八方蜂拥地扑向查理。

"啊！"查理在那熊熊烈火之中疯狂地挣扎，可是他越挣扎，这火就燃烧得越猛烈，而源源不断的血红色的绣花鞋还在从四面八方朝查理扑来。老吸遇到烈火，正好是绝配！正如朗姆酒遭遇浓咖啡一样，一切都是正正好，瞬间查理就被烧成了焦炭。

蓝雨、穆小米、邱子卿、老许、塔挞老爹连带那只酒鬼鹦鹉看呆了。

慕容枫、慕容轩也不由得吸了口冷气，蓝志军看得脸色惨白，蓝斌吓得差点儿尿裤子，天宇集团的其他人也吓得哆嗦的哆嗦、痴呆的痴呆、尿裤子的尿裤子。

"嘎嘎,吓死鸟了！这些烂鞋子太恐怖了！"酒鬼鹦鹉刚才被吓呆了,这会儿缓过劲来,冒出了一句感叹,谁知道就在酒鬼鹦鹉说出这句话的一刹那,那些本来从四面八方拥向查理的血红色绣花鞋,猛然掉转方向,通通向蓝雨、邱子卿等人藏身的耳室拥来！

"天啊，你爷爷的，你这只倒霉的鹦鹉！都是你闯的祸！这下咱们都要变烧烤了！"穆小米看着眼前的一切发疯了！

"嘎嘎！"酒鬼鹦鹉傻里呱唧地叫了两声便没声了，再看向它，早就两爪朝天吓晕了过去。

"师傅，我们快撤吧？"蓝雨也紧张地问道。

"老许，这间耳室还有其他门吗？"邱子卿问道。

老许此时则一脸悲壮地摇摇头，这下好了，大家的心全都瓦凉瓦凉的。

"风萧萧兮易水寒，壮士一去兮不复返！"穆小米眼含热泪地对邱子卿说道，"师傅啊，今天八成你我都要光荣了！"

邱子卿一脸沉重，并没有回答穆小米的话，但是可以看出此时他心中的悲怆。

"啊！我受不了了！我实在受不了了！"就在蓝雨、穆小米、邱子卿、老许、塔挞老爹等人准备好了去见阎王的时候，一个颇为及时的声音忽然发疯、发狂、发飙地从天宇集团那帮家伙中发了出来，只见一个彪形大汉，像得了狂犬病一样从人群中冲了出来，不断地撕扯着自己的头发衣服，在怨陵之中横冲直撞，一顿猛跑。

"快开枪打死他！不然我们都走不了了！"慕容枫那冰冷的声音再次响起，可惜为时已晚。

"砰砰！"

那一双双血红色的绣花鞋，像魔鬼一般的飞快地改变了方向，仿佛那个彪形大汉就是一堆醇香甜美的蜂蜜一般，而那一双双绣花鞋，就像一只只蜜蜂，疯狂地朝它们的美食扑去。

"扑哧！"彪形大汉身上燃起了熊熊烈火。

"啊！"彪形大汉的惨叫声回荡在怨陵之中，只见他一身烈火地奔跑、挣扎，最后他朝天宇集团那些家伙中间跑去，这是灭绝性的一个动作，众人见他冲着自己奔来，通通四散奔逃。

"快开枪把他打死！"慕容枫的声音也开始透出了一丝惊恐，他现在真后悔自己不论去哪里从来都不带枪的习惯！

可是现在众人逃命还来不及，有谁还会听他的话呢？

而那一双双代表死神的绣花鞋则一下子分散开去，向着那四散奔逃的人们扑去。

"啊——"惨叫声阵阵！焦臭味阵阵，一瞬间，天宇集团那二十几个小喽喽通通化成焦土！

看着眼前那惨不忍睹的一切，蓝雨惊呆了，穆小米痴呆了，邱子卿傻眼了，老许无语了，塔挞老爹开始翻胃了，酒鬼鹦鹉刚醒来，直接又晕过去了。

111. 宝图再现

时间静止了，眼前黑烟弥漫，恶臭阵阵，这烧得不是别的，都是人啊，也不知道这一双双血红色的绣花鞋都是什么材料做的，只要碰到人就着，燃起那熊熊大火，瞬间将人烧成焦炭，同时还散发出阵阵让人作呕的恶臭。

"你爷爷的，这怎么这么臭啊？什么臭啊？臭得如此纯粹、如此极致、如此专业？"穆小米捂着鼻子瓮声瓮气地骂道。

"这个可不是一般的东西能发出来的臭气！"老许终于对这血红色的绣花鞋有点儿认识了。

"怎么你知道了？"蓝雨捂着鼻子问道。

"嗯，虽然对这些绣花鞋还不完全了解，但是有一点我是可以肯定了。"老许也捂着鼻子解释道，"这绣花鞋中一定有尸油的成分，如果我没猜错的话，在制作好以后，这些绣花鞋最后都应该是在那脓血之中上的色。"

"什么？上色用脓血？脓血是什么玩意儿啊？不会是那种化了脓的血吧？"穆小米天生就是个好奇宝宝，问起为什么都是一串一串的。

"确实是人血，传说这种脓血是将活人放入一种特殊的汤药之中让他发酵，最后化成一摊脓血然后再用来上色，所以脓血加上尸油，这燃烧起来肯定是恶臭无比。这可都是有毒气体，大家小心点！"老许淡淡地说出这无比恐怖的制作方法。

"我的姥姥啊！"穆小米听了直吐舌头，怎么听得这么反胃呢？

蓝雨、邱子卿、塔挞老爹也听得脸色惨白，估计这几位好几天都不会有胃口吃饭了。让活人发酵，这是人，又不是菜！真是恐怖至极。

"嘎嘎，怎么人都没了？"酒鬼鹦鹉悠悠然醒来，一脸迷茫地望着眼前的一片焦土。

"是啊，这人呢？"穆小米这才反应过来，刚才自己光注意那些烧焦的尸体了，没注意天宇集团的那些大家伙、头儿们都跑哪里去了，像什么慕容枫啊、慕容轩啊、那个神秘的女子啊，还有蓝志军、蓝斌，这些家伙怎么都瞬间消失了呢？

"肯定是从这里跑走的。"老许指着地上一块凹陷的大坑说道。

"真的啊！敢情这些人通通陷进去了！这是个地窖啊？"穆小米趴在地上惊讶地说道。

"什么地窖，这里是通向宝图的捷径！看来他们对怨陵也特别熟悉，若不是那些无法控制的血红绣花鞋突然出现，我们还真难收拾这帮家伙！"老许说道。

"那我们怎么办啊？"穆小米不无担心地问道，"既然这是通往宝图的捷径，那肯定是他们先赶到宝图那边啊，要是让他们抢先了，把宝藏打开，那我们不是白忙活了吗？哎，老家伙你还知道不知道哪里有捷径？比他们这条更快的？"

"你傻啊？"邱子卿没好气地数落着穆小米，"做事情都不动脑筋，他们即便是先赶到的，没有我们手中的琥珀泪，没有你师姐，能打开宝藏吗？这最主要的人物没登场，他们就算到得再早也等于零！"

"对啊！师傅我怎么忘记了呢？看来你实在是太太太伟大啦！"穆小米恭维道。

"嘎嘎，这里怎么有一只硕大的蝙蝠啊？已经烤焦了！"酒鬼鹦鹉好奇地看着地上一堆焦状的东西问道。

"是查理！"蓝雨惊叫起来，"原来他真是老吸啊？居然现出原形来就是一只大蝙蝠？"

"看来真是从实验室里面制作出来的！"老许看着地上那个烧焦了的大蝙蝠说道。

"实验室？"穆小米奇怪地问道。

"是啊，难道刚才你没听他们说查理是实验室里面出来的东西吗？"老许问道。

"听见了，我以为是骂这个老吸呢，没想到是真的。"穆小米一脸迷茫地说道。

"当然是真的！"塔挞老爹看着地上的那只硕大的烤焦蝙蝠说道，"以前曾经听说过西方有一种吸血鬼崇尚人与兽的结合。"

"人兽结合？怎么个结合法啊？难道查理这小子是人兽结合弄出来的？"穆小米一下子来了兴趣，又是一顿穷追猛打地追问。

"就是将他们吸血鬼身上的细胞与蝙蝠的细胞结合起来，最后放入一种特殊的蝙蝠中孕育，最后产生的吸血鬼，既有蝙蝠的特征又有人的优势，他们平时以人的形象出现，关键时刻，尤其是逃命的时候，他们可以变身为蝙蝠逃之夭夭。据说他们变身成为蝙蝠后可以短时间内在阳光下暴露，这就为他们的生存创造了更有利的条件了！"塔挞老爹说着感叹道，"以前也是道听途说，想起来也觉得这些都是编出来吓人的，哪里有这么邪乎的东西。没想到今天还真碰到了，可惜就算他变成了蝙蝠也没能逃脱被这种鬼火烧死的下场啊！"

"是啊，我也听说过，没想到还真有这东西，不知道这个查理又是哪个科学狂人的产物！"老许也感叹地说道。

"走吧，咱们还是先不要管这个老吸是怎么从实验室里制作出来的，快去宝图那边吧，我还真怕这怨陵中的绣花鞋是那种生生不息的东西，若一会儿再出现，可没有天宇集团的那帮倒霉蛋给我们做垫背了！"邱子卿有些担忧地说道。

"师傅你别乌鸦嘴了！"穆小米不满地嘟囔着，谁知道他的话音刚落，众人耳畔仿佛又听见那催命的声音。

"砰砰！"

"嘎嘎，那声音又来了！"酒鬼鹦鹉的连锁反应，眼睛一翻，直接从穆小米的肩上晕倒到穆小米身后的背包里面。

"得了！快走吧！不然咱们都得变烧烤啊！"穆小米最惜命，在打完一个哆嗦以后，便第一个做出了逃跑的姿态。

"从这边走！"老许也不敢大意，忙带着大家走向左边的一条甬道。

众人在老许的带领下，通过左边那条黑漆漆的甬道，一路摸索前行。走了大约半个小时，前方出现了点点光亮。

这个时候，走在前方的老许忽然停了下来，转过身来对大家小声地说道："一会儿出去就到宝图那边了，我担心天宇集团的那帮家伙已经在那里了，我们出去前先探探风声再做打算吧，不然这样贸然出去，肯定是活靶子啊！"

"嗯，是这个道理。"邱子卿说道，"大家都小心点，尽量别发出声音，等摸清外面的情况咱们再出去。"

于是大家都蹑手蹑脚、大气不敢出一声地直接摸索到了甬道的尽头。

"好像外面没有什么声音啊。"穆小米贴着石壁听了一会儿说道。

"奇怪，太安静了！"塔挞老爹也在一旁嘀咕道。

老许扒着甬道门悄悄地向外探了探头，没看见一个人。

"难道他们已经走了？或者还没来？"老许奇怪地自言自语道。

"要不我们出去看看？"蓝雨问道。

"先不用，师姐，不如先让那只鸟出去探探路，反正这家伙体积小不容易被发现！"穆小米说着从背包里面拿出那只晕倒的酒鬼鹦鹉说道。

"可是，可是这家伙不是晕过去了？"蓝雨一脸郁闷地看着穆小米手中两爪朝天的酒鬼鹦鹉。

"没关系，我有办法！"穆小米说着冲蓝雨拌了个鬼脸，便在酒鬼鹦鹉耳朵边忽然轻轻地喊了一声，"怨陵宝藏打开了，分金子啦！"

"嘎嘎，我也要金子！"酒鬼鹦鹉一个骨碌站了起来。

天啊，这是我见到的最财迷的鸟了！蓝雨看着满眼都是 $ 的酒鬼鹦鹉，无比郁闷地想。

"嘎嘎，金子呢？"酒鬼鹦鹉财迷兮兮地贼贼地转动着它那个小脑袋问道。

"想要金子啊？"穆小米一脸坏笑地看着满眼 $、口水直流的酒鬼鹦鹉说道，"想要金子非常简单，但是你得做件事情，不然就算我们想给你金子，我们也拿不到啊。"

"嘎嘎，你的意思是只有本鹦鹉出马才能拿到金子？"酒鬼鹦鹉财迷兮兮地问道。

"是啊！"穆小米装出一副非常无辜的样子。蓝雨看得不由在心中暗骂穆小米太不地道了，连鸟都忽悠！

"嘎嘎，让我做什么尽管说来，本鹦鹉赴汤蹈火在所不辞！"酒鬼鹦鹉非常哥们儿地说完一顿豪言壮语后又附加了一句，"待会儿拿到金子我们四六分，我六你们四！"

就这一句话让蓝雨本来对酒鬼鹦鹉的同情荡然无存，这么财迷的鸟被忽悠了也活该！蓝雨气呼呼地想。

"四六分啊？行！你现在小心地飞出去看看外面有没有天宇集团的人，若是没有我们便可以去打开箱子拿金子了！"穆小米哄着酒鬼鹦鹉去侦察敌情。

"嘎嘎，没问题！"酒鬼鹦鹉扑了几下翅膀，便飞了出去。

"你小子，也有聪明的时候嘛！"邱子卿终于夸了穆小米一句。

"啊，师傅！"穆小米激动得热泪盈眶，那眼泪哗哗地、声音颤抖地说道，"师傅！您终于夸了我一句了，我太感动了！"

"小米，你一会儿不贱，是不是就浑身不自在？"蓝雨站在一边鄙视地看着穆小米。

"师姐，你就会说风凉话！"穆小米刚说完忽然觉得头昏昏沉沉的，一股熟悉的气息扑面而来，于是破天荒地安静了下来。

这时酒鬼鹦鹉嚣张的声音从外面传来："嘎嘎，没人，只有藏宝图，出来吧，我要金子！"

"师傅，居然没人？"蓝雨也觉得分外的奇怪。

"也许是他们还没绕过来呢！我们最好早他们一步将琥珀泪放到宝图上面去，然后再躲起来，等天宇集团的人到来后，他们肯定会以为我们打不开宝图才放弃离去的，到时候他们肯定会乖乖地将他们手中的琥珀泪放到白玉宝图之上，这样一来宝藏自然而然就会打开。到时候我们见机行事便可，若我们能收拾得了这些人就现场解决了，若不行就跟着他们，等到了怨陵的出口，我们的人应该已经埋伏在外面了，我让他们提早一天埋伏在外面，来之前我收到唐队长给我来的短信，说他们已经埋伏在怨陵出口了，只要我们将大鱼引出来，他们来收网就行！"邱子卿自信满满地说道。

"天哪！师傅你太伟大了！我好崇拜你啊！"蓝雨兴奋地说道。老许和塔挞老爹也长长地舒了口气，这样一来大家是不需要太担心了！只有穆小米一个人在那里发呆，破天荒地没有拍邱子卿的马屁。

"好，既然没人我们马上去把琥珀泪放好。"邱子卿说道。

"嗯！"众人点头，一个个小心翼翼地从甬道之中走了出来。

"嘎嘎，金子在哪里？"酒鬼鹦鹉站在巨大的白玉宝图上问道。

"一会儿打开宝藏就有金子了！"老许继续忽悠着酒鬼鹦鹉。

"天啊！琥珀泪！"蓝雨站在宝图前，发出惊讶的声音。

"什么？"众人听了一惊，赶紧跑过来一看，只见那藏宝图上已经显现出一个由八个锁眼围成的圆圈，圆圈中央是雕凿出来的凹陷下去的一颗心形的图案。而此时，圆圈上那八个锁眼中已经有五颗琥珀泪赫然镶嵌在那里了。

"不是闹鬼了吧？"塔挞老爹惊叹地说道，众人一瞬间通通愣在了那里。

"不好，这里面有诈！我们上当了！"邱子卿反应最快说道，"快！快离开这里！"

谁知道邱子卿的话音刚落，就在邱子卿、蓝雨、穆小米、老许、塔挞老爹没反应过来的时候，这四面八方响起了一阵阵嚣张的、肆虐的，有些疯狂又有些苍老的笑声。

"想走？哈哈，你找了老夫这么多年，怎么这会儿想走了呢？"慕容枫一脸得意地背着手走了出来。身后跟着慕容轩、天宇集团的掌门人、丽妹、蓝志军、蓝斌，还有十几个天宇集团的小喽喽们一个个端着机关枪，那黑黝黝的枪口冷冷地对准邱子卿、穆小米、老许、塔挞老爹、蓝雨几个人。

酒鬼鹦鹉见状不好，忙头一缩，直接逃之夭夭了。

"是你？"邱子卿喃喃地说了一句，心中知道这次肯定是凶多吉少了。没办法，只得见机行事了，谁让自己的脑瓜子没有转过慕容枫那个老家伙呢？自认倒霉吧！

"怎么样邱警官，这些年来我们的交道也没少打，一直都配合得这么好，今天我们大家是不是也应该好好配合呢？"慕容枫语气之中充满着嘲讽地说道。

"是啊，我们确实配合得不错，只是我怎么也没想到如此德高望重的学者，居然做得是最卑鄙下流的事情！"邱子卿非常不客气地回敬道。

"哈哈！是，老夫是非常的卑鄙下流，可惜老夫的卑鄙下流也只有你们几个人知道，过了今天就没有人会知道了。明天老夫依旧是那个受人尊重的教授，而且明天老夫只要把怨陵的发现公布于众，那么老夫绝对是全球考古界的泰斗了。哈哈，试问还有谁会怀疑到老夫？"慕容枫露出了他的真面目，得意洋洋地说道。

"没想到你就是天宇集团幕后真正的黑手！当年杀害闻先生与闻夫人的，也是你派去的人？"老许气愤地问道。

"啊，是，也不是！"慕容枫优雅地说着，"当年老夫只是想得到开启怨陵的钥匙，可是闻先生十分不配合啊，老夫也只是派人去夺钥匙，手下人没干好，才出了人命！"多年前家破人亡的命案，在慕容枫的嘴里却变得非常的轻松，这让在场的人气愤不已，尤其是蓝雨，此时气得已经快咬破嘴唇了。

"父亲，别跟他们啰唆了，除了那个丫头其他都杀了吧，当心夜长梦多！再说错过了吉时，开启怨陵的宝藏我们就没有十足的把握了呢！"慕容轩上前一步，面无表情冷冷地说道。

"这么多年来斗智斗勇的就这样送老对手上西天，为父还真有点儿舍不得呢！"慕容枫得意洋洋地走到宝图跟前，背着手看向宝图上那散发着富贵光彩的琥珀泪激动地说道，"这历史性的一刻马上就要到来，我多想让你邱警官陪我一起去见证这个伟大的时刻。可是，老夫之所以能常在河边走却不湿鞋子，很大的原因就是老夫处事一向谨慎！所以为了确保怨陵宝藏开启万无一失，只能先送你们几个人上路了！不过没关系，你们反正是要死的人了，也不在乎早点上路还是晚点上路！"慕容枫的话越说越难听。

"你！你这个浑蛋！总有一天你会得到你应有的报应的！"塔挞老爹也气愤地在一旁破口大骂道。

"塔挞、老许你们应该高兴才是啊，你们很快就可以跟那丫头的父母团聚了！你们老朋友可以见面多好啦！"慕容枫皮笑肉不笑地说道。

"恐怕你的如意算盘打得太好了！"蓝雨冷冰冰的声音传来说道，"你把我当什么了？机器？你让我开启怨陵，我就会乖乖地开启吗？"话音刚落，蓝雨眼中闪过一丝寒光，一把明晃晃的匕首就横在了她那美丽的脖颈之上。

"老家伙，本小姐奉劝你，先把我师傅他们放了，不然本小姐也不介意现在就去拜见自己的父母！你处心积虑这么些年，不就是为了开启怨陵的宝藏吗？你也应该知道最后一颗琥珀泪在本小姐的身体里面，若本小姐死了你们谁也别想打开怨陵宝藏！"蓝雨冰冷的声音传来，让慕容枫、慕容轩、蓝志军、蓝斌等人通通打了个哆嗦。

"丫头，别乱来！只要你好好地给主人开启宝藏，你还是我蓝家的大小姐，我的财产到时候分给你跟你哥哥！好几亿呢！够你花一辈子的！"蓝志军见蓝雨要玩硬的，吓得忙使出全身解数来稳住蓝雨。

"妹妹，别，你可千万别犯傻啊！"蓝斌也声音颤抖地说道，"就算我爹不喜欢你，可是我这个做哥哥的是真心爱你的，等事情结束以后我们远走高飞吧。我从小就爱上你了，我不会让任何人伤害你的！"蓝斌的话一出口，在场众人通通傻眼。

"什么？你居然喜欢上了她？你这个不争气的东西！她是你妹妹你怎么——"蓝志军气得给了蓝斌一个巴掌。

"她不是你领养的吗？有什么不能让我喜欢的？"蓝斌还嘴道。

"你！你！你气死我了，就算是领养的也不能让你们结婚啊！太荒唐了！"蓝志军开始现场直播教训儿子了。

"够了！本少爷的人，你们谁也别想插手！"慕容轩冷冷地说道。

"儿子你——难道连你也喜欢这丫头？"慕容枫万分惊奇地看着慕容轩。现在乱了全乱了，当初只是因为这丫头生下来身体里面就有一颗琥珀泪才让她活了下来，并且成了蓝志军的养女，从小过着衣食无忧的阔小姐日子，谁知道这丫头魅力这么大啊，蓝志军的儿子、自己的儿子通通都爱上了她！

"不是喜欢！"慕容轩又说了一句让大家狂飙汗的话出来。

"啊？"慕容枫问道，"我说轩儿啊，既然你不喜欢，那你凑什么热闹啊？"

"我也不知道为什么，只是感觉，这女人被别人得到我就十分不舒服，感觉她就得属于我！"慕容轩冷冷地说道。

"你这孩子，真是太霸道了，嗯，有我年轻时候的风范！不过没事，你喜欢，随你怎么折腾，老夫我就等着抱孙子！"慕容枫说出的话已经无耻到了极点。

"你们做梦吧，我现在明明白白告诉你们，要想打开怨陵的宝藏你们就得把我师傅他们放了，先让他们出去，然后我才会打开宝藏，不然我只要毁掉一颗琥珀泪这怨陵中的宝藏就会自毁！"蓝雨声音高了八度，同时一手将一颗琥珀泪高高举起，看着那琥珀泪放射出来的金褐色耀眼的光芒有些痴狂，又有些着魔般地说道，"琥珀泪坚韧无比，不管你用多重的东西去砸它，都不可能将它毁掉，但是它只有一个弱点那就是用火轻轻一烧，便瞬间覆灭！慕容枫，你希望看着自己奋斗多年，等待已久的宝藏让我用这一团小小的火苗葬送吗？"蓝雨笑呵呵地说道。

"这些，这些你怎么可能知道呢？你……你是怎么知道的？"慕容枫的脸上露出一丝恐怖的神情，非常费解地看着蓝雨。

"哼！"蓝雨冷哼了一声说道，"不错，在我来到这里之前我还不知道，但是当我看到那藏宝图上的琥珀泪后我就一下子都知道了！你若再不让你手下把枪放下，让我师傅他们离开怨陵，我现在就和你来个鱼死网破！"蓝雨说着另一只手中不知什么时候便多了一个打火机，只见蓝雨一用力，打火机瞬间喷出了幽兰色的火苗，跳动着扑向蓝雨另一只手中高高举起的琥珀泪。

"等等！你千万别激动！只要你帮老夫开启怨陵的宝藏，什么都依你！"慕容枫现在真的感觉到害怕两个字了，忙安抚蓝雨道。

"快让你的人把枪放下！"蓝雨语速急促地说道。

"好吧！你们把枪都放下！"慕容枫无奈之下，吩咐道。于是天宇集团那十几个喽啰通通把手中的枪放下，他们一放下枪，就给了邱子卿等人时间，只见邱子卿、老许、塔挞老爹瞬间从腰间将手枪抽了出来！天宇集团的人一见这架势，也纷纷重新举起枪来对着蓝雨等人。

"放我师傅他们离开！"蓝雨盯着慕容枫与慕容轩冰冷地说道，随后又补充了一句，"马上！"

"好，我让他们走，但是你若不乖乖地把宝藏给我打开，那就休怪老夫对你不客气了！"慕容枫已经到了他忍耐的极限，冷着脸对蓝雨发出最后的通牒。

"没问题！希望你这回做的是君子，而不是言而无信的小人！"蓝雨干脆利落地说道。

"哼！丽儿！"慕容枫恶狠狠地叫了一声。

"干爹！"丽妹恭敬地走了上来，低头站在慕容枫身边，一副言听计从的样子。

“带几个人，送这几个人出怨陵，要是他们想要什么花招，你就替老夫直接收拾了他们！”慕容枫吩咐道。

　　“是！”丽妹恭敬地答道，随后丽妹打了个响指，身边的两个小喽喽恭敬地跟在了丽妹的身后，而丽妹的眼神也从邱子卿身上瞟过，似乎透露着什么信息，又似乎带了什么感情。邱子卿心中也不由得一动。

　　“师傅，你们先走，不用担心我，开启宝藏我是关键，他们不会把我怎么样的！”蓝雨看向邱子卿说道。

　　“不行，这么危险，怎么能在这个时候抛下你呢？我好歹还是你的师傅吧？不行，就算师傅死了，也不能让你死了！”邱子卿斩钉截铁地说道。

　　“师傅！你快带着小米、老许等人离开这里！你也应该知道他们现在是不可能把我怎么样的！我暂时不会有危险，你不用为我担心。”蓝雨将“现在”、“暂时”两个词声音说得非常重，让邱子卿瞬间明白了蓝雨其实是在给他们拖延时间，为他们制造一个脱身的机会，只要到了外面和大部队汇合以后，就不愁抓不到慕容枫等人！于是邱子卿不无担心地看了蓝雨一眼说道：“你一定要注意安全！”说完便跟着丽妹等人往外走去。

　　“小米，快走啊！”蓝雨发现穆小米还呆呆地站在原地，眼神痴呆，一动不动地嘴巴张得老大，在那里出神。

　　“这人是怎么了？快走啊？”蓝雨焦急地催促道，她真怕晚一秒慕容枫改变主意那可就麻烦了。

112. 开启宝藏

　　“好了，该答应你的都已经答应了，现在你答应老夫的事情应该乖乖地去做吧！”慕容枫冷冷地说道。

　　“好，既然你们这么希望看见怨陵中的宝藏，那我就成全你们，不过你们肯定打开的就是你们想要的东西吗？”蓝雨露出一抹迷人的微笑，歪着头问道，“也许打开什么也没有！你们就只能空欢喜一场了呢！”

　　“胡说！怎么可能不是宝藏呢？若没有价值连城的宝藏，当初汉武帝用得着费这么大的力气去修建怨陵吗？”慕容枫嘴角微微上翘，露出一抹颇为自信的笑容，说道，“好了，你一个小丫头还是乖乖地顺着老夫去做，到时候老夫会给你留条活路！”

　　“好，那本小姐就感谢你的仁慈了！”蓝雨冷笑了一声，现在不是跟他们硬来的时候，蓝雨能做的就是拖住他们，为邱子卿搬救兵制造时间。

　　蓝雨走到宝图正前方，看着那汉白玉上散发着阵阵金褐色光芒的琥珀泪深深吸了口气，似乎眼前又浮现出那个怨陵白衣女子，正看着自己微笑。是的，一切都到了了结的时候，不论是那千年的纠结与恩怨，还是今生自己的身世家仇，都在那开启宝藏的时候得以了然。蓝雨心中默默地想着，那谜一样的怨陵白衣女子究竟是谁？恍惚间，蓝雨看见那白衣女子向自己露出了微笑，蓝雨也微笑着走上前去，将那三颗琥珀泪一一放入锁眼之中。

　　瞬间，奇迹发生了！众人纷纷瞪圆了眼睛。随着八颗琥珀泪的通通归位，怨陵那巨大的白玉藏宝图忽然发出八道金黄的光芒射向蓝雨，蓝雨瞬间就被这金黄色的光芒所包围。

真的好温暖，蓝雨眯起眼来看向前方，觉得自己仿佛飞了起来，悬浮在那金光之中，眼前似乎出现了一道用黄金与宝石装饰的云纹墓门，似乎一个声音在呼唤着自己。

"来！快来！我就要见到你了！快来啊！"是那怨陵女子的声音，蓝雨喃喃地说道。忽然她觉得胸前那颗琥珀胎记灼热无比，一道七彩的光芒从那琥珀泪状的胎记中射了出来，直接照射在那八颗琥珀泪中间，瞬间一颗七彩的琥珀泪在宝图之上呈现了出来。

"原来传说中第九颗琥珀泪是七彩的？"慕容枫此时也惊呆了，张着大嘴看着正散发着七彩光芒的琥珀泪，嘴里不住地吸着凉气。

"父亲！你看那丫头的胸口飞出了一颗七彩的琥珀泪！"慕容轩也惊叫了起来。确实，若不是亲眼所见，没有一个人会相信现在发生的一切居然是真的！太匪夷所思了！

"爸！妹妹她，飞，飞起来了！"蓝斌也傻在那里了！

"看来那传说是真的！这丫头果真是开启怨陵的钥匙！我蓝志军没有押错宝！哈哈！"蓝志军歇斯底里地狂笑了起来。

蓝雨被那金黄色的光芒包围着，缓缓地向那藏宝图飞去。

"父亲，不会那丫头也被吸进藏宝图里面去了吧？"慕容轩看到这里有点儿傻了，难道真像他们所掌握的传说中那样，开启怨陵的宝藏一定要用活人来祭祭？难道蓝雨生下来就担负着活祭的使命？所以她才成了父亲与蓝志军眼中的宝贝？

"嗯，若是需要，那她肯定是要献出自己的生命，不过老夫会记得她的！哈哈！"此时的慕容枫眼中净是那无边无际的财宝，哪里还管别人死活？就算要搭上他儿子的命，估计他也会满眼黄金地将自己的儿子奉送上去！

"快看，那藏宝图变了！"蓝斌指着藏宝图惊讶地说道。

蓝斌的话音刚落，就见那白玉藏宝图的颜色渐渐改变，由白转成了金黄色，一道可以堪称史上最最豪华的墓门出现在慕容枫、慕容轩、蓝志军、蓝斌等人的面前，青石为基石、黄金为饰，红宝石、蓝宝石、钻石、翡翠、玉石、水晶镶嵌得熠熠闪光。

"天呀！这么多的珠宝啊！就算怨陵里面没有宝藏，光这一扇门就够我们这趟来的了！"蓝志军兴奋地说道。

"鼠目寸光！"慕容枫不屑地说道，"这算什么，一会儿怨陵的宝藏打开我们人人都可以富可敌国！几百辈子都用不完！"慕容枫此时已经有些疯疯癫癫，说着些疯言疯语。

"门开了！"蓝斌在一旁兴奋地喊道。

只见那墓门正在缓缓地打开，蓝雨被那金光包围着飘向那扇打开的墓门。蓝雨看见一个晶莹剔透的水晶棺材里面躺着的正是自己无数次在梦中见过的白衣女子，只是现在的她身上披着一层薄薄的冰纱——冰棉织锦！蓝雨看不清那女子的模样，只看见那模模糊糊的轮廓。

蓝雨在心中默默地念道，不由得想起初次进入怨陵的时候见到的冰棉织锦。只要自己能亲手揭去冰棉织锦，那因在怨陵中千年的苦命女子就可以得到解脱了！

蓝雨觉得自己仿佛被一种魔力吸引着，一步步地走向那水晶棺中的女子。当蓝雨走到水晶棺前，水晶棺居然自己慢慢地打开，一阵熟悉的气息扑向蓝雨，蓝雨竟然有些想流泪的冲动。

"我们又见面了！我相信你肯定能找到我的，千年之后你真的来了！"怨陵女子激动的声音在蓝雨耳边响起。

"爱妃！"一声撕心裂肺的声音在蓝雨的耳边响起，蓝雨的眼前又出现了一道幻景，画面中汉武帝正抱着气绝身亡的李夫人号啕大哭，那种痛彻心扉的感觉感染了蓝雨。

"宝藏打开了！"蓝斌兴奋得连蹦带跳地看着那豪华的墓门开启后就想跟着蓝雨往里面走，可就在这个时候血腥的一幕发生了。一声刺耳的吼叫，从那奢华的墓门中飞出两道银色的光芒，随后一阵血腥味传来，弥漫在慕容枫、慕容轩、蓝志军周围，随后一声惨叫传来。

"儿子！"蓝志军惊恐的声音响起。慕容枫、慕容轩两人也睁大了惊恐的眼睛，看着突发的一切、血腥的一切。

刚才飞出的两道银光是两个硕大的怪兽，蛇神，身上长满了银色的鳞片，六个爪子，两对翅膀，血盆大口中吐着长长的散发着死亡气息的芯子！其中一个怪兽此时正叼着蓝斌，而蓝斌的一半身子已经被怪兽吞进嘴里，鲜红的血液正从蓝斌的腰间如泉水般地喷涌而出，蓝斌面容扭曲，五官挪位，正在做着垂死挣扎，可那怪兽早就死死地将他咬住。

"斌儿！"蓝志军失声叫道。

"这是！这是宝贝啊！"慕容枫此时已经从惊讶中缓过神来，脸上露出了无比震惊与狂喜的神情。

"父亲，这是什么？"慕容轩好奇地问道，他们两个人丝毫不管还在怪兽嘴里垂死挣扎的蓝斌，仿佛蓝斌的生死与他们无关。

"肥遗！山海经中记载的怪兽，我想它们应该是怨陵中真正的镇墓兽！没想到今天不仅让老夫得到了怨陵那无尽的财宝，还让老夫得到了世间长生不老的仙丹，哈哈！"慕容枫大笑道！

"快救我儿子啊！你们！"蓝志军此时宛如热锅上的蚂蚁，拿着手枪对着咬住自己儿子的肥遗，手却剧烈地颤抖着，总是瞄不准。

"没用的东西！"慕容枫非常鄙视地看了蓝志军一眼，扭头看向慕容轩说道，"传说肥遗腹中有一颗长生不老的仙丹，吃了它就可获得永生，这种永生可比那些老吸的永生好百倍呢，因为它给你的是正常人的永生，而不是那种靠着鲜血、躲避着阳光和那无止尽的杀戮换来的永生！"慕容枫看着肥遗，眼中露出贪婪的光芒。

"轩儿！去为父亲把那两颗仙丹拿来，我们一人一颗。哈哈，这以后便是无止境的逍遥人生了！"慕容枫兴高采烈地说道。

"是！"慕容轩答应后带着身边的喽喽朝肥遗走去。然而此时蓝雨并不知道外面发生的这些血腥的事情，此时她的精力全在怨陵那水晶棺中神秘的白衣女子身上。

蓝雨心中充满了悲伤，她的手伸向那女子身上盖着的冰棉织锦，仿佛一阵风，柔柔软软地吹过，当蓝雨的手触及冰棉织锦的一刹那，那冰棉织锦瞬间化作一闪一闪亮晶晶的散发着阵阵芳香的青烟，围绕在蓝雨与怨陵女子的周围。这一瞬间蓝雨终于清清楚楚地看清了那女子的面容，整一个自己，居然跟自己长得如此相像。

"你终于来了！"女子缓缓睁开她那双迷人的眼睛看着蓝雨说道，"我等你已经等了千年，我们又见面了！"

"我到底是谁？"蓝雨喃喃地问道。

"把你的记忆还给你，我真的很高兴你们都来了，无限的轮回，千年之后很高兴看见你们都站在我的面前，终于可以找到彼此的幸福，总算可以弥补一点儿我当初犯下的过错！虽然太迟，可对于爱情来说永远都不算晚！"随着怨陵女子话音落下，一道金光飞向蓝雨，蓝雨瞬间就被那无比柔和的七彩光芒围绕着，一股股暖流冲击着她的心田，好一片纯美的天地！蓝雨此时置身于浩瀚的星空之中，天地万物通通消失，只有这无尽的星光。远处，一个人影出现，正朝着蓝雨一步步走来，而蓝雨的心也不知不觉地跳动起来，一种熟悉而久违的气息传来。

那人渐渐地近了，近了，终于蓝雨看清了那人的面容。

"小米！"蓝雨惊叫了起来，"怎么是你？"

此时的穆小米已经不再是当初那个大大咧咧，没头没脑，笑话迭出的穆小米，他一扫往日的神态，一双漆黑深邃的眸子中透露出无限的霸气与睿智。此时的他就像换了个人，那小男生的青涩与懵懂早就消失殆尽，取而代之的则是大气与成熟，是那种器宇轩昂的王者风范。

"对！是我！"穆小米目光似水，柔和地洒向蓝雨，嘴角微微上扬，既透露出无尽的王者气质，又透露出无限的柔情。

"你，你真的是小米？"蓝雨疑惑地看着眼前这惊人的变化，结结巴巴地问道。

"对，是我！千年来我终于找到了那遗失的记忆，我终于想起来了，你还没有想起来吗？妍儿？"穆小米微笑地走到蓝雨跟前，身上散发出一股好闻的龙涎香，深情地俯下身去将蓝雨拥入怀中，轻轻地吻住蓝雨那玫瑰花瓣的薄唇。

浩瀚的星空，星光点点闪动，苍穹之中，飘起了阵阵花雨，那五彩的花瓣纷纷扬扬飘散下来，那缥缈的歌声若有若无地传来。

就在穆小米吻下蓝雨的一瞬间，往日的种种在蓝雨的脑海间瞬间复苏，那熟悉又让蓝雨有些迷恋的吻，缠绵悱恻，似乎等待了千年，等了太久，所以让这一吻更显得珍贵。

许久，穆小米才抬起头来，看着自己怀中满脸绯红的蓝雨，他的眼中充满了幸福的光彩。

"我，我对不起你！"蓝雨眼中泪光闪闪，楚楚动人地说道。

"不要说什么对不起，不是你的错，你只是被骗了，他们给你下了蛊，所以你才会喜欢上那个虎哥！"穆小米伸出一只手，轻抚着蓝雨的头发温柔地说道。

"这？你是怎么知道的？我还未进宫之前就认识虎哥了，原本以为他是我今生的唯一，可哥哥却把我献给了你，你是堂堂的大汉天子，却肯为了我一个青楼的舞女屈尊，不论我对你怎样，你始终那样深情地爱着我。可我除了为你生下一子外，没有一件事是对得起你的，最后还是不管你有多伤心、多痛苦仍毅然决然地选择服毒自杀来了断自己的人生。我这样对你，难道你真的不恨我吗？为什么还要等了千年，找了千年？你这样为我真的不值得啊！"蓝雨抽泣地说道。

"傻！真爱一个人，需要去想什么值得不值得吗？再说那本不是你的错，又何来怪你呢？"穆小米笑着说道，"最开始这就是个阴谋，而你也只不过是个受害者，本来我们应该相爱，可因为那个阴谋才使得我们生生分离！陷入轮回！我可是费了千年的时间才又将你找到的，这回你可跑不掉了！"穆小米以一种王者霸道的口吻说道。

113. 怨陵宝藏的庐山真面目

"阴谋？什么阴谋？难道你刚才说我是被下了蛊，在青楼时遇见了虎哥都是阴谋？"蓝雨惊讶地问道。

"是啊！当初他之所以接近你，就是为了让你去迷惑我，同时对你下了苦情蛊！"穆小米说道。

"苦情蛊？"蓝雨奇怪地问道，"那是什么东西？"

"是一种非常残忍的东西，心智全丧，让你爱上不该爱的人，让你永远都不接受真正爱你的人，生生与相爱之人分开，所以你才会觉得入宫是一种巨大的折磨。可那个下蛊之人最后也没有善待你，其实他根本不爱你，他之所以要对你下蛊，为的就是得到我的上古神器琥珀泪！"穆小米若有所思地说道。

"这些你是怎么知道的？"蓝雨奇怪地问道。

"你看看这个！"穆小米拥着蓝雨，走向那已经空空如也的水晶棺。

"咦？"蓝雨看着水晶棺发出一声奇怪的声音。

"她在真正遇见你的一刹那就结束使命了，又重新获得了自由！她已经走了！"穆小米知道蓝雨的疑问，于是微笑着解释道。与此同时，穆小米一只手伸向水晶棺中的一个凸起的水晶莲花，手指按下，只见水晶棺慢慢地四面散开，出现了一个雕刻着祥云纹的水晶宝盒。

"打开它！"穆小米微笑着说道。

蓝雨疑惑地看着穆小米，而此时穆小米对着蓝雨微笑点头。

蓝雨走上前去，伸手轻轻地碰到那雕有祥云纹的水晶宝盒。只见那宝盒似乎有感应似的"砰"的一声打开，里面是一幅写满蝇头小楷的白绫。

"这是？"蓝雨奇怪地扭头看向穆小米问道。

"这就是怨陵的宝藏！"穆小米微笑地说道。

"写满字的白绫？"蓝雨更加好奇。

"对！你看看上面都写了什么？"穆小米宠溺地看着蓝雨说道。

蓝雨伸手小心翼翼地打开那叠得方方正正的白绫，只见一个个熟悉的字迹跳入自己的眼帘。这是汉武帝的字迹，可是奇怪自己看起来却如此的亲切，似乎她天天都能看见这样苍劲、飞舞的字迹。这些都是当时虎哥让自己看的，他为的是得知汉武帝的一切事情。现在想想当初自己就是虎哥的一枚棋子，在自己没有利用价值后就被丢到一边，若是一个正常人怎么可能对这样的人死心塌地呢？而且最后还因为一个对自己无情无义的人而自杀，若是正常人可能吗？绝对是虎哥对自己下蛊了。

蓝雨看向白绫上面的字迹，只见上面写着：朕一生展尽雄才大略,征讨匈奴,巩固疆土,兴修水利、发展农耕，国富民强，实现了始皇所不及之"大统"局面，然，朕虽可呼风唤雨，受万万人之膜拜，但终不得一人心，而此人却乃朕一生之挚爱……

蓝雨看着看着不由得泪如雨下，原来这怨陵的宝藏不是什么金山银山，也不是什么珍珠、玛瑙、翡翠！而是一个男人对自己挚爱的女人深深的爱、全部的爱、痴痴的爱、痛彻心扉的爱！而这全部的爱都写在了这一块白绫之上！瞬间蓝雨被这浓浓的爱所包围，久远的、被禁锢的感情全部复苏。

"对不起！对不起！"蓝雨泣不成声，"到现在我才知道最爱我的人是谁！"

"不要哭了！一切都过去了！"穆小米为蓝雨擦去脸上的泪水，温柔地说道，"很多事情我也是在你去世之后才知道的。比如对你下蛊的事情，比如虎哥当初为的只是我手中的琥珀泪，比如当初讹传得琥珀泪者得天下，种种，随着事情的一步步澄清，我终于明白为什么我和你是一个悲剧的结尾。"穆小米说道。

"这些你是怎么知道的？"蓝雨问道。

"一个方士！"穆小米回答道。

"方士？难道就是历史上记载的那个叫李少翁的？"蓝雨问道。

"嗯，其实是他最先发觉你被下了蛊，可惜太晚了，你已经服了世间没有解药的毒药。"说到这里穆小米的声音颤抖了，也许他又感受到了当时那痛彻心扉的感觉。

"所以你修建了怨陵？"蓝雨问道。

"是的，因为李少翁告诉我，你是在蛊没解除的情况下离开人世的，这就意味着即便是你我转世轮回无数次，你都不可能再爱上我。这也是苦情蛊的诅咒，这对于真心相爱的人来说确实一个非常可怕的诅咒。于是我命他一定要想出解决的办法来，后来李少翁说要想破解诅咒方法只有一个，那就是为你修建一座特殊的陵墓，将你一部分的灵魂和我的一部分灵魂都禁锢在这里，在你无数次的轮回转世之中总有一天会与我再次相遇，而你我也会被吸引着同时出现在怨陵的宝藏前，到了那个时候你我会再续前缘，从此永远都不会分离！"穆小米若有所思地说道，"于是我根据李少翁的指引，将你葬在了这里。后来经历了无数次的轮回，我终于在千年之后找到了你！从此我们终于可以远离那些阴谋与伤害，终于可以找寻到我们的幸福了！"穆小米激动地看着蓝雨说道。

"嗯！"蓝雨点点头，又有些疑惑地问道，"可是我在幻境中遇见的萨杳巫女，遇见的松神，还有天帝，还有什么我的前世是猫，这都是怎么回事呢？"

"这个啊，我猜是蓝志军他们搞的鬼，你应该知道慕容轩是虎哥的转世，他一定也拥有那最初的记忆。千年前他的阴谋并没有得逞，可以说他是个彻头彻尾的失败者，所以千年之后他也许不甘心吧。你经历的那场车祸，蓝志军不仅将你妹妹大脑中的芯片放入你的大脑中，又将芯片里加了一些混乱的东西，为的就是阻止你真正地记起那些最初的记忆。"穆小米说道。

"可是为什么呢？难道就是为了让我来监视你？他不是你很赏识的大将吗？年纪轻轻的就统率千军万马？为什么还要派人去监视你呢？监视皇帝可是杀头的大罪啊！"蓝雨非常不解地说道。

"人心不足蛇吞象！"穆小米拥着蓝雨走到那水晶宝盒前，叹了口气说道，"欲望如烟，永远都没有满足的时候。也许当初我让他做讨伐匈奴的大将军时他并没有什么私心，可是时间长了，他对于权力的欲望就越来越没有止境了。再加上当时民间传言得琥珀泪者得天下，所以他可能有些自己的想法吧。"

"难道琥珀泪真的有这样的奇效？到现在还惹得这么多人来争夺它？"蓝雨说着，不由想到当初她父母不也是因为掌握了怨陵的秘密，才招来杀身之祸的。若不是世人都认为琥珀泪是稀世珍宝，拥有可以主宰天下的能力的话，这千年来怎么么会对它争夺不断呢？

"琥珀泪。"穆小米说着笑了笑问道，"你知道琥珀泪到底有什么神奇的功效吗？"

蓝雨睁着一双美丽的眼睛，困惑地摇摇头。

穆小米淡然一笑说道："这就是世人悲哀之处，往往他们费尽心机想得到的东西，最终得到后却发现根本不是自己所设想的那样，也许对自己根本一点儿用处也没有。琥珀泪其实是上古琥珀神送给真心相爱的男女的一份礼物，若戴上琥珀泪，那么相爱的男女将永远记住对方，不论轮回几世，双方都会凭着琥珀泪赋予的神奇力量，凭着那最初的记忆在人海之中找寻到对方，让真心相爱的人可以真正做到天长地久、海枯石烂、生生世世长相厮守！但是琥珀泪只有在真心相爱的情侣那里才能发挥它神奇的力量，若中间有一点儿私心杂念都不会有效果，对于那些居心叵测的人来说，琥珀泪充其量也只是个琥珀的小装饰，更不用说什么富可敌国的宝藏、什么统率天下的能力了！"

114. 尘埃落定

"原来是这样！琥珀泪只与那最美好的情感有关，是这世间最纯洁的东西，没想到后世那些俗人竟然以为这与什么功名利禄有关，还争得你死我活的，真是可笑！"蓝雨喃喃地说道，"想想他们真的好没意思，这千年来无数人费尽心机、搭进性命，然而也只有今天，怨陵的宝藏才得以打开，但是里面的东西却不是他们想要的。"

"怪只怪他们太贪婪！琥珀泪本来就是美好爱情的象征，是爱的礼物。当初我得到琥珀泪的时候，那个老仙翁就是这样对我说的。我本来就打算把琥珀泪给我最心爱的女子，与她生生世世长相厮守，至于那些贪婪的小人非要把琥珀泪想成无尽的财宝也好、无穷的力量也罢，但最终只会竹篮打水一场空！"穆小米说着变戏法似的从手里变出了一条琥珀的项链，九颗琥珀泪坠在项链之上，最中间的一颗也是最大的一颗由七彩颜色融合而成，仿佛是太阳融化而成的一滴溶液，绽放出七彩的流光。

"太美了！"蓝雨看着穆小米手中的琥珀泪，痴痴地惊叹道。

"琥珀泪本来就属于真心相爱的人！"穆小米微笑着将琥珀项链为蓝雨戴上，一时间蓝雨被那绚丽的流光所笼罩，仿佛天宫仙子一般！

"你真美！"穆小米深情地说道。

"哈哈！终于打开怨陵宝藏了！"慕容枫那个充满贪婪的声音从蓝雨与穆小米身后传来。

蓝雨与穆小米转身看向慕容枫，只见慕容枫满身是血，身上的衣服被撕扯得破破烂烂，走起路来还一瘸一拐的，看样子是经过了一场殊死拼杀。但是慕容枫丝毫没有痛苦的感觉，反而是一种近似疯狂的兴奋！

"他怎么变成这样了？"蓝雨奇怪地问道。

穆小米紧闭嘴唇一句话也不说地将蓝雨拉到一边，两个人静静看着地慕容枫这个疯癫的老头在这里发狂。

"都是我的！都是我的！怨陵中的宝藏都是我的！哈哈！我慕容枫终于可以富可敌国了！到那时，所有的人都会被我慕容枫踩到脚底下！世间所有的人在我慕容枫的面前都是一条摇尾乞怜的哈巴狗！哈哈！我终于拿到怨陵宝藏了。"慕容枫一手拿着枪，一手扶着石壁，满脸狞笑地、跌跌撞撞地、一瘸一拐地朝那水晶盒走去。

慕容枫非常兴奋地走到那水晶宝盒前，本来狞笑而贪婪的脸上瞬间流露出巨大的恐惧，仿佛见鬼了一样，脸色瞬间惨白。随后他猛地看向蓝雨与穆小米，用手中的手枪对着穆小米，脸上露出那让人汗毛倒立的狰狞表情，恶狠狠地问道："说！宝藏在哪里？是不是你们藏起来了？快说！不说老子现在就崩了你！”

"你不是都看见了吗？还用得着来问我吗？"穆小米轻蔑地说道。

"这里面除了一块破白绫，其他的什么也没有！"慕容枫歇斯底里地冲着穆小米吼道。

"是啊，这就是怨陵的宝藏！一个男子对自己挚爱女子的独白，在无数的轮回之中守望，直到他找到她的那一天为止。怨陵的宝藏其实就是人世间最最缺少的东西——真爱！难道真爱还不算是绝世的珍宝吗？"穆小米拥着蓝雨冷冷地反问道。

"不，不！"慕容枫脸色惨白，在原地踉跄了几步，这样的结果对他的打击可是太大了。为了打开怨陵他耗尽了家产、孤注一掷，而且刚才他唯一的儿子慕容轩在和肥遗的打斗中被肥遗的尾巴横扫过去，摔进了一个石窟中，到现在还生死未卜，连他自己也差点儿命丧在肥遗的利爪之下。可是他都没有去理会，吸引他的只是那怨陵中无尽的宝藏，还有那得琥珀泪者得天下的传说，也就是凭着这心中的期望，正是这巨大的诱惑才使慕容枫不顾钱财、不顾自己的骨肉，一步步地走到了这里，然而当他知道了怨陵宝藏的庐山真面目后差点儿崩溃。此时的慕容枫满脸憔悴、眼神痴呆，仿佛整个人当场老年痴呆了。

"不可能！"慕容枫忽然又爆发出一声怒吼，他满眼通红地看着穆小米与蓝雨，用手中的枪对着穆小米，一步步逼近穆小米与蓝雨，阴森森地说道，"一定是你们藏起来了！怨陵宝藏怎么可能就是一块破绫子呢？我最后再奉劝你们一句，若再不把怨陵中的财宝交出来，老夫一枪一枪地折磨得你们生不如死！"

慕容枫恶狠狠地盯着蓝雨与穆小米，仿佛眼中的怒火就要把蓝雨与穆小米活活烧死一样。就在气氛万分紧张的时刻，慕容枫的脑后忽然飞过来一个黑糊糊的东西，随着"砰"的一声闷响，慕容枫两眼一翻，身子一软就晕了过去。

"嘎嘎！奶奶我用金子砸死你！奶奶现在不差钱！"酒鬼鹦鹉不知道从哪里冒了出来，用爪子抓着一块金砖飞快地飞到了慕容枫的头顶，两鸟爪一松，随后慕容枫就非常幸福地被金砖砸晕了。

"你跑到哪里去了？从哪里弄来的金砖？"穆小米自己也奇怪地问道。

"嘎嘎，就不告诉你，这是鸟的宝藏！你奶奶我现在什么都缺，就不缺金子！"酒鬼鹦鹉颇为满足地说道。

听得穆小米一脸郁闷。

"不许动！举起手来！"邱子卿的声音从外面传来。

"看，师傅来了！"穆小米又恢复了常态，只是一扫往日的邋遢，变得更加成熟与睿智。

"看来大队人马来了！这下有人帮我们把这个老家伙给抬出去了！"蓝雨笑呵呵地指着地上的慕容枫，看向酒鬼鹦鹉说道，"还多亏了你。"可是下一秒蓝雨的脸色就变了，"你在吃什么？"蓝雨眼睛瞪得溜圆看着酒鬼鹦鹉。

此时酒鬼鹦鹉正用爪子抓着一块羊皮地图，用嘴撕扯着。

"嘎嘎，我也不知道这是什么，不过闻起来臭臭的，应该挺好吃！"酒鬼鹦鹉一脸无辜地看着蓝雨说道。

"天啊！你看看你在干什么？"刚走进来的老许一看酒鬼鹦鹉正要撕扯那爪子里的羊皮地图，脸都吓白了！一把从鸟爪下将那羊皮地图夺了过来。

"这是什么？弄得这样紧张？"紧跟进来的邱子卿问道。

"这就是你的身家性命啊！我一直在找这个地图，可就是没有找到，有了它，就可以知道甘露翎子在哪里了，你身上的家族诅咒也可以破解了！"老许激动地看着手中的羊皮地图说道。

听老许这样一说，蓝雨与穆小米都觉得后怕，还好还好，幸亏发现得早，不然被酒鬼鹦鹉吃进了肚子里面估计就算把这只老鹦鹉奶奶现场解剖了，也不可能再拼出一幅完整的地图来啊！

"真的！子卿！太好了！等跟局里汇报完我就和你一起去找甘露翎子！"一个熟悉的女声传来，蓝雨、穆小米、酒鬼鹦鹉通通万分惊奇地循声望去。

"嘎嘎，天宇集团的女人！"酒鬼鹦鹉好奇地说道。

"师傅，这不是那个，那个什么丽妹吗？"穆小米也万分惊奇地问道。

"什么丽妹？叫师母！"邱子卿气愤地训斥穆小米道。

"师傅难道我们以前猜测的都是真的？难道师母她真的没有……师母就是天宇集团内部的卧底？"蓝雨兴奋地问道。

"是啊，当初我执行任务摔下山崖，大家都以为我死了，可是我没有遇难，而是被慕容枫救起。后来在我养伤的时候我发现了他的一些秘密，于是我表面上对他毕恭毕敬，感恩戴德，可背地里却悄悄地和局里的领导联系。局里的领导非常重视，于是就让我隐姓埋名在慕容枫身边卧底，但为了保护我的绝对安全，于是领导安排我假死，就连我的未婚夫也不知道事情的真相！没想到多年之后我们还能再次见面！"晓晴颇为激动地说着，而邱子卿则站在一旁满脸幸福地看着自己的爱人。

"这下好了，怨陵的宝藏打开了，老邱的诅咒也知道如何破解了，天宇集团那帮坏蛋也抓住了，就等着绳之以法、大快人心！我也完成了闻先生、闻夫人的遗愿！这下大家都可以轻松下来啦！"塔挞老爹也笑呵呵地走了过来，真是人逢喜事精神爽，此时的塔挞老爹看上去分外年轻！

"儿子啊！我的儿子！"外面传来蓝志军的哭喊声，"你们不要带走我，我要找我的儿子！"

蓝雨、穆小米、邱子卿等人朝外望去，只见蓝志军瘫坐在地上，一手抓着蓝斌的一个胳膊满身是血地痛哭着，看他那疯疯癫癫的样子估计已经疯了。以至于两个刑警走过来想拉走他，却差点儿被他咬到。

蓝雨看得不由得心中一痛，一种复杂的感情充满全身。毕竟他把自己养大，可又是杀害自己父母的凶手，这种感觉确实分外的复杂与痛苦。穆小米仿佛知道了蓝雨此时的心情，搂住蓝雨，给了她一个安心的眼神。

蓝雨叹了口气，目光从蓝志军的身上移开。这时，一声巨吼，两只肥遗冲着蓝雨、穆小米飞了过来，惊得在场的刑警纷纷拔出枪来。

"哥们儿别激动，它们应该不会伤害好人的！"穆小米忙说道。

只见那两只肥遗，在蓝雨与穆小米跟前降落，摇头摆尾地露出一副献媚的神色。紧接着它们身上金光一闪，变成了两只可爱的小哈巴狗，围绕在穆小米与蓝雨脚边撒欢儿。

"看来咱们得领养它们了！"蓝雨抱起一只小哈巴狗摸着它雪白而光滑的毛说道。

"嗯，好，就当宠物养吧！"穆小米也点头同意。

"你们？你们有没有搞错？这两只小狗刚刚把蓝斌与天宇集团的几个小喽喽吃进肚子

里去！"老许颇为恶心地看着蓝雨怀中那肥遗变的小哈巴狗说道，"要是真想养也过几天再带它们回去吧，好歹让它们把肚子里面的人肉消化消化吧。"

老许一语说得蓝雨与穆小米胃中通通翻腾了起来。

可是蓝雨怀中的肥遗却摇尾乞怜得厉害，露出一副可爱的表情，怎么看也不可能想到这么可爱的小东西刚才连连吞了好几个大活人。

"嘎嘎，它们变成狗以后就不吃人了，只吃草不吃荤！"酒鬼鹦鹉在一旁眯着眼睛看着两个肥遗道，"嘎嘎，它们只有自己的主人遇到危险时才会变身保护主人，平时都是可爱的小狗模样，不用担心，可以当宠物养！"

听了酒鬼鹦鹉的话后，蓝雨与穆小米的心中才略微好受了一点。

一个月后，慕容枫与蓝志军通通被判处了死刑，这个祸害多年的文物走私集团终于被彻底清除了，只有慕容枫的独子慕容轩下落不明。

邱子卿终于恢复了刑警的身份，他与自己的未婚妻举行了一个迟到而隆重的婚礼。蓝雨也被破格允许加入了刑警队，与穆小米搭档，虽然他们是千年的有情人，可穆小米依旧要承受着蓝雨的臭脾气。塔挞老爹回去继续经营他的酒店，老许与酒鬼鹦鹉暂时混在塔挞老爹的酒店，每日混吃混喝，等着邱子卿收拾好局里面的事情后，就一起去羊皮地图上说的雁荡山原始森林中的古墓，地图上说可以破解邱子卿阎王蛊的甘露翎子就在那古墓之中。